日本詩歌への新視点

廣木一人教授退職記念論集

廣木一人教授退職記念論集刊行委員会 編

風間書房

はじめに

今年の三月（二〇一七年）をもって青山学院大学文学部日本文学科教授を退任することとなった。二十八歳で日本女子大学附属高等学校に国語科教員として職を得てから、丁度四十年になる。この期間、多くの学生と出会った。私は元来、人との接触が苦手であった。しかし、すぐれた資質とやさしさを持った学生たちに助けられて、次第に教員を天職と思えるようになって行った。四十年の間で接したすべての学生がなつかしい。

私自身の学問は取るに足りないものだと自覚している。本格的な研究に入ったのは遅かったし、才能・努力も欠けていた。このような教員だからこそ若い学生たちがそれを補うように才能を開花してくれた。どのような形であれ、学生の能力を目覚めさせるという役割が果たせたのなら、それこそが私の唯一の誇りである。

私の文学への関心は年少の時から詩歌に向いていた。しかし、当初、その関心をどこに置いたらよいのか分からなかった。そこで、大学ではフランス象徴主義の詩を学ぼうと考えた。ヴェルレーヌ、ランボー、マラルメ等々。語学力の欠如もあってまったく歯がたたなかった。今は甘美な思い出に捕えられるだけである。そのような学部生時代に芭蕉俳諧を知った。その出会いの延長上で日本文学科大学院に入り、連歌、また、連歌の母胎となった和歌文学へと研究の方向が定まって行った。

本書には、そのような私の志向に添って、若き俊英たちがそれぞれの分野での日頃の研究成果を寄せてくれた。目次を見れば分かるように、私が研究対象として目指した日本の代表的な韻文学に関わる論考が並んでいる。それらはすべて新しい視点に富み、日本の韻文学研究を一歩進めてくれるに違いない。

かれらは直接に教室で接した者、学会・研究会などで関わった者たちである。いずれにせよ、不甲斐ない私を一応は師として立ててくれた人たちである。この一覧を見て、私は自分の教員生活が無駄ではなかったと思えてきた。そのように思わせてくれた執筆者ひとりひとりに感謝してもし尽くせない思いで一杯である。

二〇一七年三月

廣木一人

目次

はじめに　廣木一人　一
和歌・連歌・俳諧（俳諧連歌）という文学――韻文学史観構築のために――　ボニー・マックルーア　二七
旅の「夜」を詠む羇旅歌――題詠と羇旅部の変遷――　佐藤智広　四九
宗尊親王の万葉歌摂取の一手法――『文応三百首』八五番歌の本文を巡って――　山本啓介　六五
鎌倉・南北朝期における中殿和歌御会と三席御会　梅田　径　九七
『長短抄』と『竹園抄』　嘉村雅江　一二一
『実隆公記』文明八年十月条に見える「名所部類」編纂活動について　岡﨑真紀子　一三九
冷泉為和の和歌表現――『蔵玉集』との関わりを通して――　藤川雅恵　一六三
鷺水浮世草子における引用和歌――『御伽百物語』の手法を端緒として――　田代一葉　一八五
大田垣蓮月の画賛観　寺尾麻里　二〇五
連歌テニハ論と『知連抄』テニハ付合法の性格　大谷　大　二二九
能阿『集百句之連歌』の再検討　生田慶穂　二四三
『河越千句』の異同と式目――連歌の本文生成のプロセス――

付合はどこから来たのか　松本麻子　二六七
付句集『春夢草』古注の性格　浅井美峰　二九一
「うつほ寄合」と荒木田麗女　雲岡　梓　三一五

近世前期（芭蕉以前）における恋俳諧——「恋の詞」の有無を中心に——　永田英理　三三五
園女自撰集『菊の塵』に見る菊の句　木下　優　三五五
笑話のなかの俳諧　藤井史果　三七五
俳句革新運動期における「新題」　福井咲久良　三九七
石川淳と俳諧——「修羅」「至福千年」の構造を中心として——　若松伸哉　四二三

失われた風景を追う——内田百閒『阿房列車』の中の唱歌——　西井弥生子　四四五
中世日本の辺境認識——東方の境界領域「外の浜」をめぐって——　杉山和也　四六九
『平家物語』における和歌一覧（巻一～巻六）　園部真奈美・高橋亜紀子・高村圭子・田村睦美　五〇三
柿衞文庫蔵『歴翁廿四歌仙』翻刻と解題　稲葉有祐　五三一

業績一覧　五六七
あとがき　五七九

和歌・連歌・俳諧（俳諧連歌）という文学

――韻文学史観構築のために――

廣木一人

人の言語表現がいつから文学と呼べるようなものを生み出したのかは分からない。叫び声や慟哭が人の心を揺り動かすとすれば、それは人類発生の時からあった。人が言葉を持ち始めた頃の、神への祈りや労働の折の鼓舞、当事者の意識はともかく、後代に顧みれば、そこに文学性を認め得るかも知れない。

歴史時代に入り、日本人が自覚的に自己や民族の思いを語り始めた時には、明らかに日常の言語表現とは違った表現意識が芽生えていたはずである。それは土器に残された断片的な文字か、剣や仏像などの金属に刻まれた祈り、占いの言葉か、文字には留められなかった農耕の際に謡われた歌か、さまざまな場面で文学の萌芽と呼べるような表現が生まれて行ったと思われる。

『古事記』や『万葉集』の時代になれば、日常の伝達とは相違した言語による心情の表出が意識的に行われるようになっていたに違いない。それは日常の言語とは一線を画したもの、後に詩歌と呼ばれるものであって、その手段を手に入れた時、日本人は文学の精髄とも言える言語表現手段を獲得したのである。その自覚は、たとえば、日本武尊が故郷を思って謡ったとされる「大和しうるはし」の古代歌謡が、詩歌としてもっとも効果的で劇的な役割を果たす場所に据えられていること一つをとっても納得できることである。この歌がもともと単なるつぶやきから生まれたものであったとしても、それは『古事記』編者の手によって明確に文学つまり詩歌として位置づけられたのである。

このような文学という存在は、もともとは人々の自発的なものであったのにせよ、自覚的に意識され、より洗練されたもの、効果的なものへ向かおうとした時には先進文学論の助けを必要としたことも認め得ることである。

宝亀三年（七七二）に光仁天皇に奏上された藤原浜成の『歌経標式』(1)は中国詩学の影響下に成ったものであるが、その冒頭には、

原《たづね》れば夫《そ》れ、歌は鬼神の幽情を感《うご》かし、天人の恋心を慰むる所以《ゆゑ》なり。韻は風俗の言語に異《たが》ひ、遊楽の精神を長《ま》す所以《ゆゑ》なり。

とあり、文学の持つ力が示されている。この引用の後半部分はその詩歌というものがどのような言語表現であるかを述べる。それは「風俗の言語」と異なる韻律を持ち、「遊楽の精神」を長ぜしめるという。文学は日常の言語活動とは相違し、日常を離れた「遊楽の精神」を愉しませるものであるとするのである。

ここに述べられていることは、歌が「鬼神の幽情」を感ぜしめ、「天人の恋心」を慰めるという歌の効果のみであるが、浜成が依った『毛詩』(2)大序には「詩は志の之《ゆ》く所なり。心に在るを志と為し、言に発するを詩と為す。情、中に動きて、言に形《あら》はる」とも記されている。詩歌とは突き動かされる情が言語表現として表出されたものである、というのである。ただし、それは単なる呻きでも叫びでもない。詩歌たるものは「風俗の言語に異」うものでなければならないのである。別の言い方をすれば、情の言語表出が「鬼神の幽情を感かし」、「天人の恋心を慰」める力を持つにはいわゆる韻文でなければならないということである。ここに人間の最も効果的な表現手段として詩歌が存在する必然性が示されている。

大伴家持は天平勝宝五年（七五三）二月二三日から二五日にかけて三首の和歌を詠んだ。『万葉集』(3)にはこの三首に

注してこの和歌を詠んだ時の心境を記している。

春日遅々に、鶬鶊《うぐひす》正に啼く。凄惆の意、歌に非ずしては撥ひ難きのみ。仍りて此の歌を作り、式《もち》て締緒を展べたり。（一九・四二九二）

家持の言う「凄惆の意」「締緒」は『毛詩』の言う「志」「情」であろう。しかし、それを単に叫んでみたところで宙に消えるだけである。だから、「歌に非ずしては撥ひ難きのみ。仍りて此の歌を作り」と家持は言うのである。

家持のこの詩歌観は、『毛詩』の文学観に倣ったものと見てもよいが、『歌経標式』などに比べて、その本質の理解、自己同一化は進んでいると思う。文学の精髄である詩歌こそ「凄惆の意」「締緒」を展べることに相応しく、「鬼神」や「天人」の情をも突き動かすものであるという理解である。

このような文学観すなわち詩歌観は、『古今集』(4)序に引き継がれる。真名序は紀淑望によるが、その冒頭は次のようである。

夫《そ》れ和歌は、其の根を心地に託《つ》け、其の華を詞林に発《ひら》くものなり。人の世に在るとき、無為なること能《あた》はず。思慮遷《うつ》ること易《たやす》く、哀楽相変はる。感は志に生《な》り、詠は言に形《あら》はる。是を以ちて、逸する者は其の声楽しく、怨ずる者は其の吟悲し。以ちて懐《おもひ》を述ぶべく、以ちて憤《いきどほり》を発《おこ》すべし。天地を動かし、鬼神を感ぜしめ、人倫を化し、夫婦を和すること、和歌より宜しきは莫し。

紀貫之による仮名序もこれを踏襲している。仮名序に「生きとし生けるもの、いづれか、歌を詠まざりける」というのは、まして人は、ということなのであろう。仮名序ではこれに続いて、「花を賞で、鳥を羨み、霞を哀れび、露を悲しぶ心、言葉多く、さまざまに成りにける」と表現されるべき対象を挙げ、さらに、「古の世々の帝、春の花の朝、秋の月の夜ごとに」とした後に、「富士山も煙立たず成り、長柄橋も造るなりと聞く人は、歌にのみぞ、心を慰める」まで、具体的な例を挙げて示している。これらの具体例は『古今集』に採録された歌から取られたものであるが、別の言い方からすれば、ここに以後の詩歌における対象の範囲が例示されたとみてよい。これによって、我が国の文学観は言い尽くされたとみなされた。以後、歌論・歌学はこの成就のためにはどのように歌を詠めばよいかに費やされることになる。

『古今集』以後の詩歌論が目指したものは、「詩語」「歌語」「雅語」などとして示される言葉の洗練化、限定化と本歌取りなどを含む広い意味での修辞法の追求、および、その結果としての風体論であった。『古今集』以後長く、文学論（詩歌論）は文学が何を表現すべきかの議論には至らなかったと言ってよい。規範たる『古今集』の桎梏がここにある。

たとえば、藤原公任『新撰髄脳』(5)は、

　凡そ歌は心深く姿清げにて心にをかしきところあるをすぐれたりといふべし。

とは言うものの何を「心深く姿清げ」に表現するのかには言及していない。源俊頼『俊頼髄脳』(6)では次のように和歌を論ずるに際して、これまで詠まれてきた対象を挙げ連ねている。

　春・夏・秋・冬につけて、花をもてあそび、郭公を待ち、紅葉を惜しみ、雪をおもしろしと思ひ、君を祝ひ、身をうれへ、別れを惜しみ、旅をあはれび、妹背の仲を恋ひ、事に臨みて思ひを述ぶるにつけても、詠み残したる節もなく、

ここに羅列されている事柄は先に指摘した『古今集』仮名序に挙げられたものであり、多くの勅撰集に部立として示されたものである。つまり、『古今集』以来、歌の内容はこれに尽きるということで、これが疑問視されたことはない。考えるべきことは、これらをいかに糟粕とならずに詠むことができるかどうかであった。俊頼は先の文章に続

けて、

> いかにしてかは、末の世の人の、珍しき様にも取りなすべき。

と絶望を述べる。

藤原清輔『奥義抄』(7) に見えるのも『古今集』序をそのまま受けるものである。

> 楽しびさかえの所、嘆き悲しびの時にも必ず出でて、いはんや男女の心を和らぐるなかだち、これより宜しきことはなし。

次は藤原俊成『古来風体抄』(8) である。

> かの古今集の序に言へるがごとく、人の心を種としてよろづの言の葉となりにければ、春の花をたづね、秋の紅葉を見ても、歌といふものなからましかば、色をも香をも知る人もなく、何をかは本の心ともすべき。この故に、代々の御門もこれを捨て給はず、氏々の諸人も争ひ翫ばずといふことなし。

俊成も『古今集』序を引き、歌によらずしては「本の心」を知りえないというものの、その「人の心」である「本の心」は「春の花」「秋の紅葉」の「色」「香」によって具現化されるという認識を出るものではないのである。俊成の『古来風体抄』がその三分の二を『万葉集』を含め『古今集』以来の勅撰和歌集中の和歌の紹介に費やしていることは、俊成にとっての文学（和歌）が何であったかを如実に示していると言える。

このことは藤原定家においても同じである。次は『詠歌大概』(9) の冒頭である。

> 情は新しきを以て先と為し（人の未だ詠ぜざるの心を求めて、之を詠ぜよ）、詞は旧きを以て用ゆべし（詞は三代集の先達の用ゆる所を出づべからず。新古今の古人の歌は同じく之を用ゆべし）。風体は堪能の先達の秀歌に効《なら》ふべし（古今遠近を論ぜず、宜しき歌を見て、其の体に効ふべし）。

ここに見える「未だ詠ぜざるの心」の「心」は趣向に近い意味の語で、「事柄」「心情」ではない。「未だ詠ぜざる」「事柄」を詠むことははじめから意識にないのである。

このような詩歌詠作および詩歌論の流れの中で、新しい文学の形として連歌文芸が登場してくる。それは当時の文学の担い手にとってはまともな文学ではなく、遊戯的な側面を多分に持ったもの、新奇なものであったはずで、だからこそ、正統的な和歌という文芸から外れたものもわずかにではあるが許されたと言える。早い時期の連歌論を含む『西行上人談抄』(10)では、和歌については、「和歌はうるはしく詠むべきなり。古今集の歌の風体を本として詠むべし」としつつ、連歌については次のように述べている。

「連歌はいかなるべきぞ」と申ししかば、「歌は直衣姿、連歌は水干ごときの体なり。人みな知りたる事なり。大原の寂然の庵にて、人々、恐ろしき歌を連歌せしに、寂然の舎兄、壱岐入道相空、

闇の夜に大椋の木の下ゆかじ(11)

かく言ひたりしに、おのれが付けたりし。

えのきもあへぬことにもぞ合ふ

これを人々感じ合はれたりき。自らの連歌を本とするにはあらず。談議のついでならば言ふなり。

「直衣」に対して「水干」とは簡易であることをいうのであろう。これが時間的なことか内容面をいうのかは判然としないが、「恐ろしき歌を連歌せしに」は、恐ろしい詩歌と感じさせる題材を連歌として詠んだ、の意で、連歌では「恐ろしき」を詠むことに抵抗の少ないことを前提としているのだと思われる。

このような和歌と相違した連歌のあり方は、最初の本格的な連歌論である二条良基『僻連抄』(12)にも見られる。そこでは次のように記されている。

①大方は、代々の勅撰の詞を出づべからずといへども、新しくしなしたらむも、又俗なる詞も連歌には苦しみあるべからず。

②連歌の道にも、又すべて聞きなれぬ詞どもあるにや。大方、この道、一向の遊戯にてあれば、なかなかそれを改めずして書きたらんこそ、その興も侍るべけれ。

③この道もすべて時により折にしたがひて、風体の変はるなり。上古の姿をこそ学ぶべけれども、連歌はもとより古人、さほど翫ばざる間、いかなるを詮といふことなし。ただ当世の風俗にしたがひ、先達の所存にかなひ、堪能の名を取るべきなり。

このような連歌のあり方は『古今集』を抜け出る可能性を持ち得るものであったはずである。しかし、そうはならなかった。①においても、「又俗なる詞も連歌には苦しみあるべからず」と言いつつ、続いて次のように釘を刺す。

但し、地下の輩、一向物も知らぬ俗に混じて汚き事をするなり。それをばことに斟酌すべし。凡そは心ひしと付きて秀逸になりぬれば、少々詞の悪しきもあながち難に聞こえず。

結局、最終的に志向するのは「幽玄」なる「言葉」であり、連歌において「俗」が認められるのは②にあるように「一向の遊戯にてあ」るからであった。そうであれば、連歌が文学化、詩歌化するということは和歌化でなければならなかった。『古今集』＝文学であるという桎梏からは新たな文学形態においても逃れることはできなかったのである。

室町中期になって連歌がさらに文学化を目指せば連歌の『古今集』化がさらに進むこととなる。心敬によって「面影・余情・不便のかた侍らず哉。恋句など、一向正しくはしたなき句のみにて、有心幽玄の物、ひとへに見え侍らず哉」「いささか耳にたち、凡俗がましく侍る哉」（『所々返答第一状』[13]）と評された宗砌にしても、『初心求詠集』[14]におい

て良基の句を挙げて、

たとへば、照りもせず曇りもはてぬ春の夜の気色に、あかぬ明ぼのの花は霞にあまりつつ、いと興侍るを、時々うはの空なる春風の思はぬ雪を散らしける気色、まことに面影うかびて、心も内に動き、詞も外にあらはれて覚ゆ。

と述べて、その対象と捉え方を『古今集』以来の和歌観に沿って評価する。

このことは宗祇になればなおさらのことであった。宗祇は『吾妻問答』(15)の中で次のように述べている。一つ目は発句に関しての言、二つ目は連歌句一般についての言である。

①花・鳥・月・雪によそへて幽玄の姿を心にかけ、人に難ぜられぬ様に、詞のくさりなど、いつもの事なりとも、下に置きかへ上に置きかへて案じて、つかふまつるべきことなり。

②何となく長高く幽玄有心なる姿、肝要に候。連歌も歌の風情を離るまじき事に候へども、其の趣を心得る人まれにして、や丶もすれば言葉こはく心いやしきのみ候。（略）所詮、長高く幽玄なる風情を移すとならば、人丸・赤人の歌に、（歌例略）などの様の歌、其の外、業平・伊勢・小町・貫之・忠岑・俊成・後京極殿・慈鎮和尚・寂蓮・定家・家隆などの面白き歌ども、常に心にかけてうち眺めて、我が連歌のた丶ずまひを取り合はせて案をめぐらさば、いつあがるともなく、其の心姿を少し得る事有るべし。

宗祇にとってこのような連歌こそが「正風」（『老のすさみ』(16)）であったのである。『新撰菟玖波集』(17)はこの「正風」連歌を意識して編纂された連歌集で、当然のことではあるものの、その序では、「花の春、葉の秋、月の夜、雪の朝の、折に触れたる情け、時に従ふ心を言ひ出だせり」としている。

このようなことは、中世詩歌論の到達点を示すとされる心敬の連歌論でも同じである。『ささめごと』(18)に見える次のような論は詩歌のあるべき姿を心敬なりに進めたとは言えるものの、しかし、表現すべき対象は『古今集』と変わらないのであろう。

①兼好法師が曰はく、「月・花をば目にてのみ見るものかは。雨の夜に思ひ明かし、散り萎れたる木陰に来て過ぎにし方を思ふこそ」と書き侍る、まことに艶深く覚え侍り。

②昔の歌仙に、ある人の「歌をばいかに詠むべきものぞ」と尋ね侍れば、「枯野の薄・有明の月、と詠み給へ」と言へり。これは言はぬところを心に掛け、冷え寂びたる方を悟り知れとなり。

ここで主張されていることは、「月」「花」「薄」を詠むのが詩歌であるという原点は変えずに、それらの本質的な美もしくはあり様はどのように捉えられるかの論である。この心敬の詩歌論は同じ『ささめごと』で、

①「振舞ひ・詞の艶に長高きは『源氏』『狭衣』なり。これらを少しも窺はざらん歌人は無下のこと」と古人も申し侍り。

②この道、十体の内にもいづれを至極たるべくや。いにしへ勅定にて、このことをその頃の歌仙たちに御尋ねありけるに、寂蓮・有家・家隆・雅経以下は幽玄を最一と申されしとなり。叡慮・摂政家・俊成・通具・定家は有心体を高貴・至極となり。心蕩《とら》け、哀深く、まことに胸の底より出でたる我が歌・我が連歌のことなるべし。

と述べていることでも首肯できよう。そもそも、心敬が取り上げた兼好は伝統的な和歌を継承していた二条派の歌人であり、その点では保守的であったはずなのである。心敬は『老のくりごと』(19)の中で、連歌は和歌と同じであるとも述べている。

連歌と歌、各別の道にとりおける好士世に満ちて見え侍り。うたて拙き事の最一なるか。うるはしく艶に学べる好士の心には、露ばかりも変はるべからず。いかさまにも、歌をならべて詠じ修行なくは、いかばかりの蛍雪を

積みても、たけ・位・ことわり離れたる境、悟りがたくや。又、歌を誠に得たる人の連歌の悪しきことあるべからず。おなじ道に侍ればなり。

我が国の詩歌史において、新しい形態を作り上げてきた連歌においても、その文学として表現すべき事柄は和歌から離れることができなかったのである。

このような詩歌史において、注目すべき文芸が俳諧連歌であった。

「俳諧」という語は日本においては『古今集』に「誹諧歌」[20]としてはじめて見えるものである。「俳諧」がどのようなことを意味するのかを明らかにすることはむずかしい。別の言い方をすれば、その多様なあり方を探り、実現しようとした際に、新たな日本の詩歌が生み出されたと言えるのであろう。その多様な語義については、最初は『古今集』俳諧歌をどのように捉えるかを巡って、歌論の中で論述された。

最初に挙げるのは『俊頼髄脳』の記事である。

次に、誹諧歌といへるものあり。これよく知れる者なし。また、髄脳にも見えたることなし。古今について尋ぬれば、戯《ざ》れごと歌といふなり。よく物言ふ人の、戯れたはぶるるがごとし。（略）宇治殿の、四条大納言に問はせ給ひけるに、「これは尋ね出だすまじき事なり。（略）さだかに申す人なかりき。しかればすなはち、後撰、拾遺抄に撰べることとなし」と申されければ、「さらば術《ずち》なき事なり」と申してやみにきとぞ、帥大納言に仰せられける。

「四条大納言」は藤原公任であるが、この博学の公任も「尋ね出だすまじき事」としたとあり、あきらかに異様な和歌として認知されていたと言ってよい。『奥義抄』では「漢書」「史記」を挙げて、語義を詳しく説いた後、次のように述べている。

今案に、滑稽のともがらは道に非ずして、しかも道を成す者なり。又誹諧は王道に非ずして、しかも妙義を述べたる歌なり。故に是を滑稽に准ず。その趣、弁説利口あるものの言語の如し。火をも水に言ひなすなり。或は狂言にして妙義をあらはす。

一読、俳諧を評価しているかに見えるが、これはあくまでも『古今集』尊重のための言説であって、「道に非ずして、しかも道を成す者なり」などというのは苦肉の論と言ってよいのであろう。俳諧歌は『古今集』重視の立場からは完全には無視することのできないものではあるものの、異様で特殊なものとしての位置づけであり続けたのである。このような「俳諧」たる詩歌は連歌においても同様の位置づけであったと言える。二条良基『僻連抄』では、付合法の一覧の中に、「狂句」を挙げているが、これは『奥義抄』の俳諧理解の中で「狂言」とするとしていることからも、「俳諧」と同義かと思われるが、これについては次のように述べている。

狂句　これは定まれる法なし。ただ心ききて興ある様に取り成すべし。

このような和歌、連歌を主流とする中で、俳諧たる和歌や連歌が世に行われなかったということではない。ただし、まともな文学たる資格がないものとされて、そのほとんどは失われていった。『古今集』の部立に準ずる形で採択されたいくつかの勅撰和歌集や『菟玖波集』にあるのはわずかな残滓である。

しかしながら、表向きは正風連歌を目指した宗祇においても、日常の生活の中では俳諧風のものを楽しみとして詠んでいたことは、いくつかの資料によって判明する。たとえば、『実隆公記』(21)明応八年（一四九九）三月一五日の記事には次のようにある。

宗祇法師、食籠一壺等携へて来たる。玄清、宗長来たる。壺同じく之を携ふ。頗る大飲に及び、病情に了んぬ。云捨発句（略）又、付句発句、俊通朝臣なり。忘却す。

藤はさがりて夕暮れの空　宗長
夜《よう》さりは誰にかかりてなぐさまん　宗祇
人々大笑し了んぬ。

これは短連歌である。平安期から多く行われた短連歌が俳諧性を保持することで成り立っていたことはすでに指摘されていることである。それは原理的には当座性に起因するが、もう一点重要なことは前句の五七五句と付句の七七句のみの短連歌の場合、形として和歌（短歌）形式と同じになってしまうことへの懸念があったと思われる。形を同じくしておきながら、新しい文芸としての存在意義を俳諧性に求めたとも言える。本稿で短連歌について詳しく触れることは差し控えるが、連歌が短連歌から三句以上連なるものとなった時には、もはや新文芸としての主張を俳諧性に求める必要がなくなったことは強調しておいてよいことであろう。定数連歌の文学化の条件はこのようにして準備されたのである。つまり、俳諧性を持つ定数連歌は日本の韻文史の中で主流から外れた存在であった。そのために、そのような定数連歌が実際には多く行われていたとしても、後世に伝えられることはほとんどなかったのである。

宗祇の「花にほふ梅は無双の梢かな」で始まる「畳字連歌」[22]と称されている百韻連歌はそのわずかな例である。この連歌は末尾に「右宗祇独吟之誹諧也」とされているものであるが、漢熟語を各句に詠み込んだものである。俳諧性が「漢熟語」を詠むということから認知されたということは俳諧の語義を考える上で注目すべきことと言える。漢熟語が和歌的用語ではない、その点からは失笑を買うようなものでもあった、ということの認識が底にあったということなのであろう。

「伝良基」とされている独吟の「賦畳字連歌」[23]も残されている。これは真作かどうか疑わしいことと、内容的に中途半端な句が多々あるということなど考察するのには問題点が多いものであるが、室町中期になると連歌界に俳諧に関しての関心が高まってきたことの左証にはなるであろう。このような中で兼載の独吟百韻(24)は注目すべきものである。表八句のみを挙げれば次のようなものである。

花よりも実こそほしけれ桜鯛
霞のあみを春のひだるさ
永日の暮れぬる里に鞠を蹴て
ほころびがちにみゆる上下
主殿と狂言なからむしりあひ
いそいで鳥をくはんとぞする
鷹犬の鷹よりさきに走り出で
門のまはりに立ちまはりけり

下卑た感じは薄いが、明らかに「正風」と相違したものであり、近世の俳諧連歌を先取りしていることが分かる。百韻はともかく、言捨てであれば、『実隆公記』文明一三年(一四八一)二月九日条に、「誹諧連歌、言捨亦興有る者也」とあるなど、日常的に俳諧連歌が行われていたことは疑いない。

このような時代にあって『新撰菟玖波集』では『菟玖波集』にあった「誹諧」の部が除かれた。先に見てきたように、このあり方は当時の連歌界の実態を示すということではなく、宗祇の連歌観、文学観による編纂であったためと捉えることができる。『新撰菟玖波集』の成立は一四九五年である。注目すべきは同時期、明応八年(一四九九)二月に俳諧の連歌集である『竹馬狂吟集』(25)が編まれていることである。この年は宗祇最晩年(一五〇二年没)であり、高弟、肖柏も宗長も存命中である。序文には次のようにある。

清狂佯狂のたぐひとして、詩狂酒狂のおもむきを題として、竹馬狂吟集と名づけ侍り。

また、

梨をもとめて栗をひろふ人を道引かむをしらず、心をとる、心をなぐさむるたよりばかりぞかし。

として、次に、

これもまた里犬の音こゑさながらみな得解脱の便、山田の鹿の鹿火は実相のたぐひ、尊く思ふこころばかり也。

と述べる。もともと詩歌は「狂言綺語」である、という認識の上での「みな得解脱の便」「実相のたぐひ」という主張は結局は和歌と同等でありたい、ということを示している。編者は不明であるが、この序文からは、俳諧という存在を認知しようとする立場が見え、ここに「俳諧」論の新たな展開を見て取ることができると思う。

少し時代が下がると宗鑑や荒木田守武も登場する。宗鑑編とされる『誹諧連歌抄（犬筑波集）』が編纂されたのは識語によれば大永五年（一五二五）七月のことであり、『宗長手記』(26)に記録された、この宗鑑と宗長らの「薪酬恩庵」での「俳諧度々」は一年半前の大永三年末のことであった。これまで陰に隠されていた俳諧連歌がようやく社会の表面に現れ始めたと言ってよい。

このような中で俳諧連歌は従来の和歌・連歌とは違った文芸であるという主張が行われるようになってくる。守武は一五三六年から一五四〇年に掛けて『誹諧之連歌（守武千句）(27)』を詠むが、その跋文から明らかにそれを読み取ることができる。守武はこの千句を詠むにあって周桂に、「此道の式目いまだみず。都にはいかん」と尋ねている。これはとりもなおさず、都で俳諧連歌が多く催されていることを前提にした言であり、正風連歌と俳諧連歌は相違する文芸であるという認識に立ってのものに違いない。流行については、守武はさらに「兼載このみにて」とし、

宗碩は文かよはしの自讃に、入あひのかねを腰にさし、宗鑑よりたびく発句などくだし侍り、近くは宗牧一二

座忘れがたく、

と当時の状況を述べている。守武は当時の主要な連歌師らが俳諧連歌を詠んでいることを挙げて、次のように俳諧を擁護するのである。

①はいかいとて、みだりにし、笑はせんと斗はいかん。花実をそなへ、風流にして、いかも一句たゞしく、さてをかしくあらんやうに、世々の好士の教へ也。

②はいかい何にてもなきあとなしごと、、好まざる方のことぐさなれど、何か又世中其ならん哉。本連歌に露変はるべからず。大事ならん歟。

②に見えるように、連歌と同様の価値を持つとしている点などでは限界があるが、①の「笑はせんと斗はいかん」とするのは、滑稽であることを前提にしての言である。ここには、和歌・連歌の伝統的な文学認識に新たな視点を持ち込んで、新しい文芸の存在を認めようとする態度が窺える。

時代は室町末期へと移り、連歌は量や享受層の広がりという点からは最盛期を迎える。守武のいう「本連歌」は現在に多く残されており、その流行を裏付けることができるが、現存するものは少ないものの、狂言などに多く取り挙げられた連歌は俳諧連歌と呼んでよいものであった。連歌会席の資料としても重要な奈良絵本『猿の草子』の連歌も同様である。つまり、現存する連歌は表層であって、連歌流行の主体はこのような俳諧連歌にあったと言ってよいのかも知れない。当時の連歌壇の第一人者であった紹巴が俳諧連歌を詠んでいたことも知られている。これらの事実は俳諧連歌が短連歌時代は勿論、定数連歌成立期、盛行期を通して一貫して詠み続けられてきたことを示唆している。

近世直前で言えば、俳諧連歌は公家、武家社会、たとえば、由己などのお伽衆を核として秀吉文化圏などでかなりの盛行を見せたと思われる。その多くは言捨てであり、座での戯れ言であったであろうが、由己には独吟俳諧百韻などもあった。

近世期の俳諧連歌はこの流れを受けていると言ってよい。寛永に入れば徳元、貞徳などによる俳諧百韻、俳諧千句など、現存しているもの以外に実際には数多くの俳諧連歌が詠まれたと推定して間違いないのであろう。俳諧連歌が表舞台への登場する機は熟していたと言ってよい。あとは、それが和歌・連歌に並ぶ文芸と認知されるかどうか、さらにはそれを越えるものという主張ができるかどうかである。その第一歩が貞徳の登場であった。

これまで、見てきたように貞徳が俳諧連歌の嚆矢ではない。そうではなく、貞徳が重視されたのは、一つは時代性、もう一つは貞徳が地下連歌師として研鑽を積み、歌学一般について公家・武家の間でも一目置かれるようになったという立場で、俳諧連歌に関心を持ったことによるのであろう。貞徳の俳諧連歌に対する関心はこれまで日陰に置かれていた俳諧連歌、それに携わって来た者たちを勇気づけた。翻って、貞徳の方はその時流に乗るという処世を認識していたと言ってもよいかも知れない。

貞徳はこの期待に添って、俳諧連歌を連歌に遜色ない文芸に押し上げるために、式目制定、さらには正式と称する俳諧連歌会を催した。重頼編の貞門俳諧集『犬子集』（寛永一〇年〈一六三三〉）の刊行は俳諧連歌の社会的公認を宣言したものと位置づけられる。以後、俳諧連歌は貞徳の文壇における地位を保証として和歌・連歌に準ずる文学としての位置を占めるようになった。

それではこのような俳諧連歌の権威としての貞徳は俳諧（以後、俳諧連歌を俳諧と記す）をどのように考えていたのであろうか。正保元年（一六四四）の『天水抄』(28)では、「誹諧も又連歌をやはらげたれば、其徳連歌に同じと云ふ事愚か也。弥増《いやまし》の徳あなり」とは述べるものの、それでは「弥増の徳」とは何かと言えば、次のように述べるのである。

連歌は古歌、古き文など余多《あまた》見侍ねば及びがたきと見えたり。誹諧は一文不通の人もなることにや。

また、次のようにも言う。

連歌猶むつかしきやらん、望む人は少なし。人の心賤しくなる故と、心有る人は歎き悲しむ処に、不慮に此比誹諧はやりて、都鄙の老若心を慰むと見えたり。定めて上古の歌仙、遠く末代をかんがみて、誹諧といふ名を歌の雑体にいれて残し置かれしと見えたり。

貞徳は俳諧というものは、和歌、連歌を詠むことのできない者たちの便宜的な慰めとしか捉えていない。「上古の歌仙」がお情けで俳諧という文芸を残してくれた。貞徳自身は「一文不通」ではなく「心有る」者であるので、和歌も連歌も詠むことができる。しかし、自分の周辺にはそれを望んでも詠むことができない者が多い。だから、自分は俳諧連歌を形ばかり連歌風に整えて、連歌の代わりとして皆に示すのである、ということであろう。

もっとも、貞徳は『天水抄』中で次のようなことも述べている。

誹諧と云ふ字、扁旁を取りはなして見れば、「ことば皆ことばに非ず」と読まるゝ也。爰のことばとさすは、連歌に用ゆる風流なる詞也。それを引きかへて、賤しき事も人の笑ふ事も云ひたき事をも言ふによりて、連歌とは大いに心詞の替はる道也。

少し後の慶安四年（一六五一）の『誹諧御傘』(29)ではもう少し積極的に次のように述べる。

誹諧は面白き事ある時、興に乗じて言ひ出だし、人をもよろこばしめ、我もたのしむ道なれば、おさまれる世の声とは是をいふべき也。（略）はじめは誹諧と連歌の弁別《わいだめ》なし。其中よりやさしき詞のみを続けて連歌といひ、俗言を嫌はず作する句を誹諧といふなり。

確かに、ここで主張されている俳諧の特徴は和歌、連歌では表せられなかった文学の出現として捉えることのできるものである。しかし、貞徳の真意はいかなるものであったであろうか。強いて言えば、という程度の認識であったのではないかと思われるのである。

それに比べ、徳元の『誹諧初学抄』[30]（寛永一八年〈一六四一〉）の次のような言説の方が一見、俳諧の価値を認めているかに見える。

　誹諧には連歌の徳の外に、五つのまさりたるたのしみ侍るとかや。第一俗語を用ふる事、第二は自讃し侍りてもをかしき事、第三取りあへず興をもよほす事、第四初心のともがら学び安くして和歌の浦なみに心をよせ侍る事、第五は集歌・古事・来歴・分明ならずとも、一句にさへ興をなし侍らば、何事をもひろく引きよせて付け侍るべき事、是五つの徳也。

しかしながら、これにしても消極的な価値判断でしかない。このようなあり方では俳諧を自信の持てる新文芸として称揚することはできなかったに違いない。寛永一九年（一六四二）の『歌道聞書』[31]が俳諧を批判して次のように述べる時にこれに反論することは難しかったのではなかろうか。

○此比京に、誹諧の宗匠など名乗りして、つやつや狂言綺語をいふ事はやり候。（略）ざれくつがへりたる事にて、よき人の口すさびになるべき事にもあらずきこえ侍る

○誹諧は連歌の一体に有りて、今時誹諧といふは、狂句・され句といふべきにや。（略）口にまかせて、賤しき道家事いひちらして、是をも連歌の一体などいはんも、もつたいなく覚え候。

結局は貞門の俳諧擁護論は中途半端に終わったと見てよいのであろう。常に意識の底に和歌・連歌への憧れがあったと思われてしまい、その弱点はとりもなおさず、俳諧側から追求されることとなる。

いわゆる談林派の先鋒として論陣を張った岡西惟中は延宝三年（一六七五）の『俳諧蒙求』[32]で、次のように主張することになる。

○俳諧といふは、たはぶれたる言葉の、ひやうふつと口より流れ出でて、人の耳をよろこばしめ、人をして談《かた》り笑はしむる心をいふなり。

○俳諧と滑稽とはひとしき名なり。滑稽は酒のうつはものなり。そのうつはもの転《まろ》びて、その酒を吐く事、ひねもすやまざるにたとへたり。口より流れ出でて句となり、

○思案も分別もさまで用ひずして、なだらかに流れ出づる作をこそ、俳諧の上手とも堪能ともいふべけれ。

そうして、荘子の寓言説を持ち出して、次のようにも言う。

○ある事ない事とり合はせて、活法自在の句体を、まことの俳諧としるべし。

○思ふまゝに大言をなし、かいでまはるほどの偽りを言ひ続くるを、この道の骨子《こつす》と思ふべし。

本稿の最初に文学つまりは詩歌とはどのようなものと認識されてきたかを縷々述べた。それは日常の言語とは違ったもの、「風俗の言語に異」うものであったはずである。この理念のもとに詩歌語の形成、表現の洗練を目指して日本の詩歌は長い営みを続けてきた。惟中の言はそれを真っ向から否定するものである。惟中のやり方で「鬼神の幽情を感かし」、「天人の恋心を慰」めるものとなるのなら、「凄惘の意」を撥ふことができるのなら、誰しもが納得できるものとなったと思う。惟中の斬新な、詩歌のあり方そのものを問い直す思考は、結局は大勢を納得させるものとはなり得なかった。

そもそも、惟中が師と仰いだ宗因は貞門が蔓延る俳壇の中、俳諧に対する主導権争いの様相の中で、一方の旗頭として祭り上げられた形で登場する。それは貞徳が文壇の第一人者であったことと類似して、宗因が当時の連歌壇の第一人者を示す大阪天満宮連歌所宗匠の地位にあったことが大きかったと思われる。俳諧は文壇の第一人者も嗜むものであり、天下の連歌宗匠も嗜むものであるという社会的認知に関わることである。

そのような立場であった宗因が惟中の考えに最終的には同調できなかったことは推察できることである。宗因にとっては俳諧はやはり貞徳が『天水抄』で言うように「連歌座、心つまりたるを、くつろげん慰み」でしかなかったに違いないのである。結局、宗因は俳諧から離れて行くこととなる。

貞門も談林も詩歌の革新運動としては失敗したのだと思う。貞門は連歌風に戻り、談林は文学性を樹立できなかった。ただし、このいわば攪乱には文学の重要な要素である題材と表現（用語）を問い直し、それを拡大させるという功績があった。これは日本の詩歌史の中で始めて突きつけられた問題であったと言ってよい。

残されたのはそれが真の詩歌の題材、用語になり得るかであった。この視点を明白に意識したのが芭蕉であったのであろう。芭蕉の幸運はすでに貞門や談林の俳諧運動がなされて後の登場であったことである。芭蕉は貞徳や宗因と違ってはじめから俳諧のみが自身の文芸であった。その文芸は文学としての方向性を見失っていたものの詩歌革新の火の手ではあった。それをいかに文学化するかが芭蕉の課題だったと言ってよい。芭蕉が自分の文芸の基盤が貞門から談林を経てのものであって、それ以外にはなかったことは、芭蕉自身が、

　上に宗因なくんば、我々が俳諧、今以て貞徳が涎をねぶるべし。宗因はこの道の中興開山なり。（『去来抄』[33]）

と語っていることからも言えることである。

日本の詩歌の革新には、和歌・連歌の文学としてのあり方を一度、徹底して破壊し、その中でもう一度、文学の何たるかを問い直す必要があったが、それは談林を経過することで芭蕉以前に準備がなされていた。芭蕉は文学というものの本質は和歌でも連歌でも変わることのないことを充分に理解していた。『三冊子』[34]（白双紙）では、「詩・歌・連・俳はともに風雅なり」と述べている。「風雅」は文学、つまりは韻文学（詩歌）のこととしてよいのであろうが、続けて次のように言う。

上三のものには余す所も、その余す所までは俳はいたらずといふ所なし。（略）見るにあり、聞くにあり、作者感ずるや句となる所は、即ち俳諧の誠なり。

『去来抄』では「俳諧自由」とも言う。これは貞門さらに談林で主張していたことと同じである。しかしながら、「自由」にしただけでは文学にならない。『去来抄』では「俳諧自由」に続けて、「ただ尋常の気色を作せんは、手柄なかるべし」と述べている。「誠の俳諧」（『三冊子』白双紙）、「風雅の誠」（同、赤双紙）が成就しなければ文学にはならない。

問題のあり所は大きく二つある。具体的な表現に関わることとして「語」のこと、それから描かれた内容のことである。この二点は和歌・連歌では同一方向を目指して突き詰められてきた。俳諧が同じ方向を向けば、形態を同じくしていることからも連歌と何も変わらないこととなってしまう。

「自由」であることと「文学」であることは本稿の最初に『歌経標式』などを引いて論じたように、相反するものである。この矛盾をどのように解決するかが問われた。芭蕉は「語」について、「俳諧の益は俗語を正すなり」（『三冊子』赤双紙）と言う。つまり、新しい詩語の発見と言ってよい。季の言葉について「季節の一つも探り出だしたらんは、後世によき賜」（『去来抄』）と述べたのも、同じことである。

このような新しい詩語の上に作品が作られた。芭蕉の言葉を伝えたとされる『山中問答』[35]には、

俳諧のすがたは俗談・平話ながら、俗にして俗にあらず、平話にして平話にあらず、そのさかひを知るべし。

とある。

題材も当然「自由」であるが、しかしながら、眼前にあるものをそのまま詠めばよいということではない。『去来抄』では、

①物を作するに、本性を知るべし。知らざる時は、珍物新詞に魂を奪はれて、外の事になれり。
②俳諧は新しき趣を専らとすといへども、物の本性をたがふべからず。
とする。

「本性」は和歌・連歌で「本意」として捉えようとしてきたものである。それは『古今集』以来の伝統に培われたものとして突き詰められてきた。しかし、芭蕉の立場はそれを新しく問い直そうというのである。『三冊子』(赤双紙)の「松の事は松に習へ、竹の事は竹に習へ」という言はそのことの表明で、松や竹の本性を改めて問い直せということであった。詩語の創始とともに、「本意」の創始と言ってよいのかも知れない。

このようにして詠まれた作品こそが、和歌・連歌で詠み得なかった新しい文学(詩歌)であった。だからこそ土芳は『三冊子』(白双紙)で、次のように称揚する。

わが師は誠なきものに誠を備へ、永く世の先達となる。

ここに至って、我が国の詩歌は新たな展開を迎えたと言ってよい。『古今集』以来の「語」と「題材」の桎梏から逃れ、しかも詩歌たる日常的言語とは違う文学、真なる言語表現を成し遂げ得るものの出現である。俳諧の日本文学史上の重要性はここにあった。しかしながら、芭蕉があらゆるところで懸念していることではあるが、このような文学の達成は文学性崩壊の瀬戸際に立ってのもので、転落の危険と背中合わせのものであったに違いない。この点で、俳諧は韻文学の最終段階を示しているとも言えるのであろう。

注

(1)『歌経標式　注釈と研究』(桜楓社・平成5年5月)。以下、引用に際しては漢文は書き下し文にし、和文は適宜、表記を読みやすく直した。
（2）漢詩大系『詩経　上』（集英社・昭和41年2月）
（3）新編日本古典文学全集『万葉集4』
（4）新日本古典文学大系『古今和歌集』
（5）日本古典文学大系『歌論集能楽論集』
（6）新編日本古典文学全集『歌論集』
（7）『日本歌学大系』1
（8）新編日本古典文学全集『歌論集』
（9）新編日本古典文学全集『歌論集』
（10）『歌論歌学集成』7
（11）異本により、改めた。
（12）日本古典文学全集『連歌論集能楽論集俳論集』
（13）中世の文学『連歌論集三』（三弥井書店・昭和60年7月）
（14）中世の文学『連歌論集三』（三弥井書店・昭和60年7月）
（15）日本古典文学大系『連歌論集俳論集』
（16）中世の文学『連歌論集二』（三弥井書店・昭和57年11月）
（17）『新撰菟玖波集全釈　第一巻』（三弥井書店・平成11年5月）
（18）『歌論歌学集成』11
（19）中世の文学『連歌論集三』（三弥井書店・昭和60年7月）
（20）「誹」は漢音「ヒ」であり、そのまま読めば、「ヒカイ」ということになる。この「誹諧歌」が原初から「誹諧歌」であったのか、「俳諧歌」であったのが誤写されたのかについては不明というしかない。これに関しては多くの議論がなされている。現存の『古今集』の表記に従う立場からは「誹諧」は「ヒカイ」であり、「俳諧」とは厳密には一致するものではなく、意義も相違するという主張が昨今では主流と言えよう。しかし、受容史からすれば、「誹諧」はかなり早い時期から、「ハイカイ」と読まれてきたようで、中世古辞書『天正本節用集』『饅頭屋本節用』でも「誹諧」を「ハイカイ」と読んでいる。近世になれば「誹諧」の文字を使うことも多いものの、「ハイカイ」と読んで、「俳諧」と同語とされている。いずれにせよ、「俳諧」が漢語としての原初の意義から幅を広げて理解されていく段階では、「誹諧」との差違はないとみなしてよい。本稿では以上のようなことから、「誹諧」とあるものも「俳諧」として論ずることにしたい。

(21) 続群書類従完成会
(22) 伊地知鉄男「和歌・連歌・俳諧―宗祇・兼載の誹諧百韻その他を紹介して『俳諧連歌抄』の成立に及ぶ―」(「書陵部紀要」3・昭和28年3月、『伊地知鐵男著作集Ⅱ』汲古書院・1996年11月)
(23) 伊地知鉄男「花の本連歌の興行は禁止された・二条良基の畳字連歌一巻」(「中世文学」15・昭和45年5月、『伊地知鐵男著作集Ⅱ』前掲)
(24) 注(22)と同じ
(25) 新潮日本古典集成『竹馬狂吟集新撰犬筑波集』
(26) 岩波文庫『宗長日記』(岩波書店・昭和50年4月)
(27) 古典俳文学大系『貞門俳諧集一』
(28) 古典俳文学大系『貞門俳諧集二』
(29) 日本俳書大系『蕉門俳諧続集』
(30) 古典俳文学大系『貞門俳諧集二』
(31) 木藤才蔵『歌道聞書』(「日本文学誌要」12・1965年6月)

（32）古典俳文学大系『談林俳諧集二』
（33）新編日本古典文学全集『連歌論集能楽論集俳論集』
（34）新編日本古典文学全集『連歌論集能楽論集俳論集』
（35）日本俳書大系『蕉門俳話文集』

旅の「夜」を詠む羇旅歌

——題詠と羇旅部の変遷——

ボニー・マックルーア

はじめに

『千載集』の頃から、羇旅部が勅撰和歌集においてより重要な位置を占めるようになる。『古今集』では一番歌数の少ない部立である羇旅部が、『千載集』から初めて離別部より歌数が多くなり、『拾遺集』『金葉集』『詞花集』になかった羇旅部が『千載集』以降から必ず設けられるようになる。このことは、ちょうど題詠の盛行に伴う現象であり、当然その影響で羇旅歌の性格にもある程度の変化が見られるようになる。『万葉集』『古今集』『後撰集』『後拾遺集』に見られる羇旅歌は実際の旅において詠まれたと題詞・詞書に伝えてある一方、院政期の頃から歌会や歌合で詠まれた題詠歌が増えるようになると、実際の旅に出たことがない歌人も羇旅歌を詠むことが多くなる。このような想像上だけの旅を詠む歌には、新しい詠み方の傾向が見られるのである。題詠歌では、例えば本歌本説を踏まえた名所を詠む歌枕詠が多くなるなど、羇旅歌の性格に大きな変更が見えるということについては、安田徳子氏が既に述べている(1)。

このような題詠羇旅歌の傾向の一つに、「旅の夜」を詠む歌が急増するということがある。『千載集』と『新古今集』

の羇旅部の半分以上の歌に、「夜」「宵」「夕暮」など暗い時分を指す語句や、「旅寝」「宿」「枕」など寝ることに関する語句、または「月」という語が見られるのである。この現象は題詠の増加に伴っている。『後拾遺集』まで羇旅部には題詠歌が現れないのに対して、『千載集』と『新古今集』では題詠歌が半分以上を占める。

本稿は『千載集』『新古今集』の羇旅歌に、どうして「夜」の歌が多いのかを、題詠という歌の詠み方に理由を求めるという視点から考察するものである。

はじめに、『古今集』以後『新古今集』までの羇旅部での題詠歌と、その内の「夜」の歌の割合を表1で示しておきたい。これを見ると、題詠歌と「夜」の歌に強い相関関係が見えることがわかる。

表1…「夜」「夕」「暮」「宵」「月」「枕」「寝」「宿」を含む歌と題詠（単位…首）

歌集名	羇旅部の全歌数	題詠歌数（全体の%）	「夜」の歌数	部立中「夜」の%	題詠中「夜」の歌数（題詠歌中の%）
古今集	16	0（0%）	5	31%	
後撰集	18	0（0%）	7	39%	
後拾遺集	36	0（0%）	15	42%	
千載集	47	32（68%）	29	62%	24（75%）
新古今集	94	52（55%）	57	61%	38（73%）

※　羇旅部のない『拾遺集』『金曜集』『詞花集』は含まない。

『新古今集』羇旅部中の題詠歌数は『千載集』より低いが、このことは『新古今集』に古い歌もたくさん入集されていることによる現象である。この表で扱わない、『新勅撰集』以降の勅撰集の羇旅部では題詠歌が部立の半分も満たさないことが多いが、題詠歌の中では「夜」の詠が少なくとも半分以上を占めるという傾向が続く。例えば『新勅撰集』には、部立全体の四六首の中、題詠歌が二一首で、その中一二首が「夜」の歌である。
「夜」という特別な時空と心情が、当時の和歌世界において「旅」の大事な要素となることがわかる。題詠が中心となる『千載集』と『新古今集』がこの現象のピークとなるが、これと同時に、『千載集』から「夜」に関わる素材にも変化が見える。それを表2で示しておきたい。

表2…「夜」の語句の分布（単位…首）

歌集名	月	夜（「小夜」「夜半」「幾夜」など）	寝（「旅寝」など）	枕（「草枕」など）	よひ（「こよひ」など）	夕・暮（「夕暮」も）	宿（る）	夕月夜
古今集	1	1	1	1			2	1
後撰集	2	1		3	1		1	
後拾遺集	8	2		1	2	2	3	
千載集	9	6	13	8	1	2	3	
新古今集	16	15	17	10	4	15	9	

※二つ以上の語を含むものは、それぞれに含めてある。
※「月」は、「暁」を含まない。
※「暮れ・暮らす」は、時分と関連する場合は含む。
※「宿る」は、寝る意を指す場合は含む。

この表から分かるように、『千載集』と『新古今集』では「旅寝」や「枕」を詠む歌が急増する。しかし、その前の『後拾遺集』では「月」の歌が中心となっている。その理由はどこに求められるのであろうか。まず、『後拾遺集』の「月」の歌について考察してみたい。以下の和歌は『新編国歌大観』による。ただし、読みやすいように表記を変えているところがある。

一、『後拾遺集』の羇旅部と「月」

『後拾遺集』の羇旅部では「夜」の歌は全体の半分以下であるが、羇旅部の歌数が増えるということによって「夜」の絶対数も増え、その中に一つのパターンも見られてくる。つまり、『後拾遺集』羇旅部の「夜」の歌の中では「月」の存在が大きいのである。これは、次に引く『古今集』の羇旅部の巻頭歌の影響によると考えられる。

唐土にて月を見てよみける　安倍仲麿

四〇六　天の原ふりさけ見れば春日なる三笠の山に出でし月かも

故郷から離れた国で月の出を見て、遙かに遠い都を思いやるという趣向を詠むこの歌は、平安和歌における旅情の典型的なあり方を示したといえる。『古今集』羇旅部の巻頭に置かれていることによっても後世に大きな影響を与えた。

まず、『後撰集』の羇旅部に入集されている『土佐日記』の歌に、『古今集』羇旅部の巻頭歌の影響が見える。

土左よりまかり上りける舟のうちにて見侍りけるに、山の端ならで月の浪の中より出づるやうに見えければ、むかし安倍仲麿が唐土にて、ふりさけ見ればといへることを思ひやりて　貫之

一三五五　都にて山の端に見し月なれど海より出でて海にこそ入れ

この、都から離れたところで、見慣れない景色の中で月の出を見るという詠に、和歌における「旅」の本質的な観念が感じられる。

次の歌も『土佐日記』の旅で詠まれた、「月」と「海」を詠むもので、『後撰集』に収録されている。

土佐より任はてて上り侍りけるに、舟のうちにて月を見て　貫之

一三六三　照る月のながるる見れば天河出づる港は海にぞありける

このように「月」を詠み込む旅の歌が詠まれ、『後撰集』で二首、また『後拾遺集』で八首など、その後の勅撰集で増えて行く。

先述したように、『後拾遺集』の羇旅部に見られる「旅の夜」の歌は「月」の歌が中心である。これらの歌の具体例を見ておきたい。橋本健氏が指摘するように、(2) 五二二～五二七番歌の全てが「月」と「都」を詠んでいる。その中には『後撰集』一三五五番歌を、等類歌に近い本歌取りをしている歌も見られる。

宇佐のつかひにて筑紫へまかりける道に海の上に月を待つといふ心をよみ侍りける　橘為義朝臣

五二六　都にて山の端に見し月影を今宵は浪の上にこそ待て

当然のことながら、これには仲麿の歌の影響がある。この歌より前の五二二・五二三・五二四番歌はどれも明石の月を詠んでいるものである。

播磨の明石といふ所に潮ゆあみにまかりて月のあかかりける夜、中宮の台盤所にたてまつり侍りける　中納言資綱

五二三　おぼつかな都の空やいかならむ今宵明石の月を見るにも

これらにも、貫之の連想歌を経て仲麿の歌の影がまだ感じられる。ここには『後拾遺集』撰者の保守的な態度と『古今集』への憧れが見えるであろう。

『後拾遺集』の「夜」の羇旅歌には、「月」以外の歌に次のような例もある。

津の国に下りて侍りけるに旅宿遠望心をよみ侍りける　良暹法師

五一三　渡の辺や大江の岸に宿りして雲井に見ゆる生駒山かな

ここまで見てきた歌は、題詠ではなく、実際の旅における心情に基づいて詠まれたと見なせる。五一三番歌は、一見題詠に見えるが、題詠の場で詠まれたものではなく、実景として見た、実際に経験した状況を四字題のように記しただけで、通常の題詠ではないと思われる。このようなことから、表2で題詠数に入れていない。しかしながら、四字題を想定するという詞書の書き方に、題詠の影響が見えるところが興味深い。

二、『千載集』の羇旅部と「旅宿」

『千載集』では題詠歌が突然と増え、内容的にも新しい方向に発展していく。「月」以外の「夜」のイメージが多くなり、「枕」や「旅寝」を詠む歌が急増する。題自体にも「夜」のイメージが出現することが多い。「夜」に関わる題には次のようなものがある。

四九九番歌「関路月」
五〇〇番歌「月前旅宿」
五〇八番歌「旅宿雁」
五二五〜五二八番歌「旅宿時雨」
五三二番歌「旅宿」

この一覧を見ると「月」を含む題が二回出てくるが、二度とも部立の前半に現れる。その一方、部立の後半に「旅宿」の題が多くなる。歌の内容を見ても、表2に見えるように「月」が九回現れるが、この内七回が前半にある。また、「寝」を含む語が十三回出てくるが、この内十回が後半にある。

この題材の相違はどうして生じたのであろうか。それは歌の詠まれた時代に従う現象であると考えられる。『千載集』羇旅部全体がおおよそ時代の流れにそって構造されており、前半には『堀河百首』の歌などが見られ、後半には当代の歌合などからの歌が見られる。前半に「月」が多いことは成立年次の早い『後拾遺集』に「月」の歌が多く入集されていることと符合しており、後半に「寝」が多いことは新しい傾向を示している。

「旅寝」という語はもちろん、『千載集』撰者の時代に初めて現れるのではない。例えば、『堀河百首』の「旅」の歌の十六首の内、十四首が「夜」を詠んでいるが、その中に「旅寝」も多く詠まれているのである。ただし、『千載集』の「旅寝」の詠には、降水と結んで詠まれるという新しい傾向が見られることは注目に価する。表2の「寝（「旅寝」など）」に含まれる歌の中で、五〇二番歌には「旅寝」と雪、五二六・五二七・五二八・五三八・五三九番歌には「旅寝」・「寝覚め」と時雨、五四〇番歌には「旅寝」と霰が詠まれる。『千載集』の羇旅部に「水」のイメージが非常に多く出ていることを、錦仁氏が指摘しているが(3)、残り六首の「寝」の歌の内にも、四首に「水」のイメージが見られる。五〇三番歌は水の上の「うき寝」、五〇九番歌は涙に月が宿る「旅寝」、五三二番歌と五三六番歌は「旅寝」と浪を詠む。

このような「水」の多さの要因には、錦氏が指摘するように俊成の好みがあると思われるが、それにしても「時雨」が多いことが目立つ。次に、同じ『住吉社歌合』から取られた四首歌群を引く。

住吉社の歌合とて、人々よみ侍りける時、旅宿時雨といへる心をよみ侍りける

五二五　風の音に分きぞかねまし松が根の枕に漏らぬ時雨なりせば　右近大将実房
五二六　藻塩草敷津の浦の寝覚めには時雨にのみや袖は濡れける　俊恵法師
五二七　玉藻葺く磯屋が下に漏る時雨旅寝の袖もしほたれよとや　源仲綱
五二八　草枕同じ旅寝の袖にまた夜半の時雨も宿は借りけり　太皇太后宮小侍従

これらでは、「時雨」を合わせて詠むことで旅宿のわびしさがより鮮明に表現し得ることとなったと言える。また、ここに見える時雨や涙に濡れる「袖」を「旅寝」と合わせて詠む風情は、『千載集』に入集されている歌に限らず、この歌合に何回も出てくる。次は『住吉社歌合』からのものである。

（旅宿時雨）

六番　左持　邦輔

六一　旅寝する小屋の篠屋のひまをなみ漏らぬ時雨に濡るる袖かな

右勝　季定

六六　独り寝の哀れひまなき旅衣時雨晴れても袖は濡れけり

「旅宿時雨」と題されている歌を中心に見てきたが、このような歌の詠みぶりが、この時代に醸成されてきたと言えるのであろう。実は、『千載集』にはこのように題されていない歌にも、次のような「旅寝」「時雨」「袖」の取り合わせが含まれている歌が見られる。次に『千載集』五三八・五三九番歌を引く。

旅の歌とてよめる　律師覚弁

五三八　旅寝する木の下露の袖にまた時雨降るなり小夜の中山

摂政右大臣の時、家の歌合に、旅歌とてよめる　藤原資忠

五三九　旅寝する庵を過ぐる村時雨名残までこそ袖は濡れけれ

この二首は、『住吉社歌合』の詠に影響を受けていると言えよう。単に「旅（の）歌」とだけ題されてはいるが、ここには当時、多く詠まれ始めた「旅宿」と「時雨」を組み合わせた結題からの影響が見えるのである。

このように結題の詠まれ方が次世代の、そのように題されていない歌に影響を与えた例には、次のようなものも見出せる。両歌は同じ『千載集』中の歌であるが、時代が違うものである。次の歌は部立の前半、つまり早い時代のものである。

法性寺入道内大臣の時の歌合に、旅宿雁といへる心をよめる　源雅光

五〇八　小夜深き雲井に雁も音すなり我独りやは旅の空なる

時代が下った「旅の歌」に、これにかなり似た趣向を詠む歌が出てくる。

百首歌よみ侍りける時、旅の歌とてよめる　藤原家隆

五三六　旅寝する須磨の浦路の小夜千鳥声こそ袖の浪はかけけれ

「雁」と「千鳥」の違いはあるが、両歌ともに、旅宿中の小夜に鳥の声を聞くという趣向を共通に詠んでいる。このような例を見ると、「旅宿」を含む結題の流行が、その題とする歌のみでなく、その他の羇旅歌の詠み方にも影響を及ぼしたと思われる。

実は、「旅宿」を含む題は早くから見られる。先述したように『後拾遺集』の羇旅部に「旅宿遠望」があるが、その他にも、冬部と雑四部に「旅宿」の歌がそれぞれ一首見られる。次にそれを引く。

旅宿雪といふ心をよめる　津守国基

四〇九　独寝る草の枕はさゆれども降りつむ雪を払はでぞ見る

宇治にて人々歌よみ侍けるに山家旅宿といふ心を　民部卿経信

一〇五二　旅寝する宿は深山に閉ぢられて正木の葛くる人もなし

続く勅撰和歌集の『金葉集』と『詞花集』には羇旅部が設けられていないが、それでも「旅宿」の題は出現する。『金葉集』二度本には「月旅宿友」「旅宿月」「月前旅宿」「旅宿鹿」「旅宿冬夜」「旅宿恋」という、さまざまな素材に結んだ「旅宿」が現れる。

旅宿冬夜といへることをよめる　大納言経信

二六九　旅寝する夜床冴えつつ明けぬらしとかたぞ鐘の声聞こゆなり

『詞花集』には、「旅宿恋」の他に、『千載集』にも見える「旅宿時雨」を題にしている、『新時代不同歌合』にも再録された歌がある。

旅宿時雨といふことをよめる　瞻西法師

一五〇　庵さす楢の木陰に漏る月の曇ると見れば時雨降るなり

このように「旅宿」という題が多く出現することで、旅の歌の詠まれ方が一定の方向に教導されたということがあったと思われるのである。それが『千載集』『新古今集』で羇旅部の中にまとめられたということであろう。羇旅部に夜の旅の歌が多くなった理由の一つとしてこのことが指摘できると思う。

それでは「旅宿」という概念がどこから生じたのかであろうか。迂遠ではあるが、しばらくこの意識の元を探っておきたい。

この概念はおそらく漢詩詠の影響によると思われる。早い時期の「旅宿」の歌には経信の歌が繰り返し出てくることが目立つが、経信の羇旅和歌に漢詩文の影響が見られるということを、安田氏が既に指摘している(4)。このこともあって、「旅宿」の早い出現には漢詩の影響もあると考えられる。例えば、「旅宿」という語が『和漢朗詠集』に二回出てくる。

（三月尽）

五四　若使韶光知我意　今宵旅宿在詩家　（菅）

（水付漁父）

五一六　垂釣者不得魚　暗思浮遊之有意
移棹者唯聞雁　遥感旅宿之随時　（閑居楽秋水　菅）

この二首は「旅」を主題に詠んでいないが、「行旅」を題にしている六四一〜六四五番詩を見ると、旅の夜や旅の宿を詠む句がいくつか見られる。

行旅

六四一　孤館宿時風帯雨　遠帆帰処水連雲　許渾

六四二　行行重行行　明月峡之暁色不尽
眇眇復眇眇　長風浦之暮声猶深　順

六四三　暁入長松之洞　巌泉咽嶺猿吟
夜宿極浦之波　青嵐吹皓月冷　為雅

六四五　洲蘆夜雨他郷涙　岸柳秋風遠塞情　直幹

つまり六四一番詩に詠まれる風雨の旅宿や、六四三番詩に詠まれる水辺の旅宿のような印象的な風情が、和歌における「旅宿」の題の流行に影響した可能性があるのではないかということである。おそらくは漢詩文における「旅宿」

の詞・イメージが、「旅宿」の題で詠まれた歌に影響を与えた。その具体的な例には『住吉社歌合』の「旅宿時雨」の題詠歌がある。それがさらに後世の歌にも影響を与えた。『千載集』の羇旅部はこのような歌人たちの旅に対する意識の大きな流れの中で成立した。結果として、「夜」の歌が多くなったと言える。

三、『新古今集』と「旅恋」

この節では『新古今集』の羇旅歌を見て行きたい。この集でも『千載集』と同様、題詠歌として、「夜」(「夕」や「暮」なども)に関連する題による歌が多く見られる。前節で取り上げた「旅宿」を含む結題には、九二六番歌の「水辺旅宿」、九二九番歌の「旅宿雪」、九六二番歌の「旅宿嵐」がある。『新古今集』では他に多様な「夜」の題が出現する。この「夜」の詞を含む結題には、次のようなものがある。

九三一「羇中見月」
九四一「月前旅」
九四三「海浜重夜」
九五一「暮望行客」
九五二「羇中晩嵐」
九五七～九六〇「羇中暮」
九六四「羇中夕」

先の表2で示したように、『新古今集』羇旅部の歌に「夕」や「暮」という語が増えるが、この増加には題の影響が大きいと見なせる。良経歌壇の歌題に時分を指定する語が増えることを、坂野みずえ氏が指摘するが[5]、このような傾向も含めて、『新古今集』の「夜」(「夕」・「暮」も)の歌にはさまざまな新しい発展が見える。その中から取り上げてみたいのは、「旅寝」のことを「恋」を思わせる風情で詠む歌である。九六一～九六四番歌の歌群にこのような表現が集中して出てくる。

旅の心を　有家朝臣

九六一　ふし侘びぬ篠の小笹のかり枕はかなの露や一夜ばかりに

石清水歌合に、旅宿嵐といふ事を

九六二　岩が根の床に嵐を片敷きて独や寝なん小夜の中山

旅歌とて　藤原業清

九六三　誰となき宿の夕を契りにて変はる主を幾夜問ふらん

羇中夕といふ心を　鴨長明

九六四　枕とていづれの草に契るらん行くを限りの野辺の夕暮

九六一番歌は「一夜」、九六三・九六四番歌は「契り」という、一夜で終わった恋を連想させる詞を用いて「旅寝」の場面を詠む。九六二番歌の「独りや寝なん」では、典型的な「旅恋」の場面を思わせられる。

このように「恋」の風情が感じられる「旅」の詠み方はおそらく、「旅」と「恋」を結んだ題の流行に遡る現象だと考えられる。「旅」における「恋」はもちろん、『万葉集』から歌人の実際の経験に基づいて詠まれてきた。勅撰集にも、詞書や歌の内容からそれとはっきりとわかる恋の歌が、『古今集』に入集されている『伊勢物語』の歌を始め、羇旅部に出てくることはよくある。このような詠歌の流れで、後に、「旅恋」という題が好まれて詠まれるようになったのであろう。

「旅恋」は題としての成立が「旅宿」より少し遅く、『堀河百首』が早い例である。『堀河百首』の「旅恋」の歌は必ずしも全て夜の場面を詠んでいるわけではないが、そのような歌もたくさん見られる。次のようなものである。

（旅恋）

一二二一　恋しさを妹知るらめや旅寝して山の雫に袖濡らすとは　顕季

一二二六　問へかしな冴ゆる霜夜に思ひかね袖おりかへす旅の丸寝を　顕仲

一二二七　家にある妹を恋ふとて霜枯れの草の枕に目を覚ますかな　基俊

一二三二　旅衣返して今夜きつれども夢のしるしもなきぞ悲しき　河内

この内、一二二一番歌は『金葉集』二度本に「旅宿恋」として入集されている。『堀河百首』の歌人が積極的に万葉的表現を取り入れるということについて、竹下豊氏が述べているが[6]、ここでも『万葉集』に多い「丸寝」や、「都」ではなく「家」にいる「妹」を詠んでいるところに、『万葉集』を真似て詠んでいることが見える。

この後、「旅恋」の題は「六家集」にも度々現れ、『山家集』以外の「六家集」全てに出現している。その中では「夜」の歌が多く見られる。次は『拾玉集』の例である。

旅恋

二七六　草枕まどろむ夢に君を見て寝慣れの床と思ひけるかな

ここでは、旅寝の寂しさに恋の寂しさを加え、微睡む瞬間の不確実さを詠むことで、しみじみとした「夜」の心を表現している。次に『壬二集』の例を引く。

羇中恋

二八〇三　篠原や知らぬ野中のかり枕まつも独りの秋風の声

ここでは「恋」よりも「旅」の方を主題的に詠んでいる。「まつ」という詞に「松」と「待つ」の二つの意味を掛けて「独りで待つ」というイメージを詠み込む部分にのみ「恋」の趣が含まれる。「旅」の風景の中に「恋」が隠れているかのように詠まれているのである。

俊成には『長秋詠藻』中の「述懐百首」に、次に引く「旅恋」の歌がある。この歌は『新古今集』にも入集されているので、それから引く。

述懐百首歌よみ侍りける旅の歌（『長秋詠藻』では「旅恋」）

九七六　世中はうきふししげし篠原や旅にしあれば妹夢に見ゆ

この歌は、「旅」と「恋」だけでなく、さらに「述懐」も重ねて詠んでいる。このように、別の事柄を結んで詠むことで「旅」の詠が深まっていることが見える。

『六百番歌合』には「旅」という題はないものの、「旅恋」はある。次の例は『拾遺愚草』と『新後撰集』に入集しているものである。

（旅恋）

卅番　左持　定家

八九九　故郷を出でしにまさる涙かな嵐の枕夢に別れて

この歌では、旅寝の恋に「嵐」が詠み合わせているというところに、自然景物に結んだ「旅宿」の結題で詠まれた歌に似た趣きが見える。そのような、題詠の早い時期に確立されたパターンの影響が、おそらくここにも見られる。

『六百番歌合』の「旅恋」の歌は、独り寝のしみじみとした寂しさを詠んでいる歌がほとんどである。中には、「恋」

の風情が薄い歌も出現する。次の二首はそのような詠の例である。最初の良経の歌は『秋篠月清集』にも入集している。

（旅恋）
廿五番　左勝　女房

八八九　枕にも後にも露の玉散りて独起きゐる小夜の中山

右　経家

八九〇　草枕独あかしの浦風にいとど涙ぞ落ちまさりける

この二首は「旅恋」の題で詠まれているものであるが、「旅」の方が主題的に詠まれており、「恋」の趣きが薄い。したがって、単なる「旅」の歌と区別しにくい。しかし、このような「旅恋」の詠み方が、一般の「旅」の詠み方に影響を与えたのではないかと思うのである。つまり、六家集時代の、単に旅の歌とされたもの中にも、恋の風情を薄く取り込んだ歌が多く見られるようになるのであるが、このことは「旅恋」という題の影響によると考えられる。恋の風情のある羇旅歌は特に良経と慈円の羇旅歌に見られる。はじめに、『秋篠月清集』の例をあげる。

（旅）

四八一　三嶋江に一夜かり敷く乱れ葦の露もや今朝は思ひおくごと

ここでは「乱れ」や「思ひ」という恋の詞を詠み込んで、裏に「恋」を薄く感じさせる。

慈円の『拾玉集』にも、全体的に羇旅歌が多く、その中に「恋」をかすかに匂わせる歌が度々見られる。慈円の歌に特別な孤独感が詠み込まれているということを、石川一氏が指摘しているが[7]、これは特に羇旅歌に感じられる。

（百番歌合・羇旅）

右

一八五一　都思ふ夢だに見えぬうき寝かな幾夜に成りぬ苫の下伏し

（羇旅十首）

三一四二　旅慣れてまどろむ程になる夜半を思ひ寝とこそ夢も知りけれ

これらでは、「都」に対する「恋」に近い気持ちを詠むところや、「思ひ寝」という恋の詞を単なる「羇旅」の題で詠むところに、おそらく「旅恋」の詠の影響が感じられる。

なお、ここまで見てきた「旅恋」の歌や、恋の詞を詠み込む羇旅歌には、「夢」が繰り返し出てくるが、今関敏子氏は『千載集』以降の勅撰集羇旅部の旅における「夢」の出現について述べている。(8) この現象も、「旅恋」の題の流行と関連があるかもしれない。

もう一つ、「旅」と「恋」両方に関わる題を見てみたいが、それは『六百番歌合』の恋部に見られる「寄傀儡恋」である。次の二例の最初の一首は、『秋篠月清集』にも入集されている。

（寄傀儡恋）

十二番　左持　女房

一一六三　一夜のみ宿借る人の契りとて露結びおく草枕かな

右　家隆

一一六四　結びけん契りも辛し草枕待つ夕暮れも宿を頼みて

ここで詠まれる「一夜」の「契り」の詠もまた旅歌に出てくる。特に良経の歌にこの傾向が強いため、また『秋篠月清集』から例をあげる。

（羈旅五首）

七八三　武蔵野に結べる草のゆかりとや一夜の枕露なれにけり

（旅歌よみける中に）

一四七一　慣れにけり一夜宿貸す里の海人の今朝の別れも袖しをれつつ

『新古今集』羈旅歌の中で、「旅恋」や「寄傀儡恋」の詠まれ方の影響が見える歌には、先に引用した九六一～九六四番歌の歌群の他に、次の二首もある。

百首の歌たてまつりし時、旅歌　家隆朝臣

九六九　契らねど一夜は過ぎぬ清見潟浪に別るる暁の雲

和歌所にて、をのこども旅の歌つかうまつりしに　定家朝臣

九八〇　袖に吹けさぞな旅寝の夢は見じ思ふ方より通ふ浦風

九六九番歌は、恋の詞を詠み込んで旅寝の場所との別れを詠む。九八〇番歌の「思ふ方」は何を指すかはっきりとしないが、恋人がいる方向という意も、遠く離れてきている都の方向という意も考えられ、ここに「恋」と「旅」の心情を結んだ詠まれ方が見える。

『新古今集』時代に向けて、旅の歌の中に恋の風情を取り込むことが広まってきた状況を見てきた。恋は夜の時分に関連の深い事柄であり、旅の風景に「恋」を結び付ける題の流行が『新古今集』にも影響を与え、『新古今集』羈旅歌中、ことさらに「恋」や「夜」と題とされない歌にも、夜を詠むことが多くなったと言えるのであろう。

ここまで、『新古今集』の羈旅部に見られる「夜」の歌の多さに影響を及ぼしたと考えられる要因を考察してきた。本稿では旅の歌と「夜」の関係について、歴史的な軌道を追ってきたが、実は『新古今集』そのものにそれを示唆す

る事柄が見られる。最後にそのことに言及しておきたい。

『新古今集』は当代歌だけでなく、古代から幅広く歌を蒐集している。したがって、羇旅部にもそのような歌がある。つまり、この集のみを見ても、時代変遷がある程度分かるのである。有吉保氏も、『新古今集』の羇旅部の歌に、万葉歌人から当代歌人へという羇旅歌の移り変わりが見えると指摘している。(9) それを細かく検討していくと、時代が下るとともに「夜」の歌が徐々に増えるという傾向が見えるのである。万葉歌と平安前期の歌では「夜」を詠む歌が少なく、それ以降は増える。『新古今集』の平安中期の歌では「夜」の率が『後拾遺集』より高いが、そこに『後拾遺集』の羇旅部と性格の違いが見える。このことには『新古今集』と『後拾遺集』の編者それぞれの好みが反映しているのかも知れない。新古今時代には既に「旅」と「夜」が結び付くものとして了解されていたのであろう。例をあげると次のようなものがある。

敷津の浦にまかりて遊びけるに、舟に泊まりてよみ侍りける　　実方朝臣

九一六　舟ながら今宵ばかりは旅寝せむ敷津の浪に夢は覚むとも

（旅歌とてよみ侍りける）（『恵慶法師集』では「夜の嵐」）　　恵慶法師

九二一　わぎもこが旅寝の衣薄きほどよきて吹かなむ夜半の山風

このように新古今撰者がわざわざ平安中期の「旅寝」の歌を多く入集しているところは、興味深いことである。ここに新古今時代の志向がかいま見える。

おわりに

『千載集』と『新古今集』に見える「旅」の歌には「夜」と結び付けられて詠まれるものが多く見られる。これには色々な原因が影響しているのであろうが、題詠の盛行というものが大きな要因であったと思われるのである。直接に題として示される場合もあるが、題詠として詠まれた歌の詠まれ方が、それ以外のものにも影響を与えた。

「旅」の歌は『万葉集』には実際の体験として詠まれていた。しかし次第にそれは一つの類型として詠まれることとなった。その折にはそれまでの旅の歌の通念と著名歌の影響が当然考えられる。その後、題詠の盛行する時代へ移ると、漢詩文などの影響も取り込んで出された題に含まれる観念が、歌の内容に関わってくるようになる。これまで本稿で見てきたような「旅宿」「旅恋」などに典型として見られる旅のイメージが、夜に関わるものであった。

これらの題の影響で、さまざまな自然物の声や語り手自身の感情の動きによって、心の休まらない夜を過ごす旅人原型が段々と描かれてくる。『千載集』と『新古今集』の時代に至って、どこから来るのかと言えないように感じられる「旅寝」の深い孤独感と寂寥感が、どの歌にも現れるようになる。

このことは、旅の歌が、以前よりさまざまな心情を取り組むものとなり、多様になったことを意味している。羇旅部の歌数の増加の理由の一つはこのことからも考えられる。題詠歌は、実際に体験していない事柄を詠む機会を歌人に与えたのであるが、この論で見てきたように、そのことによって羇旅歌に種々の心情が詠み込まれる方向へと進んだのであろう。

本稿では羇旅歌のみ焦点をあてて、考察してきたが、題詠が日本の和歌に大きな影響を与えたことの一つの示唆になると思う。

注

（1）安田徳子「実詠から題詠へ—羇旅歌の変容をめぐって—」（「聖徳学園岐阜教育大学国語国文学」10、一九九一年三月）
（2）橋本健「後拾遺集「羇旅」の構造」（「専修国文」19、一九七六年三月）
（3）錦仁「藤原俊成と水のイメージ—『千載和歌集』の羇旅部を中心に—」（「文芸研究」85、一九七七年五月）
（4）安田徳子「旅人のいる風景—羇旅歌の変遷をめぐって—」（「名古屋大学文学部研究論集」100、一九八八年三月）
（5）坂野みずえ「藤原良経の歌壇活動：歌題設定を中心に」（「和歌文学研究」109、二〇一四年一二月）
（6）竹下豊『堀河院御時百首の研究』（風間書房、二〇〇四年五月）、203頁以降
（7）石川一『慈円和歌論考』（笠間書院、一九八八年二月）、83頁以降
（8）今関敏子「旅寝の夢　その1—勅撰集羇旅歌の類型—」（「川村学園女子大学研究紀要」17—2、二〇〇六年三月）
（9）有吉保『新古今和歌集の研究：基盤と構成』（三省堂、一九六八年四月）429頁以降

宗尊親王の万葉歌摂取の一手法
――『文応三百首』八五番歌の本文を巡って――

佐藤智広

はじめに

宗尊親王『文応三百首』は、宗尊親王の初期の詠作を集めたものとして、早くから注目されていた[1]。しかし、三十を超える伝本のそれぞれの本文や合点を付した点者、評詞などに差異が多く、未整理の状態が続いていた。新日本古典文学大系（一九九一年、岩波書店）、新編国歌大観第十巻（一九九二年、角川書店）に収録され、本文の参看が容易になったものの、そこで提示された本文にはなおも問題があり、宗尊親王の目指した表現を明らかにするためには本文の検討が希求される。

稿者はこれまで、『文応三百首』の伝本を分類整理し[2]、その流伝の様相を明らかにしてきた。また、万葉歌をふまえた文応三百首歌について本文の確定を試みた[3]。そうした中、伝本分類の指標の一つとして使用した八五番歌について、樋口芳麻呂の指摘する[4]万葉歌摂取の視点を加えて考察すべきではないかとの結論を得た。『文応三百首』八五番歌の諸本の本文を改めて検討し、併せて『万葉集』の仙覚の新点本系の訓との関わりについて考察したい。

一

これまで考察してきた『文応三百首』の系統と伝本を示すと以下のようになる。＊の伝本は系統を発表した後に調査できたもの、括弧内は本稿における略号である。

【流布本系列第一類】
・天理大学附属天理図書館春海文庫蔵本（春海）
・内閣文庫蔵甲（二〇一・三二六）本（内甲）
・宮内庁書陵部蔵甲（二六六・四）本（書甲）
・実践女子大学附属図書館山岸文庫蔵本（山岸）
＊京都女子大学附属図書館谷山文庫蔵甲（〇九〇・Ta八八・一五）本（谷甲）
・宮内庁書陵部蔵乙（二六六・四二一）本（書乙）
・内閣文庫蔵乙（二〇一・三五七）本（内乙）

【流布本系列第二類】
・神宮文庫蔵乙（三・一三二九）本（神乙）
・安井久善氏蔵本（安井）

・名古屋大学附属図書館神宮皇学館文庫蔵本（名皇）
・大阪市立大学学術情報総合センター森文庫蔵本（大森）

【流布本系列第三類】
・筑波大学附属図書館蔵本（筑波）
・宮城県立宮城県図書館伊達文庫蔵本（伊達）

【秘蔵本系列】
・肥前島原松平文庫蔵本（松平）
・祐徳稲荷神社中川文庫蔵本（中川）
・早稲田大学図書館蔵本（早稲）
・慶應義塾図書館蔵本（慶應）
・岡山大学附属図書館池田家文庫蔵本（池田）
・鎌田共済会郷土博物館蔵本（鎌田）
・神宮文庫蔵甲（三・一一二四）本（神甲）
・国文学研究資料館初雁文庫蔵本（初雁）
・天理大学附属天理図書館古義堂文庫蔵本（古義）
・名古屋市鶴舞中央図書館蔵本（鶴舞）

・宮内庁書陵部蔵丙（五〇一・八九四）本（書丙）
・歴史民俗博物館蔵本（歴民）
・樋口芳麻呂氏蔵甲（『歌書五』ノ内）本（樋甲）
・島根大学附属図書館桑原文庫蔵本（桑原）

【混態本A群】
・樋口芳麻呂氏蔵乙（『点取和歌類聚三』ノ内）本（樋乙）
・天理大学附属天理図書館蔵本（天理）

【混態本B群】
・久保田淳氏蔵本（久保）
・久松潜一氏旧蔵国文学研究資料館蔵本（久松）
＊著者架蔵本（佐藤）

【混態本C群】
・群書類従巻一七九所収本（群書）

【混態本D群】

＊京都女子大学附属図書館谷山文庫蔵乙（〇九〇・Ta八八・五一五）本（谷乙）

以上、三十三の写本と『群書類従』所収本とが知られる。個人蔵本の中には、現在の所蔵先が確認できないものもあるが、稿者の所持する複写資料を用いることとする。

これらの伝本はすべて近世初期以降のものであり、中世に溯るものはない。しかし、成立から間もなく多くの人の手を経て、他の歌書類の依拠資料となった伝本の痕跡を多く留める写本群と、宗尊親王から藤原為家に渡され、合点・評詞を付して返却されて以後、近世に至るまで広く流布する機会の少なかった写本群とに分けることができる。前者を【流布本系列】、後者を【秘蔵本系列】と呼ぶ。【流布本系列】は、点者注記・歌順・歌数等によって一類から三類に分けられる。【混態本A群】【混態本B群】は、それぞれ【流布本系列】の伝本を基としながら、比較的早い段階で【秘蔵本系列】伝本の校合を経て混態を起こし、それが書写された伝本である。【混態本C群】は明確な考証を行ってはいないが、『群書類従』編纂の時期にいたって【流布本系列】と【秘蔵本系列】の伝本を校合した結果であろうと推測している。(5)【混態本D群】は時に【流布本系列】、時に【秘蔵本系列】の本文と合致しながら、他本にはない独自本文や句意不明の本文を有する箇所が多数ある。また【混態本A群】の本文と共通する朱筆の書き入れがあり、点者注記も類似する。ただし本文行が【混態本A群】とは合致しないことも多い。

伝本の中には校合の痕跡を留めているものがある。筑波は【流布本系列第二類】に近い本文の書き入れがある。同様に、伊達は【秘蔵本系列】の書き入れがある。早稲は、本文行は【秘蔵本系列】の本文であるが、【流布本系列第一類】の本文を参看し、合点や評詞を積極的に書き入れ、さらに本文の不審な点についても見セ消チの形で校訂を加えている。神乙・名皇・大森の異文注記は【混態本D群】と合致する箇所が多い。

なお、これらとは別に、京都女子大学附属図書館谷山文庫蔵『続百首部類』（〇九〇・Ta八八・四五一）に収載される「三品宗尊親王御百首」がある。本文は【混態本D群】とほぼ合致する『文応三百首』からの抄出本であるが、当該八五番歌は採られていないため、本稿では触れない。

二

このような様相を示す伝本群において、『文応三百首』八五番歌の本文を検討してみたい。まず、最善本と判断する春海の本文によって八五番歌の本文および藤原為家の評詞を示す。

うら人のとるやさなへもたゆむらんひぢきのなだの五月雨のころ
第二句、いと見なれてもおぼえ候はず。名所がら不幽玄之界候覧。

諸本で本文に差異のあるのは三箇所で、第二句・四句・五句である。それぞれの本文を検討したい。各伝本の表記を示す場合は「　」とし、諸本の本文の表記を統一する場合は〈　〉で示す。

まずは第二句である。

〈とるや早苗も〉流布本系列第一類・流布本系列第二類・流布本系列第三類・混態本C群
〈とるや磯菜も〉秘蔵本系列

〈とるや磯辺の〉混態本A群
〈とるやいさなも〉混態本B群
〈とるやいかなも（「かなも」左に傍点、右に「さこも」朱書）〉混態本D群

為家が第二句について「いと見なれてもおぼえ候はず」と指摘するように、初句〈浦人の〉、第四句〈灘〉といった海に関する語との関わりを考えれば、〈早苗〉は見慣れないものと判断することはできる。

樋口芳麻呂は、この第二句について「浦人は漁夫だから、「磯菜」とある方がふさわしい。」とし、「浦人が早苗を取る不自然さを指摘し、為家の批評を受け入れて「磯菜」に改めたか。」と推測する。(6) 為家から宗尊親王へと返却された痕跡を持つ【秘蔵本系列】すべての本文が〈磯菜〉となっている点は、早い段階で改変があったことを想起させ、確かに樋口の推測と矛盾しない。しかし、〈浦人〉の採る〈早苗〉が不自然であることは、為家の指摘を待つまでもなく明らかであり、そのような明らかな誤りを犯すかという疑問は残る。しかも、為家の評詞を残しながら本文を修正し、その改変についてなにも記さないという点も不審である。【秘蔵本系列】の本文のみを見た場合、見なれない措辞が〈取るや磯菜〉となってしまうからである。

また、〈磯菜〉であれば、

＊こよろぎの磯たちならし磯菜つむめざしぬらすなおきにをれ浪（古今集・東歌・一〇九四）
＊今日とてや礒菜つむらむ伊勢島やいちしの浦のあまのをとめご（新古今集・雑中・一六一二・俊成）

のように、磯菜を〈摘む〉のが圧倒的であり、〈取る〉という措辞は見当たらない。また、海に関する語との関わりであるならば、〈いさな〉の可能性も捨てきれない。

【混態本A群】の樋乙・天理の本文はいずれも「とるや磯辺の」であり、「辺」の脇に小字で「菜」を書く。「磯辺」では意味不明と認識し、「菜」の可能性を提示したか、あるいは校合本に「菜」とあったか、いずれかであろう。同じく【混態本D群】の谷乙の「いかな」は意味不明である。谷乙の朱書きは、【混態本A群】に近い伝本からの書き入れであるが、ここは合致しない。現存諸本の中に「いさこも」の本文を持つものもなく、何か別の理由による改変があったのかもしれない。

この文応三百首歌を採録したものに『夫木和歌抄』『六花和歌集』がある。『夫木抄』諸本によれば〈磯菜〉、『六花集』および『六花集注』によれば〈いさな〉で、諸本間の本文に揺れはないが、ここでも本文に差異があり、いずれとも判断しがたい。

『文応三百首』八五番歌の第二句にこのような本文の差異があることを指摘した上で、第四句の本文の差異についても考えたい。

〈ひぢきの灘の〉流布本系列第一類・秘蔵本系列・混態本B群・混態本C群・混態本D群
〈ひびきの灘の〉流布本系列第二類・流布本系列第三類・秘蔵本系列鶴舞・混態本A群

これらのうち、書甲は「ひた」と書きかけて「た」を見セ消チ、「ひちきの」と訂する。書乙は「ひちきのなたの」で「本ノマヽ」と傍書、慶應は「ち」の脇に「ひ歟」と傍書する。筑波は「ひゝきのなたの」の「ゝ」に「ちイ」の異文注記がある。

〈ひぢきの灘〉〈ひびきの灘〉いずれも古歌に詠まれた地名であるが、〈ひぢきの灘〉は当該歌を除けば、『万葉集』に一例見られるのみで、名所歌枕としては定着していない。一方、〈ひびきの灘〉は勅撰和歌集には例歌が見られないものの、『伊勢集』『忠見集』など中古の私家集から散見され、響きという言葉から導き出される音のイメージに利用されることが多い。

＊音に聞き目にはまだ見ぬ播磨なるひびきの灘ときくはまことか（忠見集・一四八）

＊風ふけばひびきの灘の音高み波のすゑゆく海士の釣舟（海人手古良集・八六）

用例の多さから見れば、〈ひびきの灘の〉が想起されるであろうし、書乙・慶應の傍書もそうした類推が働いたためであろう。しかし、当該歌には、音を連想させる詞はなく、〈ひびきの灘〉を詠んだ先行歌の影響も見られない。一方、わずかに一例とはいえ、万葉歌に先行例があるという点は注意しなければならない。『万葉集』の先行例とは次の歌である。

＊昨日許曽《キノフコソ》　敷奈侶婆勢之可《フナテハセシカ》　伊佐魚取《イサナトリ》　比治奇乃奈太乎《ヒチキノナタヲ》　今日見都流香母《ケフミツルカモ》（万葉集・巻十七・三八九三・作者未詳）

昨日船出をしたとばかり思っていたが、ひぢきの灘を今日見ていることよ、という意味であり、樋口芳麻呂は当該歌の本歌としてこの万葉歌を挙げている。新日本古典文学大系の底本は内甲であり、第二句本文は「取るや早苗も」

となっているから、本歌と認定したのは〈ひぢきの灘〉の摂取ということになる。しかし、【混態本B群】〈とるやいさなも〉とすれば、この本歌は一層明らかなものとなる。

この万葉歌の「いさな取り」は『万葉集』では十二例あり、「海」や「浜」「灘」にかかる枕詞と考えられている。『時代別国語大辞典上代編』では、見出し語「いさな」に「くぢら」の項目への移動指示があり、見出し語「いさなとり」は「枕詞。鯨を取る意で、海、灘、浜など、海に関する語にかかる。」と説明されている(7)。

宗尊親王はこの万葉歌に詠まれた比治奇の灘を参考にした際、「いさなとり」の措辞も取り込んだのではないだろうか。しかも、宗尊親王はこれを枕詞と認識しなかったため、語順を変えてしまったのである。

このように考えると、為家の評詞の意味も明らかにできよう。まず「第二句、いと見なれてもおぼえ候はず。」とは、『万葉集』で枕詞として成立し、その後、ほとんど使われることのなかった「いさな取り」を、宗尊が枕詞と認識せずに解体し、一般的な措辞として〈取るやいさな〉とした点を批判したのである。また、第四句についても、万葉歌一首を除いて、これまで詠まれたことのなかった地名であることから「名所がら不幽玄之界（幽玄ノ界ナラズ）候覧。」と評したのであろう。

三

『文応三百首』八五番歌は『万葉集』三八九三番歌を本歌とし、第二句は【混態本B群】に唯一残る〈とるやいさなも〉、第四句は【流布本系列】にも【秘蔵本系列】にも残る〈ひぢきの灘の〉が、本来の宗尊親王の目指した措辞であったと結論づけられる。本来詠まれていた〈いさな〉は、【流布本系列】諸本を溯る早い段階で〈さなへ〉と誤認、あるいは意図的に改変され、同様に【秘蔵本系列】の〈いそな〉の本文が生じたのである。〈いさな〉本文は、【混態本B群】の祖本や『六花集』編纂の依拠資料となった伝本にかろうじて伝わったのである。〈早苗〉⇕〈磯菜〉のように漢字表記では直ちにはその変化あるいは改変がわかりにくいが、〈いさな〉→〈さなへ〉は「い」が抜けた代わりに「へ」を補ったもの、〈いさな〉→〈いそな〉は「さ」が「そ」に替わったものというように、仮名表記上の変化であれば―そこに書写者の意志が介在しているかは明らかではないが―それぞれの本文変化は充分に起こりうる。そして、意味の不明な〈いそべ〉〈いかな〉はさらに後出の誤写と見てよかろう。

このように考える上で、『万葉集』諸本の訓の問題についても考察しなければならない。

先に、西本願寺本の傍訓「イサナトリ」を掲げたが、この箇所については異訓が存在するのである。

まず元暦校本は「いさことる」である。同様に、類聚古集「いさことる」、古葉略類聚鈔の傍訓「イサコトル」、廣瀬本「イサコトル」とあり、次点本系の『万葉集』の訓に〈いさごとる〉が存在しているのである。これは『万葉集』の平安期の注釈書においても同様で、『綺語抄』が「いさごとる」、『秘府本萬葉集抄』の傍訓が「イサコトル」、『袖中抄』が「いさごとる」と共通する。

西本願寺本の傍訓「ナ」「リ」の箇所は二重書きのようになっていて、『校本萬葉集』(増補普及版、一九三一年、岩波書店)では、「モト青カ」と注記している。青の筆は仙覚の改訓であり、次点の訓を仙覚が変更したものと考えられる。

仙覚の寛元本の訓が反映されていると見られる諸本も同様に〈イサナトリ〉である。神宮文庫本の傍訓「イサナトリ」があり、稿者は未見であるが、『校本萬葉集』によれば、京都大学本の「ナ」「リ」、陽明文庫本の「ナ」「リ」が、それぞれ代赭の書き入れ、細井本(巻十七)傍訓も「イサナトリ」であるという。つまり、仙覚の校訂作業の早い段階で、〈いさごとる〉は〈いさなとり〉に改変されているのである。宗尊親王はこの訓に基づいて当該歌を詠んだのである。

では、この「いさな」は鯨のことなのであろうか。

『秘府本萬葉集抄』には、本文に傍訓を付した後に、「イサコトハ小魚也」という注釈がある。この影響を受けたと覚しい『袖中抄』でも、「いさごとるとは、いをとるといふなり」とあって、魚を意味する言葉と捉えている。もっとも、この二書は「イサゴ」の本文であるのだが、宗尊親王のほぼ同時代と見られる『萬葉集佳詞』も万葉歌三八九三番を挙げ、「いさなとはちいさきうを也」と注するように、「いさな」が魚を意味するという把握があったのである。時代は下るが今川了俊『言塵集』（乾・第四）にも「いさなとは小魚也(8)」とあり、正広の家集『松下集』に

＊里の子のさでさす浪の浅き江に鷺もおりゐていさなをぞとる（二四六五）

とあるように、小魚という認識が続いているのである。

このような把握が宗尊親王にもあったとするならば、当該歌は、ひぢきの灘で浦人が捕獲しようとする小魚の群れが、五月雨のために一箇所に停滞するということを詠んだと解せる。

おわりに

『文応三百首』八五番歌の本文を、万葉歌摂取の視点から考察してきた。伝本で異なりのある本文であるが、第二

句は〈取るやいさなも〉、第四句は〈ひぢきの灘の〉が本来の本文であったと結論づけられる。これによって、第五句の本文も自ずと明らかにできよう。

第五句は諸本の多くが〈五月雨の頃〉であるが、【秘蔵本系列】のうち、松平・中川・早稲・慶應・初雁・古義・鶴舞・書内・歴民・樋甲・桑原の十一本と【混態本A群】二本が〈五月雨の空〉の本文である。

ひぢきの灘の海の景を詠んでいて〈五月雨の空〉となると、詠み手の視点が定まらず、第三句までの景との乖離が大きい。小魚の群れが五月雨によって動かなくなる頃という〈五月雨の頃〉とあるべきだろう。

本稿では、『文応三百首』八五番歌の本文を確定し、その典拠が仙覚の改訓に基づくものであることを明らかにした。宗尊親王の詠作における万葉歌の訓は、非仙覚系のものという見解もあるようだが、(9) 少なくともこの歌に関しては、仙覚の新しい訓の影響を受けていると考えるべきであり、万葉歌享受の様相はなおも詠作個々の検討を重ねていかなければなるまい。

注

勅撰和歌集・私家集の本文はすべて『新編国歌大観』による。

『万葉集』及び古注釈書の本文は以下の影印・翻刻等による。

西本願寺本……一九九四年、おうふう

元暦校本……一九八六年、勉誠社

類聚古集……龍谷大学善本叢書、二〇〇〇年、思文閣

古葉略類聚鈔……一九二三年、佐佐木信綱複製本

廣瀬本……校本萬葉集新増補版別冊、一九九四年、岩波書店
神宮文庫本……一九七七年、勉誠社
綺語抄……日本歌学大系別巻一、一九五九年、風間書房
秘府本萬葉集抄……萬葉集叢書九輯、一九二六年、古今書院
袖中抄……歌論歌学集成第五巻、二〇〇〇年、三弥井書店
萬葉集佳詞……萬葉集叢書第十輯、一九二八年、古今書院

（1）山岸徳平「宗尊親王と其の和歌」（『国語と国文学』二四巻一二号、一九四七年一二月、東京大学国語国文学会）
谷山茂「「続百首部」類考二―宗尊親王の文応三百首と未刊百首（上）―」（『女子大国文』七八号、一九七五年一二月、京都女子大学国文学会）など
（2）拙稿「『文応三百首』伝本分類私考」（『筑波大学平家部会論集』第五集、一九九五年一一月、筑波大学平家部会）
拙稿「宗尊親王『文応三百首』の流伝について―『井蛙抄』所載本文を手懸りとして―」（『筑波大学平家部会論集』第六集、一九九七年六月、筑波大学平家部会）
拙稿「宗尊親王『文応三百首』の流伝について―『瓊玉集』所載本文を手懸りとして―」（『昭和学院国語国文』三一号、一九九八年三月、昭和学院短期大学国語国文学会）
拙稿「宗尊親王『文応三百首』流伝考―『夫木抄』所載本文を手懸りとして―」（『和歌文学研究』七六号、一九九八年六月、和歌文学会）
拙稿「宗尊親王『文応三百首』流伝攷―『六花集』所載本文を手懸りとして―」（『国語と国文学』八〇巻四号、二〇〇三年四月、東京大学国語国文学会）
（3）拙稿「宗尊親王『文応三百首』六六番歌小考」（『解釈』四五巻九・一〇号、一九九九年一〇月、解釈学会）

拙稿「宗尊親王『文応三百首』二〇二番歌小考」(『解釈』五四巻九・一〇号、二〇〇八年一〇月、解釈学会)

(4) 新日本古典文学大系『中世和歌集鎌倉篇』(一九九一年、岩波書店)所収「文応三百首」(樋口芳麻呂校注)。以下、樋口の語釈・指摘は同書による。

(5) たとえば、【混態本B群】の共通祖本は、『六花集』編纂の依拠資料となった可能性が高い。拙稿「宗尊親王『文応三百首』流伝攷—『六花集』所載本文を手懸りとして—」(『国語と国文学』八〇巻四号、二〇〇三年四月、東京大学国語国文学会)参照。

(6) ただし、作品全体にわたって、為家の評詞に基づいて改作を行った証拠は今のところ見出せない。後考を俟ちたい。

(7) 『時代別国語大辞典 上代編』(一九六七年、三省堂)

(8) 『言塵集』本文は、荒木尚『『言塵集』—本文と研究—』(二〇〇八年、汲古書院)による。

(9) 小川剛生『武士はなぜ歌を詠むか—鎌倉将軍から戦国大名まで』(二〇〇八年、角川学芸出版)など。

鎌倉・南北朝期における中殿和歌御会と三席御会

山本啓介

はじめに

中世和歌が詠まれた場は様々であるが、それを考えるにあたっては、歌壇の頂点として意識されていた内裏・仙洞における晴の和歌会を通史的に把握しておく必要があるだろう。中でも特に重要なものが、中殿御会と三席御会である。小川剛生[1]は、永徳元年（一三八一）に後円融天皇が中殿歌会の開催を企てたものの、それが催行されなかったと推定した上で、「この年八月十五夜の三席御会が、頓挫した中殿歌会の代りであったらしい」として、「中殿御会が事実上の終焉を迎え、仙洞の三席御会始の形式に収斂されていく」との見通しを述べている。

しかしながら、三席御会の詳細については不明な点も少なくない。本稿では、和歌会部類記等にも豊富に見出すことができる内裏・仙洞での晴の御会での記事を参考にしつつ、和歌御会の次第進行の分析とともに、記述者達がそれぞれの会をどのように位置づけていたのかに迫ることを通じて、鎌倉・南北朝期においての中殿和歌御会と三席御会について考察するものである。なお、中殿御会には和歌と管弦で構成される和歌御会と、詩と管弦を行う詩御会があるが、本稿では和歌御会を中心に考察を進める。

一、建保六年中殿和歌御会

中殿御会については佐多芳彦[2]の論考がある。それによれば、中殿御会とは天皇が即位以後に中殿（清涼殿）で行う、「初度」すなわち「代始」の和歌・管弦の会（中殿和歌御会）もしくは漢詩・管弦の会（中殿漢詩御会）であると定義される。詳細は氏の論を参照されたいが、それによりつつ以下の考察に関わる点を私に整理しておく。『八雲御抄』の認識によれば、中殿和歌御会は順徳天皇が建保六年に催したものも含めると五度の例があったと見なされている。ただし、「中殿御会」の呼称は、平安期の古記録には見出されず、『明月記』建保四年一一月一日条が早期の例であり、時代が下るに従って定着する。また、建保以前の会についての記事を見ると、その内容には揺れがあることから、氏は「晴の宴としての確固たる行事内容を整備する事は儘ならず、順徳天皇による『八雲御抄』に始めて細かな行事の規定が記される」ことによって、名称の上でも儀礼の上でも固定化が進んだものとされている。

私に見通しを述べると、『八雲御抄』の記述の存在も重要ではあるが、その記述の前提となった、順徳天皇が建保六年（一二一八）八月一三日に催した中殿和歌御会と、それを記した「無名記」の存在も以後の内裏・仙洞の和歌会の在り方に大きな影響を与えたものと見られる。佐多の考察と重なるところも少なくないが、次節以降で扱う三席御会との比較のために、順徳天皇の中殿和歌御会についてまとめておく。

順徳天皇の中殿御会の詳細を記したものに「無名記」がある。これは群書類聚『晴御会部類目録』他、複数の和歌会部類記[3]にも収められているものである。執筆者は不明だが、おそらく会の後まもなくに記されたものと見られる。書陵部本等[4]は「応安第一初秋比書写畢／倉部判」の奥書を有する。「倉部」は内蔵寮のことを指すと見られるので、詳細は不明ながら、少なくとも応安元年（一三六八）には内裏周辺で享受されていたことが知られる。この「無名記」をもとに当日の会の次第をまとめると次のようになる。(5)

○開始

1出御…「戌時　出㆓御書御座㆒〈御直衣／御長袴〉御剣如㆑常」

2公卿参集…「頭中将公雅朝臣召㆓公卿㆒〈孫廂南第三間以／南西折敷㆓円座㆒〉」

→天皇の出御、公卿が参集する。

○御遊（管弦御遊）…「先依有㆓御遊㆒」

3楽人着座…「伶人等参着、右大臣右近大将源朝臣通光・太宰権師・藤原朝臣定輔（略）」

4楽器を置く…「五位殿上人置㆓御遊具㆒。頭中将持㆓参御琵琶玄上㆒、置㆓右大臣座前㆒、大臣取㆑之、参㆓進御前㆒」

5演奏…「糸竹発音〈呂　安名尊　鳥破　席田　鳥急／律万歳楽（略）〉」

6楽人退下…「事了、伶人退下」

→楽人が着座し、演奏があり、終わると楽人が退下する。

○和歌会

7楽器を下げ、文台を置き、切燈台を立てる…「次撤㆓御遊具㆒。置㆓文台㆒、立㆓切燈台㆒」

8読師・講師の円座を敷く…「五位敷㆓読師円座㆒（略）六位敷㆓講師円座㆒」

9歌を置く…「次第置㆑歌。右大臣序者、右近大将源朝臣、権大納言藤原朝臣（略）」

10読師着座…「次右大臣着㆓読師円座㆒。次又各進参㆓群居近辺㆒」

11講師着座…「講師師範朝臣着座〈持㆑笏〉」

12披講…「自㆓下臈㆒次第講㆑之」
13講師退下…「次講師退下」
14御製下賜…「大臣依㆓天気㆒参進、賜㆓御製㆒、複㆑座」
15御製講師…「召㆓民部卿藤原朝臣㆒。為㆓御製講師㆒」
16御製詠吟…「満座詠吟」
17退下…「事了各退下」

↓和歌会の準備として、文台と切燈台が置かれ、読師・講師の円座が敷かれる。次に歌人達が文台に和歌を提出し、読師・講師が着座し、披講があり、臣下和歌の披講が終わると、御製和歌が下賜され、講師が御製講師に交代し、御製の詠吟があり、終了となる。

以上の次第で行われた。所収の臣下和歌の詞書は「秋夜陪　中殿同詠池月久明応　制和歌」などとしており、「応製」の字が使用されたことが確認できる。「右大臣序者」とあり、会の記の後に九条道家作の真名序も収めているように、序文を備えたものであった。ただし、序文が披講されたかについては記載がないため判然としない。

順徳院自身が、この会の催行を踏まえて執筆した『八雲御抄』[6]「中殿会」も「無名記」と同様の次第を記している。ただし「無名記」には記されていないが、『八雲御抄』には、「次置㆓文台㆒／朝餉御硯筥蓋也（略）一説には蓋を伏て置、尋常不㆑然」とあり、その置き方については異説もあるものの、いずれにしても文台には硯筥の蓋を用いるとされている。この会でも硯蓋を文台としたと推定してよいだろう。

既に佐多も注目しているように『八雲御抄』は「中殿会」の次に「尋常会」の項を別に立てており、「尋常会〈内裏仙洞上下万人会同㆑之　此中或有㆓略事㆒〉」とあるように、内裏仙洞以下の全ての一般の歌会のことを「尋常会」とし、「中殿会」との区別を明確化している。この「尋常会」との比較を通じて「中殿会」の特徴を見出すことができる。最も大きな相違は「尋常会」には管弦会についての記載がないことである。その一方で、「尋常会」にも序文・硯筥の蓋・切燈台・御製講師のことなどが記されており、儀礼や用具の点からは大きな相違は見出し難い。ただし、「尋常会」には「この中に或いは略す事有り」とも記しており、そこに記されたものが省略される場合もある、としている点には注目すべきである。「中殿会」にはこうした記述はない。また、「尋常会」では文台について「硯蓋又別文台　近年多　代々中殿又月宴皆硯蓋也」としており、硯蓋ではなく別の文台を使用するとし、中殿御会と月宴の会は硯蓋を用いるとしている。さらに「尋常会」では懐紙の提出の際に、「次歌置、有序は先序者」として、序者がいる場合には先ず序者から和歌も提出する、と記述している。これは、裏を返せば序が備わらない場合も念頭に置いているということである。また御製講師についても「講師或通用」とあり、臣下和歌の講師がそのまま御製講師を勤める場合も記している。以上を踏まえると、通常の文台を使用した場合や、序文を備えない場合、御製講師の役を別に置かずに臣下講師が御製講師を兼ねた場合などは、「尋常会」として行われたものと判断してよい。一例として『順徳院御記』(7)の承久一年一月二七日の和歌会の記事には、

（略）今夜有㆓和歌会㆒（略）刻限予着座〈引直衣〉。人々着座。次立㆓切燈台㆒。敷㆓円座㆒、置㆓文台㆒〈如法文台也／非㆓硯台㆒〉（略）

とあり、この会では「硯台」すなわち硯箱の蓋を文台とするのではなく、通常の文台を使用している。この他、『八雲御抄』の「中殿会」「尋常会」に共通の記述が見える場合でも、「中殿会」はそれらの要件を全て満たして行うものであり、何らかの省略があった場合は「尋常会」と判断してよいだろう。

さらに注目したい点に、「応製」の使用の問題がある。「応製」は本来は「応制」、すなわち「制」（天子の命令）に

応じるの意で、中国六朝時代に「応詔」を称したものに由来する。『八雲御抄』作法部の「歌書様」の「大臣已下書様」には「禁中　仙洞　応製〈大納言以下なとは或応太上皇制　万葉応詔　近代不レ用レ之　自二上古一応製也　中殿会以前は密儀也　仍不レ書レ之〉」とあり、『万葉』では「応詔」であったが、「上古」から「応製」を用いることとなったこと、中殿御会以前は密儀であるので、「応製」の字は書かないとしている。順徳院は中殿御会を催す前後を明確に差別化しており、臣下が懐紙に「応製」の字を書くことについても規定していた。この「応製」の字については後代の古記録でもたびたび言及されており、重要視され続けることとなった。

小川[8]は代始会の挙行以後は、あらゆる行事が晴儀として意識されたことを指摘し、「代始会は即位儀礼にも近似した意義を有しており、治天の君が開催に執心したのもこの点にかかる」としている。それを参考に『順徳院御記』の建保六年一二月五日を見ると、

（略）今夜可二和歌御会一。仍人々参集。予出テ欲二披講一ニ、公卿経通以下也。仍読師人先例自あれとも、無下下臈也。中殿已前ハ内々ハ無レ憚。中殿以後ハ、如レ此事守二先例一。仍取集テ無レ講。

とあり、披講を行おうとしたが、読師に相応しい身分の者がいなかったので、「中殿已前」ならば内々はそれでも構わないが、「中殿以後」は先例を守る、として、披講をしなかったという。こうした例からも、順徳院が中殿御会をいかに重要な節目と位置づけていたかが知られる。

ここまでをまとめておく。まず中殿和歌御会の最大にして欠くべからざる要素は、天皇が中殿（清涼殿）で行う初度（代始）の会であること、管弦御遊を伴うことにあったと言える。加えて、用具の点では、文台に硯筥の蓋を用い、会場には切燈台と円座を置くこと、披講においては臣下和歌の講師と別に御製和歌の披講は御製講師がつとめること、序文を備えることも必要であった。これらの条件を満たすもの全てが必ず中殿御会であったわけではないが、少なく

ともいずれかを欠いていた場合には、順徳院の規定するところの中殿和歌御会ではない「尋常の会」と判断しうる。さらに端作に「応製」の字を書くことは中殿和歌御会を行う以前にはないとされたことも判断の材料となる。

順徳天皇の中殿和歌御会も、それ以前の例を意識して行われたものであろうが、その会が「無名記」に詳細な記録として残され、順徳院自身が『八雲御抄』において規定したことによって、中殿御会の格式と在り方が定式化し、後代にも規範として意識され続けることとなった。

二、鎌倉時代における内裏・仙洞御会

ここからは、順徳天皇より後の中殿和歌御会と三席御会を中心に考察を行う。これに関連する重要な指摘として、小川[9]は、古記録等に見える「御会始」には、その年の初度の歌会である「年始会」と、主催者にとって初度の「代始会」の二つの別があることを指摘し、この二者について「後世の部類記などでは混同するものが多く、それぞれの会の性格を峻別する必要がある」と説いている。また、酒井茂幸[10]は建治四年亀山院の会が三席御会の初例であるとし、以後の三席御会とされる会を対象として、特に天皇・上皇の秘曲伝受との関わりから考察し、
三席御会の最大の意義は、主君を寿ぐ兼題による漢詩や和歌が披講される晴儀にあって、御遊において天皇・院が免許皆伝した琵琶や笙を自ら演奏することにより、君臣唱和が成されることにある。
と管弦が重視された意義を指摘している。
いずれも示唆に富むものであるが、先学諸氏は室町期成立の『御遊抄』[11]『御遊部類記』[12]や和歌会部類記類において、「三席」とされているものを参考として分析を行っていた。見通しを述べると、たしかに現代の学術用語としても、

同日に詩歌管弦を行う会を「三席の会」と呼ぶことに問題はない。ただし、古記録の上での呼称については揺れが見られるものであり、古記録本文に即した名称の確認も重要である。さらに、三席の会の中でも仙洞初度の晴の会として行われた三席御会は、それ以外の、例えば年始の会などとは明らかに位置づけが異なっている。本稿では、以上の問題を明らかにすべく、天皇・上皇が初度に催した代始の和歌会と、これまで三席御会とされてきた会を主な考案の対象とする。考察にあたって重視するのは、主催者がどの立場にありどこで催されたのか、代始（初度）か年始なのかの区別と、古記録の中でその会がどのような名称で記されているのかである。また、前節でまとめた中殿和歌御会と比較して、会が具体的にどのように進行したのかという会次第と、会の用具（切燈台・円座・硯筥の文台）の記事の有無、序文の有無、さらに出詠した歌人達が懐紙の端作に「応製」の字を使用したか、晴の会として意識されたものであったか否かについても分析を行う。

以下、対象とした和歌会には時代の順に私に番号を付し、古記録類に会の呼称が記されている場合は「　」内に示した。各会の次第等の概要は本文末尾の〈表A〉に、関連古記録や詠まれた和歌の他出状況等は〈表B〉にまとめたので、適宜参照されたい。

①宝治二（一二四八）年一月一七日　後嵯峨院　仙洞　初度「和歌御会」

後嵯峨院が宝治二年に催した和歌御会から見る。後嵯峨院は寛元四年（一二四六）に後深草天皇に譲位し、治天の君となっていた。この会は詩会を伴わない和歌管弦会であるが、仙洞初度の晴の御会として後代に先例とされた会である。『顕朝卿記』[13]同年一月一七日条に次の詳細な記事がある。

（略）今夜始有㆓和歌御会㆒。依㆓応勅㆒喚也。以㆓廣御所㆒為㆓其所㆒件御所東西八ヶ間也。（略）時剋摂政以下歌仙参集頃之、上皇出御（略）次公卿次第着座（略）次立二切燈台一（略）次敷二円座一、次立二文台一〈御硯筥蓋也（略）〉（略）次内府被レ置レ序、次侍臣置レ歌〈自二下臈一次第置レ之（略）〉、次公卿置レ之〈自二下臈一置レ之〉、次依レ召レ予〈持レ笏〉。勤二講師一之人先例（略）〉膝行着座一揖（略）。次読師〈左大臣〉参進被レ座二講師右方《左歟》一（略）下読師〈別当〉参進。左府取二和歌一留二序一通一、給二所レ残之歌於大理一（略）。大理次第進レ之。此間左府披レ序被レ置二文台上一（略）。予先一辺見終、読レ之（略）、予読畢正レ笏候。新中納言吟詠（略）。次次第読レ歌（略）人々詠レ之。旧例、毎人三反詠レ之。近代下臈不レ過二一反一也。今度如レ此。摂政御詠読畢。即起座退下。御製講師可レ為二公卿一之故也。次詠吟了。読師被レ徹二臣下歌一。次人々復レ座。次被レ置二御製一。次依レ召権大納言〈実雄卿〉参進。講頌之人々又参進。如レ前数反詠吟。以人々復レ座。次撤二切燈台一如レ元二高灯台一。又徹二文台円座等一。次御遊（略）

この会は「和歌御会」とされている。「始」「応勅」とあり、仙洞初度の晴の会である。会次第を見ると、上皇の出御、切燈台・円座・文台（硯箱蓋）の用具が置かれ、序を置き、臣下が和歌を提出し、読師・講師が着座、序の詠吟があり、和歌披講があり、それが終わると、御製講師に交代し、御製の披講を行っている。その後に切燈台を高灯台に代え、文台・円座を撤収し、管弦御遊会となっている。『陽然記』[14]同日条には「被レ追二建仁元冬佳例一歟」とある。建仁元年は後鳥羽院仙洞に和歌所が開かれ、『新古今集』撰進の下命のあった年であり、歌会・歌合も度々催されたが、同年冬に晴儀として行われた会はどれを指すものか判然としない[15]。あるいは同年一一月三日に撰者に撰集の下命があったことを指すか。ともあれ、この会を前節に見た順徳天皇の中殿和歌御会と比較すると、会場が仙洞弘御所であった点、和歌と管弦の順が逆である点、披講の詠吟数が少ない点が異なる。しかし、以上の点を除くと、『顕朝卿記』には、和歌会の次第も用具の使用もほぼ同じ記載が見られる。『八雲御抄』は「中殿御会」と「尋常会」とを明確に区別したことは先に触れたが、仙洞における会については規定していない。この会は「尋常会」のように何かしらの略儀はなく、中殿御会で規定された要素を、仙洞においてほぼ全て満たして行った会であったと言える。なお、この会で「応製」の字が使用されたかは確認できないが、「応勅」とあることによれば、使用されたものと推定される。なお、この宝治二年には院の召した『宝治百首』の成立と、勅撰集撰進の下命があり、三年後の建長三年（一二五一）に『続後撰集』が奏覧されている。このように見た場合、この仙洞初度の晴の御会は応製百首・勅撰集と続く流れの前に催されたこととなる。

②弘長三年（一二六三）二月一五日　亀山天皇　仙洞亀山殿（初度か）「御会」

『増鏡』第七「北野の雪」[16]には、後嵯峨院の仙洞亀山殿に亀山天皇が行幸し、「御あそびの後、人々歌奉る」とあり、管弦・和歌会があったことが述べられている。序文と一座の和歌本文を備える「弘長三年二月十四日亀山殿御会」[17]があり、これによれば「応製」を用いたこと、序文を備えたことが確認できる。また、講師と別に御製講師も記してあり、披講も行われたと見られる。この日の会の詳細を記した記録類は見出せないため、不明な点が多い。亀山天皇の代始の会と見なされているものであるが、後嵯峨院の院政期に、内裏ではなく仙洞の亀山殿で行われたものであり、和歌も筆頭に後嵯峨院御製、次に亀山天皇御製という順で載せている。後嵯峨院主導のもとに行われた会と見るべきであろう。

③建治二年（一二七六）八月一九日　亀山院　仙洞　初度　「和歌御会并御遊」

続いて亀山院が建治二年に催した和歌管弦御会を見る。これに先立つ文永九年（一二七二）の後嵯峨院崩御に伴い、亀山天皇は親政を行うこととなり、同一一年（一二七四）には第二皇子後宇多天皇に譲位して、亀山院は治天の君となった。その二年後の建治二年（一二七六）八月一三日に仙洞初度の詩御会を催し（勘仲記）、同月一九日にこの和歌御会を催した。和歌御会の記事は『吉続記』[18]同日条に、

> 十九日　天晴、未斜参二亀山殿一〈束帯、侍一人召二具之一〉。今日可レ有二和歌御会一〈御脱屣以後初度〉并御遊（略）
> 歌仙等漸参集。以二弘御所一為二其所一（略）

とあり、割注に「御脱屣以後初度」と退位後の初度の会であったことを明記している。会の次第の詳述は省くが、以下、切燈台を立て、「置文台〈御硯蓋也〉」、円座を敷き、序文を置き、下臈から歌を献じ、序を詠じ、下臈から和歌披講、御製講師に交代し、御製の詠吟の後に、切燈台・円座・文台等を撤収し、管弦が行われた。「今度被レ用二元久宝治例一歟」と、先の①後嵯峨院宝治二年の代始会も先例としたか、とされている。確かに次第や用具の記述からもその例にならったものと見なしうるものであり、①と同じく仙洞初度の晴の和歌管弦御会と言ってよい。また、「予歌端書様」として、「秋日侍／太上皇仙洞同詠松色浮池／応　製和歌」と記しており、端作に「応製」の字を用いたことも確認できる。なお、『勘仲記』[19]同日条も「御脱屣以後初度也、被レ模二宝治佳模(例)一」と、仙洞初度の会であること、①宝治の例に倣った旨を記している。

この会の一月ほど前の建治二年七月二二日には勅撰集撰進の下命があり、弘安元年（一二七八）の秋頃に『弘安百首』が成立し、同年一二月に『続拾遺集』が奏覧されている。

④建治四年（一二七六）一月二一日　亀山院　仙洞　「詩歌并管弦等御会」

同じく亀山院が建治四年に催した詩歌管弦会を見る。この会は先学の多くが三席御会としているものである。高松宮本『公宴和歌部類』[20]は目録に「三席」とし、本文見出も「仁部記〈民部卿資宣卿／三席御会御記〉」の下に朱筆で

「三席」と記しており、後代にも三席御会と認識されている。『仁部記』[21]同日条の記事を見ると、

建治四年正月廿一日（略）於二靡殿一可レ有二詩歌并管弦等御会一。（略）弘御所三ヶ間母屋御座如レ例。（略）乗燭之後出御〈御烏帽子／直衣〉、依レ召人々着座。公卿座狭（カ）間之間、可二着座一之人々兼有二御点和漢各別一云々。詩時資宣入二御点一欲二着座一之処、猶以無二其所一、仍退帰畢。内府民部卿〈伊頼〉（略）等着座。其外依レ無二座所一、候二閑所一。

とあり、会の名称は「詩歌并管弦御会」と記しており、「三席」の称は用いられてはいない。その次第をまとめると次のようになる。


1五位殿上人が文台・円座等を置き、切燈台を持参。

2殿上人以上の者が下臈から順に詩を置く。

3講師着座。読師着座。講頌着座。

4臣下の詩の披講。終了後、講師退出、読師が臣下懐紙を撤収。

5読師が御製を賜り、御製講師着座。御製披講。

6文人のうち和歌を詠まない者が席を離れ、かわりに歌人が着座。「次非二歌仙一之人々起レ座。前藤大納言〈為氏卿〉、按察〈高定〉（略）等相替着座」

7順に和歌を置く。（※著者資宣はこの時に退出。以下は伝聞）

8臣下の和歌披講、御製講師に交代し、御製披講。

9披講が終わり、管弦。


設営の後に、まず詩会があり、次に和歌会、管弦御遊の順で行われた。先に見た①～③との大きな相違点は同日に詩会も行った点にある。それに関わることとして、詩会が終了すると、6詩作のみの文人が離席し、歌人と交代してい

る。『仁部記』の記事をもとに会の参加者をまとめると、詩会に着座したのは公卿が一五名（うち懐紙のみ提出して不参一名）・殿上人が一一名であり、歌会の着座は公卿一五名（うち懐紙のみで不参三名）・殿上人五名であり、両会ともに着座したのは公卿五名・殿上人一名であった。座が狭かったために、文人・歌人の全てが弘御所に着座することが難しいため、詩会と和歌会の間に入れ替えを行っている。

この会の記事は『公孝公記』[22]同日条にも見える。会の呼称は「詩御会」「又同和歌御会」「又詩歌披講已後、可レ有二御遊一也」と詩・和歌・御遊をそれぞれ別に記しており、こちらも「三席」の称は用いていない。また、「又懐紙端作、応製臣上字有無、日来未レ定。当日相二尋奉行新大納言経任一之所、可レ有云々。依二建長例一之由有二返事一」とあり、「応製臣上」の字を用いるか否かが定まっていなかったが、「建長例」（後嵯峨上皇の初度作文会）によって、用いたとしている。また、「着座之外、藤黄門大理等以下月卿雲客、徘徊便所。済済焉タリ」と、着座しなかった公卿殿上人が徘徊していたとも記しており、やはり会場の狭さの問題があったことを記している。こちらには「次持二参硯蓋一」とあり、文台は硯蓋であったことが確認できる。ただし、両記ともに詩序・和歌序の記載は見られない。この会は詩歌管弦を同日に行った会という点では確かに三席の会であり、後代にもそのように認識されたものではあるが、同時代に「三席」の呼称を用いた記事は見出せない。さらに、先に見たように、亀山院の仙洞代始の詩御会と和歌御会は既に行われており、代始の会ではなかった点にも注意しておきたい。

⑤正応二年（一二八九）一月一七日　伏見天皇　内裏年始「内裏御会始」

伏見天皇の正応二年のこの会は詩歌管弦会であり、これも三席御会として扱う説もある。『公衡公記』[23]同日条には、

十七日。天晴。今夕内裏御会始也（略）予可レ候二御遊席一、又可レ献二和歌一之由、兼日有二其催一。仍今朝清二書和

歌一。

早春同詠鶯是萬春友和歌詩歌同題云々兼倫卿献之（略）

依レ為二中殿御会以前一。各不レ書二応製臣上一也。（略）次於二御西面御所一〈兼巻二御簾一。又立二切灯台、高灯台等一也。〉

とあり、以下の次第は臣下詩披講、御製詩披講、臣下和歌披講、御製和歌披講、管弦の順で行われた。その点では④と同様と言える。ただし、「内裏御会始」とあり、年始会であったと解される。また各々の端作については、中殿御会以前であるため「応制臣上」の字は書かないとしている。さらに、序文・文台・円座等についても記載がない。『伏見天皇宸記』[24]同日条にもこの会の記事があるが、こちらでも「今夜召二王卿侍臣等一令レ賦レ詩」としており、「三席」の称は見えず、用具等の記載もない。記述態度の揺れによる可能性もあるが、『公衡公記』が中殿御会以前の会と記載していたことを重視すれば、内々の会として行われた年始会と見なしうる。

⑥正応二年（一二八九）三月二四日　伏見天皇　鳥羽殿行幸和歌御会

同年三月二三日には後深草上皇が御幸していた鳥羽殿に伏見天皇も行幸し、二四日に和歌管弦会が催された。『伏見天皇宸記』に記事があり、文台・円座のことは記しているが、硯蓋の使用については記載がない。一座の和歌本文と序文の一部が伝わっており、[25]そこには「正応二年三月和歌御会／春日侍行幸鳥羽仙洞同詠花添春色応製和歌一首并序」とある。これによれば、序文を備え「応製」を用いた会で、晴の会と見なしうる。ただし、『御会部類記』[26]所収の本文では、「応製和歌一首」の右肩に「此六字本ニ無之不審」[27]とあり、「応製」を使用したか否かについてはやや不審が残る。なお、巻頭は後深草院御製、次が伏見天皇御製と解されるものであり、この会も②の例と同様に、院の主催のもとに行われた会と見られる。

⑦正和四年（一三一五）三月一日　後伏見院　仙洞　初度　「詩歌会并御遊」

後伏見院が正和四年に催した詩歌管弦会を見る。時の花園天皇は後伏見院の弟にあたり、院政をとっていた父の伏見院が正和二年に出家し、同年より後伏見院が治天の君となった。この会は『公宴和歌部類』の目録では「後伏見院御記」とある下に「三席」とし、当該本文見出の右肩にも朱筆で「三席」と記すものである。『正和四年正月廿四日詩歌御会　俊光卿申沙汰次第(28)』は、同会に先立って参会者や題などを記したものであるが、これに「詩歌共可レ被レ書二応製一之由其沙汰候」とあり、詩歌ともに「応製」の字を書くこととされていた。会は延引して三月一日に行われた。『後伏見天皇御記(29)』同日条に会の詳細が記されている。これを見ると、

一日。晴。今夕詩歌会并御遊也。余未レ行二詩歌晴会一。仍于レ今不レ書二応製字一。今度初可レ書二応製臣上一也。詩会用二建長二年、歌会宝治二年等例一。御遊者、予自二龍栖之昔一、至二仙洞今一、数度事也。仍今度歌楽等強不レ及二先例之沙汰一。無二守株之儀一。抑此事、去正月令レ仰二俊光一各令二相催一。代々多初度会依二正月一也。而関白不慮觸三十ヶ日穢之間、于レ今延引。今夜所二遂行一也。（略）

とあり、ここでも三席の称は用いず、「詩歌会并御遊」としている。また、「詩歌晴会」をこれまで行っていなかったために、「応製」の字を書かなかったのだが、今回初めて「応製臣上」を書くとして、この仙洞初度の晴の会を「応製」を使用する契機と位置づけている。また、詩会は建長二年（一二五〇）六月二七日に後嵯峨院が代始に行った仙洞作文御会に、和歌会は①後嵯峨院の宝治二年の例などによったと記している。先に見たとおり、詩歌管弦を同日に行う会としては④建治四年の亀山院のものが既に行われており、後述するようにその次第等はこれとほぼ同様のものであったが、それに対しての言及はせずに、詩会・和歌会ともにそれぞれ遡って後嵯峨院の御会を先例としたと記し

ている。④が代始の会ではなかったことが理由の一つであろう。また、④は大覚寺統の亀山院が催した会であり、持明院統の後伏見院としては、それを先規としてなぞることを避けて、皇統分裂以前の後嵯峨院を先例として位置づけようとする意識があったとも思われる。なお、「代々多初度会依二正月一也」とあり、後伏見院は初度の会は多くは正月に行われたと認識していた点も興味深い。先述の通り、現在の研究においても代始会と年始会は判別が難しいものであるが、既にこの時代においても同様の混乱が生じていたらしい。

会の次第をまとめると、まず詩会があり、文人着座、出御、用具（文台・円座・切燈台）を置く、下臈から詩を置く（序者は前に置く）、諸役（講師・読師・講頌）着座、披講を行う。講師が退下し御製講師が着座、御製の披講（臣下の詩は講頌はなく、御製のみ「今夜不レ及二頌声一、但愚作許用二頌声一」）。詩会の後に文人と歌人の入れ替えがあり、和歌・管弦会は先に見た①の例などと同様に行われている。序文が備えられたが、序の詠吟の有無については記載がない。この会については『伏見院宸記』[30]同日条にも見えるので、これを参照すると、「此間新院披二講詩歌一又有二御遊一」と、やはり三席の称は用いていない。また、「次持二文台一〈硯蓋〉」とあり、硯蓋を用いたことが確認できる。「先読レ序、左輔以下無音」とあるのによれば、序文は詠吟はせずに、講師が読み上げのみ行ったようである。

⑧元徳二年（一三三〇）二月二三日　後醍醐天皇　内裏　初度　中殿和歌御会

後醍醐天皇は文保二年（一三一八）に即位、元亨元年（一三二一）から親政を始めた。『花園天皇宸記』[31]によれば、元亨二年正月一三日に後醍醐天皇が「内裏詩歌御会始」を行ったことが見える。同記は伝聞体でこれを記しており、欠脱もあるのでやや判然としないところもあるが、当初は御遊も伴う詩歌管弦会を予定していたところ、西園寺実兼の所労などにより詩歌のみの会となったもので、参列者は「師親王、左大臣已下卿相雲客十余人云々」としている。

この会の場合は、そもそも代始の晴の会として三席の会を行おうとしたというものではなく、当初からさほど規模は大きくない内々の年始会として詩歌管弦会を行おうとした結果、管弦会は省くことになったものと見られる。

この後、後醍醐天皇は、元亨三年には中殿作文御会を行い、元徳二年（一三〇〇）にこの中殿和歌御会を挙行した。この御会のことは『増鏡』一五「むら時雨」に「中殿にて和歌の披講あり。序は源大納言親房書かれけり」とあり、既にその開催は知られているものであるが、簡潔な記事であり、不明な点が多いものであった。近時、小川がその一座本文を所収する尊経閣文庫蔵『和歌御会中殿御会部類』を紹介し、明らかとなった点が少なくない。これによると、親房序文には「春日侍　中殿同詠花契万春応製和歌一首並序」とあり、臣下和歌にも「応製」が用いられている。諸役については「御製読師／講師」と記してあるが、その下に名は記されていない。不確かなところが残るが、ひとまず御製読師・講師があったと見てよいだろう。しかし、その次第の詳細を記したものは見出せず、不明な点も多く残されている。

ここまでに見た鎌倉期の御会をまとめておく。後嵯峨院が催した①和歌管弦御会は院としての代始の晴の和歌管弦会であった。③亀山院、⑦後伏見院の代始の仙洞御会は、この①を先例として行ったものである。ここで注目しておきたい点は、①は不明であるが、③⑦はともに端作に「応製」の字を用いていたことである。前節で述べたように中殿御会以前は密儀であり、「応製」の字は用いないとされていた。そのことは⑤で挙げた『公衡公記』にも見え、後代にも意識されていたことが分かる。しかし、⑦では後伏見院自身が、この仙洞代始の晴の詩歌管弦御遊会を「応製」を用いる契機と位置づけていた点に注目される。すなわち、院が仙洞で行う初度の晴の御会は、天皇が内裏で行う中殿御会と同様の意義づけがなされていたということになる。確かに、会場が内裏か仙洞かの違いを除くと、①③⑦は、次第・用具の点でも、先に見た中殿御会の要件を満たして行ったものと見なしうる。さらに、ここで挙げた①③⑦はいずれも単に上皇というだけではなく、院政を行う治天の君が催したものであったことに注意しておきたい。
一方、⑧後醍醐天皇の中殿和歌御会は親政を執る立場で催されたものであった。それに比して、②亀山天皇、⑥伏見天皇の会は、中殿（清涼殿）のある内裏ではなく、治天の君である父院のところに天皇が御幸して催されたものであった。

三、南北朝期における中殿和歌御会と三席御会

続いて南北朝期を見る。見通しを先に述べると、⑦の仙洞初度の晴の三席御会を先例とする御会が催され、徐々に定着を見せる。また、新たな傾向として、足利将軍家が内裏・仙洞での晴の御会にも影響を与えることとなる。このことについても併せて述べることとする。

⑨暦応二年（一三三九）六月二七日　光厳院　仙洞　初度　「詩歌御遊三席」

南北朝の争乱も小康状態となった暦応二年に光厳院が催した詩歌管弦会である。『中院一品記』（通冬公記）[33]の同年同月二四日条に「二十七日仙洞御作文并和歌御会御遊云々、晴儀初度也」とあり、初度の晴儀とされていたことが見える。『実夏公記』（後山科内府記）[34]の二七日条に会当日の記事があり、

（略）今日仙洞晴御会始也。追二正和佳躅一、詩歌御遊三席可レ被二連行一云々〈今度始可レ載二応製臣上一／之由有二御教書札紙一〉。（略）及二寅刻一関白被レ参頃之先有二詩御会一。其所寝殿西面〈日来議定所〉（略）。」

「正和佳躅」すなわち⑦後伏見院の御会を佳例として「詩歌御遊三席」を連ねて行った会であり、「応製臣上」の字も

初めて用いると記している。確認した限りではこれが「三席」の称の初例である。⑦と同様に治天の君による仙洞初度の晴の詩歌管弦御会であり、切燈台・円座・文台「硯筥蓋」、序のこと等も、同様の記載が見える。和歌序の披講については「序講頌者、別当資明一人也」とあり、詠吟も行われたと見られる。なお、歌人を記した箇所に「此外鎌倉大納言依レ召進二懐紙一不参也」とあり、足利尊氏は和歌懐紙を詠進したものの、会には参じていなかった(35)。

⑩貞治六年（一三六七）三月二九日　後光厳天皇　中殿和歌御会

文和元年（一三五二）、観応の擾乱の余波で光厳院らが南朝に幽閉されるという時局下に、足利尊氏らに擁立され、光厳院の三宮が後光厳天皇として即位した。延文元年（一三五六）二月三〇日には初度の詩歌会が催されたが、管弦を伴わない内宴として行われたものであった。ようやく京都が安定した貞治六年に足利義詮の奏請によって、後光厳天皇の親政における代始の晴儀である中殿和歌御会が催された。

先例の中殿和歌御会は先に管弦御遊があり、続いて和歌御会を行うものであった。しかし、この会は和歌・管弦の順で行われた。これについて『後愚昧記』(36)には「就中長座難治之間、大樹申請之故云々」と将軍足利義詮の申請によるものであったとの伝聞を記している。また「浮説」として、御製講師の役についても、もとは二条為遠に仰せつけていたが、冷泉為秀でなければ義詮は参加しないとの申し入れがあり、延引も検討されたとしている。結局は御製講師は日野時光となり、義詮も参会した。

『雲井の花』によると、詠吟の回数は、関白（二条良基）歌は五反、公卿歌は二反、大樹（将軍足利義詮）と丞相（大臣）の歌は三反で、御製は十反ほどであった。披講詠吟の反数は基本的にはそれぞれの身分に応じて行われる。この時の将軍義詮は正二位前権大納言であったが、大臣と同様の扱いをされたことになる。井上宗雄(37)は『雲井の花』が、当日の義詮が行装華美で多くの武家を扈従させた様を描いていることに触れて、「これなど義詮の示威行動ではないかと想像される」と述べている。『雲井の花』が「題并序のこと、建保の佳躅をたづねて」としているように、この会は建保の中殿和歌御会を先例と意識して行われたものだったであろう。しかし、後光厳天皇が幕府に擁立された天皇であるという時代の現実は、中殿和歌御会の内実にまで影響を及ぼしていた。

⑪応安四年（一三七一）九月一三日　後光厳院　仙洞　初度「詩歌管弦之講席」

応安四年三月に後円融天皇に譲位した後光厳院は、同年の九月に仙洞初度の晴の詩歌管弦御会を催した。この会は九月一三日に行われたものであるが、既に小川が『愚管記』（後深心院関白記）同日条の記事から指摘したように、後光厳院の意向によって懐紙には「九月十三夜」のことは記さずに、あくまで「脱屣以後初度御会」として行われたものであった。

『愚管記』(38)同日条には「今夜新院温二正和暦応之芳躅一、被レ展二詩歌管弦之講席一（略）」とあり、⑦正和の後伏見院、⑨暦応の光厳院を先例として、詩歌管弦会を催したとしている。会の内容は「文台〈硯蓋〉」・円座・切燈台、序のこと等、確かに⑦⑨と同様に行われている。ただし、詩序・和歌序ともに披講もされたことが記されている。同記の「懐紙書様」には「秋夜同賦明徳月無私／応製詩」「秋夜侍　太上仙洞同詠池月／添光応製和歌一首并序」とあり、詩歌ともに「応製」の字が用いられたことが確認できる。なお、同会の詳細な記事は『愚管記』しか見出せていないため、判然としないところもあるが、同記では「三席」の称は用いずに「詩歌管弦之講席」としている。儀礼としては仙洞初度の晴儀としての詩歌管弦会（三席御会）は既に定着しつつあったと見られるが、呼称の上では未だ揺れが見られる。

後光厳院は、持明院統の正嫡が代々継承するべき琵琶の秘曲を伝授されておらず、御琵琶始の儀は行ったものの、武家の好む笙を学ぶことを良しとした(39)。また二条良基らの勧めによって持明院統の代々の伝統である京極派歌風を捨て、二条派和歌に転じている(40)。深津睦夫(41)は後光厳院がこのように持明院統の代々の伝統を継承しなかったことが、光厳院との不和の要因であったと推定している。指摘の通りと思われるが、仙洞初度の晴の会の詩歌管弦会（三席御会）の催行については、後伏見院・光厳院の先例を継承していた点は興味深い。

なお、この時には二代将軍義詮は没しており、三代義満は未だ幼少であったためだろう、武家の存在について特に言及した記事は見られない。

⑫永徳元年（一三八一）八月一五日　後円融天皇　内裏「三席」

後円融天皇は応安四年（一三七一）三月二三日に践祚し、応安七年に父後光厳院が崩御すると親政を行った。三代将軍足利義満が公武にわたって権勢を強めていた頃である。永徳元年（一三八一）三月一五日には後円融天皇が足利義満の花の御所に行幸し、一五日には三船の会が催された（愚管記・さかゆく花）。そうした状況下で、後円融天皇は在位中に中殿御会を催すことを計画している。『愚管記』永徳元年（一三八一）三月二一日に「被下　勅書　中殿御会可レ有二御沙汰一云々」とあり、同年四月二日「被下　勅書　中殿御会被二思食定一之趣也、奉行事可レ被レ仰二頭弁経重朝臣一云々（略）」と見えるものであるが、この後に催行された形跡は見出せない。小川(42)は後円融天皇在位中最後の歌会となった永徳二年三月二八日の年始歌会にも「応製臣上」の文字が用いられていないことから、企画された中殿御会は行われなかったものと推定し、さらに「中殿歌会の挙行には後円融も良基を憑んだであろう。しかし、室町第行幸の時の作文と歌会は、密宴とはいえ、これまでのいかなる晴御会をも凌ぐ規模であった。良基がもはや中殿歌会の開催には積極的になれなかったとしても不思議ではない（略）かくして、後円融の企ては挫折してしまったと考えられる」としている。肯首すべき指摘である。

その永徳元年の八月一五日に後円融天皇は内裏において「三席」の会を催した。小川が「頓挫した中殿歌会の代わりであったらしい」とするものである。また酒井は「天皇の在位中に三席御会が挙行されるのも初めてであった」と注目しているものである。確かに、『愚管記』同日条には「今夜宸遊可㆑被㆑展㆓三席㆒云々」と見えるもので、「三席」として認識された会である。ただし、同記を見ると、切燈台・円座・文台の記事はあるが、硯箱の蓋や序文については記載がない。さらに、詩会では「御製講師同人也」とあり、臣下講師と御製講師の交代も省略されている。「応製」も用いられなかったものと推定される。また、「先御遊也」とあるように、管弦・詩・和歌の順で行われた。仙洞初度の晴儀として行われた⑦⑨⑪は詩・和歌・管弦の順であった。これについては既に酒井も指摘するところであるが、『御遊部類記』[43]に「常儀、先詩歌之後、御遊也。而依㆓将軍命㆒先有㆓御遊㆒」とあることによれば、将軍義満の意向によるものであったらしい。

記述態度の問題も考慮すべきではあろうが、講師の交代が省略されている点や序文が備えられなかった点を重視すると、この内裏での三席御会は、仙洞初度の晴儀として行われた詩歌管弦御会（三席の会）とは大きく位置づけの異なる、略儀で行われた内々の会であったと見なしうる。ただし、こうした会にも「三席」の称が用いられたことも軽視できないだろう。

⑬至徳元年（一三八四）一一月三日　後円融院　仙洞　初度　「詩歌管弦三席晴御会」

永徳二年（一三八二）に皇子後小松天皇に譲位し、治天の君となった後円融院は仙洞初度の晴の三席御会を催している。この間には、義満が准三宮となり、公家社会においての権勢をますます強めており、後円融院とは不和が生じていた。(44)

この会の記録は『公宴部類記』・『公宴和歌部類』・群書類聚他に、書名・著者ともに不明な同一記事が含まれている。(45) 群書類聚本『中殿御会部類記』に従って「無名記」と呼ぶこととする。この「無名記」には「今夜於二新院一有二詩歌管弦三席晴御会一脱屣以後初度也」とあり、退位後初度の「三席晴御会」であったことが確認できる。ただし、会の次第等の詳細は記されておらず、不明な点が多い。題・諸役・会衆は列記されており、それによれば、准后足利義満は詩・和歌ともに詠進した和漢兼作の作者であり、御遊では笙を担当し、さらに和歌会では御製読師もつとめている。また彰考館本『晴御会部類・詩歌御遊部類』(寅・一二)に「三席御会記　綾小路中納言信俊卿記」があり、同会の序・和歌・詩の本文が収められており、「応製」が用いられたことが確認できる。

詳細は不明ながら、⑦⑨⑪の先例と同様に仙洞初度の晴の三席御会として、同様の次第で行われたものと推測される。ただし、義満がこの会の諸役においても大きな位置を占めていた点は、時代を反映した、これまでに見られないことであった。

おわりに

順徳天皇の中殿御会と、その後の内裏・仙洞における晴の御会を中心に見て来た。まず「三席の会」という呼称について整理しておきたい。「三席」の称は⑨「詩歌御遊三席」が早期の例であるが、その後に行われた同内容の⑪では「詩歌管弦之譙席」とするなど、記述者により揺れがあった。⑫⑬の後円融の時代には「三席」「三席晴御会」の称が見えるので、このころには名称として定着したものと見られる。ただし、⑫のような内々の三席の会と、⑦⑨⑪⑬の代始の晴の三席の会とは位置づけが大きく異なっていたことには注意が必要である。現在の学術用語としては、詩歌管弦を同日に行うものを〈三席の会〉と呼ぶことに問題はないが、仙洞初度の晴の会として催された詩歌管弦会は〈仙洞初度三席晴御会〉と区別すべきであろう。

次に、「応製」の使用の問題について述べておく。⑤伏見天皇の会は年始会と見なされるものであるが、中殿和歌御会以前の会として意識され、懐紙に「応製臣上」を書かないものとされた。中殿御会の催行以前には晴儀の和歌会を行えないという順徳院以来の意識が、その後まで彼らを強く支配していたと見られる。(46)それでありながら、③④⑦⑨⑪⑬の仙洞晴の御会では、「応製」が用いられた。記録からの確認はできないが、①も同様であったと推定される。後伏見院は自ら⑦の会を「応製臣上」を書く契機と位置づけており、仙洞初度の晴の御会は、天皇が在位中に行う中殿御会と極めて近い意義を与えられていたものと見られる。

資料の残存状況の問題もあり、必ずしも全てを網羅できたわけではないが、晴の和歌御会・三席御会の通史的概観を述べておく。仙洞初度の晴の和歌御会としては①後嵯峨院の会があり、③亀山院もこれを踏襲した。亀山院はさらに④の詩歌管弦会（三席の会）を催しているが、この会は仙洞初度の会ではなかった。仙洞初度の晴の詩歌管弦会〈仙洞初度三席晴御会〉は⑦後伏見院が初例であった。なお、この会の中の和歌会は①を先例としていた。そして、⑨光厳院の代始の詩歌管弦会は⑦を先例として踏襲したものであり、さらに⑪後光厳院の会も⑦⑨を先例としたものであった。⑦⑨⑪⑬の〈仙洞初度三席晴御会〉は持明院統の皇統において定着していったものと見なしうる。その儀礼を細かく見ると、⑦では序文の披講は不明であるが、⑨では披講が行われたことが窺え、⑪では披講が明記されているように、徐々に儀礼の整備も進んだものと見られる。なお、①③の〈仙洞初度晴和歌管弦御会〉、そして⑦⑨⑪⑬

の〈仙洞初度三席晴御会〉は、いずれも天皇の位を退いてまもなくのうちに治天の君が催したものであった。

中殿和歌御会は、⑧後醍醐天皇、⑩後光厳天皇が催行していた。両天皇ともに、親政の時代であった。また、催行されなかったと見られるが、⑫後円融天皇の企画した中殿和歌御会も親政の時点のことである。治天の君が院政を行う時代に、在位中の天皇が中殿和歌御会を催した例は見出せない(47)。本稿で扱った中ではただ一例のみであるが、後光厳は親政を行った在位中に⑩中殿和歌御会を、退位後は治天の君として⑪の詩歌管弦会(仙洞初度三席晴御会)を催している。この事実によるならば、少なくとも後光厳の時点では、中殿和歌御会は親政の天皇が清涼殿で行う代始の会であり、〈仙洞初度三席晴御会〉は治天の君が仙洞で行う代始の会という位置づけがなされていたということだろう。

以上を大きくまとめると、鎌倉・南北朝期においての初度の晴の和歌御会・三席御会は、実権の有無はともかくとして、その時の王朝の頂点に位置したものが、天皇であれば中殿和歌御会を、上皇であれば仙洞での御会を催す形となっていた。そして、仙洞初度の御会は①③の和歌御会から、⑦以降は三席御会へと拡大し定着していった。その定着の後に、詳細は不明なところが残るが、在位の君として中殿御会を催行できなかった後円融は内裏において⑫の三席御会を催すに至ったとの見通しが成り立つだろう。

各古記録の記述態度の問題にも触れておく。全文を挙げての詳細な検討は省いたが、初度の晴の会を記した日記類の多くは、それが初度の会であることや、次第・用具・諸役等について詳細に記していた。これは、記述者達が先例となる古記録を参照した上で、それに倣って会を催行し、それを記録として残そうとした結果であろう。

最後に〈仙洞初度三席晴御会〉の意義について述べる。これは文人・歌人・楽人を一日に集め、序文も備えて行う代始の晴儀であった。従ってこれを行うには、詩・和歌・管弦に長じた人材を備え、さらにそれらを同日に集める統制力が必要とされた。裏返せば、それらを一同に集めた晴の会を開催することは、歌壇に限らず、詩・管弦にまで及ぶ王朝文化の統率権の所在を明らかにする意味を持っていたと言えるだろう。さらに大胆に述べることが許されるならば、両統迭立・南北朝期において、それを開催することは、すなわち王権の所在を誇示することにも繋がるものであったと言えるかもしれない。

なお、ここで取り上げた御会に詠出されたのは、いずれも一首懐紙和歌であった。それらは、晴の場の歌らしく温雅ではあるが、特徴に乏しいと言わざるを得ない。しかし、〈表B〉に示したように、勅撰集の賀部に入集した歌も少なからずあった。これらの和歌を生んだ場であったことも軽視はできないだろう。

室町期における内裏・仙洞における晴の御会の変遷については稿を改めて述べることとする(48)。

〈付記〉

本稿は平成二十八年和歌文学会一月例会（於　早稲田大学）での口頭発表の成果の一部をまとめたものである。その際に多くの方から御教授を賜った。記して御礼申し上げたい。また、本稿は平成二十七年度科学研究費助成事業（学術研究助成基金助成金　課題番号：24720090）による研究成果の一部をまとめたものである。

注

（1）小川剛生「北朝和歌御会について——「御会始」から「歌会始」へ」（『二条良基研究』第三篇第一章、笠間書院二〇〇五年一一月／初出「南北朝期の和歌御会始について」（『和歌文学研究』七八、一九九九年六月）。

（2）佐多芳彦「中殿御会の成立について」（『国史学』一四二、一九九〇年一一月）。

（3）「御会部類記　建保六～寛正五」（宮内庁書陵部　函号…１７５—５３６）、「晴御会部類・詩歌御遊部類」（彰考館　函号…

寅・１２）、群書類聚二八二、他。
（４）引用本文は（注３）宮内庁書陵部本による。古記録の引用に際しては、旧字体は現行の字体に改め、私に返り点、句読点を付し割注は〈　〉に入れて示した。以下同。
（５）私に次第に即して番号を付し、下にそれに該当する本文を載せた。
（６）本文は片桐洋一編『八雲御抄の研究　正義部・作法部』（和泉書院、二〇〇一年一〇月）所収の書陵部本による。
（７）本文は増補史料大成『歴代宸記』による。
（８）注（１）。
（９）注（１）。
（10）酒井茂幸『禁裏本と和歌御会』（新典社、二〇一四年三月）第三部第一章「中世の三席御会」（初出「国語と国文学」八三・一〇、二〇〇六年一〇月）、同第二章「宮内庁書陵部蔵伏見宮旧蔵『三席御会次第〈詩歌、管弦／御遊〉』―解題と翻刻―」（初出「研究と資料」五五、二〇〇六年七月）
（11）群書類従本。
（12）国立歴史民俗博物館高松家伝来禁裏本『御遊部類記』（H―六〇〇―一八四）
（13）本文は国立歴史民俗博物館高松家伝来禁裏本『公宴部類記』（函号…H―600―183）による。同本は続群書類聚『公宴部類記』と同系等の本文。同記は多数の和歌会部類記や、『歴代残闕日記九』に所収。
（14）本文は「御会部類記　建保四～享徳二」（宮内庁書陵部　函号…175―400）による。
（15）『明月記』建仁元年冬に見える後鳥羽院仙洞における主要な会には影供歌合があるが、当座の会であり、兼題の晴儀の会は見出せない。
（16）本文は新訂増補国史大系『今鏡・増鏡』による。適宜宛て換えを行った。以下同。
（17）有吉保氏蔵の孤本。『新編国歌大観』に所収。

(18) 本文は増補史料大成『吉続記』による。
(19) 本文は史料纂集『勘仲記』による。
(20) 国立歴史民俗博物館高松家伝来禁裏本『公宴和歌部類』（函号…H—63—950）による。以下同。
(21) 本文は『公宴和歌部類』注（20）による。
(22) 本文は『中殿御会部類記』（群書類聚　二八一）による。
(23) 本文は史料纂集『公衡公記』による。
(24) 本文は増補史料大成『花園天皇宸記二・伏見天皇記』による。
(25) 彰考館文庫本『晴御会部類記』（寅・一二）に所収。『新編国歌大観』に「正応二年三月和歌御会」として所収。
(26) 宮内庁書陵部本『御会部類記　建保六～寛正五』（一七五—五三六）。
(27) 同記を収める『中殿御会部類』（大阪市立大学附属図書館森文庫本）も同。
(28) 本文は国立歴史民俗博物館高松家伝来禁裏本『公宴和歌部類』（函号…H—63—950）による。これによれば詩題は「鶯花契万春」、歌題は「松浮春水」。ただし、延引のため変更された可能性も疑えなくはない。
(29) 本文は増補史料大成『歴代宸記』による。
(30) 本文は「御会部類記　建保四～享徳二」（宮内庁書陵部　函号…175—400）による。
(31) 本文は『増補史料大成　花園天皇宸記』による。
(32) 小川剛生「尊経閣文庫蔵『和歌御会中殿御会部類』について—南北朝期の宮廷歌会三種の紹介—」（「国語国文学研究」三三、一九九七年二月）。
(33) 本文は『大日本史料』六編五冊による。
(34) 本文は『公宴部類記』注（13）による。『公宴和歌部類』所収の当該記事には「仙洞三席事」と書き入れがある。
(35) 尊氏詠は『新後拾遺集』に入集（賀・六八二）。

(36) 本文は大日本古記録『後愚昧記』による。
(37) 井上宗雄『中世歌壇史の研究　南北朝期』〈改訂新版〉（明治書院、一九八七年五月）第三編第八章。
(38) 本文は続史料大成による。
(39) 豊永聡美『中世の天皇と音楽』第五章「後光厳天皇と音楽」（吉川弘文館、二〇〇六年一二月）。
(40) 『近来風体』「後光厳院殿為定卿のやうを詠ませ給しことは、愚身・青蓮院宮申沙汰によりて如レ此詠ぜしめ給なり。御流の伏見院様はすてられき」（本文は『歌論歌学集成　第十巻』による）。
(41) 深津睦夫『ミネルヴァ日本評伝選　光厳天皇―をさまらぬ世のための身ぞうれはしき―』第九章（ミネルヴァ書房、二〇一四年二月）。
(42) 注（1）。
(43) 国立歴史民俗博物館高松家伝来禁裏本『御遊部類記』（H―六〇〇―一八四）の第二冊「御遊部類記」による。
(44) 義満と後円融院の関係については小川剛生『足利義満』（中公新書、二〇一二年八月）が詳しい。
(45) 引用本文は『公宴部類記』による。なお、同記単独の伝本に「三席御会記」（国立歴史民俗博物館高松田中穣氏旧蔵　函号…H―七四三―二二五）がある。同本は室町写、甘露寺家某によるものか。
(46) ②⑥においては「応製」が書かれていたが、これらの会は天皇が内裏で催した会ではなく、仙洞で院が主催したと見られる会においてであった。
(47) ただし、中殿作文御会については、弘安八年（一二八五）七月二三日に後宇多天皇が催しており、正和六年（一三一七／文保元年）六月二〇日に花園天皇が開催を予定していた（伏見院の病により催行はされなかった）。
(48) 『青山語文』四七号（二〇一七年三月）。

表A

	年月日	西暦	主催	初度・年始	晴・内々	会場	進行	切燈台・円座・文台硯蓋	御製講師	序文・序の披講	「応製」の字の使用	管弦
⓪	建保六年八月一三日	一二一八	順徳天皇	初度	晴	中殿（清涼殿）	管弦・和歌	○	○	序あり披講不明	○	○
①	宝治二年一月一七日	一二四八	後嵯峨院	初度	晴（応勅）	仙洞 弘御所	和歌・管弦	○	○	序披講あり	不明（使用か）	○
②	弘長三年二月一四日	一二六三	亀山天皇	初度か	（晴）	後嵯峨院仙洞（亀山殿）	管弦・和歌	不明	○	序あり披講不明	○	○
③	建治二年八月一九日	一二七六	亀山院	初度	（晴）	仙洞 弘御所	和歌・管弦	○	○	序披講あり	○	○
④	建治四年一月二一日	一二七八	亀山院	年始	（晴）	仙洞 弘御所	詩・和歌・管弦	○	○	記載なし	○	○
⑤	正応二年一月一七日	一二八九	伏見天皇	年始	内々	内裏 西面	詩・和歌・管弦	不明	○	記載なし	不使用	○
⑥	正応二年三月二四日	一二八九	伏見天皇	初度か	（晴）	鳥羽殿（後深草上皇御幸）	和歌・管弦（舟楽）	△	○	序あり披講不明	○（不審あり）	○
⑦	正和四年三月一日	一三一五	後伏見院	初度	「晴」	仙洞 弘御所	詩・和歌・管弦	○	○	序あり披講不明	○	○
⑧	元徳二年二月二三日	一三三〇	後醍醐天皇	初度	晴	中殿（清涼殿）	不明（管弦・和歌）	不明	○	序あり披講不明	○	○
⑨	暦応二年六月二七日	一三三九	光厳院	初度	「晴」	仙洞 寝殿西面	詩・和歌・管弦	○	○	序あり披講ありか	○	○
⑩	貞治六年三月二九日	一三六七	後光厳天皇	初度	晴	中殿（清涼殿）	和歌・管弦	○	○	序披講あり	○	○
⑪	応安四年九月一三日	一三七一	後光厳院	初度	晴（讌）	仙洞 西面	詩・和歌・管弦	○	○	序披講あり	○	○
⑫	永徳一年八月一五日	一三八一	後円融天皇	初度か	（内々）	内裏 泉殿	管弦・詩・和歌	△	なし	記載なし（序文なしか）	（不使用か）	○
⑬	至徳一年一月三日	一三八四	後円融院	初度	「晴」	不明（仙洞か）	不明（詩・和歌・管弦か）	不明	○	序披講あり	○	○

表B

	主要関連古記録類	古記録上の会の呼称	詩題	歌題	一座本文	勅撰集入集
⓪	無名記・八雲御抄	「中殿初講」「中殿会」		「池月久明」	○	続古今・賀・一八七六　以下　計七首
①	顕朝卿記・陽然記	「和歌御会」		「松色春久」		続拾遺・賀・七二九／新千載・慶賀・二二九八
②	増鏡・弘長三年二月十四日亀山殿御会	「弘長三年二月十四日亀山殿御会」		「花契遐年」	○	続古今・賀一八六一／続拾遺・賀七三一／新拾遺・賀六八四
③	吉続記	「和歌御会并御遊」		「松色浮池」		続拾遺／賀七二五
④	仁部記・公孝公記	「詩歌管弦等御会」	「仙遊契万春」	「春松契千年」		続後拾遺・賀六一三
⑤	伏見天皇宸記・公衡公記	「内裏御会始」	「鶯是万春友」	「鶯是万春友」		新千載・慶賀二三〇四
⑥	伏見天皇宸記・承応二年三月和歌御会	（特に記載なし）		「花添春色」	○	玉葉・賀一〇五九／続後拾遺・賀六一八／新千載・慶賀二三一三
⑦	伏見天皇宸記・後伏見天皇御記・俊光卿申沙汰次第	「詩歌会并御遊」	「鶯花契万春」	「松浮春水」		
⑧	増鏡	（中殿和歌御会）		「花契万春」	○	新拾遺・賀六八九／新後拾遺・慶賀一五三五／続古今・賀七五六
⑨	実夏公記・中院一品記	「詩歌御遊三席」	「聖澤遍於水」	「松影映池」		新千載・慶賀二三四一／新拾遺・賀六八二
⑩	雲井の花・後愚昧記・愚管記	中殿和歌御会		「花多春友」	○	新続古今・賀七五八
⑪	愚管記	「詩歌管弦之讌席」	「明徳月無私」	「池月添光」		新後拾遺・慶賀一五四二／新続古今・賀七六八
⑫	愚管記	「宸遊」「三席」	不明	不明		不明
⑬	無名記・信俊卿記	「詩歌管弦三席晴御会」	「聖献天合徳」	「松樹契久」	○	

『長短抄』と『竹園抄』

梅田　径

はじめに

梵灯庵の著述とされる連歌論書『長短抄』については、金子金治郎[1]、伊地知鐵男[2]、斎藤義光[3]らによって成立や性質が論じられてきた。『長短抄』中巻には二条良基の言談、当代の武家、連歌師の動向について他書に見られない記述があり、また良基の連歌論に繋がる一書として見逃せない価値があると金子は評価する。一方、斎藤は『知連抄』や『梵灯庵返答書』との記述の齟齬から、中・下巻は梵灯庵の著述であると認めながらも、上巻は別人の手になるものと推測する。また、木藤才蔵も地下連歌師の説が混入していることは自明であるとして「この書を中心にして梵燈の連歌論をあとづけてゆくことは、現在においては困難」だと述べた[4]。

このように従来の研究史を概観してみると、良基の影響を受けた連歌論書としてどのように評価するべきか、そして本書が梵灯庵真作か否かの議論が中心的な関心であったと言える。真作か偽作か。この論点が生まれるのは、梵灯庵連歌論についての資料と知見の少なさもさることながら、本書の内容が『竹園抄』から、剽窃といってよい程に影響を受けているからだ。

そのせいもあるだろう、連歌論書としての評価は低い。伊地知も『連歌論集上』の解題で「『知連抄』、『竹園抄』等によって祖述したもので新見には乏しい」と述べる。(5) 内容についても『竹園抄』の歌を引き写したような強引で意味がとりにくい連歌が多く収載されており、論理的な整合性が取れていない点も数多く見受けられる。

しかし、和歌文学研究の立場からは、歌学書を連歌論書に改訂してゆく手際について非常な興味をそそられる一書なのである。ここで問題となるのは『長短抄』はどのような『竹園抄』に、どのように依拠しているのかである。現存する『竹園抄』は刊写合わせて優に百本を越える伝本に恵まれているが、その本文異同は極めて複雑で、諸本の系統も未だ判然としない。先駆的な研究として久松潜一による整理があるものの、久松所蔵の伝本を中心に検討したものので十分とは言えまい。(6)『竹園抄』に関して和歌文学研究からは、三輪正胤による為顕流の研究が存し、『長短抄』との関係にも触れられている。(7) 伝本研究こそ久松の論から劇的な進展は見せてはいないが、近年『竹園抄』と深い関係をもつ伊豆密厳院を本拠とした為顕流についての研究が大きく進展し、『竹園抄』についても新たな知見が得られるようになった。こうした研究動向を踏まえた上で、本稿では改めて『長短抄』と『竹園抄』との関係について論じてみたい。

一、『竹園抄』について

『竹園抄』は、藤原為家の子息であった為顕（法名明覚）が父の教えを集めた歌学書であると説明される事が多い。寛永二一年版本を始めとする諸本の序跋や奥書に、為顕が為家からの教えを記したと書かれている事がその根拠として挙げられるが、果たして『竹園抄』が為家の説を伝えるものであるか他に傍証もなく疑問が残る。

為顕の活動については井上宗雄[8]が事蹟を追って調査しており、中世和歌諸流一つである為顕流の活動については、先述した三輪の他、片桐洋一[9]、石神秀美[10]、海野圭介[11]らによってその様相が明らかにされつつある。鎌倉に住した為顕から伝授を受けたらしき伊豆密厳院の僧侶であった能基らが中心となって、真言密教系の仏教思想の影響を強くうけた歌学書を製作していた。『竹園抄』と深い関連をもつ『石見女式』や『玉伝深秘』、『古今集序聞書能基』(いわゆる『三流抄』)などの諸本には、為顕と能基の名が見られ、これらを総じて為顕流と呼ぶ。

ただ、『竹園抄』の諸本全体を見渡してみると、為顕の名前を消し、為家の著述にみせかける本や、冒頭に「定家記」の文言を付載する本も存在する。主要な十一項目の構成・内容については多少の例外はあるものの大きな揺れは少ないが、細かい本文異同や序跋・奥書の様相は極めて複雑である。それらは『竹園抄』の中でも末流の一書に過ぎないと喝破することも可能であろう。だが、こうした異同の発生は早く、今川了俊は『落書露顕』で本書を為実の書であると推定し、「和歌会の作法を注たる本」としているが、諸先学も指摘するように「和歌会の作法」のみを記した『竹園抄』は管見に入らず、室町時代には既に種々の異本が流通していたのである。

『竹園抄』の写本群は鎌倉後期から江戸期にかけてかなり多様な様相を見せるが、寛永二一年に版本が開版されて以降は、種々の異版を生じさせながらも、これが一つの標準的な本文として利用されるようになった。ただし、『長短抄』が依拠した『竹園抄』は寛永版本と同一のものであったとは思えない。この点をまず現在よく使われる活字本の問題と共に確認していこう。

続群書類従一七輯に収められた『竹園抄』の奥書には嘉吉二年(一四四二)七月二日と見え、為家、為顕、能基の相伝が記されている。寛永版本との異同は百箇所以上にのぼるが、どうやら末流伝本らしく寛永版本にあって続群書類従本にない箇所が少なくない。特に、活字本には九頁下段、九和歌講作法に[以下十九行拠版本補之]として寛永版本からの補入が認められる。内閣文庫にはこの続群書類従の編纂に関わった塙忠寶の書き入れがある続群書類従写本（216―0001）が現存しているが、この箇所に「忠寶云版本ニヨルニ一丁ホト脱文アルヘシ」と頭書がある。忠寶は脱落に気づいていたようだが、嘉吉の奥書が収載の決め手となったのであろう。

次に日本歌学大系の本文について縷述しておく。日本歌学大系の解題では『竹園抄』を「大体内容は同じ」としつつも「異同も多少あり」、「異本も相当ある」。また「追加」や「五音次第」などが末尾に付される事があっても「それらは何れも後人の追加であり、原内容は大体本大系本の如くであったと思はれる」としている。日本歌学大系では、寛永版本の形態が原態に近いと認識していたようである。

日本歌学大系の底本には寛永版本を採用しているのだが、漢字、仮名の文字、仮名使い、送り仮名、改行などは版本と大きく異なる。また、本文においても若干の異同が認められ、和歌本文を改編し、寛永版本に見えない文言を追加した例もある。国文学研究資料館蔵寛永二一年版本（タ2―270）を基準にして、日本歌学大系との主要な異同を比較すると次のようになる。上が版本、下が日本歌学大系の本文である。版本の墨付丁数も示した。

1　なへてたちゐる―なへてたちぬる（五丁オ3L）
2　於―煩（十四丁オ4L）
3　合之蓬を忘―人蓬已（十四丁オ6L）
4　それをとるへし―それをみるへし（十八丁オ2L）
5　かちきなく―あちきなく（十九丁ウ8L）
6　ならなん―ならなむ（二十丁オ2L）
7　ならんはみな―ならんは（二二丁ウ2L）

8　ナシ―藤原忠輔（二六丁オ2L）

9　三行四季―三行四字（二七丁ウ4L）

1のように引用される和歌の語句を修正したり、2、5のように版本の誤字脱字を訂正するといった操作の他、8のように作者名を追加したり、3のように漢文を他の本文と入れ替えている。日本歌学大系では刊記に続いて「右以寛永版本書写以久曽神蔵諸写本校正畢、昭和十六年二月」とあり、校合に利用した写本は複数あったものと思われる。だが、どのような本文をどのように校合したのかは詳らかではない。

久曽神は歌学書を日本歌学大系に収載するにあたって、各作品にこうした校訂を施していたことはよく知られており、中には問題の残る処理も見受けられる。(12)『竹園抄』においても、日本歌学大系本に全面的に依拠することは慎重になるべきであろう。

金子は『竹園抄』を続群書類従本に従って引用・検討しているが、続群書類従本では「同心病」の例歌で『長短抄』に「春ノ夜ノ夢ノウキハシトダエシテ峯ニワカル、ヨコ雲ノ空」と見える歌が欠落（寛永版本他にはある。なお後述）するなど、『長短抄』と比較するにはやや不適切な本文であるように思われる。

そもそも寛永版本自体、誤字や脱字も少なくない。本文的に安定しているとは言えず、活字本も含めて、『長短抄』の基準とする事には慎重を期すべきであろうと思われる。『竹園抄』には鎌倉時代に遡る有力な古写本が管見の範囲で三本現存している。

・国立国会図書館蔵本（WA15―15：以下国会本）

・国文学研究資料館久松潜一旧蔵本（11―12：以下久松本）

・尊経閣文庫蔵本（355―13：以下尊経閣本）

国会本は原装袋綴の綴じ目を裂き、内側に諸書の抜き書きと覚しい内容を書き記した特異な形態を持つ。安永五年（一七七六）に一度表紙を改めた由が表見返しに記されており、実際、元表紙を残したまま後装表紙を加えているようである。その際、元表紙の裏表紙にあった記述を元表紙の裏見返しに記し直すなどの手を加えたようである。『竹園抄』本文に続いて「五音次第」を始め六項目の追加があり、複数の相伝奥書が示される。『和歌文学大辞典』で石神秀美が「ネット公開されている」とする国会本はこれであるが[13]、なお国立国会図書館にはもう一冊の『竹園抄』写本（９１１・１０４―Ｈ９９３ｔ）が存する。久松本は伝為実筆の枡形本。表紙は改装されており補修もある。尊経閣本はやや本文に乱れが見えるが奥書には元応二年（一三二〇）とある。尊経閣本も国文研本も鎌倉期の写本だが、書写年代で言えば久松本が最も古いかと思われる。

二、『長短抄』がみた『竹園抄』

『長短抄』がどのような『竹園抄』を利用したのかを検討する。金子は『長短抄』における『竹園抄』の利用を整理して、次のように述べている。

『竹園抄』は全部十一項、その中『長短抄』に直接関係ないのは、第九和歌講作法、第十物名類可存知事の二項のみである。（中略）一二箇所を除けば叙述の順序も一致している。これを見ると、もと『竹園抄』を連歌に当てはめて説をなした一書が存し、それを伝えて『長短抄』を成したのではないかという疑問が生まれる。単純にその時々の聞書を整理したというふうには考えにくい点がある。[14]

金子による『竹園抄』と『長短抄』の項目対照表は割愛するが、「一二箇所」の叙述の順序の入れ替えは中・下巻にまたがる点に問題がある。既述のように斎藤は中・下巻は梵灯庵真作、上巻は偽作とする説を述べられたが、ほぼ全面的な流用が認められる上巻だけではなく中・下巻にも『竹園抄』の引用がある点、都合が悪い。

『長短抄』の作者は『竹園抄』の「和歌講作法」「物名類可存知事」が欠脱した本を見ていた可能性もあるが、連歌会席の作法は別紙にあると『長短抄』では述べられている。『竹園抄』の和歌会講作法では伽陀師など、他の作法書にみられない役割が見られ、密教的な要素を多分に含んだ歌会作法を記述している。『長短抄』ではそうした密教的な作法を必要としなかったものであろう。連歌論に転用できない項目は無視したものと思しい。

また、『長短抄』上巻では「重句」の他、「乱対」、「上下ニ対シテ中ヲ略スル様」、「傍題」、「女房ノ懐帋ニ名ヲカ、ヌ事」の四項目が『竹園抄』では地の文にある文言を一つ書きに改めて立項している。各項目の内容を一つ書きにする『竹園抄』も存する（国文研蔵11—15、同11—129他）が『長短抄』と項目位置が一致する本は管見に入らず、これらの一つ書きは『長短抄』が独自に立項したものと思われる。

このように、単純に『竹園抄』の組織や本文と『長短抄』を比較検討するだけでは両書の距離を計ることができない。そこで、本稿では次の四箇所の本文異同及び字詰めに注目する。まずは『長短抄』上巻「風傍句」である。

白河之院ノ御時、アル女房ノ哥ニ紅葉ヲ題ニテ

入日サス尾上ノ雲ノクレイニ（ママ）ウツルヤヨソノ紅葉ナルラム

続いて、同じく上巻「片題之句」には「後鳥羽院の時」に頼政が詠んだ歌がある。

又後鳥羽院之御時、頼政片題ノ哥ニ月ノ前ノ花ト云題ニテ

月影ノウツラサリセハ山サクラ花ヤワヨルノ錦ナルヘキ

この二首ともに『竹園抄』以外の他出が確認できない。「片題」の概念自体が院政期の歌学書には確認できず、二

首とも『竹園抄』のでっちあげの歌だろう。『竹園抄』諸本では多く傍線部が「後白河院」と「鳥羽院」になっている。

続いての二箇所は『長短抄』中巻「和哥之懐紙可書事」にある。本項目は『竹園抄』の懐紙書式を踏襲している。同じ懐紙書様を記すものとして『新撰帝訓集』[15]、『天水抄』[16]があるが両書とも本文、字詰め共に異なる。ここでは『長短抄』の字詰めに従って引用する。

詠三首和哥　　藤原忠輔

千鳥

ナキテ行カタヲノ浦ノ
サヨチトリヨサムニアリヤ
コエノウラムル

庭上雪

我タニモアトツケカタキ
庭ノ雪ハ人ノトワヌ裳
ウラミサリケリ

忍恋

イカテカワヲモフトタニモ
シラセマシツヽムソ恋ワ

クルシカリケリ
三首ノ哥カクノコトシ祝ノ哥ハ三行三字ニ可書
　寄松祝
君カ代モノトカニ
スメルイケ水ニチヨ
ノカケサスキシノヒ
メマツ
五六首ヨリ百首ニイタルマテハ此躰ニカワリテ
只二行ニ可書又　神前《艶書歟》ノ哥ハ
四三一四三一四三一四二一ト可書也フミノ
ヲクニモカケ又袖カキニモセヨ是ヲ心得テ可書口伝アリ

　ともものや　しのひね
おもふ　のなみ
　　と　　た
とふひと　はいろに
　もな　いてぬ
　し　　れ

この懐紙書様は、通常二行カタカナになっている和歌も懐紙・散らし書きの書式を守っており、散らし書きではひらがなになっている。和歌懐紙の書式ではカタカナになっているものの、この体裁は『長短抄』が見た『竹園抄』の面影を残していると想定される。この散らし書きの書式が、『竹園抄』諸本では一段から四段まで種々あり、寛永版本、鎌倉期写本ではすべて一段書きになっている。室町期の写本からは二段、三段に書いて紙幅を節約する本があり、『長短抄』は二段書きの『竹園抄』を見たのではないかと思われる。二行書きといっても諸本で字詰め及び本文に揺れがあるが、議論が煩雑になるため散らし書きの段数のみ把握しておきたい。いま一つのポイントは先の引用に続く次の箇所である。

一女房ノ懐帋ニ名ヲカ、ヌ事アリ。又哥ヲモ遠所《艶書》哥ノ様ニ書事アリ。是ハイタク哥ヨミトシラレヌ姫御前ナトノシトケナキ躰ニスル也。

前の引用では「神前」、ここでは「遠所」と、二箇所とも「艶書」を別の字と誤まっている。『竹園抄』諸本中「艶書」を「神前」と誤る例は見受けられないが、女房懐紙の書式について「艶書」のように書くべきであるという記述を「散らし書」「懸想文」に変更する諸本があり、また「遠所」に誤る『竹園抄』伝本がある。

この四点の異同を『竹園抄』諸本で確認してみたのが次の表である。一覧して分かるように「春の夜の」詠を持ち、しかも「後白河院」「鳥羽院」の両方の本文をもつ伝本はない。

また「しのひねの」詠の散らし書きは、比較的末流の伝本であっても一段書きを維持する傾向がある。二段、三段、四段の諸本は末流化したものだろう。一段の書式を紙幅の節約から四段にすることは紙幅の省略としてありうるとしても、四段のものを一段、あるいは二段に変更する事は考えにくい。そして「女房懐紙」の「艶書」を「遠所」と誤る伝本は二本しかない。いずれも不十分なものであるが、『長短抄』の特徴を完全に具備する『竹園抄』はない、という結論が導き出される。これは検討項目を増やしても同様の結論に至るはずである。

№.	所蔵者	春の夜の詠の有無	白河	後鳥羽	忠輔	女房懐紙の「艶書」	散らし書き段数
1	酒田市立（１７５４）	○	×	×	×	×	1
2	大久保（和３２３）	欠	欠	欠	×	×	1
3	国文研松野（５４—１０８）	○	×	×	×	×	1
4	陽明文庫	○	×	×	×	×	1
5	彰考館（巳・１８・７４６４）	○	×	×	×	×	1
6	国文研久松（１１—１２）	○	×	×	×	×	1
7	国文研久松（１１—１４）	○	×	×	×	ゑんしよ	1
8	国文研久松（１１—１７）	○	×	×	×	×	1
9	国文研（５４—１０８）	○	×	×	×	×	1
10	酒田（和歌１２）	○	×	×	×	×	1
11	書陵部（１５５・８０）	○	×	×	×	×	1
12	肥前松平（１１７—６８）	○	×	×	×	×	1
13	九州大細川	○	×	×	×	×	1
14	臼杵（和０８０）	○	×	×	×	えんしよ	2
15	国文研（１１—１２９）	×	×	×	×	けしやうふみ	2
16	島根大（９１１・１—Ｆ５６）	○	○	×	×	ちらしかき	2
17	早大伊地知（文庫２０・２９３）	○	×	×	×	×	2
18	国文研木藤（１９—５１）	×	×	○	×	×	3
19	東大（中世１１・２—２６Ａ）	×	欠	欠	×	えんしよ	3
20	書陵部（２６６・８４４）	○	×	○	×	×	3
21	三手（歌・久）	○	×	×	×	×	4
22	八戸（南１５—３１５）	○	×	×	×	×	4

23	早大伊地知（文庫２０・２４１）	○	×	×	×	×	4
24	彰考館（巳・１９）	△	×	○	×	×	欠
25	善通寺（１１７―９）	○	×	×	×	えんしよ	欠
26	大阪市立大（９１１―ＦＵＪ）	×	×	×	○	×	1
27	内閣（２００２―２８）	○	×	×	○	×	1
28	熊本大北岡	○	×	×	○	×	1
29	蓬左（１０８・４）	○	×	×	○	×	1
30	尊経閣文庫（３５５―１３）	○	×	×	○	×	1
31	彰考館（巳・１８）	○	×	×	○	×	1
32	国文研（１１―１３）	○	×	×	○	×	1
33	書陵部（１５０・５９９）	○	×	×	○	×	1
34	書陵部（鷹・１４３）	○	×	×	○	×	1
35	国会（ＷＡ１５―１５）	○	×	×	○	×	1
36	河野美術館本（３３２・６４９）	○	×	×	○	×	1
37	臼杵（和０７５）	○	×	×	○	×	2
38	刈谷市立（２５３０）	○	×	×	○	遠所	2
39	東洋文庫	○	×	×	○	×	2
40	肥前松平（１１７―６９）	○	×	×	○	欠	2
41	肥前松平（１１７―７０）	○	×	×	○	×	2
42	弘前（Ｗ９１１・１―５）	○	×	×	○	えんしよ	2
43	青山会（２３６）	○	×	×	○	×	4
44	八戸（南１５―３１４）	○	×	×	○	×	4
45	京大平松（第七門４１）	○	×	×	○	×	4

46	肥前松平（117—71）	×	×	×	○	×	4
47	中央大学（K911.1／F68）	○	×	×	○	欠	2,2
48	書陵部（F10・240）	○	×	×	○	×	欠
49	金城学院（911.1—165）	○	×	×	朝臣忠経	×	1
50	東大（中世11・2—26B）	○	×	○	欠	けしょうぶみ	欠
51	国文研（99—60）	○	×	×	忠懐	×	1
52	国文研（11—18）	○	×	×	忠懐	×	1
53	書陵部（鷹・97）	○	×	×	忠懐	×	1
54	国文研（11—15）	○	×	欠	忠懐	ちらし	4
55	祐徳稲荷（6／2—2／3552・別6）	○	×	×	忠恒	×	1
56	国文研（11—128）	○	×	×	忠恒	×	1
57	彰考館（巳19・7558）	○	×	×	忠房	×	2
58	蓬左（61・30）	○	×	×	欠	×	欠
59	柳沢文庫（No.8）	○	×	×	安輔	×	1
60	三手（歌・陸・272）	○	×	欠	○（校合朱書）	×	4
61	冷泉家時雨亭文庫	○	×	×	×	ゑんしよ	2
62	早大（へ04・4427）	○	×	×	○	遠所	2

【凡例】所蔵者名は略称を示し、函架番号を（　）内に示した。該本が一本のみ、函架番号が不明の場合は函架番号を記さなかったものもある。マイクロフィルム番号のケースもあるが、いちいち注記しなかった。各項目における○は『長短抄』との一致、×は不一致を示す。欠は本文上の脱落を示す。目立つ異文がある場合には異同を記した。中央大学本は散らし書きに二種の書式を載せている。

三、五韻相通・連声を冒頭にもつ『竹園抄』

形態的に『長短抄』に近い『竹園抄』もある。『長短抄』冒頭には次の短い序文が付されている。

　夫哥ヲモヨメ、連歌ヲモ吟ヨ。五音相通・五音連聲イツレニモ可用之。然ハ哥連哥ニ之要段、一紙ニ書注也。号長短抄。

これに類似した序文をもつ『竹園抄』諸本がある。その中で、比較的有力な候補として旧神宮文庫蔵、国文学研究資料館木藤文庫本（１９―５１：以下木藤本）の系統があげられる。影印も刊行されている室町後期写の本で、[17] 同筆の寛正五年正月元日の日付がある「名所連歌」と合冊されている。現在、表紙ははぎ取られて無くなっているが、影印によると元々は紺地の表紙に「連歌師月樵筆」と書かれた題簽が貼り付けられていた。連歌師月樵は未詳。徳川黎明会所蔵の古筆手鑑『藁叢　人』に貼られた「名所歌集」（二四三）に「連歌師月樵」の極札がある他、数点の古筆切の伝承筆者として知られていたようである。ただ、この月樵が木藤本『竹園抄』の筆者であるのかは疑問とせざるを得ない。

木藤本は先にみた鎌倉期写本群とは異なる書き出しをもつ系統の一書である。木藤本の冒頭には「五音相通・五音連声之二儀より何も可用之也。読哥次第　号竹苑」とある。久松本では「竹苑抄。読謌次第。八雲抄中よりあつめたる也」とあり、国会本では「△（朱）竹苑抄。歌可読次第秘書云々」とある。

鎌倉期写本と比べて木藤本と『長短抄』冒頭との近さは一目瞭然であろう。木藤本と類似した序文をもつ『竹園抄』は、書陵部蔵本一本（１５０―５９９：以下書陵部本）、三手文庫本（歌・久）、肥前松平文庫『五音相通和歌』（３５８―

89―9）がある。また書陵部蔵鷹司本（鷹司本1―14：以下鷹司本）の見返しにも類似する文言が見えるが、鷹司本では「右之通表紙の上にあり次表題目六につゝく本も有」とあって、異本との校合書き込れなのだろう。鷹司本は「五音次第」が末尾ではなく本文の前に来る形態にも注意されるが、本文はやや乱れているようで、複数の系統による混態本ではないかと疑われる。書陵部本は仮綴で、江戸末期から明治ごろの新写本である。

これらを一つの系統として考えたとしても系統内部にもかなりの本文異同を含み持つが、本系統では書写年代からみても本文の状態からみても木藤本が有力な伝本であると見てよい。それでは、五音相通、五音連声の重要性を序文で訴える形態はどのように生成されたのであろうか。一つ想定されるのは久曽神が後人のさかしらと退けた「五音次第」の影響である。国会本には、相伝奥書の直前、「五音次第」に続いて次のような追加が見られる。

△（朱）五音に相通連声有二儀何にも可用之
・（朱）アイウエオ　・（朱）カキクケコ　・（朱）サシスセソ　・（朱）タチツテト
・（朱）ナニヌネノ　・（朱）ハヒフヘホ　・（朱）マミムメモ　・（朱）ヤイユエヨ
・（朱）ラリルレロ　・（朱）ワイウエヲ

この「△五音に相通連声有二儀何にも可用之」という文言が冒頭に移動したのが木藤本の系統なのではないだろうか。「五音次第」はこの系統には付されない事が多いが、鷹司本が「五音次第」を冒頭に持つことは、木藤本が室町期ごろに、鎌倉期写本から改編されて生成された可能性を示している。

実際に『長短抄』と比較してみると、木藤本は『長短抄』の本文と小さくない異同を示す。もっとも大きな問題として、この系統では先にみた続群書類従本と同じように『長短抄』に「春ノ夜ノ夢ノウキハシトダエシテ峯ニワカル、ヨコ雲ノ空」とある詠が脱落している事が挙げられる。また、先にみた散らし書きの書式を四段にしている点も

『長短抄』と異なり、やや本文上での遠さを感じさせる。他の和歌本文をみると寛永版本よりも『長短抄』に近いようであるが、やはり完全に一致はしない。上巻、一歌病事（6番歌）から一例を挙げよう。

長　サヤ×山ノ雲イル比ハミカリスル尾花カ野辺ノ秋ノ夕暮レ
寛　・かの・・・・・・・・・・すへ・・・・・・
木　・か×・・・ゐ・・・・・・・・・・・・・・

「尾花が野辺」という本文をもつのは木藤本系統の特長である。また、早稲田大学蔵一本（へ04―04427：以下早大本）と刈谷市中央図書館蔵村上文庫本（2530―1―3―甲五：以下刈谷本）についても触れておく。刈谷本は冒頭に、

竹苑抄一巻。五音相通・連声読哥次第。

とあり、早大本にもほぼ同様の文言がある。この序跋を見るに形態的には木藤本と鎌倉期写本系統との中間的な改変本と見てよい。早大本の末尾には次のような文言がある。

およそ哥おゝしとは聞とも、この十躰にすくへからす。此外は善白等の躰あり。ならふへし。是は家の秘事なり。初心の為しるす也。ゆめ〳〵他見あるへからす。為顕入道殿御子、為家《（ママ）》卿小童の時、竹苑にておしへたまへるなり。又為家卿民部卿入道、言を書給ともいへり。是はさらに世間に披露なき書なり。よく〳〵可秘義也。

刈谷本にもほぼ同様の奥書があり、続いて「五音次第」と、他書に見えない五音図を付載する。これは『長短抄』末尾の五音図とは大きく異なる。刈谷本は『大和哥手尓葉式』との合冊で、奥書から明和ごろの写と覚しい。早大本には年次が分かる記述がないが、江戸初期の写かと思われる。

この両書ともに、散らし書きの書式は『長短抄』と同じく二行書だが、「しのひねの」の字詰は異なる。本文も

『長短抄』と近いとは言えないが、「女房は懐紙に名をか丶ぬ事有。又哥をも遠所の様にかく事有る」（早大本）とあり、『長短抄』と同じく「艶書」を「遠所」と誤まっている点に注目される。

これはひらがなで「えんしよ」ないし「ゑんしよ」とあったものを正しい漢字に変換し損ねたものであろう。彰考館本一本（巳18―07464）には「ゑんしよ」の本文の上に、「遠所を詠之様」と頭書にしている例も見え、ひらがなの「ゑんしよ」を遠所に誤る事があったようだ。

ただし、この両書は十一風躰十様有事の各風体で「第一長高謌《タテヌキ》」のように「第」を付すなど本文的には『長短抄』とは異なる点も少なくない。また本文自体も意味が通らない箇所がある。

このように見てくると『長短抄』と完全に共通する異同をもつ『竹園抄』は管見に入らないものの、共通した誤りや類似した序文をもつ伝本が見受けられる。『長短抄』が見ていた『竹園抄』は、現在広く使われている尊経閣本や寛永版本ではなく室町時代頃に改編された系統の特徴を備えているようである。『竹園抄』は現在為顕流の一書として、『古今和歌潅頂口伝』や『玉伝深秘』といった関連する諸書との関係が取りざたされている。しかしその影響を考える場合には、『長短抄』の例が示すように鎌倉期写本だけではなく幅広い諸本への目配りが必要であろう。しかし『長短抄』自体はおそらく実見した『竹園抄』を正確に引こうという意識はなく、あくまでもその構成組織を引用したものと考えたい。

四、『長短抄』の対読者意識

『長短抄』が『竹園抄』を改変しつつその内容を利用しているのはなぜなのであろうか。推定に留まるが、『長短抄』

の読者層が『竹園抄』と重なるからではないかと考えたい。『長短抄』には上・下巻に相伝奥書が存しており、上巻奥書には成立に関わる記述も見られる。その中に、相伝者についての記述が見られる。

右此抄は於二条御所師綱御会之次。時節〳〵預御教分ふところ帋に書付於宿所連々是を清書す。以枕言葉も有、灯案主かゝりの仕手雖多、此抄所持之人少、可秘々々。号曰長短抄。就此名三ノ儀在。一ニハ哥連哥交によて也。二ニハ長稽古すれは作□(若カ)ニ入短慮なれは叶かたし。三ニハ初心にして是を見は、毎句心おかれて句つまりになる也。功つもりらうたけたる人の是を見れは龍の水をうるかことし。意地も閑(ママ)き我と心得事多し。左は人によて顕、依人密は、浅深の二長短之儀に叶へり。此書不入火中者、背師教者也。上巻廿二ヶ条也。中巻下巻有之。

康應二年此抄注書――　梵灯判

応永廿三年二月日　永承請之

本書の成立について前半部分で触れられている。まず良基の御所で、師綱（梵灯庵）が和歌か連歌の御会の次に、良基から教分をうけ、それを懐紙に書き付けた。その後宿所に戻ってから連々とそれを清書した。灯庵主から教えを受けた仕手は多くいるけれど、この本を持つ人は少なく、秘するべきであるという。この記述は、良基の和歌・連歌説が、中心的な話題であり、中には「枕言葉」も含まれていると述べている。『長短抄』内にも四箇所ほど良基の逸話がでてくるが、そのうち大原千句の事（上巻・六ウ）や撰集や肝要の書を焼き捨てたという話題（下巻・三七ウ）は良基から直接聞いたのではない。上巻奥書の成立事情を信じるとしても、『長短抄』では良基説と梵灯庵説ははっきり区別されていない点は気にかかる。しかし、上巻では「上巻廿二ヶ条」、中巻では「要段廿ケ条」とあり、上・中巻では各条に「一x」という一つ書きに小さく通番をふる形式で記されており、話題の切れ目自体は意識されていた。下巻では単純な一つ書きに書式が改まるが、三巻本としての構想は書写の都合で変容したものではあるまい。

注意したいのは「三ニハ初心にして是を見は、毎句心おかれて句つまりになる也。功つもりらうたけたる人の是を見れは、龍の水をうるかことし」という記述である。初心の人ではなく「功つもり臈たけたる人」が『長短抄』を読むのにふさわしいという立場である。これは下巻でも引き継がれており、「夫レ器物十知は一知に不足と可心得。是第一之事也。千石ノサシ石サ、レ石之用心あるへき」という記述と対応する。『長短抄』は、このような伝授が可能であると認識される程度の技量を持つ読者を想定している。それは恐らく歌道家の家員や、貴顕の子弟ではないだろう。

そこで角度を変えて、武家故実、端的には犬追物と連歌の比喩について検討してみたい。本書には犬追物についての記述が二度登場する。

一度目は中巻の「哥ニ錦ノハカマヲキセヨト云ハ」の後段である。

一方斗ヲ得タルワ、仕手ノ内トハ云カタシ。タトヘハ、ヲナシ矢ナレトモ、犬追物・笠点ノ時ハ引目ヲ取出シ、戦場ニテハソヤコソ入ヘケレ。カ様ニアレハコソ弓矢ノ徳ヲアラワシ侍レ。

もう一箇所は、下巻の「点者ノコアテ」の箇所である。「小笠原宮内少輔」が良基から犬追物の故実を尋ねられたくだりである。ここでは犬追物の検見と射手との関係について細かい作法が記されている。

験見ハ古射手、能々法引カケ斗ヲ心得テ、犬ヲ射事マレナル人験見ノ時ハ、射手ノイサミナキ躰ニ見ヘ侍也。其理ハ縄キワニ射ニクキ矢多シ。犬切テハナセハ弓ヲ引カヘス。出ル犬モアリ。是ハ射ヨキ犬也。カダ犬ノ出兼テ、縄ノ心ノマワル犬射ニクキ物也。カ様ナル犬ヲ心キ、ノ手早ノイテ一手縄ヒケハ、馬チトシサル。ヤカテ弓ヲヒケハ、犬スキヲ、也テ、馬ノ爪ノ上ヲハシリ出ヲ、ヨシヒキノ射手ノシタリカ、リテ射ヲク此矢ハ十度ニ十度チトコム也イタミヲシラヌ検見ノスコシコミタル矢トミテ引□尻打見テ此ヲハステ、、二三騎ヘタテ、コシタカキイテノ大コフシニウチカケテ、射ヨケニイタル矢ノ縄近クフシタル斗ヲ用事口惜也。カ様ノ矢二度三度モ出来ハ射手力ヲヲトシテ骨折事ナケレハ、若輩射アカルヘキ様ニモミエスト被申ケレハ、連哥ノ点者□(ノ)心ハエ如此、験見ハ点者也。点者ハ験見也ト被仰キ。

犬追物では蟇目、戦場では征矢を使用することの体感的な違いが連歌における仕手の例示になりうるという記述は武家独特の感覚ではないだろうか。そもそも、犬追物の検見と連歌の点者が直喩の関係になるという話を説明するために、ここまで詳細な犬追物に関する故実作法を記す必要があったのかも疑問である。これらは、犬追物の射手になるあるいは射手を経験した可能性がある人物に対する記述だと考えられないだろうか。

ここで出てくる「小笠原宮内少輔」が、信濃小笠原家の傍流である京都小笠原家の人員である可能性を指摘しておきたい。後代には信濃小笠原家が犬追物故実の家として『笠家大系』(18)等に描かれるようになるが、南北朝期において実質的に犬追物行事を執り行い、その故実を担っていたのは京都小笠原家の人物であったことが二木謙一によって指摘されている(19)。京都小笠原家は小笠原宗長の息、貞長から続く小笠原家の一統で、犬追物の他、連歌を愛好した小笠原持長を輩出するなど、文芸とも関わりをもっていた。京都小笠原家は代々宮内大輔を襲っており、『長短抄』の小笠原宮内少輔は、宮内大輔の誤りではないかと推察される。他にも、今川了俊や細川頼之といった連歌を愛好する武人たちの逸話があることも一応注意してよいだろう。

実は『竹園抄』もほぼ同様の読者層を想定した著述であったと覚しい。『長短抄』にも引用される、懐紙の書式に関する部分には、次のように、

名を書に我名をいかにもあけて書事は貴人のふるまひ也

とある。このような書き方は少なくとも読者に貴人を想定したものではない。『竹園抄』は為家、為顕の権威をもっ

て書かれたことになっていたとしても、正統的な歌道家説を知る人々にとっては当時としても荒唐無稽に見えたであろう。しかし、正統的な歌説にふれることのできない人々にとっては「貴人のふるまい」を知りうる秘伝書として読まれたのである。そうした享受を望んだ層として、地下の連歌師や武家の歌人が想定しうる。

おわりに

『長短抄』が、室町期に改編された『竹園抄』の利用した可能性が浮かび上がってきた。だが、その利用の実態は一語一句を忠実に引き写したものではなく、項目や概念を借りつつも細部には拘らないものであった。『長短抄』は『竹園抄』の項目を摂取することで、想定している読者層の階級にふさわしい連歌論を誂えたものだと考えたい。

『長短抄』の他にも『竹園抄』を利用した本として鶏冠井良徳編『切紙口伝良薬抄』がある。早稲田大学蔵一本（文庫20―00241）、武生市役所蔵本（箱.NO1）のように『竹園抄』と合冊されている本もある。武生市本には、両書の関係について記した奥書があるものの、『竹園抄』がどのような本であるのか理解しておらず、『切紙口伝良薬抄』についても、その性質がよく知られていなかったことが伺える。『切紙口伝良薬抄』を引く『天水抄』についても同様である。為顕流の秘伝書であることは江戸期には重要な事柄ではなくなっていた。

『竹園抄』のこうした受容を見る限り、本書は必ずしも為顕流の一書として享受されていたわけではないと覚しい。長らく『竹園抄』は為顕を介して為家の説を伝えるという秘事性をもつ書物であったからこそ、その秘事性が比較的早い段階で変質し、為顕の名が通用しなくなってしまっていた。恐らく『長短抄』もそうした室町期における為顕流の衰退と変質を背景に成立したのである。これが本書の著者が梵灯庵であるかどうかの認定に関わる事柄であるかどうかは今後の課題として残るものの、こうした『長短抄』の『竹園抄』利用の様相は、為顕流の研究においても一石を投じるものであり、歌学と連歌学の交渉を探る上でもより一層の深化が望まれるのである。

【付記】『長短抄』の本文は天理大学附属天理図書館本影印に拠り私に翻刻したものを使用し、一部の字を除いて通行字体に改め、私意により句読点等を付した。濁点は原本の四点濁点に準じた。送り仮名のサイズ等は読みやすさを考慮して本文と同じにした。虫損等で読みにくい字などは伊地知鐵男『連歌論集上』の校訂を参考にした。『竹園抄』諸本も同様に私に句読点等を付した。各書の下には（　）内に函架番号を示した。貴重な資料の閲覧・掲載を許可してくださった関係各機関に御礼申上げる。

注

（1）金子金治郎『連歌論の研究』二章四節（桜楓社、一九八四）。初出「梵灯庵と長短抄」（『文学』、岩波書店、一九三六・一一）。

（2）伊地知鐵男「岩波文庫『連歌論集上下』解題」及び「影印される連歌論書の思い出」（『伊地知鐵男著作集Ⅰ』、汲古書院、一九九六）。

（3）斎藤義光『中世連歌の研究』「応永期における梵灯連歌の位置」（有精堂出版、一九七九）の初出『言語と文芸』（一九五九・十一）。

（4）木藤才蔵『連歌史論考　上　増補改訂版』六章二節（明治書院、一九九三）。

（5）伊地知注（2）「岩波文庫『連歌論集上下』解題」参照。

（6）久松潜一「竹園抄攷」（『日本学士院紀要』一五―三・一九五九・一一）。なお、この論文で取り上げられている久松潜一旧蔵本は現在全て国文学研究資料館に寄贈されており、大半がウェブ上で閲覧可能である。

（7）三輪正胤『歌学秘伝の研究』三章一節（風間書房、一九九四）。
（8）井上宗雄『中世歌壇史の研究　南北朝期　増補改訂版』（明治書院、一九八七）。
（9）片桐洋一『中世古今集注釈書解題二』（赤尾照文堂、一九七三）。
（10）石神秀美「玉伝深秘巻解題稿」（『斯道文庫論集』二六、一九九二・三）等。
（11）海野圭介「和歌注釈と室町の学問」（『中世文学』六一、二〇一六・六）。
（12）佐々木孝浩「〈翻〉元禄八年版『和歌庭訓』本文の素性―『日本歌学大系』の底本を考える」（『藝文研究』一〇一―一、二〇一一・一二）。日々野浩信「五代集歌枕の上巻の本文」（『愛知淑徳大学国語国文』二八、二〇〇五・三）等。
（13）『和歌文学大辞典』編集委員会編『和歌文学大辞典』（古典ライブラリー、二〇一六）。
（14）金子前掲書、一五七頁。
（15）錦仁、小川豊生、伊藤聡編『偽書の生成　中世的思考と表現』（森話社、二〇〇三）に宮内庁書陵部蔵「新撰帝訓集」翻刻がある。本書は『竹園抄』と密接な関係をもつが、『竹園抄』の後に書かれたものか。
（16）『俳文学大系』第二巻所収、松永貞徳編。
（17）古典研究会『古典研究会叢書　別刊二　堀河院百首、諸願文集、竹苑抄』（汲古書院、一九七三）。
（18）信濃史料刊行会編『新編信濃史料叢書　第十二巻』「笠系大系」（信濃史料刊行会、一九七五）。元禄十一年、溝口政則、二木重持の両人により編輯、全五〇巻。信濃小笠原氏の系譜をまとめたもの。
（19）二木謙一『中世武家儀礼の研究』「室町幕府弓馬故実家小笠原氏の成立」（吉川弘文館、一九八五・五）。

『実隆公記』文明八年十月条に見える「名所部類」編纂活動について

嘉村雅江

はじめに

三条西実隆の日記『実隆公記』には、著作活動、書写活動の記録が多く残されている。それらの記録の中には、名所を一覧して挙げる書である「歌枕書」の記録も少なくなく、「歌枕書」と考えられる書名が、大別して四種類ほど記録されている。そのうちの一種については、これまでほとんど論じられることがなかった。本論で論究したいのは、「名所部類」と記載されている、その一種である。

「名所部類」の編纂活動は、文明八年九月二十五日に開始され、少なくとも同年十月七日までその活動が続いていた。しかし、その後この活動に関する記述は絶え、完成を迎えたかも定かではない。

本論では、この「名所部類」の内容、および編纂に関する周辺の動きを、『実隆公記』や同時代の記録を手がかりに推察し、当時の歌枕書編纂活動の一端を明らかにすると共に、その編纂意図、及び後代への影響を考察することを目的とする。

一、「名所部類」の内容

三条西実隆の日記『実隆公記』に名の上がる歌枕書は、大別して四種類である。四種類のうち、三種類に関しては、先行研究によって既に詳しい分析が為されている。すなわち、文明十一年から名が上がる「哥枕名寄」「名寄」は、現存する歌枕書『歌枕名寄』を、文明十八年から明応五年まで記録される「同名々所」「同名々所部類」は、『井蛙抄』第四「同名々所」の独立した書である『同名々所抄』、もしくは『同名歌枕名寄抄』を、また、永正三年から四年に見える「勅撰名所部類」「勅撰名所和哥」「新編名寄」「名寄」は、『勅撰名所和歌抄出』をそれぞれ指すことが指摘されている。[1]

しかし残る一種である「名所部類」に関しては、これまでほぼ論じられることがなく、その実態は未解明である。そこで、『実隆公記』から、その書名と見られる語を含む記事を引用する。その際、私に丸番号、傍線を付した。

① 文明八年十月四日　「今日名所部類《玉葉以来至新続古今、八代集以伊呂波為次第類聚之者也》山部周備、目録書之、」

② 文明八年十月五日　「有召之間未刻参内、名所部類事被仰下、申入之了」

③ 文明八年十月七日　「終日祇候、名所部類事沙汰之、命経師令続之」

『名所部類』と題された書は、東京大学史料編纂所蔵、智仁親王の著書で延宝五年（一六七七）の写本、世外子による宝永六年（一七〇九）成立の二種類が現存している。しかし、前者、後者ともに年代や著者が異なり、『実隆公記』にみえる「名所部類」とは、別のものと考えられる。またよく似た名の書に京都大学図書館蔵『勅撰名所部類』が現存するが、これは『勅撰名所和歌要抄』から和歌を除いたものである。この他にも書名が部分的に一致する書は、

『名所部類考鈔』や、文化三年(一八〇六)の『名所部類便覧』が現存するが、これも異なる書と見て良いのであろう。また、冷泉家の『私所持草子目録』には「名所部類抄」の名が見えるが、これは書名のみが記されるだけで、その実態は未詳である。「名所部類」という語が、書名ではなく、歌枕の分類、整理の作業それ自体を意味する可能性もあるかもしれないが、便宜上、これらの記事に記された作業によって実隆らに作られた書を、仮に、「名所部類」と呼んで論を進めていくこととする。

まず先に挙げた①の記事から、その実態を探って行く。先に引いたように、①文明八年十月四日条には、「今日名所部類山部周備、目録書之」という本文と、その右に記された「玉葉以来至新続古今、八代集以伊呂波為次第類聚之者也」という記述がある。ここに含まれている内容を整理すると、「名所部類」の特徴は、次のようになる。

Ⅰ、「山部周備」とあることから、「山部」がある、地形別に分類された歌枕書である。
Ⅱ「以伊呂波為次第」ということから、それぞれの「部」の中はいろは順である。
Ⅲ「玉葉以来至新続古今、八代集」から例歌を集めてある。
Ⅳ「目録書之」ということから、「目録」があり、この「目録」は実隆によって書かれている。

さらに補足すると、③十月七日条には「命経師令続之」とあり、

Ⅴ、書として成立している。

ということも判明する。

これらの特徴を持つものを、現存の歌枕書と比較して考えたいが、その前に、特徴のⅣの「目録」に関して先に言及しておくと、この「目録」は①の記事によれば、実隆によって「名所部類」の成立とほぼ同時に書かれていることになる。しかし現在のところ、これに該当する伝本は見出せず、その実態は不明と言うしかない。今後発見されるこ

とがあれば、この歌枕書編纂活動に関する重要な手がかりとなると思われる。

それでは、その他の先に一覧した特徴を一つ一つ検討していくことにする。まずⅠとして挙げた、地形別分類を上位分類に置いた書、という特徴であるが、このような特徴を持つ歌枕書は多い。井上宗雄氏の「名所歌集（歌枕書）伝本書目稿(2)」を参考に、「地形別」の歌枕書、およびそれに準ずる書を挙げると、次の十三書が該当する。

『五代集歌枕』十二世紀初中
『奥義抄』一一五〇頃
『和歌初学抄』一一六九頃
『和歌色葉』一一九八頃
『八雲御抄』一二二〇以降
『哥枕』十四世紀頃
『十四代集歌枕』十四世紀頃
『勅撰名所和歌要抄』一三五〇年代
『勅撰名所和歌抄出』一五〇六
『勅撰名所補』（室町以後？）
『名所名寄』十五、六世紀
『名よせ』成立時代不明
『勅撰名所抜書』成立時代不明

現存する最古の歌枕書である『五代集歌枕』を始め、多くの歌枕書が地形別に分類する方法をとっている。ここからは地形別という分類基準が、歌枕書にとって基本的な姿勢であったことが伺える。

次に、Ⅱの「いろは順」という特徴を考えたい。いろは順の書は、比較的新しい時代に成立した書が多い。いろは順の歌枕書を挙げると次のようになる。その際、書名の下に分類法を階層順に簡単に示した。

『十四代集歌枕』十四世紀頃　地形別・いろは順
『名所和歌集』十四世紀頃　いろは・国順
『勅撰名所和歌要抽書』一五〇四　いろは・国・郡順
『勅撰名所和歌抄出』一五〇六　地形別・いろは順
『勅撰名所補』（室町以後か？）　地形別・いろは順
『名所和歌集』室町末　いろは順
『方輿勝覧集』書陵部本　慶長以降　いろは順
『類字名所和歌集』～一六一五　いろは・国順
『名所抜書』江戸初期　いろは・国順

これらを見ると、いろは順の書は、いろは順を上位分類とし、下位分類には国を置くという分類方法のものが、地形別を上位分類とするものより多いことがわかる。

最後に取り上げたいのが、Ⅲ「玉葉以来至新続古今、八代集」を集めた、という記録である。このことからは、「名所部類」は勅撰集を対象として歌枕を収集したということが察せられる。

勅撰集を対象とした歌枕書は、『五代集歌枕』や『勅撰名所和歌抄出』のように、『万葉集』、及び『古今集』以降の勅撰集から、一集も飛ばすことなく収集するのが常である。それに対して、この「名所部類」は『玉葉集』から始まる。集の数も収集範囲も、中途半端な感がある。この一見不可思議に思える点は、「名所部類」の特色、もしくはその目的や性格を解明する手がかりになるのではないかと思われる。

この問題を考察するために、改めて先にⅠ、Ⅱの特徴を持つ歌枕書として分けてあげた書を、もう一度整理しておきたい。

「名所部類」の部類の特徴は、Ⅰの「地形別」、Ⅱの「いろは順」ということであった。先に挙げた書の中でこの条件の両方を満たす歌枕書は、

『十四代集歌枕』十四世紀頃　地形別・いろは順
『勅撰名所和歌抄出』一五〇六　地形別・いろは順
『勅撰名所補』（室町以後か?）　地形別・いろは順

の三書である。

このうちの『勅撰名所和歌抄出』が実隆と関わりを持つ書であることは先に述べた。このような書が、その三十年前に実隆が着手したと考えられる「名所部類」と形態の一致を見せるという事実は、この二つの書の間に、何らかの関連があることを疑わせる。

この類似の要因を探ると、同様の形態を持つ『十四代集歌枕』の存在が重要な鍵を握っていることが見えてくる。この書と「名所部類」は、結びつく要素を持っているのではなかろうか。そこで改めて「名所部類」の特徴を確認すると、「玉葉以来至新続古今、八代集」という特徴のあったことが注目される。

『十四代集歌枕』は、『万葉集』と、『古今集』から『新後撰集』までの十三代の勅撰集、計十四の歌集を対象とした歌枕書である。それは即ち、「名所部類」が収集対象とした『玉葉集』の直前までの勅撰集を対象としているとい

うことである。先に「名所部類」が対象とした勅撰集の選択が不可解であると述べた。しかしながら、この不可解さは、『十四代集歌枕』の追加として編纂されたことによると考えれば解消する。

つまり「名所部類」編纂の事業は、『十四代集歌枕』に、その書に収録されたものの次の代からの勅撰集を増補するために為されたと考えるのが収録歌集の面からは妥当だ、ということである。

ただし、この仮説にはいくつかの問題点がある。まずは、増補を行ったのであれば、なぜその後、完成した勅撰歌枕書として使用された形跡がないのか、という点。つぎに、土台にしたと考えられる『十四代集歌枕』を、実隆らが所持もしくは見ることができたのか、という点。さらに、ここで『十四代集歌枕』と合わせて、『万葉集』及び二十一代集から採録した歌枕書が完成したのならば、『勅撰名所和歌抄出』という、対象範囲も地形別・いろは順という形態も同じ歌枕書を、三十年後に再び編纂することとなったのはなぜか、という点。この三点である。このような疑点が解消されない限り、仮説は論拠の少ない説として終わってしまうと思われる。したがって、これらの問題を一つずつ考えてみたい。

そのために、まずは、文明八年の「名所部類」編纂活動に関連して、実隆らがどのように動いたのか、その動きを整理しておく必要がある。

二、「名所部類」編纂に関係する周辺の動き

「名所部類」編纂の前後に、内裏ではどのような編纂活動が行われていたのか。そのことを考えるために、『実隆公記』、及び、実隆に近しい立場にいた甘露寺親長の日記『親長卿記』から、文明期の歌書編纂活動に関する記事を抜

粋すると、以下のようになる。

文明三年九月五日　親長、前年に進上した『千載集』校合
「晴、参内、依召也、下姿、先年予書進上千載集定家卿自筆本、冷泉大納言為富入見参、仍令校合可改僻書云々」（親長卿記）

文明四年八月廿三日　親長、後土御門天皇御製和歌を部類編纂
「雨下、及晩晴、未剋許参内、昨日依召也、仰云、数年御詠草分、四季恋雑可書集、有被遊合事之故也、其時為可被引御覧也云々、即於御前書之」（親長卿記）

文明四年十一月一日　親長、『和歌草紙』書写
「晴、参内、依源中納言相轉也、於御前書和歌双紙」（親長卿記）

文明四年十二月一日　親長、『俊成五社百首』書写
「次被召御前、俊成卿五社百首可書進之由有仰、被下御双紙、何様可写進上之由申入、次御日哥五ヶ日分御前書御短尺了、次退出」（親長卿記）

文明七年七月卅日　実隆、『古今集』に朱点
「古今和歌集可加朱点之由有勅定、則加朱点」（実隆公記）

文明七年八月十二日　実隆、『慈鎮経文和歌』書写
「雨降、茲鎮和尚経文之和歌依勅定書写之、於御前有盃酌」（実隆公記）

文明七年十月廿五日　実隆、前々日から為家の結題和歌書写

「今日為家卿結題百首終写功令進上了自一昨日被下之」（実隆公記）

文明八年三月十四日　親長、実隆ら、勅撰和歌集の佳句を部類

「晴、自今日佳句部類之事被仰出、各申遣之」（実隆公記）

「晴、同前、可被佳句部類、可書進集云々、予給新古今」（親長卿記（十五日条））

文明八年三月廿三日　実隆、『新勅撰集』書写

「晴、新勅撰集上、一反終写功令進上之」（実隆公記）

文明八年五月五日　親長、季春、教国、実隆による部類

「入夜又参内、依御祝也、御祝了被召御前、部類集事有評議、予、右衛門督、滋野井前宰相中将、実隆朝臣等也、各被下私宅、可擇分之由治定」（親長卿記）

文明八年五月廿三日　実隆、雅康、『新後撰集』校合（実隆公記）

「昼間新後選集自右兵衛督許被進之、則持参内裏□」

文明八年七月廿三日　五月五日条の四人及び邦高、雅行、公兼、七代集を部類

「自昨日有召之間、午刻著束帯参内、撰集部類事被始之、神祇、花部等先被続之了」（実隆公記）

「晴、参内、自午剋許有撰集七代集、部類、先以何可被先哉、予申云、自神祇部可被始行歟、勅許、今日有神并社等部類、次花部類、参仕人々、伏見殿、源大納言、予、右衛門督、滋野井前宰相中将、正親町宰相中将、実隆朝臣等也、事畢有御祝三献」（親長卿記）

文明八年九月廿六日　親長、前日から名所を部類

「未剋許参内、昨日依仰也、名所等為部類也」（親長卿記）

文明八年九月廿八日　「晴、参内、有名所部類」二十九日「晴、同前」三十日「晴、同前」（親長卿記）

文明八年十月四日　実隆、名所部類に関与

玉葉以来至新続古今、八代集以伊呂波為次第類聚之者也

「今日名所部類山部周備、目録書之、」（実隆公記）

文明八年十月五日　「有召之間未刻参内、名所部類事被仰下、申入之了」（実隆公記）

文明八年十月七日　「終日祇候、名所部類事沙汰之、命経師令続之」（実隆公記）

文明九年閏正月三日　親長、御抄物目録書写

「晴、早旦依召参内、御双紙新写等事有御談合、次被借申室町殿御抄物目録、於御前書之」（親長卿記）

文明九年閏正月〜三月　『明題抄』『和歌初学抄』『愚見抄』等書写

文明十年四月〜文明十三年三月　勅撰集の組織的書写（文明補充本）

まず「名所部類」編纂に注目すると、『実隆公記』の十月四日条の記録に先立って、『親長卿記』九月二十六日条に「昨日依仰也、名所等為部類也」と見える。つまり九月二十五日に、「名所部類」編纂の指示が下っていたということになる。その後、九月二十八日、二十九日、三十日にも「有名所部類」「同前」とあり、この作業を継続していたことがわかる。そして十月四日、『実隆公記』に見えるように、実隆の「名所部類」編纂への関与の記事が初めて登場する。そこではすでに「山部」が「周備」されている。地形別歌枕書において山部は巻頭に配備され、また名所数が多いことから、『歌枕名寄』や『勅撰名所和歌要抄』などにおいてもそうであるように、最も長大な部となる。十月

四日条の「目録書之」という文言からは、彼らが十日余りで山部を完成し、目録まで作り上げたことが判明する。いかに彼らが書写編纂活動に慣れていたとしても、この速度は余りにも速い。ここには隠された事情があるように思われる。

その事情を探るために、先に一覧した記録を確認していきたい。すると、この「名所部類」編纂活動は、様々な書写編纂活動の一環として行われていたらしいということが判明してくる。注目すべきは、「佳句部類」の編纂活動である。「名所部類」編纂開始の二ヶ月前、『実隆公記』七月二十三日条に「自昨日有召之間、午刻著束帯参内、撰集部類事被始之、神祇、花部等先被続之了」とある。さらに『親長卿記』には「晴、参内、自午剋許有撰集七代集、部類、先以何可被先哉、予申云、自神祇部可被始行歟、勅許、今日有神并社等部類、次花部類、参仕人々、伏見殿、源大納言、予、右衛門督、滋野井前宰相中将、正親町宰相中将、実隆朝臣等也、事畢有御祝三献」とより詳しく参会者が見える。ここでは「神祇（神社）」「花」の部を完成させたことが見える。

この「佳句部類」編纂活動は、さらに先立つこと二ヶ月前、『親長卿記』五月五日条に見える「入夜又参内、依御祝也、御祝了被召御前、部類集事有評議、予、右衛門督、滋野井前宰相中将、実隆朝臣等也、各被下私宅、可撰分之由治定」を受けての作業であることは、参会者の一致を見ても明らかであろう。この「部類集」と呼ばれる編纂活動の開始は、『実隆公記』三月十四日条「晴、自今日佳句部類之事被仰出、各申遣之」及び、『親長卿記』三月十五日条「晴、同前、可被佳句部類、可書進集云々、予給新古今」と考えられる。この記事から見えることは、参会者七人がそれぞれ担当を「各之を申し遣」わされ、さらにその担当は「新古今」のように、勅撰集単位であったということである。これは「名所部類」が「玉葉以来至新続古今、八代集」という、勅撰集から例歌を集めたことと関わりがあるように思われる。

「佳句部類」と「名所部類」がどれほどの関連しているかは、ここでは一概には断定できない。先に述べたように、「名所部類」の「山部」の編纂は極めて短期間に行われている。これは「名所部類」編纂のための資料が「佳句部類」編纂に合わせて、或いは同時期に集められていたのではないか、ということを推察させる。「佳句」ということで名所を包括する語句の収集が計画され、「佳句部類」が完成を見た。その一部として名所のみを分けて一書とするということに至ったのではなかろうか。「名所部類」編纂活動は、質的には「佳句部類」の編纂活動直後に開始されており、そこでの作業を土台として行われた可能性が見えてくる。

或いは、「佳句部類」が「新古今」を含む分担をされていたことを考え合わせれば、「佳句部類」と同様の作業を行おうとしたところ、先行する歌枕書がすでに「新古今」を含む勅撰集を部類していたことに思い到ったのかも知れない。それは『十四代集歌枕』の存在である。同様の部類方式、同様の範囲を、改めて作業する必要性はない。作業期間の短さからも、『十四代集歌枕』との繋がりを推察することが可能であると思われる。

ただし、「名所部類」編纂活動は、十月七日条を最後に途絶えてしまう。「山部」以外の部が完成したのか、完成しないまま計画そのものが何らかの理由によって頓挫してしまったのかは、記録からは判然としない。

三、「名所部類」編纂の意図

先述したように、「名所部類」の編纂は、文明八年九月二十五日から始まっていた。『親長卿記』には、同年九月二十八日から三十日条にも、「晴、参内、有名所部類」「晴、同前」「晴、同前」と見える。この時に意欲的に編纂事業が行われている。

ところが、「名所部類」はこの『親長卿記』と、前引した『実隆公記』の記事以降、記録から見えなくなってしまう。この折の歌書をめぐる活動全体が何かしらの理由で大きく変容してしまったのであろうか。この疑問を解く鍵は、文明八年十一月十三日の室町殿の焼失にあるのかも知れない。

後土御門内裏は、応仁文明の乱が始まってすぐに足利義政の将軍御所に移された。以後、そこが内裏として使用されてきた。ここまでに確認してきた文明期の歌書活動は、その内裏、つまり室町殿の中で行われてきたことである。その室町殿が炎上したのが文明八年十一月の火災であった。その後、後土御門天皇は、小川殿等へ移ることになる。「名所部類」について言えば、「山部」完成後のこのような混乱の中で、その編纂作業が途絶えたと考えられるのではないか。酒井茂幸氏の論考(3)によれば、親長は文明八年の禁裏御本焼失以前には御製和歌の編纂等の編纂活動を行う和歌所寄人を称しているのに対し、この火災を契機として、新たな歌枕書の編纂事業を一度停止し、その後、実隆や親長らは勅撰集の書写、校合を中心とした作業へ移ったと考えられるのである。つまり、「名所部類」の編纂も、この時点で中絶してしまった。それが完成した勅撰歌枕書として使用された形跡の見られない理由であると考えられる。

四、『十四代集歌枕』の所在

次の問題点は、「名所部類」編纂時点で、『十四代集歌枕』が実隆周辺に存在していたかである。『十四代集歌枕』の現存する伝本は、龍門文庫蔵、文明二、三年に、三条実量によって書写されたもののみである。これでは当時どれだけ流布していたかはわからない。しかし、この現存本は、上巻（文明二年写）の後遊紙部分に「禁制詞外小点」という書が別筆で記されている。その奥書には「文明第七候大呂下旬以当今若宮御筆本写之、右大将判」とあり、後柏原天皇が記した「禁制詞外小点」を、文明七年十二月に大炊御門信量が写したものであることがわかる。信量は『十四代集歌枕』書写者の実量の実子であり、内裏歌壇に度々名前が挙がる人物でもある。「名所部類」編纂の前年に信量の手元に『十四代集歌枕』が存在していたのであれば、内裏周辺の人物が手にすることは可能であったことであろう。もしそうであれば、「名所部類」編纂の折にそれを見ることはできたと思われるし、後の『勅撰名所和歌抄出』編纂時にも、その編者宗碩に、実隆がそれを提供し得たことは、十分に考えられる。『勅撰名所和歌抄出』は、『歌枕名寄』などを基本に編纂されていることは先行研究によって明らかであるが、基本的な配列方式と反する項目がいくつか存在する。それらの項目の配列は、『十四代集歌枕』との一致を見る。これは宗碩が直接『十四代集歌枕』を引見したものか、「名所部類」が完成しそれを引見したのかは、「名所部類」が現存しない以上比較のしようが無い。しかし直接的にせよ間接的にせよ、宗碩が『十四代集歌枕』を参考としたことは間違いないだろう。

五、『勅撰名所和歌抄出』の編纂事情

問題の三点目は、「名所部類」編纂を目論みながら、『勅撰名所和歌抄出』という、対象範囲も地形別・いろは順という形態も同じ歌枕書を、三十年後に再び編纂することとなったのはなぜか、という点である。この理由には、第一に、「名所部類」による『十四代集歌枕』の補完が完成していなかったという先述の仮説が挙げられる。つまり、完成していなかったからこそ、一度停止した編纂事業を再開したといえるだろう。またさらに、歌枕書の目的そのものがこの停止していた三十年の間に変化したということが考えられる。「名所部類」は、おそらくそれまでの歌枕書同様、和歌詠作のために編纂されたものと考えられる。それに対し『勅撰名所和歌抄出』は、「連歌用意」のためであっ

た。『勅撰名所和歌抄出』の跋文[4]は実隆によって以下のように記されている。

此勅撰名所和歌為連歌用意宗砌法師抄出之分而為上下二冊、所謂芳野山詠花竜田河題紅葉之類、其数不可勝計、略而注一両首於詠殊景物等者書加之、凡連歌付合之事至続後撰集可用本歌之由、去年重而伺天気令治定畢、於作例者至新続古今集可引用之間、令所載此抄也、錯乱漏脱事等猶可加執捨云々、予一覧之次聊録大綱而已

永正丙寅林鐘上澣　木（槐）陰散人　判

這両冊者為補自用閑暇之條凌老眼連之所染　補也、鳥跡匪魚其憚輙不可出圃外者也

天文癸丑季秋下澣　椎渓叟

この三十年の間に文芸状況のありようは大きく変わった。連歌の隆盛である。地方武士を含めた連歌文芸の広がりは、連歌詠作のため、特に付合の参考とする歌枕書の必要性を増したのである。

奥書の「去年重而伺天気令治定畢、於作例者至新続古今集可引用」という一文から判明するように、三十年を隔てたこのときに新たに加わった『新続古今集』までを収めた歌枕書が必要となったことも要因の一つと言える。つまり、当初は『十四代集歌枕』を補完する形で、和歌詠作のために新たな歌枕書を編纂する予定であったものが、連歌の隆盛をうけて、またそのような書を必要とする連歌師の要望を受けて、連歌詠作用に編纂しなおしたものであると考えられるのである。ただしその折には、すべての勅撰和歌集の網羅的な蒐集であると「連歌用意」のためには規模が大きくなりすぎるために、「抄出」ということにしたのだと思われる。

おわりに

『十四代集歌枕』と『勅撰名所和歌抄出』は、配列、内容の一致のある書である。だが、『十四代集歌枕』は、『勅撰名所和歌抄出』編纂の段階になって唐突に持ち出されたわけではない。実隆が関与した「名所部類」編纂活動は、『十四代集歌枕』と同じ形態で、『十四代集歌枕』の非採録対象である勅撰集を採録するものであった。この活動は何らかの事由、恐らくは先に述べたような理由によって、一時停止したと考えられる。だがその計画は約三十年後、実隆本人ではなく宗碩に委託する形で、『勅撰名所和歌抄出』という同様の形態の歌枕書編纂活動に繋がっていくのである。

『十四代集歌枕』は、それまでの歌枕書同様、対象とする歌枕を含む和歌をすべて採録したものである。『実隆公記』の「名所部類」関連の記事には「抄出」を意味する語がないことから、おそらくは「名所部類」もまた、『十四代集歌枕』のように対象の和歌をすべて採録するものであっただろう。一方で『勅撰名所和歌抄出』は、連歌の詠作を目的とするものである。この違いは、連歌においては付合の参考にすることが主たる目的であったという機能の違いとも言えるだろう。それは、時代の要請でもあったに違いない。そのためには「名所部類」の形態のみ参考にすればよかったのかもしれない。しかし編纂作業の中で『勅撰名所和歌抄出』の中に、「名所部類」の土台となった『十四代集歌枕』の内容までもが一部取り込まれ、『十四代集歌枕』の補遺ではなく、全勅撰和歌集の名所を収める書として成立した。

この文明期の後、時代を下るにつれて、いろは順を採用する歌枕書は次第に増加する。近世頃には主流ともいえる勢いである。『勅撰名所和歌抄出』と『十四代集歌枕』の一致、そして『実隆公記』の「名所部類」に関する記録は、歌枕書の形態の展開の方向を伝える貴重な資料であると考えられる。

注

（1）『歌枕名寄』の考察は井上宗雄『中世歌壇史の研究　室町前期』改訂新版（風間書房・一九八四年六月）、宮川葉子『三条西実隆と古典学』改訂新版（風間書房・一九九九年四月）、『勅撰名所和歌抄出』は渡辺守邦「勅撰名所和歌抄出の成立」、松本麻子『連歌文芸の展開』（風間書房・二〇一一年六月）、『井蛙抄』は宮川葉子『三条西実隆と古典学』改訂新版（風間書房・一九九九年四月）による。

（2）井上宗雄「名所歌集（歌枕書）伝本書目稿」（立教大学日本文学一六号・一九六六年六月）「名所歌集（歌枕書）伝本書目稿―補遺1―」（同一九号・一九六七年十一月）「名所歌集（歌枕書）伝本書目稿（補遺2）」（同二三号・一九七〇年三月による。

（3）酒井茂幸「文明期禁裏における歌書の書写活動をめぐって」（国語国文七七号・五・二〇〇八年五月）

（4）（1）松本麻子氏の翻刻による。

冷泉為和の和歌表現
——『蔵玉集』との関わりを通して——

岡﨑真紀子

一、冷泉為和の和歌表現の特異性

冷泉為和の家集『為和詠草』（冷泉家時雨亭文庫蔵）(1)は、永正十四年（一五一七）正月から天文十七年（一五四八）四月までの三十二年間の詠作を年次をおってまとめたもので、二千百三十首に及ぶ歌（重出歌および発句を含む）を収める自筆の詠草である。為和(2)（文明十八年〈一四八六〉～天文十八年〈一五四九〉）は為広の息で冷泉家七代、足利義晴に近く仕えた。大永七年（一五二七）に、管領細川高国が三好氏との抗争に敗れて義晴とともに京を追われた際には、為和も随従し、五年にわたって畿内を転々とした。のちに駿河国に下向、今川氏のもとに身を寄せ、それからは駿河を拠点として生きたのである。今川氏そのほか多くの人々を門弟とし歌道師範として活動するとともに、多くの古典籍を書写するといった文学の事績にくわえ、各地に人脈を持ち、駿河と甲斐を往還して今川氏と武田氏の間の連絡係を担うなどといった、時勢にそくした生き方で世を送った人物である。『為和詠草』は、その詞書にさまざまな人物や場所や出来事が登場しており、当時の政治的な動向や、公家とその周辺の交友関係、そして今川氏武田氏といった戦国武将がおこなった歌会や連歌会の一端を窺わせる、貴重な資料となっている。くわえて注目すべきは、『為和詠草』に現れる表現面の特色である。二千首を超える詠草を残した為和の和歌のなかには、ほかに類例が稀な語句を用いた、特異な表現が少なくない。たとえば、次のような一首がある。

同十五日一色下総亭会ニ、霜後松
霜ののちつららの杖をつくなへに翁草とはいふにや有らん
（為和詠草・一一一二）

霜のおりた後につららの杖をつくゆえに、松を翁草というのだろうかの意。題の「霜後松」は、「十八公栄霜後露一千年色雪中深」（和漢朗詠集・松・源順）にもとづくのだろう。「なへに」はある事態と同時に他の事態も存することを表す古語で、「なへ、からになど云ふ心也」（奥義抄）とある。冬の松の枝からつららが垂れるさまを「つららの杖」と擬人的に見立て、白髪を連想させる「霜」と老人がつくものである「杖」があいまって、だから松を「翁草」と呼ぶのだろうか、といった発想で詠む。「つららの杖」、「翁草」といった語句の面白みが目を引く歌である。

詞書の「同十五日」とは大永五年（一五二五）閏十一月十五日である。時に為和四十歳、足利義晴とともに京を離れる以前であって、翌大永六年の二月には、春日祭上卿として奈良に下向するという宮廷人としての栄誉に浴している。室町将軍に近仕する公家として、都での揚々たる日常を送っていた頃であろうか。「一色下総亭」での歌会とあるが、この一色下総とは、義晴時代の室町幕府御供衆（将軍出行の際に供奉をつとめる役）[3]で、『蜷川家文書』四九六「幕府伴衆参勤触廻文案」（大永六年八月三日）に「一色下総殿」（大日本古文書）、『伊勢守貞亭御成記』に「一色下総殿」（群書類従）とその名が見える人であろう。『宗長手記』大永六年九月十三日には「一色総州亭」の連歌で宗長が発句を詠んだとある。[4]一色下総守の家邸で歌会や連歌会がおこなわれることがあり、為和も参加する場合があったことが知られる。

「つらら」という語は、古くは水の氷ったものを広く表したが、為和の詠では「大ニ寒タ程ニ、涙ヲコボサレタガ、ヒゲビンニ、ツラ、ニ成タト、記タソ」（蒙求抄[5]「羊祜識環」）とあるような、長く垂れ下がる氷柱をいう。それを杖に見なして「つららの杖」と詠む和歌は稀で、わずかな先例として見出されるのが正徹の詠作であることには注目してよい。

雪

笠の雪つららの杖をつく松の老いかたぶきてたてる庭かな

（正徹千首・五六八、草根集「松雪」）

右の正徹詠も、冬季の松の風情を詠むなかで、松から垂れるつららを「つららの杖」と詠み、長い年月を経て存在する松を、老いた人の姿に見立てる発想で詠んでおり、為和詠はこれに重なる。為和は、正徹のこの歌から想を得て詠んだと考えてよいだろう。冷泉為和の歌風として、新しみのある表現を用いる傾向が見られ、とくに正徹からの影響が認められることについては、既に稲田利徳氏によって指摘されている。[6] 当該の一二二二番歌も、その具体例の一つと言える。

しかし、正徹詠は「雪」題（『草根集』には「松雪」題で所収）に応じて、老い傾いた庭の松に雪が積もっている情景を詠み、人の頭上の「笠の雪」と喩えたうえで「つららの杖」という語句を導き出す。一方、為和詠は「霜後松」題に応じて、初句を「霜ののち」と詠み出し「つららの杖」と続けたうえで、「翁草とはいふにや有らん」と展開する。為和が正徹詠を踏まえていることは明らかだが、ならばこそ為和の詠作の個性は、正徹とは行く道の異なる下句の表現に見出せるのではないだろうか。為和の一首には、実は正徹の歌だけではなく、もう一つの発想の拠りどころがあったと考えられる。それを辿ることを通して、冷泉為和という歌人の和歌表現の特徴とその位置づけが見えてくるように思われるのである。

二、『蔵玉集』と為和

前掲の為和詠の下句「翁草といふにや有らん」の発想は、次のものに拠ると思われる。

〈松〉

翁草

〈基俊歌〉

住吉や庭のあたりの翁草長井もて見る人をお《か歟》こちて

住吉の遠里に五位の松と云松有。彼松としふりて翁と現じてすみけり。つねに心をすまし琴をしらべけり。秋は菊をあひしおほくうへけり。彼翁歌、我庭はきしの松かげしかぞ住翁が草の花もさかなん、是によりて、菊をも翁草と申也。

〈松ノ異名ヲ夏部ニ被入コト不得意。但、彼翁ト現ゼシコト五月也。仍、夏ニ被入也。夏松、俊頼朝臣、住吉ニアリト云ナル翁草菊ユヘ秋ノ風やまつらん《チテン》〉

（蔵玉和歌集・四九）

『蔵玉和歌集』（以下「蔵玉集」[7]）は、草木鳥獣や月名の異名を、それを詠みこんだ証歌とともに掲げた集である。右掲の部分では、「翁草」は松のことである、あるいは菊のこととも言うとして、証歌と異名の由来を示す説話を記す。

「翁草」という語は、和歌においては天禄三年（九七二）八月の「女四宮歌合」に、

しらけゆくかみには霜や翁草ことのはもみな枯れはてにけり（一二一）

霜枯れの翁草とは名のれどもをみなへしにはなほなびきけり（一二二）

が見えるのを初出とする。しかし、「女四宮歌合」での「翁草」は、歌に続いて「御前の庭のおもを見わたせば月影のおぼろなるに、花いろいろにうちみだれ」とあるように、秋の草の名として詠まれている。そもそも植物学的な呼称「おきなぐさ（翁草）」は、キンポウゲ科の多年草で、初夏に花が咲いたのち白い毛髪状の雌しべが羽毛にくわえて生える草を指す。『和名類聚抄』には「白頭公　陶隠居本草注云、白頭公、和名於木奈久佐、一云奈加久佐、近根処有白茸、似人白頭、故以名之」とあり、老人を連想する呼称は、和語の「おきなぐさ」から遡って漢名の「白頭公」以来のものであることが分かる。その後の和歌には、『大弐高遠集』、『散木奇歌集』、『久安百首』、『宝治百首』その他に詠作が散見するが、『六百番歌合』の「枯野」題に「残りゐて霜をいただく翁草冬の野守になりやしぬらむ」（十四番左・顕昭）とあるように、総じて草の名として詠む。松を「翁草といふにや有るらん」と詠んだ為和の発想は、『蔵玉集』なくしては出てこないものであると考えられる。

それでは、「翁草」は松の異名であるとする『蔵玉集』の記述は何にもとづいているのだろうか。『蔵玉集』が掲げる「住吉や庭のあたりの翁草」の歌には朱書小字で「基俊歌」と出典注記があり、墨書の左注の左に朱書小字で引かれる「住吉ニアリト云ナル翁草」の歌には「俊頼朝臣」とあるが、どちらも藤原基俊と源俊頼が実際に詠んだ歌とは考えにくい。また左注には、住吉の遠里の「五位の松」が、翁と化現して琴を調べ菊を愛して住んでいる、よって松も菊も翁草という、との説話が記されているが、この話もたしかな典拠や本説が特定できるとは思われない。歌枕住吉と松を取り合わせるのは、「我見ても久しくなりぬ住吉の岸の姫松いく代へぬらむ」（伊勢物語・百十七段）ほか古歌

以来の発想の定型である。また、「五位の松」は、秦の始皇帝が泰山で風雨にあって雨宿りした松の木に大夫（五位の官）の位を授けた故事による語で（史記・秦始皇帝本紀第六、十訓抄・第一ノ九、百詠和歌など）、その故事は謡曲「老松」にも引かれている。翁に化現した松が、琴を調べるというのは、松風を琴の音に喩える発想からきたもの、菊を愛するというのは、菊が長寿を祝う重陽の節供を掌る植物であることからの連想であろう。つまり『蔵玉集』左注の説話は、松をめぐる複数の和歌や故事からくる発想が混成したもので、樹齢を経た松を老人に喩える意識から「翁草」という語に結びつけられたのだと考えられる。言うまでもなく、「翁草」という語で松を表すのは、本来の植物呼称とは異なる。これは、物の異名を表す語を新たに作り出そうとする想像力によって生まれた造語というべきものではないだろうか。

では和歌の詠作にあたって、「翁草」を松の異名として用いた例が、為和の「霜ののち」歌のほかにどれほど見られるかというと、『新編国歌大観』で見るかぎり、『為和詠草』以外には見出しがたいのである。一方、為和の詠作には、前掲の歌にくわえて、もう一首が存する。

同廿八日勧修寺中納言家会ニ、松契多春

幾春かへにけん年の翁草猶行末を宿にちぎりて　（為和詠草・三三二一）

「松契多春」題で「翁草」と詠む。これは永正十六年（一五一九）正月二十八日勧修寺中納言家の歌会での詠である。先に見た歌より詠作年次が早く、為和が松を「翁草」と詠むという趣向での詠作を、繰り返し試みていたことが知られる。どうやら為和は、『蔵玉集』所掲の草木の異名を自身の詠作に採り入れることに、ほかの歌人にはない旺盛な関心を持っていたらしい。

そこで、『蔵玉集』について改めて振り返っておこう。『蔵玉集』は、草木の異名を春夏秋冬雑に分類して掲出する部分（新編国歌大観番号・一～一一七）と、草木や鳥獣その他の異名を列挙した部分、そして一月から十二月までの月名の異名を記す部分（同・一一八～一五四）の三つから構成される。それぞれ異なる来由を持つ部分がまとめられて現在の形になった可能性も考えられ、成立の時期や背景及び編者は詳らかにしない。ただ、『蔵玉集』の記述が他書に引用されたあり方から推して、室町時代初期ごろまでに成立したかという見解に従ってよいと思われる（新編国歌大観解題および和歌文学大辞典）。成立についてさらに考える際には、「草木異名抄」（宮内庁書陵部蔵本ほか）と書名をもつ本や、同じく物の異名を詠む和歌を記した書として性格が近い「莫伝抄」（肥前島原松平文庫蔵本ほか）や「秘蔵抄」（同文庫蔵本ほか）との関係も検討する必要があるが、それについては別の機会に論じることとする。ここでは、松平文庫本およびその他複数の『蔵玉集』伝本の巻末に、次のような奥書があることに触れておきたい。

此一巻者、自室町殿《鹿苑院殿》草木異名事依被《二条殿摂政良基公》尋申被注進清書之時、密密写留者也、若有風聞者可為生涯更不可出懐中、尤可秘云々　（松平文庫本）

この蔵玉集一巻は、二条良基が「室町殿（鹿苑院殿）」（足利義満か）の求めに応じて記したもので、清書する間に密かに書き写し留めたのだとある。この奥書の内容はもとより信じがたいが、良基の作と仮託する奥書を有する伝本が存することは、『蔵玉集』が連歌と関わりの深い周辺で成立し、受容された集であったことを思わせる。それでは、『蔵玉集』に掲出する草木の異名は、具体的にどのように受容されていたのか。そして、『蔵玉集』の受容という観点から捉えたとき、同集所掲の草木の異名を表す語を詠作に活用することに積極的であったとおぼしい冷泉為和の和歌表現は、和歌および連歌の歴史的展開のなかでどのように位置づけられるのだろうか。

三、連歌書における草木異名への関心

『蔵玉集』が、連歌師宗碩ないしその周辺の編かと考えられる『藻塩草』[8]に引かれていることはよく知られている。『藻塩草』は、歌集や歌学書および先行する連歌書から語彙を収集し、部門によって分類し辞書的にまとめた体裁の用語集で、その巻八草部、巻九木部に、草木の異名に関する『蔵玉集』の記述が多く引用されている。ただ、草木の異名に強い関心を示す姿勢は、『藻塩草』に限らずそれ以前から、辞書的に語彙を収集した体裁をとる連歌書（連歌用語集あるいは寄合書）において広く見られるものである。たとえば、『梵灯庵袖下集』に、「花の兄と申は、梅の異名也」「難波草、是はあしの異名也」[9]などとあるのはその例である。それでは、『蔵玉集』に掲出し、為和が詠作で「松」の異名として用いた「翁草」については、連歌書等の記述でどのように取りあげられているのだろうか。

・『言塵集』

しろみ草とは白頭草と和名に書。翁草の事也。

・『藻塩草』巻八草部　○白頭花

おきな草　老人によせてよむ

・『藻塩草』巻九木部　○松

翁草　異名也。蔵玉にあり。基俊歌　○住よしや庭のあたりのおきなぐさ長井もてみる人をおこちて　住吉の遠さとに五ゐのまつと云松あり。かのまつ年ふりて翁とげんじてすみけり。つねに心をすまし、琴をしらべけり。秋は菊をあひしおほくうへけり。かのおきなが歌　○我庭はきしのまつかげしかぞすむ翁がくさの花もさかなん　是によりて、きくをも翁草と申也。

彼翁と理し事五月也。然により蔵玉にも夏部に入たり。又俊頼歌に夏松を　〇すみよしにありといふなる翁草きくゆへ秋の風
や待らん

・『連歌不審詞聞書』（宮内庁書陵部蔵、三五三―一〇六）

翁草トハ菊也。

・『匠材集』（岡山大学国文学資料叢書『匠材集』福武書店　による）

おきな草　白頭花、菊也。

・『毛吹草』冬部「冬菊」（加藤定彦編『初印本　毛吹草』ゆまに書房　による）

冬咲はこや十歳《さい》の翁草《おきな》　正友

『言塵集』[10]は今川了俊著で、応永十三年（一四〇六）成立。『言塵集』では、「しろみ草」の項に「和名」（前掲『和名類聚抄』の「白頭公」）を引いて草の名としての「翁草」を記すのみである。

『藻塩草』では、巻八草部「白頭花」と巻九木部「松」の項目に「翁草」をあげ、後者では「蔵玉」（傍線部）として『蔵玉集』とほぼ同文を記しており、『藻塩草』が『蔵玉集』を直接引用する姿勢で書かれていることは明らかである。なお『藻塩草』の成立時期については若干後述する。

『連歌不審詞聞書』（宮内庁書陵部本）は、「宗碩五百箇条」（彰考館本）、「宗碩聞書」（京都女子大学本）、「連歌聞書」（岩瀬文庫本）の書名でも伝わり、岩瀬文庫本の奥書によれば、享禄二年（一五二九）十月以前に宗碩の教えを宗牧が聞書したものである。『連歌不審詞聞書』では、『藻塩草』にも引用された『蔵玉集』の「菊をも翁草と申也」にもとづいて、「翁草」を菊の異名とする説を記す。ただし四伝本のなかで、里村紹巴筆の可能性も指摘される京都女子大学本「宗碩聞書」[11]には、「おきな草とはきくの異名なり」の本文に続いて、本文と同筆の割書で「松霜といふ題、霜

の後つらゝの杖をつくなへにおきな草とはいふへかりける　為和」というように、為和の当該歌が補記されている。為和の歌が、「翁草」を松の異名として用いた歌例と認知されていたことをものがたっており、注目されよう。

しかし、その後の慶長二年（一五九七）紹巴跋の『匠材集』には、菊の異名として掲げているが、松の異名という説は記されていない。重頼編の『毛吹草』（正保二年〈一六四五〉刊）も、「冬菊」の項に「翁草」を詠んだ句を掲出するが、松と翁草を関連づける記述は見えない。

これらから読みとれるのは、「翁草」とは白頭公という草の名称だと正しく認識している一方で、同時に、松の異名とも言い、菊の異名とも言う、と考えても特に差し支えを感じない言語意識である。一般に日常の言語体系においては、ある事物の名称の語彙と、その語彙が表す指示対象は、基本的には一対一に対応するものであろう。それに対して、『蔵玉集』や連歌書に掲げられ、歌人や連歌師が受容したと思われる草木の異名では、このように一つの語彙が、複数の異なる植物を指示対象とすることもあり、それが受け容れられていたのである。そして「翁草」の場合、為和が詠作に採り入れた、松の異名と捉える着想は、『蔵玉集』に記され『藻塩草』にも引用された記述のみに一致する。

そして、これと同様の一致は、為和が詠んだ和歌において、他にも見られる。

四月十六日家月次会、葵
たがむかしかけて忍べとかたみ草名にあらはなるけふにや有らん　（為和詠草・二一一六）

永正十五年（一五一八）四月十六日の為和家月次歌会での「葵」題の詠である。いったい誰がむかしを偲べと言って形見草というのか、形見という名にその所以が顕れる今日であるのだろうか、といった意。「形見草」を葵の異名とする発想は、『蔵玉集』に次のように見える。

〈葵〉

形見草

〈同〉

我思ひうつりて花の咲ならばかたみ草とは何をいはまし

唐の王、草をこのみて百草をうへられける中に、あふひを御好あり。崩御なりて跡に皇子この草をかたみ草といひ給云々。

（蔵玉集・三七）

歌の右肩にある「同」は前の三四番歌に掲げる「天智天皇花尽異名」なる出典注記を指す。左注には、草のなかでも殊更葵を好んだ唐の王が亡くなった後に、皇子が葵を形見草と呼ぶようになったという話を、異名の由来として記す。『蔵玉集』では、九七番歌においても「形見草」を掲出するが、そこでは菊の異名としており、「めかれせずいつもみまくの形見草馴しも秋と思ふ余波に」の歌をあげ、奥州新妻の里に咲く菊についての物語が異名の由来であるとする。それを承け『藻塩草』では、「葵」と「菊」の項にそれぞれ「形見草」を掲出しており、いずれも「蔵玉」を引用する。「葵」の項の記述を掲げる。

かたみぐさ　○わがおもひうつりて花のさくならばかたみ草とはなにをいはまし　唐の王、草をこのみても、草をうへられける中に、あふひを御このみあり。崩御なりてあとに、王子この草をかたみ草と言給と云々。蔵玉にあり。但いかゞ。

（藻塩草・巻八草部「葵」）

最後に「但いかゞ」として、「かたみぐさ」を葵の異名とする「蔵玉」の説に批判的な見解を添えているが、記述は

『蔵玉集』をほぼそのまま引用したものである。なお、『言塵集』にも「形見草」の語が見えるが、「瞿麦……ゐまひの匂《にほひ》と詠り。女のえみたるにたとへたり。形見草とはなでしこ也」というように瞿麦の異名としており、葵の異名とする記述はない。また、『梵灯庵袖下集』では、「形見草」は掲出されていない。為和の詠歌の発想は、ここでもやはり『蔵玉集』とそれを引用する『藻塩草』の記述と一致するのである。

葵は、初夏の季感とくに賀茂祭と結んで詠まれる植物で、古来歌例は多い。しかし、「形見草」で葵を表現した和歌は為和詠のほかに見出しがたい（新編国歌大観）。さらに連歌について見ても、「形見草」という語を用いた句例を見出すのは容易ではない(12)。つまり、『藻塩草』のような連歌書に掲出する詞だからといって、連歌の句作りにあたって実際に大いに活用されていたかというと、どうもそうではないらしいのである。そして同じことは、「翁草」という語にも言える。先に、「翁草」で松を表す為和詠は和歌において特異だと述べたが、連歌に目を広げても用例は稀である。

ここで、「異名ということが、連歌で重視されたことは、『蔵玉和歌集』などの存在とともに考えねばならない」（島津忠夫「梵灯庵袖下集から宗祇袖下へ」『島津忠夫著作集』第二巻所収）という示唆的な指摘を、今見てきた具体例にそくして受け止めてみたい。繰り返しになるが、『梵灯庵袖下集』や『藻塩草』といった連歌書に、異名を表す語を収集し列挙する姿勢が見られることから、草木の異名が「連歌で重視され」ていたことは明らかである。『蔵玉集』のような、異名を例示し、その異名にあたかも典拠の古歌や故事があるかのような体で、証歌や由来の説話を掲げる歌集が作られた土壌にも、物の異名についての知識を重んじる人々の意識があったのではないだろうか。ただし、異名が重視されることは、異名が和歌や連歌で実践的に用いられることを必ずしも意味しない。言ってみれば、様々な異名を表す語を嚢中の知識として把握しておくこと、そしてその知識を連歌書に記して伝えることが重視されたのであって、それは、実際の詠作において生きた語彙として活用するしないとは位相の異なる意識だったのであろう。

だとすれば、そのような異名を表す語に着目し、自らの歌を詠む際に実際に用いた為和の詠作は、それまでにない和歌表現を生み出そうとする明確な意図にもとづく試みだったと言えるのではないだろうか。『蔵玉集』の異名の受容という観点で見ると、為和の和歌表現は、和歌および連歌も含めたなかで異彩を放つ、かなり斬新なものであったと位置づけられるのである。

四、為和の詠作における草木異名への着目

そこで、為和が草木の異名を表す語を、何から受容してどのように自らの知識として醸成したかについて、もう少し具体的に考えておきたい。

同廿一日家会、寒草
つれなくも秋の霜より雪見草かれなでのこる花の一もと
（為和詠草・八一六）

大永二年（一五二二）十一月二十一日為和家歌会における詠である。なさけも知らず秋の霜に飽きて、霜よりも雪を見るという雪見草の枯れずに残る花の一本よ、といった意で、「秋」に「飽き」を掛け、冬題の「寒草」を「雪見草」という異名で捉えた詠である。「雪見草」も実作における歌例が稀な語である。『梵灯庵袖下集』（続群書類従本）では「松は、いわこ草、雪見草、二葉草……」とあるが、『蔵玉集』では、「卯花」および「冬菊」の異名として二箇所に掲出している。『藻塩草』では、巻八草部の「卯花」の項目に『蔵玉集』を引用する形で掲げる。「雪見草」を夏の卯

花の異名と捉えるのは、卯花の白さを雪に見立てる発想からくるもの、冬の菊の異名と捉えるのは、白菊を雪に見紛う発想からくるものであるが、「雪見草」で寒草を捉えた為和詠に一致する発想は見出せない。これはどういうことだろうか、当該箇所の『蔵玉集』と『藻塩草』の本文を引き比べながら見てみたい。

・蔵玉集　夏　三四・三五

〈卯花〉

初見草

〈天智天皇花尽異名〉

はつみ草まださかぬまに子規立田の山の里に鳴なり

〈同〉

雪見草

〈同〉

おとりけり我袖ぬれし雪見草名にこそ雪につゞけふれ《きて歟》ゝば

・蔵玉集　冬　九八・九九・一〇〇

〈冬菊〉

初見草

時雨ふる庭にけふしも初見草花咲にけり霜や置らん

〈此初見草ニ説アリ。寒草、雪トイヘリ。〉

・藻塩草　巻八草部

○卯花

雪見草　○をとりけり我袖ぬらし雪見草なにこそ雪に
つきてふれれば　蔵玉にも有。

初見草　○はつみぐさまださかぬまに時鳥たつたの
山の里になきけり　はつ見草と云異名、蔵玉に
多見えたり。四季によつてかはる歟。

・藻塩草　巻八草部

○菊

初見草　冬菊也。○時雨ふる庭にけふしもはつ見草
花さきにけり霜やをくらん　此はつ見草に説々有。
或は寒草又は雪とも云り。○今朝こそはとを山松に

今朝コソハ遠山松ニ初見草サスヤ日影ヲクモルト思ハン　寂蓮
夜ノ程ニ萩ノ立枝初見草モトミシ秋ノ色モノコラズ　頼政〉

〈同〉

霜見草

〈同〉

いく代へし松の木かげの霜見草うへける時を誰もしらねば

〈同〉

雪見草

〈西行歌〉

しぐれだにふらぬや先の雪見草秋にあまりて花やのこれる

はつみ草さすや日かげをくもるとおもはん　寂蓮の歌也。是は雪ときこえたり。又、○夜の程に萩の立枝や初見草もとみし秋の色ものこらず　是は寒草と聞えたり。頼政歌也。蔵玉にあり。

霜見草　これも冬菊也。○いく代へし松の木かげの霜見草うへける時をたれもしらねば　蔵玉

星見草　秋菊也。○庭満にさくてふ色やほしみ草まがはぬいろをまがきにぞみる　清輔が歌也。そこして異名ならでもほしによせてよむ也。雲のうへにてみるきくはあまつほしとぞよめり　蔵玉

『蔵玉集』が『藻塩草』に直接引用されていることが分かるが、(13)両者の記述は完全に一致するわけではない。注意したいのは『蔵玉集』の波線部である。九八番歌において、「初見草」を冬菊の異名として掲出しつつ、左注の波線部では寒草または雪との説もあると述べる。『蔵玉集』が言っているのは、「初見草」は冬菊の異名とも、寒草の異名とも、雪の異名とも言う、ということだが、為和はこの記述から、「雪見草」を寒草の異名と捉える認識を醸成していたのではないだろうか。「初見草」と「雪見草」が、『蔵玉集』九九番歌〜一〇〇番歌では同じ冬菊の異名として、三四・三五番歌では同じ卯花の異名として配列上近接して掲出されていることも、そのような混同を引き起こす要因であったかもしれない。だとすると為和は、『蔵玉集』に拠りながら、『蔵玉集』の記述から若干ずれた認識を自ら生み出していたことになる。一方、『藻塩草』の記述には、「雪見草」という語を寒草と関連づける為和詠のような発想

は見られない。つまり、同じ『蔵玉集』に依拠していても、為和と『藻塩草』とでは認識が異なる場合があったということではないだろうか。

なお、これまで見てきた「翁草」を詠む『為和詠草』の三三一・一二三二番歌、「形見草」を詠む二一六番歌、「雪見草」を詠む八一六番歌は、永正十五年から大永二年まで、いずれも為和が東下する以前の詠作であった。他方、『藻塩草』の成立時期および作者等は、明確には定めきれないとされている。ただ諸先学の見解(14)にあるように、宗碩作と言われてきたが（俳諧御傘ほか）、本文中に「宗碩法師」とあることから宗碩自身の著と断定しがたく、宗碩ないしは宗碩と関わりのあった人の著かと考えてよいと思われる。ちなみに、宗碩は文明六年（一四七四）生まれで（天文二年〈一五三三〉没）、文明十八年（一四八六）生まれの為和より十二歳年長にあたり、どちらも『実隆公記』にその名が登場することから分かるように、活動時期や人的交流圏は重なる。今川氏との交誼を頼って為和が駿河に拠点を移した頃、宗碩が宗祇没後に兄事した宗長は、駿河にて存命であった（享禄五年〈一五三二〉没）。また、奇しくも、冷泉家に蔵する為和自筆の『為和詠草』は、十三代為綱（一六六四〜一七二二）による修理改装が加えられているのだが、上中下冊のうち上冊の表紙には、古活字版『藻塩草』の反古紙が裏打ち紙として利用されているという（冷泉家時雨亭叢書『為和・政為詠草集』解題、小川剛生氏）。為和と『藻塩草』の距離も決して遠くないのである。

ただ、為和が『蔵玉集』所掲の草木の異名を採り入れた和歌を出詠した年時と、『蔵玉集』を多く引用する『藻塩草』をいつ誰が著したかの前後関係を問うことは、ここではさして重要ではない。改めて確認しておきたいのは、それまでにない和歌表現を試みて目新しい用語を求めた際に、草木の異名に着目した、為和の詞に対する関心の方向性は、連歌書に見られる、物の異名を重視するような詞に対する関心のあり方と、質的に通底しているということである。そしてその関心を、実際に歌をつくる局面で発揮したところに、為和の特徴が見出されるのであった。

五、和歌と連歌発句

このように考えてくると、日次の『為和詠草』を読み進めてゆくと下冊に、次のような発句もあることが思い合わせられる。

〔閏三月三日、晴信法楽ニ千句発句〕

第十二、愚分　閏月侍りければかくなん

弥生ぞと開《さく》は卯月か二季《フタキ》草　藤の事也

（為和詠草・一八六九）

天文十一年（一五四二）閏三月三日、武田晴信張行の法楽千句の第十百韻における発句である。駿河に下った後の為和は、今川氏の駿河と武田氏の甲斐を往還し、甲斐に拠点を置いていた時期もあった。天文十一年は、晴信邸で正月七日に催された歌会始に参加しており（為和詠草・一八五〇）、この法楽千句が行われた閏三月三日を含めて同年九月まで、武田家の歌会・連歌会に出詠したことが『為和詠草』に記されており、甲斐に在国していたことが知られる。

右の発句にある「二季草」とは、『蔵玉集』の、

〈藤〉
二季草

〈曽丹詠出、春夏ニカヽル草ナレバ二季草トイヘリ〉

常盤なる花とも見ばや二季草松にのみ只かゝる名なれば　（二四）

に拠るもので、春と夏の二つの季節にかかる頃に咲く、藤の異名である。為和の発句は、当座が閏三月であったこと

に即した発想で、弥生だと言って咲いたのは卯月であったのか、春夏の二季にかかる草と呼ばれる藤が咲いているよ、と詠む。自筆の詠草である『為和詠草』に、「閏月侍りければかくなん」「藤の事也」と注記があることから、「二季草」という語を用いたところがこの発句の句作りの主眼だと為和自身が認識していたことが窺える。

そして、発句の句作りに対するこのような認識は、次に掲げる『為和詠草』所収句からもみてとれる。

二月六日、柴屋十七年忌侍る、千句和漢之発句ニ、花鶯之心也

声を色にたむけ草《花也》とや花見どり《鶯也》　（為和詠草・二二一）

右は天文十七年（一五四八）二月六日、柴屋軒宗長の十七回忌に催された千句和漢聯句の発句で、「花鶯之心」を詠む句であったという。「たむけ草」は『蔵玉集』一四番歌に桜の異名として、「花見どり（鳥）」は二一番歌に鶯の異名として掲出する語である。

〈同〉
他夢化草

〈斎宮花尽異名〉
雲は猶立田の山のたむけ草夢の昔の跡の夕暮　（蔵玉集・一四「同」は前の一三番歌の異名注記「桜」と同じの意）

〈鶯〉
花見鳥

〈泉式部詠出異名〉
春はゝや比になり行山里の軒にきてなけけふ花見鳥　（蔵玉集・二一）

為和の発句は、声をいろどりとして手向けるといって鳴くのか、花見鳥である鶯よ、といった意か。この句でも、『蔵玉集』所掲の語を詠みこむ。そして、『為和詠草』の本行本文「たむけ草」「花見どり」の右に、「花也」「鶯也」と異名であることを示す注記が書きこまれている。為和は連歌の発句を詠む際にも、和歌を詠む際に実践したのと同じように、『蔵玉集』所掲の草木の異名を採り入れることで目新しい表現をもたらそうと試みる姿勢を持ち続けていたらしい。

『為和詠草』には、右に掲げた句も含めて計一八句ほどの発句が収められており、為和が諸々の連歌会に参加していたことが知られる。和歌の家である冷泉家の当主という立場から、所望されて発句を出詠した場合も多かったろう。連歌が世に浸透した中世以降の人々にとっては、和歌とともに連歌も嗜むのが通常であった。だからこそ、たとえば「歌と連歌とのけぢめ」(今川了俊『落書露顕』)とあるように、和歌と連歌の差異はいかなるものかを論じることが歌論における重要な話題の一つにもなったのである。そのような意識も存する一方で、冷泉為和にとって『蔵玉集』の草木の異名を詠作に用いることは、和歌でも連歌発句でも、どちらにおいても積極的に試みるべきものであったようだ。つまり、和歌と連歌の差異よりも、和歌と連歌は地続きであるという意識のほうに、より強く傾いたところから成された営みであったとでも言えるのかもしれない。

六、冷泉為和の和歌表現の位置

それでは、以上見てきたような為和の営みは、後の時代から捉え返すとどのように位置づけられるであろうか。前章で掲げた「雪見草」という語を例にとって考えてみよう。

為和が詠作に採り入れた草木の異名は、為和以降やや下った俳諧の発句に至って、比較的よく用いられる傾向が見られる。

散《ちら》ぬまにいざうち出《いで》て雪見草　堺住 宗利　（崑山集・巻五夏部　卯花）

築山も富士か五月と雪見草　遠州 一楽　（続山井・夏之発句中　卯花）

ふりし以後消《きえ》て幾日《いくか》の雪見草　江戸 水元　（続境海草・夏　卯花）

東叡山の若葉の下に、昼寝亭をかまへ侍りて

雪見草花のふる夜は寝覚《ねざめ》しか　緑糸　（其袋・夏之部）

良徳編、長頭丸（松永貞徳）・良徳跋の『崑山集』（慶安四年〈一六五一〉刊）、北村湖春編の『続山井』（寛文七年〈一六六七〉刊）、顕成編の『続境海草』（寛文十年〈一六七〇〉刊）、嵐雪編の『其袋』（元禄三年〈一六九〇〉自序）から一句ずつ掲出した[15]。これらの句が後代に現れることから捉えると、為和の和歌は、「雪見草」を用いた詠作として先駆的な早い例であったと言えるだろう。

ただ、右の発句はいずれも、夏の卯花を詠んだ句である。『崑山集』所収句は、「雪見草」に「行き」を掛け、散らぬ間に出かけて行こう雪見草を見に、と詠む。『続山井』所収句は、庭の築山も富士山かと見紛う、五月の雪見草という卯花が咲いていると、といった句。『続境海草』所収句は、冬に雪が降った後消えて幾日経ってから雪見をする

というのか、夏の卯花を雪見草というけれど、といった句意か。『其袋』所収句は、詞書に上野寛永寺の若葉の下で「昼寝亭」を構えて、とある。「花の降る」と「経る」を掛け、雪見草と呼ばれる卯花の咲くころ、花が雪のように散る夜は寝覚めがちに夜を過ごしたのだ、との句であろう。四句とも、卯花を「雪見草」と表現することで白雪に見立て、夏なのに冬の雪見のごとき興趣を感じる面白みによって句を仕立てている。先に掲げた『藻塩草』の記述を思い起こしたい。『藻塩草』では、「卯花」の項に「雪見草」が掲出されていた。それにもとづいて、俳諧の発句における「雪見草」は、卯花を表す夏の季の詞として定型化していったのである。冬の「寒草」題で詠んだ為和詠「つれなくも秋の霜より雪見草かれなで残る花の一もと」の発想は、受け継がれていないことになる。つまり為和の和歌は、先駆的であったがゆえに、後代に定型化する発想の型には収まらない部分も持ち合わせていたとでも言えようか。

しかし、「雪見草」という語に着目して実際の詠作に採り入れた為和の試み自体は、俳諧の発句作者たちの目の付けどころに通じるものを、先んじて内包していたと位置づけることもできるのではないだろうか。以上、本稿でここまで検討してきたように、『為和詠草』には、『蔵玉集』所掲の草木の異名を詠みこむ和歌が見出される。そのことは、冷泉為和という歌人の詠歌が、和歌史から見て目新しさと異彩に富むことを端的にものがたる。ただ、そればかりではない。冷泉為和の和歌表現を通して、和歌から連歌そして俳諧に至る詩歌史の根底に、和歌と連歌と俳諧を貫く地続きの鉱脈が流れ続けていることを窺い知ることもできるのである。

注

（1）冷泉家時雨亭叢書『為和・政為詠草集』（朝日新聞社、二〇〇七年）による。引用にあたっては踊り字はひらき、適宜濁点を付した。なお、他の和歌の引用はとくに注記しないかぎり新編国歌大観（角川書店）による。

（2）冷泉為和の生涯と動向については、小川剛生『武士はなぜ歌を詠むか』（角川選書、二〇〇八年〔改訂二〇一六年〕）に詳しい。井上宗雄『中世歌壇史の研究　室町後期』（明治書院、一九七二年〔改訂新版一九八七年〕）、同「冷泉家の歴史―王朝から中世へ」（『京都冷泉家の八百年』NHK出版、二〇〇五年）、米原正義『戦国武士と文芸の研究』（桜楓社、一九七六年）、小川剛生「冷泉為和と戦国大名（上・下）」（『しぐれてい』一〇二・一〇三号、二〇〇七年十月、二〇〇八年一月）など参照。

（3）二木謙一『中世武家儀礼の研究』（一九八五年、吉川弘文館）の第三編第二章「室町幕府御供衆」を参照。

（4）「一色下総」の考証に関しては、『宗長手記』の用例その他につき小川剛生氏の御教示を得た。

（5）抄者清原宣賢。『抄物大系』（勉誠社、寛永十五年版本の影印）による。

（6）稲田利徳「「為和集」の歌風について」（『和歌史研究会会報』六二・六三・六四合併号、一九七七年五月）。

（7）引用は、肥前島原松平文庫蔵本（外題「蔵玉　三」）により、適宜句読点・濁点を付した。〈　〉内は朱書の小字を表す。

（8）引用は大阪俳文学研究会編『藻塩草　本文編』（和泉書院、一九七九年）により、適宜句読点・濁点を付した。小字は割書を表す。また、『古活字版　藻塩草』（臨川書店、一九七九年）も参照した。

（9）引用は『島津忠夫著作集』第五巻（和泉書院、二〇〇四年）所収、太宰府天満宮西高辻家蔵本による。なお、島津忠夫「梵灯庵袖下集から宗祇袖下へ」（同著作集第二巻所収）、長谷川千尋「梵灯庵袖下集の成立」（『国語国文』二〇〇二年七月）など参照。

（10）引用は荒木尚『『言塵集』―本文と研究―』（汲古書院、二〇〇八年）による。

（11）巻子本一巻、請求記号九一一・二―Sa六二。翻刻に、大村敦子「翻刻　京都女子大学所蔵『宗碩聞書』」（『女子大国文』一〇一号、一九九二年六月）がある。

（12）試みに、国際日本文化研究センター連歌データベースを見ても用例を見出しがたい。

（13）『藻塩草』が引用する『蔵玉集』の本文、また『蔵玉集』延宝九年版本の本文にも、松平文庫本の朱書小字にあたる部分が含まれており、『蔵玉集』が朱書小字にあたる部分を有する本文で享受されていたことが窺える。

（14）『藻塩草』の成立と作者および引用文献については、松本麻子『連歌文芸の展開』第四章第二節「『藻塩草』の引用した歌集・歌論について—今川了俊関係書を中心に—」（風間書房、二〇一一年）に、先行研究の整理を踏まえた考察がある。岡田希雄「連歌辞書史の概観」（『国語国文』七巻四号、一九三七年四月）、安田章『中世辞書論考』（清文堂出版、一九八三年）、余語敏男『宗碩と地方連歌—資料と研究』（笠間書院、一九九三年）など参照。

（15）引用は古典俳文学大系（集英社）による。

鷺水浮世草子における引用和歌
――『御伽百物語』の手法を端緒として――

藤川雅恵

はじめに

『和《わ》漢《かん》故《こ》事《じ》要言《ようげん》』（青木鷺水編、宝永二年〈一七〇五〉五月刊）「引用書目録」には、編者自身が目を通したとする和漢一〇九の書籍の名が並ぶ。[1]また、それ以前に編んだ『万葉《まんよう》仮名《かな》遣《づかい》』（元禄一一年〈一六九八〉五月刊）にも、同種の目録がある。そのため、この作者の読書範囲が広汎であろうことは、容易に想像されよう。このような背景が後押しするように、この作者の浮世草子作品の研究では、主として各話の典拠を探ることが行われ、これまで『剪燈《せんとう》新《しん》話《わ》』、『酉《ゆう》陽《よう》雑《ざっ》俎《そ》』、『輟畊録《てっこうろく》』など、古典的な中国怪異譚の翻案が多いことが指摘されてきた。[2]また、作品によっては、仮名草子から着想を得たものもあることが、ある程度わかりつつある。[3]そのほか、巷を騒がせた同時代の事件はもちろん、実在の著名な人物が登場することも判明し、[4]作品の根底には、様々な要素が複雑に絡み合っていることが解明されてきた。[5]しかし、これまで顕在化しなかった問題として、作中人物が詠じたものとして登場する和歌がある。むろん、地の文に修辞の一部として用いられたものもあるが、ここで問題とするのは、主に恋物語の男女の贈答歌として挿入されたものである。なぜなら、これらは作者の創作ではなく、古歌を引用したものが多くを占めているからだ。

　本稿では、青木鷺水作の浮世草子の中で、引用された和歌を拾い出してその出典を調査し、傾向や特徴について考察することを第一の目的とする。その端緒として、まずは、『御伽百物語《おとぎひゃくものがたり》』（宝永三年〈一七〇六〉刊）での和歌引用のある物語のうち、巻二の二「宿世《すくせ》の縁《えん》」と巻三の二「猿畠山《さるはたやま》の仙《せん》」の二話が、先行の仮名草子『伽婢子《おとぎぼうこ》』（浅井了意作、寛文六年〈一六六六〉刊）に着想を得たものであることを指摘し、それに影響されたであろう手法を解明することによって、この作者の創作方法と、和歌引用の経緯について考えてみたい。

一、巻二の二「宿世の縁」という恋愛奇譚と俊成歌

　『御伽百物語』は、作者鷺水にとって第一作目の浮世草子である。序を含めて全部で二八話あり、その多くの二〇話が、中国の怪異譚を採録した『酉陽雑俎』、『輟畊録』の翻案とされる。それ以外に、この作品と先行の仮名草子との関係については、水谷不倒が「『伽婢子』の脈を引いた奇怪小説」[6]との一括した厳しい批評を下したが、長谷川強が巻四の三「恨みはれて縁をむすぶ」の典拠を『伽婢子』巻一の二「黄金百両」と指摘したのみで[7]、その共通性はもう一つの典拠、『輟畊録』を超えるものではなかった。ただし、このような指摘が未だ見られない話もあり、そのうちの一つが、巻二の二「宿世の縁」である。この話は、月下の老が男女を引き合わせ、女性の生霊が、男性の許に通うという点では、怪談であると言えよう。だが、大筋は学問を志す男性が、和歌が女手で記された短冊を拾い、それを契機に始まる恋物語である。そして、その短冊に書かれた和歌とは、「俊成卿のよみ給ひし初恋のうた[8]」、「しるしあれといはひそ初るたまはゝきとるてばかりのちぎりなりとも」（『長秋詠藻』・四八六「初恋」など）であった。なぜ俊

成のこの歌が、選ばれたのだろうか。その理由について考えてみたい。

　これまで指摘はなかったが、このたび新たな典拠として想定されるのが、『伽婢子』巻八の三「歌を媒《なかだち》として契る（目録題「長谷兵部恋物語の事」）」である。こちらも男女が和歌を介して結ばれる、恋物語である。いずれも、ひたむきに学問を志す男性と富裕な家の一人娘が、一筋の縄（のようなもの）によって引き合わされ、人知れず逢瀬を重ねた末に、めでたく婚姻関係を結ぶなど、その展開の大部分が相似している。また、表現での共通性もあり、引用歌に「俊成卿のよみ給ひし初恋のうた」（「宿世の縁」）、「俊成卿の詠み給ひけん歌」（「歌を媒として契る」）と書き添える部分、男性が恋に夢中になるあまりに「学問の道にも疎く」（「宿世の縁」）となる部分も、「心そぞろに学道も身にしまず」（「歌を媒として契る」）と類似している。それぞれの結末は明暗異なるものの、全体の構成や表現の雰囲気において、「宿世の縁」は、『伽婢子』のこの話の影響を強く受けているものと言えよう。しかし、この考えを決定付けるもっとも顕著な共通点は、俊成の和歌、「たのまずはしかまのかちのいろをみよあひそめてこそふかくなるなれ」[9]（『長秋詠藻』下五〇九「初逢恋」）が、引用されていることである。

　そもそも、『伽婢子』という作品全体に登場する和歌には古歌の引用が多く、その役割は『剪燈新話』等、典拠の中国伝奇小説内での、登場人物間の漢詩の贈答の代用として置き換えられたものである。先学によれば、引用された歌の大部分は、『題林愚抄』（撰者未詳、室町時代前期類題集）恋の部所収歌であると言われている[10]。この類題集は近世期に入り、寛永一四年（一六三七）、元禄五年（一六九二）、寛政四年（一七九二）の三度にわたって版本として刊行されており、江戸時代を通して広く知られ、用いられたものである。おそらく、了以は寛永一四年版、鷺水は元禄五年版までを見ることが可能であり、ここで問題とする『御伽百物語』の俊成の歌も『伽婢子』の歌同様に、『長秋詠藻』に「初恋」として登場するが、やはり、『題林愚抄』恋部一にも採択されている。従って、この二つの歌は、同じ類題集から選ばれた可能性があるため、俊成の初恋の歌を書いた短冊を恋の契機とする趣向は、当初の想定通り、『伽婢子』巻八の三「歌を媒として契る」によるもので、これが新たな典拠であると言えよう。これまで中国怪異譚による典拠の指摘がなかった話の、新たな仮名草子の典拠として位置付けられる可能性が濃厚となった。『伽婢子』の当該話には、女性が歌を書いた短冊を、塀越しの男性に投げ渡す場面と、俊成の歌の引用によって恋心の告白を行う場面があり、これら二つの要素が合流し、舞い落ちた短冊を拾うという着想の一部になったものと考えられる。一話の雰囲気と俊成の和歌の引用された共通性を見る限り、作者鷺水も了意の創作方法を理解し、それに倣って同じ類題集を用いて和歌を選び、作品に引用した可能性が高いものと想定される。ただし、『御伽百物語』のこの話に、俊成の「初恋」のあの歌が選ばれたのには、もう少し複雑な事情があるのではないかと考える。

　引用歌の共通点を手掛かりに、新たな典拠の指摘を行ったが、怪異的な要素を中心に、両話の内容には隔たりがあり、少々の違和感が残る。それを解決するために、前述した作者の和歌引用の方法から導き出し得る可能性は、『伽婢子』の典拠の作品を見直すことである。「歌を媒として契る」の典拠は、朝鮮の漢文体小説『金鰲新《きんごうしん》話《わ》』第二「李生窺墻伝」（金時習作、一五世紀成立、和刻本は承応二年〈一六五三〉、万治三年〈一六六〇〉、寛文一三年〈一六七三〉刊）である。さらに、これは『剪燈新話』巻一第五「聯芳楼記」、巻の二第八「滕穆酔遊聚景園記」を典拠としており、[11] はからずも、「宿世の縁」の構成は『剪燈新話』の二話に近い。主人公の書生梅秀が方々を巡り、その途中で短冊の主の女性を見初め、巡り合って連れ帰り、生霊とともに過ごす部分までは、「滕穆酔遊聚景園記」の内容に類似する。ただし、こちらは生霊ではなく、死後の世界の人との恋愛である。また、後半の幸福な結末は、「聯芳楼記」のそれに類似し、作者が典拠の典拠である『剪燈新話』にも、目を通していたものと推測可能となる。もちろん、これは鷺水の自ら掲げた「引書目録」に含まれ、その読書範囲に含まれるものであり、『金鰲神話』を介さずに、これを参考にしたものであるとも想定可能である。しかし、そうとは言い切れない部分がある。

『金鰲新話』第二「李生窺墻伝」の中で、結婚が決まった時に男性が詠んだ漢詩には、「従今月老纏縄去（今従り月老纏縄し去る）」という部分があり、これは「宿世の縁」の山場でもある「月下の老」の赤縄による、縁結びの場面への影響を与えたものと想定できよう。さらに、数ある俊成の歌の中でも「玉箒《たまははき》」の語を用いた歌が引用されたのには、「李生窺墻伝」に妻となることの謙称として用いられた「箕箒」という語があり、これによって選ばれたものであろうとの想定が可能となる。作者はこの話を創作するにあたり、『剪燈新話』に影響を受けて『金鰲新話』が生まれ、これを典拠として『伽婢子』の恋愛譚が作られたという相関関係を知り得た上ですべてを網羅し、典拠としていたものとの仮説が成り立つのである。もしそうであれば、これらを精査し、細部を拾い上げ、巧みに利用して創作されたのが、「宿世の縁」という恋愛奇譚である。しかも、その複雑で重層的な構造の中から採択されたのが、俊成の玉箒の歌であり、作者をこれに結びつけたのは、『伽婢子』と『金鰲神話』であった。

このような和歌を交えた恋愛奇譚は、鷺水の浮世草子にしばしば登場する。出会いの趣向はそれぞれに異なるが、和歌や学問に優れた男性が、富裕な深窓の令嬢と恋に落ち、時に不思議な体験をするが、晴れて夫婦として結ばれるという、典拠のスタイルは常に守られている。とりわけ『御伽百物語』巻六の四「福引きの糸」、『新玉櫛笥《しんたまくしげ》』巻六の三「香によする契」などは、怪談集最終話の幕引きを飾るにふさわしい、花のある物語となっている。

二、巻三の二「猿畠山の仙」という隠逸譚と西行歌

この話はある僧侶が放浪の旅の途中、鎌倉の猿畠山に逗留し、体に翼のある仙人たちが、林の中を飛び交うさまに

遭遇して交流するという、幻想的なものである。『酉陽雑俎』の中の一話（続集巻二「支諾皐中」一五、東洋文庫『酉陽雑俎』四巻九〇五）を典拠とし[12]、その内容を概ね踏襲している。だが、それ以外の研究は進まず、ここに日本の先行の文献や文学、有名な歌人の和歌が幾重にも重ねられていることは、あまり知られていない。以下、これについて新たに知り得たことを述べていきたい。

この話の典拠については、すでに触れた通りだが、それ以外に『伽婢子』巻十の一「守宮《いもり》の妖《ばけもの》」という話がある。小人に化した爬虫類の怪異譚だが、結末を除いては、これもほぼ同様の展開である。いずれも、曹洞宗の僧侶が主人公であること、ともに「塵外」という語を使用すること、僧の優秀さを「智弁兼備《かねそなへ》たる学士」とし、この話での「智《ち》弁《べん》流るるがごときに愛《め》で、学業《がくげう》の潔《いさぎよ》き」という表現に近く、少なからず影響を与えているであろう点では、前章同様に『伽婢子』を、さらなる典拠の一つと想定することが可能となる。前章の恋愛奇譚も含めて、『御伽百物語』には、『伽婢子』に類似する話は他にもあり[13]、近世怪異小説の礎ともいうべきこの作品は、作者が『御伽百物語』を創作する上で強く意識して、お手本にした作品であったと位置付けられよう。

このように、この話は『伽婢子』の展開や表現を、足がかりにしていることが明らかとなった。しかしながら、中国小説の利用という同じ方法をとりながらも、それとは違った典拠を用い[14]、違ったアプローチで創作されたのがこの話である。その中でも、まず目を引くのが、典拠の中国の仙人たちを、日本の隠逸者に置き換える作業が行われていることだ。まず、飛び交う仙人たちの様子を、『十訓抄』（巻一）の蜂飼い大臣で有名な、京極太政大臣宗輔の話に例えている。本文にも「十訓」とあるため、この関係性は容易に把握できるが、さらに重要なのは、その出版事情となろう。現在では流布本と称されるものだが、『十訓抄』の版本が刊行されたのが、元禄六年（一六九三）である。これはこの話の中で、僧侶が猿畠山に入山した時として、設定された年限とまさに符合するためである。続いて、「日本の仙人」として登場する人々である。ここには伏見の翁、増翁《ましてのおきな》、白箸翁、民の黒人、賀茂の翁の名が挙がるが、最後の一人を除いては、本文に「本朝豚史（ママ）」とあるように、皆『本朝遯史《ほんちょうとんし》』（伝記、林読耕斎著、寛文四〈一六六四〉刊）にその名を載せる人物で、そこから選ばれたものである。賀茂の翁については、名称こそ未詳だが、『遊仙窟《ゆうせんくつ》』（唐張文成作、伝奇小説）の江戸初期無刊記本、元禄三年刊『遊仙窟鈔』には、京都木嶋神社の森に遊仙窟を読む老翁があり、学士伊時に教えたという逸話が記され(15)、同様の記述は『京羽二重織留』巻之三「奇瑞」（元禄二年〈一六八九〉刊）にもあり、いずれかによるものであろう。典拠の『酉陽雑俎』では、具体的な人名は孔昇翁と青桐君の二つ、『伽婢子』では瓜生判官の弟の亡魂で、その数は少ない。ここには典拠を越えた多くの人名が挙げられたが、すべてが近世期に版本化された文献からの引用であった。

以上の指摘以外にも典拠にはない、『伽婢子』の手法からの応用ともいうべきものがある。前章のような恋の話題ではないのに、登場人物たちが吟詠する和歌があることである。まず、主人公の僧侶が「秋たつと人は告げねど知られけりみ山のすその風のけしきに」と吟詠する。本文に「かの西行の」とあるように、これは『山家集』秋・二五五「山居初秋」の歌である。それに応じる形で、仙人の一人が嘯くのは、「すむ身こそ道はなからめ谷の戸に出で入る雲をぬしとやはみん」で、後柏原天皇『柏玉集』雑・一六六一「澗戸雲鎖」である。ちなみに、『山家集』は『六家集』（近世初期刊）または『類題六家集』（宝永元年〈一七〇四〉刊）、『柏玉集』は寛文九年（一六六九）刊本、または『三玉和歌集類題』（元禄九年〈一六九六〉刊）に収載されており、いずれも版本からの引用が可能な歌である。これらの二首を併せて、主人公たる僧侶の、漂泊の旅人たる心象風景を詠み込んだものであろうか。いずれにせよ、これらの引用歌は恋愛奇譚に限らず、どのような話であっても、場面や登場人物の置かれた心境に合うように、巧みに引用されたものであると言えよう。

では、なぜ名を冠してまでも、ここに西行の歌が引用されたのだろうか。実は、すでに挙げた『本朝遯史』の隠逸者の中には、「佐藤西行」の名もあるからであり、この話の登場人物の僧侶「沙門鶯囀司《しやもんわうでんす》」の諸国行脚の姿は、そこでの西行に類似し、これを参考にしたものではないだろうかと推察される。以下、それぞれの本文を引用する。

この僧ただA浮雲流水の思ひあり。転蓬の癖を具してB住職を望まず、さまざまと人の勧め挙げもてはやし、「和尚、和尚」と崇むるに飽きて、夜ひそかに寺を出で、いづくをそこと心かくる態もなく、身にそゆる物とては、C三衣袋、鉄鉢、錫杖より外に貯へたる物なければ、朝に托鉢し、夕に打飯を乞ひ、かなたこなたと吟ひ歩き、渇しては水を呑み、疲れては石に枕し、待つ事なく急ぎもやらぬ道を、D一つの里にだに三宿と逗留せず。ある日は都に出でてE市にうそぶき、または難波津に杖をたて、心に感ある時はF詩を賦し、歌を吟じ、G諸国に至らぬ隈なく尋ねぬ名所もなかりしかども、

（『御伽百物語』巻三の二「猿畠山の仙」より）

A′孤雲野鶴、何ノ天カ飛ブベカラザランヤ。B′円位爵禄ノ責無ク、妻孥の虞無ク、外ニ恩讐無ク、内ニ憂悔無ク、一身軽シ。形影相問。双脚健ナリ。輿馬焉シテ求ニ、C′一巾一衣一杖一鞋、西ヨリ東ヨリ、南ヨリ北ヨリ、G′思到ズト言フコト無シ。E′或ハ朝市、或ハ山林、或ハ江湖、或ハ席暖ナラズ、D′或ハ暫ク稽留、或ハ寓泊年ヲ経。（中略）曽テ聞ク西行ガF′詠ズル倭歌ヲ。散歩緩行シテ、以テ興趣ヲ得ルト。

（『本朝遯史』寛文四年刊本「佐藤西行」より訓読）

二つの文章を見比べると、そのまま同じ言葉を用いたところは見当たらないが、それぞれに傍線と記号を付した部分は呼応し、互いに同等な意味合いを持つ近しい表現であると言えよう。さらに共通点をまとめると、名誉を求めず、俗世から離れたいという、かねてからの思いを貫き、僧侶としての最低限の荷物で、全国を隈なく行脚し、清貧の中で歌を詠むという生活を送ることである。このような共通性から、『本朝遯史』（漢文）の内容を作者が咀嚼して、こ

の話で具体的にわかりやすく、表現し直している様子が看取されるのである。従って、主人公の僧侶の放浪の姿は、『本朝遯史』での西行を暗示し、他の人物同様にこの人物さえも、本朝隠逸の輩として設定したものと解釈できよう。それゆえに、話中に西行の名と歌が引用され、全体の雰囲気に、その世界観が投影されたのではないかと想定される。ちなみに、典拠『伽婢子』当該話の僧侶「塵外《ちんぐわい》首座《しゆそ》」の原型は、管見によれば、中国北宋の詩人蘇東坡（蘇軾）であろう。本文の「ある夜ともしびをかゝげ、つくえによりかゝり伝灯録をよみ居たりければ」は、まさしく『冷斎夜話』（慧洪編）巻十「東坡宿曹渓、読伝灯録。灯花堕巻上焼一僧字。」の姿に酷似する。加えて、蘇東坡の禅僧たちとの交流は周知であり、名はその詩「塵外亭」によるものであろう。そうであれば、「鶯囀詞」は雅楽「春鶯囀」による名というよりも、西行の鶯を詠んだ歌によるものとなろう。典拠に倣ってその名を直接に用いず、本人の詩歌を匂わせる代え名にすることは継承したが(16)、原型を歌人の西行に変え、新たに和歌のやり取りを加え、全体を西行一色の雰囲気にしたのが、この話の新機軸であった。

　以上、『御伽百物語』の和歌が引用された二話について、『伽婢子』という新たな典拠がある可能性を指摘し、その他の事項や引用された和歌の出典を調査した。結果、『御伽百物語』の作者鷺水が用いた情報源の大部分は、近世期に入ってから版本として刊行され、流布したものが中心であることが明らかになった。加えて、創作にあたり、作者が『伽婢子』で行われた方法を体得した上で、その時代にはなかった、新たな情報源を用いた可能性が想定される。とりわけ和歌については、『題林愚抄』、『三玉集』、『六家集』等、版本の類題集が用いられた可能性が濃厚であろう。では、これ以外の話で引用されたものも、それに叶ったものなのであろうか、以下調査する。

三、鷺水作の浮世草子に採択された和歌

鷺水作の浮世草子作品に登場する和歌の主な出典を調査し、[17]以下にまとめた。本稿では、地の文に一部引用された詞章は対象とせず、話中で登場人物が詠んだ体裁のものに限った。作品の刊行年、作品内での出現順に私に番号を付した。

【鷺水作浮世草子作品内の和歌】

凡例　引用の本文は、すべて『青木鷺水集』第四巻[18]によったが、版本と校合して訂正を加えた部分もある。また、濁点は『新編国歌大観』を参考に付した。引用歌の下には、作品名の略称と所在を記し、出典または参考歌を記した。作品の略称は以下のとおりである（『御伽百物語』→御、『諸国因果物語』→諸、『古今堪忍記』→古、『新玉櫛笥』→新）。なお、引用と認められるものは○、一部の改作は△、参考歌のあるものは▼で区別し、後者については参考歌を記した。また出典未詳は、×とした。

1　しるしあれといはひそ初るたまは、きとるてばかりのちぎりなりとも　（御二の二）

○＝　俊成『長秋詠藻』・四八六「初恋」、『夫木和歌抄』・一七〇七七「治承二年右大臣家百首、初恋」、『題林愚抄』恋部一・六二一五

2　秋たつと人は告げねどしられけりみやまのすその風のけしきに　（御三の二）

○＝　西行『山家集』秋・二五五「山居初秋」、『西行上人集』七三三

3　すむ身こそみちはなからめ谷の戸に出で入る雲をぬしとやはみん　（御三の二）

○＝　後柏原天皇『柏玉集』雑・一六六一「澗戸雲鎖」

4　むさし野の草葉なりともしらすなよか、るしのぶのみだれありとは　（御三の三）

○＝　師兼『師兼千首』恋二百首・六一一「忍親昵恋」

5　あさからぬこ、ろのほどをへだつなとかずならぬ身ぞおもひそめぬる　（御三の三）

▼→　『江雪詠草』二五四「恥身恋」、「まはゆさに打もむかひてをの

つから数ならぬ身ぞ人をへだつる」によるか。

6 かねてより人のこゝろもしらぬ世にちぎればとてもいかゞたのまん　（御三の三）

○＝　為冬『新後拾遺集』恋歌二・一〇七八「元亨三年七月、亀山殿七百首歌に」、『題林愚抄』恋部一・六六二三「疑恋」

7 をろかにはわれもちぎらじいときなき心にたのむいろを見るより　（御三の三）

○＝　政為『碧玉集』巻五恋部・九三〇「契少人恋　水無瀬御影堂に奉納の五十首に」

8 けふはまたつらさをそへてなげくかなねたくぞ人にもらしそめぬる　（御三の三）

○＝　『師兼千首』恋二百首・六〇五「初言出恋」

9 月みればなれぬる秋もこひしきにわれをばたれかおもひいづらん　（御五の二）

○＝　隆俊『続古今集』雑歌下・一七四二「秋夜対月といふこと」、『題林愚抄』秋部三・四〇三九「秋夜対月」

10 けふこそはもらしそめつれおもふ事またいはぬ間の水くきのあと　（御六の四）

▼↓　『衆妙集』五一六「寄名所恋」、「もらすべき人に心を岡のべの末せきとむる水茎の跡」によるか。

11 見こもりの神にや君もいのるらん恋ときくより我もうれしき　（御六の四）

△↓　頼政『頼政集』四三六「聞恋我恋」「みごもりの海にやいもが祈るらんこふと聞くより我もかなしき」による。

12 かたおかの森のしめなはとくるより長くとだにもなを祈るかな　（御六の四）

○＝　為定『為定集』八六「祈逢恋」、『題林愚抄』恋部一・六四八四「祈遇恋」

13 我はたゞ来ん世のやみもさもあらばあれきみだにおなじみちにまよはゞ　（御六の四）

○＝　長明『長明集』六九「思二世恋」、『続古今集』恋歌三・一二一九「思二世恋といふこと」、『拾遺風体集』恋歌・二九四「思二世恋」

14 心にもあらぬ月日はへだつともいひしにたがふつらさならずば　（御六の四）

○＝　隆博『続拾遺集』一三恋・九五二「文永七年九月内裏三百首歌に、契恋」

15 すゑまでもなをこそたのめ夕だすきかけしちぎりは世々にくちめや　（御六の四）

○＝　『師兼千首』恋二百首・六三五「憑誓言恋」

16 いとゞしくおもかげにたつこよひかな月を見よともちぎらざりしに　（御六の四）

○＝　内大臣（有仁）『金葉集』恋下・四二四「月増恋といへることをよめる」、『和歌一字抄』上・三二八「月増恋」、『題林愚抄』恋部二・六八八三「月増恋」

17 池水にこよひの月をうつしもてこゝろのまゝに我がものとみん　（御六の四）

△↓ 白河天皇『金葉集』秋部・一八〇「寛治八年八月十五日夜鳥羽殿にて翫池上月といへることをよませ給ひける」、『和歌一字抄』下・七七四「翫池上月」、『題林愚抄』秋部三・四一〇四「翫池上月」※「我がものとみん」↓「我がものとみる」

18 千とせまでおもかはりすな秋の月おひせぬ門にかげをとゞめて　（御六の四）

○＝『後鳥羽院御集』一四九四「月契多秋」、『院当座歌合正治二年九月』五「三番左勝　女房」、『摂政家月十首歌合』八一「四十一番左勝」

19 くやしともいひてかひなきさきの世を今のちぎりになげきそへつゝ　（諸三の五）

×

20 待かほに人には見えじとばかりになみだの末にしほれてぞぬる　（諸三の五）

○＝ 従三位為子『玉葉集』恋歌二・一三六八、『三十番歌合（正安二年～嘉元元年）』四五「二十三番左勝」※「なみだの末」↓「なみだのとこ」

21 我も人もあはれつれなきよなよなにたのめもやますまちもよはらす　（諸三の五）

○＝ 永福門院『風雅集』恋二・一〇六二「歴夜待恋といふ事を」、『題林愚抄』恋部一・六七〇四「歴夜待恋」

22 おもひしれ度かさなれる空たのめげにことはりのうらみなりとは　（諸三の五）

○＝ 実隆『雪玉集』七六六八「恨偽恋」

23 もしやとてかく玉づさも身のうさをおもひ出てはうちぞおかる、　（古四の二）

○＝『源三位頼政卿集』四一四「観身不言恋」

24 ちぎりおきしほどは過ぬとおもへどまつとはいはじ年もこそふれ　（古四の二）

△↓『六条修理大夫集』三三〇「たのめてこぬ恋」※「ちぎりおきし」↓「契こし」

25 いつとなくおもひしよりもなかなかに暮ゆくそらをまつにけぬべし　（古四の二）

○＝『六条修理大夫集』三三七「契今夜恋」

26 おくやまも思ひやるかな妻こふるかせぎがづしのまどの月見て　（古五の一）

○＝『七十一番職人歌合』一一八「三十番月」

27 しのびわび書だにはてぬ言のはをあさきになして人や見るらん　（古七の一）

○＝『師兼千首』六〇七「忍通書恋」

28 かりがねの雲のよそなるたまづさに心もそらになりぞはてぬる

(古七の一)
○＝ 清輔『清輔集』冬・二六六「見書恋」

29 こがれてもかひこそなけれみくま野のうらよりおちの沖のつりふね
(古七の一)
○＝ 頓阿『草庵集』恋歌上・九四六「隔恋」

30 くらまはりたゞいたづらにくるゝ戸のあけぬ夜ふかき月を見るかな
(古七の二)
○＝『七十一番職人歌合』一六二「四十一番月」

31 こひ衣そでをかへばやくらまはりたへずなみだのなかれものとて
(古七の二)
○＝『七十一番職人歌合』一六四「四十一番恋」

32 いかにしてしるべなくともたづねみんしのぶの山のおくのかよひ路
(新四の一)
○＝ 俊成『長秋詠藻』中・三五九「頼輔朝臣の歌合によみておくりし五百首中、忍恋」、『新勅撰集』恋歌一・六七〇「刑部卿頼輔歌合し侍りけるに、よみてつかはしける忍ぶ恋」、『歌枕名寄』六九三一、『言葉集』一五、『題林愚抄』恋部一・六二三四

33 日を経つゝそふるつらさをおも荷にてもだへはづべき心ちこそすれ
(新四の一)
○＝『源三位頼政卿集』五六八「逐夜増恋」

34 さかき葉の葉かへぬかげを見るもうしつれなき色にいのりこし身は
(新四の一)

○＝ 後柏原院、続々群書類従一四『後柏原院日次結題』「祈難会恋」

35 せけばこそ渕となるらめなみだ川心のまゝにもらしてや見む
(新四の一)
○＝『師兼千首』六一二「依忍増恋」

36 かりがねの雲のよそなるたまづさに心もそらになりぞはてぬる
※ 28に同じ。
(新四の一)

37 万代をなをかさぬべき君なればつるの千とせもいひなくらべそ
(新六の四)
○＝『行宗集』二八九「対鶴争齢」

38 山ぶきの花色衣ぬしやたれとへどこたへず口なしにして
(新六の四)
○＝ 素性法師『古今集』雑体・俳諧歌・一〇一二、『定家八代抄』雑歌中・一五八七「題不知」、『題林愚抄』俳諧歌・一〇〇七二

39 しのべたゞしらせて後のつらからはいはぬ頼みもあらじ物ゆへ
(新六の四)
○＝ 為道『題林愚抄』恋部一・六三七四「忍不言恋」

40 あめはるゝなごりの露やおもからじしづ枝数そふ山さくら哉
(新六の四)
○＝ 光吉『光吉集』春・四〇「木寺の草庵にて、雨のふる日、花みたまひしときに、雨後花といふことを」、『題林愚抄』一〇四八「雨後花」

41 つゝみこし思ひの色ももらさばや花は枝にもとまらざりけり
(新六の四)

○＝『草庵集』恋歌上・八七四「侍従中納言人人さそひて花見侍りし時、寄花忍恋」

42 心こそゆくゑもなけれみわの山松のこずゑのゆふぐれの空　（新六の四）

○＝慈円『拾玉集』歌合百首春上・一六一五「尋恋」、『新古今集』恋歌四・一三二七「摂政太政大臣家百首歌合に、尋恋を」、『六百番歌合』恋部上・六五八、『題林愚抄』恋部一・六四二六「尋恋」、『歌枕名寄』二七四八

43 かたおかの森のしめなわとくるより長くとだにも猶祈る哉　（新六の四）

※12に同じ。

44 わきも子か心にひける琴なれば我待にこそまづかよひけれ　（新六の四）

△↓家房『六百番歌合』一〇九四「七番寄琴恋右」、『題林愚抄』恋部四・八二六五「寄琴恋」「わぎも子が心のひかぬことなれば我がまつにこそかよはざりけれ」による。

四、引用歌の傾向と新たな類題歌集

ここでは、前章で出典を調査した引用歌の傾向や特徴を見ていく。調査対象は左記のとおりで、鷺水が一部でも執筆に関わったとされ、且つ披見可能な七作品である。延べ四四首あったが、一部重複があるため（12と43、28と36）、厳密には四二首であった。原本不明作も含めて、鷺水が書いたとされる浮世草子の作品は以下のとおりである。以下、作品別の引用数を次にまとめた。

【鷺水作浮世草子内の和歌引用数】（傍線部は、恋以外の題材）

宝永三年刊『御伽百物語』　4話（全27話）17首（巻二の二、三の二、三の三、五の二、六の四）

宝永四年刊『諸国因果物語』　1話（全30話）4首（巻三の五）

宝永四年刊『初音物語』　0（改題本、序及び一の一のみ執筆か[19]）

宝永五年刊『古今堪忍記』　4話（全31話）9首（巻四の二、五の一、七の一、七の二）
宝永六年刊『新玉櫛笥』　2話（全19話）13首（巻四の一、六の三）
宝永七年刊『吉日鎧曽我』　0（作者名は若松梅之助）
刊年不明『高名太平記』　0
『芭蕉翁諸国物語』　不明（広告内の書名のみ、原本未詳）

鷺水はそもそも俳諧点者を本職とし、元禄期は俳諧作法書の執筆など、それに付随するような執筆活動を中心に行ってきたため、和歌との関わりは未知数である。浮世草子の執筆を後に行うが、それはほぼ宝永期（一七〇四〜一七一〇）の短期間に限られている。右の調査を概観すると、約半数の作品に和歌の引用が見られる。いずれも短編集で、共通して怪異的要素を含む。傍線で示したように、恋以外の題材は三話で、前述したような傾向の恋を扱ったものが多数を占める。一方、和歌引用の見られない作品は、怪異とはあまり縁のないものであり、『初音物語』を除いた二作は、武士の世界を扱った時代物である。ただし、『高名太平記』については赤穂事件を全面的に描いたものだが、今なお謎とされる、江戸城松の廊下での刃傷沙汰の原因を、歌会での兼題指南をめぐるトラブルを発端として描く。そのため、直接的な引用こそないが、作者の和歌への意識の高さが表出した作風となっており、その点では、これも和歌に関わりの深い作品であると位置付けられよう。従って、原本未詳の『芭蕉翁諸国物語』を除いて、『初音物語』と『吉日鎧曽我』は和歌との関係性が希薄である。だが、『初音物語』は改題に伴う一部分の執筆であり、『吉日鎧曽我』は作者名を、かつて『十能都鳥狂詩』（元禄一三年〈一七〇〇〉刊）で用いた若松梅之助に変えている。よって、鷺水の名を冠した作品のほぼすべてに、和歌との関係性が認められるのである。

続いて、引用歌の出典についてだが、判明したもので一致したものは、四二首中三五首、多少の改作が認められるものは四首で、大部分は既存の歌であった。一見、その出典の歌集は幅広いものだが、版本という括りで見た場合、『題林愚抄』（一三首）、『類題六家集』（一首、宝永元年〈一七〇四〉刊）、『三玉和歌集類題』（四首、元禄九年〈一六九六〉刊）等となり、元禄期に版本となった複数の類題集に集約される、そうなるだろうとの仮説を立てていた。しかし、それには含まれない『師兼千首』、『頼政集』、『衆妙集』他、これまでに版本となった形跡の不明な歌集からのものも多々あり、なおかつ出典すら判明しないものもあり、前章の調査に使用したデータベースでは、すべてを賄いきれなかったという、再考の余地が浮上した。だが、それには含まれない、『新編国歌大観』未収の、元禄期に入って新たに版本となった類題集に、『類題和歌集』（後水尾院勅撰、寛文五年以前に成立）がある。[20]これが版本として上梓されたのは、元禄一六年（一七〇三、出雲寺和泉掾版）である。版元も作者に縁のある書肆であるだけに、[21]これを使用した可能性は低くはないものと推察される。以下、この類題集との対照を行う。

【引用和歌と『類題和歌集』との対象[22]】
（〇は一致、△は一部改作、×は未見）

1 〇恋之一・一八三二二・俊成「初恋」（長秋）
2 〇秋之一・九一〇一・西行「山居初秋」（山家集上）
3 △雑之一・二三八五八・後柏―「澗戸雲鎖」※五句「あるしとやせん」
4 〇恋之一・一八六一五・師兼「忍親昵恋」（千首）
5 〇恋之三・二一三七六・後柏―「恋不依人」
6 〇恋之一・一九〇二〇・為冬「疑恋」（新後拾）
7 △恋之一・一八九九二・政為「契少人恋」※二句「いときなく」
8 △恋之一・一八三八〇・師兼「初言出恋」（千首）※五句「初ける」
9 △秋之三・一一七二六・太皇后宮大夫隆俊「秋夜対月」（続古今雑）※一句「月みては」、二句「人もこひしき」
10 〇恋之一・一八七一七・小侍従「遺書恋」（摘
11 △恋之一・一八六六二・頼政「聞恋我恋」※五句「悲しき」
12 △恋之二・一九五〇六・為定卿「祈逢恋」※四句「なかく

とたへも」
13 ○恋之二・二〇四一一・鴨長明「思二世恋」（新続古）
14 ○恋之一・一八八七九・藤原隆博朝臣「契恋」（続拾遺）
15 ○恋之一・一八九四五・師兼「契誓言恋」（千首）
16 ○恋之三・二〇八四〇・内大臣「月増恋」（金葉）
17 ○秋之三・一一七六一・白河院御製「翫池上月」（金葉三）
18 △秋之四・一三〇四〇・後鳥羽院「月契多秋」（御集）※五句「影はと丶めて」
19 ○恋之一・一八九六八・教秀「悔前世契恋」
20 △恋之一・一九三二八・従三位為子「忍待恋」（玉葉）※四句「泪の床に」
21 ○恋之一・一九三六六・永福門院「歴夜待恋」（風）
22 ○恋之一・一九二六二・逍遥「恨偽恋」（卅首）
23 ○恋之一・一八三六五・頼政「観身不言恋」（家集）
24 ○恋之一・一九〇一五・顕季「憑不来恋」
25 ○恋之一・一八九二四・顕季卿「契今夜恋」
26 ×
27 ○恋之一・一八七二四・師兼「忍通書恋」
28 ○恋之一・一八七三一・清輔「見書恋」（家集）
29 ○恋之二・二〇三一一・「隔恋」（草庵集）

30 ×
31 ×
32 ○恋之一・一八四〇七・俊成「忍恋」（新勅撰）
33 ○恋之二・二〇一一〇・頼政「逐夜増恋」（家集）
34 △恋之一・一八八二六・後柏―「祈難会恋」※四句「つれなき迄に」
35 ○恋之二・二〇〇八六・師兼「依忍増恋」
36 28に同じ。
37 ○雑之五・二六三五六・行宗「対亀《ママ》争論」（源太府卿集）
38 ×
39 ○恋之一・一八三四七・為道朝臣「忍不言恋」
40 ○春之四・三七八三・光吉朝臣「雨後花」
41 △恋之四・二二六〇四・頓阿「寄花忍恋」（草庵集）※五句「こもらさりけり」
42 △恋之一・一八七六二・前大僧正慈円「尋恋」（新古今）※四句「杉の梢」
43 12に同じ。
44 △恋之五・二三四四八・家房「寄琴恋」（六百番歌合）※二句「心のひかぬ」・五句「かよはざりけれ」

以上の対照調査の結果、実に四二首中の三八首に○と△が付いた。とりわけ、前章の調査で▼として参考歌を示した二首（5、10）と、×として出典未詳であったもの（19）も○となり、引用であることが明らかになったことは、大きな成果である。△についても、些細な字句の相違であるため、こちらも引用と見なすことは可能であろう。これにより、写本のみの現存とされる歌集の歌が、この類題集を介して引用され、同時に作者が『題林愚抄』には未収の歌集を知り得て、選択していたものと想定される。また、未見（×）となったものは四首あったが、そのうち三首（26、30、31）は、すべて『七十一番職人歌合』（明応九年〈一五〇〇〉頃成立）によるもので、これについては明暦三年〈一六五七〉刊の版本があり、類題集に収載された形跡が見られないことから、その引用と見ていいだろう。あと一首（38）は、作品本文において登場人物が口ずさんだ「古き歌」（『新玉櫛笥』巻六の四）とあるように、『古今集』の素性法師の俳諧歌で、『題林愚抄』はもちろん、『栄花物語』、謡曲「満仲」、『好色一代男』等の先行文芸にも、広く引用された歌として有名であるため、類題集からの引用であると断定することは、ひとまず避けておきたい。

以上の調査により、鷺水作の浮世草子の話中に、登場人物が詠じたものとして、引用された歌の多数が、『類題和歌集』に収載されたものである可能性が濃厚となった。作者にとって、和歌引用の物語の手本ともいうべき『伽婢子』では、和歌選考の手段として、『題林愚抄』の初の版本化である寛永一四年（一六三七）刊の本が用いられた。これはおそらく、『御伽百物語』より半世紀ほど前の、その時点では最新鋭の類題集であったに違いない。この状況さながらに、鷺水がこの作業に用いたのは、元禄期に初めて版本化された類題集『類題和歌集』であろう。これは、江戸時代最新鋭のメディアたる版本を、意識的に利用して積極的な創作活動に臨んでいた、近世期の作者たちの姿が想像される結果である。

おわりに

『御伽百物語』の中で、和歌の引用された代表的な二話を取り上げ、この作品には漢籍以外のもう一つの典拠として、仮名草子の怪談集として名高い『伽婢子』の存在を新たに指摘した。また、調査により、『伽婢子』でとられた方法同様、話中の歌はすべて既存の和歌を引用したものであることが判明した。それのみならず、作者は『伽婢子』が典拠とする作品にまで目を通し、それを内容や引用歌選考の手段として利用したであろう可能性を示唆した。これを足掛かりに、作者鷺水の上梓した浮世草子の全作品に引用された和歌を拾い出し、その出典を調査した。それに伴い、『伽婢子』の方法に倣って、この作品の和歌もみな、近世初期に版本化された類題集『題林愚抄』によるものとして、まとめられるだろうとの仮説を立てた。しかし、結果、鷺水が用いたのはこれではなく、作品執筆に最も近い時期に初めて版本化された、『類題和歌集』である可能性が濃厚となった。このような調査によって、鷺水という作者は、『伽婢子』を一原拠として創作することを経ながら、そのままに模倣するのではなく、その創作方法をも熟知していたものと看取される。つまり、版本化された資料を駆使する行為自体は真似したが、その資料自体は、『伽婢子』の寛文時代の最新とは違う、元禄のそれに更新した状態で、用いたものと推察される。現在の研究状況においては、近世期における古典文芸の版本化は、「流布本」などとして一蹴されがちだが、今日の我々が新たなツールを獲得した時と同様、当時の享受者にとっては画期的なことであり、かけがえのないものであったに違いない。それを縦横無尽に創作に生かすことこそが、浮世草子作者鷺水の確固たる創作態度であろう。

最後に、鷺水と和歌の関係性についての、今後の新たな課題について述べておきたい。この作者は、『御伽百物語』

刊行翌年の宝永四年（一七〇七）正月に、『和歌浅香山』[23]（内題は「歌林浅香山」）という和歌作法書を上梓する。その大半は、題別いろは順に歌を並べた、類題集としての機能を持つ。後序に「曾祖父の遺文」をまとめたものとするが、この類題集を再調査検討することがまず必要であり、今後の鷺水研究にとって重要なものとなるだろう。

注

（1）『和漢故事要言』「引用書目録」中で、典拠として指摘されたものは、「剪燈新話」、「捜神記」、「酉陽雑俎」、「輟畊録」である。
（2）麻生磯次『江戸文学と中国文学』第一章第二節、三九頁（昭和二一年、三省堂）、長谷川強『浮世草子の研究』第一章三節、二六七頁（一九六九年、桜楓社）、近藤瑞木「『御伽百物語』試論」（『都大論究』二九号一九九二年六月）、神谷勝広「鷺水浮世草子と中国小説」（『国語国文』第六二巻一号、平成五年一月）などがある。
（3）朴蓮淑「『諸国因果物語』の先行作品の利用について」（『人間文化論叢』第二号、平成一一年三月）は、『御伽物語』、『新伽婢子』、『古今百物語評判』、『玉櫛笥』などとの関係を指摘する。
（4）拙稿「鷺水の〈近代〉―『御伽百物語』論―」（『日本文学』四七巻六号、一九九八年六月）
（5）拙稿「研究史を知る　青木鷺水」（『西鶴と浮世草子研究』三号、二〇一〇年五月）
（6）水谷不倒「新撰　列伝体小説史」（『水谷不倒著作集』第一巻、中央公論社、一九七四年）
（7）長谷川強前掲書。
（8）本文は拙編『御伽百物語』（三弥井書店、二〇一七年）によった。
（9）本文は松田修・渡辺守邦・花田富二夫校注『伽婢子』（新日本古典文学大系七五、岩波書店、二〇〇一年）によった。
（10）『伽婢子』（前掲）冒頭解説による。

（11）早川智美『金鰲新話　注釈と研究』（和泉書院、二〇〇九年）

（12）近藤瑞木、神谷勝広、前掲論文。

（13）『御伽百物語』巻一の一「剪刀師竜宮に入る」は『伽婢子』巻一の一「竜宮の棟上」、巻五の一「花形の鏡」は巻四の一「地獄を見て蘇」に類似する。

（14）「守宮の妖」の典拠は、『五朝小説』諾皐記「太和末荊南云々」とされる（花田富二夫「『伽婢子』考―五朝小説の諸版と構想の一端に関して」、『芸能文化史』二二号、二〇〇五年七月）。

（15）蔵中進編『江戸初期無刊記本　遊仙窟』（和泉書院、一九八一年）、林望解説『遊仙窟鈔』上（勉誠社、一九八一年）による。

（16）『伽婢子』の「塵外座首」は、蘇軾「虔州八境図八首」のうちの「塵外亭」（『蘇東坡絶句』）によるもので、『伽百物語』の「鶯囀司」は、西行『山家集』春二六「雨中鶯」、「鶯の春さめざめと鳴きゐたる竹のしづくや涙なるらん」（『類題和歌集』春二・九八一）などによるものと考えられる。

（17）日本文学ＷＥＢ図書館「和歌＆俳諧ライブラリ」（古典ライブラリ）を用いた。

（18）小川武彦編『青木鷺水集』第四巻（ゆまに書房、一九八五年）

（19）藤原英城「鷺水の新出浮世草子『初音物語』（巻一・四）―翻刻と改題」（『京都府立大学学術報告書「人文」』六七号、二〇一五年一二月）による。

（20）書誌事項については、日下幸男編『類題和歌集　付録本文読み全句索引エクセルＣＤ』（和泉書院、二〇一〇年）に詳しい。

（21）『御伽百物語』、『諸国因果物語』、『古今堪忍記』の京都の版元は、書肆出雲寺家の細工人だった菱屋治兵衛、江戸は出雲寺家関係筋の林和泉掾または、出雲寺四郎兵衛である。出雲寺については、宗政五十緒「書肆　出雲寺家のこと」（『国語国文』四九巻六号、一九八〇年六月）、藤實久美子「京都の書肆出雲寺家の別家衆」（『大阪商業大学商業史博物館紀要』六号、二〇〇五年一一月）に詳しい。

（22）調査には前掲書を使用した。

（23）　静嘉堂文庫蔵本が知られるのみであり、『和歌文学大辞典』（古典文学ライブラリー、二〇一四年）への立項もない。書誌的事項については、小川武彦『青木鷺水集　別巻研究篇』（ゆまに書房、一九九一年）に詳しい。

大田垣蓮月の画賛観

田代一葉

はじめに

幕末の京都で活躍した歌人・大田垣蓮月は、多くの画賛を制作したことで知られる人物である。その点数は、女性歌人の中では群を抜いており、現在でも多くの愛好者がいて、海外での展覧会も行われている。(1)時代や国境を越えて愛され続ける蓮月の画賛が、どのように制作されていたのかということに興味を持ったことが、本稿の出発点である。その過程を調べてみると、同時代のほかの歌人とは全く異なる画賛観を持ち、それらが蓮月の信念と深く結びついていることがわかった。

本稿では、蓮月の画賛に関わる写本の紹介とその位置づけを中心に据え、蓮月画賛の魅力についても考えていきたい。

蓮月については、在世中から、人々の口の端に上ることが多かったようであり、あまたの逸話が知られている。また、その人物像に関する書物は多数出版されていて、代表的なものとしては、村上素道氏の編集による『蓮月尼全集』（以下『全集』と略す）が、蓮月の生涯や文学活動を通覧できる資料として、現在でも重要な書である。(2)そのほか、杉本秀太郎氏『大田垣蓮月』（淡交社、一九八五年）(3)は、資料の精査と評論とにより、蓮月の人物像に迫ったものとして高い評価を得ており、国文学研究での主なものには、土田衛氏による書簡の発見と紹介、それに基づく蓮月の家族関係の解明(4)などがある。

一、蓮月の生涯について

蓮月の生涯に関する研究には多くの蓄積があるため、本稿において改めてつけ足す用意はないが、以降の論に関わることを中心に、ごく簡単に概説しておきたい。(5)

蓮月は、寛政三年（一七九一）、伊賀上野の城代家老職・藤堂新七郎良聖の庶女として生まれるが、生後数日で京都の大田垣光古の養女となる。十七、八歳の頃に結婚し、一男二女をもうけるが、夫と死別。数年後に再婚し一女を産むも、再び死別。子どもにも相継いで先立たれ、三十三歳で出家する。子どもの数については諸説あり、土田衛氏は、田結荘斎治が、夭逝せずに大人になった蓮月の子の可能性が高いとする。(6)

尼となった蓮月は、養父が住持職を務める知恩院山内の真葛庵に暮らすも、天保三年（一八三二）に養父が没すると、岡崎の地で、土をこね自ら製した茶碗や徳利、きびしょ（急須）、花入れなどに、自詠の和歌を彫り刻んだ「蓮月焼」を売って生計を立てた。これが非常に好評を博し、一人では生産が追いつかず、のちには聖護院村で蓮月の近隣に住していた黒田光良らが手伝うこととなる。嘉永四年（一八五一）に六十一歳で岡崎を出て、慶応元年（一八六五）に西賀茂神光院の茶所に定住するまで、各地を転々とし、明治八年（一八七五）八十五歳で没している。

若き日の富岡鉄斎（天保七年〈一八三六〉生、大正十三年〈一九二四〉没）と同居して、蓮月焼の手伝いをさせる一方、学資の援助や折にふれて細やかな助言をするなど、我が子のように愛情を注いだことでも知られている。

和歌は、天保九年（一八三八）に香川景樹に入門したかとされ、嘉永二年（一八四九）から六人部是香に学んでいるが、いずれも歌歴を積んでからのことであり、蓮月の歌風に大きな影響を与えたかどうかは定かではない。六十歳の頃には小沢蘆庵に私淑し、妙法院蔵の『六条詠草』（稿本。現、静嘉堂文庫蔵）を貸借するなどして熱心に学んでいる。

家集としては、明治元年（一八六八）に『蓮月式部二女和歌集』が刊行され、明治三年には、近藤芳樹編『海人の刈藻』が出版されたが、両書とも蓮月は関与していない。自らまとめた歌稿も複数存在するが、公にする意図はなかったようである。

これらの経歴に加えて、様々な逸話が存在し、それらは、蓮月という人物への関心を高めるものでもあるが、その実像をわからなくさせていることも事実である。

二、蓮月画賛の傾向と特徴

蓮月画賛の全体像を考えていくために、現存する画賛を収録した図録類の画賛を整理することと、歌集や書簡など文献資料からの考察の、二つの面からアプローチを試みてみたい。

画賛の総数としては、夥しい量が制作されたであろうことが推測され、現在でも多く市販されている。中には、

「贋作」も含まれていることは周知のことであるが、これについては後述したい。

まずは、図録類に掲載された大田垣蓮月の画賛を整理し[7]、その結果について述べていく。今回は紙幅の関係から調査の全体を示すことは割愛する。

蓮月の作品が掲載された図録類から、重複を含む延べ約五百点の蓮月の画賛を調べたところ、作られた画賛の数（延べ歌数）に対して、歌の種類数（異なり歌数）が少ないという特徴が浮かび上がってきた。歌数としては、百三十首強であった。

この中には、『海人の刈藻』で画賛とされているものが全て入っているわけではないなど、もちろん全てを網羅しているわけではない。数量はあくまでも目安に過ぎないが、蓮月画賛の傾向を把握することは達成できていよう。

このような結果となった要因としては、歌をある程度絞って、同じ画賛を大量に作っていることが指摘できる。例えば、蓮月の歌で最も人口に膾炙した「やどかさぬ人のつらさを情にておぼろ月よの花の下ぶし」と桜・月の絵をあわせたものや、蓮月が得意とした大津絵画賛、茄子や急須などは、多数の作例が確認でき、特に人気の高かったものと考えられる。これらの画賛には、蓮月の年齢が署名と共に書かれている例が目立つ。

徳田光圓氏は、蓮月の書風の変遷について、短冊の裏に名前を記す「裏名時代」、短冊の表に署名をする「表名時代」、短冊や色紙の表に署名と年齢を記入する「署名年齢記入時代」に区別して整理され、本格的に年齢を記すのは七十五歳以降であり、それは神光院の茶所に移り住んだ時期と合致するという[8]。また、「特に七十七歳から七十九歳記入の作品が数多く残っていることは、最も円熟した制作活動の著しかった時期を物語るものであろう」とされている。ただし、後述するように、この時期のものと思われる書簡には、年齢による衰えを理由に画賛などの染筆を断ってもいる。この点はどのように考えたらよいのだろうか。

続いて、絵師や絵の傾向についても、簡単に述べておきたい。

蓮月の画賛で最も多いのは自画賛であるが、他者の絵に賛をつける場合では、富岡鉄斎と月心が抜きん出て多い。月心（寛政十二年〈一八〇〇〉生、明治三年没）は、円山応挙に学んだ森徹山門の絵師で、和田呉山と名乗っていたが、四十三歳で仏門に入り、月心と名を改めた。京都西賀茂神光院の住職として、晩年の蓮月に茶所を提供するなど親しく交流した。鉄斎については、前述の通りである。

両者とも絵を専門としていたこともあり、画賛として描いた絵は多様であるが、蓮月が繰り返し制作している、特定の画賛（大津絵や急須の賛など）の絵が比較的多いようである。蓮月と鉄斎が絵を描き、月心が漢詩の賛を認めた、三人の合作の画賛も残されている。

森寛斎（森徹山の養子で絵師）や高畠式部（香川景樹・千種有功に師事した歌人）の絵には、複数回、賛を認めているが、この二人とは、画賛以外でも交流を持っている。そのほか、今回の調査では一作品にとどまる絵師には、円山派の中島来章・塩川文麟、四条派の長谷川玉峰・村瀬双石、岸派の岸竹堂、復古大和絵の冷泉為恭・浮田一恵など、同時代に京都を中心に活躍した者が多い。これらの絵師とは、蓮月の個人的な繋がりによるというよりは、依頼者などから絵が持ち込まれることによって着賛が成ったと考えられる。

絵の傾向としては、自画賛でも他者による絵の場合でも、奇抜なものはほとんどなく、和歌に詠まれる景物の範疇をあまり逸脱しない温雅な画題が大半を占め、俳画のような軽いタッチで描かれている。四季の移ろいを敏感にとらえ、日常の中にも題材を求めた蓮月の歌、そして独特の書と融合する、一体感のある画賛になっている。

では、このような画賛をどのようにして制作していたのであろうか。ここからは、蓮月がさまざまな人々に宛てた書簡に着目し、画賛制作の実態を考えてみたい。

以降、『全集』に収載された三百十八通（本篇二百六十五通、増補篇五十三通〈断簡含む〉）の書簡中、画賛を含む染筆物に関わる記述を見ていく。

考察に先立って書簡全体の概略を述べておくと、断簡など宛先部分がないものを除くと宛先人の数は五十四名。富岡鉄斎宛が三十五通と最も多く、田中素心（紙屋）が三十一通、黒田光良（二代蓮月を許された陶工）が二十七通、村上忠順（国学者）が二十七通、田結荘天民（蓮月の最初の夫・望古の兄）の二十五通がそれに続く。引用にあたっては、本書に付された書簡番号を〈 〉内に記した。

これらのうち、蓮月が自らの染筆物にふれた記事がある書簡は、七十八通にのぼる。

その中でも、蓮月が一度にたくさんの量の染筆物を渡している例を左に示した。

道休和尚　短冊十枚〈六八〉／短冊五十枚・扇子一本〈七五〉
恵美小兵衛　絵短冊二組ほか八十枚〈一〇一〉
石田屋音吉　本紙四十枚〈一三一〉
黒田光良　十二月二組を含む五十枚弱〈一三四〉／五十枚〈一四三〉／扇子五本・短冊二、三枚〈一四六〉
田中素心　十枚（短冊か）〈一六五〉／短冊三十枚・扇子（数不明）〈一七七〉／帖二巻〈一八一〉／四季雑十枚ずつ短冊五十枚〈一八四〉／短冊十五枚〈一九〇〉

道休和尚は、月心と親しく、蓮月が神光院に入るきっかけを作った人物。恵美小兵衛は短冊屋、石田屋音吉（初代）は聖護院村で質商など手広く商売を行っていた人物のようである。

これらの人々の関わり方としては、自らが所持するために蓮月の染筆物を欲している場合もあるが、他者への仲介という面もある。(9) 想像を超える数の染筆依頼が、さまざまな伝手を頼って蓮月に寄せられていることがうかがえる。

仲介については、次章で再度考察していきたい。

また、ここからは、「十二月」という、一月につき一首ないし二首を詠み染筆した組物や、帖物も制作していたことが知られるが、存在が確認できる画賛帖・巻子としては、『花くらべ』（『全集』収載）や、『自画賛折本』（神光院蔵）、『蓮月鉄斎合作和歌扇面画帳』『折本絶筆画賛』（清荒神清澄寺蔵）、『折本自画賛』『巻子自画賛』（『蓮月』〈講談社、一九七二年〉収載）などがある。このような作品が複数作られているという例は、他の歌人に比較してもあまりないように思われるので、蓮月の画賛に特徴的な傾向と言えよう。

大量の染筆をこなしたことが知られる一方で、多くの断りの書簡も残っている。

一例として、石田屋御うもじ様（内儀）宛書簡を挙げてみよう。

画賛もの丶ことは近比何誰様にも御断申上候ま丶、宜く御断り申上候。短冊ぐらゐのものはした丶め中候へども、何も〳〵大に年寄り候て、目もあしく、御覧はづかしく候。〈一三〇〉

画賛や大判の染筆を断ることに至った背景として、年齢や目の病、多忙などのため、それに応じることは負担が大きく、書き損じることが多くなったということがある。このことは、村上忠順に、鳥目で夜は目が見えないと嘆き〈二五〉、鉄斎には眼鏡を頼む〈二一八〉という書簡などからもうかがえる。

ただし、多くの場合、認め物の代わりに蓮月焼を与えることや、大判の書ではなく短冊を代わりに用意するなど、代替のものを用意する心配りも見られる。

書き損じの例としては、鉄斎の万歳図に賛を頼まれたが書き損じ、直しようがないのでもう一度書いて欲しいと、直接鉄斎に頼むもの〈二三四・鉄斎宛〉や、絵入りとして頼まれた扇子に、そのことを忘れて歌だけを書き、後で気がついた〈一六八・田中素心宛〉など複数見られ、老齢に至ってからも多くの仕事をこなしていた蓮月の姿がうかがえる。

また、次の書簡のように、持ち込まれた絵にふさわしい歌がないので断っている例もある。

すゞめおもしろく御出来あそばし候へども、うたがなく候ゆゑ、御断申上候。〈一〇八・春月宛〉

このことは、蓮月の画賛を考える上で重要で、本来、画賛とは描かれた絵を見て、そこから着想を得て歌を詠むものであるが、蓮月の場合は、手持ちの歌から選んで賛を認めるというやり方を主としていたようである。

ただし、図録掲載の画賛の調査から、一回きりの賛と、繰り返し着賛していた賛とが二極化している傾向が見られるので、持ち込まれた絵を見て歌を詠み着賛する、一般的な画賛の制作も行っていたが、ある時期から、膨大な量の染筆と陶芸をこなすにあたり、編み出したやり方なのではなかったか。このあたりも、ほかの歌人とは異なる画賛制作と言える。

三、蓮月の画賛観

冒頭で述べたように、蓮月は画賛を含めた染筆物に関して、特異な考えを持っていた。

一つ目としては、左の例のように、常に自らの作品に対して卑下する言葉が見られることである。

さて仰付られ候御品々、けつかうなる御れうし、ま事にみぐるしく書けがし、心の内はぢ入、かなしく存候へども、ようかき不申、御きのどく様、恐々入参らせ候。〈八八・月舟宛〉

自らの染筆物については「ぶてうほふ」、陶芸については「ぶさいく」という言葉が常に冠されていて、「手はわるし、うたはへたなり」〈一七五・田中素心宛〉などの文言も散見される。

一般に、染筆物の書簡には謙遜の言葉はつきものであり、著名な絵師や貴顕の絵に歌を添えることは、絵を汚すようで恐れ多いという姿勢はよく見られるが、蓮月ほど徹底している歌人は珍しい。女性であること、また、個人の性格によるものもあるのだろう。

二つ目として、謝礼への対応がある。

富岡鉄斎は八十一歳の時、貫名海屋宛蓮月書簡〈六五〉に付記を認めているが、そこに次の一文がある。

蓮月は歌を読み短冊に認むるも、此謝義筆料を取る事なし。（傍線引用者。以下同）但、己の活計生業に土を揑りて、きびしよ、茶わんを造り、それを僅かの値にひさぎ残生を終る。

この一文は有名で、蓮月が歌を商売とせず、陶芸のほうで生計を立てていたという、芸術に関する考えを述べたものとして、蓮月の人物像を語る上で繰り返し引用されてきた。

このことは、蓮月が、田結荘天民宛万延元年九月五日付書簡(10)の中で、

私もゑはおもしろきものと存候へどもいかにもひまがなく候。てならひ候間がないにはこまり入まいらせ候。きびしよこしらへ候事、しよく人ゆへとんとてがいそがしく、日々おひまわされ、どふもならぬよふになり候とにげて（下略）

と真情を吐露している部分とも合致し、絵や歌は素人であるが、焼き物については職人であるという蓮月の意識をよく知る鉄斎の言葉として信憑性がある。

しかし、書簡には御礼を受け取っている例も多数見受けられる。

例えば、田中素心宛の書簡には以下のようにある。

たなばたの御画さんうちは、仰付られ、れいのぶてうほふながらかきけがし返上、はぢ入参らせ候。右に付、御

品代りとて御礼百疋被下ありがたく存上参らせ候。このちよく御うつりまでにさし上候。〈一七九〉

紙屋を営む田中素心とは、富岡家に次いで親交があったという。書簡は、七夕の絵の団扇に賛を頼まれ、謝礼として銭百疋を受け取った御礼である。銭百疋は一両の四分の一で、現在の金額に換算するのは難しいが、二万円程度というところであろうか。それに対しての御礼として、手製の「ちよく」（猪口）を返している。

蓮月は、唐紙や大量の紙を購入（「先日のかみ代五百疋」〈一六三〉などの記述も見える）する一方で、素心からの「誂え物」（染筆物）の依頼を受けている。素心は紙屋という商売上、染筆物の仲介もしていたようであるが、仕事を越えた親しさも垣間見られ、蓮月は信頼し、気を許していたようである。そうであっても、一々の返礼を欠かさないところに蓮月の義理堅い性格が表れているのであろう。

また、大名方から少々金子を貰ったとして、知恩院の役僧とみられる海純大和尚を通じて御前様に十両上納しており〈七九〉、春月宛書簡には「じゆん筆料たんと過候ゆゑ、失礼ながら半分返上、半分いたゞき申上候。」〈一〇八〉というものもある。

意外なようであるが、蓮月の書簡には金銭に関するものがよく見られ、謝礼の授受のほか、陶器の焼き〆代、紙の代金などの話が出てくる。これらのことを蓮月は人任せにせず、自ら行い、膨大な礼状を書きながら、陶芸や染筆をしていたのである。いかに多忙であったのかが想像されよう。

額の大きいお金の話もしばしば見られ、高額の紙代の支払いのほか、石田屋音吉に、預り物の四両は持っていても物騒だからと無利子で借りて欲しい〈一二三〉と申し出、別の機会には、二両の借金の申し込み〈一二五〉も行っている。陶芸、染筆などを大がかりに行っているため支出も多かったようである。

では、尼としての質素な生活が知られ、金銭とは無縁のイメージもある蓮月は、なぜ染筆に精を出していたのか。

さらには陶芸、染筆で得た収入の大部分はどのように使われていたのであろうか。

若き日の鉄斎への書簡にあるように、「かねはうちにのこらぬがよろしく、入だけ出るのがめでたきにて御ざ候。」〈二一五〉というのが蓮月の金銭観であったようである。それは決して刹那的に使うのではなく、自らの余剰分を足りないところへと還元していく行為を指している。

蓮月が生活費以外の収入を慈善事業に使っていたことは、よく知られている。

嘉永三年には、飢饉救済のために匿名で三十両を喜捨し、文久年間（一八六〇〜一八六三）頃に丸太町橋を独力で架設、慶応二年（一八六六）の飢饉の際には、月心和尚が観世音菩薩の仏画を描き、蓮月が賛をした一千枚のお札を、親しくしていた鳩居堂の店で売って貰い、売上金で餅を搗かせて配ったという(11)。

蓮月は仏道に専念したいが、忙しくてできないと吐露している（〈二一・太田垣知足宛〉など）が、蓮月焼や染筆物など、いわば自らのブランド力によって収入を得ることで、物質的な面で人々を救済するという蓮月尼ならではのやり方を用いて、広い意味での宗教的な活動を行ったのではないだろうか。非常に現実的で実務能力に優れた慈悲深い尼という、蓮月の新たな魅力がこれらからは見いだせると考える。

四、『蓮月尼画稿』についての考察

ここでは、蓮月の画賛に関する重要な資料と考えられる、立命館大学図書館西園寺文庫蔵の『蓮月尼画稿』（SB911.158/R27）の紹介と考察を行いたい。

本書の外題は、『蓮月尼画稿影写本全』で、内題はなし。写本・袋綴で一冊。表紙、香色無地（縦二十六・八糎、横十

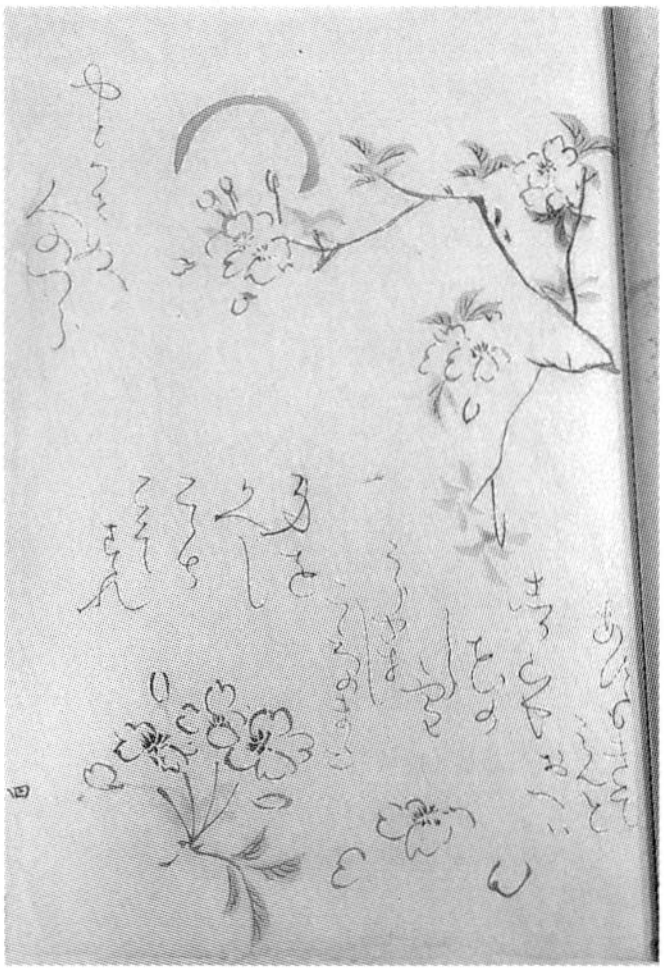

【図１】

九・五糎）で、墨付き二十五丁。蓮月の短冊・懐紙・画賛を透写した薄葉四点の資料が付属する。略画入り（彩色画・墨画）で、書写者の岡田希雄氏による「蓮月尼画稿解題」および大正八年の識語を備える。

「蓮月尼画稿解題」によると、本書の原本は、慶応二年頃、この中の歌を急須や茶碗に彫りつけるようにと、蓮月が自ら黒田光良に書き与えた書であるとあり、子孫の家に伝わるものであったとある。[12]

なお、この『蓮月尼画稿』の原本と考えられるのが、『大田垣蓮月　幕末女流歌人の書画と陶芸』展図録[13]に掲載された『自筆画帳』（常楽寺蔵・原本未見、図録により確認）である。書名は二書で異なっているので、後人によるものか。『蓮月尼画稿』が、ほかの蓮月の画賛画帖などと異なる点としては、一丁の中に、複数の画賛が書き込まれていることや、歌が部分的にしか記されていないこと、注記のようなものが目立つことが挙げられ、観賞用に作られたのではないということがわかる。

例えば、【図１】は、淡彩で山桜と満月が描かれ、下方には拡大して描かれた桜の花があるが、そこに、「やどかさぬ人のつら」「あすもきてみんとおへ《（ママ）》ば」「しか山や花のしら雪」「うらやましこゝろのまゝに」「身をかへしこゝちこそすれ」と書かれている。これらは、それぞれ和歌の初・二句あたりまでしか記されていない。また、大津絵など蓮月得意の画賛六図を半丁にまとめ、歌の一部などを記した丁もある【図２】。

全てがこのような書きさしで記されているわけではなく、半丁につき一画賛の丁もあるが、ページを横に三分割して三つの画賛を記すものもある。一方で、賛なしの茄子や菊の絵だけの丁もあり、編集の意図がどこにあるのかわかりにくい。

また、例えば【図2】の砧の絵には、「きぬたの歌はどれにてもこれにてよろし」とあり、「これ」が何を指しているのか不明。また、松の絵周辺に、五首の歌の一部分が記され、「どれに用ひてもよろしく」とあるものや、宇治橋と川の絵に「しるしらぬむかしをかけてあはれなり世をうぢ橋に夕月のかげ」の賛をしたものでは、「右の歌のせつは月一つ上にかくべし」と注記のような文言が添えられている。

解題にあるような、蓮月焼に彫り刻む歌を集成した資料としては、歌が途中で書きさしてあること、また絵に彩色があって丁寧に書かれているなど、あまり適当ではないもののように思われる。

ここで『蓮月尼画稿』の編集目的について、いくつかの可能性を挙げてみた。

（1）自らの手控え

（2）黒田光良に彫りつける歌を提供

（3）画賛集の草稿

【図2】

（1）であるとすると、例えば、月と雁の絵に、「梅がゝに枕もとらで（ふくるよのそらに鳴ゆく春のかりがね）」を添えた部分で、「右の歌は月はあらず」などという、詠歌の内容に関わる注記をなぜつけているのかが気になる。また、（2）は、所蔵者からの情報であるものの、なぜあえて画賛の形式のもので蓮月が渡したのかが不明であり、歌が書きさしてあるのも不審な点として残る。（3）については、立命館本の『蓮月尼画稿』の命名が誰かは未詳であるが、書名から『蓮月尼画賛集』のような絵入り歌集の編集計画があり、そのイメージを伝えるために作られた草稿本ということが想起される。歌が書きさしてあるのも、草稿のため省略したとも考えられる。このような例は、こちらも結局は出版に結びつかなかったものの本居大平にも見られる。(14)

ただし、蓮月は歌集の刊行を度々断っており、自ら積極的に出版というメディアを利用しようとした形跡は確認できないので、これも考えにくい。

そこで、

（4）黒田光良に画賛を作らせるための手本

という可能性について考えてみたい。

これまで述べてきたように、蓮月の画賛は大変人気がある一方で、ある時期から、画賛の依頼を断るようになっている。それは、老齢のため書き損じて、相手方や絵師に迷惑を掛けることを避けるほか、自ら絵も描いて自画賛を制作するのも負担が大きかったことなどが考えられる。

当該書を光良に与えたとされる慶応二年は、蓮月七十二歳にあたる。前年に神光院の茶所に移っていて、この頃から製陶も数を減らしていったようなので、画賛も同じ頃から断り始めたのではなかったか。

一方で、この年、月心や鳩居堂熊谷直孝らと飢饉救済の活動を行っているため、蓮月焼のように、他者の手を借りて画賛を制作し、その謝礼を慈善活動にまわすような発想があり得たのではないだろうか。

ただし、このことを確かめるには、光良の筆により蓮月と署名された画賛を特定する必要があるが、蓮月の作品に関しては、生前から贋作が多く出回っていたため、それを特定することは不可能であると言える。

ところで、増田孝氏「蓮月尼の絵」[15]に興味深い書簡が引かれている。勇二郎かとされる人物[16]に宛てられたもので、蓮月が渡す紙に、大津絵の奴と娘を書いて欲しいとの内容だが、

いつもとくり（引用者注　徳利）に書候よふな中にもぶさいくにてよろしく候。尤これはわたくしの代に候間、その御心にて御書被下候。（中略）

とあり、追而書の部分には、「私の代画ねがひ候事ゆへ、いきなりにざつとしたの御書被下候」とある。増田氏は「絵の代作の依頼状」である判断とされ、この手紙の存在から、「世に蓮月と称しているものの中に、いわば蓮月認可の代作者による代作がある筈だ、という結論になる。」としている。

先の仮説とこの書簡の内容をあわせて考えるとき、蓮月から多大な信頼を受け、蓮月そっくりの文字を彫りつけられる光良に、画賛を書き抜いた書を与えているというのは、代作の制作を許可する（あるいは依頼する）意図があったと考えてよいように思われる。蓮月焼の制作を通じて、日々蓮月の歌になじんでいた光良であればこそ、歌が書きさしてあっても一首全体を書くことができただろう。

さらに言うならば、『蓮月尼画稿』は、歌よりも絵に比重が置かれているようである。そのように考えると、前掲の注記「きぬたの歌はどれにてもこれにてよろし」の「これ」は、そこに描かれている砧図を指し、松の絵の「どれに用ひてもよろしく」は、この松の絵は、五首の歌のどれに用いてもよいというように解せる。

画賛に添える「蓮月自画」の絵の指示書であるとすれば、歌を全て書く必要はない。推測に推測を重ねれば、増田氏引用書簡の勇二郎のような画工に、「自画賛」の絵を描いてもらう際の絵手本が『蓮月尼画稿』の原本にあたるものではなかっただろうか。そして、それを蓮月そっくりの文字が彫れる光良に贈ったことには、「蓮月自画賛」の制作も任せるような意図があったのではなかったか。

ところで、黒田光良と同じように、蓮月の信頼を得て蓮月焼の制作にあたった垂水文子も、蓮月から画賛などの書画帖を貰い受けている。

当該書は、現在、尼崎市の薬王山甘露寺の所蔵となり、六曲一双の貼交屏風に改装され「大田垣蓮月尼色紙双屏風」と名付けられている。三十三世通誉貫道住職による識語には、元々は上下二冊であったが、上冊は散逸し、下冊のみとなってから、明治末に同寺の所蔵となったことが記されている。現在、一隻に二十四葉ずつ、計四十八葉にそれぞれ歌一首、あるいは画賛が記され（画賛は計十首）、左隻の二十四葉目には、「以上文子のもとめによりてなん　蓮月」と添え書きがある。

成瀬慶子氏は、この資料について「尼は百首近い自分の和歌を美濃半紙に書いて、中には絵まで書き添へた習字手本を、文子のために書いて与へた」と述べている[17]。現状とは歌の数が異なっているが、この「習字手本」という文言をそのまま受け取るのであれば、やはりこれも『蓮月尼画稿』と同様の性質を持つ書であった解することもできよう（ただし、『蓮月尼画稿』にあるような注記はなく、そのままでも鑑賞できるような作品になっている）。

増田氏は、蓮月の逸話として、蓮月が染筆物の煩わしさに代筆の尼を雇うのだが、余りの忙しさに蓮月が代筆の代筆をしたことを引いた上で、「現在の私たちが美術品をみるとき、とかくその真偽ということに重みをかけすぎるきらいがあるが、そういう鑑賞態度に対する一種の戒めともいうべき大らかさを、蓮月尼は持っていたことであると思う。」と述べられている。

絵画史研究でも工房での制作についての研究が進んできているが、蓮月にとって、蓮月焼と染筆物は分けて考えるべきものではなく、同じように自作と代作、あるいは工房作が存在したと理解してよいのではないだろうか。

おわりに

本稿では、蓮月の画賛について、その画賛観を探り、従来その存在が知られてきた贋作に加えて、蓮月公認の「代作」があり得たのではないかという可能性について考えてきた。

確かに、黒田光良が正式に二代蓮月を名乗るようなことは、染筆物では行われなかったようであり、伏せられていたのかもしれないが、陶芸と同じように、真筆、代作（自画賛としつつも絵は代作のものと、全体が代作のものの両方が想定される）、贋作の三種が存在していたと考えると、体力的な限界を吐露する晩年の時期に、一気に点数が増えることにも説明がつくように思われるのである。

今回は陶芸との関わりについては考察が至らなかったが、蓮月の芸術活動としての陶芸と和歌、絵を含む書を一体としてとらえることを今後の課題とし、新たな資料の博捜に努めるなど、引き続き蓮月の画賛活動について調査を進めたいと考えている。

注

（1）二〇〇七年にNational Gallery of Australiaで開かれた「Black robe, white mist: art of the Japanese Buddhist nun Rengetsu」展が、初の海外大規模展であり、以降各地で展覧会が開催されている。また、書籍として、Lee Johnson「The life and art of Otagaki Rengetsu」（University of Delaware、一九八一年）、John Stevens「Lotusu moon: the portry of the Buddist nun Rengetsu」（Weatherhill、一九九四年）などがあり、近年では、二〇一四年に野村美術館で開催された「大田垣蓮月 Ōtagaki

Rengetsu: 幽居の和歌と作品」展示図録（蓮月財団プロジェクト刊、二〇一四年）が日英併記されている。

（2）蓮月尼全集頒布会、一九二七年。引用には、思文閣出版の増補復刻版（一九八〇年）を使用した。

（3）以降、一九八二年に小沢書店から、一九八八年に中公文庫として中央公論社から、二〇〇四年には桐葉書房から、それぞれ刊行され、『杉本秀太郎文粋』四「蔦の細道」（筑摩書房、一九九六年）にも収録された。

（4）「蓮月尼消息の新資料」飜刻篇（『愛媛大学紀要』第一部人文科学、第七巻第一号、一九六二年一月）、「蓮月尼消息の新資料」研究篇（『愛媛国文研究』第十一巻、一九六二年二月）。

（5）以下の略歴は、拙稿「幕末の歌人たち」（鈴木健一氏・鈴木宏子氏編『和歌史を学ぶ人のために』世界思想社、二〇一一年）を、『全集』および杉本秀太郎氏著『太田垣蓮月』などをもとに加筆訂正して掲出した。

（6）注4に同じ。

（7）蓮月の代表的な図録として、注1に示した図録に加えて以下のものを使用した。是澤恭三氏ほか編『蓮月』（講談社、一九七一年）、前田詇子氏著『文人書譜11　蓮月』（淡交社、一九七九年）、徳田光圓氏ほか編『大田垣蓮月』（講談社、一九八二年）、『大田垣蓮月　幕末女流歌人の書画と陶芸』（京都府立総合資料館、一九八四年）、『開館一周年記念特別展　鉄斎と蓮月展―館蔵品を軸として―』（新見美術館、一九九一年）。

（8）徳田光圓氏「蓮月流の書体完成への歩み」（『墨』第四十四号、一九八三年九月）など。なおこの分類は従来からなされているが、特に解説の詳しい右記の論文によった。

（9）拙著『近世和歌画賛の研究』（汲古書院、二〇一三年）「千種有功の画賛―画賛制作と流通の一側面―」において、仲介者の存在について言及した。

（10）『増補蓮月尼全集』の増補部分、「消息（二）」所収。年代の特定は本書注による。

（11）杉本秀太郎氏『大田垣蓮月』（中公新書、一九八八年）による。

（12）同じ時に『蓮月尼歌集草稿』（立命館大学図書館西園寺文庫蔵 SB/911.158/R27）も光良に与えている。本書の歌には、蓮月が自らつけた朱の丸印や三角印がつけられていて、陶器に彫るにふさわしくない歌などが区別されている。

（13）京都府立総合資料館、一九八四年。

（14）注9拙著所収「本居大平の画賛―宣長の後継者として―」で述べた。

（15）『日本古書通信』第三三八号、一九七二年六月。

（16）未詳。増田氏は、書簡の内容から徳利などの絵付師かとされている。

（17）『大田垣蓮月』同文館、一九四三年。のちに『伝記叢書』一四六として、大空社より覆刻版刊行（一九九四年）。

本文の引用に際しては、私に仮名の清濁を区別し、句読点を付した。

（付記）

資料の所蔵状況の確認や閲覧、図版の掲載などに際し、御高配を賜りました、立命館大学図書館、京都府立図書館、日本女子大学図書館、鉄斎美術館、薬王院甘露寺御住職に心より御礼申し上げます。

本稿は、科学研究費補助金（16K16768）の成果の一部である。

連歌テニハ論と『知連抄』テニハ付合法の性格

寺尾麻里

はじめに

二条良基が「てにをはは大事のものなり」（『僻連抄』[1]）というように、連歌論書には、「てにをは」（「てには」とも。以下、テニハに統一する）に言及するものが数多く存在する。テニハという要素に触れたものとして時期の早い書に『八雲御抄』があるように、歌論においてもテニハは既に取り沙汰されているのであるが、こと連歌においては、和歌との決定的な差異があり、それがためにテニハの重要性はいや増す。付合の問題である。

連歌という付合文芸では、発句以外のすべての句は、常に他の句の表現との関わりのなかに成立する。そのため、一個の句中でのテニハのありかたを問題とするのみならず、前句と連動するなかで、テニハを考慮し、調整して表現する必要が生ずる。このようなことから、テニハは、連歌では付合論を含む文学表現法の重要な要素であり、中世において、テニハに言及する書が、連歌師の周辺で盛んに編まれたのである。

かくのごとき連歌師周辺におけるテニハ論の隆盛に対して、中世のテニハに関する従来の研究は、語学的観点から行われたものが厚い。既に、テニハ書、てにをは秘伝書等とされる『手爾葉大概抄』や、その注釈書である『手爾葉大概抄之抄』、また『姉小路式』やその流れを汲む書に関しては、その影響関係や内容について詳しく考察されている。また、連歌論書のなかでも、宗祇仮託『連歌諸体秘伝抄』の付属語等を主とする部分と、同じく宗祇の名で伝わる『手爾葉大概抄之抄』との先後関係や、テニハ書と連歌論書の交渉について検討がなされてもいる。

ところが、連歌論のなかには、これまでさほど言及されていないものの、当時テニハとされていたものを理解する上で、重要なテニハ論がある。それは『知連抄』の「歌てには」「懸けてには」「心てには」等に代表される、連歌付合の方法としてのテニハである。『知連抄』のテニハ付合法が、具体的にどのような方法であるのかは明らかにされてはいるものの(2)(3)、それがテニハ論としてどのような意味を持つのかについては更なる検討の余地があると思われる。本稿では、この『知連抄』のテニハ付合法が、連歌論で扱われるテニハというもののなかで、どのような性格を持つのかを究明したい。

なお、『知連抄』は、テニハ付合法を含む「三義五体」を中心とする上巻相当部分と、連歌の病など多岐にわたる内容で構成された下巻相当部分とで、その著者や成立に対する見解が割れているが、本稿では、出所の明確でないものを含む様々な説の集成として、『知連抄』全体を一括して扱うこととする。また、『知連抄』は諸本間で極めて異同の多い書であるが、本稿ではテニハ論の性格を掴むことを目的とするため、特に断らない限り、諸本を校合し最小限の改訂を加えて作成された「『知連抄』注釈Ⅰ～Ⅳ」（『緑岡詞林』33～36号、青山学院大学日文院生の会、平成21年3月～平成24年3月）の校訂本文を用いることとする。

また、本文を引用する際、漢字を仮名に開き、仮名に漢字を当て、傍点や傍線、句読点、山括弧〈　〉を付すなど、私に表記を改めた箇所がある。

一、『知連抄』テニハ＝付合観の原点

『知連抄』のなかでテニハと称されているものには、大きく分けて二種類ある。一つには、付合法を指すもの、いま一つには、一句中の助詞や助動詞（の一部）を「てにはの字」として指すものである。このうち後者は付合論に参与しないため、本稿では扱わず、以降、前者について検討していく。

『知連抄』は、連歌に肝要な事項を、次のように捉えている。

抑も連歌は歌を以て便りとして、まず和歌の道理を弁へて、詞を分きて連歌に取りなすべし。（中略）歌には六義十体あり。これを上下の句に取り分くれば、連歌には三義五体あるべし。

この「三義」のうち、第一が「てにをは」、第二が「句作」、第三が「寄合」とされる。「五体」は風体論であるため脇に置くとして、連歌に肝要な「三義」のうち、第一にテニハが置かれているのである。そしてこの「てにをは」部には、「歌てには」「心てには」「請け取りてには」「懸けてには」「捨ててには」「咎めてには」「重ねてには」の計七種について例句が挙げられ、所説が付されている。

この七種は、同列に扱われているものの、実は性質の差異があり、それによって二つのグループに分けることができる。長句句末と短句句頭とを文脈上で接合し、かつその接合部が句意の連接には関与しない型の付合法（仮に「句移り」と称する）と、句意の連接に直接関与する型の付合法である。前者の「句移り」型は「請け取りてには」「懸けてには」「歌てには」「捨ててには」「重ねてには」の五種であり、後者が「心てには」「咎めてには」である。

まず、『知連抄』のテニハ観について、「句移り」型が助詞や助動詞等の用法ではなく、付合法として記述されてい

ることを確認していきたい。「心てには」と「咎めてには」については第三節で扱う。なお、これらテニハ付合法については、二条良基のテニハ論の枠組みで『知連抄』に触れた金子金治郎氏[4]のほか、『知連抄』の影響下にあり共通の方法を採録する『連歌諸体秘伝抄』について語学的観点から佐藤宣男氏[5]が言及している。また論者も「咎めてには」以外については拙稿「連歌付合論の修辞法[6]」にて付合論の観点から「詞付」として詳述したが、本稿ではテニハ論の観点から改めて触れる。

「句移り」型を付合法と見なすテニハ観は、「てにをは」部の項の末尾にあたる、「同じ詞にて善悪を分くる事」という段において、顕著に見ることができる。ここでは、同一の前句に異なる付句を番えて、付句の善し悪しを説いている。例句はそれぞれ次のものである。私にローマ数字を付した。

i　出でにし里ぞはや遠くなる
　追風の帆を吹き送る浦の舟

ii　出でにし里ぞはや遠くなる
　波風や浦廻の舟を送るらん

このうち、iは長句である付句句末の「浦の舟」と、短句である前句句頭の「出でにし」が、長句—短句の順に並び替えたときに「浦の舟／出でにし」と繋がるために「上手」で、iiはそのように繋がらないために「下手」だというのである。これは句意そのものを連接するための方法ではない。前句と付句の句意の関わりの面では、iもiiもほぼ同様のことを表しているのだが、ただ内容が関わっていればよいのではなく、言葉のかかり、表現の面で工夫せよということであろう。『知連抄』はこの例句に続く箇所で、前句句頭に「出づる」とあれば、付句句末には「舟」「宿」「道」「旅」など、「出づる」に繋がるものを配するのが良いともしている。

『知連抄』は、このように長句句末と短句句頭とを、句意の関わりとは別の、文脈の表面で接合するように付ける方法について、「ただ連歌はてにはだによく候へば、すなわち寄合となるなり」とまとめている。ここでは、長句から短句への「句移り」が適切に行われてこそ良いテニハなのであり、かつ、それが付合を成立させるものと位置づけられているのである。以下、「句移り」型の五種について、それらが具体的にどのような方法であるか、簡単に確認する。

「請け取りてには」は、長句を前句、短句を付句として、「来る秋の心より置く袖の露／かかる夕べは荻の上風」の如く、「露」と「かかる」（「斯かる」に「懸かる」が掛かっている）といった類の「詞」の意義の関係に依拠して、前句句末と付句句頭が繋がるようにする方法である。「懸けてには」は、この長短の順序が反対になり、短句を前句、長句を付句として「すむかひもなき草の庵かも／はや結ぶ岩屋の内のたまり水」の如く、「水」に「すむ」（「住む」に「澄む」が掛かっている）と付ける方法である。いずれも、傍線部が長句句末と短句句頭の接合部に当たり、「懸かる」や「澄む」は付合の内容には表出しない。

「歌てには」は、短句を前句、長句を付句として、「もろく成り行く花の夕風／憂きを知る旅の涙の日に添へて」の如く、短句句頭と長句句末を本歌の詞で繋ぐものである。本歌は、「嵐吹く峰の紅葉の日に添へてもろく成り行く我が涙かな」（新古今集・雑下・一八〇三・俊成）である。「捨ててには」も、「歌てには」と同様に本歌に依拠するものであるが、こちらは長句句末が切れている表現の場合を『知連抄』では指すようである。「稲葉の上に風渡るなり／月に馴る夕べの雲の立ち別れ」の、本歌が「立ち別れ因幡の山の峰に生ふる松とし聞かば今帰り来む」（古今集・離別・三六五・行平）であるといった類である。

「重ねてには」は、短句を前句、長句を付句として、「いたづらにこそ身はなりにけれ／月影の隙洩る宿の板びさし」

の如く、長句句末から短句句頭にかけて、「板びさし／いたづらに」と「いた」の音で同音反復を形成する類の方法である。この「重ねてには」については次のようにも記されている。

　初心にては心得がたし。これ、当世人の好む体なり。面白し。さして寄合なし。ただてにはばかりよく付きたり。これすなわち本歌本説となるなり。これにて了簡あるべし。

寄合はなく、テニハのみがよく付いており、それによって付合の根拠となる本歌本説とよく合致するということであろう。先に触れた、「ただ連歌はてにはだによく候へば、すなわち寄合となるなり」と併せて、テニハと称する「句移り」の方法を、当時一般的に付合を成すものとされていた寄合に代わる、寄合と同等のもの、あるいは寄合以上のものに押し上げようとする態度が見てとれる。

　なぜそのような態度を『知連抄』が取るかというと、寄合に代わる付合法を提示することによって、連歌の秘訣を説いてみせるという目的があったためであるだろう。説のための説ということである。先に触れたように、『知連抄』は「三義五体」の「三義」について、第一を「てにをは」、第二を「句作」、第三を「寄合」とするが、「てにをは」ならびに「句作」とは異なり、「寄合」については、まとまった記述を持たない。原本にはあったという可能性も否定できないが、それよりも、はじめから「てにをは」「句作」に対して寄合は対等でなく、寄合よりも重要なものとして「てにをは」「句作」が置かれたものと考えられる。

　良基は、付合論において「ただ肝要に目をかくべし。或いは詞にて付けて心を捨て、或いは心を付けて詞を捨て、又、寄合にて心詞を捨つる事もあるべし」（『僻連抄』）とし、当時一般的であった寄合付に対して「心付」「詞付」を導入したのであるが、『知連抄』はこれと同じように、寄合付に代わる方法としてテニハ付合法を位置づけたものと考えられる。

もっとも、それらは「当世人の好む体なり」という記述からすれば、ここで新しく考案された方法ではない。そのうち、「重ねてには」と同様の方法については、良基の『僻連抄』『連理秘抄』でも触れられている。さらに「歌てには」「捨ててには」に至っては、同じく歌の詞によって「句移り」を形成する例句が、鎌倉末期に成立したとされている寄合書『連証集』に見られる。(7)『連証集』は寄合の形成途上にあると考えられており、(8)寄合がある程度成立した後にまとめられた『知連抄』の方法と同一視すべきでないにしても、同様の方法がより以前から行われていたことがわかる。

更に時代を遡れば、『菟玖波集』(9)所載の鎌倉前期の句には、「歌てには」の長短が逆順であるもの（冬・五一一・定家）、「重ねてには」と同形のもの（秋上・三二一・後鳥羽院）等が見られる。「歌にては」「捨ててには」は和歌の本歌取りの延長であり、「重ねてには」は和歌の「重詞」の延長である。長句から短句への一連のかかりを形成することを意識する点においても、元来、「句移り」は和歌的な発想から端を発したものであっただろう。そのような方法を、寄合付に代わるものとして位置づけ、「三義五体」に組み込んでテニハ論として展開したのが『知連抄』の整理の仕方であった。

二、テニハ論から見るテニハ付合法の性格

前節では、『知連抄』において、付合法という枠組みのなかで、寄合付に代わるものとして「句移り」型を中心とするテニハ付合法が位置づけられていることを確認した。これに対して、本節では、テニハ論の枠組みからテニハ付合法のありかたを検討してみたい。テニハを付合法に寄せて扱う『知連抄』のテニハ＝付合観は、実は良基のテニハ

観と比較すると、一般的なものであるとは言い難いのであるが、少なくとも、「句移り」型がテニハの名称を冠する理由は、良基のテニハ論を読み解くことによって明らかとなると思われる。以下、良基のテニハ観について見ていく。既に指摘されていることであるが、(10) 付合についてテニハ論を展開するとき、良基の視線は、多くの場合、付句句末に向けられていることに注意を払っておきたい。良基が付合を前提としたテニハについて述べている箇所を『僻連抄』より挙げる。ここでは、「句移り」型の方法に関連する事柄にも触れられている。

いかに良き句も、てにをは違ひぬれば、惣じて付かぬなり。事によりて、ことに斟酌すべし。仮令、上の句に物の名などにて、〈軒の松〉〈秋の風〉〈我が心〉などと留めたるは、いたく好み存ずべからずといへども、句のてにをはによりて何ともすべし。

〈に〉の字は上の句にては良し。下にては下品なり。〈て〉の字、また上の句にても良し。下の句にては悪し。かやうの事も、せで適ふまじき所のあらむには、嫌ふべきにもあらず。時にしたがひ、体によるべし。〈ても〉〈とも〉、一向これをとどむべし。〈の〉の字、一句といへども一切見ざる所なり。〈ば〉と留むるは常の事なり。〈は〉とはせず。仮名は発句ならねども興あるてにはなり。かやうの事、繋きによりて記すに及ばず。或いは上の句にて良きもあり、或いは下に置きて良きもあり。事により、様によるべし。兼ねて定むべきにあらず。

また、物の名などに重ねたる、当時常に見ゆ。仮令、〈待つ夕暮れ〉と下の句にあらば、〈軒の松〉と上の句に留め、〈柴の庵〉と上の句に留めたらば、〈しばし〉と下の句の初めに置く風情なり。これ、一つの体なり。歌にも常にあるにや。物の名に限るべからず。言《ことば》にても鎖るべし。また、面白く珍しきこと、上手の仕出だしぬれば、いかに悪しき事もよくなるなり。すべて詞もてにをはも、いづれよし悪しとも定め難し。ただ作者の風骨にあるべし。

これが、付くか付かないかという付合に関するテニハ論であることは、はじめの一文で明らかなのであるが、ここで、良基は「留め」ということの周縁で論を展開している。

テニハというとき、まず「留め」すなわち句末処理が問題とされることは、『僻連抄』式目部において句末の助詞「て」「に」「を」「は」の付合間での重複を禁じる規定があること、これが『連歌新式』[11]にも踏襲されていること、同じく『連歌新式』において「韻字」という句末処理に関する規定のなかで「つつ」や「けり」等の打越間での重複の忌避が扱われていることからも見てとれる。『僻連抄』式目部や『連歌新式』の規定ではテニハとは称されておらず、テニハと見なせる各語が列挙されているのであるが、『撃蒙抄』[12]にはより鮮明に、テニハという名称と、句末処理との密接な関係が表れている。

『撃蒙抄』では、句末に来る字（語）を指す「韻字」の項目のもと、「てにをはいかなるを良しとも悪しとも申し難し。（中略）珍しきてには、前の句に従ひて何とも出来すべきことなり。仍りて少々これを記す」として、十六組の例句を挙げて、付句句末を主眼としたテニハ論を展開している。テニハの内訳としては、「よ」「つつ」「ば」「らめ」「ず」といった付属語等で付句句末が留められたものが十五例ある。[13]ここからは、『撃蒙抄』が付合の句末処理について言及するとき、それはすなわちテニハ論であり、原則として付句句末の付属語等の処理についていうものであることが明白である。

良基の、付合に関わるテニハについての言は、付句句末の付属語等の処理を主に指している。その類縁にある体言止め、ならびに用言止めも、付句句末の処理という枠組みで、テニハ論に含まれる場合がある。[14]付合を前提とせず、一個の句について「てにをはの文字」「てにはの字」等として句中の助詞等を指す例もあるが、付合論となると、付句句末の処理が中心となる。整理をすると、①句中の付属語等、②句末の付属語等、③体言止めを含む句末処理、この三つの視点がある。これらは重複する部分も大きいが、話題によって中心となる極が異なり、それに伴って体言止めの如き付属語以外の要素が出入りする。このうち、付合を問題とすると、③の句末処理の話題となる。これが、『僻連抄』『連理秘抄』『撃蒙抄』および『連歌新式』から見える、良基のテニハ観である。

なぜ付合について付句句末が主眼となるかといえば、連歌作者が句を詠み出そうとするとき、発句以外、必然的にそれは付句となるからであるだろう。句中ではなく句末が問題となるのは、付句の文脈の構成において、前句に付くか否かに最も影響する箇所が、句末であるためであると考えられる。句末によって、というよりも、句末へ向かってどう組み立てるかによって、付句のありかたが決定され、前句との関係が左右される。このことは、語尾にあって文意を大きく左右することの多い付属語等の存在を有する日本語のありかたと、不可分であるといえる。初期の付合論において、テニハとして句末が集中的に取り沙汰されたことは、必然であった[15]。

なお、テニハというときに句末処理が主たる問題となることは、良基に仮託された『一紙品定之灌頂』[16]でも看取できる。同書には、「当世上手の好む手爾葉の事」として、助動詞「らん」や助詞「て」をはじめとして、「つらん」「ぬらん」といった助動詞が接続したものや、「寂しくて」「恋しくて」といった形容詞の活用語尾＋助詞「て」による「くて」が共に扱われ、さらにここに「物の名にては留まること苦しからず」との一文が並ぶなど、留めることに関わるものを中心としてテニハ論が展開される。このような、当時の（付句の）句末処理を中心とするテニハ論を援用し、付合法として切り出されたのが『知連抄』の「句移り」型テニハ付合法であるといえるだろう。

良基のテニハ論には、「句移り」型と同類の方法について触れたものがある。先掲した『僻連抄』の二重傍線部である。二重傍線部を読み解くために、傍線部から述べる。傍線部は、原則として長句を体言止めにするのは好ましくないが、「句のてにをは」によってはどのようにもできる、という趣旨であった。「句のてにをは」というのが句末処理を指すものと見れば、体言止めされた長句に対して、短句である付句句末の処理によってはいかようにも捌けるということであろう。単体では好もしくない句末の表現も、付合によっては調和が取れるという、「いかに良き句も、てにをは違ひぬれば、惣じて付かぬなり」の裏返しの意であると捉えられる。

『僻連抄』の付合にかかるテニハ論は、句末処理として原則望ましい・望ましくないテニハの話題から、付合を成就させることへと収斂している。このようなテニハ観から、付句句末のテニハ処理を越えて導き出されてくるのが、二重傍線部の「物の名などに重ねたる」「言《ことば》にても鎖る」方法である。ここでは、付句句末の処理を主とした話題から、長句句末と短句句頭とを文脈上で接合することへと焦点が移っていく。

二重傍線部に挙げられた「物の名などに重ねたる」具体例のうち、前者の「待つ夕暮れ」「軒の松」の例は、短句である前句句頭が「待つ夕暮れ」であったら、長句である付句句末を「軒の松」と付けるということである。次いで、長短の順序が反対になり、長句である前句句末が「柴の庵」であった場合には、付句を詠むときに句頭を「しばし」とする例が挙げられている。これらのうち、特に前者は長短の順序も一致する、『知連抄』の「重ねてには」に相当する方法である。

良基は、『僻連抄』において、テニハ論の一環としての付句句末の処理を中心とする話題のなかで、「物の名などに重ねたる」「言《ことば》にても鎖る」とされる、「句移り」に相当する方法を扱っている。あくまでも、前句との関係によっては選択しうる「一つの体」という扱いであり、これこそが良いテニハであるとも、それが「すなわち寄合となるなり」(『知連抄』)ともしていないものの、テニハについて説明するときに、その枠組みのなかで、「句移り」型への言及があるのである。[17]

長句である付句句末を体言で止めるとき、その韻字である体言を短句である前句句頭へ「重ね」るように仕立てるという方法は、前句句頭を意識した付句句末の処理という点で、テニハ論の範疇である。この長句と短句の順序が逆転した方法も、テニハ論の類縁にある。つまり、良基のテニハ論において、「句移り」の問題は孕まれていた。「句移り」が適切であることこそが「よく候」うテニハであり、「すなわち寄合となるなり」と見なされたところに、『知連抄』の「句移り」型テニハ付合法が出来上がっていくのだと考えられる。

良基による、付合に関わるテニハ論のなかで、「句移り」の方法がテニハの類縁にある「一つの体」であるという位置づけは、『撃蒙抄』にも共通している。先にも触れたが、『撃蒙抄』では「韻字」の項目のもと、付句句末の付属語等の処理を主眼とするテニハ論を展開している。ここで「句移り」の扱いに関連して注目したいのが、付句句末の付属語等についての例句十五例のうち、二例が、「鎖る」ことによって「珍しきてには」を処理するものとなっていることである。「鎖る」は、『僻連抄』に「言《ことば》にても鎖るべし」とあるのと同様で、長句句末から短句句頭へ文脈を繋ぎ合わせる意であると見える。

「鎖る」テニハの二例のうち、一方は次のものである。

寝ればや夢の枕なるらん

憂き人をなほも此方に思ひつつ

これは「思ひつつ寝ればや人の見えつらむ夢と知りせば覚めざらましを」（古今集・恋二・五五二・小町）を本歌として「鎖」ったものである。『撃蒙抄』でのこの例句に対する評には「〈つつ〉留まり、左右なくあるべからず。かように〈思ひつつ寝ればや〉といふ本歌を鎖りてはすべし」とある。ここでは、テニハとしての「つつ」を意識していながら、本歌を示すことで「思ひつつ」というテニハを越えた語を用いての「句移り」に言及するという結果に至っている。

いま一方の例句は次のものである。

鳥より後はなほ鐘の声

身に慕ふ春の名残のとりあへず

これは傍線部で「とり」の反復が形成されるように「鎖」ったものである。『撃蒙抄』には「かやうに鎖りては、悪しきてにはも苦しみあるべからず」とあることから、テニハとして直接指しているのは付句句末の「ず」であると見られるのであるが、この例句が「とりあへず／とり」という音の繋がりを形成していることからすれば、実態として問題となっているのは、末尾の「ず」のみならず、下五に置かれた「とりあへず」である。先の例で、「つつ」留めの問題が下五の「思ひつつ」に伸長しているのと同様で、前句句頭へと目が及ぶことで、付句句末の付属語等の処理を超えているのである。ここには、『知連抄』のテニハ論に通ずる意識が垣間見える。

以上のように、良基は「句移り」の方法に、テニハ論の枠組みにおいて言及している。それは、付句句末を主とする文脈の処理の、延長線上にある。付句句末の処理が、前句句頭を意識して行われたとき、付句句末を前句句頭へ向けて「鎖」るという選択肢がある。良基は、その方法を「これ、一つの体なり」としている。具体例を見ると、『僻連抄』では原則として好もしくない長句の体言止め、『撃蒙抄』では無造作に扱うべきでない「つつ」留めや句末には向かない「ず」が、付合となったときにうまく調和するという、一つの例外的な処理方法であることが浮かび上がってくる。

このような良基の態度は、「句移り」こそが「よく候」うテニハであり付合法であるとする『知連抄』の積極的な態度とは異なっているものの、良基にとっても「句移り」がテニハ論の対象であったことは確認できる。『知連抄』の「懸けてには」「請け取りてには」「歌てには」「捨ててには」「重ねてには」といった「句移り」型のテニハ付合法が、テニハの名称を冠することの根底には、このような、付句句末から端を発して前句句頭へと及ぶことになった当時のテニハ観があるのだと考えられる。

三、拡張されるテニハ付合法

ここまで、『知連抄』の七種のテニハ付合法のなかで、「句移り」型について検討してきた。これらは、良基が「当時常に見ゆ」（『僻連抄』）としたように、新しく考案された方法ではなく、世上で行われていたものである。これを良基も『知連抄』著者もテニハ論の枠組みで取り扱い、殊に『知連抄』は付合法として積極的に位置づけた。付句句末の処理を主とする当時のテニハ観が、付句句末の処理を超え、前句句頭との繋がりを含めるようになったのである。かつて、短連歌のころ、連歌は和歌との差別化のために、各句が独立することが論の上で指向された。『俊頼髄脳』(18)では、短連歌は次のように理論づけられている。

例の歌の半《なから》をいふなり。本末心にまかすべし。その半がうちに、言ふべき事の心を言ひ果つるなり。心残りて、付くる人に言ひ果てさするはわろしとす。たとへば〈夏の夜を短きものと言ひ初めし〉と言ひて、〈人はものをや思はざりけむ〉と末に言はせむはわろし。この歌を連歌にせむ時は、〈夏の夜を短きものと思ふかな〉と言ふべきなり。

「夏の夜を短きものと言ひ初めし」と、「夏の夜を短きものと思ふかな」との差異は、当時は無論テニハとは捉えられていないものの、後世の観点からいえば、テニハ処理である。これは前句句末のことであるが、長句と短句とを分断し、独立性を示す根拠とされたのは、テニハに相当する要素であった(19)。

これが鎖連歌を経て定数連歌に至り、良基の時代にあっては、各句の独立のためだけではなく、各句の連関のためにもテニハが要請されるようになったのだといえよう。テニハによって前句と付句とを繋げるということを、積極的に試みたのが『知連抄』のテニハ論である。『僻連抄』等に見られる良基のテニハ論と比するとやや先鋭的であるが、『知連抄』自身が「ただ〈花〉とあれば〈霞〉、〈霧〉とあれば〈時雨〉など付け、〈雨〉とあれば〈雲〉〈曇〉など付け、〈寒〉に〈雪〉など付くるなり。これ面付の連歌なり。真実なる道にあらず」と難ずるが如き、何を付けるかということにのみ着眼する発想から脱し、どう付けるかという問題に踏み込もうとしている点で、初期の連歌付合にかかるテニハ論としては、見逃すことのできない価値を有するといえるだろう。

先に検討した「句移り」型は、いずれも長句句末と短句句頭とを、「詞」の意義の関係や、音の関係、本歌といった、関係性が保証されている「詞」に依拠して繋ぎ合わせるものであった。これらに共通しているのは、その繋がりは表面上のもので、句意を連接するためのものではないことである。「懸けてには」「請け取りてには」は意義の関係が掛詞によって隠されており、「重ねてには」はそもそも音の関係によることから、いずれも句意を連接するものではない。「歌てには」「捨ててには」は、本歌を引き入れるという点で、本歌の内容を想起させ、解釈や鑑賞の段には当然それが響いてくることになるが、想起されるものは句の外にあり、句意そのものに表れるものではない。「句移り」型のテニハ付合法は、あくまで、句意を繋げるためのものではなかったのである。

これに対して、句意の繋がりに直接関わってくるのが、「心てには」「咎めてには」である。これら二種のテニハ付合法は、付合法としてのテニハの姿を、「句移り」型とは別のところから補強し、拡張して『知連抄』以後のテニハ＝付合観に大きく影響を及ぼしたと見られる。この二種は、文脈の表面でこれとわかる「句移り」を形成しない点で、先に触れた「同じ詞にて善悪を分くる事」の項のテニハ観とは論理を異にしている。付合法としてテニハを記述しようとする態度が先にあり、そこへ「心てには」と「咎めてには」が組み込まれたものと見られる。以下、「心てには」と「咎めてには」について検討する。

まず、「心てには」の例句は次のものである。私にローマ数字を付した。

ｉ　さては心に適ふ山里
　　憂きはただ都に遠きことばかり

ⅱ　簾の内の人を訪はばや
　　秋に遇ふ今夜の月の名を上げて

例句ｉについて、『知連抄』は「この句は、都の遠きことばかりこそ憂けれ、さては心に適ふとせしなり」とする。これは付句から前句への順で句意が直接的に繋がっている点を説明しているものと見られる。この解釈によれば、前句句頭の「さては」が前句と付句とを繋ぎ合わせるものであり、「さては」へ向かって付句を組み立てる方法と読み取れる。

ここでは、付句の表現が「都の遠きことばかりこそ憂けれ」と言い換えられていることから、付句句末に特定の「詞」を置く処理に関心があるのではなく、テニハ論が、内容のほうへと滲出していることが覗われる。とはいえ、文脈から切り離した内容のみを問題にしているのでもない。付句句末が前句句頭「さては」へ繋ぎ合わされており、前句句頭によって付句句末の処理が左右される例である。この例句は、前句句頭を適切に受けて、付句句末の処理を決めたものであろう。

例句の「憂きはただ都に遠きことばかり」という表現も、所説の「都の遠きことばかりこそ憂けれ」という言い換えも、「さては」に応じている。付句句末は「て留」や「に留」等の切れていない表現ではいけないし、付句の内容が断定されない「らん留」等でもそぐわない。「さては」の働きをよく意識しており、句意すなわち「心」の適切な繋がりを、テニハという、付句句末へ向かっての文脈処理の観点で扱おうとした方法であるといえる。

次いで、例句iiについて、『知連抄』は「〈簾の内〉といふに〈上ぐる〉、詞にて悉く皆付くなり」とする。ここには、「簾」に「上」げるという「詞」の関係があり、一見「句移り」型に類似するが、これは「簾／上ぐる」という「句移り」を形成してはいない。「句移り」型の「懸けてには」であれば、付句句末が「簾」となり、「簾」と関係のある「上ぐ（る）」は、句意の裏側に隠される。これに対して当該句は、付句句末の「上げて」が、短句である前句句頭へと意味の面で直接掛かっていくことになる。『知連抄』著者は、例句iでは前句句頭の「さては」が一手に担っている句意の連接を、例句iiでは付句句末の「上げて」と前句句頭の「簾（の内）」が担っている、と捉えていたのであろう。「上げて」の「て」に接続の機能がある、というところまでは至っていないものの、付句と前句の内容を直接的に繋ぎ合わせることを、前句句頭を意識しての付句句末処理というテニハの観点から説明しようとしたものであると見られる。

このように解してみると、「心てには」は、「心」すなわち句意の繋がりを、テニハ処理によって形成しようと試みた方法であるといえるのではないか。同じく「心」にアプローチした付合法である良基の「心付」は、「浪の干潟」に「道替へて行く」（『僻連抄』）という、句末表現を持たない例で説明されるように、事物や事象の意味、内容の関係に主たる関心のあるものであった。これに対して、「心てには」は、テニハという文脈の細部の処理によって、長句である付句句末と短句である前句句頭とを接合し、それによって内容全体を連関させるということに着眼した方法であった。この点で、『知連抄』がこの方法をテニハの名称で呼ぶのは、意識的なものであったと言えるし、テニハ論に立脚していることに相違ない。

最後に扱う「咎めてには」は、「心てには」と同様に、テニハ論の観点から付合の内容の関わりに踏み込もうとしており、「心てには」に比して「さては」や「簾(の内)」「上げて」の関係の如き具体的な連接部を持たない、より発展した方法であると見られる。例句は次のもので、私にローマ数字・アルファベットを付した。

i　心のままによしや疎かれ
　a　近づけば遠ざかるとぞ聞くものを
　b　身を知らでさのみに慕ふことあらじ
　c　忍ぶには来ぬ夜のあるも咎ならじ

ii　つれなき人のなどや訪ひ来ぬ
　d　逢ふことも後の世まではいさ知らず
　e　並ぶ木の花に風ある庭の松
　f　有明の月出づるまで待ちつるに

iもiiも、一つの前句に対して、複数の付句が番えられている。例句から、「咎めてには」という名称は、詠まれた句の内容を指すものと見られる。

『知連抄』は例句iについて、「この三句、いづれも前の句に付け侍るなり」とするのみであり、abcの三句ともが付くこと、そのいずれもが「咎めてには」に値することしか判ぜられないが、いずれの付句句末にも、「ものを」「(あら)じ」「(なら)じ」という、「咎め」る内容に関与するテニハが置かれている点に注意を払いたい。おそらく、このテニハに向かって付句を組み立てることが、「咎め」る内容と関わるものであることに気づいているのである。

後代、『連歌秘伝抄』[20]では、「願ひてにはに付くる様大事なり」として、前句が「思ひ定むる行く末もがな」、「隠れ家ならば我も住まばや」、「寝覚めを月の比に成さばや」の例句を挙げており、句末に来る「もがな」「ばや」に「願ひ」の意があることを認識していたようであるが、『知連抄』は、これに先んじて、句末に来る付属語が付合の内容に関与することを提示しているのである。もっとも、前句も「咎め」る内容と密接であり、そのため付合全体が途切れなく渾然一体と「咎め」る内容になっており、付句句末の処理の問題のみを抽出しきれているわけではないが、それであっても、付合の内容に対して句末の付属語が果たす役割に着眼した点で、画期的なテニハ論であるといえる。

次いで、例句iiも、defの三句ともが付き、いずれも「咎め」る内容を成すのであるが、『知連抄』はeを特に問題とし、次のように言及する。

また、〈庭の松〉といへば咎めてにはにはあらず。

植ゑて見る花の並びの庭の松風吹くまでになどや訪ひ来ぬ

これにて付くなり。心をば渡すてにはと云へり。この心渡りてにはと云ふと、心てにはと云ふこと、先のてにはと同じ。

eの付合は、「松と立ち並ぶ桜の花が咲いているところへ風が吹いている（ために花が散ってしまう）、それなのに薄情なあなたはどうして来てくれないのだ」という逆接の関係で付いており、「咎め」る内容であることについてはd・fと共通している。そうであるにも拘らず、eのみが「咎めてには」から除外されるのは、内容ではないところにその理由があると考えられ、eがdfと、更にはiのabcと相違するのは、例句から判ずる限り、体言止めである点である。eは、内容の面では「咎めてには」であるが、句末処理の点で「咎めてには」ではなく「心渡りてには」（＝「心てには」）とされたのだと捉えられる。

eに対して、dが「逢ふことも後の世まではいさ知らず」、fが「有明の月出づるまで待ちつるに」というように、

d・fは、句末へ向かうテニハ処理が「咎め」る内容に強く関与しているといえる。この点が「並ぶ木の花に風ある庭の松」というように、一句としては景気を詠むのみで「咎め」る文脈を持たないeと区別されているのだと考えられる。(21)この『知連抄』の言及によって、「咎めてには」という付合法が、内容が関わっていさえすればよいのではなく、付属語等による付句句末へ向かっての文脈の仕立て方にこそ関心のある方法であり、そこにテニハと称する理由があったことが鮮明となるのである。

以上、「心てには」と「咎めてには」が、テニハ処理を意識しながら、内容の繋がりにアプローチする方法であることについて見てきた。「心てには」と「咎めてには」の存在によって、テニハ付合法は、「句移り」型の表面的な繋がりだけではなく、あくまでテニハの枠内ではあるが、「心」に言及することが可能となり、テニハ付合論の拡張を誘発したともいえる。

おわりに

『知連抄』のテニハ付合法がどのようなものであるか、それがどのような先行の連歌論を受けて形成されたかを見てきた。これによって、『知連抄』の時点でのテニハという呼称は、テニハから離れて付合法の意となっているのではなく、あくまでも付句句末を中心とする文脈処理の一環で付合にアプローチした方法であることに起因することが明らかとなった。

この『知連抄』のテニハ付合論は、以後の様々な連歌論に影響を与えていく。『知連抄』のテニハ付合法と同様の方法を持つ書として管見に入るのは、『和歌集心躰抄抽肝要』『連歌八十体之書』『連歌十体』『初心求詠集』『密伝抄』

『連歌秘伝抄』『長短抄』『連歌諸体秘伝抄』である。これらのうち、特に『連歌諸体秘伝抄』については、数多くのテニハ付合法を有し、『知連抄』を起点とするテニハ付合論の集大成であるといえる。『知連抄』の「三義五体」説が『連歌八十体之書』を介して『連歌諸体秘伝抄』に至った部分があることについては既に論じたが、(22)他の書を含めたテニハ付合論の展開や変遷については、紙面を改めて述べることとする。

注

（1）『連歌論集　能楽論集　俳論集』日本古典文学全集

（2）金子金治郎「良基連歌論における「てにをは」の意義」（『国文学攷』23号、昭和35年5月初出・『連歌論の研究』桜楓社、昭和59年6月再録）

（3）佐藤宣男「表現の問題として見たテニヲハ論―『連歌諸躰秘伝抄』を中心として―」（『日本文芸論集』15・16号、山梨英和大学、一九八六年一二月）

（4）前掲（2）

（5）前掲（3）

（6）寺尾麻里「連歌付合論の修辞法」（『青山語文』45号、青山学院大学日本文学会、二〇一五年三月）

（7）『連証集』（中世文芸叢書4『鎌倉末期連歌学書』所収）には、一六六組の例句のうち、本歌の詞が長句句末から短句句頭へと続くように付けられているものが、十三組ある。

（8）金子金治郎『菟玖波集の研究』風間書房、昭和40年12月

（9）句番号は前掲（8）所載の「広大本　菟玖波集（翻刻）」に拠った。

（10）前掲（2）

（11）『良基連歌論集　二』古典文庫

（12）「『撃蒙抄』注釈Ⅰ〜Ⅲ」（『緑岡詞林』30〜32号、青山学院大学日文院生の会、平成18年3月〜平成20年3月）

（13）残り一例は付句句末が「夕つ方」であるものの、どの点をテニハとして指摘したものであるか不明である。

（14）『連歌新式』の「韻字」の規定では、「つつ」や「けり」と並んで「物の名」「詞字」が扱われている。

（15）これ以前の句末処理への意識として、後鳥羽院時代の連歌には付句句末への独立の意識が不充分であることについて松本麻子氏が述べている。（「後鳥羽院時代の連歌に見える句末表現」（『青山語文』39号、青山学院大学日本文学会、二〇〇九年三月初出・『連歌文芸の展開』風間書房、二〇一一年六月再録））

（16）『連歌論新集』古典文庫

（17）『連理秘抄』（『連歌論集　俳論集』日本古典文学大系）では、傍線部と二重傍線部に相当するものが削られるが、「また、物の名などに重ねたる、当時常に見ゆ。これ一つの体なり。歌にもあるにや。物の名に限るべからず。言《ことば》にても鎖るべし」という一節は残る。

（18）『歌論集』新編日本古典文学全集

（19）『俊頼髄脳』はほかに「後撰の連歌なり」として「白露のおくにあまたの声すなり／花の色々ありと知らなむ」を挙げる。これは『後撰集』に「白露のおくにあまたの声すれば花の色々ありと知らなむ」（秋中・二九三）とあるもので、同じくテニハ処理によって短連歌を証明している。

（20）『連歌論集　二』三弥井書店

（21）eが「咎めてには」に相当しないのであれば削除すべきところ、他と並んで挙げられているのは不自然であり、『知連抄』以前に元となった説があったか。

（22）寺尾麻里「『連歌八十体之書』考―二条良基と宗祇仮託書を繋ぐもの―」（『連歌俳諧研究』128号、俳文学会、二〇一五年三月）

引用和歌の本文と歌番号は、日本大学 web 図書館「新編国歌大観」（古典ライブラリー）に拠った。

能阿『集百句之連歌』の再検討

大谷　大

はじめに

『集百句之連歌』（以下、本書と表記する）は能阿（応永四年（一三九七）～文明三年（一四七一））の晩年の著作として知られた連歌作品である。能阿の連歌師としての評価は連歌七賢の一人に数えられ北野連歌会所宗匠を務めたことなどからかなり高いとされてきた。また能阿の業績として名高いのは唐物奉行として御物の整理・評価をまとめた『君台観左右帳記』などの作成や、阿弥派の祖・画家としての評価であろう。他にも表具師や座敷飾りに関わるなど多才な人物であった。本書については美術史及び文学研究の視点からいくつかの研究が行われてきた。しかしながら書誌学の観点からの研究は盛んであったとは言えない。室町時代中期を代表する文化の担い手であった能阿の作品としての本書を主に書誌的観点から再検討して問題の整理を試みたい。

本書の書誌は次の通り。

【所蔵者】　天理図書館綿屋文庫蔵（請求番号れ三・一‐一二九）

【外題】　なし
【内題】　「集百句之連歌」
【表紙】　白茶色地群雲模様金襴緞子表紙　見返し金銀箔ちらし　縦二四・四糎　横三十二・九糎
【装丁・紙数】　本紙十枚継　縦二四・三糎　全長四六三・二糎（各紙四五・八糎〜四六・八糎）
　奥書一紙　蝋箋唐紙　縦二四・三糎　横二六・五糎
　本文料紙は上下打曇。多種多様な金銀泥下絵。下絵の銀泥に少なくとも二種以上の濃淡あり。
【函】　二重函（外函：桐　内函：黒漆塗り）
【極】　古筆了意箱書。古筆了珉[1]・了意[2]・了伴[3]の極あり。
（この書誌は主に『諸家自筆本集』[4]に依る）

本書の転写本として文政三年（一八二〇）に滋岡長松[5]によって書写された大阪天満宮蔵本が知られる。天満宮本は本書の巻末奥書にある朱印の転写や極札の筆写までを完備し、間違いなく本書そのものからの転写本と確認できる。天理図書館本の極札の写し及び本文以外の天満宮本の書写奥書の翻刻は次の通り。

（本書奥書最終行の右に朱書きの天満宮本独自書き入れ）
能阿宗祇已然之人歟文明ハ宗祇没後也不審
（本書奥書最終行の左下に朱書きの天満宮本独自書き入れ）
印文秀峰トミユ
（ここから本書の極札等の写し）
極札古筆了眠（ママ）

東山殿同朋能阿弥　連歌之巻物 花さかり（「琴山」印、墨写）

ウラニ　奥むかふ仏の紙数拾枚各有一巻　己巳九(6)（「了珉」印、墨写）

上包了音筆

東山殿同朋能阿弥　集百句之連歌巻物 春夏秋冬恋雑各有 始花さかり終むかふ仏の（「琴山」印、墨写）

ウラ　本紙数拾枚継奥焼唐紙継目共印アリ

此百句之筆文明年号各印有之　（「了意」印、墨写）

外筥之裡書付了意（写し花押）（「琴山」印、墨写）

（ここから書写奥書）

此一巻鴻池清兵衛所持也

依写置者也

文政三年陽月望　長松

本書の内容

本書の部立の中の各句を確認してみると、春部は早春・中春・晩春と季節の移り変わりに則して進行している。これは夏部・秋部・冬部も同様であり、先行する多くの勅撰和歌集などの手法に順じている。先に雑部を確認するが岸田依子氏が指摘される通り[7]、歴史性を感じられる句の並びは少し特徴的だがその後には羇旅・神祇・釈教と続きこれも先行する勅撰和歌集などの部立の配列に近いといえる。最後に恋部であるが、その最後に「忍ぶ恋」の句が配置されるなど、何か意図を持って句を配列したとは考えにくい。

先行研究の確認

本書の先行研究は文学研究として伊地知鐵男氏・木藤才蔵氏・金子金次郎氏・浜千代清氏・岸田依子氏など、美術研究として山下祐二氏・玉蟲敏子氏などの研究論文が知られている。

順に見ていくと、伊地知鐵男氏は『俳諧大辞典[8]』の「能阿句集」の項目で「自筆一巻」とし、本書は能阿の自筆だとする。また「恋の付句は二十句あるべきなのに、十句しかないのは、能阿の書き損じか」とする。木藤才蔵氏はその著作『連歌史論考[9]』の中で「誰に本書を送ったか」は明確に記していないが、本書は天理図書館蔵本で「自句百句（現在伝えられている本には九十句）」また「自筆である」と記す。また他の翻刻が「御一覧惟幸」とする奥書の最後の一文を木藤氏は「御一覧推幸」と起こしている。

金子金次郎氏は『七賢時代連歌句集[10]』の「集百句之連歌」の解題の中で、本書を「自筆本」とし、また十句の脱落について前掲の伊地知氏の論を踏襲して「欠けたのは恋の部であろう」とする。続けて「この脱落はかなり前からであろう」とする。浜千代清氏は『日本古典文学大辞典[11]』の「能阿句集」の項目で恋十句の欠落について「当初より恋の部に十句の脱落が考えられる」とするがここで書かれている「当初」がいつの段階を指すのかは明確でない。

岸田依子氏は著書『連歌文芸論[12]』の中に「能阿『集百句之連歌』とその背景」として一項目を立て、本書の制作背景や能阿の置かれた環境、所収句のうち名所の句に着目して論じている。欠落については「従来指摘されているように現状では恋十句が欠脱していることになる」とし、前掲諸氏の説を踏襲している。他にも考えるべき点の多い論であり後に具体的に触れる。他にも島津忠夫氏が『俳文学大辞典』(13)で、松本麻子氏が『連歌辞典』(14)で、浅井美峰氏が『連歌大観』(15)の解題でそれぞれ本書の恋十句の欠落について指摘している。

美術史家では山下裕二氏は『能阿弥序説』(16)で主に美術史学の視点から他の能阿弥の絵画作品などと本書の関係を論じている。山下裕二氏には他に『能阿弥伝の再検証』(17)として美術・文学・歴史・建築・芸能などの広い範囲から能阿弥について論じた著作がありその中で本書にも触れている。玉蟲敏子氏は「室町時代の金銀泥絵と能阿弥筆『集百句之連歌』(18)」の中で本書の下絵の技法を中心に室町期の料紙装飾を論じている。

先行研究をまとめると文学研究では概ね「能阿の自筆である」「恋十句を欠いている」点を踏襲し、また美術研究では主に能阿の絵画作品と本書との関わりを中心に論じられてきたことが確認できる。

本書の問題点

ここまで見てきたように本書への評価は一定の共通認識を持たれてきたと言えるであろう。そのような研究史をふまえてここでひとつの疑問を提示して確認する。

先行諸論で言われてきた「欠落した恋の十句」は具体的にはどこにあったのだろうか。書誌を確認することによって本書の原体について検討し、判断できうることを考えてみる。

本書の当該書面を具体的に確認する。なお表紙を除いた本紙部分を紙継ぎを経るごとに便宜的に第1紙・第2紙…

と呼称する。恋部は本紙の第7紙・第8紙に位置する。第7紙の末尾に部立を表す「戀」の一文字が記され、第8紙の末尾には恋部の十句目のあとに句間の余白よりは少し広めの余白を経て次の部立を表す「雑」の字が確認できる。この形式は恋部に限らず全巻にわたって共通で、各紙の紙長もほぼ同じ、かつ一紙に記される行数もほぼ同じである。これについては後章にて具体的に確認する。次に継ぎ目の様子を確認する。第7紙と第8紙の継ぎ目を見ると第8紙の冒頭の句の十文字目の「の（能）」の字の右下の部分が第7紙にかかっていることが確認できる。加えて銀泥下絵の花や金泥下絵の草の葉も両紙に渡って描かれている。次に第8紙と第9紙の継ぎ目を見ると雑部の一句目の墨書された文字のほとんどが両紙に渡り、また金泥下絵の山も両紙に渡って描かれていることが確認できる。

ここで一度整理すると、書誌的に見て「この巻子は少なくとも第7紙と第8紙の間、及び第8紙と第9紙の間には欠落した後が見られない」といえる。これは「この巻子が作成されたときからこの部分はこの形から変わっていない」とも言い換えることができる。つまり先行諸論で言われてきた「欠落した恋の十句」は少なくともこの天理図書館蔵本ではじめから存在しなかったと言えるであろう。

全体の確認

本書の他の紙に書かれる墨書の行数とその内訳、及び継ぎ目の様子も確認する。玉蟲敏子氏(19)及び山下祐二氏(20)によって指摘があるがその詳細が不明であるので改めて以下に記す。

第1紙…余白の右端に印二種。共に蔵書印。余白をとったあと第1紙中央やや右に題字「集百句之連歌」。続けて、署名「能阿」、部立「春」。本文十三行。うち詞書一行。行間注記あり。

第1紙と第2紙の継ぎ目…両紙に渡る墨書なし。銀泥下絵の花弁、及び金泥下絵の雲・山が両紙に渡る。

第2紙…本文十八行。うち詞書二行。行間注記あり。

第2紙と第3紙の継ぎ目…墨書された多くの文字が両紙に渡る。金泥下絵の植物の枝・葉などが両紙に渡る。

第3紙…本文十八行。後ろから七行目、他に較べて少し余裕のある行間の後に部立「夏」。詞書なし。行間注記なし。

第3紙と第4紙の継ぎ目…墨書された多くの文字が両紙に渡る。金泥下絵の山の稜線・植物の茎などが両紙に渡る。

第4紙…本文十八行。うち詞書二行。後ろから五行目、他に較べて少し余裕のある行間の後に部立「穐」。行間注記なし。

第4紙と第5紙の継ぎ目…墨書された多くの文字が両紙に渡る。銀泥下絵の波紋、及び金泥下絵の菖蒲かと思われる植物の葉などが両紙に渡る。

第5紙…本文二十行。詞書なし。行間注記あり。

第5紙と第6紙との継ぎ目…墨書された文字のうち両紙に渡るものなし。銀泥下絵の波紋、及び金泥下絵の樹木の幹が両紙に渡る。

第6紙…本文二十行。後ろから三行目、他に較べて少し余裕のある行間の後に部立「冬」。詞書二行。うち一行は本巻唯一の分かち書きを持つ。行間注記なし。

第6紙と第7紙の継ぎ目…墨書された文字のうち四文字目「れ」・九文字目「山」・十一文字目「深」のそれぞれ右端は第6紙にわずかに両紙に渡る。金泥下絵の松などが両紙に渡る。

第7紙…本文二十行。後ろから一行目、他に較べて少し余裕のある行間の後に部立「戀」。詞書なし。行間注記なし。

第7紙と第8紙の継ぎ目…墨書された文字のうち十文字目「能（の）」の右端がわずかに両紙に渡る。銀泥下絵のうち花、及び金泥下絵のうち植物の葉などが両紙に渡る。

第8紙…本文二十行。後ろから一行目、他と較べて少し余裕のある行間の後に部立「雑」。詞書なし。行間注記なし。

第8紙と第9紙の継ぎ目…墨書された文字のほとんどが両紙に渡る。金泥下絵の山などが両紙に渡る。

第9紙…本文二十二行。詞書なし。行間注記なし。

第9紙と第10紙の継ぎ目…墨書された文字のうち五文字目「舩」・六文字目「の」の左端がわずかに両紙に渡る。銀泥下絵の山、植物の葉などが両紙に渡る。

第10紙…本文十八行。左端に余白あり。

第10紙と第11紙の継ぎ目…下絵の連続性はない。継ぎ目に壺印（印影は「秀峰」）の押印あり。

第11紙…本文が記される第10紙までの打曇金銀泥下絵のある料紙と異なり、奥書のある第11紙は蝋箋を施した唐紙である。第10紙までとは行間や文字の大きさが異なる。奥書本文三行のあとに年記「文明元年中秋日」、署名「能阿」、押印。この印は直前の印と同じものである。

ここまで各紙・継ぎ目を見てきたことから確認できることをまとめる。

①各紙の継ぎ目は文字もしくは下絵が前後両紙の料紙に渡って書かれており一軸の巻子本として完成している。

②本文冒頭の第1紙と本文末尾の第10紙を除き、字送りや部立の前の余白の有様等がほぼ均等である。

書誌的側面から言えることは、本書が本文九十句で完結したものである、ということである。先の章で確認した先行諸論の「欠落した恋十句」どころか他の「春」「夏」「秋」「冬」「雑」部にも欠脱の跡が見られない。

先行研究の問題点

本書の書誌を調査した結果からは十句の欠落自体の痕跡が見出せなかった。確かに、バランスから言えば恋部が一〇句脱落している可能性が高い。ただし、それは本書の成立以前に起こったこと、もしくは本書の書写段階で書き落とされたものである。本書が成立してから欠損したものではない。この点が先行研究では曖昧であった。このことは後に述べるように、本書が能阿自筆かどうかに関わることと思われる。

本書奥書の「欽命重之間」という表記については、その「欽命」を能阿に下した人物について、先行諸論は「後土御門天皇」（嘉吉二年（一四四二）~明応九年（一五〇〇））とする。「後土御門天皇」の他に、本書の奥書に記された文明元年当時に法皇として健在であった「後花園上皇」（応永二六年（一四一九）~文明二年（一四七一））の可能性があることも指摘しておきたい。「欽命」は「君主からの命令」の意味であるが「重之間」は「重ねて何度も」と解釈できる。この「欽命」という語は天皇からの下命に限らず「治天の君」からの下命にも使用される。「重ねて何度も」下命されるということが一度の下命ということはないであろう。その下命が数日間ではなく、何年間かに渡ったとすれば、実際には「治天の君」には至らずとも（「治天の君」は後小松院が後花園天皇を即位させるときに条件として後花園天皇実父の御崇光院（伏見宮貞成親王）が自身の地位（治天の君）を継承しないこと、としたのを最後に消滅する）臣下から「治天の君」に擬されることもあった後花園上皇からのものであった可能性を想起する。(21)

岸田依子氏は前掲論文の中で本書を[22]「料紙の工芸的な美しさや巻子本の形態などから見ても、能阿が記念の意を込めて（後土御門天皇に）献呈したものと想定される。」（括弧内は論者の補足）と評している。「料紙の工芸的な美しさ」や「巻子装」という点に於いては首肯できる。しかしながら「集百句之連歌」と内題が付けられてはいるが九十句しか所収されていない本書は天皇（もしくは上皇）に献呈されるのに相応しい本文を有していると言えるだろうか。本書には百句を完備した原本があったと考えるのが妥当であろう。論者は本書は後土御門天皇（もしくは後花園上皇）に献呈されたものそのものではないと考える。

では本書はどのような作成事情を有するのだろうか。可能性の一例を挙げてみる。本書は能阿より後の時代の阿弥派の有力者が自派の賞揚を目的として作成した、という状況を想定してみるとどうだろうか。奥書に記された「欽命重之間」という文言は自派の賞揚を目的としたとの想定に基づくと相応しいものだと言えよう。ここで山下祐二氏が前掲論文の中で指摘した本書と同種の[23]「秀峰」銘の鼎印を持つ『白衣観音図』（重要文化財・溝口家旧蔵）との整合性を指摘する意見もあるかと考える。この点については、能阿没後、後代にその印が伝えられたと考えることで齟齬は生まれないと考える。むしろ本書が自派の賞揚を目的として作成されたとの想定の中であれば積極的に押印されたと考えることは自然ではなかろうか。後世の伝でありこの憶論を補強しうるものではないかもしれないが「秀峰」印は『弁玉集』[24]などに（印影はないものの）芸阿弥のものとして収載されることも付記しておく。また島津忠夫氏により報告のあったとおり、[25]天満宮本を書写した滋岡長松は数多くの和歌・連歌関係書を書写した人物である。本書書写前にもおびただしい数の書写をして数々の本を見てきた長松がわざわざ朱書きで「不審」と書き入れたことも（直接には直前の文言を指すのかもしれないが）注意すべき点かとも考える。

おわりに

ここまで見てきたように本書は後土御門天皇（もしくは後花園法皇）に献呈したものでないとするならばどのような作成背景を持つのかその一例を挙げて検討してみたがこの見当が正しいという証左はいまのところ、ない。

また本書が能阿の手によるものかどうかの議論は筆跡鑑定の専門家でもなければ絵画史の専門家でもない論者の手に余る。しかしながら本書の本文の筆跡は、一度は「能阿の手によるものである可能性がある」というところに戻って再検討する価値があるのではなかろうか。比較検討するには材料が少なすぎる。数少ない能阿自筆の筆跡から一文字ずつを切り出して比較検討した結果、「同筆」である、との検証方法は書かれた状況や書かれた料紙の差異によって認識の相違が出てもおかしくないのではないか。ともあれ句集としての本書が室町期を代表する連歌作品であることは疑いようがない事実である。論者の調査が室町文化研究の発展に一石を投ずることが出来るのであれば幸いである。

付記

玉蟲敏子氏は主に本書の料紙について、連歌懐紙と比較して検討した(26)。しかし本書は連歌句集であり、百韻連歌の連歌懐紙とはその大きさや書き様も、また書写目的も大きく異なる。少なくとも文学研究では下絵のみを検討材料として連歌懐紙と連歌句集を比較するのは問題があると考える。本書が天皇やそれに類する人物へ献呈されたと考えるのであれば、同様に扱われたと考えられる奏覧本勅撰和歌集やそれに類する和歌集や和歌書と比較すべきである。連歌懐紙との比較では本書が生まれ持った本質との齟齬をきたす恐れがある。

注

(1) 古筆了珉　古筆宗家五代。正保二年（一六四五）～元禄十四年（一七〇一）。
(2) 古筆了意　古筆宗家九代。宝暦元年（一七五一）～天保五年（一八三四）。
(3) 古筆了伴　古筆宗家十代。寛政二年（一七九〇）～嘉永六年（一八五三）。本書の転写本である大阪天満宮蔵滋岡長松書写本には了伴の極についての表記はない。これは天満宮本の書写された文政三年（一八二〇）以降に了伴の極が本書に加えられたからだと考える。
(4) 『諸家自筆本集』平成十二年（二〇〇〇）　天理図書館綿屋文庫　俳書集成第三五巻　天理大学出版部
(5) 滋岡長松　大阪天満宮神主滋岡家七代長昌。島津忠夫氏『天満宮神主滋岡長松をめぐる人々』（『上方文芸研究』一号　平成十六年（二〇〇四）五月）参照。
(6) 己巳は古筆了珉の活動期間から元禄二年（一六八九）。
(7) 「能阿『集百句之連歌』とその背景」平成二二年（二〇一〇）三月　『学苑』八百六十九号　昭和女子大学（『連歌文芸論』平成二七年（二〇一五）笠間書院に再録）
(8) 『俳諧大辞典』昭和三二年（一九五七）明治書院
(9) 『連歌史論考　上　増補改訂版』平成五年（一九九三）明治書院
(10) 『七賢時代連歌句集』昭和五〇年（一九七五）貴重古典籍叢刊十一　角川書店
(11) 『日本古典文学大辞典』昭和五九年（一九八四）岩波書店

(12) 注(7)参照
(13) 『俳文学大辞典』平成二二年(二〇一〇)角川学芸出版
(14) 『連歌辞典』平成二二年(二〇一〇)東京堂書店
(15) 『連歌大観』第一巻　平成二八年(二〇一六)古典ライブラリー
(16) 「能阿弥序説」平成三年(一九九一)五月『國華』一一四六号　國華社(平成十二年(二〇〇〇)『室町絵画の残像』中央公論美術出版に再録)
(17) 「能阿弥伝の再検証」平成三年(一九九一)三月『藝術学研究』創刊号(『明治学院論叢』四八〇号所収)より平成十年(一九九八)三月『藝術学研究』八号(『明治学院論叢』六一二号所収)まで連載。(平成十二年(二〇〇〇)『室町絵画の残像』中央公論美術出版に再録)
(18) 「室町時代の金銀泥絵と能阿弥筆「集百句之連歌」」平成三年(一九九一)五月『國華』一一四六号　國華社
(19) 注(18)参照
(20) 注(17)参照
(21) 後花園上皇は応仁の乱の際、東軍の細川勝元から西軍に対して治罰の綸旨を下すように申請を受けている(綸旨を下すことは拒否)。治罰の綸旨を下すことは天皇もしくは治天の君の専権事項である。
(22) 注(7)参照
(23) 注(16)参照
(24) 『弁玉集』寛文十二年(一六七二)刊
(25) 注(5)参照
(26) 注(18)参照

※本論における『集百句之連歌』の本文は『諸家自筆本集』(4)所収の影印、及び平成二七年四月二三日開催の「古典籍の至宝」展(於、天理図書館)での論者による展示実見に依る。

『河越千句』の異同と式目

——連歌の本文生成のプロセス——

生田慶穂

はじめに

連歌には、時に誤写とも表現上の推敲とも考えられない異同が現れる。島津忠夫は連衆の手控えを元にした本文の可能性を指摘し(1)、廣木一人は原懐紙と清書懐紙の双方の流布、後世に残そうとする意図をもった改変などを想定している(2)。こうした特殊な異同は、連歌会当座あるいは原懐紙に遡る位相の問題を示唆しており、転写本のみが伝わる作品においては成立過程を示す貴重な情報である。

そこで小稿は『河越千句』を取り上げ、転写本間の異同を式目の観点から分析する。原懐紙の筆削を報告した旧稿(3)や清書懐紙の筆削を扱った小山順子の論(4)では、誤記訂正、表現の推敲の他、式目違反の解消という連歌特有の現象が浮き彫りになった。式目の干渉によって連歌の本文が変化するならば、異同の一部はその痕跡を留めていることになる。式目に照らすと異同の原因と前後関係が推定できる場合があり、それを手掛かりに連歌の本文生成のプロセスを明らかにしたい。本論の成果は本文校訂の判断材料ともなろう。廣木一人主宰の連歌研究会では二〇一一年より『河越千句』『飯盛千句』の輪読に取り組んでおり、この中で異同と式目の関係が度々議論されたことが本稿執筆の強い動機となった。

『河越千句』は文明二年（一四七〇、元年とも伝わる）、武蔵国河越城において興行された千句連歌である。主催者は太田道真、宗匠役は心敬で、宗祇・印孝ら連歌師、興俊（のちの兼載）・鈴木長敏ら関東の好士、計一三名が同座した。多数の有力作者が関わった重要な作品である。以下、伝本を比較し、式目に関わる異同に焦点を絞って本文の成立を検討する。

一、内閣文庫本の異同注記と諸本の関係

まず、諸本の状況を整理する。『河越千句』には管見の限り二〇本の古写本が現存し[5]、広く流布したことが知られる。現時点で次に掲げる一四本の内容を確認している[6]。

Ⅰ国立公文書館内閣文庫本（内閣文庫本）
Ⅱ国立国会図書館連歌合集本（連歌合集本）
早稲田大学本（早稲田本）
大阪天満宮文化九年写本（天満宮本ａ）
大阪天満宮本（天満宮本ｂ）
山口県文書館本（山口本）
Ⅲ天理図書館綿屋文庫文化一四年写本（天理本）

続群書類従本（類従本）
宮内庁書陵部本（書陵部本）
埼玉県立図書館本（埼玉本）
福井県立図書館越国文庫本（福井本）
国立国会図書館連歌叢書本（連歌叢書本）
伊藤松宇文庫本（松宇本）
東北大学狩野文庫本（東北大本）

右のうち、内閣文庫本と連歌合集本の二本が古さの上では有力である。内閣文庫本は寛文八年（一六六八）周南の写しで、連歌合集本も同時期に遡るとみられ、その他の伝本は江戸中後期から末期にまで下る。

諸本の関係は内閣文庫本を起点に把握することができる。内閣文庫本は七二句にわたる異同注記を有しており、奥書には、

凡物はふるきをもてよしとすなれば、爰に文明初のとし、太田道真禅門武蔵国河越の館にして、十住心院心敬権大僧都をはじめとして数寄の人々あまた請じ連歌の興行ありて、終にあひおひの松(7)の十かへりの数にかなひて、今の世までも河越の千句とて人のてならふもとゝぞなりにける。予が家に、てなどつたなからずして書置ける本あり。いつとなく跡〳〵しみのすみかとなれりしを二三子の手をかりて修覆の功を遂侍るものならし。

寛文八年戊申三月十六日

隣江軒　周南子

とある。虫損の酷かった周南所持本を他本によって補い成ったもので、異同注記は他本との校合を書き込んだものと

分かる。そして、異同注記の付された部分について諸本を校合すると、一覧のごとくⅠ～Ⅲの系統が浮かび上がった。Ⅰ類とした内閣文庫本は独自の本文をもつ一本であるが、その異同注記のほとんどは連歌合集本を代表するⅡ類に一致している。Ⅰ類とⅡ類双方の影響を受けた伝本はⅢ類に括った。埼玉本・福井本は内閣文庫本と同じ寛文八年の元奥書をもつが、異同注記の本文をしばしば採用するためⅢ類の所属としている。

校合結果からいうと、伝本の中で大勢を占めるのはⅡ類の本文であり、内閣文庫本のⅢ類に対する影響はどちらかといえば小さい。前述のように、寛文八年の元奥書をもつ埼玉本・福井本であっても、異同注記すなわちⅡ類と同じ本文を採用することが多いのである。転写の段階で内閣文庫本の本文が妥当でないと判断され、校訂された可能性が浮上する。確かに内閣文庫本には、「もろこし人」とあるべきところを「もしこし人」（第九・四三）とするような明らかな誤写が数箇所ある。しかし、こうした不首尾が全体に渡ることはなく、ほとんどの場合、問題なく文脈を形成している。見せ消ちによって誤読を正したり「本のマ、」「か」と傍記したり、底本を検証する姿勢も見える。虫損で読みづらくなった所持本を丁寧に読み解いた様子が窺われるのである。したがって、内閣文庫本の本文は常に信用できるわけではないが、原則的には連歌合集本と対等に扱うべきものと考える。誤写とは見なせない異同が存在する以上、どこかの段階で改訂があり、改訂前と改訂後の本文がそれぞれ流布したと想定しておく。

前置きが長くなったが、ここで式目による分析に入る。連歌には式目と呼ばれるルールが存在し、語句の使用間隔や使用回数を制限している。序論でもふれたように、会席当座だけでなく会席後にも式目違反（指合）を理由に本文を修正することがあり、式目に反する本文は式目に合致する本文より前、式目に合致する本文は式目に違反する本文より後に成立したと推定できる。内閣文庫本と連歌合集本の前後関係を検討する上で参考になろう。

内閣文庫本の異同注記を有する七二句を、『連歌新式追加並新式今案等』(8)と照合すると、明白な式目違反が一二箇所見つかった。a〜lに該当部分を示す。

a　ひぢ笠もぬれぬる道の時雨に《むら雨にイ》て　長敏（第一・六七）
b　晴行月は《のイ》よその山《雲》《ヒ》の端　道真（第二・一八）
c　秋もはや時雨ゝころにめぐりきて《ぬ》　修茂（同・七七）
d　雪にぞしるく見ゆる行末《あとイ》　道真（第三・五〇）
e　旅に今とふ墨染の《やまのべの里》袖　心敬（同・六四）
f　面影遠く月はすみけり《かすみて》　永祥（第四・二）
g　さらぬだに夕さびしき山里《道イ》に　満助（同・一一）
h　霧もしぐるゝ野ぢ《なちイ》の太山路　修茂（第五・七〇）
i　真柴たく狩場の小野は暮渡《かれイ》り　満助（第七・一三）
j　白露《妙》の袖に霜ふる里荒て　心敬（同・七九）
k　あかねさす日《野イ》に霧おほふころ　道真（同・八八）
l　くわゝれる弥生も日数遠からて《とろへぬイ》　道真（第十・八五）

概況を述べると、aは可隔七句物、bdehjkは可隔五句物、fは句数事、g・iは可嫌打越物、clは韻字事に違反している（詳細は次節を参照されたい）。

注目すべきことに、一二例中一一例において、式目に違反するのは内閣文庫本の主要本文であり、異同注記の本文は式目に合致している。逆のパターンはkの一例に過ぎない。内閣文庫本の主要本文、遡れば周南所持本は指合を残した改訂前の状態を、異同注記すなわち連歌合集本系統の本文は指合を修正した改訂後の状態をとどめていると解釈されよう。ただし、右の中には転写段階の誤写が含まれる可能性がある。改訂に関わる本文なのか、単なる誤写なのか、更なる検討を要する。

従来、式目に違反する本文をすべて誤写と見なす向きもあるが、これは見直すべき枠組である。例えば小西甚一は『水無瀬三吟』の本文について、

ぐあいの良いことに、連歌には厳格な法則があり、これに違反するものは、執筆によってその場で修正を命ぜられるはずである。まして、宗祇・肖柏・宗長という最高水準の連歌師たちが、素人でもすぐ気のつくような法則違反をするはずがない。それらの法則に違反した異文は、当然「声の原本」に一致しないものと認められる。

と述べ、式目に合わない「不合理な異文」は「排除」すべきだと主張した。(9) しかしながら法則違反をするはずがないという前提条件は成り立たない。実際には著名な連歌師も指合を犯すことがあった。『水無瀬三吟』と並び称される宗祇の代表作『湯山三吟』には、

恨みがたしよ松風の声　柏

花をのみ思へば霞む月の本　長

藤咲く頃のたそがれの空　祇

と植物が三句続く指合があり、宗牧注は「植物三句続き侍り。直し改むべきにあらず。力及ばず、執筆の誤りになしておかれたりとなり」と伝える。(10) この逸話は『無言抄』にも引かれ、「かくのごとくなる仕業、名匠の名に隠るるものなり」と評されている。(11)

『河越千句』は、連歌師以外の参加者もあり、千句という膨大な数を詠んだことからも、指合がより生じやすい一座であっただろう。当座において指合を含む句がことごとく却下あるいは修正されたという見方は現実的ではない。

本作の宗匠役であった心敬は句作の内容と場の雰囲気を重視し、式目を柔軟に運用する連歌師であったとされる。[12]寛正四年（一四六三）成立の『ささめごと』には、

大旨、指合・嫌物はその席によるべくや。仮令、仏法の戒律などのごとくなるべしとなり。戒律の上はいまだ直路にあらずや。経には赦すことのみ多く侍り。心地を正路とする故なり。無階級の上の階級なり。されば、境に至り已達の人は、格式の他のこと多かるべし。

とあり、式目に拘泥すべきでないことが説かれている。[13]また『河越千句』興行後、文明三年（一四七一）に太田道真に献上した『私用抄』では、

上方尊宿の句ども、無骨に品なく返し侍るべからず。指合の句をば、先達の方を密かに見れば、心得て扱ひ侍るなり。末座の輩の句などをも、満座褒美の句を、後に指合など見出だして返しなどする、見苦しくや。

と指合を思慮なく指摘して角を立てないよう執筆を戒めている。[14]心敬の式目に対する態度は、『河越千句』において指合がある程度受け入れられたという想像を許す。

作品に指合が残り、そうした指合を後から修正できたことを前提とすれば、式目に違反する本文を即座に誤写と断じることはできなくなる。式目に違反する本文とは、一巻を満尾した時点で原懐紙に書かれていた本文そのものかもしれないのである。式目に反していようとそれは連歌会当座で治定された正しい本文といえる。

『河越千句』の本文を取り扱うにあたって、指合に起因する改訂を念頭に置くことは極めて重要な視点だと思われる。式目と異同の関係は、内閣文庫本から連歌合集本系へと至るひとつの合理的な道筋を示している。内閣文庫本の本文は原懐紙の形をどれほど正確に伝えるのか、連歌合集本系の本文が改訂だとするならばどのように生じたのか、吟味する価値は十分にあろう。

二、指合と改訂

ここまで、内閣文庫本と連歌合集本系の異同は、改訂によって生じた新旧二種類の本文に由来し、内閣文庫本が連歌合集本系に先行するという仮説を提示した。本節では、この仮説に基づき、a～lについて異同と式目の関係を精査し、指合と改訂の実態を詳らかにする。必要に応じて誤写に関しても言及した。以下、句番号・囲みは筆者が付したものである。

六二　たてるや雪のいはしろのまつ　満助
（三句省略）
六六　やつるゝ袖になにをおほはん　永祥
a　ひぢ笠もぬれぬる道の時雨《むら雨》にて《にイ》　長敏（第一・六七）
六八　たちよるかた《ほどイ》のすまの山ざと　心敬
六九　物おもふ枕にさはぐ浪もうし　義藤

aは袖を笠代わりにしている雨の道中を詠んだものである。内閣文庫本の主要本文は「時雨にて」であるが、異同注記及びⅡ類伝本はすべて「むら雨に」とする。どちらの本文を採っても問題なく前句に付いており大意は変わらない。ただし「時雨」は式目に抵触する。『連歌新式追加並新式今案等』（以下、『新式今案等』）は、「可隔七句物」の初めに「同季」を挙げる。「時雨」の語によって一句が冬になると、[15]同じく冬の句である六二と四句しか離れておらず指合である。「むら雨」であれば特定の季を持たず、[16]一句は雑となり指合を生じない。六五で懐紙は三の折の裏に移ったため、六二とaは表裏の位置関係にある。同じ面に両句がある場合に比べて、執筆は指合を見落としやすかった。連歌会後に「時雨」が「むら雨」に改められた可能性がある。

なお、aと六八の付合は、『源氏物語』須磨の巻に基づく。『連歌寄合』に「肘笠雨に須磨を付くるは、源氏なり」とある。(17) 暴風雨のために三月朔日の祓が中止された場面で「時雨」では季節が合わないが、ここでは寄合として言葉の縁で付けており、突然の雨に須磨に立ち寄ることになった旅の句と解釈される。続く六八・六九の付合は、同じ須磨の巻の「枕をそばだてて四方の嵐を聞きたまふに、波ただここもとに立ちくる心地して、涙落つともおぼえぬに枕浮くばかりになりにけり」(18)をふまえた、明らかな本説取りである。『新式今案等』は本説取りが三句続くことを禁じており、これに準じた展開といえる。(19)

一二　ながめぞわぶる雲かへる山　長剥

（三句省略）

一六　小舟やすらふ山《か》ほとゝぎす　宗祇

一七　おもはずのむら雨とをす松の陰　印孝

b　晴行月は《のイ》よその山《雲》《ヒ》の端　道真（第二・一八）

一九　我からになぐさめがたき秋はきて　長敏

bは遠くの空が晴れて月の浮かんだ情景を詠む。一七とb、bと一九の付合を取り上げると、「山の端」「雲の端」どちらの形でも句意は通るが、『新式今案等』は「同字」は五句以上隔てて用いるよう定めており、「山」は打越の一六と指合である。さらに一二と一六も三句隔てて「山」を詠み指合となる。周南はこの問題に気づいていたようで、bの「山」を見せ消ちとした上で一六の「山」に「か」と傍記し疑問を呈している。異同注記及びⅡ類の本文のように「雲」とすれば一六とbの指合を解消できる。[20] またⅡ類では一二の末尾が「雲かへるそら」となっており、一二と一六の指合も解消されている。

一六とbは打越で非常に目立つ指合である。当座で許容されたかやや疑問であり、周南所持本自体に誤写があった可能性は完全には否定できない。しかしながら、bの作者は当千句の主催者道真で、特別な配慮がなされた気配も濃厚である。当作品において道真は、心敬・宗祇に次ぐ句数で百韻あたり十句あまりを詠んでいるが、この第二百韻では第三を詠んでからまだ出句がない。一巡以降は出勝の一座とはいえ、恐らくbの段階では道真の出句が待ち望まれていた。『長短抄』には「おもしろき御句または句遠なる所にては少しの嫌物をば許すべきか」とあり、[21] しばらく句の出ていない作者の場合、指合はある程度許容されたらしい。前節でもふれたが、心敬は『私用抄』において「上方尊宿の句ども、無骨に品なく返し侍るべからず」と述べ、高位の人物に対する執筆の配慮を求めている。しばらく句の出ていなかった道真の出句であったため、明らかな指合も見逃されたのではないか。当座は「山の端」のまま治定され、後で「雲の端」と修正されたという見方も有効であろう。

七六　つばさやしほる春の雁がね　中雅
c　秋もはや時雨ゝころにめぐりきて《ぬ》　修茂（同・七七）
七八　人ゆへふくる月やうらみむ　長剰
七九　さほ鹿の妻とふ山に旅ねして　心敬

cの句末に一字の異同がある。て留・ぬ留ともに連歌で一般的に用いられる句末表現であるが、『新式今案等』は「韻字事」において同一の句末表現を打越で用いることを禁じる。したがって「めぐりきて」の形は七九と指合であるが、「めぐりきぬ」ならば免れる。Ⅱ類伝本は連歌合集本のみ「めぐりきて」とし、その他は「めぐりきぬ」とする。仮名の「て」と「ぬ」は字形が大きく異なり誤写するとは考えにくく、当座では「めぐりてきて」の形が採用され、のちに改訂されたのだろう。後から句を出した心敬が指合を犯したことになるが、ちょうど三の折から名残の折への変わり目であった。執筆が見落とした、あるいは心敬が敢えて許容したものか。『長短抄』には「引返し、懐紙移りをば時の宜により人によりて嫌ふべからず」とある。(22)

四九　末遠く岩ふむ道の駒のあし　心敬
d　雪にぞしるく見ゆる行末《あとイ》　道真（第三・五〇）
五一　昨日より風さへよはる年こえて　永祥

dの末尾が「行末」だとすると、五句以上離すべき同字「末」が前句と付句に詠まれたことになる。かなり重大な指合であり、周南所持本自体に誤写があったことが疑われる。Ⅱ類伝本の形もすべて「あと」である。しかし、bと同様、作者が道真である点が気にかかる。道真の平均的な句数からすると、百韻では十句に一句は詠んでいる計算になる。本百韻における道真の直前の出句は三九で、dの段階ではすでに他の連衆が十句付け進んでいる。道真の出句が期待されていた場面で、指合を見逃すことも起こり得たか。

五九　虫の音を袂にかくる夜は更て　宗祇
六〇　うきこそひとり我をたづぬれ　修茂
六一　さかふるや捨べき世を《もイ》や忘るらん　道真(23)
六二　かしこき人ぞ名をばとげぬる　長敏
六三　をしへともなれるやもとの歌の道　満助
e　旅に今とふ墨染の袖《やまのべの里》　心敬（同・六四）

六五　人づてに聞てたのめる郭公　道真

eの異同、「墨染の袖」と「やまのべの里」は字形・字音ともに大きく異なり、誤写・誤読から分岐したとは考えられない。Ⅱ類伝本はすべて「やまのべの里」とする。「墨染の袖」の本文を採ると、次の二つの指合を生じる恐れがある。『新式今案等』は「可隔五句物」に「述懐与述懐」「衣裳与衣裳」を挙げる。「墨染の袖」の語は述懐かつ衣裳に分類されるので、「捨べき世」を詠む六一の述懐と二句、「袂」を詠む五九の衣裳と四句しか離れておらず、五句去の規定に二重に抵触している。eの作者は心敬で、しかも五九〜eは同じ面にあり、このような指合が果たして当座で許容されたのか不審である。ただし、前述の『新式今案等』「述懐与述懐」に付された割注には、

称述懐詞事、昔・古・老・生死・世・親子・苔衣・墨染袖・隠家・捨身・憂身・命等之類也。凡、雖為述懐之意不露顕詞者述懐に不用来也。生る丶は不可為述懐也。墨染衣可為釈教由近年有其沙汰云々。然而、墨染非仏弟子之衣服。衣色也。又基俊抄、墨染・苔衣、同類と見ゆ。所詮如新式今案可用之也。

とある。「墨染の袖」を述懐ではなく釈教とする説があったようである。心敬がこの立場を採ったのだとすれば、六一とeは指合にならない。前句六三には「をしへ」「道」など仏道を連想させる語が多く、eは出家した人物の自問を詠んだ釈教の句と解釈できよう。歌道と仏道の繋がり、旅の心情を詠む点で、心敬自身の状況と重なり合う内容である。五九とeの指合は依然として残るが、五句以上空けるべきところが四句なのであり、違反の度合いは軽くなる。「やまのべの里」とすれば、前句の「歌の道」に歌枕山辺を付けた旅の句で、懸案の指合はすべて解消される。またeと六五の付合は、「墨染の袖」では上手く付かないが、「やまのべの里」であれば、旅人が里人と会話を交わした様子になる。「山路ふむ爪木とる男にこと問ひて人づてに聞く郭公かな」（拾玉集・二三二八）に似た趣向である。恐らく「墨染の袖」は連歌会当座で「やまのべの里」と改められたが、原懐紙では見せ消ちと傍記で処理されたため、転写

の際、双方が写し取られたのだろう。元の「墨染の袖」の句は、指合こそあれ付合の趣向として高く評価されていたのかもしれない。

一　鶯に明ぼの丶こす声もがな　印孝
f　面影遠く月はすみけり《かすみて》　永祥（第四・二）
三　尋よと花は空にやにほふらん　修茂

脇句fは、「すみけり」の形では春の言葉を伴わず「月」を詠むため、秋の句になる。これは『新式今案等』が「句数事」に定める「春秋の句不至三句者不用之」に違反する。発句が春であれば、少なくとも第三まで春の句が連続する必要がある。異同注記とⅡ類伝本は「かすみて」で、春の朧月となり規定通りの展開となる。発句から第三は懐紙の顔として連歌論書で特に重んじられており、重大な違反を含んだ脇句が治定される確率は極めて低い。内閣文庫本の明らかな誤写である。「かすみて」の「か」を見落とし、「て」（天）を「けり」（介利）と誤読したらしい。

五　風をこそしるべになさめ舟のみち　道真
（二句省略）
八　や丶寒き日のけふごとのかげ　義藤
九　かれ〴〵の草のかりほの一重垣　幾弘
一〇　初雪ふれば人もかよはず　興俊
g　さらぬだに夕さびしき山里《道イ》に　満助（同・一一）
一二　嵐のそこに猿の鳴声　中雅

一〇とg、gと一二の付合は、「山里に」「山道に」どちらでも成り立つ。天満宮本ａｂは異同注記と同じ「山道に」、連歌合集本・山口本は「山陰に」、早稲田本は「山の陰」とし、Ⅱ類の本文は「道」と「陰」に分かれる。『新式今案等』「可嫌打越物」に「居所に田庵」とあることから、居所である「山里」と九の「かりほ」（仮庵）は指合である。「陰」とした場合も、八に「かげ」の語があって同字五句去に違反するように思われるが、「可嫌打越物」に「影に陰」という条項があり、二句離れていれば問題にならない。「道」としても、五の「みち」とちょうど五句離れており指合を回避できる。改訂にあたって「道」「陰」の二案が段階的に生じたということか。

六六　草引むすび野辺にねにけり　　中雅

（二句省略）

六九　滝の音秋風寒峰の寺　　長剥

h　霧もしぐる丶野ぢ《なちイ》の太山路　　修茂（第五・七〇）

七〇　木の本に住しをとへば跡ふりて　　宗祇

Ⅱ類伝本はすべて「なち」とする。「野ぢ」（野路）であれば近江国の歌枕、あるいは普通名詞であるが、六六に「野辺」とあって、五句離すべき同字が三句しか離れていない。h一句でみても「路」の字が重なる。さらに前句六九には「滝」「寺」の語があり、那智との繋がりが深い。字形の類似から「那」を「野」と誤写したと確定できる。

一二　ならのふる葉に残る夕風　　心敬

i　真柴たく狩場の小野は暮《かれイ》渡り　　満助（第七・一三）

一四　あられふる夜は《にイ》ひとりかもねむ　　永祥

Ⅱ類伝本のうち山口本のみ「暮か丶り」とするが、その他はすべて「かれ渡り」とする。『新式今案等』は打越・付句ともに避けて用いるべきものとして「夕立に暮の字　明暮に夕の字　朝夕に暮の字」を掲げており、「暮渡り」

は前句一二の「夕風」と指合と考えられる。一二とｉは、「御狩すと楢の真柴を踏みしだき交野の里に今日も暮らしつ」（堀河百首・一〇六〇・源師頼）を、ｉと一四は「霰降る柴の枯れ葉を踏み分けて狩場の小野に今日も暮れぬる」（壬二集・一〇九五）をふまえた付合で、「暮渡り」「かれ渡り」ともに家隆歌の影響下にある。前述の指合を考慮して、あとで「かれ渡り」と直されたのだろう。

七八　きぬたに寒き浅茅生の露　宗祇
ｊ　白露《妙》の袖に霜ふる里荒て　心敬（同・七九）
八〇　遠方人のとをざかるかげ　永祥

Ⅱ類伝本はすべて「妙」とする。前句に「露」が詠まれており、同字「露」を付句に詠むのは重大な指合である。ｊの作者は心敬で、このような間違いが当座で起こったとは信じがたい。雨冠の下部「路」のくずしが「妙」と似ていることによる内閣文庫本の誤写である。

八七　ふり行は神のいがきも露しけく《みイ》　宗祇
ｋ　あかねさす日《野イ》に霧おほふころ　道真（同・八八）
八九　山に誰霞の袖をかさぬらん　永祥
（二句省略）
九二　木のした陰のヽべのむら草　長敏

これまでⅡ類の本文はほとんど異同注記に一致していたが、本件では例外的に内閣文庫本の主要本文に一致し、すべて「日」としている。Ⅲ類においても「野」とするのは埼玉本と松宇本の二本だけである。「野」の場合、三句離れた九二「のべ」に五句離すべき同字が現れ指合である。「ひ」（比）を「の」（能）と誤読したのであろうか。あるいは額田王の「茜さす紫野ゆき標野ゆき（下略）」（万葉集・二〇）の歌が頭にあったか。いずれにせよ異同注記の「野」には問題があり、「日」が正しい本文といえそうである。

八三　花を吹風にも此世おどろき《か》《ヒ》で　長敏
八四　後の春ぞと頼むはかなさ　義藤
l　くわゝれる弥生も日数遠から《とろへぬ》で《イ》　道真（第十・八五）
八六　また有明のめぐる三日月　心敬

「遠からで」の形は、cと同様、打越八三と句末が同一になり指合である。lの作者は道真で、一一句にわたって出句のない状況であった。bdにも前例があったが、道真の出句が強く期待されていたために指合が許容されたとみられる。なおⅡ類の状況を示すと、連歌合集本は「遠からで」、早稲田本は「遠からじ」、天満宮本abは「おとろへぬ」、山口本は「おとろへて」である。Ⅲ類本にはこの四種が混在する。(24) 句意はいずれの本文をとっても、三月の日数が過ぎることによせた暮春の心である。「遠からじ」「おとろへぬ」であれば指合を解消できる。修正にあたって二案が生じたあと、転写の段階で混同されたか。

総括すると、a～l計一二件のうち八件は、式目に違反する内閣文庫本の本文（周南所持本の系統）が当座で治定された形で、それを改訂したものが異同注記及びⅡ類伝本である可能性を示している。fhjの三件は内閣文庫本の誤写とほぼ確定でき、kは異同注記の方に問題があると分かった。内閣文庫本の本文には多少の乱れが認められるが、大枠として内閣文庫本が連歌合集本系に先行し、連歌会当座の原懐紙に近い形をとどめていると捉えられる。

三、本文生成のプロセス

最後に伝写と改訂の経緯について若干の考察を加えたい。連歌の本文が生じる過程は、簡単に次のように整理できる。最も早い段階は、連歌会席当座で出句する連衆、添削する宗匠、披露する執筆の声である[25]。次に文字に書き起こす段階があり、会席中に筆録した原懐紙、原懐紙を元に作成した清書懐紙、原懐紙あるいは清書懐紙の転写、さらに転写本の転写という形で伝わっていく。『河越千句』の場合、原懐紙が転写されて伝わったのが内閣文庫本、清書懐紙が転写されて伝わったのがⅡ類伝本と推定されるのであるが、伝写と改訂の詳細は定かでない。清書懐紙はどのような目的で誰の手によって作成されたのか、なぜ清書懐紙を作成する前に原懐紙の写しが流布したのか、推測しうる事柄を書き留めておく。

清書懐紙を作る動機は、千句連歌の公的な性格から読み解くことができる。先学によれば、千句連歌は大規模な盛儀であり、法楽・祈祷のための興行が多く、寺社に作品を奉納することも行われた[26]。『三芳野名勝図会』は「河越連歌千句之事は世に名高く連歌者流に証とする千句なり」と伝える[27]。道真がそのような気概を持っていたならば、他見に備えて原懐紙を推敲し、それを清書するのは当然の流れといえる。また、河越城の敷地内にある三芳野神社に懐紙を奉納するため、複本を作ったことも想定される。『三芳野名勝図会』「三芳野天神社」の項には「いづれの年にか北野天満天神を勧請し社内に同じく祝ひこめ奉る〈太田氏在城の頃か〉」とあり[28]、連歌及び太田氏との結びつきが示されている。『河越千句』の中で道真は「筑波の山はおなじみよし野」（第二・五二）という句を詠んでいる。文明本『節用集』に「芳野〈倭州又武州〉」とあるが[29]、単に領地の地名を詠み込んだという以上に、三芳野神社を意識していたのではないか。道真の求めに応じて心敬が原懐紙を改めて見直したのだとすれば、前節で取り上げた訂正箇所に道真・心敬の句が含まれているのも得心がいく。

推敲前の原懐紙の本文が流出した経緯は、多数の連衆の存在に求められよう。好士・数寄者とされるアマチュアの連衆の中には、心敬・宗祇と同座した記念に写しを所望する者がいたであろう。こうした者たちは河越を離れる前に急ぎ写しを入手しようとしたであろうし、当座で筆録された原懐紙の形にこそ価値を感じたはずである。また宗祇・印孝などプロの連歌師は、句集の撰集資料として本千句の複本を必要としたと考えられる。宗祇については、『新撰菟玖波集』一一三九・三四九二に採られた道真の二句（第十・一二、第七・五九）が確かな証拠となる。

九　道みえぬ浅茅が奥の露霜に　中雅
十　風のみかよふ野べのかたはら　興俊
一一　古寺は松の戸たゝく人もなし　心敬
一二　をのれと鐘のさゆる夜の声　道真

第十百韻の右の並びにおける道真の句を、宗祇は『新撰菟玖波集』一一三九で「かねやをのれと霜にさゆらむ」と改める[30]。この形を元の百韻に置くと、五句離すべき同字「霜」が三句離れた九に現れ指合であるが、前句のみを示す付合集では問題にならない。百韻形式を解体した付合集は式目の制約を受けず、比較的自由に句形を修正することができた。付合集の撰集資料という目的において行様は重要でなく、わざわざ清書を待たずとも原懐紙の写しで事足りたのである。

つまり、宗匠が清書懐紙を書き上げる前に、その他の連衆が原懐紙の写しを作ったことが、原懐紙と清書懐紙双方の本文が流布した原因である。原懐紙の系統は内閣文庫本に伝わり、清書懐紙の系統が連歌合集本系を形成したことになる。

なお、末端の問題として、異同の中には転写段階で生じた誤写や書写者の校訂が含まれるであろうことも書き添えておく。福井本の寿輔奥書に次のような記述が見える。

此一帖はまへにしるされ侍るごとく、川越千句とて世にふるく賞し侍るものなりしがあるに、こたびいやまふの需によりて書写の誤りをたゞすべきよし、やつがれの持伝へ侍し文にならべかりかへ見侍りしに、いさゝかの違ひなむ侍りける。されやふりし世の事遠く伝へおごそかに写しものしけるにや、何れをいづれとわひためがたし。頗旅といふもんじ、契といふことのは、或はもなしの留りなむどは、一坐二のものとし侍るにほゞ三四に過しところなんども侍りき。又は居所、山類、降物等の近き詞もまゝ見侍れども、時にしたがひ一坐の好士、いやたかきのかた〴〵、あるは老たる人なんど、こはさきもとがむに詮なく、宗匠の意にまかせて用捨ありてん事ぞかし。

校合を依頼された寿輔はついでに式目の点検を行ったらしく、『河越千句』の本文に多数の指合を発見しつつも、それらは宗匠の裁量との見解を示している。実際に本文に当たってみると、確かに「旅」「もなし」など三、四回使用している百韻がある。近世に入ると、連歌は形式主義に陥り、式目に対する拘りを強めていったことが知られている(31)。古連歌を「おごそかに写」す半面、指合に対する不審から本文を校訂することもあったと想像される。埼玉本・福井本が内閣文庫本を親本としながら、異同注記の本文を採用するのは、恐らくこうした近世連歌作者の視点による校訂である。Ⅲ類伝本はすべて近世中後期から末期の書写であるから、内閣文庫本をⅡ類伝本と校合し部分的に校訂したものと位置づけられよう。

おわりに

本論では、『河越千句』の転写本間の異同と式目の関係を調査し、式目違反が残っている内閣文庫本の本文は原懐紙の形を、式目違反を正している連歌合集本の系統は清書懐紙の形を伝えていると推定した。心敬は式目を柔軟に運用することを旨とした連歌師であり、連歌会当座においては指合の多くを見逃し、清書で改めたとみられる。千句連歌は公的な盛儀であったため、連歌会後、道真が心敬に清書を依頼した可能性は極めて高い。写しを所望する連衆の中に清書を待たず原懐紙の写しを手に入れた者がいて、それが内閣文庫本に伝わったと考えられる。末流の伝本では式目に違反する内閣文庫本の本文が不審とされ、連歌合集本系の本文によって校訂がなされた。

伝写と改訂の経緯をふまえると、作品を読む立場からは、基本的には連歌合集本が善本である。内閣文庫本、句集等の本文と照らし合わせれば、転写段階の誤写もある程度取り除くことができる。他方、連歌会席の場を考察するにあたっては原懐紙に近い内閣文庫本が特別な価値をもち、心敬の連歌観を論じる上では内閣文庫本と連歌合集本の違いが重要な意味を帯びる。

異同と式目の関係は連歌の本文生成のプロセスをたどる鍵であり、本文の位相を明らかにする上で有効な手段のひとつである。式目の内容自体が時代・流派によって揺れるため分析には手間がかかるが、式目関係の資料の整理が進めば、将来的には多くの百韻・千句の本文校訂に生かせるだろう。

▽資料の引用は、読みやすさを考慮して濁点と句読点を付し、漢字・仮名を当て直すなど適宜表記を改めた。ただ

し『河越千句』の本文と奥書については濁点・句読点を付すにとどめた。和歌の引用は『新編国歌大観』に依る。

注

（1）『島津忠夫著作集　第四巻』（和泉書院、二〇〇四、二七七〜二九六頁）

（2）廣木一人「連歌懐紙をめぐって―宮内庁書陵部蔵後土御門内裏連歌懐紙を軸に―」（青山語文三八、二〇〇八・三、一〇〜二〇頁）

（3）拙稿「看聞日記紙背連歌懐紙の訂正について―本文異同と式目をめぐる問題―」（文学・語学二一四、二〇一五・一二、三三〜四五頁）

（4）小山順子「後土御門天皇の和漢聯句御会懐紙考」（国語国文八三―一二、二〇一四・一二、二四〜四二頁）

（5）『連歌総目録』（明治書院、一九九七）には一五本が掲載されている。目録等の調査により天理図書館綿屋文庫蔵「連歌初心私」、福井市立図書館越国文庫本、埼玉県立図書館本、山口県文書館本、早稲田大学本の五本を補った。さらに断簡の存在も知られる。浅田徹蔵の一点のみ直接確認しているが、この他に古書目録に掲載された一点がある。

（6）内閣文庫本は『千句連歌集　五』（古典文庫、一九八四）、天理図書館綿屋文庫文化一四年写本は江藤保定『宗祇の研究』（風間書房、一九六七）、大阪天満宮文化九年写本は『心敬作品集』（角川書店、一九七二）に翻刻されている。その他の天理図書館綿屋文庫本三本（零本二本を含む）、太宰府天満宮本二本（江戸末期写）、高野山大学本（零本）は未見。

（7）古典文庫の翻刻は「路にあひおひの春」とするが誤読と思われる。

（8）『連歌新式追加並新式今案等』は文亀元年（一五〇一）の成立であるが、その内容は十五世紀後半の規範を摂取したものである。本文は木藤才蔵『連歌新式の研究』（三弥井書店、一九九九）に依り、項目の検索には山田孝雄・星加宗一編『連歌法式綱要』（岩波書店、一九三六）を用いた。

（9）小西甚一『宗祇』（筑摩書房、一九七一、一七四頁）

(10)『連歌集』(新潮社、一九七九、二六八頁)
(11)『無言抄』(福武書店、一九八四、一六〇頁)
(12)『島津忠夫著作集 第二巻』(和泉書院、二〇〇三、二四五～二六一頁)
(13)『連歌論集 三』(三弥井書店、一九八五、一九八頁)
(14)同三六〇～三六一頁
(15)『新式今案等』「一座二句物」の中に「時雨〈秋冬各一〉」とあるように、「時雨」は秋と冬の両方に用いられた。秋として用いる場合には「露時雨」など秋の言葉とともに用いる必要があり、当該句のように単独で用いると冬になる。
(16)前掲注(11)五三頁
(17)『連歌寄合集と研究 上』(未刊国文資料刊行会、一九七八、八五頁)
(18)『源氏物語 二』(日本古典文学全集一三、小学館、一九七二、一九〇頁)
(19)『新式今案等』「本歌事」の良基筆とされる部分、及び宗牧の『当風連歌秘事』(日本古典文学全集五一・一六九頁)などに、『源氏物語』に限って本説取りの三句連続を許す説が見えるが、巻あるいは心を変えるべきだとされる。宗祇・宗伊の『湯山両吟』(新潮日本古典集成・一九六頁)では、「龍のぼる流れに桃の花浮きて(伊)／うつる巳の日の祓をぞする(祇)／肘笠の雨うちかすむ帰るさに(伊)／行き過ぎかねつ妹が住む方(祇)」(六一～六四)と、本説取りは二句で打ち止められている。
(20)連歌合集本・天満宮本b・山口本は「雲の端」、早稲田本は「浮雲」、天満宮本aは「雲かは」とし、Ⅱ類の伝本には小異が認められるが「雲」の語は共通している。
(21)廣木一人・松本麻子・山本啓介編『文芸会席作法書集』(二〇〇八、風間書房、一三六頁)
(22)同一三六～一三七頁
(23)古典文庫の翻刻は「つかふるや」とするが誤読と思われる。
(24)福井本・連歌叢書本・東北大本は「遠からで」、天理本・類従本は「遠からじ」、書陵部本は「おとろへて」に「遠からじ」

と傍記、埼玉本は「おとろへぬ」、松宇本は「遠からで」に「おとろへぬ」と傍記する。

（25）出句の作法は廣木一人『連歌の心と会席』（風間書房、二〇〇六）に詳しい。

（26）金子金治郎『連歌総論』（桜楓社、一九八七、三四八〜三六三頁）及び『島津忠夫著作集　第二巻』（和泉書院、二〇〇三、一一八〜一三二頁）を参照されたい。

（27）『三芳野名勝図会』（川越図書館、一九一七、二八頁）

（28）同三三頁

（29）中田祝夫『改訂新版　文明本節用集研究並びに索引』（勉誠社、一九七九、四五一頁）

（30）本文は『連歌大観　第一巻』（古典ライブラリー、二〇一六）に依った。句集において宗祇が句形を大幅に修正することは、両角倉一『宗祇連歌の研究』（勉誠出版、一九八五）に指摘されている。

（31）福井久蔵『連歌の史的研究　全』（有精堂出版、一九六九）、『島津忠夫著作集　第三巻』（和泉書院、二〇〇三）、木藤才蔵『連歌新式の研究』（三弥井書店、一九九九）などで論じられている。

付合はどこから来たのか

松本麻子

はじめに

連歌の撰集や句集は、主に発句と前句・付句の二句からなる付合で構成される。これら発句・付合の原資料は百韻や千句であり、その中から優れた句が抜き出されたと推測されている。『竹林抄』『新撰菟玖波集』などは、個人の句集を経由して発句と付合が選ばれた。だが、個人の句集に載るものも元は百韻・千句から抜き出されたはずである。『菟玖波集』には説話集が資料と思しい短連歌や、百韻形式となる以前の付合が収められるためこの限りではないが、少なくとも室町時代以降の句は、その源を遡ればほとんどが百韻・千句に辿り着くはずである、とこのように考えられてきた。

金子金治郎は『新撰菟玖波集』に採られた資料について、「百韻千句等の原資料・個人の句を集めた句集・七賢の句を類集した竹林抄」の三方面に大別できる、と指摘した(1)。ただし、この三つに含まれない例外として、次の付合を挙げている(2)。

付がたかるべき句をあまたし侍て、人のつかはし侍し中に、〈車の右にのりし帰るさ〉と云句に

人の見る馬場のひをり時すぎて　宗砌法師
〈をのづからなる理を見よ〉といふ句に、人々あまた付け侍し時　（夏連歌・四八四）(3)
やどすとも水は思はぬ月すみて　宗祇法師
（秋連歌上・七三六）

この二つは、一つの前句に人々がそれぞれ句を付ける、稽古の目的でなされたと思しい前句付の付合である。金子は『新撰菟玖波集』に採られた前句付の句は、右の二つの付合の他、一七八八・二一四九・三五六〇番の計五付合のみであるとする。右の宗祇の句については、「百韻などの座で、興味ある前句が出て、特に皆で付け試みた場合ともとれなくはない。しかしこの詞書をもっとも素直に受けとれば、やはり前句付形式のもの」と述べる。

金子の指摘するように、入集句はこの僅かな前句付の例を除き、「百韻千句等の原資料」と「句集」から採られたとすると、原資料を明らかにできる句が極めて少ないことをどのように考えればよいのか。『新撰菟玖波集』に採られた句で原資料に遡れるものは、三八五一句のうち、付合三四一句・発句三三句となり、全体の一割にも満たない。(4)これらは、詞書に「永享五年四月、仙洞に人々めして侍し連歌に」（三三一／三三二）とある実際に百韻が行われたと推測されるものや、『実隆公記』等の古記録に連歌会の日付または発句のみが記された、現存しない百韻・千句などを加えた数字である。これらの「百韻千句等の原資料」から採録された句と推測できるものを含めても、九割近くがどこから採られたのかわからない句なのである。七賢の句集や『竹林抄』も、『新撰菟玖波集』の資料であるが、これらの句集の元の資料は何か、ほとんどが不明である。

資料とされた百韻・千句が散逸、もしくは未発見であることも考えられるだろう。極端な言い方をすれば、全ての百韻・千句が現代に残されており、我々が確認できれば、連歌関係書に記される付合は元の資料を明らかにすることができる、ということである。果たしてこの考え方は正しいのか。僅か、とされた前句付のように、連歌会で実際に詠まれたのではない作品も含まれているのではなかろうか。

本稿では、『新撰菟玖波集』の編纂者である宗祇と、宗祇の師である心敬を中心にして、撰集に採録された付合はどこから来たのか、という問題に近づきたい。そして、百韻・千句の連歌から、付合を抜き出すということについて、心敬と宗祇の考え方に可能な限り迫ってみたいと思う。

一

『新撰菟玖波集』に採られた句が宗祇の手で改作修訂されていた、という指摘は金子金治郎、両角倉一にある。[5]原資料が確認できるもので、『新撰菟玖波集』入集句と比較した場合、考え得る誤写や諸本間の異同では済まされないような相違が見られるからである。これは『菟玖波集』の編纂過程でも二条良基らが行っていたことで、撰集に原資料の句を変えて採録する、ということは宗祇に限ったことではない。では、金子、両角の論に指摘のない以下のような句は、改作修訂と見なせるのだろうか。

① 帰さは雪に道迷ふなり
知らざりし花をば雲にたづねきて　法眼専順　（新撰菟玖波集、春連歌上、一三三／一三四）

　雪には帰る方もおぼえず　専順
知らざりし花をば雲にたづねきて　久泰
（成立年未詳「春深し」何人百韻、七二／七三）[6]

②　思ひなをきそ憂き世なりけり　玄清法師
遅れじよ忘れ形見も何かせむ
（新撰菟玖波集、哀傷連歌、一三五六／一三二七）

　思ひなをきそ憂き世なりけり　宗祇
散らずとも見はてん花はなきものを　宗祇
（文明八年三月一一日宗祇独吟「朝なげに」、二〇／二一）[7]

③　まどろむ夢ぞやがて驚く　宗長法師
ともし火をかかげつくせば鐘なりて
（新撰菟玖波集、雑連歌三、二九六六／二九六七）

　まどろむ夢ぞやがて驚く　一覚
見捨てつる花を心の春の夜に　肖柏

（成立年未詳「風清し」何椿百韻、三六／三七）(8)

④　我が心とや面影にたつ
花散りしあとを空目の峰の雲　　入道親王尊伝

（新撰菟玖波集、春連歌下、二九九／三〇〇）

我が心とや面影のたつ　　宗祇
まことにはあるをも知らぬ九十九髪　　宗祇

（美濃千句第五百韻、三八・三九）(9)

右に挙げた①は、付句は原資料と同じであるが、前句に違いがある例である。『竹林抄』（春連歌・八七）(10)にも『新撰菟玖波集』と同じ形で掲載されている。内容は、共に雪の降る日に道に迷うさまを詠んでいるため、表現は相違するが「改作」と言えるかも知れない。『新撰菟玖波集』型の「雪に道迷ふ」の方が、より凝った表現を用いていると言える。そして、付句作者は専順とあるが、百韻では久泰とある。誤写の可能性もあるが、一般的に前句と付句が同じ作者であることは少ない。次の②の例も句の内容と作者が相違する。「朝なげに」百韻は春日末社左抛明神法楽宗祇独吟連歌であるが、付句の作者は宗祇ではなく玄清とある。句の内容も百韻では「散らずとも見はてん花はなきものを」であるが、『新撰菟玖波集』では「遅れじよ忘れ形見も何かせむ」として載る。宗祇の弟子である玄清は、宗祇独吟百韻の句に新たに別の句を付け、それが『新撰菟玖波集』に採録されたと思われる。作者も句の内容も全く違うため、改作修訂の枠を超えたものと言えよう。③も句の内容・作者ともに相違している。『新撰菟玖波集』の宗長句は「長恨歌」を本説とした付けである。これも②と同様、宗祇が改作修正した付合ではなく、百韻で詠まれた句を前句にして、新たに付けられた句を採り入れたと考える方が自然ではないか。④の千句の例も同様、宗祇の前句に尊伝が付けた句が集に採られたと見なせる。

『兼載雑談』には、次のような逸話が記されている。

なれにし人も夢の世の中
山桜けふの青葉をひとり見て　能阿

新菟玖波集の時、此句の前句なかりしとなり。如レ此面白き一句、稀なるべしとて、前句をば作て入られしとなり。(11)

この付合は『新撰菟玖波集』（春連歌下・三六三／三六四）だけではなく、『竹林抄』（春連歌・二〇六）にも載ることから、「新菟玖波集の時」に前句が作られたという点は事実ではない。しかし、『老のすさみ』にも所収される能阿の代表句が、「前句をば作て」付合とされたと『兼載雑談』に記されていることは注意してよい。百韻から抜き出された句ではなく、新しく前句なり付句なりが作られる、そのような付合が採録されるということを『兼載雑談』は指摘しているからである。

一方で、禁中から宗祇に貸し出された皇室関係資料や幕府の資料のうち、現存する百韻の句と『新撰菟玖波集』の句を比べると、これらは改作修訂されていないことが確認できる。具体例は金子の『新撰菟玖波集の研究』(12)に詳しいため、ここでは繰り返さないが、公家や将軍の連歌会で詠まれた句は、そのままの形で掲載された。貴人の句に手を入れることに憚りがあったと考えられる。他方連歌師たちは、「〈花を見ば人なき雨の夕べかな〉宗祇。心敬、五文字を〈花はただ〉と直し給へり」（兼載雑談）のように、師が門弟の句を修正することは、宗祇でなくとも日常的に行っていたのである。

二

智蘊の自撰句集『親当句集』（六五五／六五六）には、次のような句が載る。

ある所の会に、語りなぐさむ老のかなしさ
山ぶしの入にし峰の道すがら[13]

これは、「文安四年八月二〇日〈庭や池〉何人百韻」の（三〇／三一）[14]から採録されたと思しい。

語りなぐさむ言の葉ぞ憂き　宗砌
葛城や入来し峰の道すがら　親当

百韻の句は、前句の「言の葉」から一言主を想起し、付句で「葛城」と応じたが、『親当句集』にある付合ではその面影はない。先に確認した『新撰菟玖波集』の例のように、表現上は前句や付句がまったく違っているわけではないが、付合の内容は一言主を思い起こさせる「葛城」ではなく年老いた山伏の修行のさまを詠み、大きく異なっている。自身が参加した百韻から採録した付合でありながら、「ある所の会に」とぼかした詞書で入集させていることからも、智蘊は句を変えていることを十分に自覚しているようだ。

同じ『親当句集』（五七五／五七六）には、次のような句がある。

葛葉を見るもあはれなりけり
朽ち残る神の井垣もさびしきに

また、智蘊の句として『竹林抄』（雑連歌下・一五一七）に見える句形はこのようである。

梢より散る葛の下道

朽ち残る井垣さびしき夕かづら　智蘊

同じ作者の句であり、表現も類似している。ただし、『親当句集』は葛葉の掛かる「朽ち残」った寂しげな「神の井垣」を「あはれ」としているのに対し、『竹林抄』では「あはれ」「神」の詞がなく、夕暮れ時の「朽ち残る井垣」の寂しさのみに焦点をあてている。『親当句集』の付合は『古今集』の「ちはやぶる神の井垣にはふ葛も秋にはあへず移ろひにけり」（秋歌下・二六二・紀貫之）(15)を本歌とした付合と思しいが、『竹林抄』の付合はこれを本歌とは見なしがたい。いずれにしても、『親当句集』と『竹林抄』は似た趣向の付合ではあるが、前句付句ともに表現は違っている。これを同じもの、つまり原資料からどちらかが（あるいはどちらとも）改作修訂した同一句と見ることは難しい。

次の例は、『親当句集』（五七三／五七四）と酷似した付合が、『宗砌句集』（一〇二三・一〇二四）にも掲載されているものである。

ある所の連歌に、待つを嘆けば涙落ちけり

古塚のしるしに植へし木も朽ちて　（智蘊）

待つはあはれに涙落ちつつ

古塚のしるしに植し木は朽ちて(16)　（宗砌）

後者の付合は『宗砌句集』の入集句である。先の二例と比較すれば、これは同じ付合と見てよいだろう。にも関わらず、付句の作者は智蘊とされ一方では宗砌とされている。

同じ付句でありながら作者が相違する例をもう一つ確認したい。『専順連歌五百句』（一一一四／一一一五）には次のようにある。

待つ夜になりて《（なして）》鐘を聞かばや
思やるその暁の法の庭(17)
この付合は『宗砌発句并付句抜書』（二三一一／二三一二）にもある。
むなしき床に起きて待つころ
思ひやれその暁の法の庭(18)
前句は両者ともに相違している。『専順連歌五百句』は専順の自筆・自注本が伝わり、『宗砌発句并付句抜書』は宗砌の最晩年の句集で、門弟の手によるものかとされてる(19)。誤って専順の句が宗砌の句と認識され、宗砌の句集に採られたとも考えられる。しかし、前句は「人を待つ」という内容では一致しているものの、同じ句とすることは難しい。
どうしてこのようなことが起きるのか。
　肖柏の『肖柏伝書』には、次のようにある。

　連歌過て懐紙など所望し、抜書などめされ、功者に御尋候へば、句可レ然をあそばし写し候こと、御数寄もみえ候。自然人など尋申に、御語り違へ候へば、比興にて候。発句・秀逸の句はなど候へば忘れ果候て、自然覚候も、作者辛労仕候を、てにはなど語違候へば、口惜事にて候。てにをは一をもつて、能も悪もなり侍る也(20)。

連歌会の後に秀逸の句を「抜書」することがあったこと、そして、「発句・秀逸の句」を尋ねられた場合、うろ覚えで「てには」を間違えて伝えてしまうことは十分注意しなければならないこと、とある。七賢と称された連歌師がうろ覚えの句を句集に入れる、ということは考えにくいが、すばらしかった句が人の口に上り、その句に稽古のため付句をする可能性はあっただろう。先に『新撰菟玖波集』の前句付の句として挙げられた七三六番の詞書には、「〈をのづからなる理を見よ〉といふ句に、人々あまた付け侍し時」とあった。この前句は百韻で詠まれた秀逸句として、人の口に上ったものであった可能性も捨てきれないのである。

『兼載雑談』に「砌の句に〈世の中にひまある身こそ悲しけれ〉と云句あると、兼載の語出しに、宗祇、此句を〈あるも憂くなきも憂き、と云心を付たらばよからん〉となり」とある。宗砌の句を兼載が宗祇に伝えたところ、「あるも憂くなきも憂き」といった内容の句を付けたらよいだろうと言った、というものである。想像を逞しくすれば、連歌師たちは日常的に評判の句に何を付けたらよいか、考えていたのだろう。そして、先に見た『新撰莵玖波集』の例のように、前句は同じだが付句も作者も違うもの、ができあがるのだ。

連歌会に参加した者が、特筆すべき句や付合を抜き書いたり、また記憶して人に話すことは想像に難くない。連歌師も手控えとして、自身の句や他の参加者の句・付合を書き記していた可能性がある。そして座で評価を得た句を前句にして稽古をしたり、或いは他人の付句に納得せず、自ら別の句を付ける行為がなされたこともあっただろう。このように、幾通りも複雑に、つまり誰が改作修訂し、誰が一部を創作したか、現在では突き止める方法のない付合が多く存在していたと考えられる。これらの句は、原資料に辿り着けるはずはない。付句はどこから来たのか、それとも新しく生み出されたのか、今となっては断片的なことしかわからないのである。

三

心敬の集には、自撰句集の『心玉集』・『心玉集拾遺』『苔筵』『心敬僧都百句』『芝草内連歌合』『芝草句内岩橋』『吾妻辺云捨』など多数ある。これらの句集を調査すると、いずれもほとんどの句は原資料に辿り着かず、発句が数句判明するに過ぎない。心敬が出座した百韻・千句は二七確認できるが、そのうち心敬の句集に採録されている発句・

付合は以下の通りである。

・文安四年一〇月一八日「榊葉に」朝何百韻七四／七五（印孝）↓『心玉集』（陽明文庫本）

・享徳二年千句第四百韻発句↓『心玉集』、『芝草句内発句』、『芝草内連歌合』

・寛正三年二月二七日「今日来ずは」何人百韻三四（行助）／三五↓『心玉集』

・寛正七年二月四日「ころやとき」何人百韻発句↓『心玉集』、『芝草句内発句』

・応仁元年「時鳥」心敬独吟百韻発句↓『吾妻下向発句草』

・応仁二年冬「雪の折」何木百韻発句↓『心玉集』、『芝草句内岩橋』、『吾妻下向発句草』

・河越千句第一百韻発句↓『心玉集』、『吾妻下向発句草』

一三（道真）／一四↓『心玉集』（陽明文庫本）

三〇（長剁）／三一↓『吾妻辺云捨』

三六（道真）／三七↓『心玉集』（陽明文庫本）

五二（満助）／五三↓『芝草内連歌合』

七八（満助）／七九↓『吾妻辺云捨』

八六（長敏）／八七↓『心玉集』（陽明文庫本）

第二百韻六九（箴弘）／七〇↓『吾妻辺云捨』

第三百韻一四（印孝）／一五↓『吾妻辺云捨』

第四百韻四〇（中稚）／四一↓『芝草句内岩橋』

八七（義藤）／八八↓『吾妻辺云捨』、『芝草句内岩橋』、『芝草内連歌合』

第五百韻一六（中稚）／一七↓『芝草句内岩橋』
第六百韻七六（修茂）／七七↓『吾妻辺云捨』
第七百韻五〇（道真）／五一↓『吾妻辺云捨』
五六（印孝）／五七↓『苔筵』
第九百韻四六（道真）／四七↓『吾妻辺云捨』
五七（中稚）／五八↓『芝草句内岩橋』
第十百韻三〇（道真）／三一↓『吾妻辺云捨』
五八（長敏）／五九↓『吾妻辺云捨』

・成立未詳「木の本能」何人百韻二二（昆親）／二三↓『心玉集』
三六（正頼）／三七↓『心玉集』
・成立年未詳「梅送る」何人百韻発句↓『芝草句内発句』
・成立未詳「散りしえぬ」何船百韻発句↓『芝草句内発句』、『芝草句内岩橋』

句集に採られているものは『河越千句』にまとまっており、発句一・付句一七となる。付合一七のうち、一〇は『吾妻辺云捨』・四は『芝草句内岩橋』に載る。『吾妻辺云捨』『芝草句内岩橋』はともに心敬が関東下向後の句集であり、河越城主太田道真のもとで催された『河越千句』は、心敬が関東で参加した現存する唯一の千句である。前句の作者を見ると、道真が五、禅僧中稚（雅）が三など、関東の連歌好士の句が多く採られていることがわかる。

『河越千句』以外は、発句七句、付合は四が心敬の句集に採録されているに過ぎない。心敬の参加した百韻の中には、「成立年未詳「梅送る」何人百韻」のように、他に七賢の行助や専順、宗祇らが参加した百韻があり、『行助句集』

にはこの百韻から二〇／二一と四八／四九の付合が採録されている。しかし、心敬は発句のみしか自身の句集に採り入れていない。また、「寛正七年二月四日「ころやとき」何人百韻」も、行助・専順・宗祇、連歌師の紹永らと同座したが、これも発句のみが採られている。心敬は同時代の七賢や師弟関係にあった宗祇と度々百韻に出座しているが、このように『河越千句』を除いた百韻・千句からは、ほとんど自身の句を句集に入れていないことがわかる。

心敬の連歌論書『老のくりごと』には、次のようにある。

　此道は前句の取り寄りにて、いかなる定句も玄妙の物になり、いかばかりの秀逸も無下のことになるといへり。前句と我句との間に、句の奇特、作者の粉骨はあらはれ侍べしと也。大かた、一句の上にことはりほがらかにあらはれ侍るは、優艶感情あさく哉。いかにも、前句の扱ひ心言葉の輪廻の覚悟大切の道なる歟。(21)

心敬は前句の重要性を述べ、付句一句のみが良い出来であっても「優艶感情」は浅くなると言う。前句と自分の付けた句の間に「句の奇特、作者の粉骨」が顕れると説く。実際に百韻から二句のみを抜き出そうとする場合、そのままの形で評価される付合が選べるのか、修正なしに付合として抜き出せるものは案外と少ないのではないか。数少ない心敬の原資料が判明する句を確認すると、

・成立未詳「木の本能」何人百韻（二二／二三）

　霜の色そふ髪のあはれさ　毘親

櫛のはに風も音する冬の空　心敬(22)

・『心玉集』一二四二／一二四三

　霜となりぬる髪の寒けさ

櫛のはに風《もイ》の音する冬の空(23)

心敬は前句を修正していることがわかる。原資料の百韻では「霜の色そふ髪」の白さを詠む前句に、冬の景を付けた。『心玉集』では「霜となりぬる」とし「色」を除いたことで、前句・付句ともに寒々としたさまを詠む句となった。

・『河越千句』第四百韻八七／八八

暮れぞ憂き秋もや近くなりぬらん　　義藤

心細しな花落つるころ　　心敬(24)

・『吾妻辺云捨』一一／一二

をぼつかな秋もや近くなりぬらん

心細しな花落つる暮れ(25)

これも同様、心敬が前句を大幅に修正したと思われる例である。『河越千句』の前句「暮れぞ憂き」を付句の「心細し」に相応しいように「をぼつかな」と修訂したため、付句では原資料で前句に用いていた「暮れ」の表現を選ぶことが可能になった。(26)

前句は百韻の場合、打越の句の付句でもある。つまり、前句は打越の句の影響を受け表現の制約も受ける。また全体を通した式目の問題もある。前句を含めた付合を自分の作品として扱う場合、前句に対して修正を加えたい気持ちが起こる、またそれに伴い付句の修正も行われてしまうことが、右の例のようにあり得たのだろう。心敬は自身の句集に、百韻・千句からの抜書を採ることを積極的に行わなかった。これは百韻からそのまま抜き出した句を独立させて、付合として鑑賞することに限界を感じたのか、心敬の美意識の高さによるものか、今後検討すべき問題である。

四

確認したように、現存する資料から言えることは、心敬は参加した百韻から自身の句集に句をほとんど入集させなかった、ということである。それでは、宗祇はどうか確認したい。宗祇の第一の句集『萱草』[27]・第二の句集『老葉』（宗訊本）[28]のうち、原資料が確認できる付合は僅かであるが、次の通りである。

・**三島千句→三一付合（萱草）、一六付合（老葉）**
・美濃千句→一付合、五付合（老葉）
・**文明八年三月一一日「朝なげに」宗祇独吟百韻→五付合（老葉）**
・**応仁二年一月一日「月の秋」宗祇独吟百韻→一一付合（萱草）、五付合（老葉）**
・河越千句→一四付合（萱草）、三付合（老葉）
・表佐千句→三付合（老葉）
・文明七年九月二五日千句（第九百韻のみ現存）→二付合（老葉）
・**寛正二年九月二三日「岩がねに」宗祇独吟百韻→三付合（萱草）、二付合（老葉）**
・**成立未詳「霞かは」宗祇独吟百韻→一付合（萱草）、二付合（老葉）**
・応仁二年一〇月二二日「袖にみな」→四付合（萱草）、一付合（老葉）
・延徳二年三月五日「曙や」何路百韻→一付合（老葉）
・**文正二年一月一日「富士の峰も」宗祇独吟百韻→一付合（萱草）**

・**成立未詳「霞かは」宗祇独吟百韻→三付合**（萱草）
・成立未詳「北に見る」何船百韻→一付合
・**成立未詳「春はまた」宗祇独吟百韻→二付合**（萱草）、**一付合**（老葉）

ゴチックで示した百韻・千句は宗祇の独吟連歌である。つまり、前句も宗祇の句である付合が『萱草』『老葉』ともに大半を占めている。

心敬の連歌における前句の意識については先に触れた。心敬の弟子である宗祇も前句の重要性を十分に理解していただろう。宗祇の独吟千句である『三島千句』からは、『萱草』は三一、『老葉』は一六もの付合が入集している。独吟百韻の文明八年三月一一日「朝なげに」からは『老葉』に五付合が、応仁二年一月一日「月の秋」は『萱草』に一一、『老葉』に五付合が採られた。宗祇は一つの独吟百韻から複数の付合を句集に採り入れている、これは第三句集の『下草』（東山御文庫本[29]）も同様である。

『下草』では、「延徳二年九月「住吉の」宗祇独吟百韻」からの入集が目立つ。「住吉の」百韻から、一〇／一一（龍門文庫本のみ）、二四／二五、二六／二七（群書類従本ナシ）、三八／三九、四二／四三、四六／四七、四八／四九、六二／六三（龍門文庫本ナシ）、七四／七五（龍門文庫本ナシ）、八〇／八一（龍門文庫本ナシ）、八二／八三（龍門文庫本ナシ）、八四／八五（龍門文庫本ナシ）、九四／九五、九六／九七、の一五付合（龍門文庫本のみに採られる句を除くと一四付合）が『下草』に所収されている。原資料に戻ることが不可能だった句が多い中で、一つの百韻から三〇句が句集に採られているのである。

また、独吟ではない千句の前句の作者も、七賢をはじめとする連歌師である句が多い。『老葉』の入集句を確認すると、次のようである。

・二七／二八→表佐千句第五百韻八七（紹永）／八八
・三二一／三二二→美濃千句第七百韻四〇（専順）／四一
・四三七／四三八→河越千句第一七〇（修茂）／七一
・五三三／五三四→美濃千句第七百韻三〇（紹永）／三一
・七一一／七一二→河越千句第七百韻三八（修茂）／三九
・七二三／七二四→表佐千句第一百韻七七（専順）／七八
・九五九／九六〇→美濃千句第一〇百韻五四（紹永）／五五
・一三八三／一三八四→美濃千句第二百韻六四（紹永）／六五

『老葉』に採られている『美濃千句』は五付合であるが、そのうち一句が専順、専順の門弟である紹永が三句となる。三付合見える『河越千句』のうち、二つは『修茂寄合』の作者として知られる修茂である。

宗祇が編纂した『新撰菟玖波集』に採られた千句連歌についても確認しておきたい。

新撰菟玖波集番号	原資料	前句作者	付句作者
二八三／二八四	美濃千句第九百韻　七八／七九	紹永	専順
二九九／×	美濃千句第五百韻　三八	宗祇	（宗祇）
四一一／四一二	美濃千句第七百韻　六〇／六一	専順	紹永
七三一／七三二	美濃千句第一百韻　二八／二九	宗祇	専順
九三二／九三三	美濃千句第十百韻　四二／四三	宗祇	専順
一三八六／一三八七	美濃千句第二百韻　七二／七三	宗祇	専順
一三九〇／一三九一	美濃千句第三百韻　三二／三三	宗祇	専順
一六七五／一六七六	美濃千句第四百韻　一二／一三	宗祇	専順

一七五九／一七六〇	美濃千句第五百韻	三六／三七	紹永	専順
二一〇二／二一〇三	美濃千句第二百韻	六二／六三	紹永	専順
二四〇二／二四〇三	美濃千句第九百韻	四二／四三	専順	専順
二九八三／二九八四	美濃千句第五百韻	三二／三三	宗祇	専順
三〇六一／三〇六二	美濃千句第一百韻	一八／一九	宗祇	専順
三二六三／三二六四	美濃千句第四百韻	三五／三六	専順	専順
五〇七／五〇八	宝徳四年千句第九百韻	六八／六九	宗松	専順
一五〇九／一五一〇	宝徳四年千句第一百韻	二八／二九	専順	宗砌
三四九五／三四九六	宝徳四年千句第四百韻	一六／一七	賢盛	宗砌
三五〇一／三五〇二	宝徳四年千句第九百韻	二〇／二一	金阿	宗砌
五一五／五一六	顕証院会千句第一百韻	七〇／七一	忍誓	宗砌
六三一／六三二	顕証院会千句第二百韻	五二／五三	（主承）	宗砌
九七六／九七七	顕証院会千句第七百韻	六六／六七	専順	宗砌
二八三〇／二八三一	顕証院会千句第十百韻	一一／一二	竜忠	宗砌
二九一六／二九一七	顕証院会千句第四百韻	九六／九七	忍誓	宗砌
九三四／九三五	聖廟千句第八百韻	一八／一九	兼載	兼載
一四二七／一四二八	聖廟千句第七百韻	二四／二五	兼載	兼載
一八二九／一八三〇	聖廟千句第十百韻	一四／一五	兼載	兼載
一一三八／一一三九	河越千句第十百韻	一一／一二	心敬	道真
一七四三／一七四四	河越千句第四百韻	三二／三三	中雅	修茂
一九〇三／一九〇四	河越千句第七百韻	八五／八六	印孝	心敬
二二一〇／二二一一	河越千句第七百韻	三八／三九	修茂	宗祇
二五一四／二五一五	河越千句第三百韻	二二／二三	満助	長敏
三一〇五／三一〇六	河越千句第八百韻	四／五	印孝	心敬
三二〇一／三二〇二	河越千句第六百韻	四六／四七	道真	修茂

三四九一／三四九二	河越千句第七百韻　五八／五九	永祥	道真
一一四二／一一四三	亨徳千句第三百韻　九八／九九	日晟	宗砌
二〇三三／二〇三四	亨徳千句第五百韻　二六／二七	心敬	宗砌
二一五四／二一五五	亨徳千句第四百韻　四一／四二	之好	宗砌
一一八四／一一八五	葉守千句第九百韻　二三／二四	肖柏	宗友
一三八〇／一三八一	葉守千句第六百韻　一九／二〇	宗長	宗祇
三二五七／三二五八	葉守千句第九百韻　六六／六七	宗長	宗祇
一四八五／一四八六	初瀬千句第四百韻　八二／八三	忠貞	宗砌
一八九七／一八九八	表佐千句第六百韻　四〇／四一	甚昭	専順
二一四二／二一四三	表佐千句第十百韻　一二／一三	甚昭	専順
三五五一／三五五二	表佐千句第四百韻　五八／五九	宗祇	専順
三五七九／三五八〇	三島千句第六百韻　六八／六九	宗祇	宗祇
二九七五／二九七六	文明一七年六月二六日、内裏にて千句　番号未詳	未詳	御製
三二〇七／三二〇八	文明一七年六月二六日、内裏にて千句　番号未詳	未詳	高清

右の一覧は『新撰菟玖波集』の付合のうち、千句連歌から採録されたと明らかになる付合である。四七付合のうち、専順の句が一六・宗砌の句が一二・宗祇の句が四・兼載の句が三・心敬の句が二句で三七句が連歌七賢と宗祇・兼載のものである。注目したいのは、集中では明らかにされていない前句の作者である。宗祇が四七付合のうち一〇句の前句の作者であり、専順五・兼載と紹永が三・心敬・宗長・印孝・忍誓が二句、賢盛・肖柏・修茂・日晟が一句、計三三句が、よく知られた連歌師の句となる。

付句の作者が連歌師ではない『河越千句』第十百韻（一一／一二）は次のようにある。

古寺は松の戸たたく人もなし　　　心敬

をのれと鐘のさゆる夜の声　道真

『新撰菟玖波集』（冬連歌・一一三八／一一三九）では、

古寺は松の戸たたく人もなし

鐘やをのれと霜にさゆらむ　道真法師

『河越千句』『新撰菟玖波集』ともに、冷えさびた夜に鐘の響く景は同じであるものの、道真の句には甚だしい修訂がなされている。太田道真は兼載に「（新撰菟玖波集に）道真法師といふ作者入たり。口惜き事なり。関東大田の御名乗りなり。惣而、此集不足の事おほしと申せり」（兼載雑談）と酷評された人物であるが、やはり前句付句両方が連歌師の句ではない場合、そのまま一つの付合として問題なく句集に採ることができるものは少なかったのではないか。宗祇は集中には作者として示されない前句も、できうる限り連歌堪能者の句を選んだことがこの一覧でわかる。また、自身の句集に独吟が多いことも指摘した。前句の出来不出来が付合としての価値を左右するからである。

また、『萱草』には「一句に百句を付し連歌のうちに」という詞書で前句「人の心の変はる世の中[30]」に付けた句が入集している。同じ前句で、五一六・五七二・一〇〇一・一五七三・一五八三・一六三一番の六付合が見え、『老葉』にも詞書はないが、四七三・一一〇九の二付合が採録されている。他にも「人の所望せしに遣し侍し五十句の内に」（萱草・八〇七）や「人々前句を十句して付侍し連歌のうちに」（萱草・一四二三）などの詞書で載る付合がある。これらは百韻・千句資料に拠るものではないことは明白である。

前句に宗祇・宗長ら七人が句を付けたとする『七人付句判詞』で、「聞かず顔なりいかにうらみん[31]」の前句に宗祇は「ほだし多き世をつれなくも我出て」と付けた。この句は『下草』一一九七／一一九八に所収されている。他にも、この『七人付句判詞』から七つの付合が『下草』に見える。また、宗長の句集『壁草』（恋連歌下・一四八一／一四八二）

には、次のようにある。

恋になぐさむ老のはかなさ

昔せし思ひを小夜の寝覚めにて(32)

この付合は『七人付句判詞』に見えるもので、七人の付句のうち宗長の句が『新撰菟玖波集』(恋連歌中・一八五七／一八五八)に採録された。金子金治郎が指摘するよりも多く、『新撰菟玖波集』には前句付が採録されていると予測される。そして、宗祇の句集のみ検討したが、宗長ら他の連歌師の句集にも百韻・千句の抜書ではない前句付の付合が採られていると考えられるのである。

おわりに

連歌撰集・句集に採られている付合はどこから来たのか。原資料に遡れる句はあまりにも少なく、両者をつき合わせると、前句または付句が別の句であるもの、作者が違っているもの、改作修訂と見なすにはあまりにも異同が大きいものが目立った。これらのことから現段階で言えることは、撰集・句集に載る句の大半は、百韻・千句からそのまま抜き出されたものではないこと、そして抜き出された場合は付合が一つの作品となるよう、場合によっては強引な改作修訂がなされていること、そして前句作者が連歌堪能者である場合が多いこと、などを指摘した。心敬は特に懐紙からそのまま付合を抜き出すことに抵抗があったようである。

その心敬も『河越千句』からは多く自身の句集に句を取り入れていた。心敬以外の七賢も千句連歌から多くの句が『竹林抄』『新撰菟玖波集』に採られている。千句連歌は百韻連歌と何が相違するのか、という問題については今後十分に検討しなければならない。また、宗祇以降の連歌師が句集にどのような付合を入れていたのか、については言及できなかった。これも大きな課題である。もしどこかに七賢や宗祇時代の連歌懐紙が大量に眠っていたとしたら、本稿の指摘は意味をなさない。しかし、今の段階で付合はどこから来たのか、という問いに対しては、以上のような結論を出しておくことにする。

〈付記〉本稿は平成二七年度科学研究費助成事業（学術研究助成基金助成金課題番号：15K02257）の研究成果の一部をまとめたものである。

注

（1）『新撰菟玖波集の研究』（「撰集資料の大綱」一九六九年、風間書房）。
（2）『新撰菟玖波集の研究』（「集の内容」、前掲）。
（3）引用は貴重古典籍叢刊四『新撰菟玖波集実隆本』（横山重・金子金治郎編、一九七八年、角川書店）による。以下、本稿では読みやすさを考慮し、一部ひらがなを漢字に、漢字をひらがなに、踊り字をひらがな又は漢字に、旧字を新字にあて替え、濁点・句読点・〈　〉や「　」を補って引用した箇所がある。
（4）『新撰菟玖波集全釈　別巻』（奥田勲・廣木一人・岸田依子・宮脇真彦編、二〇〇九年、三弥井書店）、国際日本文化研究センター「連歌データベース」、両角倉一『宗祇連歌の研究』（前掲）等を参考にした。
（5）金子金治郎『新撰菟玖波集の研究』（「撰集資料の大綱」、前掲）。両角倉一『宗祇連歌の研究』（一九八五年、勉誠社）、「宗祇句形修訂再考」（『連歌と中世文芸』、金子金治郎博士古希記念論集編集委員会、一九七七年、角川書店）。
（6）『宗祇の研究』（江藤保定、一九六七年、風間書房）。底本は大阪天満宮本。

（7）『連歌百韻集』（伊地知鐵男編、一九七五年、汲古書院）。
（8）『宗祇の研究』（前掲）。
（9）古典文庫『千句連歌集四』（鶴崎裕雄・木藤才蔵・重松裕巳・島津忠夫編、一九八二年）。
（10）新日本古典文学大系『竹林抄』（島津忠夫他校注、一九九一年、岩波書店）。
（11）『歌論歌学集成第十二巻』（深津睦夫・安達敬子校注、二〇〇三年、三弥井書店）。
（12）前掲。
（13）貴重古典籍叢刊11『七賢時代連歌句集』（金子金治郎・太田武夫編、一九七五年、角川書店）。
（14）国会図書館蔵「連歌叢書五一—四　古代連歌集四」。
（15）和歌の引用は、以下すべて『新編国歌大観』『私家集大成』のいずれかによる。
（16）貴重古典籍叢刊11『七賢時代連歌句集』（前掲）。『宗砌句集』は整理が行き届かず、『宗砌句』との間に共通句がないことが指摘されている。
（17）貴重古典籍叢刊11『七賢時代連歌句集』（前掲）。
（18）貴重古典籍叢刊11『七賢時代連歌句集』（前掲）。
（19）貴重古典籍叢刊11『七賢時代連歌句集』（前掲）の解題。
（20）中世の文学『連歌論集四』（木藤才蔵編、一九九〇年、三弥井書店）。
（21）中世の文学『連歌論集三』（木藤才蔵編、一九九八年、三弥井書店）。『ささめごと』にも類似した内容がある。
（22）『心敬連歌　訳注と研究』（伊藤伸江・奥田勲、二〇一五年、笠間書院）。
（23）貴重古典籍叢刊5『心敬作品集』（横山重編、一九七二年、角川書店）。
（24）古典文庫『千句連歌集五』（奥田勲編、一九八四年）。
（25）貴重古典籍叢刊5『心敬作品集』（前掲）。

（26）『芝草句内岩橋』（本能寺本）では「花落つるころ」、『芝草内連歌合』（天理本）では「おぼつかな秋もや近き夕まぐれ／心細しな花落つるころ」とある。
（27）貴重古典籍叢刊12『宗祇句集』（金子金治郎・伊地知鐵男編、一九七七年、角川書店）。
（28）貴重古典籍叢刊12『宗祇句集』（前掲）。
（29）貴重古典籍叢刊12『宗祇句集』（前掲）。
（30）『専順宗祇百句付』にある。
（31）中世の文学『連歌論集二』（木藤才蔵編、一九八二年、三弥井書店）。
（32）古典文庫『壁草〈大阪天満宮文庫本〉』（重松裕巳編、一九七九年）。

付句集『春夢草』古注の性格

浅井美峰

はじめに

連歌師宗祇の高弟とされる肖柏には、歌集・発句集・付句集の三種の集が存在し、全て『春夢草』と呼ばれている。歌集は肖柏がまとめたものを没後に門人が整理したとされる。句集の方は、発句集は奥書から永正十二（一五一五）年～十三年頃の成立、付句集は成立年未詳とされている。発句集、付句集にはそれぞれ注の付された伝本がある。付句集には、三種の古注が存在する。各付合について取り成しや典拠、語句等を説明するもので、肖柏の自注ではないが『春夢草』がどのように読まれ、享受されていたかを見る上で有意義である。

連歌の古注については、金子金治郎氏(1)が、連歌の古注の歴史を各注毎の特徴に触れつつ概観して宗祇門流の時代に古注釈が隆盛することを指摘し、松本麻子氏(2)が、連歌古注が宗祇から宗祇の門流の宗長、宗牧に移るにつれて丁寧で平易な内容になること、古注には武家が関与しており、献上されたのも武家だと推測されることを指摘した上で、連歌の古注は連歌の付合を解説するだけでなく、和歌や『源氏物語』などの古典や名所・有職の基礎知識をまとめて学ぶことのできる教科書的な意味合いを持つ可能性がある。しかも、その内容はごく初歩的なものであり、これは連歌の初心者を対象にした注というよりも、和歌や連歌など全ての文芸活動がまだ満足にできない若年者が対象であったと考えられるのである。

としている。

連歌の古注が連歌や基礎的な教養を学ぶための学書としての性質を持つことは以上のようにこれまでにも指摘があることである。しかし、個々の古注をそれぞれ詳細に見て「どのような人が、何を学ぶ・学ばせるために、どのように」注を付したのかを考察する必要があると考える。

『春夢草』の古注についての先行研究としては、伊地知鐵男氏[3]、金子金治郎氏[4]、湯之上早苗氏[5]にそれぞれ諸本と古注についての整理、解説がある。

金子金治郎氏の分類に従うと、付句集のみの一種注（内閣文庫本、京都大学津守本、神宮文庫本）、発句集のみの二種注（太田武夫氏本）、付句集・発句集の揃った三種注（書陵部桂宮本）、同じく付句集・発句集に注のある四種注（大阪天満宮文庫本）の四種が現在確認できる『春夢草』の古注である。本稿では付句集の古注について扱うため、二種注を除き、一種注（内閣文庫本）・三種注（桂宮本）・四種注（大阪天満宮文庫本）について取り上げる。

一種注の内閣文庫本は『連歌古注釈集』の翻刻に拠り、句番号も同書のものを用いる。三種注の桂宮本は桂宮本叢書十九巻の翻刻に拠る。四種注は翻刻が無いため、天満宮本を調査し翻刻したものを用いる。

一種注の内閣文庫本については、『連歌古注釈集』解説で金子氏が「古写の横本二冊で、楮紙の袋綴。（中略）上冊表紙裏に「春夢草二冊　安宅摂津守冬康正筆」とする古筆了伴の極札がある。冬康は三好長慶の弟で、永禄七年（一五六四）没、（中略）自筆かどうかは明らかにしないが、時期的に近い古写本である。」としている。注の内容について金子氏は、肖柏に対する敬語の使用、付合の作意についての宗長の談話が見えることなどから、『春夢草』成立からそれほど下らない時期に成立した注だとし、注者は未詳だが「肖柏の門人あたりによって、肖柏からの聞書きが本になって、この注が成立したものと思われる」としている。

三種注（桂宮本）は、伊地知氏が(6)「江戸初期の書写。（中略）奥書に　右三冊命但阿、遂書写校合畢、幽斎玄旨判とのみあって、幽斎以前の注釈といふ以外になんらの内部徴証は見出しえない」としているように、成立を明示する情報は無い。ただ、注の中に叙景句であることを表す「なりの句」という語が一三句目・一四句目の付合の注以下散見する点に注目される。この語は浜千代清氏(7)によって、他に兼載の『竹林抄』講釈を聞き書きした『竹聞』や『兼載独吟千句』の注など兼載に関係する注釈や宗祇の『下草注』にも見られ、限定された場で用いられた語であることが指摘されている。金子氏(8)は「当時としてはごく普通の術語を用いて、ありのままに説明し、しかも適切で、肖柏に近い時期の成立を思わせるものがある。」とする。

四種注の大阪天満宮文庫本は、江戸後期書写、縦二四・四糎、横十七・二糎、一冊。楮紙。折紙列帖装。虫損や水濡れ、糸切れがある。「文禄三暦甲午《 》五月六日ニ書果畢者也」という識語を上から墨で消し、校合した他の本の奥書を「イ本云　永正十三年書之　七十四歳　夢庵居士」と朱で書き入れている。前半の付句集では読みや仮名遣いについての書き入れが主だが、発句集には校合の結果だと思われる詞書きや異本注記の書き入れが散見される。注者を示すような奥書、識語は無い。注の内容も、一種・三種注がほぼ全付合に対して詳しい注があるのに対し、この四種注では一部の付合にしか注が無く、簡単な語句の解説や本歌・本説の指摘のみで、他の二つの注のどちらかを直接摂取したとも言い難いものである。独自の内容を持つ注も有す。金子氏(9)は「引歌は第三種注のそれに一致するものが多く、注の趣旨も第三種注に近いものが多く存しており、第三種注と親子の関係のようにも見える。しかし（中略）第三種注から出たとは言えない注文も存している。」としている。

以上のように、これまで金子氏によって『春夢草』古注についての整理と特徴の部分的な指摘は成されているが、それ以降、注の内容についての論考は存在しない。本稿では一種注・三種注を中心に、内容や記述の特徴から注釈の性格を検討していきたい。四種注は注文も短く情報量が少ないため、参考として挙げるのみとする。注の引用の際、句番号と句の本文は『連歌古注釈集』に従い、桂宮本に校異がある場合は句の下の括弧内に③として掲げる。一種注・三種注・四種注をそれぞれ①・③・④と表すこととする。引用する際に私に濁点を付し表記を改めた箇所、句や歌の語句の引用を示す括弧や傍線を付した箇所がある。

一、一種注・三種注の類似

一種注と三種注はどちらも全付合に対して注を付している。句数は一種注（内閣文庫本）が千句あるのに対し、三種注（桂宮本）は九九四句で、一種注中の四一・四二、三六三・三六四、六六七・六六八の三付合分の脱落がある。また、九五・九六の前に九七・九八が入り、一七九・一八〇の前に一八一・一八二の付合が入って、順序が前後している箇所がある。脱落は三種注成立後の誤写によるもの(10)である。

一種注と三種注を比較してその特徴を確認していく。どちらの注も、明らかに誤った内容や不適切な説明の仕方をしている所は無く、両方とも各付合をおおむね的確に説明していると言ってよい。そこで、言葉遣いと、それぞれの注がどこに力点を置いて付合を説明しているかという点に注目し、二つの注の関係とその成立について考えていきたい。

二つの注に共通する特徴として、付合ごとに独立して注があるのではなく連続性を持って書かれているということが挙げられる。一種注の「是もなりの句也」（一四注）、「是も同様の句也」（九五二注）や、三種注の「是も同じ心也」（一二一注）のような注では「是も〜」という形で、それより前の付合とその注を参照することが求められる。任意の句のみを参照して確認するという辞書や寄合書のような見方を想定しているとは言えず、一種注が金子氏の言うように「聞き書き」だとしても、聞いたことを書き留めたそのままの形ではなく、順番に読むことを想定して再構成して書かれていることが分かる。

また、一部の注に無視できない注文の類似が見える。例えば、

二三七　道行ぶりに哀れをぞみし
二三八　小鹿待つともしの影に朝立ちて

①「ともし」とは夏の夜山に入りて、火を灯して鹿を射る也。ともしの光にて朝立ち行く、殺生の哀れを思ふべし。

③「ともし」と（は）夏の繁山にて、火を灯して鹿を狙ふを云へり。ともしの光に旅立ちて殺生をする、哀れを見しと也。

④つつめども隠れぬものはなつ虫の身より余れる思ひなりけり

三四七　草の戸を憂へ顔なるきりぎりす
三四八　いづくも露の月のあかつき

①暁の月の感はいづくも同じ物なるべきに、草の戸ばかりのやうに憂へて、きりぎりす鳴くと也。

③暁の月の露けき悲しさはいづくも同じ物なるべきを、草の戸ばかりと思ひて、きりぎりすは鳴くにや

と也。

④（さびしさに宿を）たち出てながむればいづくも同じ秋の夕ぐれ

五六五　忍びはつべき恋路ともなし
五六六　影に見えぬる夜は夢にほのめきて

①付け所は忍びはつべき堪忍之事也。「影に見え」は、面影に見え也。昼は面影、夜は夢にほのめき、堪忍しがたき躰也。

③「影に見え」とは、面影に見ゆる心也。昼は面影に見え、夜は夢にほのめきくれば、とにかくに恋路のやむべき方なき由也。忍ぶは堪忍の心也。

④面影に見ゆると云ふ心也。　匂兵部卿の言あり。

のように、一種注と三種注に全く同じではないが内容や説明の順序がほぼ重なる注が見える。部分的に一致するものを含め、言葉が重なっている注を数えると、四十八例（一一二　一三四　一三六　二三八　三四八　四二二　四三二　四四四　四五二　四六六　五〇〇　五一二　五四四　五五六　五六六　五七二　五七四　五八二　五八四　五九二　六〇四　六二〇　六二六　六四〇　六五〇　六五六　六五八　七二四　七二六　七三四　七三六　七五二　七六〇　七七六　七八六　八二六　八七八　八八八　九一八　九二六　九三四　九四二　九六〇　九七二　九七四　九七六　九八二　九八八）に注の内容の一致・類似が見られた。

五百付合の中の四十八例で約一割に及び、これを偶然の一致として無視することはできない。それでは、この二つの注は親子の関係にあるのだろうか。類似点はあるが、もう少し詳細に見ていきたい。

類似する注の中には、

八八七　程は雲井の都ならずや
八八八　白河の関の山風哀れ知れ

①「程は雲井」とは、ほど遙かなる事也。はるばると来たる山風も哀れをかけよと也。
③「程は雲井」とは、ほど遠き心也。白河の関まではるばる下りたる旅のかなしさ、山風も哀れ知れと也。

都をば霞とともに立ちしかど秋風ぞ吹く白河の関

④都をば霞と共に出しかど秋風ぞ吹く白河の関

の傍線部のように、一種注と共通する内容だが三種注の方が言葉や和歌の多い注もあり、一種注の注文に加筆したもののように見える。

一種注の内容に三種注が加筆していると思われる例を見たが、三種注が参考にしていたのが現在の形の一種注ではないと思わせるのが、次のような注の相違である。

六九五　望みよ終にとげぬ物かは
六九六　下ながら雲井に春の花を見て

①「下ながら」は下輩ながら也。「雲井」は爰にては大裏也。つゐに望みを遂げて禁裏の花を見る様也。
「身は下ながら言の葉を天津空まで聞こえあげ」と古今の長歌也。
③此の「雲井」は禁中の事也。「下ながら」は身のいやしきを云へり。位短き身なれば、禁中の花をもよそにのみ見れば、近々と見ばやと望みの叶はぬ事をうち嘆きて、此の望み終に遂ぐまじきにやと云

へり。古今の長歌に

身は下ながら言の葉を雲の上まで聞こえあげ　と有り。

④古今の長歌に「身は下ながら」と有り。

「下ながら」と「雲井」について説明し、『古今和歌集』の長歌（一〇〇三、忠岑）を引いて「下ながら」という表現と雲（井）・「下」の対比の実例としている点は一種注と三種注に共通している。しかし句解の面では、一種注が「終に望みを遂げて禁裏の花を見る様」のように望み通り作中主体が雲井の花を見ることができた意だとするのに対し、三種注は「禁中の花をもよそにのみ見れば、近々と見ばやと望みの叶はぬ事をうち嘆きて、此の望み終に遂ぐまじきにや」と結局望み通りに花を見ることは叶わなかった意だと反対の解釈をしている。六九六番の肖柏の句だけを見ると、「身分は低いけれども禁中の花を見た」という内容は揺れず両注の説明も的確である。一種注と三種注で句の解釈が正反対になってしまっているのは前句である六九五番句の「かは」を反語で取るか否かによるものである。一種注は「結局望みを遂げないものであろうか、いやそのようなことはなく、とうとう禁中の花を見ることができた」と反語で取り、三種注は「禁中の花を見るという望みは結局遂げられないものであろうか、その通りである」とする。「春の花を見て」まで前句の「かは」にかかっていくとは考えにくいので、一種注の解釈の方が適当であろう。一種注を参照した上で三種注の注者が別の解釈をしたのではなく、別々に書かれたものだと思われる。

このように両注間で解釈が分かれている点からは、注同士に直接的な影響関係がないことが分かる。

それではどうして類似箇所が存在するのであろうか。類似が部分的なものであることからは、一種注がもとにした資料を三種注の注者が同様に見、それを参考として三種注も書かれたために部分的に類似箇所が存在するということが想定できる。一種注自体ではなく、一種注成立前の資料から、一種注と三種注が別々に成立したために、部分的に二つの注の間に明らかな類似が見られる結果になったのである。

では、一種注と三種注はそれぞれどのような編集態度によって何を目的として書かれたものなのであろうか。順に見ていきたい。

二、一種注の特徴と目的

一種注の特徴の一つ目は、金子氏(11)にも指摘があるが、肖柏に敬語を用いているという点である。七一八の「付所は横川の山颪、京の人の夢を吹きさます事に付けなし給へる。」や、一二三六の「鵜の郭公の声を鳴けちたると付け給へり」、四四二の「尾花の松陰に冬まで残りたると付なし給へり」、八七四の「いさむるやうに付けなし給へり」のように肖柏に対する尊敬語が見られる。

一種注の特徴の二つ目として挙げられるのが、句に対する評価やどのように詠まれた句かを説明する注が見られるということである。「一句の仕立て、極位の仕業也」(二五四)「奇妙也」(七一八)、「末と云ふ字奇妙也」(九〇四)、「奇特の付様也」(九〇八)、「沈思の句也」(一七〇)のような句の褒め方や句作に関する注が見える。

この二つの特徴からは、一種注の注者が肖柏を称揚し、肖柏の句を素晴らしいものとして詠ませようとする姿勢が見られる。門人のような肖柏に近しい人物、少なくとも肖柏から世代的にそれほど離れない人物が注を付していると考えるのが自然であろう。前章で見たように一種注と三種注は同じ資料を用いて書かれたものだが、一種注に見られる肖柏に対する距離感の近さは三種注においては見られず、三種注はより客観的な書きぶりと言える。

では、この一種注は門人が付合の説明を資料も用いて書きとめ整理し、作品として『春夢草』を鑑賞させるために書いたものだったのであろうか。それとも別の目的があったのであろうか。

一種注の特徴としてもう一つ挙げられるのが、前句の内容を注の最初で「前句〜也」のように端的に指摘するという点である。その特徴を持つ一種注とそれと同じ付合に付された三種注、四種注を挙げる。

六三　老らくも又捨てん道かは

六四　衣手を引きても連れよ花の陰

①前句、諸道の事也。「朝に道を聞て」などの心也。花に行く道に取り成し侍る也。老足をも助けて連れよと也。

③老いが手を引きても、花の下へ誘へかしと也。「老らく」は老ひの事也。

④老後は不行歩なればなり。老が手を花に引かれて山深くよろぼひ出る宿の明ぼの

六五　真の道を教ゆるは無し

六六　花もやと行けば檜原の呼子鳥

①前句「真の道」、仏道などの事なるべし。但いづれの道にも云ふべし。花の有所に付けなしたり。花のあるやうに我を呼ぶほどに、行けばさもなければ、真の道は教えぬと也。前句をことごとくあらぬ方へ付けなし侍り。

③呼子鳥、花故に人を呼ぶにやと思ひて行けば、檜原のみ繁りたる山なれば、呼子鳥のまことも無きと也。遠近のたづきも知らぬ山中におぼつかなくも呼子鳥かな

④面のまま也。前句、仏祖不伝の遠法なり。

右の付合はどちらも前句の「道」を取り成したところが付合の要点である。三種注では付合全体と語の説明しかしていないが、一種注では右の例のように、前句がどのような句で、それをどのように取り成したかを説明している。他にも「前句、恋也」（五〇）、「前句は暮秋也」（三四〇）、「前句、「思ひ立つ道」と有るを、歌道に取り成し侍り」（四七〇）のような形で、前句とその付合の要点を丁寧に分けて説明している。付合だけを見てどこに注目すればよいかが分からなくても、この注を見れば前句のどこから付句が構想されたのかが分かる。付合を学ぶための教科書的な役割を果たす注の書き方をしている。

ここまで見てきたことからは一種注に、門人による敬語使用や句の評価が部分的にある一方で、前句に注目して付合の学習に資するという特徴的な記述態度があることが明らかになった。これは、門人が連歌の付合を学ぶような誰か（松本氏が言う、武家の若年者のような人物）に与えるために、資料をもとに再構成して学習書として体裁を整えたことを表している。

つまり一種注は肖柏の句の鑑賞だけではなく、注を与える人に必要な部分を補って付合の学習に役立てることを目的として作られたものなのである。

学習のために注が書かれているという点では三種注も一種注と同様である。では、三種注が重視したものは何だったのであろうか。一種注と三種注にある類似の注の中で、三種注に一種注には無い和歌が引用されていることを、一章で八八八の付合の注を例として先に見た。他の箇所にも和歌について相違している点が多く有る。三種注の特徴について次章で和歌の引用から見ていきたい。

出典名	一種注	三種注
万葉集	二十一	二十四（増四・減一）
古今和歌集	三十九	六十九（増三十五・減五）
後撰和歌集	十七	十七（増一・減一）
拾遺和歌集	十四	十七（増四・減一）
後拾遺和歌集	五	五（増一・減一）
金葉和歌集	二	二
詞花和歌集	四	四
千載和歌集	七	十三（増七・減一）
新古今和歌集	三十六	四十六（増十六・減六）
新勅撰和歌集	三	二（減一）
続古今和歌集	一	一
続後拾遺和歌集	〇	一（増一）
風雅和歌集	一	一
堀河百首	三	四（増一）
永久百首	二	二
六百番歌合	一	〇（減一）
千五百番歌合	二	二
古今和歌六帖	〇	二（増二）
拾遺愚草	十三	十九（増八・減二）
壬二集	二	一（減一）
秋篠月清集	二	二
長秋詠藻	〇	一（増一）
拾玉集	〇	一（増一）
西行法師家集	一	一
草根集	二	二
新撰朗詠集	〇	一（増一）
催馬楽	一	一
俊頼髄脳	一	一
和歌童蒙抄	一	一
奥儀抄	〇	一（増一）
源氏物語	二十	二十七（増八・減一）
伊勢物語	一	三（増二）
大和物語	〇	一（増一）
源氏物語注	一	二（増一）
未詳	一	一

三、引用和歌と三種注の特徴・目的

付句集『春夢草』古注の中で和歌を引用している注は、一種注に二百六例、三種注に二百六十六例見られる。引用している和歌の出典とその内訳を上表に示す。三種注には、一種注と比較して引用歌の増減も示した。

はじめに類似点を見ると、一種注と三種注に共通する傾向として、『古今和歌集』、『新古今和歌集』の和歌の引用が多く、次いで『源氏物語』中の和歌、『万葉集』が多く引かれ、『後撰和歌集』と『拾遺和歌集』、そして定家の『拾遺愚草』の引用数がそれに次ぐ、ということがある。

これは二条良基が『筑波問答』(12)の中で連歌を稽古する際に見るべきものとして「この比は万葉はやりて侍り。まことに歌の根源にてあれば、よくよく御覧ずべきにや。（中略）また、源氏物語・伊勢物語、古今以来代々の撰集、名所の名寄などやうの物を、常に見給ふべきにこそ。」と挙げるのにほとんど一致し、連歌での和歌学習・使用の傾向と重なっている。

学習書としての古注釈の利用を考える場合に、付合法の理解はもちろんだが、連歌で多く用いられる本歌や、伝統的な和歌での詞の用法を学ぶということも目的だと考えると、この和歌引用の傾向は非常に適切な結果に見える。このことからも、どちらの注も付合に関係する和歌的な知識を載せるという点は共通すると見てよいだろう。

次に相違点を見ていきたい。一つは、三種注の方が和歌を多く引用しているということである。ここに三種注独自の特徴が見える。さらに、両者で引用の仕方に違いがある。三種注の和歌の引用の仕方を詳細に見、それが何を意味するか考えたい。

まず、一種注と三種注において和歌の引用の姿勢には次のような差異が見られる。

七七　　伴ひこしぞほだしなりける

七八　帰らじと身をなす花の夕かげに

①ながむとて花にもいたく　本歌の心也。終日花に伴ひてまた帰りがたくし侍れば、ほだしとなれると也。

③日の暮るるまで花に執心して、この上はここにて夜をも思ひ定めたる心也。

ながむとて花にもいたく馴れぬれば散る別れこそ悲しかりけれ

④ながむとて花にもいたく馴れぬれば散る別れこそ悲しかりけれ

とものかへるは今こゝのほだし共いへり

のように同じ和歌を引いていても、一種注は歌の始めだけ引用するのに対し、三種注は和歌を省略せず挙げている。例外はあるが、全体を見てもほぼ同じ傾向が見てとれる。

次に挙げるのは、一種注の引用歌に誤りがある例である。

六〇五　　いまはたやまん恋ははかなし

六〇六　吹きと吹く限りをやみん秋の風

①秋風の吹きと吹きぬる武蔵野の草はみながら色変はり行く　本歌も恋の歌也。人の我を秋はつる秋をみて思ひやむべきと也。大かたにて思ひやまん事はかなき由也。

③人の心、我にあきはて変はりはてぬれば、いまは我も思ひやまんとすることはかなきとにや。人の心を秋風の吹きはてたるによそへて云へり。

秋風の吹きと吹きぬる武蔵野はなべて草葉の色変はりけり

④秋風の吹きと吹きぬる武蔵野はなべて草葉の色変はりけり

どちらの注も「秋風の吹きと吹きぬる」から始まる歌を引くが、一種注ではその後の部分を誤って引用している。三種注の挙げる「秋風の吹きと吹きぬる武蔵野はなべて草葉の色変はりけり」（古今和歌集・八二一・恋五・よみ人しらず）が正しい形だが、一種注では『古今和歌集』八六七番歌「紫のひともとゆゑに武蔵野の草はみながらあはれとぞ見る」（雑上・よみ人しらず）が混入して四句目が「草はみながら」となっている。和歌の三句目「武蔵野の」の句によって『古今集』八六七の歌が混ざってしまったのであろう。このような元の歌とのズレは、この注を付けた注者の記憶違いか、もとにした資料を取り込む際の誤りが原因だと考えられる。

先ほど、一種注には和歌を最後まで引用しない場合が見られることを確認したが、この六〇六の句ももともとは「秋風の吹きと吹きぬる武蔵野」までの引用で「本歌も恋の歌也」と続いていたものを、一種注の作者が和歌の下の句を補いその際に誤った可能性も考えられる。三種注では典拠との間に本文の細かい異同はあるが、このような和歌の引き間違いは見られない。

次に、三種注で和歌の引用数がどのように多くなっているかを見る。一種注に無い和歌を三種注で引用する例を一章で挙げた八八八の注で見たが、次の注のように、一種注と三種注で同じ和歌を挙げ、三種注でさらにもう一首別の歌を引用するものも見える。

三一　いづくの梅の匂ひきぬらん

三二　ながめ暮らし打ねぬ春のさ夜更て

①付る心は、梅を詠め暮らし、夜も梅の興を思ふ様也。梅も執心をかんじてか匂ひきぬらんと也。

起きもせず寝もせで夜を明かしては春の物とてながめ暮らしつ

本歌の詞ばかりをとる也。

③春に執心したる様也。昼は春の景色をながめ暮らし、夜は又うち寝ぬ心をかんじて梅も匂ひ来るにやとなり。

起きもせず寝もせで夜を明かしては春のものとてながめ暮らしつ

里遠きゆふ付鳥の初声に花の香送る春の山風

④里遠きゆふ付鳥の初声に花の香送る春の山風

この三二の注では、一種注と三種注で共通して同じ「起きもせず」の歌（古今和歌集・六一六・恋三・業平）を挙げ、三種注ではさらに定家の「里遠き」の歌（拾遺愚草員外・五二三に第二句「八声の鳥」の形で載る。）を挙げている。両注が挙げる『古今集』六一六番歌から三二の句の「ながめ暮らし」が導き出されているので、この「起きもせず」の歌を本歌とするのは適切な注である。ただ一種注で「本歌の詞ばかりをとる也」とするように、この本歌は付合の内容に直接関わるものではない。それに対して、三種注が引く「里遠き」の定家の歌は「暁」題で、鶏の鳴く夜明けに花が香ってくるという趣向が、夜更けに梅の香が匂ってくるという付合の趣向と重なっている。しかし、本歌というほど付合に影響を与えているとは思えない。三種注は参考となる歌、参考とすべき歌として「里遠き」の歌を挙げているのではないだろうか。このような和歌の引用の仕方は他にも見られる。

五六九　陰深き思ひの山に分け入りて（③陰深み）
五七〇　つらしや又も見せぬかほ鳥

①かほ鳥の声も聞しに通ふやと茂みを分けて今日も尋ぬる　薫大将の浮舟に心をかけて詠める歌也。かほ鳥とは、春の美しき鳥の事也。人の顔ばせによそへていへり。

③かほ鳥とは、かほよ鳥ともいへり。顔の美しき鳥まで也。人の顔に取り成していへり。源氏に宿木の巻に、薫大将、浮舟の君を宇治にてほのかに見給ひての歌に、

かほ鳥の声も聞きしに通ふやと茂みを分けて今日も尋ぬる

「思ひの山に分け入りて」といへるを、宇治山まで尋ね給ふ心に云ひなせり。かほ鳥、万葉の詞より出たり。

春されば野辺に鳴くなるかほ鳥の顔に見えつつ忘られなくに

④かほ鳥のこゑも聞しに通ふやと　かほる大将

この五七〇の注でも、一種注と三種注がどちらも『源氏物語』宿木の巻の薫の和歌「かほ鳥の」を挙げ、さらに三種注にのみ「春されば」の歌（古今和歌六帖四四八八に初句「夕されば」の形で載る。『万葉集』には見られない。）を引用している。ここでも三種注は「かほ鳥の」の歌を本歌として、「春されば」の歌を「かほ鳥」を詠んだ参考歌として引用している。

このように三種注はほとんどの和歌を歌句を省略せず引用し、参考として複数の和歌を挙げており、付合の理解と

ともに和歌を参考にし学ぶことも目的として書かれているようである。一種注と比較しても、三種注は和歌を重視しているということが言えるだろう。付合の独自の解釈を提示するというよりも、その付合を教材として、注を読む者がさらに和歌をはじめとする知識を蓄積することを企図して書かれている。

三種注が、一種注が用いた資料と同じ資料を取り込んで書かれたということを一章の最後に確認した。その取り込まれたと考えられる部分にも和歌を補っている注が見られ、「和歌をも」学習させるという意識を持って構成されていることが明確に分かる。

それでは、この三種注の、付合の本歌だけではなく参考となる和歌も補足するという特徴は、和歌のみに見られるものなのであろうか。次章では、和歌と同じように注文の中に引用される漢詩句にもこのような特徴が見られるかを検討していきたい。

四、漢詩句の引用について

漢詩句を引用、指摘する注は一種注に二十二例、三種注に二十二例見られる。和歌では三種注の方が多くの和歌を引用していたが、漢詩句については二つの注で引用数に差がない。

注の中に見える漢詩文の典拠は『和漢朗詠集』十六例（一種注十一例、三種注十四例）、『三体詩』[13]四例（一種注三例、三種注三例）、『白氏文集』[14]三例（一種注三例、三種注二例）、『新撰朗詠集』一例（一種注・三種注ともに挙げる）、『聯珠詩格』[15]一例（一種注・三種注ともに挙げる）、その他[16]三例（一種注三例、三種注一例）である。

挙げられているのはほとんどが有名な詩句である。『和漢朗詠集』の詩句を多く挙げている点に注目される。

全体として『春夢草』の古注に挙げられる典拠は『和漢朗詠集』や『三体詩』、その他も人口に膾炙した漢詩句である。特殊な漢詩の知識を提示するものではない。これは引用歌の典拠の傾向とも一致している。

三種注の特徴として、和歌を引用する際に複数の和歌を挙げて学習者の参考とする姿勢が見られることを三章で確認したが、漢詩句の引用においては三種注にそのような特徴は見られない。挙げられている漢詩句には本説として一種注、三種注がともに挙げているものもあるが、次のように三種注は漢詩句を引用しない場合も見られる。

八三　命にかへておしめこの春
八四　思ふ花ちぢのこがねや軽からん

①春宵一刻直千金、花清香月影の心なるべし。けふ人に千々の金をあたふ共秋暮るこそ惜き成けれ
③千々の金よりも、春くるるはおしければ、命にもかへんと也。
　こふ人に千々のこがねはあたふとも秋くるるこそおしくはありけれ
④今日人に千々の金はとらす共あきくるゝ　又、春宵一刻あたい千金矣

異同はあるが、「こふ人に千千の金はとらすとも秋くるるこそをしくは有りけれ」（大江匡房・堀河百首八六六・九月尽、夫木和歌抄六三二一九下句「秋の暮るぞ惜しくは有ける」）を引き、一種注は蘇軾「春夜」の「春宵一刻値千金　花有清香月有陰」も挙げる。大江匡房の「こふ人に」の歌は春ではなく秋だが、九月尽で季節が移り替わるのを惜しむ心情が詠まれ、「千金」を開いた「千々の金」によってもどうにもできないとする点が近しい。ただ、やはり付合で見ると八三の句の「命にかへて」春を惜しむという所を、八四の句で千金では足りないかとし、花の咲く春の美しさを表現した点で、蘇軾の詩句全体も念頭にあった付合であろう。趣向としては三種注のように匡房の歌を挙げるだけでも理解が可能だが、句・付合の内容を考えると蘇軾の詩句を挙げる一種注の記述が要を得ている。

同様に和歌を挙げてさらに一種注で漢詩句の引用が見えるのが次の例である。

七八七　はかなき昔夢な残しそ

七八八　吹きはらふ嵐の暮の浅茅生に

①「浅茅生や袖に朽にし秋の暮」、又詩に、「往事眇茫都似夢　旧遊零落半帰泉」、歌も□も懐旧の事也。なかなか昔の夢をも残すな、嵐吹きはら□と也。前句は夜の夢也。世上の夢にする也。

③嵐は夢を覚ます物なれば、昔の夢はいまだ忘れねば、悲しみて言へる心にや。

　浅茅生や袖に朽ちにし

④浅茅生や袖に朽ちにし　此歌の裏也。夢を嵐はらへとなり。

一・三両注とも『新古今和歌集』の「浅茅生や袖に朽ちにし秋の霜忘れぬ夢を吹く嵐かな」（一五六四・雑上・通光）を引く点は共通している。それに加えて一種注は『和漢朗詠集』（七四二）に載る白居易の詩句「往事眇茫都似夢　旧遊零落半帰泉」を引いている。「往事眇茫としてすべて夢に似たり」は、昔のことは遠くかすかになって夢のように思われる、と昔のことを懐かしむもので、七八七・七八八の付合に直接作用はしていないが一種注は参考として挙げている。

八四や七八八の注を見ると、三種注が重視し参考として挙げるのはやはり「和歌」であることが分かる。和歌に比べて漢詩句を引用する注は一種注も三種注も二十二例と少なく、本説を指摘して付合の理解に役立てるという姿勢は両注に共通している。一種注と三種注の間に漢詩句に対する大きな意識の差は見られなかった。

おわりに

以上、四章にわたって『春夢草』の古注を見てきた。そこで見えてきたのは、どのように注が付されてきたのか、何を目的としていたのかである。

一種注は、肖柏の門人がそれぞれの付合について、語句や典拠、取り成しについて資料をもとに加筆再構成したものである。肖柏に所々で敬語を用い肖柏の句を賛嘆する点、前句に注目して付合の要点を示す点に特徴が見られた。三種注は一種注と同じ資料を取り込んでいるが、さらに和歌や説明を加えた啓蒙的な注で、和歌を重視している点が特徴的である。参考として挙げるにとどめ触れてこなかったが、四種注は付合理解に必要な基礎的な典拠、説明を挙げている。

これらの注は、肖柏の作品を鑑賞し理解するという目的だけではなく、その注によって実作のための知識と方法を学ぶという学習書的性格も合わせ持っていたと考えることができる。その中でも注の作者によって、資料の扱い方や肖柏への敬意に意識の差が見られ、学習者に何を学ばせるかという点もそれぞれの注者によって、そしてそれを与える人物によって差が出てくることが分かる。

宗祇とその門流では句集だけではなく百韻など実際の連歌作品の注も多く見られる。金子氏が[17]「（百韻千句の注釈は、）句集が、発句と付句だけであるのに対し、これは三句の移りを始め百韻の行様に説き及ぶものであるだけに、より実際に即した作法になっている。」とするように、百韻注・千句注には連歌の行様（どのように連歌を進行させるか）や取り成しを学ぶという役割があった。それに対して『春夢草』の注には、その作者（肖柏）の句の鑑賞・賛美をする、その作者の説明を聞き書き、それを集成して説を保持する、という肖柏とその門人の関係に留まるのではなく、それを再構成して、付合の方法を学ぶ、必要とされる基礎的な知識・和歌を学ぶ、という門人からさらにその弟子に学習書として与えられる上での役割があったことが分かる。

肖柏が整備して文亀元（一五〇一）年に成立した『連歌新式追加並新式今案等』(18)には次のようにある。（傍線、筆者）

一、本歌事

三句にわたるべからず。本説・物語同之。但、逃歌あらば不可嫌之。凡新古今以来作者不可用之。但、至続後撰集可用本歌之由又被定。

本歌、堀河院百首作者まで取べし。雖為近代作者、証歌には可用之。堀河院両度百首作者まで、縦雖入近代集可為本歌之例。但、人のあまねく知らざる歌をば付合に不可好用之。依事可引用証歌也。

歌集は十代集まで、作者は堀河院百首までと本歌取りの範囲を定め、人々に広く知られていないものを付合に好んで用いてはならない、としている。傍線部「人の」以下は他の連衆が知らないようなものを使って句を付けるのは避ける、というのが連歌の座に臨む基本的な態度であるということを示している。しかし、「人のあまねく知」る歌を学習するには、学習者もどのような歌がどのように用いられるものなのかを知る必要がある。他の知識を学ぼうとする場合も同様である。その一つの方法として、『春夢草』古注のような学習書が必要とされたのであろう。

『春夢草』の一種注・三種注を見たとき、両注とも読者に「この典拠は知っておくべきだ」「前句のここに注目することが肝要だ」「このように取り成すと句をうまく転じられる」といった非常に実践的な手引き書となっている、と言うことができるだろう。師の説を書き留めるということに留まらず、どうしたらうまく句が作れるようになるか、そのために必要なのはどのような知識・視点なのか、ということを示し学ばせるためにこれらの古注は作られ、そして使われていたのである。
　四種注については本稿の趣旨と直接関わらないため参考として挙げるのみとしたが、一種注・三種注には見えない和歌の引用が見られるなど、独自の内容が見られた。また、発句集にも古注が存在する。今後そのそれぞれの注釈者の注釈態度や和歌等の出典についても稿を改めて検討したい。

注

　和歌の引用は新編国歌大観（角川書店）、『和漢朗詠集』は新編日本古典文学全集（小学館、平成十一年）に拠った。また、引用に際して私に表記を改めた箇所がある。

（1）『連歌古注釈の研究』（角川書店、昭和四十九年）。
（2）「連歌「古注」の変遷」（「文学」十二巻四号、平成二十三年七月）。
（3）桂宮本叢書第十九巻『連歌　二』（養徳社、昭和二十七年）解説。
（4）注（1）前掲書、『連歌古注釈集』（角川書店、昭和五十四年）解説。
（5）金子金治郎編『連歌貴重文献集成』第八巻（勉誠社、昭和五十七年）解説。
（6）注（3）に同じ。
（7）「連歌用語「なりの句」について」（「女子大国文」十号、昭和三三年十月）、「続・連歌用語「なりの句」について」（女子大国文）七十八号、昭和五十年十二月）。その後、『連歌―資料と資料』（おうふう、昭和六十三年）収録。
（8）『連歌古注釈集』（前掲書）解説。
（9）注（1）に同じ。
（10）三種注での句の脱落について、伊地知氏は桂宮本叢書十九巻の解題で「単なる誤写誤脱といふ書写上の問題ではなく、両本間の系統の相違によるものではなからうか」と述べる。しかし、脱落部分の三種注を見ると、四〇と三六二の注に脱落している次の句（四二・三六四）に付いていた注の一部が残っている。

三九　花もやはたのむをいとふ陰ならん

四〇　桜を重み宿る夕露

③夕露の花に宿りを借りたる心也。花も露にたのまれて重げなるまで宿したると也。

明けたてば蝉の折り延へ鳴き暮らし夜は蛍の燃えこそわたれ

とあり、一見四〇の句の注として『古今和歌集』五四三番の「明けたてば」の歌が引かれているように見えるが、これは脱落している四二「明けたてば花の上のみ心にて」（内閣文庫本に拠る）の句の本歌である。三種注が書かれた段階では四一・四二の付合とその注も完備していたが、書写のどこかの段階で付合部分（と、もしかしたら注の一部）を書き落としてしまったものだということが分かる。三六三・三六四の脱落箇所でも同じことが起きている。三六二の注に、

三六一　冬野の里のあらはなる影

三六二　鴫の伏す小篠の垣ね月さえて

③我が門の刈田のねやに伏す鴫の床あらはなる冬の夜の月

うかれくるとは鴫のことにや。前の本歌よりなり。

とあるが、和歌の後の「うかれくるとは」以下は、脱落している三六三「月清みたのめずながらうかれきて」・三六四「枯れ野をねやの鴫の一声」（内閣文庫本に拠る）の付合についての注である。六六七・六六八の脱落箇所は付合と注の両方が無いが、これも注が付された段階では存在した可能性がある。少なくとも四〇と三六二の注を見ると、もともとは脱落した句とその注も完備していたが書写のどこかの段階で書き落とされてしまったものだということが分かる。

（11）注（4）に同じ。

（12）新編日本古典文学全集『連歌論集他』（小学館、平成十三年）に拠る。

(13)『唐詩選 三体詩 総合索引』(禅文化研究所、平成三年)に拠る。
(14)中国古典新書『白氏文集』内田泉之助(明徳出版、昭和四十三年)を参照した。
(15)柏木如亭『訳注聯珠詩格』(岩波書店、平成二十年)を参照し、本文は国文学研究資料館のマイクロフィルム(『増註唐宋千家聯珠詩格』盛岡市中央公民館蔵の版本)で確認した。
(16)蘇軾「春夜」(一種注八四)、柳宗元「江雪」(一種注七三八)、杜甫「曲江」(一・三種注九四四)の詩句。それぞれ有名な詩句なので出典不明だが、柳宗元「江雪」の載る『詩林広記』などの詩論、詩のアンソロジー、歌学書、説話集等を経由している可能性がある。
(17)注(1)に同じ。
(18)木藤才蔵『連歌新式の研究』(三弥井書店、平成十一年)に拠る。

「うつほ寄合」と荒木田麗女

雲岡　梓

はじめに

連歌師にとって『源氏物語』と『伊勢物語』は必須の教養であり、作中の印象的な場面や和歌を典拠とする「源氏寄合」、「伊勢寄合」は頻繁に用いられていた。これらに次いで、数は少ないが『狭衣物語』を踏まえる「狭衣寄合」も存在する。しかし、鎌倉時代に既に「古典」になっていたこれらとは異なり、『宇津保物語』を典拠とする寄合については、その実態が解明されていない。そこで本稿では、「うつほ寄合」の使用例とその展開を明らかにする。

一、物語寄合

「源氏寄合」を用いた付けは使用頻度が高く、種類も多い。『光源氏一部連歌寄合』（南北朝時代成立）、『源氏小鏡』（室町時代初期成立）等の『源氏物語』に特化した寄合書も複数存在している。また、『伊勢物語』に関しても、『筑波問答』等の連歌論書中に『源氏物語』と並んで連歌師必読の書として掲げられている。『狭衣物語』も、『源氏物語』、

『伊勢物語』には及ばないが、複数の寄合書に書名が見える。特に「天の羽衣」や「虫明の瀬戸」は『狭衣物語』の言葉として、連歌師にとって知っておくべき知識であった。(1)『宇津保物語』を典拠とする付けについては、『連珠合璧集』中に次の記述が見える。(2)

〽うつほ木とアラバ

熊のすむ山　こけのすだれうつほの物語　柱

ここでは、「うつほ木」に「熊のすむ山」、「苔のすだれ」を結ぶ付けが、『宇津保物語』を典拠とすることが記されている。「うつほ木」と「熊のすむ山」、「苔のすだれ」を結ぶ寄合の典拠は、『宇津保物語』の首巻「俊蔭」巻である。「俊蔭」巻は、遣唐使清原俊蔭が渡唐の途中、難破のため波斯国に漂着し、そこで天人・仙人から琴の秘技を伝授されて帰国する「俊蔭譚」から始まる。俊蔭は娘に琴の秘技を伝授した後に死去し、残された娘は藤原兼雅との間に息子仲忠を儲けたものの、男の訪れがなくなり、貧にせまられて北山の奥のうつほの中での生活を余儀なくされるが、後に兼雅に再会し、都に引き取られるという劇的な展開を持つ。特に、次に引く俊蔭女と仲忠の「うつほ住み」は、『宇津保物語』全編を通して最も印象的な場面である。(3)

そのかみ、この木のうつほを得て、木の皮を剥ぎ、ひろき苔を敷きなどす。薯蕷ほりそめし童、出で来て、うつほのめぐり掃き浄めてありけば、前より泉出で来る。堀りあらためて、水の流れおもしろく成りぬ。（略）こゝにて世を過ぐさんと思ひて、子にいふ。「いまは暇あめるを、おのがおやの賢こきことに思ひて、教へたまひし琴ならはし聞えん。弾き見給へ」といひて、りうかく風をば、この子の琴にし、ほそを風をば、我ひきて習はすに、敏く、賢こく弾くことかぎりなし。人けもせず、けだもの、熊、狼ならぬは見えこぬ山にて、かうめでたきわざをするに、たま〳〵聞きつくるけだもの、たゞこのあたりにあつまりて、憐びの心をなして、草木もなびく中に、をひとつを越えて、いかめしき牝猿、子供おほく引き連れて来て、この物の音を賞でて聞く。

貧に迫られて都を出た俊蔭女と仲忠は、熊、狼などの獣の住む山中の木のうつほの中に苔を敷きつめて住居とし、琴を弾いて暮らす。そして獣たちが二人の琴の音に聞きほれる。「うつほ木」、「苔」、「熊」という言葉が見えるため、この場面が寄合の典拠となっていることは明らかである。

なお、『宇津保物語』が寄合の典拠であることを明記するものは、『連珠合璧集』の「うつほ木」の項目だけであるが、「熊」を「古木のうつほ」の寄合語と記載する寄合書はいくつか存在する。(4)

へ熊とアラバ　あらくま　奥山　月のわ　うつほ木　て心　うらにあふかる　すがのあらの　（連珠合璧集）

一熊　句作　あらくま　くま住山　くま住嶋　子を思あらくま

△付合ニハ　おくやま　嶋　すつる身　いはほ　古木のうつほ　木しけきおく　ふる雪　（竹馬集）

熊　あらくま　熊の住嵩　子を思あら熊

一くまには　奥山　嵩　捨る世　木茂き奥　岩ほ　古木のうつほ木　谷かけ　ふる雪　（拾花集）

これらも俊蔭女と仲忠の「うつほ住み」の場面が典拠となっている可能性があるが、「白雪の古木のうつほ住処とて深山の熊も冬ごもるなり」（新撰和歌六帖・第二帖・くま・五二七・藤原為家）を踏まえているとも考えられるだろう。

二、「うつほ寄合」の使用例

「うつほ木」と「熊」を結ぶ付けには、次のような例が見られる。

①『異体千句』賦源氏国名連歌第一（康正二年、源意独吟）
藤はたゞふさ松はうつほ木
谷ごしに熊ふす道のくれつかた

②『池田千句』第六・何木（永正十六年、肖柏・泰諶・玄清等）
身を捨てば鳥獣もうとからじ
うつほ木をだに住家とやせむ

③『権現千句』第十・何垣（承応三年、長秀・宥済・正音・宗因等）
荒熊いづるあたりすさまじ
うつほ木の奥まで花にたづねきて

④『亀戸天神七百七十年千句』第九・何路（寛文十二年、昌陸・昌純・玄祥・信兼・氏利等）
たづねてぞさぞうつほ木は住み所
とこをしめたる谷の荒熊

⑤『延宝八年呑了昌億両吟千句』何木第二蛙（延宝八年、呑了・昌億）
くまに宿かる人のあやしさ

いかめしく立るは杉のうつほにて

②では「熊」ではなく「獣」と「うつほ木」を結んでいるが、うつほ住みの場面には「熊」とともに「獣」という言葉も見えるため、これも「うつほ寄合」だろう。ただし、このように「うつほ木」に「熊」、あるいは「獣」を結ぶ例はごく少数である。また、『連珠合璧集』に記載されているにも関わらず、「うつほ木」と「苔のすだれ」を結ぶ例は見られない。

その他、「俊蔭」巻を踏まえる付けには、以下のようなものがある。

⑥『愚句』（長禄三〜文明十一、飛鳥井雅親）

一口も聞くはなぐさむ物がたり

身をうつほ木に住むは荒熊

ここでは「物語」に「うつほ」を結んでいる。

⑦『五吟一日千句』第一・何人（天正九年、明智光秀・紹巴・昌叱・心前・秀就等）

琴の調べもゆゑあらむ人

うつほなる舟に乗りての波の上

これは『宇津保物語』が琴をめぐる霊験譚を主題とすることから、「琴」と「うつほ」を結んでいる。

⑧『寛保三年公方様六十賀千句』第二鶯唐何（寛保三年、昌迪・昌説・昌長等）

かきならす琴のしらべは妙にして

いかに住たるうつほ木の中

山奥のうつほ木の中で、俊蔭女と仲忠が琴を弾き暮らしたことにより、「琴」と「うつほ」を結ぶ。⑦、⑧は『宇津保物語』からの連想に基づいて、「琴」と「うつほ」を結んでいるが、寄合書の「琴」の項目には、通常次のような寄合語が掲載されている。

〽こととアラバ　かきなす　ひく　てなれ　松かぜ　秋のしらべ　春のしらべ　ひざのうへ　したひ　いはこす浪　星の手向わび人　きり　なげきくはゝる　関のわら屋　枕にする　（連珠合璧集）

一琴　句作　琴の　音　声　爪琴　つま琴ひく　琴の調　玉琴　かきならす琴　爪ならす琴　ひく独琴　をごとならす古琴　ことのを　ことぢ　ことさらの声　あづま琴　和琴　四の緒　びわ也　緒をたつ琴
△付合ニハ　宮所　酒の席　こすの内　立る屏風　鶯の声　松風　泉の声　雨夜の軒のしづく　七夕　あひ思ふ友　蓬生の宿　人待閨　馬の上　侘人の宿　明石の浦　すまの浦　宇治の宿　相坂の席のわらや　（竹馬集）

琴　琴の音　琴のこゑ　爪琴　引琴　玉琴　うゐ琴　琴のしらべ　かきならす琴　琴の緒　つまならす琴　古琴を琴　琴ぢ　四の緒　あづま琴　ことさらのこゑ　緒をたつ琴
一ことには　宮所　酒のむしろ　たつる屏風　こすの内　鶯のこゑ　松風　雨夜の軒の雫　泉の声　七夕　あい思ふ友　蓬生の宿　馬上　人まつね屋　侘人の宿　明石の浦　宇治の舎り　須磨の浦　（拾花集）

琴の種類や琴を弾く動作にまつわる言葉を中心に、『源氏物語』「蓬生」巻、「明石」巻、「橋姫」巻を典拠とする言葉も記されている。

しかし、この中に「うつほ」などの『宇津保物語』にまつわる言葉は記されていない。「琴」と「うつほ」を結ぶ付けは、一部の『宇津保物語』に詳しい連衆の間でのみ通用する特殊なものであったと考えられる。

⑨『亀戸天神八百年御忌法楽連歌』第五松何屋（元禄十四年、高辻豊長・大鳥居信円・昌純等）

雫さぞ岩のうつほは深からじ

涙して世や歎く其人

山奥のうつほでの生活を俊蔭女が嘆くことにより、「うつほ」と「涙して歎く」を結ぶ。前句は紹山、付け句は其阿であるが、連衆の中には昌純の名が見える。昌純が『宇津保物語』を所持していたことは、広島大学図書館中央図書館所蔵の柏亭真直写『宇津保物語』に「里村昌純自筆の本をもて柏亭得一斎醜哉うつし畢」との記述がみられることから判明している。(5) 昌純とともに座に連なる連衆たちも、『宇津保物語』の知識を持ち合わせていたのであろう。

⑩『昌程追善千句』第三・初何（元禄五年、昌陸独吟）

唯独子のまだいわけなき

（独子は道にも甲斐なくしかも幼少也）

求めつゝ住は妙なる空穂木に

（うつほ物語俊蔭の巻也。あやしき心也。同物語〽涙川渕をもしらぬ緑子をしるべと頼む我や何なる）

ここでは、まだ幼い一人子の仲忠のみを頼りにするうつほでの生活を俊蔭女が嘆く場面により、「いわけなき独子」に「うつほ木」を付けている。また、当該場面を寄合に用いていることが、自注によって示されている。

ただし、これらを含めても「うつほ寄合」を用いた付けは少数であり、広く用いられていた形跡はない。「うつほ寄合」は、一部の知識人や『宇津保物語』愛好者に用いられたのみで、決して『源氏物語』や『伊勢物語』のように連歌師の必須知識ではなかっただろう。宗長『永文』(6)には次のように記される。

一、物知り連歌とて、事をほり求、詩心、古人の語、論語、毛詩など、つよく引出す事、嫌事也。源氏・伊勢物語・狭衣なども、事をたくみに不レ謂ところに取出す事、下手の物也。

不必要な所で漢籍や物語の知識に頼った句を詠むことが戒められている。誰でも知っている和歌や場面を典拠として踏まえることが良しとされた連歌の世界において、一般に周知されていない『宇津保物語』を詠むこと自体、物知連歌として嫌われるものであった可能性もある。あくまでも『宇津保物語』の知識を有する連衆の間のみで用いられたのであろう。

三、「うつほ寄合」と荒木田麗女

中世において、『宇津保物語』を典拠とする寄合が用いられた例は少数であった。しかし、近世に入ると、伊勢の連歌作者荒木田麗女（一七三二～一八〇六）が、『宇津保物語』に関する寄合を多用し、寄合の典拠を事細かに記している。

麗女は伊勢神宮神官の娘で、歴史物語、擬古物語作者。また西山昌林、里村昌迪、里村昌桂に入門し、多数の連歌を詠んでいる。麗女の連歌の特色は、様々な歌書や物語を踏まえた寄合を多用し、その出典を詳細に自注する点にあった。[7] その一環として、『宇津保物語』のどの巻、どの場面の言葉を取って寄合に用いているのか、麗女は自身の連歌資料の傍注、頭注に詳細に書き記している。その内容について考察を加えるため、『鴫の草ぐき・竹の落葉』[8]『麗女独吟千句』[9]の二書から「うつほ寄合」を用いている句を抽出する。

『宇津保物語』を典拠とする寄合は、『鴫の草ぐき・竹の落葉』に十二例、『麗女独吟千句』に十一例の、計二十三例が存在する。その中で麗女は、『連珠合璧集』記載の「俊蔭」巻を典拠とする寄合のみならず、新たに『宇津保物語』の様々な場面を用いて寄合を創作している。

まず、中世から使用例がある「俊蔭」巻を用いた寄合から検討する。なお、寄合の典拠を説明する麗女の自注は、（　）に括って示す。
⑪『賜の草ぐき』何雲
　まだ断はてずならす琴の緒
　（琴のねに響かよへる松風をしらべても鳴蝉の声かな）
怪しきは岩のうつほの住所
　（空穂物語、岩のうつほの中に住て琴を引し事あり）
⑫『賜の草ぐき』百韻一
たらちねの子をし憐む心しれ
　（かはらんと祈る命は惜からでさても別れん事ぞ悲しき）
　入こそ熊の通ふ奥山
　（うつほ物語の心）
⑬『麗女独吟千句』百韻第五扇・三字中略
捨る身は熊の喰ふも厭はめや
　いわけなきしも孝や思へる
　（うつほ）
⑪の「琴」に「うつほ」を結ぶ付けは、⑧同様に、うつほの中で俊蔭女と仲忠が琴を弾き暮らしたことに基づく寄

合である。⑫の「たらちね」、「子」に「熊の通ふ奥山」を結ぶ付けも、俊蔭女と仲忠母子が熊の通う奥山のうつほに住むことに由来する。⑬の「熊の喰ふも厭わぬ」に「孝」は、仲忠が木のうつほを見つけた時、中から熊が出て来て仲忠を喰らおうとしたが、仲忠が母親を養うのに必要のない耳、鼻を熊に捧げると言うと、熊が孝心に打たれて涙を流し、うつほを譲ったことによる。

また、麗女は「うつほ住み」以外の場面を典拠とした寄合も用いている。

⑭『竹の落葉』文月七日手向百韻

獣の臥所にならす峯つゞき

遥に認る玉琴の声

（空穂物語兼雅也）

枝さしも高き一木やたふすらん

（同としかげ也。遥に琴の響あるを尋ね行は木を切音也。阿修羅此木を守ると云々）

「遥に認る玉琴の声」に「空穂物語兼雅也」と注されていることから、親の制止によって俊蔭女のもとに通えなくなった兼雅が、北野行幸の日に琴の音に導かれてうつほに住む俊蔭女と再会する次の場面を踏まえた句であることがわかる。

その日、帝、北野の御ゆきし給ふ日にて、その山のあたりなど御覧ずるに、その日、さぶらひ給ふ右大将のおとゞ、御馬をひきまはして、この琴の調を聞きつけ給ひて、御兄の右のおとゞにきこえ給ふ。「この北山に、かぎりなく、響きのぼる物の音なむ聞ゆる。琴の声と聞ゆれど、おほくの物の音あはせたるやうにて、内裏に候ふせた風の一族なるべし。いざ給へ。近く聞かん」との給ふ。（略）大将はいみじき峯を五越えておはするに、獣はやく貝を伏せたらんやうに、おなじ上にたち混みたるに、わけ入りて、この琴の音を尋ねて、うつほのある杉の木のもとにうちよりて、馬よりおりて、見めぐり給ふ。この木の前には、よろづの木なつかしう、苔を敷き、沙を撒きて清げなるかげに立ち寄りて、声づくり給へば、このうつほの人は、琴を弾きやみて、怪しがりて見給へば、いと清げなる人立てり。

波線部には、兼雅が山に分け入ると、獣が身を伏せて琴の音に聞き入っている様子が描写されている。この場面を踏まえ、「琴」を前句「獣」の寄合としている。

次の句、「枝さしも高き一木やたふすらん」には、「同としかげ也。遥に琴の響あるを尋ね行は木を切音也。阿修羅此木を守ると云々」と注記されているため、俊蔭が波斯国で天人から秘琴を得る次の場面を下敷きにしていることがわかる。

花の露、紅葉の雫を、なめてあり経るに、あくる年の春より聞けば、此林より西に、木を倒す斧の声、遥かに聞こゆ。そのときに、俊蔭思ふ。「ほどは遥かなるを、響は高し。音高かるべき木かな」と思ひて、琴をひき、文を誦して、なほ聞くに、三年此木の声絶えず。年月のゆくまゝに、おのが弾く琴の声に、響きかよへり。（略）俊蔭、いさをしきこゝろ、はやき足をいたして行くに、辛うじて、その山にいたりて見わたせば、千丈の谷の底に根を指して、末は空につき、枝は隣の国に指せる桐の木を倒して、割木づくる者あり。頭の髪を見れば、剣を立てたるがごとし。（略）阿修羅、怒れるかたちをいたして「汝、何によりてか、阿修羅の万劫の罪のなかばすぐるまで、虎、狼、虫けらといへども、人のけ近きをあたりによせず、山のほとりにかゝりくる獣は、阿修羅の食とせよ、とあてられたり。いかに思ひてか、人の身をうけて、汝がこゝにきたれる。すみやかに、その由を申せ」と、眼を車の輪のごとく見くるべかして、歯を剣のごとく、くひいだして怒る。（略）阿修羅を山守となされて、春は花園、秋は紅葉の林に、天女くだりまし〳〵て、あそび給ふ所也。

俊蔭は木を切り倒す斧の音の響きを頼りに阿修羅が守る名木を探し当て、三十の琴を造った。この場面を踏まえることによって、前句の「琴」に「木たふす」が寄り合い、俊蔭女と兼雅が再開する場面から俊蔭が秘琴を得る場面に転じている。

⑮『麗女独吟千句』百韻第三桜・糸何

唐土遠く使せし人

作ぬる琴は妙なる声にして（うつほとしかげ）

「唐土」に「琴」は、遣唐使船の難破により波斯国に辿り着いた俊蔭が琴の名手であったことによる。以上⑫から⑮は、「俊蔭」巻に基づき、麗女が新たに作り出した寄合語と考えられる。

四、「俊蔭」巻以外を典拠とする「うつほ寄合」

「俊蔭」巻を典拠とする寄合は、中世から使用例が見られるが、麗女の連歌には他の巻を典拠とする「うつほ寄合」も用いられている。以下に麗女が用いた寄合語を整理する。なお、丸括弧内には典拠となっている場面の巻名を示す。典拠となっている場面は自注に拠る。

⑯「恨みふさねし文」に「雲」、「谷」（梅の花笠）

下居る雲のふかき谷の戸／余所になる恨みふさねし文のさま

かつて俊蔭女に思いをかけていた帝が、兼雅の妻となった後に、俊蔭女に恨めしさを綴った文とともに、「月にだによらずなりにし白雲の谷に年経と聞くはまことか」との和歌を送ったことによる。

⑰「吹上」に「四町」　（吹上上）

四町ぞ春の光ことなる／吹上の小野の住ゐは目もあやに

嵯峨院の落胤である源涼が、紀伊国吹上で四面八町の屋敷を豪華に飾り立てて暮らしていたことによる。

⑱「吹上」に「行幸」　（吹上下）

吹上の小野の住ゐは目もあやに／露も玉しく行幸めづらし

嵯峨院が吹上行幸を行ったことによる。

⑲「吹上」に「旅籠馬」　（吹上上）

待つかれ簾籠の馬やなづむらん／吹上の楼とひて帰るさ

紀伊国吹上の源涼のもとを尋ねた仲頼、行政、仲忠らが、帰京の際に旅籠馬を贈られたことによる。

⑳「面忘れ」に「ひえ辻」　（菊の宴）

㉑「ひえ辻」に「玉の緒絶し」　（菊の宴）

語よる心あやなき面忘れ／つれなくて身を忍ぶひえ辻／玉の緒の堪《(ママ)》しもうしと捨し世に

源正頼の娘貴宮は評判の美女で、多くの人々に求婚されていた。求婚者の一人源実忠は、貴宮に恋焦がれるあまり妻子を捨てる。息子の真砂君は父を慕うあまり死亡し、悲しんだ妻は比叡辻に隠棲した。ある日、実忠が比叡に貴宮への恋の成就を祈願しに行った帰り、偶然妻が隠棲する家に立ち寄り、和歌の贈答を行った。しかし妻は名乗らず、実忠は妻に気付かず立ち去ったことによる。

㉒「化し思ひのはらから」に「命さへ絶ぬ」（あて宮）

化しおもひのあやなはらから／命さへ堪《ママ》ぬ別れは内参り

源仲澄は同母妹の貴宮に深い恋心を抱き、貴宮の入内後、悲しみのあまり死んでしまうことによる。

㉓「碁手の銭」に「庚申」（あて宮）

数々に給はすは此碁手の銭／守るこゝろもさぞ庚申

貴宮が春宮妃となって初めての庚申の夜、宮中では庚申待の準備として碁手の銭三十貫が調えられたことによる。

㉔「酒」に「七夜の粥」（あて宮）

おろしもあらず酌る酒瓶／今日いはふ七夜に粥もすゝむらし

貴宮が皇子を出産した七夜の祝いの際、宮中で盛大な酒宴が催され、仲忠が七夜の粥を調えて貴宮に献上したことによる。

㉕「古跡」に「翁の守る蔵」（蔵開上）

荒るも哀年を古跡／残れるは翁の守る蔵にして

仲忠が成人後、祖父俊蔭の旧宅跡を訪れると、年九十ばかりの翁と嫗が俊蔭の遺した文蔵を守っていたことによる。

㉖「局ならび」に「石つくり」（楼上上）

局ならびやみやびかはせり／花衣きて尋ねつる石つくり

仲忠が石作寺の薬師仏を詣でた際、仲忠の宿泊した隣の局に、優美な女が逗留していたことによる。

㉗「高楼」に「愛真子」（楼の上下）

認来し琴の声も高楼／育める心ことさら愛真子

仲忠が新築した楼の上で、愛娘犬宮に琴を伝授したことによる。

㉘「物の音」に「星騒ぐ」

認て聞物の音床し月の下／星さはぎつゝはやき秋風　（楼の上下）

俊蔭女が孫の犬宮に琴を伝授した夜、見事な琴の音に感応して星が騒いだことによる。

これらの中で㉘に関しては、中世にも琴の音に星が騒いだことを詠む次の例が存在する。

人の心のかはる世の中

雲星もたが琴の音に騒がまし　（専順宗祇百句付）

これは寄合語としての使用ではないが、「楼の上」下巻を踏まえているだろう。その他の『宇津保物語』を典拠とする寄合には、麗女以前には用例が見出せず、麗女が新たに創作したと考えられる。これらの寄合は、『宇津保物語』の様々な巻を幅広く典拠としているが、特に「俊蔭」巻に次いで知名度の高い「あて宮」「吹上」「楼の上」を踏まえるものが多い。

しかし、こうした『宇津保物語』による寄合は到底一般に理解されるものではなかったと考えられる。本文と突き合わせれば寄合になってはいるものの、『宇津保物語』の内容を熟知する人物以外にはその意味が十分に通じないことは明らかである。他者に付合の根拠を示すために、どの巻のどの場面を踏まえているのか詳細に注記されていることがそれを裏書きする。麗女による「うつほ寄合」の多用は異端的な試みと言えるだろう。

また、これらからは、麗女が『宇津保物語』を隅々まで読み込み、内容を詳細に把握していたことが窺える。

五、麗女と『宇津保物語』

麗女は中世から細々と用いられていた「俊蔭」巻を用いた寄合以外にも、新たに複数の「うつほ寄合」を創作した。麗女が「うつほ寄合」を生み出した背景については、自伝『慶徳麗女遺稿』の記述から推測できる。(10)

又『空穂物語』廿巻なるを、良人東行の折から、求められける。時々見るに、さらによみ得がたくて、一度二度さし置きし。されど其のまゝにすておかんも本意なくて、明和五年の春、良人、摂津国に遊行の跡、ことに徒然なれば、『空穂物語』とり出て、再遍読したるに、やうやう心得るやうなり。誤字とみゆる所おほく、一二の順違へるさまなれば、見るにしたがひて、押して一二の順をあらためみるに、いとよくわかりゆく様なり。良人、家にかへられて後、かくと云へば、よろこびて、やがて朱してあらためらる。夜なよな校合をもして、誤字をも改め、目録系図をもかきたり。

明和五年頃、麗女は夫が購入した錯簡の多い延宝五年板本に校訂を加え、独自に目録、系図も作成した。こうした『宇津保物語』研究はその後も続く。

『池の藻屑』、『月の行方』、『桐の葉』は、三角先生見むとあるに、つかはしけるに、藤堂大僕子、其姉武子、藤堂侯の御隠居、御らんあり。武子よりは、『河原物語』とて、自作なるを見せらる。此の次手に『空穂物語』読合せをねがひ、目録系図をつかはしけるに、武子の自筆にて、少々御違の所をあらため給はり、中院通茂公の御自筆の本を貸したまはりけるに、我あらためしにかはることなし。

安永元年頃、津藩御隠居藤堂高朗（第七代津藩主）、高朗の弟の出雲高文（出雲藤堂家第六代当主）、高朗の妹で高文

の姉の武子らと交流の機会を得た麗女は、武子から借覧した中院通茂本『宇津保物語』と自身の校訂本との校合を行っている。これらの研究成果は、『宇津保物語系図』（請求記号：三門―五六三七）、『空津穂物語系図・古計衣系図』（請求記号：三門―五六三八）として神宮文庫に写本が現存する。麗女が校訂を加えた『宇津保物語』の原本は所在不明であるが、足代弘訓が麗女校訂本と田中道麿校訂本、細井貞雄の『宇津保物語玉琴』を校合して作成した『うつほ物語』（請求記号：三門―一五六〇）が神宮文庫に所蔵されている。

さらに麗女はこれらの『宇津保物語』研究の成果を擬古物語執筆に活かし、『宇津保物語』から着想を得た短編を作成している。明和八年成立の、平安王朝を舞台とする短編『五葉』巻一「あやめ」には、多くの人に求婚され、途中帝に召し上げられる女が描かれているが、この人物には貴宮からの影響が著しい。そして最後に女を得る男主人公は、仲忠を思わせる人物である。

また、安永七年成立の『怪世談』巻二十三「糸薄」は、文章生が除目に漏れたことに動転し、夏の衣の上に冬の衣を重ね、袴の片一方に両足を入れ、冠を前後逆に被り、笏と間違えてしゃもじを手に持って参内する話である。これも『宇津保物語』において、貴宮の春宮入内を知った求婚者の滋野真菅が、動転のあまり冠を前後逆に被り、夏物の袍に冬物の下襲を着し、武官でもないのに靫を背負い、袴を裏返しに履いた上、片一方に両足を入れ、片足に沓、片足に草鞋を履き、笏と間違えてしゃもじを持ち、参内して帝に愁訴した場面を踏まえている。

このように『宇津保物語』への関心が高く、知識も豊富であった麗女が新たな「うつほ寄合」を創作しようと思い立った背景には、連歌の師である里村昌迪、昌桂らからの影響があったと考えられる。

麗女は宝暦二年に里村南家の昌迪に入門し、昌迪の没後はその子昌桂に入門した。昌桂からは、柳営連歌の際に焚かれた香の余りを贈られるなど、親しく交流を持っている。そして「うつほ寄合」を用いる④、⑤、⑦、⑧、⑨、⑩

の連歌は、昌叱・昌陸・昌純・昌億・昌迪ら里村南家の連歌師が詠んでいるか、連衆の中に加わっている。「うつほ寄合」の発展には、里村南家が何らかの形で関わっているだろう。麗女は昌迪に入門し、昌迪や里村南家の連歌から「うつほ寄合」の存在を知り、それをさらに発展させて、新たな「うつほ寄合」を創作したのであろう。

おわりに

『宇津保物語』を典拠とする寄合語は、『連珠合璧集』に記載されているにも関わらず使用例が少ない。また、『連珠合璧集』に記載されるもの以外の「うつほ寄合」も少数ながら存在したが、中世から近世前期までの用例では、「俊蔭」巻の俊蔭女と仲忠の「うつほ住み」の場面に拠るものがほとんどである。しかし、近世中後期になり、荒木田麗女が新たに『宇津保物語』を典拠とする寄合を多数創作し、連歌に用いるようになる。麗女は里村昌迪に入門して連歌を学ぶ中で、昌叱・昌陸・昌純・昌億・昌迪ら里村南家の連歌に学び、『宇津保物語』が連歌寄合に用いられることを知った。そして「俊蔭」巻以外にも様々な場面を踏まえ、新たな「うつほ寄合」を創作したと考えられる。

このように新たに「うつほ寄合」を創り上げた背景には、麗女が長年に亘って校訂や校合、目録作成等の『宇津保物語』研究を続けていた実績がある。さらに麗女は、『宇津保物語』から着想を得た擬古物語を執筆する程に、『宇津保物語』に傾倒していた。連歌において、『宇津保物語』を寄合に用いるようになったのも、自然な流れであったと考えられる。そしてこれらは延宝五年板本の刊行によって『宇津保物語』が広く一般に流布するようになった近世期であるからこそ可能になった営為であると言えるだろう。

ただし『宇津保物語』は刊行されたとはいえ、『源氏物語』や『伊勢物語』のように連歌師の必読書とはなっていなかった。一般的な連衆に理解されたのは、有名な「俊蔭」巻を踏まえ、「うつほ」と「熊」、あるいは「うつほ」と「琴」を結ぶ寄合くらいであろう。そうした中、「うつほ寄合」の積極的な使用が特異であったことは疑いない。麗女が創作した「うつほ寄合」も、インパクトはあったかもしれないが、周囲に受け入れられ、他者に使用された形跡はない。麗女はおそらく、物知連歌を避けるという伝統的な連歌の慣習に反してでも、自身が好む『宇津保物語』を踏まえた連歌を詠みたかったのであろう。

注

（1）『随葉集』、『連歌寄合』、『連歌作法』にみえる。
（2）一条兼良『連珠合璧集』は文明八年頃成立。本文は『松平文庫影印叢書』第八巻『連歌書編』（新典社、一九九三年一〇月）、宮内庁書陵部所蔵本（国文学資料館マイクロフィルム、請求記号：20 - 691 - 5.88コマA）に拠る。
（3）『宇津保物語』の引用には、江戸時代に刊行されて一般に流布し、荒木田麗女も所持していた延宝五年板本を底本とする日本古典文学大系『宇津保物語』（岩波書店）を用いた。但し、私意に表記を改めた箇所がある。
（4）『竹馬集』、『拾花集』は、『近世初期刊行連歌寄合書三種集成翻刻・解説篇』（清文堂出版、二〇〇五年一二月）に拠る。
（5）猪川優子氏「柏亭本『うつほ物語』（広島大学蔵）の特色〈その一〉—俊蔭巻本文の前田家本との比較を中心に—」（『古代中世国文学』一一、一九九八年四月）、同「連歌師里村昌純の『葦守紀行』—柏亭本『うつほ物語』親本所持者の旅の記録—」（『古代中世国文学』二一、二〇〇五年五月）に拠る。
（6）宗長『永文』は、『連歌論集』四（三弥井書店、一九九〇四月）に拠る。
（7）拙稿「『麗女独吟千句』研究叙説—荒木田麗女の連歌—」（『連歌俳諧研究』一二三、二〇一二年九月）に詳しい。
（8）荒木田麗女『鴫の草ぐき・竹の落葉』は、天明三年六月、「鴫の草ぐき」と「竹の落葉」を合綴して成立。白百合女子大学図書館所蔵（請求記号：090/A64/25）。『鵙の草ぐき』には「何雲」「春何」「百韻一」「百韻二」「里村紹甫追悼百韻」「百韻三」が収められる。『竹の落葉』には「百韻四」「百韻五」「百韻六」「文月七日手向百韻」「西行谷法楽」が収められる。なお、百韻一〜五、「里村紹甫追悼百韻」「文月七日手向百韻」の名称は、詞書・内容によって論者が便宜的に名付けた。

（9）荒木田麗女『麗女独吟千句』は、明和九年成立。白百合女子大学図書館所蔵（請求記号：090/A64/3）。

（10）荒木田麗女『慶徳麗女遺稿』は、享和二年頃成立。本文は『国学者伝記集成（上）』（復刻版、東出版、一九九七年九月）に拠った。書名には論者が適宜二重鉤括弧を補っている。

近世前期（芭蕉以前）における恋俳諧
――「恋の詞」の有無を中心に――

永田英理

はじめに

連句の各句すべてに恋を詠み込んだ「恋俳諧」という俳諧の様式がある。これは全句に課題の言葉を詠み込む「物名《ものの》俳諧」のひとつで、連歌の恋百韻に倣ったものとされており、とりわけ言語遊戯への嗜好が強い初期俳諧において集中してみることができる。

そもそも全句を恋によって仕立てた連句とは、もはや正統な連句ではない。芭蕉没後の享保俳諧において、沾州による「恋之巻　雌雄半折替」（『江戸筏』享保元〈一七一六〉年刊）や、淡々の「恋雑之独吟」（『にはくなぶり』享保二年刊）などの「恋尽くしの連句」が再び登場する現象について、楠元六男氏も「何よりも内容的な変化を生命とする連句に、条件を付して展開しにくくする。その制約のなかで一巻の変化をみせるという手妻は、あまりにも危険な実験というべきであろう[1]」と評している通りである。また、宗因の恋俳諧について取り上げた竹下義人氏は、「恋の句だけで百韻が構成されているということは、（略）どうしても人事の句が多くなってしまうことは避けられなかったようなのだ。対象も素材も限定されたものになりがちで、ややもすると転じ方が平板なものになりやすい」という点を指摘しながらも、これが談林当時の一般的な俳諧の姿であり、かつ「案外に窮屈で不自由な」恋百韻を詠むことは、宗因にとって「大いなる挑戦でもあったはずである」と論じている(2)。すなわち恋俳諧とは、俳諧師たちにとって平生の俳諧とはまったく異なる詩への挑戦であり、実験でもあったのだ。もっとも、宗牧が恋百韻について「稽古のため恋百韵など云事《いふ》もあるべくや」(『択善集』)と述べているごとく、連歌の恋百韻は付合修練のために始まったものであるらしいのだが(3)。

初期俳諧における流行をみても、「恋俳諧」とは時代の徒花ともいうべき文芸であり、たしかに自由に世界を転じてゆく面白味には乏しい。しかも、通常の連句において四季や雑などあらゆる世界を詠じた前句に付けてゆく恋の付句と、常に恋句に付けてゆかなければならない恋俳諧の付句とでは、句の案じ方も異なってくるだろう。だが、当時の俳人たちが恋をどのように詠じていたのかを知るうえでは、大変興味深い題材である。たとえば、芭蕉が恋の詞に頼らずに恋の心を句に詠むことを説いた、

恋の事を、先師曰く「昔より二句結ばざれば用ひざるなり。昔の句は、恋の言葉をかねて集め置き、その詞をつづり、句となして、心の恋の誠を思はざるなり(4)」。

という言説は非常に有名であり、宮脇真彦氏によれば、芭蕉の恋の句とは「日常的に用いる言葉の中から選び取られてきた平易で気取らぬ言葉が、かえって我々読者に、日常の中にありそうな恋の世界を想像させ」る仕組みになっていると指摘されている(5)。

それでは、芭蕉以前の恋俳諧ではどのような恋句が詠まれていたのだろうか。芭蕉は昔の俳諧について、「恋の詞に頼って恋の句として仕立てていて、心の恋の誠がない」と言うが、はたして本当にそうであったのか。初期俳諧に

おける「恋の詞」については、次章にあげる清登典子氏の研究のほか、木村遊幻氏の論考が備わっているが[6]、木村氏は『毛吹草』の「恋の詞」に注目し、「連歌戀之詞」に対して、重頼が「一定の判定基準によ」り、「巷間にあふれる言葉をふるいにかけて、文芸作品にふさわしいものを蒐め」て「誹諧戀之詞」を定めたことが、新たな俳諧の境地を開いたと論じている。本稿ではこの「恋の詞」の有無を手がかりに、近世前期（芭蕉以前）における恋俳諧の様相を探ってみることにしたい。

一

今回確認することができた恋俳諧は、立圃《りゅうほ》門の友直による『若狐』（承応元〈一六五二〉年刊）の恋百韻、山岡元隣の『歌仙ぞろへ』（寛文六〈一六六六〉年頃成か）の恋歌仙、寺田重徳による『誹諧独吟集』（寛文六年刊）に収録された捨女《すてじょ》の恋歌仙、同じ重徳版の『新独吟集』（寛文十一〈一六七一〉年刊）における空存、休甫の恋百韻、宗因の「しれさんしよ」百韻（万治三〈一六六〇〉年以前成、『宗因五百句』〈延宝四〈一六七六〉年刊〉などに収録）と「花で候」百韻（寛文九〈一六六九〉年以前成、『俳諧塵塚』〈寛文十二年頃刊〉などに収録）、以上はすべて独吟で、『功用群鑑』（延宝八、九〈一六八〇、一〉年頃刊）所収の松翁・雅計・松意による恋歌仙の計八作品である。成立年次はたまたま一六六〇年前後に集中しているが、作者の門流はそれぞれに異なっている。友直は立圃門、空存と休甫は大坂俳壇の最古老で、空存は一説に重頼門とされるが、おそらく一派に偏さない遊俳であるとみられ、貞徳や重頼と交流のあった休甫も同様であった[7]。元隣は季吟門、捨女も季吟らに師事したことがあり、松意は宗因の門弟である。サンプル自体が少ないため各派の作風を論ずることはせず、本稿ではあくまでも「恋の詞」の有無という観点に絞って分析してゆくことを、最初に断っておきたい。

「恋の詞」の判断については、二つの段階に分けて分類を試みた。まず第一段階における「恋の詞」の認定については、清登典子氏の「俳諧詞寄せ類に見る「恋の詞」一覧―寛永から元禄期まで―」（「俳文芸」第二十一号、昭和五十八年六月）を参照した。たいていの語はこの一覧において確認できるものであるが、詞寄せ類に「恋の詞」としてあげられている語がいつもそのまま詠まれているとも限らないので、立項されている詞に準ずる語や表現についても、「恋の詞」と同様であると扱った。たとえば、「はだのおび」「下の帯」は「恋の詞」であるので、「ふんどし」「肌着」なども同類の表現とみなしている。また、分析対象とした作品以後に刊行された書にのみ見られる詞については、「恋の詞」として認定はしなかったが、第二段階の分類において恋に関わる表現として扱うことにした。

次に第二段階として、詞寄せ類には採られていないものの、恋の意を含んでいたり、恋に関連するとみられる語――容姿や仕草、雰囲気に関わる語（「鶯声」や「花の顔」など）、相手を思う表現（「心根」・「慕ふ」など）、遊郭・性風俗関係の語（線引きが難しいが、「三味線」もこのなかに含むこととした）、婚姻・出産関係の語など――も、恋にまつわる表現ととらえて、第一段階でふるい落とされた語を拾うことにした。これは、宗因や西鶴の独吟を読んでいると、詞寄せ類における「恋の詞」自体は詠み込まれていなくとも、句意によって恋の付合になっている例がたびたびみられるためである。(8) また、後年の詞寄せ類にのみみられる「恋の詞」もこの扱いとした。

この方法によって八作品の全句を分析した結果は、別表の通りである。また参考として、恋の付合を集めた重頼の『毛吹草』（正保二〈一六四五〉年刊）巻第七の恋の付句、湖春の『続山井《ぞくやまのい》』（寛文七〈一六六七〉年刊）の恋誹諧連歌の付句のみを分析したものも載せている。(9)

なお、別表において「「恋の詞」のない句」というのは、第一段階の分類に即してふり分けたもので、「恋に関わる表現が全くない句」というのは、第二段階の分類にも該当しなかった句、つまり一句としてまったく恋の意味をもたないと判断できる句のことを指している。この表をみると、今回取り上げた八作品においてはいずれも、定められた「恋の詞」以外の恋の表現を用いた句が二割前後詠まれていることがわかった。さらに興味深いのは、恋とまったく関係ないとみられる句が、恋百韻および捨女の歌仙においてごくわずかに存在している点である。なかでも宗因の恋百韻には若干多い。逆に、参考として掲げた『毛吹草』と『続山井』にまったくみられないのは、恋の付合として主に二句単位で採録されていることから、付句も明らかな恋句である必要性があったためであろう。

作品名	「恋の詞」のない句	恋に関わる表現が全くない句／一巻の全句数
友直「みよしのゝ」百韻	一五	二／一〇〇
空存「花やかな」百韻	二七	二／一〇〇
休甫「秋津洲は」百韻	三〇	二／一〇〇
宗因「しれさんしよ」百韻	二五	六／一〇〇
宗因「花で候」百韻	二〇	五／一〇〇
元隣「逢初る」歌仙	五	〇／三六
捨女「梅がえは」歌仙	四	一／三六
松意他「娘あぶなし」歌仙	八	〇／三六
『毛吹草』恋の付句	三	〇／二五
『続山井』恋誹諧連歌の付句	一五	〇／九七

別表

二

では、実際の作品における内容について確認してゆきたい。「恋の詞」の有無についての分析はすべての作品を対象に行ったが、ここでは「恋の詞」のない句が三割に達している『新独吟集』の休甫の独吟のみ、百韻すべての翻刻およびその結果を図示することにした(10)。あとの作品については適宜、部分的に引用しながら検証してゆく。次に示す休甫の百韻については、前章の第一段階の分類に当たるもの――「恋の詞」および、詞寄せ類に立項されている詞と同類の表現（この場合、句の下に同類とみなした元の恋の詞を示している）には傍線を付した。先掲の清登氏の論考において△の付されている語（句体によるとされているもの）にも傍線を付し、その語を句の下の括弧に△で示した（一句中に、別に「恋の詞」がある場合は示していない）。また、第二段階の分類に当たるもの――「恋の詞」として立項されてはいないが、恋に関わる表現であるとみなすことのできる語――には点線を施した。今回分析対象とした作品以後に刊行された『俳諧番匠童』（元禄二〈一六八九〉年）以降の書にのみ見られる「恋の詞」についても点線を付し、句の下の括弧に▲で示している。なお、恋に関わる表現がまったくないと判断した句には●を付けた。

恋誹諧　　大坂休甫

1秋津洲は色にすけとか鉾の露
2　身にしむ服話《チワ》やふるき神歌
3月に引君かしらへは彼義にて
4　もてしつめつゝいとしふり袖
5春雨のさめづみたやな柳腰
6　樽のかすみをつくすつけさし
7羽子板の絵のことくしも向居て
8　おさなつれこそ契り深けれ　（「おさななじみ」）

ウ
9井の底のつめたさくまてうかれめに

10　水もらすなとそふ雪の肌
11文わせん事は形見の目を多み
12　ぬぐきぬ〳〵のあやしめいこせ
13空蝉のそらたはかりのおほ姿
14　しける術なき老の恋種
15あれこれかみたれしのふにそみかくだ
16　旅の衣の露きておよれ
17双へはや枕本やゝさむしろに　（「枕ならぶる」）
18　かの様とこそ月も月なれ
19しつらひて名をもひめをくお物かね　（△「名」）
20　刀うんたりとのしなせふり
21ひこあけの燈火もむへそ花の顔
22　田をうつゝれも恋暮（ママ）しらすや

二

23ゆる〳〵といと遊ふへき中ならし
24　ならす三線のこま〳〵の文　（△「文」）
25傾城のあるしは愚のばくち汁
26　せにもてかよふ三嶋江の宿
27とれさして淀の川舟こかるらん

28　ねちしほる袖をとへ郭公　（▲「袖しぼる」）
29きつきふりはさみたれ髪のとけやらて
30　うはなりうちをなためかねつゝ
31山寺の時の太鼓におきわかれ　（△「わかれ」）
32　ゆく児さらね月の朝めし
33地走せんくすしにへやておちの人
34　くはゆるゆひの紅粉《べに》にほうさき　（△「紅粉」）
35またうゐの程のけはひは恥らひて
36　やをらかたせり脇あけの袖

二ウ

37かいま見てそゝく雨にやぬれ心
38　出あひたさよも竹縁のおく　（「あふ」）
39立つくし行廻りてはたる涙
40　やふれ車のしぢもなみけり
41ふたつもし牛の角文字しすぐして
42　それてはいねどなれはまさらす
43対面はかた野のかりの伝もなし　（△「つて」）
44　つかひをせしとなるあまの川
45をり姫のえにしは何の曲あらん

三

46　千秋楽にかたらひしゆめ
47なさけくむ月の下帯とけ〳〵て
48　気をきえ〳〵の露の手枕
49三吉野の華の雪ふりになれ給ひ
50　春はつれたて名も妹背山
51我涙なかるゝこほり得しらしな
52　なと川竹のふし〳〵の体
53諸共にかことかましき小歌声
54　ちらと斗の黄昏の宿　（△「宿」）
55思ひをやまねて雲ゐに飛螢　（△「思ひ」）
56　月にあふちの木陰奇麗さ
57内階に涼む若衆の風呂あかり
58　外面を遠み伽羅かほる也　（▲「きゃらの香」）
59簾まくる袂こよなき朝ぼらけ
60　身をしる雨やさつと晴けん
61諫めせし親も合する時節きて
62　立くたひれし道の辻くら　（「辻立」）
63あたままておほふや胸の霧ならん

三ウ
64　わきてなぜふく人のあき風
65誓てし言の葉ひとつつい散て　（▲「ちかひ」）
66　月のみときにまつはからさき
67しつほりといつかあふみの鏡山
68　つまのさかなにする凝魚鮒《こごりぶな》
69こたつ火を探りたはるゝ夕間暮
●70　昼もふところにはいる冬され
71翅《つばさ》たにゆるすをいかに人ころし
72　関の戸たます別路の鳥　（△「わかれ」）
73むこきをも又こりすまの恨みしな
74　あかれ若木の花やらんすえ
75撰はれてみめゆへ春の宮仕へ
●76　かすむる　懐（ママ。「怪」カ）　気おほきさうしよ
77かせふかはと読しもいさや白拍子
78　ものゝ本より見るは玉章
名
79遁てもしたふはうきか世狂ひにて
80　むかふやらすをたしなませつゝ　（▲「たしなむ」）
81伸あかり目すひ襟ひ（「襟すひ」カ）しかみ付

82 棋盤まくらの陰のさゝやき
83髪そくや橋の爪なりいもかりに
84 つくる美男をやつす川風
85それとはた匂ふ御裳のえならすて
86 ゆるし色なる袖とらへはや
87岩木にはなき念者こそさすかなれ
88 ねたき若僧ほしやときげさや
89恋佗て春道心やおこすらん
90 かへり腎虚を此山の庵
91月花と思ふ子持に別れきて

92 なみたに筋の夜衣は紅梅
名ウ93あくかるや鶯声の物こしに
94 たゝさし足の前渡りのみ
95難波女に船かた共や見とるらん
96 ほり江の水のあはれあはしめ
97思ひしむ色しつこくも年をへて　（△「思ひ」）
98 幾子たはねか立し錦木
99ほゐのことくときふせての私語《ささめごと》
100 比翼連理のすくせ嬉しも

休甫の場合、発句自体がすでに伊弉諾《いざなぎ》と伊弉冉《いざなみ》の国生み神話に基づいた趣向によっており、すでに指摘されているごとく、「鉾」には性的な連想があるものの、(11)「恋の詞」自体は入れていない。全体的としても「恋の詞」に頼らずに仕立てている付合が散見し、心付による展開が多いが、いくつか取り上げてみてみることにしよう。

40 やふれ車のしぢもなみけり
41ふたつもし牛の角文字しすぐして
42 それてはいねどなれはまさらす

40の句は壊れた破れ車の榻《しじ》（牛車に取り付けた踏み台のようなもの）が並んでいるさまを詠むが、これは『奥義抄』などにみられる故事をふまえている。昔、女が求婚してくる男に対して、百夜通って榻に寝たら会おうと言ったところ、男は九十九夜まで通ってその証拠を榻に書き付けたが、百夜めに事情があって行けず、思いを遂げられなかったという話である。前句が思い人を探し歩いて徒労に終わったさまを詠んだものなので、前句との付合において、破れ車ならぬ恋に破れた男のさまが浮かんでくることになる。さらに41の句は『徒然草』第六十二段における、延政門院の和歌「ふたつ文字牛の角文字すぐな文字ゆがみ文字とぞ君は覚ゆる」（「こいしく」）による詠であるが、実際に「恋」という語が詠み込まれているわけではない。この和歌を引いたのは、前句の破れ車に位を合わせたことにもよるのかもしれないが、あえて句面に「恋」という字を避けている点は注目すべきである。「しすぐす」は「し過ごす」で、度が過ぎていることをいい、ここでは恋に入れ込みすぎた結果である、として前句を説明している。42の句の上七は、気持ちは他へ移ってはいないけれど、の意であろうか。「なれはまさらず」は、柿本人麻呂の「みかりする狩り場の小野の楢柴のなれはまさらで恋ぞまされる」（新古今集・恋歌一・一〇五〇）による表現で、親しさは勝らずに恋心のみが勝る心境をいう。本句もまた「恋ぞまされる」の方の文句を採らずに恋心を詠んでおり、この三句の渡りのみをみると、休甫が「恋」という字面を詠むことを避けているようにもみえるが、ほかの付合ではどうだろうか。

69こたつ火を探りたはるゝ夕間暮

●70　昼もふところにはいる冬され

71翅《つばさ》たにゆるすをいかに人ころし

69の句は、その前句では夫婦の晩酌風景を詠んでいるので、火燵のなかで足を絡ませながらいちゃついているさまを付けたものであり、「たはるゝ」が恋の意をもつ語である。70の句だけでは何が懐に入っているのかわからず、一句としては恋の意が感じられない。それが前句との付合においては、男女が火燵で戯れているその延長であると解することができる。冬ざれの日に、昼間でも暖をとろうと相手の懐のなかで手などを温めてもらおうとしているのだろう。

71の句は意味がとりにくく、「翅だにゆるす」とは、翅のある蝶や鳥の命でさえも許すのに、ということであろうか（72の付句は、孟嘗君の故事をふまえた清少納言の歌「夜をこめて鳥のそら音にはかるともよに逢坂の関はゆるさじ」（後拾遺集・雑二・九三九、枕草子にも）によっているのは明らかなのだが）。もしくは小さい生き物の命は許すのに、という意か。それをいかに、と問うている対象は「人ごろし」である。これは『好色一代男』にも用例のみえる「美人」の異称であり、恋の意をもつ語といえる。このほかにも、謡曲「殺生石」の玉藻の前の怪などを思わせるような美女のなす怪を詠んだ76の句があり、一句として恋の意をもたない句がごく少数ではあるが確認される。やはり休甫が百韻を詠み通すなかで、「恋の詞」を全句に用いることを避け、さらにあえて恋の意をもたない句を入れ込んでゆくことで、一巻に変化をつけようとしたことによるものだと推測できないだろうか。

三

このような意識は休甫に限ってみられるわけではない。たとえば空存の恋百韻においても、以下のように既存の「恋の詞」に縛られない付合は散見する。一例をあげよう。

37時々は腰もとつかひゆるしてよ
38　御物《おもの》になれはきうくつにこそ
39すつとひる音もおもはゆやへやの内
40比丘尼つうりと頼むかみさま
41折からにいとしき殿のはる小袖

●42　漸さむき夜は彼《かの》わさもなし
　43月にたにあとさしあふてぬる斗

37と38の句の付合は、浮気相手である腰元の、御物（貴人の寵愛を受ける人）となった立場の窮屈さを嘆く心情を詠む。「腰元」「御物」はいずれも「恋の詞」ではないが、恋俳諧においてはたびたび登場する恋の意をもつ語である。39の句では部屋のなかで放屁したときの決まりの悪さを恥じらう情とし、40の句では屁負い比丘尼にその失態を被ってもらう奥様の様子を付けている（傍線を付したのは、「をくさま」が恋の詞であることをふまえて、「かみさま」を恋の詞として認定したことによる）。41の句は、比丘尼通理と頼む内容を、愛しい殿の春小袖を代わりに仕立ててもらう行為としてうまく転じたが、42の一句のみでは「彼《かの》わざ」が何を指すのか不明で、恋の句にはならない。だが、前句および付句との付合においては夜の情交の意となり、43の句は月夜でさえも隣り合って寝るだけである、と付く。

休甫や空存は、遊俳として思うままに恋俳諧を楽しんでいたのではないか。とりわけ西鶴も敬慕したという休甫は、遊里や芝居にも通じた「艶《やさ》隠者」であったことを考えるならば(12)、「恋の詞」を用いずとも、自由自在に恋の句を連ねてゆくのはたやすかったであろう。この二人に比べると少ないが、友直の恋百韻においてもこのような例がある。

84　二人ならはの月も詮あれ
85もとの身に唯成分《なるぶん》と素なけき
86　いつかはとけん此産のひも　（「いはた帯」）
87巻〱は経《きやう》さへしらて還俗し
88　そもし故にや地獄へおちん

84の句は、前句が思い人の家の前を「前渡り」（恋の詞）することを詠んだ句であったので、月を眺めるのが「二人ならば」と望む心情を付けたものであろうか。85の「もとの身に」は、『伊勢物語』第四段の「月やあらぬ春やむかしの春ならぬわが身ひとつはもとの身にして」による表現であり、一見恋にまつわる語はないが、これも恋の句である。なお次章で述べるが、『伊勢物語』を趣向した付合には、「恋の詞」の入らない例が多い。86の句の「産のひも」は妊婦の巻く岩田帯のことで、「恋の詞」である。お産を控えたこの身体も、いつかは元の身に戻るということであろう。87の句は、恋愛沙汰のほとぼりが覚めるまでは出家の体をとっていたことをいう。88の句も明確な恋の語はないが、「そもじ」（そなた）ゆえに地獄に堕ちる覚悟がある、という激しい恋情が詠み込まれている。こうした人物の台詞によって仕立てられた句もまた、恋の詞が落ちる傾向にある。なお、恋に関わる表現がまったくない●の句としては、

59四辻に唯うつとりと立うかれ　（「辻立」）
●60　不思議成ける右かたのうへ
61ひたすらに祈きふねの神参　（「祈る神」）

という付合が興味深い。遊女の姿にうっとりと見惚れる人物の前句に、60の句は「右肩（方）の上が不思議である」と詠む。付句が神参りの句であることから、恋にまつわる憑き物なども連想されるが、一句としては不分明なので恋の句とは考えにくい。

最後に歌仙の例もみておこう。捨女の恋歌仙において、一句のみ●を付した付句である。

8　何とてやまぬしうぢやくの道　（「しうねき」）
9いさめてもしつとの念や深からん
●10　おそろしげにもきこゆなりふり

8の句は恋俳諧でなければ恋にならない句であるともいえるが、ここでは恋の執着の意となる。9が諫められても

収まることのない嫉妬深さについて詠まれた句なので、10の句は、一句としてはまったく恋の意味をもたないが、その嫉妬に狂った有様が恐ろしげにも聞こえるほどだ、という前句との付合によって恋となる。

これまでの用例をみるかぎり、いずれの恋俳諧も、詞寄せ類の「恋の詞」を詠み込むことに別段こだわっているわけではないといってよい。恋句のみで一巻を仕立てるとなると、手垢のついたような「恋の詞」ばかりを使用するのではなく、身近にあふれる恋にまつわる表現をいろいろと詠み込んでゆこうとする行為に出たくなるのかもしれない。たとえば空存は「十二つかひ」（春画）をはじめ、俗語をかなり多用しているし、元隣も「20心死《シ》なさぬ八十年のうは」といった、年老いても恋心を燃やす姥などを自由に詠み出しているのであった。

四

今度は宗因の恋百韻をみておこう。なお宗因の「花で候」百韻については、日本古典文学全集の『連歌俳諧集』における注釈[13]を参考にした。宗因の付句において恋にまつわる語が詠み込まれない場合には、いくつかのパターンがみられる[14]。

29いつも只病ほうけたる物おもひ
●30　起たり寝たり空ながめたり　（「花で候」百韻）

前句が恋の病のためいつも物思いにふけっているさまを詠んでいるので、その具体的な動作を付けたのが30の句である。一句としてはまったく恋の意がないが、じつは『伊勢物語』第二段の和歌「おきもせず寝もせで夜を明かしては春のものとてながめくらしつ」の本歌取りである。『伊勢物語』の「まめ男」は相手を思いながら夜を明かし、長雨を眺めながら一日を過ごしてしまったが、宗因の付けは軽妙で、「〜たり」と畳みかけてくるリズムがコミカルに響いてくる。何をしていても常に恋の物思いがついて回り、結局恋にとらわれた心からは遁れることができないという、リアルな描写にもなっているのであった。ちなみに、同百韻の「25暁のわかれのかねを置みやげ／26鳥はものかは我ぞつたなき」の場合は、「待つ宵の更けゆく鐘の声聞けばあかぬ別れの鳥はものかは」（新古今集・恋歌三・一一九一・小侍従）の歌の文句をそのまま詠み込んでいるため、恋に関連する表現とみなしている。さらに同じ百韻中に、もうひとつ『伊勢物語』をふまえた付けがある。

47小男鹿と相腹中の妻ごひに

●48　露ときえばや野でも山でも

今度は第六段「芥河」の「白玉か何ぞと人の問ひし時つゆとこたへて消えなましものを」をふまえて、妻を恋う心情を吐露した付句である。このように前句の人物の台詞をもって句を付ける場合も、恋に関わる語が入らない傾向が強い。同じ百韻内にも、

59たまさかに口説せしことりんきして

●60　したゝるけれど今すこしねん

として、寝物語をするうちに女房の嫉妬が始まり、べたべたしてきてうっとうしいが、今しばらく共寝をしよう、という夫の独白が詠み込まれている。「しれさんしよ」百韻にも、前句で切り出された別れ話の台詞をそのまま付けた、次のような付合がある。

51春の夜もつい明方のいとまこひ　（「いとまの文」）

●52　御無事てこされかはらてこされ

最後に「しれさんしよ」百韻から、恋俳諧でなければ恋にならないのではないかとさえ思われる付合を紹介する。

29玉篠のたまの便宜もきかまほし　（△「文」）
●30　あられこん〳〵とはかりは何
●31古狐よりもまされる人はかし
32　たぬきね入をしたるつめたさ（▲「つめたき心」）

30の句は、霰がこんこんと降るさまを詠み、一句としてはまったく恋の意をもたない。前句との付合において「来ん」が掛けられ、やっと来た文の中身が「来ん」とばかりあるのはいったい何なのか、と付くことによって恋となっている。しかも次の31の句も「人を化かすのは古狐よりも勝っている」と詠むだけで、一句としては恋の意はない。しいていえば「化かす」の「たぶらかす」という意が、恋のニュアンスを帯びているだろうか。だが、「こんこん」から狐を連想して付けた30・31の句の付合だけを取り出してみると、やはり恋の意は薄い。恋俳諧における一連の濃厚な恋の流れのなかに置かれることによって、手紙では「来る、来る」と言っておきながら、自らを欺き続ける薄情な恋人（「そらごと」として解釈すれば、空から降ってくる霰）の仕打ちを嘆く心情が鮮やかに立ち現れてくるのである。こうした宗因の付けは、前句に対してさらっと軽く付けていながらも、付合として味わうとリアルな恋情を描き出すことに成功しているといえよう。

おわりに

この時代の「詞」についての意識を考えるうえで、重頼や徳元らの師事した連歌師昌琢と、松永貞徳の「詞」をめぐる俳諧観の違いについても押さえておく必要がある。(15) たとえば、「恋の詞」について説かれた貞徳の秘伝書『天水抄』（寛永二十一〈一六四四〉年成）にみえる、

（前略）色好《いろごのみ》の男、（略）美人の名は、皆恋に成《なる》といふ説有《あり》。尤《もつとも》其謂《そのいはれ》なし。句体によるべし。但《ただし》、付句恋ならば、それにひかれて恋に成事も可有《あるべし》。（略）女といふ字・女房と云《いふ》字・下帯・脚布等の類も、皆句体によるべき也。ひたすら恋にすべからず。(16)

という考え方と、「女と云《いふ》一字さへ恋にな」（『誹諧初学抄』）ると考える昌琢の認識が対立していたことは、よく知られている通りである。(17) 本稿においても、各門流における「恋の詞」をめぐる式目観の対立について、本来ならば厳密に扱わなければならなかったのであるが、ひとまず今回の調査結果について思うところを述べておきたい。

本稿で取り上げた恋俳諧の作者たちはそれぞれに門流も異なっている点や、『天水抄』が写本のかたちで伝授されていたことなども考慮しなければならないが、句体による恋、つまり芭蕉のいう「心の恋」の実践は、芭蕉以前の恋俳諧においてはほとんど確認することができなかった。だが、少なくとも「恋俳諧」という特殊な形式の詩においては、詞寄せ類などに定められた「恋の詞」に必ずしもこだわることなく、みな積極的に多様な恋の表現を詠み込んでいったといえるのである。そしてまた「すべての句が恋の句でなければならない」というこの不自由な縛りゆえに、あえて恋の意をもたない句を入れ込んで、一巻に変化を付けようとする姿勢も見出すことができた。とりわけ宗因の軽妙な付けにおいては、恋俳諧という形式をうまく利用しつつ、恋にまつわる表現に頼らずとも、付合でリアルな恋の様相を描き得ている例もあり、談林の遣句《やりく》を付ける際の軽妙な呼吸――「遣句いき」は、蕉風に積極的に継承されていったことを(18)、再認識せずにはいられないのであった。(19)

注

（1）「恋尽くしの連句─『江戸筏』と『にはくなぶり』」（「國文學　解釈と鑑賞」平成十七年八月号）。なお、ほかにも建部綾足の「恋百韵」（『百恋集』宝暦二〈一七五二〉年刊）や、綾足の門人による『続百恋集』（宝暦九〈一七五九〉年刊）における涼袋独吟恋百韻などがある。恋俳諧の展開については、白石悌三「恋句の諸相─芭蕉の付句　蕪村の発句─」（「國文學　解釈と教材の研究」平成八年十月号）に紹介されている。

（2）「宗因の恋俳諧を読む」（「國文學　解釈と鑑賞」平成十七年八月号）。

（3）『択善集』の引用は、金子金治郎編『連歌貴重文献集成』第十集（勉誠社、昭和五十七年）による。なお島津忠夫氏は、宗砌の句集において、恋百韻や句毎に賦物をとった百韻などの句が一句も採られていないことについて、「いずれも宗砌自らは非文芸的なものと考えていたというべきであろう」と述べている（『島津忠夫著作集』第三巻、和泉書院、平成十五年）。また寺島樵一氏によれば、宗砌の恋連歌に対して、肖柏・宗牧の恋百韻は「言葉・表現のレベルだけではなく、意味内容のレベルで恋の句を詠み通そうとする変化が見られる」とされ（『俳文学大辞典』普及版〈角川学芸出版、平成二十年〉の「恋連歌」の項）、肖柏の永正三年九月十五日「ちらすなよ」百韻を確認したところ、たしかに連歌の恋の詞は控えめであった。恋連歌については、また改めて検証したい。

（4）引用は、復本一郎他校注『連歌論集　能楽論集　俳論集』（新編日本古典文学全集、小学館、平成十五年）による。

（5）「芭蕉晩年の恋句」。注（1）にあげた「國文學　解釈と鑑賞」所収。

（6）「初期俳諧時代にみる「恋の詞」攷─『毛吹草』「誹諧戀之詞」と「連歌戀之詞」─」（「近世文学研究」第三号、平成二十三年十月）。

（7）『俳文学大辞典』「空存」の項（母利司朗氏執筆）、「休甫」の項（塩村耕氏執筆）による。

（8）深沢眞二・了子両氏の「宗因独吟「世の中の」百韻注釈」（「近世文学研究」第二号、平成二十二年七月）に始まる一連の宗因独吟百韻注釈の論考、中嶋隆氏の「西鶴『俳諧独吟一日千句』第一注解」（「近世文芸研究と評論」第七十九号、平成二十二年十一月）に始まる一連の『俳諧独吟一日千句』の注釈などによる。

（9）恋俳諧などの本文は、それぞれ以下によった。

友直の恋百韻…東京大学洒竹文庫蔵『若狐』（マイクロフィルム）。

空存・休甫の恋百韻…『俳諧独吟集一』天理図書館綿屋文庫俳書集成　第四巻（八木書店、平成六年）。

宗因「しれさんしよ」百韻…西山宗因全集編集委員会編『西山宗因全集』第三巻（八木書店、平成十六年）。

宗因「花で候」百韻…暉峻康隆・中村俊定他注解『連歌俳諧集』日本古典文学全集（小学館、昭和四十九年）。

元隣の恋歌仙…東京大学竹冷文庫蔵『歌仙ぞろへ』（マイクロフィルム）。

捨女の恋歌仙…中村俊定・森川昭校注『貞門俳諧集一』古典俳文学大系（集英社、昭和四十五年）。

『功用群鑑』の恋歌仙…乾裕幸他校注『談林俳諧集二』古典俳文学大系（集英社、昭和四十七年）。

『毛吹草』の恋の付合…日本文学Ｗｅｂ図書館「和歌&俳諧ライブラリー」。

『続山井』の恋誹諧連歌…森川昭他校注『貞門俳諧集二』古典俳文学大系（集英社、昭和四十六年）。

（10）『新独吟集』の底本は注（9）にあげた同書によった。翻刻に際しては、漢字は通常の字体に改め、ルビを振ったが、片仮名のルビと句の濁点は原文のままである。

（11）塩村耕「津田休甫と若衆歌舞伎縁起巻」（「文学」平成四年四月）。

（12）塩村耕「二人の艶《やさ》隠者伝―沢橋兵太夫と津田休甫―」（「文学」平成十三年一月）。

（13）注（9）にあげた同書。

（14）これらのパターンについては、拙稿「『西鶴大矢数』の恋句―矢数俳諧と恋の詞―」（篠原進・中嶋隆編『ことばの魔術師西鶴―矢数俳諧再考』ひつじ書房、平成二十八年）に示した恋に関わる語がまったくみられない恋の付句例（全体の約二パーセントであった）にも、ほぼ共通している。ただし、西鶴が遊郭や金にまつわる恋を好んで詠んでいたのに比べ、今回取り上げた作品では、そのような恋句は決して多くはなかった。

(15) 注（6）の論考において、木村氏も言及している。
(16) 引用は小高敏郎他校注『貞門俳諧集二』古典俳文学大系（集英社、昭和四十六年）による。
(17) 乾裕幸「俳壇確執史の源流―里村家の役割」（『周縁の歌学史―古代和歌より近世俳諧へ』桜楓社、平成元年）など。
(18) 乾裕幸「芭蕉が談林から得たもの―遺句の呼吸をめぐって―」（「連歌俳諧研究」第二十五号〈昭和三十八年七月〉）による。
(19) 宮脇真彦氏も注（5）の論考において、「隣へも知らせず嫁をつれて来て　野坡／屏風の陰にみゆるくわし盆　芭蕉」（『炭俵』）の付合について、『三冊子』の「盆の目に立《たち》、味《あじは》ふ事もなくして付《つけ》たる句也。心の付《つけ》なし新《あたらし》みあり」という言説をあげ、一句は「さらりとしている」ものの、「前句との付合において、匂い立つような恋の世界を描き出」していると述べている。

最後に、分析を行った作品において●を付した付句を含む付合のなかで、本文で紹介しなかったものをすべてあげておく。

友直の恋百韻…「23思へとも叶ぬ老の姫はしめ／●24おちにまかする縁辺の道」。

空存の恋百韻…「55荒鉢をわりなき声に驚て／●56いかに〳〵ととふおちの人」。

宗因「しれさんしよ」百韻…「6ほしなかふらとなるおもひ草／●7月にそれとほの味噌汁あちわるや」「68形見ならねとおとすわきさし／●69うつゝなのまろかうつけはあらはれて」「96妻よりも猶かねひろひたや／●97清水へまいり申のもとり道」。

宗因「花で候」百韻…「79ふつと只泪こぼする浅ましや／●80かたるにおつること葉あやまり」「84きせるにおもひ付てたまはれ／●85盲目は声をそれぞと聞ばかり」。

園女自撰集『菊の塵』に見る菊の句

木下　優

はじめに

園女は、元禄～宝永年間を中心に活躍した蕉門の女流俳人である。寛文四年、伊勢山田に生まれ、貞享五年二月、芭蕉が伊勢参宮に訪れた際、自宅に招いて蕉門に入門した。園女二十四歳のことである。その後、元禄五年に夫一有（渭川）と共に、大坂へ移住した。移住後、園女は一有と共に大坂俳人らに交じって俳諧を嗜み、元禄七年九月二十七日、来坂した芭蕉を再び自宅に招いて、「白菊の目に立てて見る塵もなし」という芭蕉句を立句に歌仙を巻く。この芭蕉から送られた「白菊の」の句は、園女にとって、生涯忘れられぬ句となった。園女の家を訪れてからわずか二週間あまり、十月十二日に芭蕉が大坂の地で没したからである。

これを機会に、園女は「菊」の句を珍重するようになったらしい。初の自撰集は『菊の塵』（宝永五年以降刊）と題し、芭蕉一座との「白菊の」歌仙を筆頭に、「菊」を詠んだ前句付を十三句並べ、菊の発句を百五十六句にわたって列挙する。しかも、園女本人の句はその内二句（歌仙の脇句と、発句一句）に留まり、収録句のほとんどが、ゆかりの深かったと思われる俳人たちから送られた句であることは、興味深い。

『菊の塵』の刊行時期、すでに園女は江戸に滞在している。江戸深川に移住する前、大坂の俳諧師として活躍していた園女は、時流に乗って、前句付や笠付などといった雑俳における点業にもいそしんでいた。つまり、『菊の塵』執筆時には、いわゆる蕉門俳諧に代表される純誹諧的素質と、前句付や笠付の点者として培った雑俳的素質の両方に理解のあったことが想像される。

本論では『菊の塵』に収められた菊の句を概観し、その特徴を明らかにすることを試みたい。第一に、芭蕉「白菊の」句に対するこれまでの研究史を踏まえて、園女が芭蕉句から何を感得して脇で応じたのかを考察する。第二に、前句付十三句に着目し、前句付における菊の句の詠まれ方について分析する。第三に、発句篇における菊の句を、園女がどのような観点で分類し、配列したかに着目して、その意図を考察する。

一、芭蕉「白菊の」句に対する園女の応対

前述のとおり、芭蕉は元禄七年に園女亭を訪れ、歌仙に興じた。この参会の様子は、支考が、元禄七年七月十五日から十一月晦日まで、芭蕉の終焉の前後の消息を綴った句日記『芭蕉翁追善之日記』によって知られる。

廿七日、園女が方に久しく招き思ふよし聞えければ、此日ととのへて其家に参会す

しら菊の目にたてゝ見る塵もなし

殊に其一巻はなやかにして歌仙みちたり。是を生前の会の名残とおもへば、其時の面影も見るやうにおもはるゝ也。されば此會の宿世や深かりなむ

遺された蕉門の門人にとって、「白菊の」歌仙は、華々しい印象と共に、芭蕉の生前の面影を感じさせる一巻であった。

さらに、支考は芭蕉臨終前後の様子を日記風に記した『笈日記』（元禄八年序）にて、この「白菊の」発句を「是は園女が風雅の美をいへる一章なるべし」と述べて、園女と白菊の関わりに言及している。

支考の言葉を土台に、従来この「白菊の」句は、度々考証を重ねられてきた。その注釈史は、主に「白菊」に重ねられた園女の印象に踏み込んだ注釈と、「目にたてて見る」と「塵もなし」の語を結びつけた本歌の考察によるものであった。

『日本古典文学大系』(1)には、「白菊はことさらに気をつけて見ても、一点の塵もなく清らかであるの意。（中略）庭前又は席上の菊にことよせて、園女の風雅の清純をたたえて挨拶とした。」とある。前述の『笈日記』にある支考の言葉を踏まえた註で、白菊を詠んだのは園女亭において眼前にある菊を詠んだためとする。同じく、嘱目の句と見た山本健吉氏(2)も、「この句は主の園女に対しての挨拶」で「白菊の清浄さを言うことが園女への挨拶になる」とし、その本歌として西行の「曇りなき鏡の上にゐる塵を目に立て、みる世と思はばや」（夫木和歌抄・巻十九・雑）を指摘した。歌中の「鏡」、句中の「白菊」、実在する園女を、一体として踏まえたところこの句の技巧とする見方である。さらに、「目に立て、見る」とは、「格別な注意を拂って見ることで、一點の塵もとどめぬ白菊の純白の美の強調」として、山本氏は本句を評価した。

対して、乾裕幸氏(3)は、「「白菊」はいうまでもなく園女。その人柄と風雅の清純さを譬えたのである。」と言及し、人柄と風雅を対象にして白菊のイメージを重ねた説をとった。さらに、園女の基本的な性格というよりは、俳人としての姿勢の意味合いを含んだ解釈をした広田二郎氏の説(4)は、西行の「曇りなき鏡の上にゐる塵を目に立て、みる世と思はばや」に詠まれている「世」の中にあって、なお「目に立てて見る塵もなし」という志操を通している女性俳人園女の人柄を芭蕉はほめているのである。」として、「塵」を「俗塵」として読み替えている。

ここで、西行歌を本歌とすることに疑問を投げかけたのが、金田房子氏であった。金田房子氏は「「しら菊の目に立てて見る塵もなし」考―散りとの関わりと長嘯子歌(5)」において、「目に立てて見る」の表現に注目し、西行歌ではなく長嘯子「大井川岸の岩ほにさく花を波のあやしとめにたててみる」(挙白集)の歌が本歌となっていることを指摘した。「白菊の」句の注釈はこれをもって一通りの考察を終えられたように思う。

しかし、芭蕉が園女を「白菊」と評して、あたかも菊を園女そのもののように言ったと解釈するのは、早計である。芭蕉が女性を菊に例えて詠んだ句は、「起き上がる菊ほのか也水のあと」(続虚栗)「痩ながらわりなき菊のつぼみ哉」(同)にも見ることが出来る。

他には、歌仙成立時より時代は下るが、女流俳人・紫白が撰集した『菊の道』(元禄十三年)の序では、自らの書名の由来を次のように記す。

(前略)余去年の秋、冷泉の津にあそびし比、度々をとづれものしける志の切なれば、かの郷に吟笻を曳たるにあえず、此筋の趣をさとり、今のほ句とものいちじるきを、女ごころにえらびあつめて、菊の道と題し、さいつ比、草菜におくりぬ。

紫白は豊後国日田の人で、芭蕉と直接対面することはなかったが、遠く芭蕉の墓にも参詣するなど、蕉門に造詣の深い俳諧師であった。『菊の道』は、俳諧史上初めて女性の手によって出された蕉門句集で、「女心に撰び集めて」の言葉からは、紫白自身にとっても並々ならぬ思いで撰集したことが読み取られる。その撰集に、「菊の道」と題したことには、「菊」の語に女性的なイメージが含意されていることを示している。

女性を菊に重ねて表現することは、芭蕉独自の発想というよりは、広く精通した通念であったことに注意して理解する必要があるだろう。

園女は、『農民太平記』（正徳頃刊）にも人物のモデルとして登場するように、残された逸話が多い。園女著『六十の賀』（享保八年跋、『鶴の杖』に同じ）の跋文を書いた、琴風の一節によれば、園女は世事に疎く、袖下の紅絹を切って下駄の鼻緒にしてしまったり、茶碗を二つ併せて花生にしようと思い、そこに穴を開けようとして十の茶碗を九つまでわり、張文庫の蓋を水に流したという。また、佐藤晩得の随筆『古事記布倶路』の逸話によれば、安物の茶碗を沢山買い求め、食事の時に使っては四斗樽へ投げ込み投げ込みし、暇な折に一度に全部洗っていたという、大雑把で大胆な性格が見え隠れする。実際の園女がどのような人物であったかは知ることが出来ないが、これらの逸話が正しくとも、女性に「菊」の句を送るということに個人の様相を反映する意図はなく、当時の感覚として特別な趣向ではなかったように思われる。

では、園女はこの発句に何を感得して脇でどのように応じているのか。

白菊の目に立てて見る塵もなし　芭蕉

紅葉を水に流す朝月　園女

発句が長嘯子の歌に影響されたものであることは前述の研究史で述べた通りであるが、脇「紅葉に水を流す」の句からも、園女が発句に長嘯子の歌を読みとっていたことが推測される。「大井川」と「紅葉」を詠んだ例は和歌にも多く確認することが出来、園女句の「水を流す」と「紅葉」の語が、「大井川」のイメージを引き受けて呼応しているように思われるためである。たとえば、

散かゝる紅葉ながれぬ大井川いづれゐせきの水のしがらみ

（大納言経信卿集・「紅葉浮水」）

大井川うける紅葉の筏しのさをのしづくを時雨とや思ふ

（夫木和歌抄・巻三十三・雑・筏・「一条大相国家屏風の絵に、名所歌」・能宣朝臣）

大井川風のしがらみかけてけり紅葉の筏行きやらぬまで

（六華和歌集・巻四・冬・洞院太政大臣）

これらの大井川と紅葉の詠まれ方には、流れが遅く、ゆったりと紅葉をたゆたえる川面の景が読みとられる。島居清氏の『芭蕉連句全註解』(6)に、「庭の紅葉に池の水を流し濺いで、せめてものおもてなしに、この朝月に風情を添えたいと思いますと対えた脇。」と注があるが、散り敷く紅葉に池の水を流し濺ぐ行為がもてなしの意味をなすのは、園女が大井川の発想を理解したからであり、それを再現して見せようという返事の意味が込められたためだろう。季語によって園女の脇は芭蕉の発句にしっかり寄り添っていて、発句が下敷きにした長嘯子の歌を感得しているかのように、水に流れる紅葉を詠んでいる。さらに、「白」から「赤」、あるいは「黄」への色彩的感覚によって鮮やかにイメージを展開されている点も見逃せない。園女が古歌のイメージでもって菊の句を理解し、また菊の色である「白」に着目して、「紅葉」の言葉でもって秋の季感を拡大したことに、脇句の手柄が指摘されよう。

二、前句付の「菊」と「紅葉」

次に、『菊の塵』に収められた「白菊の」歌仙の後に続く十三の前句付に着目したい。

冠里という作者の前句に、其角・専吟・琴風・青流・序令・百里・湖十・千泉・我兄・格枝・出紫・南浦の十二名が付句し、その内其角の付句のみ二句収録される。

冠里は、元禄七年頃に其角の下に入門した俳諧作者で、前号は行露。『末若葉』（元禄十年序）『焦尾琴』（元禄十四年刊）の有力作家としても有名で、江戸大塚下屋敷の庭園合秀亭の名は、其角との風交の場として知られている。(7) なかでも園女著『六十の賀』に、序句を寄せていることからは、園女の親交の深さが認められる。

前句付のはじめには、

重陽佳色の芳吟を得て、俗骨を恥ず。

私に紅葉の声を鼓腹し侍る。

とあり、冠里の十三句の前句には、すべて菊が詠みこんである。対して、同じく十三句の付句にはすべて紅葉が詠まれている。この前句付における「菊」と「紅葉」の組み合わせは、「白菊の」歌仙で見られた芭蕉発句と園女の脇を意識したことによるものだろう。では、その前句付の付合には、どのような付合が見出だされるか。筆頭の其角の付句を見てみると、

一畠御枕領の黄ぎくかな　　冠里

もみぢもらひに高安が文　　其角

とある。前句の「一畠」とは、菊畠の区画を指す。付句は高安に居る人が紅葉の具合を尋ねる内容の文を送ったことを詠んだ句。「高安」と言えば『伊勢物語』第二十三段との関連が想起される。この高安の女が、通ってこなくなった男に送った歌を振り返ると、「君があたり見つつを居らむ生駒山雲な隠しそ雨は降るとも」であって、直接に紅葉を詠んだ歌ではないのだが、男の居る場所は紅葉の名所、大和の国であるから、この付句には『伊勢物語』を匂わせた恋の趣があると見てよいだろう。ただし前句の内容や菊との関連は見いだせないことから、内容に踏み込んだ付合というよりは、季語のもつ季感によって響き合う句と見るのがふさわしく、前句・付句それぞれ一句の独立性が高い付合手法である。

これは、其角の二句目の付句にも同様の指摘が出来る。

手入れかなよしある賤がむかしぎく

蔦のもみぢに渋紙の幕

前句の「賤」とは、身分の低い者の意。「むかしぎく」とは「昔菊」の字があたるが、辞典類や和歌俳諧の例句には確認出来ない。ただし、『菊の塵』内では他にも「むかしぎく」を詠んだ句（睡足「菊とぢのさしらぬ顔やむかしぎく」）があり、菊の種類を指す名と取るのが適切だろう。「むかしぎく」には「昔聞いた」の意が掛けられ、大意は「手入れが行き届いているなあ。昔聞いたところでは、その家に縁のある賤が、菊を手入れしているらしい」といったものになる。

対して、付句の方は、這い広がる蔦が紅葉する様を、渋紙を張った幕のようだと言いなした句である。前句との内容に関連を見出そうとしても、やはり付合の手法としては「菊」と「紅葉」の語の結びつき以外に指摘することは難しい。

其角の次に並んでいるのは、専吟の前句付である。専吟は、江戸深川住の俳諧師で、『曠野後集』（元禄六年序）や『有磯海』（元禄八年刊）などに名を連ねる。園女が江戸に居を移した宝永二年時も、『夢の名残』（宝永二年序）によれば、専吟が江戸にいたことが知られる。この専吟の付句、

ませ菊や鍔屋のやうに挟矩

紅葉すればや赤ひ蟷螂　専吟

を見ると、やはり其角の付句と同じく、前句との世界観には隔絶したものが感じられ、「菊」と「紅葉」以外には、二つの句が並べられる必然性を見出せない。「ませ菊」とは「籬の菊」のこと。「鍔屋」は、刀剣の鍔を製造・販売す

る店を指す。「挟矩」は、物をはさんでとめるための金具のこと。「挟みかねる」の動詞が掛けられてもいる。前句は、籬の菊が鍔屋のようには挟みかねる（摘み取って挟矩でまとめるのはもったいない）という様を言ったものと見える。

対して、付句は「紅葉をしたからだろうか、蜻蛉が赤いのは」という、判然としていて、凝った技巧のない付句になっている。たとえ蜻蛉が前句の籬菊にとまったのだと解釈しようとしても、菊の色は「白菊・紫菊・黄菊」(8)のいずれかである。やはり意味から考察しても、前句と付句に共有するイメージは、「菊」と「紅葉」の語に見られる秋の季感にしか求められないのである。あるいは、「挟矩」に蜻蛉の肢体を見立てた句か。

しかし、中には前句にしっかりついていると見受けられる句もある。我兄の句を採りあげたい。我兄は『菊の塵』以外に名前が見いだせず、その詳細は定かでないが、他の面々から察するに同時期に江戸で俳諧を嗜んだ其角系の俳人と見える。

二三輪きくや音羽の人通り

紅葉の類が楓より先キ　我兄

前句の「きく」の語は「菊」と「聞く」を掛けていて、「音羽」は京の「音羽山」ではなく、江戸の護国寺一帯を指す地名と見るべきか。二三輪菊が咲いたという声が音羽の人々の喧騒から聞こえてきたことを詠んだ句である。対して、付句の「紅葉の類」とは、前句で咲いた二三輪の菊受けて、黄菊の咲いて広がりゆく様を「紅葉の類」と言いなしたものである。「菊」は『連珠合璧集』に九月、「紅葉」「楓」も『毛吹草』にて九月とあり、季寄せの類に時期的な差を見出すことは出来ないが、前句の菊は咲き始めのものであるから、楓が紅葉するよりも先に秋の気配を感じさせるものとして、付句したことがわかる。

同じく、付句が前句と付いている例として、琴風の例を挙げる。琴風は、『六十の賀』の跋文を書いた人物で、園女の人となりを詳細に記すことの人物でもあるから、やはり普段から園女と身近に接していた俳諧師である。

咳気して猫に小判や菊の花

もみぢの客に鹿笛を吹　琴風

前句の「猫に小判」は、どんなに価値あるものであっても、その価値をわからない者に与えては何の役にも立たないことを示す慣用句。この場合、菊の花を見せると咳気を催す人物には、美しい菊の価値はわかるまい、という内容を「猫に小判」の慣用句に託した句となる。

対して、付句の「鹿笛」は、猟師が鹿を誘いよせるためにふく笛。大意は「紅葉を見に来る客に、鹿も呼んでやろう」といった意味になる。付句単体で見れば、一見親切な行動にも見えるが、前句との関係で言えば、無教養な「紅葉の客」に「鹿」の価値が分かるだろうかという皮肉めいた態度が読み取れる。

さらに、前句とよく付いている付句に、出紫の句がある。出紫は『菊の塵』内に、園女・湖十・青流（祇空）と巻いた四吟半歌仙も収載されていて、その肩書には「富賀岡散人」とある。富岡は深川と目と鼻の先で、出紫も深川住まいの園女と近い場所にいた。後に『亦深川』（宝永四年）の編者となるなど、宝永初年に活躍を見せた俳人である。

匂へ喜久南朝宿紙油煙にも

袖はもみぢに聳く今織　出紫

前句の「南朝」は、延元元年（一三三六）後醍醐天皇吉野遷都以降、大和吉野に置かれた朝廷のこと。「宿紙」とは、一度文字をかいた紙をすき返して作った、薄墨色の紙で、いわゆる再生紙を指す。「油煙」とは、油煙墨の略で、油煙と膠を混ぜて作った墨のこと。この前句は「匂へ菊」として、その匂いが、古き南朝の、そこで宣旨の案文を書くのに使われた宿紙にも、それを書くのに用いる油煙墨にまでも、どうか匂ってほしいという意味の句になる。より細かな視点に移動していく様に、秋の深まりに接した切なる思いがあらわされる。対して、付句の「袖」は「匂」の縁語である。「聳く」とは、横に流れる・広がるの意であるから、ここでいう紅葉とは、袖の模様と取るべきか。「今織」とは、京都の西陣で織り出し、帯地などに用いる織物のこと。あるいは当世風の織り方を指す。（日本国語大辞典）句意は、「袖は紅葉が流れ広がるようで、その布地は今織である」となる。前句と密接に結びついているわけではないが、前句の菊の香が袖に移り、視点が袖の模様に変わる流れが、この付合からは感得される。

以上、前句付全十三句中、六句を例に挙げて概観してきた。まとめると、次のようになる。

・付句作者と前句作者の冠里は、其角系の俳人で、園女の住む深川からごく近い範囲の中で俳諧を嗜んだ人物である。
・冠里の前句には、技巧的で趣向の凝らされたものが多く、使用される語には俳諧以前に見ることのできないものが散見される。
・前句と付句の付合は、初めに制約された「菊」と「紅葉」の語が持つ秋の季感に依るところが大きく、前句と付句双方の独立性が高い印象である。

これらの結論からは、当時の前句付俳諧の様相を垣間見ることが出来る。元禄初年、流行の兆しを見せ始めた前句付俳諧は、俳諧の修行を意図した純誹諧的前句付けと、庶民受けした褒美取を背景にした雑俳の前句付に分かれていく。季語と切字を不要とする雑俳文芸は、庶民に受け入れやすかったと見え、特に連句に比べて簡易な前句付俳諧は、元禄年間を通して急速に浸透した。それを陰で支えたのが、俳諧師兼点者の面々であった。園女は江戸に居を移して以降、点業を行った形跡がないが、大坂の地で多くの高点句集に点者として名を連ね、序を寄せるなど、雑俳に残した功績は大きい。本書の構成を練るにあたって、巻頭の芭蕉連句の次に、江戸で付き合いのある其角系俳諧師たちの前句付を並べたことからは、前句付に始まる雑俳の付合文芸が、蕉門における歌仙と同様、文芸的価値のあるものであると自負していることを意味する。

ただし、『菊の塵』に見える前句付は、純誹諧的前句付の性格が強い。純誹諧的前句付と、この当時に見られる雑俳の前句付の一番の違いは、前句にある。雑俳の前句付に見られる前句は、いかに付句の詠みを制限しないか、という一点に力点が置かれ、それによって付句が独立性を強めていったことがこれまでの研究史における通念であるが、(9)『菊の塵』の前句付には、冠里の詠んだ技巧的な前句があり、それに季語を介した季感を両句に響かせ、それでいて雑俳に見られるような独立性の高い付句が施されている。そして、それらの付句は冠里の発句と並んで、格調高く秋の趣を表現している。

三、菊の句、発句の分類

最後に、『菊の塵』に集められた菊の発句に触れたい。その特徴は、菊を詠んだ発句を百五十六句列挙するという大々的な収載句数と、それぞれが園女の解釈によって種別化されている点にある。園女は『菊の塵』序文において、「此集はそれよりいままで国々所々よりわが手に落し句ども、又はみづからのをも、ちからのをよぶらむほどは、えりてわけて書のせて侍る」と言っている。園女は「みづからのをも」と言及するが、菊の句における園女の句作は「成仲の松の祝ひをけふの菊」の一句のみで、他の作者に交じってさりげなく途中に載せられている。菊の句については一人一句のみの選出が基本であったと見えるから、園女も自撰集とはいえ、その例に倣ったものと見える。

発句の作者は、はじめに宗鑑・宗因・重頼・季吟を据え、それ以後は京・大坂・讃岐・加賀・宇都宮・熊野における俳人の名が連なる。宗鑑以下四名は、既に没しており、園女はなんらかの撰集からこれらの句を選び書き留めたことになる。出典は、宗鑑の句「余所までもさぞ九日や菊の花」は、『犬子集』秋下の条に「九日に」の題で収録があるのと、『毛吹草』巻一の「こせごと」の句体で載っているのが確認できるが、宗因・重頼・季吟の句は、『菊の塵』以外に見いだせない。園女が何を基にこれらの作句を収集出来たのかは不明だが、『菊の塵』を構成するにあたって何か一つの作品を基に選び集めたというよりは、これまでに見聞きした菊の句を、地道に書き留めていたのではないかと思われる。

園女は「其引」「其声」「其音」「其吟」「其籬」「其匂」といった基準によって菊の句を分類し、配列している。それぞれの内訳を見ると「其引」が十六句、「其声」が十三句、「其音」が二十四句、「其吟」が二十三句、「其籬」が二十三句、「其匂」が十四句となっている。

言うまでもなく、「菊」は伝統的な秋（九月）[10]の景物であり、和歌以来、詠まれ方にはいくつかの常套がある。紀友則「露ながら折りてかざさむ菊の花老いせぬ秋の久しかるべく」（新撰和歌集・巻一・春秋幷百二十首）や素性法師「濡れてほす山路の菊の露のまにいつか千歳を我は経にけむ」（新撰和歌集・巻一・春秋幷百二十首）など、中国の菊水の故事を背景として、菊の露を不老長寿を約束するものとして詠む例や、桓武天皇「この頃のしぐれの雨に菊の花散りぞしぬべきあたらその香を」（日本後紀・巻第六逸文）や紀貫之「秋の菊匂ふかぎりはかざしてむ花より先と知らぬわが身を」（古今和歌集・巻五・秋下）のように菊の芳香を歌った例がある。また、赤染衛門「きくにだに心はうつる花の色を見にゆく人はかへりしもせじ」（後拾遺和歌集・巻五・秋下）のように、動詞「聞く」に掛けて詠まれる例も、和歌において既に行われて来た手法であった。[11]

ここでは『菊の塵』に収録された菊の句が、伝統的な菊の詠まれ方をどの程度引き継ぎ、どの程度外れているかを明らかにしつつ、分類と配列の特徴を探りたい。

そこで、本章では「其匂」の句群の内、八句を例にとって、鑑賞していく。

A　野菊さへ美人をとむる誉かな　藤橋

これは、園芸用に大事に育てられている菊ではなくて、自生する野菊までもが、美人の足を止める程に美しい色香を放っていることを誉めた句。ここは、「匂」の語が含意する「そのものの持つ魅力や美しさ」を反映した句である。野菊を詠んだ句は他にも、

B　蓬生に意地を立ざる野菊哉　節士

がある。蓬などの群生する草深くて荒れ果てた土地に自生する野菊は、園芸用の菊とは違って、自らの美しさをひけらかすような意地を張らず、ひっそりとそこにあることを詠んだ句。野菊には、園芸用の菊に比較して気づかされる、さりげない美しさが詠まれている。

C　白菊の紙塩ほどにしまりけり　圓水

「紙塩」とは、料理で魚や鳥の肉を和紙で覆い、その上から塩をふりかけ水を注いで湿らせたもののこと。食料に軽く塩をきかせたり、腐敗を防いだりするためにするもので、塩にさらされた食材は当然身がしまって水分を放出する。この句は、紙塩によって身のしまった食材に白菊を喩えた句で、その誉め方は独特といってよい。無駄がなく締まりの良い菊の表皮を賞翫した句で、パリッとしたみずみずしさをも感得させる。

Ｄ　しら菊に鶏のはじかぬ油哉　　竹止

先ほどの「紙塩」の句に続けて並んでいる句である。鶏の羽は重なるように波打っていて、いかにも八重の白菊に見立てられる様相であるが、この句は鶏の羽が油をはじかないように菊の上に油がしみていることを言ったものだろうか。白菊をそのままに誉めた句というよりは、汚点を詠むことによってそのものの本来の純白さを強調した句とも評価できる。この句は菊の上に油がしみた句だが、露が置いた様を詠んだ句には次の句が見える。

Ｅ　十月は日なた嬉しやきくの露　　故一

季寄せ類では、「菊」は『連珠合璧集』『花火草』以下九月となっていて、十月はその盛りを過ぎた残菊ということになる。冬に入って、寒さを感じるようになり、日なたの暖かさを喜ぶ様子が分かるが、その上に置く露は消えてしまう。日なたを嬉しく思う心情と露の消える寂しさが詠まれたところが対照的で、同じ菊の露でも菊水の故事を踏まえたものとは違った句である。露を置いた菊という、見てそのままの美しさと、その情景のはかなさを詠んだ句である。

Ｆ　菊水にすたり果たる若衆哉　　堤亭

「すたる」とは「退垂」の字で、「ずれ落ちる」の意の語。ここで言う「菊水」は、菊水の故事にちなんで重陽の節供に呑む菊酒のことを指す。この句は、その菊酒に酔って足元が覚束ずにへたりこんだ若衆のことを詠んだ句。この句になると、菊そのものの賞翫といった要素は見当たらず、極端に解釈すれば「酒臭き」若衆に着目した「匂」と取ることも可能だろうか。いずれにしても、「其匂」に分類された意図が、純粋な菊の芳香とはずれている。

G　菊咲や物恋しがる猟師町　嵐笛

晩秋に菊が咲き始めるようになると、冬はもうすぐ手前まで来ていることを思い出させる。冬から初春にかけて活動する猟師たちにとっては、猟に出て獲物を仕留める準備を始める時期にあたる。「物恋し」く思う対象は、山の獲物である。これも、先に挙げた「菊水に」の句と同じく、菊の姿やそのものの賞翫といった句眼からは外れて、猟師の焦燥感に注目した句作である。この句に至っては、「匂」をどの部分から読み取るべきか、不明である。

H　きくの眞折れてつぼみの思ひ哉　宇白

「きくの眞」とは「菊の茎」を指す。これは茎が折れて花の部分が取れてしまったことを言った句と思われる。しかし、それを残念だと悲しむだけの句ではなく、「つぼみの気分」に戻ったことを詠んでいる。あるいは、何が起こったか状況が把握出来ていない、菊の哀れさを詠んだものとも解釈される。見ている側の心情とも、擬人化された菊の心情とも取れる句であり、句意は判然としないが、少なくとも「折れた菊」を詠んだことからは、菊そのものを見たままに賞翫するA～Eとは違った詠みぶりである。

以上、八句を挙げて「其匂」と分類された菊の句を鑑賞した。

辞典による「匂」の語の定義を今一度確認しておくと、つやのある美しさや、きわだった美しさを表わす意（①）と、色の美しく映えること・あるいは色の意（②）と、香り・芳香を指す意（③）と、風情や気品を表わす意（④）に大別される。(12)

これらの意味からA～Hの句を見ると、Aの「美人さへ」の句は、①・④の意味で「其匂」に入れられたことが分かる。同様に、Bの「蓬生に」の句も、①・④によるものとみてよいだろう。Cの「白菊の」の句は、白菊の表皮のみずみずしさを言った点で、①・②の意味から取られたと推測できる。Dの句は「鶏のはじかぬ油」とあって、あえて汚点を言うことによって白さを際立たせる意味で、②の意味から「匂」に分類したと見るべきか。Eの句は、「きくの露」から④の意味でとるのがふさわしい。

Gの句は、菊が咲いた事によって秋の訪れを感じた句になっていて、群がり咲く野菊の姿に②・③・④の意味の「匂」を感得することは自然である。しかし、この句を「其音」の題の群に収められた嵐雪の句「指に入る風はや寒し今日の菊」[13]と比較するとどうだろうか。冷たくなった風に秋の訪れを感じ、さらに秋の気配を気づかせる菊の花を詠んだ句になっているが、この句に「菊の姿の美しさ」を読み取って「其匂」に入れても、意味上は差し支えないように思われる。しかし、嵐雪の句は「其音」に入れ、Gの嵐笛の句は「其匂」に入れた。そこには、園女の独自の解釈が表れているとみてよいだろう。さらに、風を詠んだ句で「其声」に収められた露貫の句「掛竿にきくの姿の一なびき」の句と比較するとどうだろうか。掛け竿とは横に渡して衣服を掛けるのに使う竿であるが、この端に咲く菊が風になびく様を詠んだ句である。この句から「声」を読み取るということは、菊を左右に揺らすほどに吹く秋風の音を、園女が読み取って、この題の群に配置したことになる。この句を「其音」ではなく「其声」に入れたことには、秋風の音を、なびく菊の声と捉えた園女の解釈が示されている。

また、F・Hの句には「匂」を表わす①～④の意味の内、あてはまるものがない。Fの句から、菊そのものの芳香や美しさを読み取ることは出来ないし、Hは折れてしまった菊を詠んでいて、花は無い。

もしFの「酒臭き」匂いといった解釈が、この群に題に分類された理由と認めるならば、菊の「匂」に対するイメージは一気に卑俗な性格へと方向を転換する。

これは、CDの句にも同じ事が言え、Cの句では白菊のみずみずしさを「紙塩」といった語から照射した点に、俗気が見て取れるし、Dの句では「露」ではなく「油」と置き換わっているところが、これまでの菊歌・菊の句の常套を脱している。

さらに言えば、このような詠み方は、俳諧の発句でもなされない。試みに油と花を詠んだ句を探すと、用例はわずかではあるが、例えば玖也の句「こぼるなよ師走油と梅の花」(続境海草)がある。師走に油をこぼすと火にたたると言われる俗信による句であるが、「梅の花」の語が続くのには、こぼれ落ちては残念に思われてならないといった、梅の花の美しいイメージが尊重されている。梅の花のイメージは、いわゆる和歌以来の常套的な美意識を保持したまま、「師走油」といった俗語と詠まれることによって一句の中に併存している。このことは、山蜂の句「朝貌や油を借りに垣間より」(末若葉)にも同じ事が言える。この句は、油を借りに来たら、垣根からのぞいて咲いている朝顔がふと目に留まった様を詠んでいる。日が変わって、朝顔が丸く花を広げたことに気付いた嬉しさが伝わってくる句である。花と、人事は、独立して一句の中に併存し、俗語は雅語が持つイメージを汚してはいない。

『菊の塵』には、他にも菊のイメージを卑俗な性格に転換した句として「其音」の題に入れられた浮生の句「鶏の玉の緒つかむきくの房」を挙げることが出来る。「菊の房」とはつまり鶏姦のこと。これは男同士の姦淫を詠んだ句である。これを「其音」に入れたところには、純俳諧的な発句の楽しみを外れて、雑俳的な、猥雑的な語によってもたらされる句の楽しみを、感得し、認めていたからに他ならない。

最後に、配列について着目すると、比較的「匂」の語が持つ意味に忠実な立場を取るA～Eは、前半に配列されているが、F・G・Hについては、群の末に並べられている。これは、園女が配慮して、これまでの純誹諧的な発句とは異なるものを後半にしたと見るべきだろう。

おわりに

園女は初の自撰集を出すにあたって、芭蕉と一座した連句を筆頭に、並々ならぬ思い入れをもって『菊の塵』を書き上げた。江戸周辺の俳諧師たちが園女の思いに共感して協力した様が、この前句付に挙げられた作者たちの名から読み取られ、その中心には芭蕉と園女の交流に象徴される「菊」と「紅葉」があったことは、彼らが純誹諧的要素を重視して前句付を寄せたことにも表れている。しかし、発句に寄せられた菊の句からは、「菊」のもつ常套のイメージを逸脱し、しかも俳諧における詠まれ方とも一線を画した性格が指摘された。さらに、菊の句を独自の基準によって分類したことからは、園女が雑俳の一般庶民作者に影響を受けて培ってきた、新しい感性の一端を示しているようにも推測される。純誹諧の素質も、雑俳的素質も、よく理解していると思われる園女の独自の俳諧観が、『菊の塵』に同時に存在しているからこそ、彼女の自撰集には芭蕉の歌仙があり、江戸の連衆の前句付があり、常套を外した発句が肩を並べて連なっている。その意味で、『菊の塵』はこれまでの園女の俳諧活動の集大成として評価されるのである。

付記　本稿の一部は、平成二十七年十月に開催された俳文学会第六十七回全国大会にて、「芭蕉「白菊」の句の再検討」の題で発表した内容をもとに、新たな考察を加えて改訂したものである。発表の席上、ご教授いただいた先生方には、この場を借りて感謝申し上げます。

注

（1）『日本古典文学大系』（岩波書店、日本古典文学大系45、大谷篤蔵校注、一九六二・六）より引用。
（2）山本健吉『芭蕉全発句』（河出書房新社、一九七四・四～一二）より引用。
（3）乾裕幸『芭蕉歳時記』（富士見書房、一九九一・七）より引用。
（4）『日本名句集成』（学灯社、一九九一・一二）より引用。
（5）金田房子「「しら菊の目に立てて見る塵もなし」考―散りとの関わりと長嘯子歌」（「会報　大阪俳文学研究会」二〇一一、一〇）より引用。
（6）島居清『芭蕉連句全註解』（桜楓社、一九八三、五）より引用。
（7）『俳文学大辞典』（角川学芸出版、二〇〇八、一）参照。
（8）『倭名類聚抄』（平安中期）には、菊の色として「白・紫・黄」色が挙がる。
（9）宮田正信『雑俳史の研究』（赤尾昭文堂、一九七二、六）参照。
（10）『連珠合璧集』（文明八年）に秋・九月に重出。『花火草』（寛永十三年）・『増山の井』（寛文七年）以下に九月として所出。
（11）『歌ことば歌枕大辞典』（角川書店、一九九九、五）参照。
（12）『古語辞典』（旺文社、第十版、二〇〇八）参照。
（13）本句は『菊の塵』以外に出典はない。よって、嵐雪自ら題に指定した可能性は除外した。

笑話のなかの俳諧

藤井史果

はじめに

噺本は近世を通じて刊行され続けた「笑い」を主題とする文芸である。当時の人々が「何をいかに笑っていたか」を生き生きとした形で知ることのできる、貴重な生活資料でもあるこの噺本には、さまざまな人や事物がそのモチーフとして登場する。

噺本とは一見縁遠く思われる連歌や俳諧、狂歌や川柳といった韻文も、噺本においては頻出の題材の一つである。ただし、これらの扱われ方は必ずしも一様ではなく、時代による消長が如実に反映する連歌や狂歌に対し、とりわけ俳諧は、多寡はあるものの時代や地域にかかわらず、絶えることなく笑話の題材として取り上げ続けられている。これは俳諧がそれだけ近世の人々にとって身近な存在であったことの表れといえる。

そこで本稿では、近世初頭から幕末に至るまで書き継がれた〝短編笑話集〟という噺本の特性に着目し、俳諧が当時の人々の間でどのように認識、受容されていたのかを、笑いの対象やオチの分類を通して具体的に検討してみたい。

一、咄の分類

噺本において、俳諧はどのように描かれているのであろうか。本節では『噺本大系』に収載されている約三二〇作品を対象とし、そのうち俳諧をテーマとする咄に焦点をあて、検討を行ってみたい(1)。

短編という特性上、咄の主題を示す語は分かりやすさを優先し、なんらかの形で文中に明記されている場合が多い。そのため、ここでは個々の咄のタイトルや本文に「俳諧」の語そのものが登場する咄を中心にみてゆくこととする(2)。今回対象とした噺本作品において「俳諧」の語は、七十三作品・百四例確認することができた。これらの傾向を検討するにあたり、まず咄の分類について考えてみたい。

笑話の分類については、これまでにさまざまな視点から検討がなされているが、なかでも噺本や江戸小咄に焦点をあてた代表的な研究に、浜田義一郎氏の「笑話小咄分類試案(3)」と林省之介氏の「江戸小咄の笑いに関する一考察(4)」がある。どちらも噺本の最大の特色である〝オチにおける笑い〟に着目し、詳細な分析を試みたものである。

浜田氏は、小咄を笑いの性格やオチの種類にもとづいて、愚人譚・性癖譚・状況愚人譚・巧智譚・誇張譚・雑といった六項目、さらに五十五種のモチーフに分類している。

一方、林氏は「日本において明治以後なされてきた笑いの考察の多くが、哲学、心理学、社会学などの分野から捉えられた西欧における笑いの理論を踏襲している感が強く、民族間に微妙なズレのある笑いを、諸外国の笑いの理論をベースにして考察することは、結果的に微妙な要素を見失うことになってしまう」とした上で、先哲の研究をもとに独自の見解から江戸小咄の笑いを「言葉遊び・誤解・曲解・誤推・詭弁・釣り込まれ・誇張・擬人化・反予期・性格性癖・非常識・稚気・皮肉・卑俗化・虚栄・知ったかぶり・負け惜しみ・性的暴露・内情暴露・滑稽行為・機知・ナンセンス」という二十二の「笑いの要素」に分類した。

短編笑話である〝小咄〟といえども、そこに含まれる「笑い」は複合的な要因によるものが多く、そのオチを明確に確定することは容易ではない。そのため、浜田・林両氏によって提示された精緻な分類は、現在も咄の分析を行う際の貴重な指針となっている。

しかし、その一方で、近世笑話の多様性をより重視した分類を志向したがゆえに、項目が細分化されすぎてしまい、かえって全体の傾向が把握しづらくなっているという難点があることも否定できない。

そこで、これらの先行研究を踏まえつつも「俳諧」を主題とする咄の傾向を把握すべく、ここではより明解な形での分類を目指し、とりわけ咄の締めくくり、すなわちオチに該当する箇所の笑いに重点を置いて検討を行った。咄のオチにおいて笑われているもの、すなわち「笑いの対象」には、じつにさまざまな人物・事物が取り上げられている。そのため、分類項目もその切り口によっては、細分化の一途を辿りかねないが、主たる対象の〝属性〟に焦点をあてて見てゆくと、「句」「俳諧師」「俳諧師をとりまく人々」という三つの項目に大きくまとめることができる。そこで、これらの対象が笑いを生み出す「直接的な要因」と具体的な笑いの「要素」について検証すると、それぞれいくつかの大きな傾向に分類することができた。

その結果を一覧にまとめたものが【表Ⅰ】である。

次節ではこの結果にもとづき、俳諧をテーマとする咄における笑いの「直接的な要因」および「要素」について、それぞれの特徴と傾向を具体的に検討してみたい。

【表1】俳諧に関する笑話の分類

笑いの対象	直接的な要因	要素	上方	江戸
句	①発句・付句	当意即妙・機知	11	0
	②用語	奴詞・和漢俳諧・流行詞	3	0
	③職業・立場の反映	当意即妙・風雅・癖・皮肉・揶揄・本音	6	0
俳諧師	①指導者の言動	軽口・機知・自虐・俳名・勘違い・当意即妙・見当違い	11	5
	②愛好者の言動	さかしら・勘違い・無知・無教養	21	12
俳諧師をとりまく人々	①（身分・立場が）低い者→高い者	本音・皮肉・類型化	7	2
	②（身分・立場が）低い者同士	本音・愚痴	3	3
	③第三者→俳諧師	皮肉・揶揄・さかしら	6	1
	④俳諧に関心の薄い者の言動	勘違い・無知・無教養・粗忽・同音異義	3	7

二、笑話にあらわれる俳諧

1 句

まず、「句」自体がオチの中心となっているものをみてみよう。笑いを生む直接的な要因は①「発句・付句」②「用語」③「職業・立場の反映」の三つに分けられる。

いずれも句そのものが咄の締めくくりに配されるという点では共通しているが、①は句の作者ではなく、「句」に表現された機知や当意即妙性に、②は奴詞や流行詞など時代性を映し出す特殊な表現を用いる点に、③は「句」の味わいより、そこに表現された作者の心情や状況に、それぞれ重きを置く点に特徴がある。

技巧や修辞などの形式面で笑いを生む①と②に対し、場の状況を即座に反映させた内容によって滑稽味を生み出しているのが③である。

この③に分類される咄の例としては、倅侍《かせ》（下級の貧しい侍）たちが長陣の慰みに俳諧を始めたものの「人はらんばうをしてさへ送る世に」という発句に対し「われらハ野《や》兵糧《ひやうらう》だにもなし」と、現況を嘆く句を付けてしまうもの（元和九年〈一六二三〉『醒睡笑』巻之四）や、俳諧師に入門した老年の伊達衆（侠客）が、師匠の家の見事な鬼灯の葉をすべてむしり取り、自慢げに「鬼灯や祭提灯どうであろ」と詠むもの（寛政十一年〈一七九九〉『新製欣々雅話』巻三「老楽」）などがある。

このように、さまざまな立場に置かれた人物の本音や本質、癖や社会的習慣がそのまま句に反映されることによる笑いは、時代を問わず好まれていたことがわかる。

興味深いことに、この「句」によってオチが構成される咄は、そのほとんどが上方で著された元和〜延宝期の初期噺本に収められている。本音の暴露をはじめ、笑いを生み出す要素自体は上方に限らず噺本全般で広く見受けられるものであるが、近世中期以降に江戸で板行された噺本においてそれらが「句」で表現されることはほとんどない。この要因としては、時代性や作り手の立場もある程度影響しているであろうが、受容する側、すなわち読者にも、韻文の形で表現されたものを迂遠と感じることなく受け止める鷹揚さや、長い歴史のなかで培われた下地、そして独自の気風が上方の人々には備わっていたためと考えられる。

II　俳諧師

「俳諧師」を笑いの対象とする咄は、今回の検討においてもっとも多く見受けられた。これらは大きく、①「指導者の言動」による笑いと②「愛好者の言動」による笑いの二つに分類できる。俳諧を嗜む者という点では、一見大差なくみえるが、俳諧に関する基本的な素養の有無はその笑いの性質にも大きく影響する。

①「指導者の言動」に分類される咄としては、新宅の祝いに歌仙俳諧を始めたところ「春の日やのきばに付て廻るらん」という句が出たため、禁句と判断した宗匠が執筆に「日を消しなさい、消したらまた付けよう」といってしまう、という例（安永二年〈一七七三〉『口拍子』「俳諧」軽口耳祓著・春重画・聞好舎板）がある。「日」は「火」と通音するため、新宅に「火」はもってのほかと、禁句を避けようとする宗匠であったが、それを意識しすぎるあまり、結果的に「（日→火を）消したらまた付ける」という、より縁起の悪い言葉を発してしまっている。

このように、点者や宗匠といった俳諧指導者たちの「道」を追求する姿勢が極めて過剰な場合や、俳諧師らしい言動がその場の状況や実態と合致しない場合など、〝知識や教養があり風雅を好む人格者〟という、俳諧指導者の一般的なイメージとのずれ、つまり落差によって笑いを生み出す咄が多い。ただし、こうした形はオチになるものより、別のオチの面白さを増幅させるための〝前振り〟の要素として描かれる場合も少なくない。

②は、俳諧愛好者、すなわち初心者や田舎者、連中などが、無知・無教養、またはそれらに起因する勘違いやさかしらな言動によって笑いを生む点に特色がある。

②の「愛好者の言動」に分類される咄は、その量に比例して多様なパターンを確認することができる。なかでも類話を多く確認できるのが、「俳諧特有の式目や規則」に関する笑いであり、右に例示した禁句に関するもののほか、連俳用語や季語に関するものも多く見受けられる。

代表的な例としては、

読み書きのできない男が、俳諧を嗜もうと点者のもとを訪れる。門弟になりたいと申し出た男に、早速俳諧用語の説明を始める点者。「人倫」は人、「居所」は家・屋敷、「水辺」は水の流れを指すと聞き、俳諧とは簡単なものだと合点した男が帰宅すると、折しも、男の家の前で用を足す者を発見する。早速男は覚えたての俳諧言葉（人倫、居所、水辺）を使い「そこな人倫《しんりん》ハ、某《それがし》の居所《きよしよ》の前《まへ》にて水辺《すいへん》をながすか」と注意する

（延宝六年〈一六七八〉刊、『宇喜蔵主古今咄揃』第三巻三「文盲なる人誹諧稽古の事」、作者不詳）

という咄がある。無学な者が、教わったばかりの俳諧用語の用途を早合点し、それらしく平生の言葉に用いてしまうものの、熟語を多用した堅い口調と内容の卑俗さとの落差、そして誤用であるにもかかわらず、それが奇しくも状況と合致してしまう点で笑いを生む型は他の類話にも共通するパターンといえる。

また、季語に関する咄のなかでもとくに派生する類話の多いモチーフに、次のような例がある。

麁相者が霊山で酒に酔った帰りに、町の会所を借りている俳諧師の元へ行くと、人が大勢集まっている。町の寄合というものを知らぬ麁相者は会日と思い込み「宿老博奕遊女《しゆくらうばくゑきゆふぢよ》の事」と聞いて「秋のかせ軒《のき》をならべてふれながし」と付ける。宿老に「きがちがひハしませぬか」と問われた麁相者は「気《き》がちがひましたら、はるかぜになりとも到《いた》しませう」と返す

（延宝九年『当世口まね笑』第一巻十五「そさうもの酒《さけ》に酔誹諧《ゑひはいかい》する事」）

基本的な筋は、俳諧を嗜む者が慣れぬ土地へ行き、そこで開かれていた詮議の寄合を俳諧の会と思い込み、読み上げられた訴状や定目に対し、とっさに付句を言うが、「気が違うのでは」と問われ、すかさず「季は違いません」と

返答する形が多い。ただし、右の例のように、自らの勘違いに気づかぬまま、季が違いましたら○○としましょう、と付句の語を一部変更する変形型も散見される。

また、②で特徴的なものに、実在の俳諧師の名を引く咄がある。特に初期噺本においては、貞室・芭蕉といった著名な俳諧師の名が登場することも少なくない。しかし、そうした咄において彼ら自身が笑いの対象となることはほとんどなく、俳諧愛好者が知ったかぶりをしてうろ覚えのまま先人の句を披露し恥をかく、といったパターンが多い。(5)次の咄もこれが変形した型といえよう。

俳諧友達が二人連れで清水寺の舞台から花を眺め、帰ろうとした際、八兵衛の着物が欄干にひっかかりカギ裂きになる。八兵衛が「ホイ、コレハコレハコレハコレハコレハ」というと、もう一人が「何を貞室めかそまい」

（寛政七年〈一七九五〉『軽口筆彦咄』悦笑軒筆彦作）

これは八兵衛の台詞を聞いて、貞室の「これは〳〵とばかり花の吉野山」（元禄二年〈一六八九〉序『曠野』巻之一、花）を連想した友人の一言がオチとなっている。この点にのみ注目するならば本話の笑いのポイントは当意即妙性ともとれる。しかし、服が破れるというアクシデントに対し（視覚的には）八兵衛の緊張感のない台詞を続けることで、まず軽く読者の笑いを誘い、その後貞室の名を出すことによって一瞬読み手を身構えさせつつも「めかそまい（〈貞室〉ぶるんじゃない）」という卑俗な口語を連ね、生半可な知識を披露する〝俳諧好き〟の滑稽な姿を笑うオチに仕立てあげている。この貞室の句は芭蕉が『笈の小文』（宝永六年〈一七〇九〉）で触れていることでも知られる句だが、時代を経た寛政期に至っても噺本の担い手たち、すなわち庶民の共通認識として広く浸透していたことがわかる点でも特徴的な咄の一つといえよう。

こうした素人や教養のないことを前提とする俳諧愛好者の言動を笑うものは【表Ⅰ】からもわかるように、上方・江戸を問わず俳諧をテーマとする咄のなかでもっとも多い。俳諧に関心はあるものの、知識や常識が備わっていない、または理解が不十分であるがゆえの半可通による笑いは作りやすいものであり、またその分かりやすさから時代や地域にかかわらず、読者に好まれたモチーフでもあったものと思われる。

Ⅲ　俳諧師をとりまく人々

この項目は他に比して極めて多様である。これらに分類されるもののほとんどが俳諧師の周辺にいる人々の立場・状況の違いによる落差から生みだされる笑いとなっている。今回はそれを次の四つに分類した。

①身分の低いものから高い者に対する言動が生む笑い。これは、弟子→宗匠、下男（折助・草履取・小僧など）→俳諧師、奉公人→俳諧連中とさまざまなパターンを確認できる。その大半は抑圧される側の本音の吐露（独白も含む）であり、その主人の勝手な言動の「程度」が強くなればなるほど奉公人の反応は痛烈な皮肉となって返ってくる。周りの迷惑を顧みない主人の言動に対してのリアクションという点ではⅡの①とも密接な関係にある笑いである。

これは俳諧師の登場する咄に限らず、他の噺本作品にも多く見受けられる構図であり、例えば十返舎一九の噺本でも、こうした主人と奉公人という主従関係から生まれる笑いを描く咄が極めて多い。しかし、俳諧師と奉公人というモチーフは、社会的立場がより明確であり、その関係の一瞬の逆転は可笑味が際立つことから、好んで取り入れられた設定であったといえる。

②奉公人同士・使用人同士の会話から生まれる笑い。奉公人仲間や江戸へ出稼ぎに来ている同郷の者同士など、こ

ちらは身分としてはほぼ対等である。さらに利害関係がなくむしろ連帯感で結ばれているため、主人の前で口にできない本音を暴露しやすい状況が作られる。と同時に、田舎の出身であることや、俳諧に関する知識がないことを前提条件とする咄が多いため、必然的に笑いの要素も無知・無教養に分類されるものが多い。

③俳諧師と直接関わりのない第三者の言動が生む笑い。次に例を挙げる。

「家々の内へはいりて、ほうづえをつゐて、しばらく目をふさぎて、いぬる者」がいるため、不審に思い見ているると、その者は方々の家で同様に振る舞った後、またやってきて「先ほどは不調法をしました。はいかい師のまねをしましたものです。一銭くだされい」（元禄頃『軽口ひやう金苗』巻一之十三「家々で思案する事」）

この「家々で思案する」人物がじつは、俳諧師のふり（真似）をしてみたお余貰い、つまり物貰いであったというオチである。家々で思案する者が何者かを明記しないことによって、オチの一言が活きる構成となっている。安永七年（一七七八）刊の『今歳笑』（泥田坊序）に所収される「はひかひし」にも同想の咄が見えることから、当時、往来で立ち止まっては瞑目し、発句を案ずる俳諧師の姿は人々にとって不可解ではあるが珍しくない光景であったと考えられる。こうした俳諧師の行き過ぎた行動を時に物貰いの姿と重なる不審かつ滑稽なものとして痛烈に揶揄する点に本話の面白さがある。オチは、お余貰いが俳諧師を模倣するという思いがけない結末に読者を運ぶという点で反予期の笑いの要素も含んでいる。

本項で注目したいのは、俳諧師が直接登場しないという点である。しかし、第三者の言動を通して間接的に描かれる俳諧師の姿は強烈な存在感を伴って読み手の眼前に立ち現れてくる。ここでの俳諧師はもちろん写実的な姿ではなく、多分に誇張・類型化がなされたものである。しかし、現実から乖離しすぎることのない俳諧師像は共感とともに歓迎され、笑話のなかで繰り返し使用されるうちに、いつしか安心して笑うことのできるモチーフの一つとして定着していったものと考えられる。

④は俳諧に無関心な人々の言動による笑いである。①〜③は、好むと好まざるとに関わらず、何らかの形で俳諧師という存在に関心を寄せているものが笑いを生み出していたが、本項に分類される人々は、まったく関心のないまま言動する点に面白さがある。俳諧師である主人の仕事についてよく理解していない奉公人たちの早合点や、田舎者または文盲という条件づけによって俳諧については無知とされた人々の覚え違いや勘違いによる笑いが含まれる。

噺本全盛期ともいえる安永期〜寛政期の江戸小咄は、そのほとんどがこの項目かⅡの俳諧師の言動を笑うものに分類できる。これらはいずれも笑いの対象となる人物が、どのような社会的立場に属するかを読者が把握していることを前提として成立している。

そこで次節では、とくに類話の多く見られた話型に注目して、近世の俳諧が、人々とりわけ庶民からどのように受け止められていたかを検討し、笑話に映し出された当時の俳諧と俳諧師像について考察してみたい。

二、笑話のなかの俳諧師

前節の分類においてもっとも多く見受けられた咄は、俳諧師、またはその周辺人物の言動によって笑いを生み出すものであった。なかでも時代を問わず繰り返し登場するモチーフについて、類話とともにみてみよう。

(a)

或俳諧師《あるはいかいし》、寒夜《かんや》にふと起《おき》て見れば、雪《ゆき》夥敷《おびたゞしく》降《ふり》つもり、庭《には》の気色面白《けしきおもしろ》かりければ、此躰《てい》なら吉田辺《よしだへん》の雪気色《ゆきげしき》嘸《さぞ》と思ひ付、家来《けらい》八助を起《おこ》し、俄《にわか》に吉田辺へ出たれバ、雪のけしき山も川も木も草《くさ》もさながら銀世界《せかい》のけしき。雪《ゆき》後《ご》の月にかゝやきし詠《ながめ》、とふもいへぬと、独《ひと》り悦《よろこ》び立たる向ふへ、誰《たれ》やらん、ゆる〳〵と歩《あゆ》ミ行《ゆく》を見《ミ》て、ふしぎや、夜半《やはん》にも過《すぎ》たり。人の通《かよ》ふべき時にもあらず。我《われ》らが風流《ふうりう》を感《かん》じ給ひ、明神の御示現《しげん》と覚たり。それ〳〵見て参れと云ければ、八助ハ寒《さむ》いやら寝《ね》むたいやら小ひだるいやら、むしやくしや腹《ばら》を立、何のあれが神さまでござりませう。此寒《さむ》いにあるく者《もの》ハ盗《ぬす》人か、やつぱり徘徊師《はいくわいし》てござりませう　(明和七年〈一七七〇〉『軽口片頬笑』)

夜、目を覚ました俳諧師が庭に積もった雪をみて、吉田辺の雪景色はさぞ美しいだろうと家来の八助を叩き起こして出かける。月の光に輝く一面の銀世界を眺め、悦に入っていると、ゆっくりと歩いてゆく人影がみえる。夜半過ぎ、人の出歩く時間でもない、となると、自分の風流心に感心した明神が現れなさったのだろうと八助に見に行かせる。寒い眠いひだるいの三拍子が揃って不機嫌な八助は、こんな寒さのなか出歩く者は神様などではなく、盗人かやっぱり徘徊師でしょう、と言い放つ。

これは江戸で噺本が全盛を迎える直前の明和期に刊行された上方軽口咄である。軽口本らしく、京の吉田という実在の地名が明記され、雪景色の描写や八介の心情描写も丁寧になされている。また、俳諧師が自分のことは棚に上げ、「ふしぎや」「人の通ふべき時にもあらず」と口にしてしまう気楽さ、自分の風流心への自負、そして家来の迷惑を顧みない身勝手さ、これらが八助の描写と対照的に描かれており、その落差がより際立つことになる。

本話は安永期の江戸小咄本において、次のような形にアレンジされ、再出する。

『軽口片頬笑』巻之四（東北大学狩野文庫蔵本）

(b)

○雪見

旦那、七ツ起《おき》キして雪見に出けれバ、供《とも》の権《ごん》介、口小言《こと》を云《い》〱跡《あと》から来《く》る。これ権介。雪といふものハけしきハよけれど、いこふつめたいものだ。おれ斗リかと思へバ、あれ、あれ、向からも誰《たれ》やら来るといへバ、〱権介、ぶつちやうづらにて、あれも誹《はい》諧師《くわいし》か盗人《どろぼう》で御座りませふ　（安永八年〈一七七九〉『珍話金財布』）

この咄では七ツ起きとあり、夜半ではなく早朝ではあるが、人の出歩かない時間帯という点では共通している。オチがほぼ同一であり、(b)が(a)を意識したものであることは明らかである。(a)に対して(b)は情景描写などが大幅に省かれ、さらに会話体を導入することで簡潔な文体となり、先行話に比べ咄の分量は約半分に減っている。こうした変化は上方軽口本から安永期の江戸小咄本へと改作される際の典型的な例の一つであるが、咄の要所は必要最低限の描写によってしっかりと押さえられている。

例えば、先行話では具体的に記されていた家来の腹立ちの理由などは、ここでは明記されておらず、供の権介の心情に関しては「口小言」と「仏頂面」があるのみだが、これだけでも十分にその不満の内容は看取できる。同じモチーフを扱いながらもそれぞれ異なる印象の咄に仕上がっているといえる。

ちなみに(b)では、主人が俳諧師であるという記述は一切ないが、権介が「あれも俳諧師か盗人であろう」とすることで読者にそれと知らせており、余分と思われる説明は可能な限り省きながらも、必要な笑いの要素は確実に押さえた新たな咄として再生されている。

この二話のもっとも大きな共通点は、やはり奉公人が俳諧師である主人を「盗人」と同等に見做している点であろう。俳諧を嗜み風雅を好むと自負する主人に振り回され、辟易している彼らの痛烈な本音の吐露でオチが終わっている点に、このモチーフの面白さがある。主従という本来の関係が逆転する一瞬をとらえたこのオチは、その反転の落差によって笑いを生み出しているのである。そして、当時の読者の多くが、（現実にはそうでない者も）皆この咄を読む際には「従」の視点に同化し、爽快感を味わいつつ気を晴らしていたものと思われる。

このモチーフを取り込んだ類話は他の噺本においてもしばしば散見されることから、近世中期以降、市井の人々に広く受け入れられていたことがわかる。しかし、このオチの基になったと考えられる同想話は、噺本の祖でもある『醒睡笑』にすでにみえている。

(c)　道《ミち》の傍《かたハら》に、はにふの小屋あり。かれにすむ者夜半過《やはんすぎ》て、人しハふきをし、しつかに通《とを》るをとを聞付《きゝつけ》女の声にて内《うち》にいふ。なにものぞ、さて此ミちのわろきに、いままていねずして、うと〱とありくハと。男の声にて、あれやうに今時分ありくに、別の者があらふか、はくちうちか、数寄者《すきしや》か、連歌士《れんかし》か、三色の内てなくハ盗人てあらふまで

（『醒睡笑』巻之四）

夜半過ぎ、家の傍の道を人が咳をして通ってゆく。家の中で女が「道も良くないのに、今まで寝ずにふらふら出歩くのは誰でしょう」と言うと、男が答えた。「あのように今時分出歩くのは他でもない、博奕打ちか数寄者か、連歌師に決まっている。そうでなければ盗人だろうね」と。

『醒睡笑』において作者の安楽庵策伝が試みた咄の分類四十二項目のうち「いやな批判」、すなわち〝理屈の通らぬ判断による笑い〟に類されるこの咄は、真夜中に出歩く不審者の代表といえる博徒、数寄者そして盗人と同列なものとして、連歌師を挙げている。

連歌師の活動時間が、いわゆる一般的な人々の感覚とは異なるものであった点に言及した咄は、同じく『醒睡笑』の巻七にもみえる。

(d) 連歌師のもとに奉公したりし小者、今度は町人かたに居けり。友たる者尋ぬる、今ハ夙《つと》にをきず、宵《よひ》よりいねてこゝろやすきかやといへは、そちがいふごとく也、さりながら、今の亭主も時ならずうかと空を詠《ながめ》〳〵するが、わるうしたらバ、あれも連歌しにならふかと思ふてあんずるよと

連歌師の元で奉公していた小者が、今度は町人の家で働きはじめた。友人が「今はもう早朝から起きる必要もないし、宵から寝ることもできて、気楽なのではないか」と尋ねると「その通りだ。しかし、今の主人も不意にぼんやりと空を眺め物思いに耽っているのだが、下手をすると、あれも連歌師になるのではないかとひやひやしているよ」と答えた。

本話は策伝の分類で「似合たのぞみ」つまり、「人は分不相応の望みをもつべき」とする項目に分けられている。

もちろんここでは小者が（項目名とは反対の）分不相応な本心を友に打ち明けている点に可笑味が生み出されているといえよう。

(c)(d)の二話から、連歌師というものが、関心や知識のない人々にとって、早朝（または深夜）であっても句を案ずるために出歩き、所かまわずぼんやりと物思いに耽る困った職業の人物としてとらえられていることがわかる。(d)では、小者にとって主人が連歌師になることは、またしても早朝深夜問わず外出の供を、会が催されれば延々と酒や茶の世話をしなければならないなど、デメリットしかなく「時ならずうかと空を詠〳〵する」行為は、もはや危惧すべき事案以外の何物でもないことがわかる。

ここで注目したいのは、(c)(d)いずれにおいても盗人と同等に扱われているのが「連歌師」であるという点である。つまり、近世中期以降、もっぱら「俳諧師」を題材とする小咄として愛されたこのモチーフは、当初風雅を志す「連歌師」のように振る舞う人々を揶揄する咄として成立していたことがわかるのである。

また、『醒睡笑』に先立つ作品『寒川入道筆記』（慶長十八年〈一六一三〉著、作者未詳）に収められている咄の冒頭には「我等下人ニ天下無双ノウツケモノアリ。当年正月ノ事ナルニ、庭前掃除ス。彼者ひとりことに、連歌士や又数寄者ナトハ、此様なる雪ノ朝タヲ心カケ、数寄ヲモ出シ、発句ヲモ思案スルコソ本意ナラメ」という台詞がみえる。うつけ者が、いつまでも寝ている主人に対する感懐を独りごちる場面だが、この言葉から「連歌師とは雪の朝を気にかけ、発句を思案するもの」という認識が近世初頭にはすでに根付いていたことがうかがえる。

しかし、時代が下り、連歌に馴染みの薄い庶民が読み手の中心になると、噺本の作り手たちはその読者層にあわせ、テーマを巷間で着実に広がりをみせていた「俳諧」に置き換えていったものと考えられる。おそらく、俳諧は「徘徊」と通音する点もあいまって、笑話においてより長く親しまれる題材となったのであろう。

また、俳諧師を他の〝ろくでなし〟と同等に見做すものとしては、『新製欣々雅話』〈寛政十一年〈一七九九〉〉に、常に酒に酔い町中をふらふらしている人物を指して「俗医か俳諧師であろう」とする咄が、『新撰勧進話』〈「雪月花」享和二年〈一八〇二〉正月刊、百川堂滝河序、京 吉田屋新兵衛等板〉に、俳諧師と同じレベルで雪を喜ぶものの代表として「狗〈犬〉」を挙げる咄がみえる。

こうしたモチーフが受け継がれた要因の一つには、風雅を求める思いが高じた結果、常人には思いもよらない行動に出てしまう俳諧師たちの〝類型化〟が挙げられよう。その誇張された姿は、〈この場合は奉公人側に寄った〉読者の目には奇異に映り、その感覚の差異すなわち「落差」によって滑稽が生み出されていたものと考えられる。

三、雪の日の俳諧師

『新撰菟玖波集』〈明応四年〈一四九五〉〉の序に、「花の春、葉の秋、月の夜、雪の朝の、折に触れたる情け、時に従ふ心を言ひ出だせり」とあるように[6]、雪の日は連歌そして俳諧の句を案じるのにうってつけであったようで、前節で掲げた例をはじめ、噺本においても雪の日の俳諧師を描く咄は少なくない。これらに共通して見られるのは、雪に誘われ早朝深夜をいとわず外へ出かけてゆく俳諧師の奇矯な言動と、そこで出会う第三者の姿である。

こうした笑いをともなって描かれる雪の日の俳諧師の姿は、近世の他の文芸においても見出すことができる。ここでは、作中に右のモチーフが確認できる浮世草子『好色万金丹』〈夜食時分作・元禄七年〈一六九四〉七月、大坂中嶋屋治兵衛・久保田喜兵衛相版〉を取り上げてみたい。本作は大坂新町を主とした色里を舞台とする好色短編集であり、遊里の哀しい現実を描きつつも、少し現実離れしたオチを用意し、笑いで締めくくることに主眼を置いた噺本的要素を併せ持つ作品である。そのうち、雪の日の俳諧師が登場するのは、巻四之四「雪の曙」である。次に梗概を示す。

「俳諧の嗜者《すきもの》」である紫竹堂鸞栖が、例年になく雪の積もった夜、発句を案じようと夜半に新町を一人で歩きまわっていると、向こうから禿を伴った振袖姿の女郎がやってくる。女郎の夜歩きの動機が自分と同じであることを知り感激した鸞栖は女を口説き、一夜を共にする。夜が明け、鸞栖が女の身元を尋ねると、自分は女郎ではなく雪女と申すものです、とその正体を明かして禿とともに姿を消してしまう。

このように展開のみを抽出すると、モチーフという点では共通するものの、粗筋はむしろ雅な奇談のようであり、肝心の笑いの要素は見出しにくい。本話にもオチに該当する箇所はたしかに存在しているが、美女が雪女であることを明かして消えた際、女に従っていた禿が自らの正体を（雪女に付随するものとして）「霰でござんす」と言い残して消える、というもので、多分に言葉遊びの要素が強く、本編の内容に直接影響を及ぼさないものとなっている。こうしたオチは本作に収められている他の話にも見受けられるが、同様の理由から、先行研究においてもあまりその評価は高くない(7)。

この点に関して岡田純枝氏は、本作の話の造型方法の巧みさと「落ち」がひとつの作品としての統一感を持たせる役割について言及し再評価を試みている(8)。ただし、「雪の曙」については、雪女のモチーフの典拠に関する検証が中心であり、本章における笑いについてはオチに関してのみしか触れられていない。

では、本作が噺本的とされる要因は果たしてオチのみを指しているといってよいのだろうか。ここでは、俳諧師の観点からあらためて本話を検討してみたい。

本話は雅語を多用し『源氏物語』の世界を連想させることで興趣の漂う世界観を作り上げている。にもかかわらず、滑稽味が横溢した話に仕上がっているのは、「軽妙」と評される筆致[9]、そして登場人物の人物造型に拠るところが大きい。

たとえば、俳諧師鸞栖の描写に着目すると、「みづから紀貫之の後胤といへども偽りかも知らず」とあり、かなり自信過剰で滑稽な人物として設定されており、「滑稽執行（俳諧修行）」のため二十五歳で隠棲し、気ままに暮らす「世を憚らぬ曲者」と評されている。その後、点者となって暮らしを立てようとするが思うようにいかず大家へ滞った二ヶ月分の家賃代わりに古の歌人に纏わる重宝と称する物を渡し、支払いを免除してもらう。そして、珍しく大雪の降った夜、「発句の趣向を天より降らし給ふを、寝て居るも心なしや。（略）暁まで只一人歩かねば堪忍ならず。誹諧袋の寒晒しせん」と嬉々として出かけてゆく。また、美女の声がすれば「好き者」ゆえ「ちよこ〳〵と走り寄り」あれこれと要領を得ない口調で女郎を口説く姿が描かれる。一夜を共にした美女が雪女だと告げて消えた後の鸞栖の反応は描かれていないが、本話は一見現実離れした雅な物語を軸としつつも、俳諧師の俗っぽい言動を随所に散りばめ、一般的な俳諧師のイメージを卑俗化することによって笑いを生み出しているといえよう。とりわけ、雪景色を見て高揚し、発句を案じるにはもってこいだと非常識な時間帯にいそいそと外へと出かけてしまう、その姿は本稿で検証してきた噺本における笑いの対象としての俳諧師の姿と重なる。このように、噺本と共通する笑いの対象や要素を検討すると、噺本で誇張的に描かれた俳諧師の造型がそのまま生かされていることがわかる。つまり、本作が噺本的とされる要因は、末尾のオチだけでなく、きわめて噺本的な人物造型にもあったものと考えられる。

『好色万金丹』と同年に刊行された噺本に『遊《うかれ》小僧《こぞう》』（元禄七年戌正月刊、京押小路吉田三郎兵衛、同上野屋市郎兵衛、大坂高麗橋一丁目吉野屋五兵衛、江戸長谷川町松会三四郎板）がある。本作の巻一之十「誹諧打こしの事」には当時の俳諧師について「おさまる御代《ミよ》のしるしとて、京田舎《きやうゐなか》はいかいの前句付《まへくづけ》はやり、きのふけふ迄切字《まてきれじ》さへしらぬ人も、はや新点者《しんてんじや》になり墨《すミ》を引其浮雲《ひくそのあぶな》さ。前句《まへく》にうつらぬ句《く》も、しさいらしき句作《くつく》リには若《もし》は古事《こじ》かと思ひ、しらぬ事も聞《きい》た顔《かほ》して長点朱点《なかでんしゆでん》をかけ、初心《しよしん》をまよハす月次《つきなミ》の会《くわい》をはじめられける」という記述がみえることからも、延宝から元禄にかけて〝自称俳諧師〟や〝にわか俳諧師〟が急激に増加していたことがわかる。こうした時代背景もあり、誇張し類型化された俳諧師のキャラクターが醸し出す笑いは巷の読者からも共感をもって歓迎されたものと考えられる。

本作の作者である夜食時分については不明な点の多い人物だが、各話にオチを用意する手法、そして浮世草子以外に噺本『座敷咄』を手がけていることを勘案すると、笑話に強い関心をもっており、作品を執筆するにあたっては、西鶴や謡曲、仮名草子といった先行作を直接的な典拠とする一方で、構成や笑いの要素としては噺本で確立された人物造型のイメージを積極的に取り入れていたものと思われる(10)。

のちにこのモチーフにおける「俳諧師」を「茶師」に差し替えて脚色した咄（『滑稽即興噺』寛政六年〈一七九四〉十一月刊、山東京伝閲、大坂河内屋屋太助等板）も見受けられるようになるが、「徘徊」の掛詞も関係がなくなっており苦し紛れの感は否めず、すでに「俳諧師」では読者の共感を得られない時代に移行しつつあった状況がうかがえる。

おわりに

「噺本」と「俳諧」。本稿では、この二つの文芸について、〝笑話にあらわれた俳諧〟の観点から検討することで、近世の庶民が俳諧に関するどのような笑いに共感を覚えていたか、また彼らにとって俳諧やそれに携わる人々がどのような存在であったかについて考察してきた。

また、俳諧をテーマとする笑話を「対象」「要因」「要素」の三点に着目し、新たな視点から分類することで、類型化された俳諧師、風雅を追求しようと一般人とはかけ離れた行動に出る俳諧好き、彼らに振り回される立場の低い人間、といった俳諧をとりまくさまざまな人々の諸相を浮き彫りにすることができたと考える。

これまで、多様な咄の笑いを考える際、その分類はどうしても微細なものとなることが多かった。しかし、笑話のなかで長く愛好され続けた題材に焦点をあてて検討を加えると、その特色や傾向の新たな側面が見えてくる。また、同じ笑いの対象を題材とする他ジャンルの作品と比較検討を通して、その笑いの表現手段の違いを見ることも可能になる。こうした検討は、極めて境界の曖昧な近隣文芸とのジャンル意識の相違を見出すためにも、また噺本全体の特質を見通すためにも大いに有用な方法のひとつであるといえよう。

注

(1) 武藤禎夫氏・岡雅彦氏編『噺本大系』全二十巻(東京堂出版、一九七五〜一九七九年)

(2) ここでは俳諧のほか、誹諧・はいかい・はいかひ等の別表記も対象とした。俳諧を主題とする咄も、「発句」「俳名」「歳旦」といった関連語彙から推測させるものも存在するが極めて稀であり、文中に「俳諧」の語が記されているものの方が圧倒的に多い。

(3) 浜田義一郎氏・武藤禎夫氏編『日本小咄集成』上・中・下　筑摩書房(昭和四十六年)

(4) 林省之介氏「江戸小咄の笑いに関する一考察」(『関西大学文学論集』三六号　昭和六十一年)

(5) とりわけ初期噺本には宗長・宗鑑・三条殿(聴雪)・昌叱などの著名な俳諧師の言動に関する咄が多く見受けられるが、こうした固有の人名が登場する咄の大半は逸話であり、笑話的要素が薄いため、今回は検討の対象としなかった。

(6) 『新撰菟玖波集全釈』第一巻(奥田勲氏・岸田依子氏・廣木一人氏・宮脇真彦氏編、三弥井書店、一九九九年)

（7）市川通雄氏は「『好色万金丹』について」（『文学研究』第四〇号、一九七四年十二月）で『好色万金丹』が西鶴の模倣であることを指摘し、結尾のオチについても「物語の中心に直接関わりある言葉でなく、単なる落語咄の「落ち」の如き低俗さを感ずる」として西鶴の結びの「笑い」との本質的に異なり西鶴作品の範疇を越えるものではない、と結論づけている。
（8）岡田純枝氏「『好色万金丹』試論」（『二松　大学院紀要』第十六巻、二〇〇二年三月）
（9）『浮世草子集』解説（野間光辰氏校注、日本古典文學大系九十一、岩波書店、一九六六年）
（10）岡田純枝氏は『好色万金丹』の人物造型について、巻四の二に登場する「息子」に注目し、西鶴の影響に加え、近世前期の笑話集における息子像の影響を指摘している。（「『好色万金丹』巻四の二の一考察―「むすこ」をキーワードとして―」『近世文学研究の新展開』所収、ぺりかん社、二〇〇四年）
＊紙幅の都合上、本文中の引用に関しては(a)～(d)を除き、概要のみを掲出した。

俳句革新運動期における「新題」

福井咲久良

はじめに――明治期の発句・俳句における「新題」

正岡子規は俳句革新運動を、旧派を古くて「陳腐」、それに対し自らの一派は「新奇」であるとして、旧派を批判する形で展開した。子規の「俳諧大要」の一節、「天保以後の句は概ね卑属陳腐にして見るに堪へず称して月並調といふ」[1]は、中でも有名な子規の旧派批判の文章の一つである。しかし、具体的に旧派やその作品、主張の、どのような点を批判したのかなどについては、まだ明らかにされていない部分も多く残されている。

本稿は便宜上旧派の句を「発句」、子規ら一派の句を「俳句」とし、それぞれの「新題」の扱い方を取り上げ、その姿勢を比較対照することを試みるものである。

明治維新によって様々な新事物が社会に導入されると、文学の中にそれらを取り込もうとする動きが起こったが、俳諧もその例外ではなかった。しかし、新事物を平句ではなく発句の中へ、それも単なる句の一素材ではなく、発句の主たる題として詠もうとするときには、季の問題を無視できなくなり、一筋縄ではいかなかった。つまり明治の「新題」を発句に取り込むのは、容易なことではなかったのである。

一、明治期の「新題」についての先行研究と問題の所在

先の問題について、かつて拙稿では、『俳諧開化集』(2)という旧派の類題句集を取り上げ、旧派が発句の中に明治の「新題」をどのようにして取り込んだか考察を試み、「季語と題を分離させるという近世以来の発句の詠み方が、季感に乏しい事物を題として取り込むにあたっては特に、解決の一助とはなった」とした。(3)また越後敬子氏は、国立国会図書館に所蔵されている一〇六の明治期の旧派の類題句集を調査し、「書名に「開化」の語をつけたり「開化の部」を設けたりしてい」るのは、先出の『俳諧開化集』を含めわずか三書であること、加えて、他の類題句集のうち、四季の部に開化新題を含んでいるものについても、「文明開化によってもたらされた新事物を題としたものもわずかしかない」と指摘した。さらに「「開化之部」をもたない一般の明治期旧派の類題句集は、主に明治に新たに始まった、または明治に再興された国家・宮廷行事を新題として取り入れていた。文明開化の世相を反映するような題を挙げることに消極的であった、といえよう。これによっても先の三書の存在が特異であったと言えるのである」と結論している。(4)

以上二つの論からは、次のような問題が浮かび上がる。

まず拙稿は、「新題」と季のあり方について、旧派の動静についてしか述べられておらず、子規らの一派を始め新派の動静についての言及がされていない点が不十分である。

一方、先出の越後氏の論考については、同氏の指摘通り、旧派は全体的に「文明開化の世相を反映するような題を挙げることに消極的」であり、『俳諧開化集』は中でも「特異」な存在であったと考えられる。同氏はこの論考の中

でこの現象の背景についても考察されているが、この論考が旧派類題句集を調査、考察の対象とする目的で書かれているため、子規ら新派の動静についてはあまり触れられていない。したがって、「新題」取り込みの動きについて、新旧両者の動静や背景の相対化についてはまだ、検討の余地が残されているように思われる。

よって本稿は、『俳諧開化集』の「新題」取り込みの背景を改めて考察し、同書のこのような姿勢の、当時の旧派俳壇全体の動静の中における位置づけを再検討すること、さらに子規ら新派の動静と照らし合わせることで、新派旧派双方の動静や「新題」取り込みの姿勢を相対化させることを目的とする。

二、『俳諧開化集』の「新題」と季の扱い

『俳諧開化集』は明治一四年五月に刊行された。上巻に序文と俳諧連歌二九巻、下巻に俳文と「発句」が載っており、先掲の拙稿で取り上げたのも、今回扱うのも、この「発句」の部分である。編者の「西谷富水は教林盟社の一員で、俳諧の部で富水と一座する人物や俳文の作者のほとんども社中の一員であったと考えられ」、『俳諧開化集』は全体に「教林盟社色の濃い撰集」であったとされる。(5)

では『俳諧開化集』下巻の「発句」の題には、どのような明治の「新題」が挙げられ、それらはどのような性格を持っているのであろうか。左にその全部を挙げ、季の有無を考慮して分類した。江戸期の類題句集以来、一般に題たるものは季を持ち、発句の主たるテーマとされる傾向があるからである。

A…季を持つことがほぼ明白な「新題」

一月、一日、元始祭、陸軍始、紀元節、春季祭、天長節、神武天皇祭、神嘗祭、秋季祭、秋蚕飼、一月閏(6)

B…季を持ちうるとも考えられる「新題」

国旗、西洋錺、太陽暦、襟巻、氷売、製氷、氷蔵、落花生、西洋覆盆子

C…季を持ちうるとは考えがたい「新題」

陸軍、軍艦、御巡幸、皇政一新、皇国々体、敬神、愛国、天理、国法民法、靖国神社、楠公神社、神葬祭、公園、上野公園、山形公園、公園臨幸、自主自由、男女同権、僧侶妻帯、小学校、女学校、女教師、洋字、製糸所、媒助法、石筆、巻莨、摺附木、椅子、懐中時計、蝙蝠傘、靴、勿大小、大和杖、玉転玉突、千金丹、新聞紙、郵便、端書郵便、電信機、電信線、蒸汽車、鉄道、蒸汽船、飛脚船、川蒸汽船、灯台、瓦斯灯、洋灯、馬車、郵便馬車、人力車、人力車夫、風船、日曜日、写真、娼家写真、寄写真恋、娼家、黴毒検査、権妻、牛肉、牛乳、屠牛、開拓、新開地、士族、士族商法、帰農、地租改正、廃関、廃刀、朝旨遵守、説教、耶蘇教、禁苑、華族独歩、博覧会、植物館、博物館、上野新上水、船製造場、万国交際、貿易、輸出、石盤、玻璃、洋服、駆虫珠、西洋料理、西洋手品、油画、外人剃髭、断髪、書生、書生羽織、巡査、水上警察、違式、裁判、勧解、代言人、徴兵、練兵、水雷火、懲役、国立銀行、円金、米市場、午砲、祝炮、銕橋、万代橋、鎧橋、隧道、夜演劇、賞盃

『俳諧開化集』「発句の部」の「新題」は、A…季をもつことがほぼ明白なもの、B…季を持ちうるとも考えられるもの、C…季を持ちうるとは考えがたいもの、の三系統に大別することができる。ここに見えるA、Bは、古くからの題の概念の枠の中で捉える題と、一応見做すことができる。したがって、ここではCの「新題」句に注目し、さらに題の性質上四つのパターンに分類して、それぞれの句例を見てみたい。季を持たない題をどのように一句の中で処理しているかを見ることで、「新題」をどのように考えていたのかの一端が垣間見えると思うからである。

ア…既存の季語と共に、題となっている語を直接句の中に詠み込む

例…題「軍艦」　軍艦のけぶりの先や雲の峰　竹仙

イ…題となっている語は直接詠まず、既存の季語を用いながら一句全体で「新題」を表現

例…題「郵便」　初花のたよりもありぬ吉野から　双亀

ウ…季語は用いず、題となっている語を直接句の中に詠み込む

例…題「写真」　若かりし皃にくらべる写真哉　鶯笠

エ…題となっている語も既存の季語も用いず、一句全体で「新題」を表現

例…題「男女同権」　はしたなき身こそ安けれとも稼　可学

句の引用に際し、題である「軍艦」と「写真」には私に四角囲みを付した。以下同様である。

以前拙稿で述べた事と重複するが、『俳諧開化集』「発句の部」は、季を持ちうるとは考えがたい「新題」を、ここに挙げたア～エの四通りの処理の仕方で詠んでいる。ここで問題にしたいのは、ウとエの詠み方である。ウの「写真」を題とする句、「若かりし皃にくらべる写真哉」は、新事物である写真によって、若かったころの顔と今の顔を比べられるようになったことを詠んだものであろう。この句には題である「写真」は一単語で読み込まれているが、いわゆる季語は見えない。一句全体から季を想像することも困難である。つまりこの句には季がないと判ぜられる。続いてエの「男女同権」を題とする句も見てみよう。「はしたなき身こそ安けれとも稼」の中には、「男女同権」という単語は出てこない。しかし、「とも稼」すなわち共稼ぎという語を中心に、一句全体が「男女同権」という「題」を表現しているということは言えるだろう。そしてこの句にもやはり季語は見えず、一句全体から季を看取するのも困難である。やはりこの句にも季がないのである。

さて、ここまで本稿では、『俳諧開化集』の類題化されている五・七・五句を「発句」としてきた。しかし、この

ように季を持たない句の存在を確認すると、これらが「発句」であるかどうか疑問も生じてくる。「発句の部」という呼称は櫻井武次郎・越後敬子両氏校注「俳諧開化集」に倣ったもので、『俳諧開化集』の中には「発句の部」という語は用いられていない。その下巻においては数編の俳文に続き、類題句集部分が唐突に始まっている。そこで、迂遠ではあるが、本稿の前提に関わるので、この点をまず考察しておきたい。左に掲げたのは発句の定義である。

　発句《ほっく》　連俳用語。連歌・連句の巻頭第一句をいい、五・七・五の長句（上の句）の形をとる。巻頭の句としての格調の高さと季語・切字を具えることを要件とし、即興性を重視、挨拶性を伴う。（略）発句を単独に詠作・鑑賞することは、宗祇のころから始まったが、俳諧ではそれが一般化し、立句・地発句の区別も生れた。正岡子規は発句を連句から切り離し、俳句として独立させたが、それは地発句を新生させたことになる。［浜千代清・尾形仂[7]］

この点については、結論から述べると、発句集であるという意識で編集されたものと考えられる。その根拠は、左に引用した先学が指摘するとおり、旧派が祖師とする芭蕉にもわずかながら無季句の作例が認められること、加えて蕉門の俳論の中に発句の中に、無季の句もあってよいとする説も見られることである。

　季に対する配慮が連歌・俳諧を通して殊に重視されたのは、座の文芸としての必然だったともいえる。だが、勅撰集の部立てを通して四季が全二〇巻中の六巻を越えることがなかったことが示すように、季は美意識の全領域を覆うものではない。芭蕉が「発句も四季のみならず、恋・旅・名所・離別等、無季の句ありたきものなり」〈『去来抄』〉と漏らし、また近代に至って無季俳句が提唱されたのも、そのことに端を発している。季が俳句様式を支えてきた実績は尊重すべきだが、発句が季題を必須の要件とするに至った歴史的経緯を顧みれば、俳句が将来にわたり季のみに拘泥すべき根拠は乏しい。［尾形仂[8]］

この尾形氏の論の中には「季題」という用語がつかわれている。これは先述したように、発句において季を持つ語が題となるのが一般的であるということを示唆している。本稿が「新題」を論じながら季の問題に言及している理由もそこにある。芭蕉も『去来抄』や『三冊子』において、題とからめて季の問題を論じている。このことは題をどう詠むかの考察の中で取り上げることとし、ここでは『俳諧開化集』下巻「発句の部」とされているものは、無季句を含む発句集であるとだけ確認したことにとどめておきたい。

いずれにせよ、発句にとって無季であることは異例なことではある。問題の在処は、『俳諧開化集』の編者たちがなぜ、無季句、もしくは題と季語を分離させた句を多く含む発句集を編まなければならなかったかである。

三、無季句を含む『俳諧開化集』「発句の部」成立の背景

前章の問いに対する解答に当たるものは一様ではなく、様々な要因が考えられる。

第一に、これは先出の拙稿にて述べたが、近世以来、発句には題と季語を分離させるという詠み方が存したことが挙げられよう。

第二には、和歌以来の題や題詠の伝統を挙げることができよう。前節引用の尾形仂氏の指摘にあるように、和歌には四季の他に「恋・雑のほか名所・離別・羇旅・賀・哀傷」などの題が存在していた。これらを継承する形で、近世類題句集には四季以外の題も立項されるようになった。

類題句集《るいだいくしゅう》　習作の便宜や類句の検索のため、古今の発句を集成し、題によって分類した集。発句の独立、題詠化を背景として、近世中期に出現した。その先駆としては、宝暦一三年（一七六三）刊の涼袋編『古今俳諧

> 明題集』が挙げられるが、類題句集の形態を確立したのは、安永三年（一七七四）刊の蝶夢編『類題発句集』で、詳細に題を設けて句の上欄に掲げ、題の本意を重視しつつ、古今の俳家の発句五〇〇〇余を集成、四季（一一四五）と雑（恋以下一三題）に分類する。文化〜文政（一八〇四〜三〇）以降、俳諧の大衆化に伴い続出。例句の作者は多数・少数、古人・今人、一門内のものなど多様で、『俳諧十家類題集』は一〇名家のもの、『俳諧発句題叢』は俳諧の『夫木抄』といわれる大部のもの、『俳諧千題集』は山・谷など地名別のものである。（略）〔東聖子〕[9]

第三には、無季句の先例と、無季句を容認する趣旨の俳論の両方が、旧派の拠り所たる芭蕉および蕉門に存在したことが挙げられると思う。しかしこれらの理由によるだけでは季のない題による句が多すぎる。

第四として考えるべきことは、俳諧教導職としての職務遂行で、このことが大きな要因ではなかっただろうか。俳諧教導職とは、明治六年（一八七三）五月、時の教部省が祭政一致・社会教化を目的として設置したものである。先ほど『俳諧開化集』の編者が「教林盟社」という俳句結社の人物であったことに触れたが、この「教林盟社」もまた、俳諧教導職制度の下で、明治七（一八七四）年に設立された結社であった。

『俳諧開化集』中の「新題」と俳諧教導職との関係についてはすでに先学の指摘がある。

> 下巻の後半には、発句一三九題全三九〇句を載せる。文明開化による明治の新語を題として句頭に掲げ、一題につき一句から数句の発句を並べている。（略）

摺附木、懐中時計、新聞紙、電信機、瓦斯灯、人力車など、いかにも文明開化の産物といったような題、また徴兵制度、学校制度、司法制度など、この期に開始された諸制度に関する題も見受けられる。

しかし次に挙げる題は、右とは少し趣を異にしている。

皇政一新、皇国々体、敬神、愛国、天理、国法民法、朝旨遵守、万国交際、説教

これらは先に述べた教導職に関連する語である。教導職に任命された者が基本として守らなければならなかったものは、次の「三教の教憲」である。

一、敬神愛国ノ旨ヲ体ス可キコト

二、天理人道ヲ明ニスベキコト

三、皇上ヲ奉戴シ朝旨ヲ遵守セシムベキコト

教導職はこの基準に基づいて、国民に対して説教を行うことが任務であった。その際、この三条のみでは曖昧であるとしてさらに制定されたのが、「十七兼題」「十一兼題」である。

十七兼題　皇国々体、皇政一新、律法沿革、道不可変、不可不教、人異禽獣、権利義務、制可随時、国法民法、役心役形、租税賦役、文明開化、富国強兵、万国交際、政体各種、不可不学、産物制物

十一兼題　神徳皇恩、人魂不死、天神造化、顕幽分界、愛国、神祭、鎮魂、君臣、父子、夫婦、大祓

先に挙げた題は、まさに「三条の教憲」中の語や、「十七兼題」「十一兼題」をそのまま俳句の題として用いたものであった。

ほかに、元始祭、陸軍始、紀元節、春季祭、秋季祭、天長節、神武天皇祭など祝祭日まで題になっているが、これらは明治になって新たに制定された、または明治になって再興された国家行事、宮廷行事である。

これら教導職に関する題、国家行事・宮廷行事に関する題は、一見すると文明開化とは無関係のように見える。しかし、教導職が制定されたのは国民教化が目的であり、国家行事、宮廷行事が定められたのは、天皇中心の中央集権国家づくりの一環であった。つまりこれらは、明治政府の政策に則った、文明開化の時代ならではの題なのである。(10)

右に引用した通り、越後敬子氏は、『俳諧開化集』「発句の部」にある「皇政一新、皇国々体、敬神、愛国、天理、国法民法、朝旨遵守、万国交際、説教」等の題について、「これらは先に述べた教導職に関連する語である」とし、「先に挙げた題は」、教導職が守らなければならなかった「「三条の教憲」中の語や、「十七兼題」「十一兼題」をそのまま俳句の題として用いたものであった」と指摘している。さらに、「これら教導職に関する題、国家行事・宮廷行事に関する題は、（略）明治政府の政策に則った、文明開化の時代ならではの題なのである」とも述べている。

つまり、『俳諧開化集』下巻「発句の部」は、俳諧教導職としての国民教化の任を負った発句集であり、その目的達成のために発句の中へ新事物を導入せざるを得なかった面があったということが言えるだろう。

以上述べてきたように、無季句を含む『俳諧開化集』「発句の部」成立の背景としては、

Ⅰ　発句において題と季語は分離可能なものであるという近世以来の伝統

Ⅱ　和歌以来、題は四季以外に恋・旅・名所などが存在し、後世俳諧の発句においても四季以外の題に季語を結んで詠むこともできたという伝統

Ⅲ　蕉門の俳論の無季許容論と、先例となる芭蕉らの無季句の作例

Ⅳ　俳諧教導職としての国民教化の任を負った発句集であったこと

少なくともこの四点が考えられる。

以上に加え、Ⅴとして、発句における挨拶性の不要化が、発句において当座性を示す季の不要化へと繋がったことも、考えられるかもしれない。しかし、以上五つの要素や背景の中でも、特に影響が大きかったものは、越後氏の指摘する「俳諧教導職」としての責務を果たすというものであったと考えられる。越後氏が『俳諧開化集』と共に「特異」な三書に挙げた「開化の部」を持つ明治期類題句集のうち、『明治五百題』(11)もまた、俳諧教導職中心の結社「明

倫講社」の社長三森幹雄が撰者として名を連ねている句集であった。さらに、残る『俳諧明治新々五百題』(12)も、この『明治五百題』と編者を同じくしている。

ただし、発句は伝統的に有季定型で詠まれ続けてきたので、旧派の全体的な動きとしては、無季句を詠むことに抵抗がなかったとはやはり考えがたいものがある。よって、明治期旧派の類題句集における「新題」の取り込みの動きは、全体的には消極的なものとなり、これが大局を占めたのであろう。その中にあって、発句に積極的に新事物を取り入れようとして「新題」を取り込み、結果無季句が生じることもやむなしとした「三書」は、やはり先学の指摘通り「特異」な書となったものと考えられる。

以上、『俳諧開化集』収載の発句における「新題」の扱いを概観してきた。

これに対し、旧派を批判する形で俳句革新運動を展開した子規は明治の「新題」について、どのような考えを持っていたのであろうか。次章にて検討していきたい。

四、子規らの「新題」と季の扱い

左は明治三〇年に子規が弟子の高浜虚子に送った書簡で、上原三川の発起で句集『新俳句』を編むことになった折のものである。

三川来り候　三川の発起にて「日本」の俳句等を出版せん（民友社より）との事小生も賛成致候　冬の部だけ先づ版にせんとて小生只今校閲中也

此中へ冬帽　手袋　やきいも　毛布　襟巻　冬服　ストーヴ等の新題を季ノ物と定メテ入れんとす　貴兄も此題

にて御つくり被下度御送付願上候　尤も最初の事故之を季に入れたりと見するにハ他の冬の季を結ばぬ方よろしと存候(13)

ここからは、子規が、「冬帽」以下を「新題」扱いし、かつ「季ノ物」、つまり季を持つ題として『新俳句』(14)へ入れる目論見であるように読み取れる。加えて、虚子にその「新題」句を詠んで欲しいと頼んでいるのであるが、句を詠むに当たり「冬帽」以下の「新題」が季を持っていることを明確にするため、一句の中に他の既存の冬の季語を一緒に詠み込むことのないよう、注文をつけているのである。

続けて引用したのは、明治二五年に発表された、子規の『獺祭書屋俳話』の中から、「新題目」という文章である。少し長いが、全文を引用する。

人或は云ふ人間の観念は時勢の変遷と共に変遷する者なり。そは古来文学の変遷と政治の変遷とを比較して知るべきなり。而して明治維新の如く著るしく変遷したることは古より其例少なく従つて文学上の観念も亦大に昔日と異なるが如し。単に外部の皮相のみより見るも今日の人事器物は前日の人事器物と全く同じからず。刀槍廃れて砲礮天に響き籃輿は空しく病者の乗りものとなりて人馬馬車汽車王侯庶人を乗せて地上を横行す。是等の奇観は至る処にありて枚挙に遑あらず。此新題目此新観念を以て吟詠せんか和歌にまれ俳句にまれ其尽くる所あるべからずと。対へて云ふ。そは一応道理ある説なれども和歌には新題目新言語は之を入るゝを許さず。俳句には敢て之を拒まずといへども亦之を好むものにあらず。こは固より理の当然にして徒に天保老爺の頑固なる僻見より出づるものとのみ思ふべからず。大凡天下の事物は天然にても人事にても雅と俗との区別あり。（雅俗の解はこゝに述べず通常世人の唱ふる所に従ふて大差なかるへし）而して文明世界に現出する無数の人事又は文明の利器なる者に至りては多くは俗の又俗陋の又陋なるものにして文学者は終に之を以て如何とも為し能はさるなり。

例へは蒸気機関なる語を見て我們が起す所の心象は如何。唯精細にして混乱せる鉄器の一大塊を想起すると共に我頭脳に一種眩暈的の感あるを覚ゆるのみ。又試みに選挙競争懲戒裁判等の言語を聞きて後に如何なる心象を生するかを見よ。袖裡黄金を溢らせて低声私語するの遊説者と思ひ内にあれば覚えず微笑を取り落したる被説者と両々相対するの光景非ざれば則ち髯公解語の花を携えて席上に落花狼藉たるの一室を画き出さんのみ。此妄想に続きて発するものは道徳壊頽秩序紊乱等の感情の外更に一の風雅なる趣味高尚なる観念あるべきやうなし。人或は云ふ美術文学は古に盛にして今に衰へたりと。以あるかな。[15]

文中の「此新題目此新観念」とは、本稿における明治の「新題」に当たるもののことであろう。子規は、俳句に於いては「新題」を「敢て之を拒まずといへども亦之を好むものにあらず」、つまり敢えて拒みはしないが、好むものでもないとしている。さらにこのような自身の見解について「こは固より理の当然にして徒に天保老爺の頑固なる僻見より出づるものとのみ思ふべからず」と述べる。引用中私に波線を付した「天保老爺」の「天保」は、本稿冒頭に掲げた「天保以後の句は概ね卑属陳腐にして見るに堪へず称して月並調といふ」と重なる。つまり「天保老爺」を「月並調」の「卑属陳腐」な句を詠む宗匠のイメージで用い、自身の発言を月並宗匠のそれと一緒にするな、ということを主張しているものと思われる。ここからは、「新題」を好むものでもないとした子規の見解が、対外的には一見守旧的な姿勢に映るものであり、周囲の誤解を招きかねないという自覚が、彼自身にあったことが窺える。

続く部分では、私に四角囲みを付した「蒸気機関」、「選挙」、「競争」、「懲戒」、「裁判」を「風雅なる趣味高尚なる観念」の無い「新題」の具体例として挙げ、厳しく批判している。このうち、先に見た『俳諧開化集』には、「裁判」が「新題」として挙げられ、他にも「蒸気機関」を使った「蒸気車」、「蒸気船」、「川蒸気船」が「新題」として挙げられていた。

これらの点から考察するに、右の文章からは、旧派の中でも特に俳諧教導職やその作品を批判する子規の姿勢を看取できるのではないだろうか。

続けて、子規の「俳諧大要」から、「新題」に関する発言を追っていきたいと思う。

一古来季寄に無き者も略気候の一定せる者は季に用ゐ得可し例へば紀元節神武天皇祭等時日を一定せる者は論を竢たず氷店を夏とし焼芋を冬とするも可なり又虹の如き雷の如き定めて夏季と為す或は可ならんか(16)

ここでは、今日に至るまで季寄せに無かった語であっても、ほぼ気候の一定なものは季をもつ「新題」として用いることができるとし、「紀元節」など毎年日の決まっているものはもちろん、夏の「氷店」や冬の「焼芋」もそれに準ずるとしている。実際に「焼芋」は先出の虚子宛て書簡に確認され、『新俳句』にも立項が確認される冬季の題であった。また、「虹」や「雷」のようなものを「夏季」とすることも、可能ではないかと述べている。

これらの俳論を掲げた後、明治三一年に、子規ら日本派初の類題句集である『新俳句』は刊行された。ここには、「正岡子規閲」とあるが、編者には上原三川と直野碧玲瓏の名が記されている。では、子規は『新俳句』編纂にどの程度関与していたのだろうか。

宮坂静生氏によれば、子規は編者達が季別、類題別に編輯した「草稿」を、「削ったり、さし入れたりしながら、八分の一ほどに選抜した」という(17)。先掲の虚子宛子規書簡の内容も鑑みるに、『新俳句』の本体には、子規は「閲」、つまりチェック役として名が記されてはいるが、実際は、子規が題の選定から句の選抜まで深く関与したと見られ、子規の季や題に対する意識も色濃く反映された句集であると考えてよいだろう。

それでは実際のところ、類題句集『新俳句』において、「新題」と思しき題はどれほど採用されたのであろうか。左に、『新俳句』に立項された全六二三題のうち、「新題」として収められたと思しきものを掲げた。

冬雑之部…クリスマス、暖炉、冬服、冬帽、外套、二重まはし、吾妻コート、毛布、襟巻、手袋、火事、北風、焼芋[18]

これを見ると、『新俳句』の「新題」が冬季に集中していることがわかるが、この点についてはすでに、左のように先学の指摘がある。

三川宛子規書簡の中に冬季新題のことが見えてゐるが、「新俳句」の目次を一わたり見ると成程新味あるものは冬の季題に多い。例へばクリスマス、暖炉、二重まはし、吾妻コート、焼いも、などの如きである。焼いもの流行は寺門静軒の江戸繁盛記にも見えて居て新しいものではないが、俳句の季題としては新趣味的なものであつた。[19]

以上、子規の「新題」に対する考え方を追ってきたが、子規にとって望ましい「新題」は、季を持つ題であったと、一応は言えるのであろう。

ただ、子規は「俳諧大要」の中で次のようにも述べている。

一俳句の題は普通に四季の景物を用う然れども題は季の景物に限るべからず季以外の雑題を取り季を結んでものす可し両者並び試みざれば終に狭隘を免れざらん[20]

このような言説からは、子規が題に季を必ず必要としたというよりむしろ、題たるものに対し、一句にそれなりの文学性を保証し得るものであることを要求したということが見て取れるかもしれない。そして、その姿勢は、新事物を闇雲に「新題」として取り入れることを否定した先掲の子規の言説に通ずるものであるようにも思われる。

さて、先に芭蕉の無季についての考え方に触れたが、芭蕉の場合も、どのような形でも無季でよいと言っている訳ではないようである。『去来抄』と『三冊子』には、次の記事が残る。

ア…『去来抄』

卯七曰、「蕉門に無季の句興行侍るや」。去来曰、「無季の句は折々有。興行はいまだ聞ず。先師の曰、発句も四季のみならず、恋・旅・名所・離別等、無季の句ありたきもの也。されど、如何なる故ありて四季のみとは定め置れけん、其事をしらざれば、暫く黙止侍ると也。其無季といふに二つ有。一つは前後・表裏、季と見るべき物なし。落馬の即興に、

歩行ならば杖つき坂を落馬かな　ばせを
何となく柴吹かぜも哀れなり　杉風(21)

イ…『三冊子』

朝よ（夜）さを誰松島の（ぞ）片心

此句は季なし。師の詞にも「名所のみ雑の句にも有たし。季をとり合せ、歌枕を用ゆ（る）、十七文字にはいさゝかこゝろざし述がたし」といへる事も侍る也。さの心にて、此句も有ける（か）。猶「杖突坂」の句在（有）(22)。

さらに、左のように、芭蕉にも無季の句例が見える。

ア、月花

三翁は風雅の天工をうけ得て心匠を万歳につたふ。此かげに遊ばんもの、誰か俳言をあふがざらんや

月華の是やまことのあるじ達　（熱田皺筥物語他、貞享五年以前）

酒のみ居たる人の絵に

月花もなくて酒のむひとり哉　（あら野、元禄二年以前）

月か花かとへど四睡の鼾かな　（真蹟画賛、元禄二年）

布袋の絵讃

物ほしや袋のうちの月と花　（続別座敷、年次不明）

イ、名所

歩行ならば杖つき坂を落馬哉　（笈の小文他、貞享四年）

あさよさを誰まつしまぞ片ごゝろ　（桃舐集他、元禄二年）[23]

このような芭蕉の考え方と子規のそれは、一致する部分も少なくないかと思う。

ここまで、旧派と子規の「新題」に対する立場の相違を見てきた。自身の立場を明らかにするため必然的に子規が『新俳句』に取り込んだ「新題」と、先に取り上げた『俳諧開化集』の取り込んだ「新題」では、傾向が大きく異なり、内容に殆ど重なりがないのは特徴的である。しかしながら、「襟巻」という「新題」のように、両書に取り込まれている数少ない例も存する。このように同じ「新題」を採用した場合には、子規らの作品は旧派のものと同傾向のものになってしまっているのであろうか。このような場合の子規の新風とは、どのようなものとして表出するのであろうか。ここでは「襟巻」の、『俳諧開化集』と『新俳句』における句例を比較し、詠み方にどのような違いがあるか検討してみたい。

①題「襟巻」　流行の衿巻憎し鉢たゝき　正哉

右は、『俳諧開化集』「発句の部」に載る「衿巻」の句である。句番号は引用句に通し番号で私に付したもので、以下同様である。さて、注目したいのは傍線部の「鉢たゝき」である。「鉢たゝき」は江戸期以来、冬の季語として認知されてきた語である[24]。つまりこの正哉句においては、「衿巻」が季をもつ「新題」として十分に機能しているのかが判然としない。では『新俳句』の「襟巻」項の句も見てみよう。

②ラッコの皮の襟巻に顔を埋めたる　虚子

③襟巻に侘しき貧の勤めかな　同
④襟巻の解けざる客にあわて心　碧梧桐
⑤髪長く眼鏡かけたるが頸巻す　繞石
⑥縮緬の襟巻ラッコの帽子かな　子規
⑦停車場の椅子に襟巻忘れしよ　同

これらの句は、『新俳句』の「冬雑之部」に収められた冬季の句である。⑥の子規句の「ラッコの帽子」は冬の季感を有するかもしれないが、それ以外の句については、いずれの句においても、「襟巻」や「頸巻」以外に、季語として機能していると思しき語は見られない。この点で、二者の「新題」の詠み方は対照的であると言える。相違が分かりやすいように、両者に共通する「新題」句を見てきたが、ここで少し広げて、旧派の「新題」句一般も確認しておきたい。

⑧題「裁判」　花は花柳はやなぎと極りけり　甚一
⑨題「裁判」　裁判の尽ぬも花の都哉　よし彦
⑩題「勧解」　蔓草のもつれを解や秋の風　朴因
⑪題「代言人」　代り出て綾もいふらん人の為　可学
⑫題「蒸汽車」　汽車早し千本にみゆる畑の梅　藍庭
⑬題「蒸汽車」　汽車の笛なるや鶴見の橋見えて　緑蔭
⑭題「蒸汽車」　二の声は別なり汽車の時鳥　閑水
⑮題「蒸汽車」　菜の花に残るけぶりや車二里　春湖

⑯題「鉄道」　稲づまの光りや汽車の走る音　青暁
⑰題「鉄道」　嶋ひとつおほふ煙りやまかね道　嘉年
⑱題「蒸汽船」　あたらしき水の筋あり夏の月　梅岡
⑲題「蒸汽船」　跡へ飛鳥あり舟のけぶり先　開月
⑳題「蒸汽船」　初秋や入来る船の遠けぶり　潮水
㉑題「蒸汽船」　行舟の霞にからむけぶり哉　蓮水
㉒題「蒸汽船」　島めぐる舟の煙りや雲霞　兼里
㉓題「川蒸汽船」　乗合は花見もどりか川蒸汽　松星

右は子規の『獺祭書屋俳話』の「新題目」にて批難された「蒸気機関」と「裁判」、およびそれに類する題の、『俳諧開化集』における句例を引用したものである。句中の破線は私に付したものである。一目瞭然ではあるが、いずれの題からも、特定の季を読み取ることはできない。傍線を付した語によって有季句になっているものもあるが、⑪、⑬、⑰、⑲のように、季を持つと思しき語を一切含まない句も見える。また、⑧から㉓の一六句のうち、題として立項している語そのものを句の中に詠み込んだものは六句のみである。残る一〇句は、例えば⑩のように、蔓草の縺れを秋風が解くという意の句を以て、調停を意味する題「勧解」を表現しようとしたり、㉒のように、昔ながらの手こぎ舟ならば煙など吐くはずのない小舟が、「煙り」を吐きながら島巡りする様を詠むことで「蒸気船」なる題を表現しようとしたりしている。

続いて、『新俳句』の方を見てみよう。左は、『新俳句』に採用された「新題」句である。紙幅の都合上、各題一句ずつの抄出とした。

㉔題「クリスマス」　子供がちにクリスマスの人集ひけり　子規
㉕題「暖炉」　ストーヴに居残りの雇官吏かな　虚子
㉖題「冬服」　冬服の胸あひかぬる古着かな　子規
㉗題「冬帽」　冬帽を深く被りし男かな　虚子
㉘題「外套」　檐につるす外套古し柳原　愚哉
㉙題「二重まはし」　振り返る二重まはしや人違ひ　子規
㉚題「吾妻コート」　下町や吾妻コートの妾らし　碧玲瓏
㉛題「毛布」　毛布の青きは更に古びたる　虚子
㉜題「手袋」　手袋を編むべく妹が夜更けたる　愚哉
㉝題「火事」　水に映る火事は堀端通りかな　子規
㉞題「北風」　北風に鍋焼饂飩呼びかけたり　子規
㉟題「焼芋」　焼いもとしるく風呂敷に烟立つ　子規

これらを概観すると、第一に、「新題」はすべて季をもつ語として、一句に詠み込まれていることがわかる。先出の『俳諧開化集』の発句、特に無季のもののように、一句全体で題を表現するような詠み方はされていない。題はその単語そのものを直接詠み込む形で、句の中で処理されている。

第二に、各句にはその「新題」以外に季を持つと思われる語はほぼ見えない。[25] これは、各「新題」を、季を持つ語として扱おうとする姿勢の表れであると考えられる。「新題」を新たな季の詞として取り込もうとするこの方針は、先に引用の虚子宛子規書簡にて、子規が虚子に伝えていた方針を実践したものと見てよかろう。書簡に掲げられていた「冬帽」「手袋」「やきいも」「毛布」「襟巻」「冬服」のすべてが題として立項している。加えて書簡にあった「ストーヴ」も、「暖炉」の題で立項しており、例句には虚子の「ストーヴに居残りの雇官吏かな」が掲載されている。

以上、旧派と子規の「新題」の違い、および「新題」の詠み方の違いを考察してきた。改めて子規の「新題」に対する態度を整理しておきたい。

子規は「新題」についてはこれを認め、積極的に取り入れようとする姿勢も見せていたが、選択の必要があるとし、新事物を闇雲に「新題」として取り込む姿勢には批判的であった。この批判は、旧派の中でも本来の俳諧の伝統を無視した「新題」を用いていた俳諧教導職に、特に向けられたものではなかったかと考えられる。それは、俳諧教導職の姿勢が、旧派の中でも「特異」なものでありながら、一方で彼らが強い影響力も持っていたがゆえではないかと想像される。

加えて子規の発言や『新俳句』からは、彼が「新題」を、季を持つ語として俳句に取り入れることに対して心を砕いていたことが端々に見て取れた。子規の死後、新聞「日本」の俳句欄を引き継いだ碧梧桐は、次のように述べている。

○明治の新事物も沢山あるが中に、殆ど人の詩材として顧みなかつた「夏帽」を題に上したのは子規子であつた。時は明治二十九年の夏である。其達腕に一度夏帽が救われて以来、明治の新題といふことに着目するものが多くなつて、夏の海水浴、冬の手袋、吾妻コート迄が詩題となるに至つたが、其第一著の標準を示したのは子規子の夏帽である。子規子の事業多きが中にも、一些事のやうで忘るべからざるものは、この新題を捉えた点である。蓋し我が俳句界に新空気を注入した先鋒であつた。其時の句は載せて新聞「日本」にある。

夏帽の人見送るや蜑が子等　　子規（略）

夏帽や吹き飛されて濠に落つ　　同（引用者注：子規）

今日之を見ると寧ろ幼稚の感を免れぬけれども、そは始めて生るべきもの、逃れ難い欠点である。生れ落ちた嬰児は一人前の人間ではない。（略）

○夏帽、夏帽子、藁帽、麦藁帽子、其他パナマ、台湾パナマ等いづれを採るも差支はない。（三十八年七月十日）(26)

「夏帽、麦藁帽子」は『新俳句』の中に立項しており、同じ「夏雑之部」に収められた「涼し」や「扇」など近世以来の題と同様に扱われている。つまり先出の「クリスマス」以下の題のように、題の配列に特殊性は見られず、『新俳句』において「新題」であることを対外的にアピールした題としては扱われていない。しかし、碧梧桐の認識通りであったとすると、次のように考えられる。

ここまで見てきたように、子規の、俳句における季を持つ「新題」の選定態度は慎重なもので、一見すると、消極的なもののようにも見えた。選定態度が慎重なものであったことは、ここまで確認してきた通りであろう。しかし、彼の裡に秘められた、「新題」取り込みの意欲そのものは、決して消極的なものではなかった。むしろ実際には精力的かつ積極的なものであったのではないか。選定する目は厳しいものであったが、それに相応しいと感じた「新題」の取り込みには意欲的であったと窺える。少なくとも碧梧桐には、「新題」を季を持つ語として俳句に取り入れる姿勢を強く印象づけ、「夏帽、麦藁帽子」の類語である「パナマ、台湾パナマ等いづれを採るも差支はない」と言わしめるまでの影響を与えたことが、ここから看取される。

おわりに――俳句革新運動期における「新題」

本稿冒頭に取り上げた子規の発言のように、子規は旧派の句を「陳腐」だとし、旧派を批判する形で俳句革新運動を展開した。しかし、第四章における『獺祭書屋俳話』での子規の発言と、『俳諧開化集』等「開化の部」を設けた旧派の「特異」な発句集の題や句を対照させると、子規の批判が、常に旧派全体に対して向けられていたとは言えないように思われる。少なくとも、本稿で取り上げた『獺祭書屋俳話』の「新題目」という文における批判は、旧派全体というよりむしろ、俳諧教導職による、新しくも奇抜な試みや姿勢に対して特に向けられたものであったように見える。

加えて、子規が「新題」を単なる句材のみならず、季を持つ題にしようとし、その選別や例句作りに苦心惨憺する様は、旧派の「新題」の取り込み方と好対照をなしていると思われる。

これまでの「俳句革新運動」の議論では、子規らが、古くて「陳腐」な旧派を批判する形で展開し、その「月並調」の句に対して、子規らが「新奇」な句を次々に発表していったという点が脚光を浴びることが多かったように思われる。しかし、「新題」をめぐる子規らの動静を旧派と対照させながら追うことで、子規らが古典に学び、その中に文学性を見出し、新時代においてもそれを時代に合う形で追求しようとしたことや、時には前近代から続くそれを守ろうとした部分もあったという視座の必要性があるように、改めて感じる。

注

（1）正岡子規「俳諧大要」（新聞「日本」明治28・12・2、引用講談社版『子規全集』4巻）
（2）西谷富水編、大久保漣々校『俳諧開化集』明治14・5・15刻、東京芙蓉庵蔵版。櫻井武次郎・越後敬子校注「俳諧開化集」（久保田啓一・櫻井武次郎ほか校注『和歌　俳句　歌謡　音曲集』〈新日本古典文学大系　明治編4〉2003・3、岩波書店）に翻刻および注があり、以下『俳諧開化集』本文の引用は同書による。注も適宜参照した。なお、『俳諧開化集』については、同書の他、越後敬子「『俳諧開化集』翻刻と解題」（『實踐國文学』52号、平成9・10、實踐國文学会）に詳しい。
（3）拙稿「明治期の発句における新事物と題・季のかかわり―『俳諧開化集』を例に―」（『連歌俳諧研究』123号、平成24・9、俳文学会）
（4）越後敬子「明治期旧派類題句集概観」（国文学研究資料館編『明治開化期と文学』、1998・3、臨川書店）
（5）前掲注3「俳諧開化集」解題
（6）「一月」～「秋季祭」までの「新行事」題については、拙稿「子規の俳句革新における新季語―「新行事」題を例に―」（『三田國文』59号、平成26・12、三田國文の会）にて扱った。
（7）加藤楸邨他監修、尾形仂他編『俳文学大辞典』普及版、平成20・1、角川学芸出版
（8）前掲注8『俳文学大辞典』普及版「季」項
（9）前掲注8『俳文学大辞典』普及版
（10）前掲注3「俳諧開化集」解説
（11）小築庵春湖・三森幹雄撰、東旭斎編『古今俳諧明治五百題』明治12・9か、東京江島喜兵衛
（12）東旭斎編『俳諧明治新々五百題』明治17・7か、千葉朝野利兵衛・東京江島喜兵衛
（13）講談社版『子規全集』19巻、書簡番号537
（14）正岡子規閲、上原三川・直野碧玲瓏共編、明治31・3、民友社

（15）正岡子規『増補再版獺祭書屋俳話』（明治28・9、日本新聞社。引用講談社版『子規全集』4巻。「新題目」初出新聞「日本」明治25・7・31）

（16）正岡子規「俳諧大要」（新聞「日本」明治28・10・27、引用講談社版『子規全集』4巻）

（17）宮坂静生『正岡子規と上原三川』昭和59・6、明治書院

（18）『新俳句』は、例えば春之部であれば、その中がさらに「春上之部」、「春中之部」、「春下之部」、「春雑之部」、「春詞書之部」と五部に大別されており、「春雑之部」の末尾には「春雑」という項目が設けられ、特定の題に分別することができない句が収められている。ここで「「新題」として収められたと思しき」題とした「クリスマス」以下はすべて、「冬雑之部」の中の「冬雑」項に続く形で立項されている。「春雑之部」、「夏雑之部」、「秋雑之部」はそれぞれ「春雑」、「夏雑」、「秋雑」の項で締め括られており、この点で「冬雑之部」は異質である。ここに、子規がこれらの題を、季を持つ「新題」として『新俳句』に収録しようとした意図が見て取れるように思われる。

（19）松岡満夫「『新俳句』の成立と特色」（『國語と國文学』29巻8号、昭和27・8、至文堂）

（20）正岡子規「俳諧大要」第五　修学第一期（新聞「日本」明治28・11・13、引用講談社版『子規全集』四巻）

（21）宮本三郎校注「去来抄」（宮本三郎・井本農一他校注『校本芭蕉全集』7巻、平成元・7、富士見書房）

（22）井本農一校注「三冊子」（前掲注21『校本芭蕉全集』7巻）

（23）芭蕉句の本文、出典、作句年は、松尾芭蕉著、雲英末雄他訳注『芭蕉全句集　現代語訳付き』（平成22・11、角川学芸出版）を引用、参照した。なお、同書は「「月花」は俳諧で無季の扱いとなる」としている。

（24）曲亭馬琴編、藍亭青藍補『増補俳諧歳時記栞草』（堀切実校注『増補俳諧歳時記栞草（下）』2000・10、岩波書店）に、冬之部、十一月の題として掲載

（25）㉞句の「鍋焼饂飩」は、今日では冬季の季語として広く認知されている。しかし、子規のこの句が詠まれた当時、「鍋焼饂飩」が季語として認知されていたかは不詳である。「鍋焼饂飩」の前身となった「鍋焼」は、『増補俳諧歳時記栞草』にも見え

る冬季の題であるが、「鍋焼饂飩」はここには見えない。

（26）河東碧梧桐『新俳句研究談』明治40・10、大學館。初出新聞「日本」明治38・7・10）

※引用に際し、私にルビを外したり、旧字を通行の字体に改めた箇所がある。また、四角囲みを付した箇所、傍線・破線・波線などを付した箇所、逆に外した箇所がある。

石川淳と俳諧
――「修羅」「至福千年」の構造を中心として――

若松伸哉

はじめに

日本近代文学において俳諧に縁の深い作家の一人として石川淳（一八九九～一九八七年）の名前を挙げることができる。第四回芥川賞を受賞した「普賢」（一九三六年）をはじめ、「焼跡のイエス」（一九四六年）や「紫苑物語」（一九五六年）などの代表作を残し、第二次世界大戦の終戦直後には太宰治・坂口安吾・織田作之助らとともに流行作家になった小説家である。

石川淳は作家として本格的に活動する前にアナトール・フランスやアンドレ・ジッドの翻訳も手がけており、フランス文学者としての顔も持つが、山東京伝・横井也有・其角・木下長嘯子など江戸期の文学・文人を扱った評論『江戸文学掌記』(1)（新潮社、一九八〇・六）を後に著していることからもわかるように、日本の古典文学、特に江戸文学についても非常に深い造詣も持っている。

石川淳文学を把握するうえで江戸文学との関わりは外すことのできない重要な要素だが、本稿では江戸文学のなかでも特に俳諧というテーマから改めて石川淳作品を考え、他の文学作品に対する石川淳作品の特質を探ることを目的としている。

一、石川淳と俳諧

石川淳が江戸文学に親しんだ時期については、「わたしはいくさのあひだ、国外脱出がむつかしいので、しばらく国産品で生活をまかなつて、江戸に留学することにした」(2)や、「とくに戦争中は江戸に留学したつもりでした」(3)と、石川淳自身が複数回にわたって述べているように、江戸文学に親しんだのは戦時中ということが想像されるが、俳諧について言えば石川淳は早くから縁がある。

石川淳は「散文小史」(『新潮』一九四二・七)のなかで、「幼時発句の手ほどきをいただいた淡島寒月翁」と語っているように、少年時代に石川が暮らしていた浅草からもほど近い向島「梵雲庵」に淡島寒月を時折訪ね、俳諧(発句)の手ほどきを受けていたことが知られているほか、石川淳の兄も俳句に親しむ人物であった。

石川淳の六歳年長の兄・斯波武綱は慶応義塾理財科に入学し、「斯波武」の名で『三田文学』にも小説を発表するほか、俳句にも親しんでいる。(4)そしてこの兄の慶応時代の友人に小説家・俳人として名を成す久保田万太郎がいた。石川は若き日の兄と久保田の交流について、『久保田万太郎全集』第一巻(中央公論社、一九六八・一)の月報に掲載された「めぐりあひ」において回想しており、そのなかで一九一七(大正六)年の正月に石川の生家において兄が開いた運座に久保田が参加していたエピソードを語っている。この出来事は石川淳が一八歳になる年であるが、すでに「一かどの俳人」であった久保田万太郎と懇意であった兄・斯波武綱の存在は少年期の石川淳にも当然影響を与えていたと考えられ、淡島寒月からの手ほどきも合わせて、少年期から俳諧（俳句）とは浅からぬ縁がある環境に育っている。

さて、このように少年時代から俳諧（俳句）に親しんでいた石川淳は、戦時中に発表した「江戸人の発想法について」（『思想』一九四三・三）という評論において〈俳諧化〉という操作・概念について語っている。

同評論の冒頭で石川淳は、「佐久間の下女」であったお竹が実は大日如来だったという、江戸で流行した「お竹大日如来」について、「お竹すなはちやつし大日如来」（引用文中の傍点は原文のまま。以下同じ）として、「このやつしといふ操作を、文学上一般に何と呼ぶべきか。これを俳諧化と呼ぶことの不当ならざるべきことを思ふ」と述べている。「やつし」と呼ばれる操作を石川淳は「俳諧化」と名付けるわけだが、「江戸人の発想法について」を論じた野口武彦によるパラフレーズを参照すれば、〈聖・雅・高貴〉な存在が〈俗〉な存在としてあらわれるのが〈やつし〉であり、その対となっている操作が〈見立て〉ということになる。[5] それを石川淳は〈俳諧化〉と呼び、「江戸人の発想法について」のなかで、「一般に、江戸の市井に継起した文学の方法をつらぬいてゐるものはこの俳諧化といふ操作である」と、江戸文学一般の特長として述べている。

〈見立て・やつし〉はたしかに江戸文学においてよく見られる趣向であるが、これは石川淳作品を特徴付ける方法ともなっている。文壇デビュー作の「佳人」（一九三五年）では、主人公「わたし」が聖フランチェスコや竹林の七賢の一人である阮籍などに自分自身を〈見立て〉ているし、「普賢」（一九三六年）においても「わたし」は自分を普賢菩薩に〈見立て〉る。また、戦後の代表作「焼跡のイエス」（一九四六年）では、上野の少年をイエス・キリストに〈見立て〉ている。例を挙げればきりがないが、聖なる存在と俗なる存在を往還するこうした〈見立て・やつし〉の方法が石川淳作品には多用されており、作品全体にダイナミックさを与えている。「江戸人の発想法について」のなかで〈俳諧化〉として言及されたこの方法・操作は、このように石川淳作品を見るうえで非常に重要なものとなっている。しかしながら、ここでもう少し考えておきたいのは、〈見立て・やつし〉という方法だけにとどまらない、石川淳の俳諧へのこだわりである。その点について考えてみよう。

二、運動としての俳諧

「江戸人の発想法について」の後半は天明狂歌の話に移っていくが、そのなかに次のような一節がある。

天明以前、江戸には周知のごとく俳諧史上の一大椿事がおこつてゐる。元禄の芭蕉の発明に係る俳諧の連歌である。(一句立の発句といふ可憐なる短詩のことは取り上げるには及ばない。) 芭蕉詩の運動は堂上派の連歌の俳諧化といふ操作の上に立ちつつ、おどろくべき斬新清爽な芸術境を打開してゐる。

石川は松尾芭蕉の俳諧の連歌を一句立ての発句とは区別したうえで、このように評価している。「江戸人の発想法について」に比べれば言及されることは少ないが、ほぼ同じ時期に俳諧に触れた「俳諧初心」(『文芸情報』一九四一・六～七)を石川は発表している。(6) 芭蕉批評が大きな比重を占めるこの評論においても「江戸人の発想法について」と同様の認識がもっと踏み込んだかたちで言及されている。俳諧の連歌と近代以降の俳句にもつながる発句との差異、そして前者への評価は本評論ではたとえば次の箇所をはじめ繰り返し強調されている。

俳諧の連歌の世界が詩一般に於て独自の別天地を開いたことはたしかである。しかし、発句がその世界から飛び出して来て、一本立であらはれたとき、それはもう旧に依つて独自の境を踏まへてゐるのだとは見なしがたい。単なる一短詩として、別に鑑賞され、批判され、その詩的価値の軽重を問はれることになる。新案の十七字詩のつひに避けることができない運命である。

石川はこのように俳諧の連歌と発句（俳句）を明確に区別しつつ、俳諧の連歌にこそ芭蕉評価のポイントを置いている。俳諧に入る道として芭蕉全集の暗誦を石川は推奨するが、「第一に俳諧の連歌の巻、第二に旅行記、この二つを反覆朗吟する。発句の集はさして重要ではない」と、俳諧の連歌と旅行記を評価の中心に挙げる。「かくあるべき自然の姿を現実の自然の中に追究して行く」芭蕉の「旅の心」を石川は高く評価し、「この心（引用者注―芭蕉の旅の心）が高次に運動して行つたさきには、おどろくべき珍事がおこつてゐる。そこに打開されたものは、古今無双の大神通の芸術境である。すなはち俳諧の連歌の世界である」と記している。石川は一つところにとどまらない芭蕉の旅の運動性を評価し、その延長線上に〈俳諧の連歌〉を見ている。

こうした石川淳の芭蕉評価は後年も変わることがなく、(7) またやはり俳諧の連歌の運動性についても、戦後に発表した「即興」（『文学界』一九六二・四）において言及している。

連歌に即興があるとすれば、わづかに発句、ときに脇の二句のみ。その発句と脇との延長が歌仙三十六句になるのではない。延長といふ観念はずばりとたたつ切られてしまふ世界である。第三以下の句は、ひとがこれを作ることを欲して、作ることに努力して、はじめて成る底のものである。ここでやつと努力といふことばが出た。歌仙の世界はそれぞれの句に於ける運動と発明との努力に依つてきづかれる。

ここに記される「運動」「努力」といった言葉に注目しておく。たとえば石川淳が自らの小説概念を述べた『文学大概』（小学館、一九四二・八）に所収される「文章の形式と内容」（初出は『現代文章講座』第三巻、三笠書房、一九四〇・五）では、「精神が自分で文章の中に乗りこんで来て、直接にことばと合体し、ともに生動しともに破裂するであらう。ことばの運動をおこさせ生命を光らせるために、ことばの流に於て精神の努力が顕現されるであらう」と、「運動」「努力」の語が使用される。言葉のなかに盛り込まれる精神の持続性を石川淳は小説の最も重要なものとして捉えており、『文学大概』以降、数々の評論において繰り返されるこの石川の小説観はいわゆる〈精神の運動〉という言葉で表現されるが、「運動」や「努力」といった語はその重要な構成要素となっている。

またやはり「文章の形式と内容」において「文章の美」について述べた箇所では、「書いた人間との関係に於てのみ玩味されるやうな文章よりも、書いた人間から高次に分離してそれ自身の世界を形成してゐるやうな文章をこそ、われわれはみごとだと見る」と語り、「書かれたことば」について、「書く当人に関係するもの、生理的なもの心理的なもののすべてを切断するがゆゑに、単純清潔といはれる」と記すように、作者から離れて言葉自体で世界を構築する小説（文章）を高く評価している。この点についても、「江戸人の発想法について」では「かつて芭蕉俳諧の連歌は、世界が出来上つたとき、作者の名を忘れさせた」と芭蕉俳諧に対して述べており、作者からの切断という問題に関しても俳諧と石川淳の小説概念は近接性を示している。

一句で完結する発句（俳句）ではなく、句を連ねていく俳諧の運動性と世界観への評価は、石川淳の小説概念ともこのように近似している。石川には独吟で歌仙を巻く過程を随筆風に作品化した「歌仙」（『群像』一九五二・六～七）や「北京独吟」（『世界』一九七五・六～八）があり、晩年にも丸谷才一らと歌仙を巻いている。(8) その後の石川淳の文学的営為を考えてみても、俳諧（の連歌）という文学ジャンルの持つ石川淳文学のなかでの重要性はいま一度留意されて良いものだろう。

それでは石川淳と俳諧の関係をここまで確認したうえで、次節以降では石川淳作品と連歌および俳諧の関係を見ていく。

三、「修羅」と連歌

まず取り上げたいのは一九五八（昭和三三）年七月に『中央公論』に発表された中篇小説「修羅」である。「修羅」は日本中世の応仁・文明の乱世を舞台にした小説で、主人公の胡摩は、守護大名・山名一族の姫として設定されている。そして古今の資料および和漢の書籍を集積した関白・一条兼良の書庫「桃華文庫」をめぐって、公家・足軽・古市一党という三つのグループがそれぞれの思惑をもって闘争を行う。さらにその三つのグループのほかに、禅僧・一休宗純と、その弟子でもある北面の武士・蜷川新左衛門が登場する。

「修羅」は石川淳作品のなかでも評価の高い作品の一つであり、その二年前に発表され、同じく歴史に舞台をとった石川の「紫苑物語」（『中央公論』一九五六・七）と比べられることも多い。「紫苑物語」は宗頼という貴族生まれの男を主人公としており、こちらも石川の代表作として評価の高い作品であるが、菅野昭正は「紫苑物語」について、「『紫苑物語』では、物語の核心部をかたちづくる観念、つまり宗頼のエネルギーは、終始ひたすら一点を指向して燃焼する」と述べ、「一切は、ひたすら《敵》を追究、接近する純一なみぶりで成りたっているのだ。その剛直な純一性こそが、まさしく『紫苑物語』の魅力のすべてである」と、ひたすら前に進んでいく主人公・宗頼の在り方のみに軸を据えた「剛直な純一性」をその魅力として論じる一方、その「紫苑物語」の「剛直な純一性」を比較対象として、「はるかにしなやかなひろがりと、いりくんだ複雑な枠組を具え」た「修羅」については、「紫苑物語」には欠けている「多角的、拡充的な契機」をもたらす「多元的な構造」を持つ作品として高い評価を与えている。(9) そしてその「多元的な構造」は、豊原季秋とその手下による公家・武家のグループ、淀の大九郎が代表する当時の新興勢力たる足軽、胡摩が率いることになる社会の底辺に生きる古市一党という三つの勢力が多元的に描かれている点から導き出されている。

胡摩は足軽の死骸の山の下から登場し、一休宗純の「のぞみの絶えたところに、そなたは生きることをはじめよ」〔一〕との言葉を受け、新たな生を歩み出す。そして史書（歴史）の廃棄や将軍暗殺の目的をもって、胡摩＝駒の名のとおり乱世のただなかで疾駆していくが、こうした主人公の直線的な在り方は、たしかに「紫苑物語」の宗頼とも通じる。しかし、宗頼の分身的な存在である平太との相克が象徴するように、二項対立とその止揚というようなかたちでストーリーが展開していく「紫苑物語」に対して、胡摩に焦点を当てつつも、「修羅」は二元論に終始する物語ではなく、人間関係にしても各々の思惑が入り乱れ、混沌とした様相をもつ」と安西晋二が指摘するように、(10)「修羅」と「紫苑物語」では作品構造に違いを持ち、またそれが「修羅」の特徴ともなっている。

そして、こうした「修羅」の特徴は同時代評においてもすでに言及されている。小田切秀雄は文芸時評「『かんころめし』は秀作」（『北海道新聞』一九五八・六・二〇）のなかで、「修羅」に登場する各人物（群）に言及したうえで、それがかえって作品の焦点をぼかしてしまっている点を難じながらも、「乱世のさまざまな局面」が描かれている作品の姿を指摘する。

また、原田義人「文芸時評」（『週刊東京大学新聞』一九五八・六・二五）は、「「修羅」は、応仁の乱のころの京の舞台に、野盗の群に投じた大名の娘、時代の底にうごめいて盲目的な力を形づくっている足軽たち策謀で乱世に処そうとするくずれた公家、インテリの北面武士、世の転変を達観している禅僧、などを交錯乱舞させた物語」と紹介し、やはりその多元的な構造について言及している。

もう一つ同時代評で触れておきたいのが、篠田一士「文芸時評」（『日本読書新聞』一九五八・六・三〇）である。篠田は「修羅」について「多面的話法」を評価しつつ、「石川淳オムニバス作品」としての姿も指摘する。

『普賢』の愛好家は足軽大九郎の行為を楽しむだろうし、『処女懐胎』の信奉者は胡麻《ママ》との出合いをなつかしむだろうし、また、一休の姿のなかに「張柏端」の面影をかいまみる読者もいることだろう。

「修羅」の登場人物について、これまでの石川淳作品との関連を見出し、「石川淳オムニバス作品」と表現する篠田の発想の基盤をなしているのは、やはり「修羅」における多元的な構造ということができるだろう。

このように「修羅」の多元的な構造は同時代評においてもすでに言及されているポイントなのだが、同じく同時代評である山本健吉「文芸時評」（『読売新聞』夕刊、一九五八・六・二〇）もこの構造について触れたうえで、「一休は胡摩に生きる道を示すとともに、自作の「江口」の謡によってそのテロリズムを阻止する力ともなった。彼は、作者の「第二の私」とも言えるだろう」と作者に重なる一休の性格を指摘している点が注目される。同様に、村松剛「石川淳著『修羅』」（『日本読書新聞』一九五八・九・二九）が「作者に近い傍観者的人物として一休があらわれる」と述べ、吉田健一「文芸時評」（『週刊読書人』一九五八・六・三〇）も「作者も、我々も一休なのである」と述べるように、作者や読者といった作品外の眼と重なる、他の登場人物とは異なる一休の姿に言及している。(11)

複数の人物と勢力が絡み合う多元的な構造のなかで、作者の分身とも見られ、「傍観者」とも名付けられる一休の存在はやはり目立っている。作品のなかで一休は胡摩に行く道を示す重要な役柄を担っているが、もう一つ注目しておきたいのは、弟子で連歌師の顔も持つ蜷川新左衛門とともに作中で一休が何度も連歌のやりとりをしている点である。「修羅」作中では連歌のつけあいが一休や蜷川新左衛門、胡摩などを中心に複数回書き込まれており、作品の大きなアクセントとなっている。そして、この点について石川淳自身が「修羅」発表の三年後に語った次の文章がある。

ずつとまへに拙作「修羅」といふのを書いたときにも、やつぱり構成に気を使ふよりは、その中で連歌のまねごとのやうなものをつくることのはうに、わたしは惹かれて行った[12]。

「構成」ではなく、「連歌のまねごと」に惹かれたと述べる作者のこの言によって、連歌という要素が少なくとも作者の意識において重要なものとなっていたことがわかるが、さらに興味深いのは、「構成」と「連歌」が並列的に考えられている点である。多元的な作品構造が「修羅」の一つの特徴になっていたことはすでに確認したとおりである。しかし、石川の「構成」ではなく「連歌」を重視する言葉を信じるならば、連歌こそが「修羅」の多元的な構造を産む動力になっていたとさしあたって考えることができそうである。

この点をもう少し考えるにあたって、「修羅」発表の七年後から連載がはじまる石川淳の長篇小説「至福千年」を俎上に載せたい。

四、「至福千年」と俳諧

「至福千年」は一九六五（昭和四〇）年一月から翌一九六六年一〇月まで一度の休載を挟み雑誌『世界』に連載された、幕末動乱期の江戸を舞台とした全二八章より成る長篇小説である。正統キリスト教の立場からは異端とされる〈千年王国思想〉をもとに、盗賊・非人などの下層の人間を集め、江戸に〈千年王国〉を築き上げようとする加茂内記率いる「千年会」と、江戸にキリスト教信仰を広めることを望む、穏健かつ富裕な商人・松太夫を頭とする「相生屋」の争いが本作品のストーリーの中心となっており、この両者の中間的な存在として俳諧師・冬峨が登場し、狂言回し的な役目を果たす。他には、加茂内記の「千年会」から離脱して貧困のなかにキリストの教えを見付けようとする更紗職人・源左（更源）や、加茂内記に従いながら最後には彼を殺害する盗賊・じゃがたら一角、一角とともに連れだって悪の道を押し進む冬峨の甥・彦一郎などが主要な人物として登場する。作品の終末部において、「千年会」は加茂内記の死によって滅び、一方の「相生屋」や、冬峨、さらにじゃがたら一角や彦一郎たちもそれぞれ海外に乗り出していくことが暗示され、「至福千年」は閉じられる。

「至福千年」は歴史を舞台としている点はもちろん、多元的な作品構造についても「修羅」と近似している。加茂内記と松太夫、それに源左を加えた二者あるいは三者の争いと、それらの間にいる冬峨によるストーリー展開は、「至福千年」に言及する文章の多くが触れる特徴だが、たとえば川村湊はこうした構造に付け足して次のように指摘する。

澁澤龍彦に倣って（岩波文庫版『至福千年』解説）、内記を無政府主義的一揆主義のマキャベリスト、松太夫をブルジョワ穏健主義者、更源をフランチェスカ風の破滅型一匹狼、というように類型的に分類できるわけだが、この小説の興趣は、そうした三つ巴（三すくみ）の戦いが、それぞれに次々と相手の駒を倒してゆき、これらのいずれもが最終的な勝利を収めえないことにあるだろう(13)。

川村が指摘するとおり、「至福千年」のなかに勝利者はいない。川村は同論においてさらに「石川淳の文学そのものの中に私たちは日本の近代の「天皇制」と同じく、〈中心が空虚〉である構造を見ることができる」と指摘し、『至福千年』という小説は、中心の虚無を奪い合うことによって、日本的な権力を争奪しようとした者たちの闘いの物語と読むことができるだろう」と論じる。

勝利者がいない「至福千年」の特徴的な構造の指摘から出発して、日本近代の天皇制と重なる「中心の虚無」を本作品に読み取る川村の指摘は示唆するところが大きいが、おそらくこうした「至福千年」の持つ「中心の虚無」という問題が、同時代評における読後の印象にも影響を与えていたと思われる。

『朝日新聞』（一九六七・三・一五）に掲載された無署名の書評が、「両派の目ざましい角逐も、ある晴れた朝、一夜の夢のごとくにあっけなく消え去る。無から有を生じてまた無に帰す、また虚空に己れの夢の絵姿を描き出すという力業」と、勝利者がないまま登場人物が作中から退場していく様子を肯定的に評価している一方、「一体この長篇において作者は何を描こうとしたかと、もう一歩つっこんで考えると、よくわからぬところが多い」と述べる『週刊朝日』（一九六七・三・三一）掲載の無署名の書評はさらに、「土壇場になって、加茂内記が一角に殺され、クーデターに失敗した一角が横浜めがけておちのびるという結びまでを、もう一度改めて思い返してみると、読者は作者の話術にたぶらかされて、結局、何が何だかわからなくなりそうである」と続け、勝利者がいない作品結末のあり方の意味を捉えかねる感想を記している。

すでに先行研究では、登場人物たちによる体制変革が成し遂げられずに「至福千年」が終わる点について、革命が成就しない日本の風土についての作者の絶望感を読み取る解釈が存在しており(14)、本作品における勝利者のいない結末は、右に見たように同時代評でも作品評価と大きく関わり、また作品テーマの抽出にも関わる重要な論点であったことがわかる。そして勝利者がいないだけでなく、この長篇小説においては最初から最後まで主人公も設定されていない。また、作中の各勢力を代表する人物のみならず、加茂内記の傀儡としてイエス・キリストに擬せられ「千年会」の象徴となる少年・与次郎は、途中で内記の制御から離れ、彼を軸として新たな展開を読者に予想させるところで、他の登場人物により殺害されてしまうし、「相生屋」と縁がつながる不思議な力を持つ少年・三太も大人たちの思惑が渦巻く作中の争いのなかで新たな展開をもたらす期待を抱かせるが、やはり途中で死亡してしまう。作品はどの登場人物についても中心化することを拒んでおり、明らかにすべての人物が相対化されているわけだが、こうした中心を欠くあり方は川村の言う「中心の虚無」という評言とも響くはずだ。これは三つの勢力がそれぞれ描かれながらも基本的には胡摩を主人公とする「修羅」とも決定的に違う点だ。「修羅」よりも中心の不在を徹底している「至福千年」において、「修羅」の一休よろしく〈作者にも擬せられる傍観者〉として登場しているのが俳諧師・冬峨である。野口武彦が注（14）前掲論文のなかで冬峨について、「作者はあたかも、この俳諧師冬峨の介在によって、作中事件のあらましを公平等分に眺めわたし、それぞれを相対化する視野を確保した」（一三二頁）と言い、「俳諧師冬峨は、すべてを文字どおり俳諧化するクールな視点の持ち主という意味で明らかに作者の分身なのである」（一四六頁）と言うように、作中に登場する複数のグループ構造を相対化させたまま展開させていくためのある種の特権性を持った登場人物であるが、その人物が俳諧を生業にしている点は注目するべき要素だろう(15)。

本作品においては冬峨を中心として俳諧が何度も登場している。冬峨が加茂内記に呼ばれる第四章ではまず加茂内記が「白浪はまづ大当り初芝居」と句を作ると、それに対して冬峨が「唄もうららにやんらめでたや」と脇句を付け、さらに源左が「かげろふの炎と乞食もえ立ちて」と第三句を附けている。三者によるこの一連の句の内容は「千年会」が千年王国樹立のために行う作中の行動と重なっている。右の場面をはじめ、本作品に登場する俳諧は作中の出来事を凝縮的にあらわし、またその後の展開も暗示するような、基本的に作品内容と関わったものであり、それが俳諧師・冬峨をはじめとした複数の登場人物によって軽妙かつ洒脱にその俳諧のやりとりが行われているのである。

ここで宮内豊による同時代の書評（『早稲田大学新聞』一九六七・四・二七）を見てみたい。

とにかく相当数の作中人物が、人に会っては酒をのみ、酒をのんでは洒落をいい警句をとばし、ひととわかれた後では策謀をめぐらせ、またひとと会っては相手の策謀をあばき、あわせて自分の策謀を開陳し、さらに自分の来し方行く末をぶつという「仕掛」の、めまぐるしい連続、これである。

「至福千年」の特徴について宮内は、登場人物たちの言動の呼応によるストーリー展開だと捉えている。宮内の評は、石川の過去の作品に比べて「客体的なものの呈示」が無いと指摘するように本作品を否定的なニュアンスで評しているが、「あるいは石川淳のみずからいうあの精神の運動をそれだけ純粋に実現し、それだけ純粋に顕示するところに今日の彼の小説のありかたを考えているのだろうか」とも推測している。作品全体を否定的に捉えることの当否はともかく、宮内が登場人物たちによる「「仕掛」の、めまぐるしい連続」を「至福千年」の特徴と捉え、石川淳の〈精神の運動〉と結びつけている点は示唆的である。というのも、「至福千年」を展開していく推進力が登場人物たちの言動の呼応であるならば、作中においてその象徴となるのは〈俳諧〉だからである。

言うまでもなく、連歌および俳諧は個人による文芸ではなく、複数の人間によって織り上げられ、その世界が作られる[16]。いわば通常の文芸と違い、個人によらないその脱中心性および複数性が特徴の一つだが、それは主人公がおらず複数の登場人物によって形作られる「至福千年」の構造と近似するし、多くの評者が指摘する本作品の多元的な構造＝脱中心的な構造ともひとつながりになるものだろう。そして、第二節で確認したように、俳諧（の連歌）のありかたは、精神的な努力の持続を求める〈精神の運動〉という石川淳独自の小説観ともかかわるものでもあった。その点も考え合わせた場合、俳諧に象徴される本作品の構造が持つ重要性は大きい。

もちろん「至福千年」のように主人公が設定されず、登場人物群によって物語が展開していく小説はなにも石川淳によって創出されたわけではないが、石川淳作品のなかでも特にその多元的な構造が指摘される「修羅」および「至福千年」という作品において、連歌や俳諧が一つのモチーフになっていることは偶然とは思えない。「修羅」「至福千年」を起点として、石川淳作品の形式・構造面についても〈俳諧の連歌〉との関係・影響の大きさを再考してみる価値はあるだろう。

五、歴史の描き方

「修羅」も「至福千年」もともに歴史を舞台とした小説であるが、本稿で述べてきたことと〈歴史〉の関係について少し触れておきたい。史書の廃棄を主人公・胡摩に語らせる「修羅」に関しては、近年すでに歴史・正史の問題から論じた安西晋二論[17]や帆苅基生論[18]がある。一方、「至福千年」についても同時代評において発表当時の〈歴史〉との関わりは指摘されていた。『朝日新聞』の書評（一九六七・三・一五）では「「至福千年」という題名も、近ごろはやりの「明治百年」に対する、氏一流の皮肉かも知れない」と、明治維新（一八六八年）の百年後にあたる一九六八年に向けて盛り上がる〈明治百年〉のムードをそもそも「至福千年」というタイトルが揶揄していると読み、『週刊朝日』の書評（一九六七・三・三一）は「かつての異端的な信仰路線が今日の革命路線にみまがうところが、凡百の幕末維新物語と性格を異にするこの長篇」と表現し、これもまた一九六八年にピークを迎える全共闘運動とも本作品を重ね合わせ、そこにほかの幕末を舞台とした物語との差異を見ている。

こうした「至福千年」発表当時の状況と歴史（小説）の問題に言及した先行研究に山口俊雄の論考があり[19]、山口もやはり〈明治百年〉との関わりのなかで、司馬遼太郎の「竜馬がゆく」（『産経新聞』夕刊、一九六二・六・二一～一九六六・五・一九）に注目している。「竜馬がゆく」は同時代において多大な人気を博し、まさに〈明治百年〉にあたる一九六八年、NHK大河ドラマとしてテレビ放映されている。山口は「至福千年」に登場する志士「山ノ上臥猪」が坂本龍馬を擬しているという注（14）前掲野口武彦論の指摘も踏まえ、「非「乱世」的な大政奉還と明治維新以降の近代史とを基本的に肯定する態度で物語られた作品」である「竜馬がゆく」と石川の「至福千年」が、〈開国〉への志向は共有しながらも、「自閉的自己愛的近代日本像とは対極的な見通しを石川は提出した」と論じている。「至福千年」が同時代作品である「竜馬がゆく」を意識していることは蓋然性が高く、山口の指摘も正鵠を射ているだろう。そのうえで本稿の論旨の文脈から付け加えたいのは、その歴史を紡ぐスタイルに関する問題である。「竜馬がゆく」はもちろん「竜馬」を主人公として物語を進めていくが、決して彼だけに焦点を当てるのでは無く、他の維新志士のエピソードも織り交ぜつつ展開している。そして語り手でもある「筆者」がたびたび登場し、語りの現在の地点から登場人物の言動に解釈を与えているところからわかるように、「竜馬がゆく」の語り手（「筆者」）は物語全体を超越的な位置から語る権能を有し、その構成的な意志によって物語が紡がれていることを読者に示し続けている。最終章「近江路」で「筆者」は言う。


　この長い物語も、おわろうとしている。人は死ぬ。

　竜馬も死なねばならない。その死の原因がなんであったかは、この小説の主題とはなんのかかわりもない。筆者はこの小説を構想するにあたって、事をなす人間の条件というものを考えたかった。それを坂本竜馬という、田舎うまれの、地位も学問もなく、ただ一片の志のみをもっていた若者にもとめた。

　主題は、いま尽きた。

　その死をくわしく語ることは、もはや主題のそとである。(20)


　末尾近くでのこの宣言により明らかだが、「事をなす人間の条件」を描く「主題」と、それ以外の要素を排除する意志を「筆者」は持っている。むろん何かを語る行為が十全に対象を語り尽くすことなど不可能であり、一定のものに焦点化しなければならないのは当然だが、潔く「主題」以外のものの排除を謳う「竜馬がゆく」の「筆者」の宣言は、語らなかった（語れなかった）ものの存在をかえって浮かび上がらせているようでもある。

「竜馬がゆく」を論じた成田龍一は司馬遼太郎の明治維新観について、「「百姓」「町人」は単なる「被支配階級」で社会における「無責任階級」」とし、「「下級武士」が主体となって、明治維新を起こしたという解釈」と指摘したうえで、「歴史学においては、本来は、「百姓」「町人」が主体となるべきところが、彼らのエネルギーが「下級武士」に横領されたとします」と、司馬の明治維新解釈と歴史学の立場との違いを述べている。(21) そして「竜馬がゆく」は、下級武士のなかでもさらに坂本龍馬を中心とした「事をなす人間」である志士たちによる明治維新を描き出す「英雄史観」から紡がれている。(22)

翻って石川淳「至福千年」は中心となる主人公も設定されず、事後的／構成的に語る語り手も少なくとも作中の前面には出てこない。そしてキリスト教に託した革命も不発に終わり、登場人物のなかに勝利者もいない。「至福千年」結末部では〈千年王国〉の夢が破れたじゃがたら一角が相生屋の船を奪い、海へ乗り出すために横浜へむかうが、その途中で民衆の「ええぢやないか」に遭遇し、その行列に紛れ込む。

船だ船だ黒船だ
ことばも調子もあきらかにみなの囃子には合はなかつた。天狗の面は行列から突き出されたか、あるひはみづから飛び出したか、金剛杖を取り直すと、東海道をいつさんに横浜のはうにむかつて駆け去つた。〔二十八〕

じゃがたら一角(=「天狗の面」)は、結局「ええぢやないか」に溶け込むこと無く、横浜に向かい走り去って、この長篇小説は閉じられる。登場人物たちによる革命が成就しない物語は最後に、これもまた革命にはつながらない民衆の熱狂的な騒擾と交錯する。英雄による革命(=明治維新)の成功を描く「竜馬がゆく」と、単線的な明治維新観に対して多元的な構造と革命の失敗によって日本近代のオルタナティブな想像力を提示し、そして最後に民衆との鮮烈な対照を描く「至福千年」は、その描くスタイルとともに示すものについても大きな違いを持っているのだ。

また、幕末（明治維新）の歴史と現在を重ねる試みについては、同時代の話題作である大江健三郎「万延元年のフットボール」（『群像』一九六七・一〜七）にも見られるモチーフでもある。根所蜜三郎を視点人物として、彼の曾祖父の弟が指導者となり万延元（一八六〇）年に起こした一揆と、蜜三郎の弟・鷹四が組織するフットボール・チームとその暴動を重ねて描くこの物語は、鷹四が英雄視する曾祖父の弟が主導した一揆について、その英雄視を崩していく蜜三郎の解釈が加えられるなど、一つの過去（歴史）について、その解釈は複数化され、作中で葛藤させられている。さらにその過程で革命の主体となる民衆の暴力性や、被害を受ける側も描かれ、作品のなかで複数の視点からそのあり方が示され、更新されていく。(23)

実は「万延元年のフットボール」と「至福千年」に関しては佐々木基一がすでに「創作合評」（『群像』一九六七・八）のなかで「一揆のことなんかいろいろ書いても、その書き方、それから鷹四の起こす暴動の書き方、あすこはなかなかぼくはうまいと思つた。石川淳の「至福千年」をこれを読みながら思い出していたんだけど、ちよつと似たところもある」と発言しており、革命的な動きの描き方における両作品の近似を述べているが、幕末・維新期の動乱と、六〇年代安保と六八年を頂点とする全共闘運動のはざまにある革命的雰囲気に包まれた〈現在〉を重ね合わせつつ、英雄たちによる成功した革命像（明治維新像）に対するオルタナティブな想像力や民衆への意識などを描きこむ点でも両作品はひそかな共振性を持っている。

石川淳の「至福千年」は同時代状況と接する問題を持ち得ている小説だが、俳諧の形式とも近似する主人公不在の群運動による革命（の不発）の描き方は、英雄による維新像とは明らかに異なっており、内容面からの精緻なアプローチも含め、歴史をどのように描くかという点についても、まだまだ検討する余地のあるものだろう。

連歌・俳諧と近代文学を結ぶ一つのあり方と、それがもたらす物語の語り方に関する問題の一端について、本稿では石川淳の文学的営為を通して述べてきた。近代文学における連歌・俳諧というテーマに本稿が少しでも寄与することを願いながら、ひとまず稿を閉じたい。

注

（1）『江戸文学掌記』は、「遊民」「百人選」「山家清兵衛」「墨水遊覧」「山東京伝」「横井也有」「其角」「長嘯子雑記」の各章から構成されており、それぞれの各章は一九七七年から一九八〇年のあいだに休載も含めて『新潮』に連載されている。

（2）石川淳「乱世雑談」（『文学界』一九五一・八）。

（3）小田切秀雄らによるインタビュー「昭和十年代を聞く（第七回）―石川淳氏」（『文学的立場』一九七二・七）。また、小田切も戦時中に当時石川の住んでいた六本木のアパートをたずねた際に、「江戸の文学中心にいろんな文献」があったことを同インタビューのなかで紹介している。

（4）石川淳の兄・斯波武綱については渡辺喜一郎『石川淳傳説』（右文書院、二〇一三・八）を参照した。なお、石川淳はもと斯波厚（石川省斎の長男で斯波家の婿養子となる）の次男・斯波淳《きよし》として生まれ、一五歳のときに祖父母の石川家の養子に入り、その家督相続人となる。ただし、生活そのものは変わらず斯波家で送っていたようである。

（5）野口武彦『江戸がからになる日』（筑摩書房、一九八八・六）「メタフィジックとしての「俳諧」―危機の小説学と言語革命―」二二〇―二二一頁を参照。

（6）「俳諧初心」は石川淳の戦時中の代表的な評論集『文学大概』（小学館、一九四二・八）に収録されており、「江戸人の発想法について」は中央公論社より一九四七年八月に刊行される再編集版の『文学大概』においてはじめて同書に収録される。

（7）石川淳は『校本芭蕉全集』（角川書店、一九六二～一九六九年）の内容見本（一九六二年三月ころか）に寄せた文章「かならず全集を―『校本　芭蕉全集』」のなかでも、芭蕉の本質を「生活には旅、仕事には俳諧の連歌」に見ていることを記している。

(8) 晩年の石川淳は丸谷才一や大岡信らと歌仙を作っており、それらは『歌仙』(青土社、一九八一・一二)、『酔ひどれ歌仙』(青土社、一九八三・一一)、『浅酌歌仙』(集英社、一九八八・七)などにまとめられている。

(9) 菅野昭正「石川淳の方法―その近作をめぐって―」(『批評』一九五九・春)。

(10) 安西晋二『反覆／変形の諸相―澁澤龍彦と近現代小説―』(翰林書房、二〇一六・二)第12章「石川淳「修羅」を統べる〈ヒメ〉―〈歴史〉を改変するための力学―」二二六頁。

(11) 注(9)前掲菅野論文においても、一休の「乱世の局外でドラマをながめている傍観者」としての姿が指摘されている。

(12) 石川淳「わが小説」(『朝日新聞』一九六一・一一・四)。

(13) 川村湊「水と亡命―『至福千年』の世界」(『ユリイカ』一九八八・七)。

(14) たとえば代表的なものとして、「「千年王国」の夢を支える現実の基盤がないところでは、夢はただ夢としてしか物語られない、という日本の歴史の宿命」(佐々木基一『石川淳　作家論』(創樹社、一九七二・五)「『至福千年』について」七八頁)や、「『至福千年』の世界からは、読後感として、けっきょくは何事も起こらない日本の風土へのじつにあっけらかんとした絶望がたちのぼっている」(野口武彦『江戸がからになる日』(前掲)「江戸がからになる日」一四六頁)といった評がある。

(15) すでに小田実による同時代の書評(『現代の眼』一九六七・七)などにも「石川＝冬峨」の図式は示されており、傍観者・冬峨に作者・石川淳を見る解釈は多い。

(16) 石川淳は「雑談」(『近代文学』一九四九・一二)において、「芭蕉は好きだね。連句が好きだ。雰囲気をつくつて、そこから世界が出来るんで、大したものだ。」と、複数の人間が関わる「連句」によって「世界」が創造されることを肯定的に語っている。

(17) 注(10)前掲論文。

(18) 帆苅基生「石川淳「修羅」論―正史への逆襲」(『坂口安吾研究』二〇一四・一二)。

(19) 山口俊雄「石川淳「至福千年」論──〈憑依〉の論理学・〈憑依〉の政治学」(『日本女子大学 紀要 文学部』二〇一三・三)。なお、山口はこれまで指摘されてこなかった〈憑依〉という観点から「至福千年」を論じている。
(20) 引用は『龍馬がゆく 回天篇』(文芸春秋、一九六六・八)より。
(21) 成田龍一『司馬遼太郎の幕末・明治 『竜馬がゆく』と『坂の上の雲』を読む』(朝日新聞社、二〇〇三・五)第一章「『竜馬がゆく』を読む」九四─九五頁。
(22) 注(21)成田前掲論は「竜馬がゆく」について、「明治維新という歴史的な大変革において坂本竜馬という一個人の力を最大限に評価している「英雄史観」を指摘することはたやすい」(一一五頁)と述べている。
(23) 成田龍一は「万延元年のフットボール」について、万延元年の一揆や次兄の死をめぐって蜜三郎と鷹四の「記憶の抗争」が行われるテクストだと論じている。成田龍一『歴史学のスタイル─史学史とその周辺』(校倉書房、二〇〇一・四)「方法としての「記憶」──一九六五年前後の大江健三郎」参照。

＊石川淳の引用文は筑摩書房版『石川淳全集』(一九八九～九一)に拠った。また引用箇所すべての旧漢字は新漢字に改め、ルビは省略した。また引用文中の傍点はすべて原文のままとした。

失われた風景を追う
――内田百閒『阿房列車』の中の唱歌――

西井弥生子

はじめに

阿房《あはう》と云ふのは、人の思はくに調子を合はせてさう云ふだけの話で、自分で勿論阿房だなどと考へてはゐない。用事がなければどこへも行つてはいけないと云ふわけはない。なんにも用事がないけれど、汽車に乗つて大阪へ行つて来ようと思ふ。（講談社版全集第七巻、九頁）

内田百閒（一八八九～一九七一）の「特別阿房列車」は一九五一年一月『小説新潮』に掲載された。主人公の「私」は「終戦後、世の中が元の様になほりかけて来ると、いろんな物が復活し、主な線には一等車をつなぎ出したから」と、国鉄職員の「ヒマラヤ山系」（平山三郎氏）を連れて、一等車に乗って大阪まで行き、一泊して帰ってくる。以後、阿房列車は一九五五年にかけて運転される。一九五二年一〇月には鉄道開業八十周年を記念して、東京駅一日名誉駅長に着任。自身が「時は変改す」（『小説新潮』一九五三・二、講談社版全集第六巻、三八〇頁）で明かすように、「はと」

の発車合図をした後に乗り込んで熱海まで行ってしまったり、「駅長ノ指示ニ背ク者ハ。八十年ノ功績アリトモ。明日馘首《クワクシュ》スル」という訓示をするなど、パフォーマンス性も相俟って話題を呼んだ。

内田道雄氏は「昭和二十年代の国鉄の漸次的な復興が戦後日本の立ち直りの徴表となったというこのシリーズの時代背景が薄らいだ今でも、恐らく最も多くの読者を持つ作品」とし、「実利・能率・目的優先の現代への自らな文明批評性」を読み取る（「百鬼園ブーム考」『毎日新聞』夕刊、一九八三・六・一三、『内田百閒―『冥途』の周辺』一九九七・一〇・二〇、翰林書房、三一頁）。阿房列車は全一五本運転された[1]。

一九五五年には新潮社から文庫化されてロングセラーとなり、ちくま文庫の『内田百閒集成1　阿房列車』（二〇〇二・一〇・九）にも収められて二〇一五年九月三〇日時点で第十三刷を数え、新たな読者を獲得し続けている。また、阿川弘之の『南蛮阿房列車』（一九七七年、新潮社）、平田オリザが『阿房列車』をもとに元祖演劇乃素いき座に書き下ろし、その後同劇団によって一九九一年から上演され続けている戯曲「阿房列車」等、後続列車も生まれた。

近年、百閒は「元祖乗り鉄」としても着目される。『別冊太陽　内田百閒　イヤダカラ、イヤダの流儀』（二〇〇八・九・二二、平凡社）は東京駅名誉駅長姿で特急「はと」の展望車デッキに立つ百閒の写真を表紙とし、「百鬼園先生鉄道線路図」からはその軌跡を辿ることができる。一條裕子氏による漫画『阿房列車』1号～3号（二〇〇九～二〇一〇年、小学館）も刊行された。和田洋氏『「阿房列車」の時代と鉄道』（二〇一四・五・二一、交通新聞社）には、「不朽の名作『阿房列車』の旅を、戦後復興期の鉄道に的をしぼって徹底解説。／当時のリアルな鉄道シーンにタイムスリップ！／元祖乗り鉄・内田百閒先生は、こんな列車や路線に乗っていた！」と帯に謳われ、時刻表、車両編成から宿泊施設に至るまでの綿密な考証がなされている。

一方、文学研究においては、第一創作集『冥途』（一九二二年）等の初期作品に研究が集中し[2]、本作が考察の対象とされることは少なかったが、最新の論考として小長井涼氏「阿房列車と鉄道唱歌」（『日本大学大学院国文学専攻論集』二〇一五・一〇）が挙げられる。小長井氏は、大和田建樹作詞・上眞行、多梅稚作曲『鉄道唱歌』（一九〇〇・九・三、三木佐助）が『阿房列車』（一九五二・六、三笠書房）の附録とされ、「歌詞にリンクさせるような行文」（三頁）によって、「歌い手のなかに想像的な〈日本〉がかたちづくられる」（五頁）ことを指摘し、「「戦争前」の国土ないし国家体制への愛」（一二頁）の逆説的批評性を読み取る。また、百閒が「みずからの乗る列車を「お召列車」（「区間阿房列車」ほか）だと僭称」（四頁）したり、昭和天皇の戦後における巡幸地と百閒の行き先とも一致する場面があることから、「巡幸に等しい行為」（六頁）と阿房列車の旅のあり様を指摘する。

移動＝〈巡幸〉する百閒という存在は刺激的である。しかし、小長井氏は一方で「戦前戦後と一貫して天皇への盲目的愛を百閒が持ちつづけていたのか、またそれに対する意識的な批判精神は皆無だったのか」（一二頁）については、留保が必要と述べている。確かに、『阿房列車』シリーズにおける『鉄道唱歌』は重要な存在であるが、本論では『鉄道唱歌』を歌うことによって喚起されるはずの「想像的な〈日本〉」というイメージは、むしろ『鉄道唱歌』を歌うことによって解体されていくという立場をとりつつ、百閒の批判精神についても触れ、また、『鉄道唱歌』以外にも豊富に引用されている韻文も取り上げる。例えば、さり気ない場面だが、②（章題は注1参照）で特別急行「はと」「つばめ」を由比で続けて見送るうれしさは次のように表現されている。

海を背にして、目近かに次ぎ次ぎといい汽車を眺められて運がよかつた。昔から何十遍も、数が知れない程この辺りを通り過ぎる度に、汽車の窓から眺めて馴染みになつた磯に起つて、今度は磯から通り過ぎる汽車を眺める。若い時の事が今行った汽車の様に、頭の中を掠める。命なりけり由比の浜風。（②五八頁、傍線部は引用者による。）

以下同じ。）

「命なりけり」のみであるが、これは西行の「年たけて又越ゆべしと思きや命なりけり佐夜の中山」を踏まえたものだろう。歌枕「佐夜の中山」も「由比」に置き換えられている。戦後の復興で特別急行を目にすることができた時の百閒は六一歳。二度目の奥州旅行をしたときの西行（六九歳）に自らを重ねている。そして、一方向に走りゆく汽車、そのスピード感に時の流れの速さを感じ、線路を思い出への通路としている。本論では、『阿房列車』シリーズで引用されている韻文、特に唱歌(3)を分析する。歌に描かれている風景と阿房列車の車窓から眺めた風景とは必ずしも一致していない。これらの歌を百閒はどのように捉え、阿房列車において歌の世界はどのように追体験されるのか。阿房列車における歌の役割の意味を探りたい。

一・一　『鉄道唱歌』とは何か

『鉄道唱歌』（正式名称『地理教育鉄道唱歌』）は長大である。第一集（東海道）が六六番、第二集（山陽、九州）が六八番、第三集（奥州・磐城）が六四番、第四集（北陸）が七二番、第五集（関西、参宮、南海）が六四番、計三三四番まである。山東功氏は『唱歌と国語――明治近代化の装置』（二〇〇八・二・一〇、講談社）の中で、『鉄道唱歌』等の「際物唱歌」は「純粋に音楽教育を目的にしたものではなく、他教科の補助科目という性格を強く示して」（一一二頁）おり、「あくまでも明治の「大日本帝国」の概観」（一一五頁）であり、「具体的なデータの列挙」（一一五頁）と定義している。

一方、松村洋氏の『日本鉄道歌謡史　1　鉄道開業～第二次世界大戦』（二〇一五・八・一〇、みすず書房）によると、

『鉄道唱歌』の原型は「世界漫遊」（作・久田鬼石、一八九一〜九二年）、そのメロディーを転用した「東北漫遊（愉快節）」（詞・酔郷学人、一八九五〜九七年頃）であって、それらは「近代以前の「国尽し」や地誌的な往来物の発想を受け継ぎ、各地の故事をたどってまとめあげ、近代国家日本に統合」（五八頁）させていく。

つまり、『鉄道唱歌』は、歌うという行為を通じて、駅の順に「大日本帝国」たる「近代国家日本」をイメージさせ、身体に染み込ませるための装置であった。

一・二　阿房列車の中の『鉄道唱歌』

『鉄道唱歌』は「汽笛一声新橋を」と情感たっぷりに歌い起こされる。同歌の第一集（東海道）は『阿房列車』の中で繰り返し引用されている。ところが、『鉄道唱歌』の駅や風景をことこまかに追っているわけでもない。また、『鉄道唱歌』で歌われている駅も鉄路も風景も変わってしまっている。それでは百閒は『鉄道唱歌』を引用することにどのような意味をもたせたのであろうか。

まず、始発駅も新橋駅から東京駅に変わっている点に着目したい。阿房列車では新橋駅は車窓から「ふっ飛ば」された様に見える。『鉄道唱歌』の風景とは最初から一致しないのである。

すぐに新橋駅をふつ飛ばし、それから間もなく、品川駅は稍徐行し、暗い歩廊の屋根の陰を車窓にうつしながら通過した。

品川を出て八ツ山のガアド下を過ぎれば、先づその辺りから汽車は速くなる。座席の椅子のバウンドの工合も申し分ない。

さて読者なる皆様は、特別阿房列車に御乗車下さいまして誠に難有う御座いまするが、今走り出したばかりで、これから東海道五十三次《つぎ》きしり行き、鉄路五百三十幾粁を大阪まで辿り著く間の叙述を今までの調子で続けたら、私はもともと好きな話だから人の迷惑など構はずに話し続けてもいいが、それを綴つた原稿の載る雑誌の締切りが迫つてゐて、うろうろすると間に合はない。雑誌の方が発車してしまふ恐れがある。汽車は今「梅に名を得し大森を、過ぐれば早も川崎の」辺りを走つてゐて、間もなく「鶴見神奈川後にして、行けば横浜ステイシヨン」に著くのだが、鉄道唱歌はまだまだ余つ程先まで暗誦する事が出来る。それについて記述を進めて行つては道中手間取つて、埒はあかない。（①二一頁）

『鉄道唱歌』に合わせて新橋や品川といったターミナル駅の情景を味わう暇を読者に与えていない。そこで飛ばされる駅にかつての面影がないからである。『阿房列車』シリーズでは、読者を乗客に見立て、本来一乗客に過ぎない百閒自らが阿房列車と名付ける特別急行を運転するという設定が読者と共有されている。一方、続く大森、川崎、鶴見、神奈川といった各駅も「通過」される様子が軽妙な筆致で綴られる。これらの駅に関する叙述は『鉄道唱歌』第一集の四番（大森・川崎）と五番（鶴見・神奈川）でも元々素っ気ないものだったが、品川通過後から阿房列車はスピードを上げ始め、駅と駅の間隔は『鉄道唱歌』を歌う間もない程に短くなり、車窓風景の描写も省かれる。

次に、風景が異なる点に着目したい。次の⑧では、京都・博多間を走る山陽本線特別急行「かもめ」の試乗招待に応じて京都から乗り込む。神戸駅は『鉄道唱歌』第一集（東海道）の終章であり、第二集（山陽）の一番でもあるが、この「東海道本線の終点、山陽本線の起点である神戸駅を、片道だけにしろ通過駅に扱つた」（一九四頁）という事態を受けて、『鉄道唱歌』第一集の六五番と第二集の一番が続けて引用される。

思へば夢か時のまに
　五十三次はしり来て
神戸の宿に身をおくも
　人に翼の汽車の恩

これは鉄道唱歌の終節の一つ手前であつて、同第二集山陽線の始まりは、

夏なほ寒き布引の
　瀧の響きをあとにして
神戸の里を立ち出づる
　山陽線路の汽車の道

その神戸駅を、特別急行「かもめ」が通過する。つまり走り抜けると云ふ法はない。（⑧一九四〜一九五頁）

『鉄道唱歌』が想定する旅程では、神戸に一泊し、「瀧の響き」の余情に浸りつつ、翌日山陽道へと乗り継がれる。ところが、「かもめ」＝阿房列車においては『鉄道唱歌』の風景にめぐり合えない。

そもそも『鉄道唱歌』の時点でもそこから見える風景は鉄道以前のものとは違っていた。ヴォルフガング・シヴェルブシュは、近代の鉄道がもたらした新しい視覚体験を〝パノラマ〟という言葉で論じた（加藤二郎訳『鉄道旅行の歴史──19世紀における空間と時間の工業化』二〇一一・一二・一五、法政大学出版局）。近景を失った風景が絶えず流れてい

くというこのパノラマ的視覚体験について、松村洋氏は次のように論じている。

（略）近代の旅人は風景＝世界に組み込まれている、抱かれているという感覚を失った。新たに生まれたのは、遠景を眺める私、風景から切り離されて風景を眺める私、距離を置いて世界を認識する観察主体としての私である。

こうした車上の〝世界〟と〝私〟の新しい関係は、近代の操作主義的世界観、すなわち主体としての人間が、自然界という客体を観察し、分析し、そこから何らかの利益を絞り出そうとする近代の知のスタイルにそのまま重なる。（『日本鉄道歌謡史　1　鉄道開業〜第二次世界大戦』前掲、八一頁）

阿房列車を運転する「私」もこの〝パノラマ〟に取り憑かれてきたといえよう。戦後の特別急行においては、さらに速度が増し、新たな〝パノラマ〟が展開されていく。前述の①の後にも沼津、富士の各駅が通過され、熱田の駅は「棒のように長くなつて飛んで行つた。」とその様子が描写されるのも同様である。車窓の風景の叙述が省かれているのはその速度の違いの表現であろう。また、そこに『鉄道唱歌』の列車と阿房列車との違いがあった。

それを百閒はどのように捉えていたのであろうか。同じ〝パノラマ〟であっても、戦後にはスピードが上げられることで、かつての風景は一見の価値もないかのように飛ばされる。スピード重視によって慣れ親しんだものを切り捨てていく戦後社会のあり方への不満がみてとれる。

最後にルートの変更について検討したい。次の②では第一集の一三番が引用されている。

昔から、学生時分の帰省の行き帰り、その後も昭和九年の暮に丹那隧道が竣工する迄は、何度通つたか数も知れない程馴染みの深かつた御殿場線である。

出でてはくぐるトンネルの
前後は山北小山《をやま》駅
今も忘れぬ鉄橋の
下行く水の面白さ

鉄道唱歌の文句ばかりが頭に残つてゐる。しかしその御殿場線は廃線になつたわけではない。国府津乗換へで矢張り沼津まで行つてゐる。（②三五頁）

小山駅は、一八八九年に熱海・沼津間の開通に伴い、東海道本線の一部として開業した。しかし、「昭和九年の暮れに丹那隧道が竣工」したことで、国府津・御殿場・沼津間は地方路線（御殿場線）となり、『鉄道唱歌』東海道における駅順とは異なっている。そこで、「私」は失われた風景を求めて国府津から御殿場線に乗り換えて沼津の先まで行ってみることを思いつく。『鉄道唱歌』の風景を追い求めて阿房列車の旅が企画される。その車窓風景は次のように描かれる。

谷峨と云ふ、昔はなかつた駅を過ぎて、駿河駅に著いた。昔の小山《をやま》駅である。それから先にはもう隧道も鉄橋もない。間もなく御殿場駅に著いた。（②五二頁）

先の箇所では消失をそのまま甘受していたが、ここではわざわざ『鉄道唱歌』の風景を追い求めている。消失をそのままにしておけない感情が見てとれる。『鉄道唱歌』にはない谷峨駅が新設（一九四七年）され、「前後は山北小山《をやま》駅」と歌われていた小山駅は一九一二年に駿河駅と改名されたことも付け加えられる（一九五二年に駿河小山駅に改称）。『鉄道唱歌』の風景を求めて、かつての東海道である御殿場線に乗るも、そこにも存在していないことを知る。

駅名の違い、または場所の変更については東海道本線（一九五五年当時）を通って興津に一泊する⑬でも『鉄道唱歌』が引き合いに出される。

昔私が学生の当時、郷里の岡山に帰省する途中通つた時分には、清水と云ふ駅はなかつた様な気がする。近頃になつて人から教はつて知つたところでは、清水は昔の江尻駅ださうで、さう云へば江尻と云ふ駅の名がなくなつてゐる。その頃は東海道本線に横浜と云ふ駅はなく、今の横浜駅の在る所は平沼駅であつた。話しがそつちの方へ逸れては後が続けにくくなるけれど、そんな事を云ひ出せば京都と云ふ駅もなかつた。鉄道唱歌に、

東寺の塔を左にて
停まれば七條ステーシヨン

とある通り、今の京都駅の在る所は七條駅であつた。大阪と云ふ駅もなく、梅田駅であつた。（⑬三二五頁）

江尻駅は丹那トンネルが開通した一九三四年に清水駅となり、平沼駅は二代目横浜駅が近くに設置されたことによって一九一五年に廃止された（『鉄道唱歌の旅　東海道今昔　愛唱歌でたどる東海道本線各駅停車』二〇〇二・九・一、八二頁、三五頁）。東海道四六番に歌われている京都駅は一九一四年に利用者の増大に伴い二代目駅舎がほぼ現在の場所に建設

された（「京都駅ビルの歴史」http://www.kyoto-station-building.co.jp/about/01.html）。大阪駅は正式名称ではあるものの、「「梅田のすてん所」として親しまれ」（『大阪駅の歴史』二〇〇三・四・二七、株式会社大阪ターミナルビル、一一頁）ていた。このような点でも風景の消失が語られている。

『鉄道唱歌』の風景は、一九一四年には新橋駅が首都のターミナルの座を東京駅に譲るなど戦前から変化が起きていたが、戦後にはさらに新たな〝パノラマ〟が展開されていく。

一九五〇年一〇月には、東海道本線は東京・浜松間が電化され、浜松からは蒸気機関車が「はと」を牽引した（和田前掲、六九頁）。電気機関車が主流となる中、「汽笛一声」で始まる『鉄道唱歌』はさらに歌いにくいものとなっていたことが窺える。『鉄道唱歌』は「近代国家日本」をイメージさせる装置としてもはや機能し得ていない。では、『阿房列車』シリーズにおいては、何故歌われるのか。歌うことで戦前との差異が実感され、失われた『鉄道唱歌』の風景への関心がさらに深められていく。その時、『鉄道唱歌』は現在の日本を照射するものとなるのであろう。また、それは『鉄道唱歌』だけではない。有名な唱歌、和歌、漢詩、俗謡も随所に引用され、過去を回帰させる役割を持つ。

二・一　「勇敢なる水兵」「君ケ代《ママ》」『湊川』

ところで、平山三郎宛の「昭和二十八年五月六《?》日」の書簡には、『第二阿房列車』には「鉄道唱歌ノ様ナ懐古デナク現在ノ感想文又ハ数字ヲ第二阿房列車ノ附録ニスル事ハ餘ノヨロコブトコロ也」（講談社版全集第十巻、五七〇～五七一頁）とあり、普及版『阿房列車』（一九五二・一二・三〇、三笠書房）には、『鉄道唱歌』に加え、「『阿房列車』書評集」

が附録として収められている。ここからも、百閒が「懐古」に留まらず、「現在」を意識していたことが窺える。また、書評の数が『阿房列車』の反響の大きさを物語っている。「百閒先生のコッケイはそれ（引用者注、江戸末期の〝滑稽本〟風のもの）とは違う」（高橋義孝「明治の笑い」）、「一見ユゥモラスな文章の底に、虚無に似た倦怠を見ることは比較的容易」（十返肇「近来まれにみる面白い本」）、「この本が売れるということは、日本人がなかなか機知に富み、ユーモアを解し、逆説の面白さを知るの証ではないか。」（徳川夢声「まことにこれ日本萬萬歳」）等、「ユーモア」「滑稽」という観点から論じられている。だが、次のような唱歌が歌われる場面に着目すると、「懐古」が一見して前面に出されている。

その玉《たま》の緒《を》を勇気もて
つなぎ止めたる水夫あり

酔つ払ふと口を銜いて出て来るのは、昔昔の日清戦争の軍歌である。苦しき声を張り上げて、かすれる節に無理をして歌つてゐると女中が這入つて来て、手をついてお辞儀をした。

近くの部屋の相客が迷惑するから、止めてくれと云ふに違ひない。聞かないでも解つてゐる。しかし、一寸待つてくれと云つて、切りまで歌つて、止めて、あやまつた。全く怪しからん話で、宿屋は旅で疲れた人が、泊まつて休んで寝て、明日立つ所である。料理屋ではない。だから悪かつた。

しかし外の諸君は、興が乗ればまだ歌つてゐる。低唱微吟なら差し支へないだらう。私は咽喉から血の出る程にどならないと気が済まない。それで物議をかもす。（⑤一二六頁）

秋田の宿屋で歌われる、佐々木信綱作詞・奥好義作曲「勇敢なる水兵」（一八九五年）。引用されているのは第四節で、黄海海戦で重傷を負った海軍三等水兵が激痛に耐えながら、副長に「まだ沈まずや定遠は」と敵艦の様子を尋ね、副長が「戦い難くなし果てき」と答えると、「最後の笑を洩らしつつ」息果てる（堀内敬三『定本　日本の軍歌』一九六九・九・五、実業之日本社、一一九頁）という情景が続く。これを酒席で歌う「私」は「咽喉から血の出る程にどならないと気が済まない」と、周囲の迷惑を顧みず最後まで歌い続ける。無作法を十分に自覚しながら、歌わずにはいられないのである。

古歌・林廣守作曲「君ケ《ママ》代」も同様に酒席で歌われる。自宅で飲んでいた「私」が同席した「状阡君」の「留守をしてゐる細君を近所の電話まで呼び出し」「電話口で君ケ《ママ》代を歌つて聞かせた」（⑥一五七頁）という、はた迷惑な振る舞いが回想されている。

「勇敢なる水兵」作詞者の佐々木信綱は東京大学古典講習科に第二期生として入学。第一期生には落合直文がいた。落合直文作詞・奥山朝恭作曲『湊川』をレール音に誘われ、最後まで歌い通したことも回想されている。

いつぞや一人で汽車に乗つた時、線路を刻む四拍子につられて、ふと口の中で「青葉しげれる桜井の」を歌ひ出した。どこ迄行つても止められない。幸ひだか、運悪くだか、私はその長い歌を、仕舞までみんな覚えてゐる。それで到頭最後まで持つて行つて、済んだら、気が抜けた様な気がした。（③六七～六八頁）

足利尊氏の大軍を迎える湊川の戦いを前に、楠木正成が愛息正行に後事を託し、死出に赴くという『湊川』は第十五番まである。曲がつけられ、奥山朝恭作曲の楽譜集『学校生徒行軍歌　湊川』（一八九九・六、熊谷久栄堂）に収められた。同歌は、⑭に再び登場する。

京都を出て大阪に向かふ間、段段速くなる列車の進行左側の窓から、私は一本の棒杙《ぼうくひ》をもとめて、頸の筋が痛くなる程、線路に近い田圃をみつめた。「青葉しげれる桜井の」と歌ひ出す楠公子別れの桜井ノ駅の趾が、この辺りのどこかの田圃の中にあつた筈で、少し小高くなつた所にその標木が立つてゐるのを見た覚えがある。一遍だけでなく、何度も見たから寧ろその杙《くひ》に馴染みがある。今日もう一度それを見つけようと思ふ。

幾つも駅を通過し、鉄橋を渡り、土手の下をくぐつて行くけれど、まだ見つからない。（略）大きな操車場が来た様である。どこだと聞くと吹田だと山系が云つた。それではもう万事休す。到頭見つからなかつた。しかし、をかしい。私は決して見のがさなかつたと思ふ。後になつて、敗戦の騒ぎの時、米利堅《メリケン》に引つこ抜かれたのではないかと気をまはしてゐる。（⑭三〇五頁）

『湊川』第一番「桜井の訣別」（『文海』一八九三・五、初出題「桜井の里」）の場面は特に有名である。『湊川』は、土地のイメージを事前に与え、通る際に参照され、現実の「桜井ノ駅の趾」の「杙」によって実感が深められるものだったが、「敗戦」後には一致しないことが嘆かれている。東海道におけるルートの変更や駅名の改称は戦前から行われていたが、「敗戦」後には唱歌そのものの意義も見出しにくい程に物心共に変化が加速されている。だが、「私」は忘却を頑なに拒み、失われたものが何かを問いかける。

唱歌への固執は、ともすれば戦前回帰にもみえる。しかし、冒頭において「戦時中から戦後にかけて、何遍も地方からの招請を受けたが、当時はどの線にも一等車を聯結しなかつたから、皆ことわつた」（①九頁）、「行くつもりなのを、さう云ふ事情でことわつたのでなく、もともと行きたくないから一等車を口実にした」（①九頁）と戦争協力を拒否した姿勢が示されていた。酒井英行氏は「「阿房列車」の世界」（『内田百閒――〈百鬼〉の愉楽――』二〇〇三・六・一二、沖積舎）の中で、「手のひらを返したようなアメリカ製の、お仕着せの民主主義には違和感を持っていた」（三五〇頁）百閒が、「そういう皮相な、間違った民主主義が横行するなら、むしろ頑迷で反動的にふるまってやるといった抵抗」（三五一頁）として、「日常的原理から解放された真空空間を出現させ、人間が目的のための手段、機械として存在することを拒否してみせた」（三五四頁）と評価する。こうした頑迷的、反動的態度が、読者からの支持を得たといえようか。

『阿房列車』シリーズに引用される唱歌は一九〇〇年前後に作られている。この引用は前章までの『鉄道唱歌』をめぐる風景の消失への「懐古」に限らない、精神的なあり方も含めてのものであった。『阿房列車』では、宿屋や酒宴において場違いに唱歌が歌われることで周囲との落差が際立ち、自己戯画の域に達した滑稽味が生まれている。身体の過剰な反応によって、唱歌の装置性を可視化させると同時に、その無用さが確認されるのである。それは単なる「懐古」ではなく、一九〇〇年前後における「近代日本国家」と戦後の日本とを照らし合わせる仕掛けとして機能しているのである。

二・二　「孝女白菊の歌」、「荒城の月」、「紀元節」

前章までは、東海道、山陽道といった既知の土地、または宿屋や酒宴で歌われる唱歌に着目した。ここでは、未踏の地に進む際には、次に述べるような唱歌の風景が呼び覚まされ、車窓風景は〝パノラマ〟としての魅力を発揮し始めることを『鉄道唱歌』との比較という観点から指摘したい。

豊肥線に乗りながら思い起こされるのは落合直文作詞「孝女白菊の歌」（一八八八～一八八九年）の冒頭である。全三章五五一節と大部である。西南戦争を背景に、少女白菊が行方不明の父（義父）を探し、途中山賊に襲われるが兄（義兄）に助けられ、家に帰ると父（義父）も無事に戻っていたという筋である。

阿蘇の山里秋更けて
眺めさびしき夕まぐれ
いづこの寺の鐘ならむ
諸行無常と告げわたる
折しもひとり門に出で
父を待つなる乙女あり

「孝女白菊」の歌は、中学初年級の頃に覚えたが、全歌詞が記憶に残つてはゐない。落合直文の長い新体詩で、井上巽軒即ち井上哲次郎博士作の漢詩を書き直したのだと云ふ。猟に出て帰つて来ない父を待つと云ふ筋であつた様に思ふ。

近年阿房列車を乗り廻す様になる迄、私は九州に馴染みが薄く、阿蘇と云ふ言葉を思ひ出すつながりは、この古い新体詩と、漱石先生の「二百十日」ぐらゐのものであつた。（⑨二三〇～二三一頁）

「孝女白菊の歌」の後には、阿蘇山に登る途中で嵐に遭って道に迷うという夏目漱石『二百十日』（一八九九年）、西行「風になびくふじのけぶりの空に消えて、行くへも知らぬわが思ひかな」が引用されて、「わけの解らぬ侘びしさ」を感じさせる阿蘇という土地のイメージが規定されていく。西行の歌に詠まれたのは、噴煙棚引く富士だが、阿蘇の外輪山は雨雲に覆われて煙さえも見えない。見えない風景を複数の先行作品が補い、車窓に投影される。

⑨では、豊後竹田駅に停車し、土井晩翠作詞・瀧廉太郎作曲「荒城の月」（一九〇一年）が第三節まで引用される。

> いくつも隧道を抜けて、次第に山の間を離れ、雨に濡れた屋根が続いて見え出した。豊後竹田と云ふ駅に這入つて、汽車が停まつた。（略）
>
> 駅手の箒の振り方、身体の動かし方がリズムに乗つてゐる様に思つて、気がつくと私も知らず識らずにその節《ふし》に乗つてゐた。頭の中で歌つてゐる。
>
> 春高楼の花の宴
> めぐる盃影さして
> 千代の松ケ枝わけ出でし
> むかしの光いまいづこ
>
> この駅のある豊後の竹田町は、「荒城の月」の作曲者瀧廉太郎の古里ださうで、この町に残つてゐる岡城址に託して、この町で作曲したと云ふ話である。詩は土井晩翠の作である。明治三十何年、三十年代の初め頃に出た「中学唱歌」と云ふ樺色の四六半截の唱歌集があつて、中学初年級の私も持つてゐた。その中に「荒城の月」が載つてゐた。濃い髭の生えた、声柄《こえがら》の悪い唱歌の先生から、この歌を教はつた。
>
> 豊肥線の豊後竹田駅は、寸の短かい列車が這入る毎に、ホームの拡声機でそのゆかりの「荒城の月」を放送す

る。

半車の車内の向うの隅に、五つか六つの男の子を連れた、洋装の若いお母さんがゐる。小さな声だが、立派な節で歌つてゐる。（⑨二三二頁）

第一節は「駅手」の動作に合わせて頭の中で、第二節は車内の「若いお母さん」の歌声として、第三節では拡声機の「二部の複唱」となり、ポリフォニックな様相を帯びていく。「外に何の物音もしない。人の動く影もない」と時間が停止したかのような静寂が訪れ、第三節の「天上影は替らねど／栄枯は移る世の姿／写さんとてか今もなほ／鳴呼荒城の夜半の月」で締めくくられる。やがて「思ひ出した様な鄙《ひな》びた汽笛が鳴つて」、汽車は再び動き出す。「瀧廉太郎の古里」の情景は、「次第に濃くなる夕闇を衝いて」雨の中を進む汽車から車窓風景を眺める「私」の心境と調和する。

最後に⑮で歌われる、高崎正風作詞・伊沢修二作曲「紀元節」（一八八八年）について検討したい。「紀元節」は一八九三年八月一二日に「祝日大祭日儀式唱歌」に選定され、第二次世界大戦の終戦まで歌われた。天孫降臨伝説を背景として、荘厳な「高千穂ノ峯」の姿が讃えられている。

これから汽車は次第に高千穂ノ峯が見える方へ走つて行く。見た事のない名前で子供の頃から覚え込んだ言葉の内、「高千穂」は最も古い一つだらう。尋常小学校の時、筒袖の檳榔子《びんらうじ》の一ツ紋の紋附きを著せられて、二月十一日の寒い朝、紀元節の式に行つた。

雲にそびゆる高千穂の
高根おろしに草も木も
なびき伏しけんおほみよを
　あふぐ今日こそたのしけれ（略）

宮崎を出る時、高千穂ノ峯は二つ三つ先の駅の青井岳、山之口のあたりから車窓の右に見え出すと教はつて来たが、薄日の射してゐた空が次第に明かるく晴れて来ると同時に、霧のかたまりが下へ降りて、帯になつて、向うの遠い山から山へ流れ、青井岳あたりでは山腹をぼかしてゐたのが、次の山之口に近づく頃は山の姿をすつかり包み込んでしまつた。（略）

十五分の長い停車をして、七時二十八分都城を出た。あきらめてゐた高千穂ノ峯が、五十市《いそいち》を出て財部《たからべ》に到る間に、薄れかかつた霧の中から見えた。大きな篦《へら》でそいだ様な三角の山で何の奇もないが、見たいと思つて意地になつてゐた山が見えたのは難有《ママ》い。もう二三駅先の霧島神宮駅のあたりでは、もつと間近かに、はつきり見え出した。さうして高千穂ノ峯と別かれた。（⑮三六一～三六二頁）

急行「高千穂」の車窓から眺められるはずの「高千穂ノ峯」は霧に覆われてなかなか見えない。視界は刻一刻と変化し、漸く見えたものの、「大きな篦《へら》でそいだ様な三角の山で何の奇もない」。戦前を代表する唱歌「紀元節」の厳かな表象とは大きく異なる。「孝女白菊の歌」、「荒城の月」で歌われる「諸行無常」、「栄枯は移る世の姿」といった無常観は〝パノラマ〟と結びつき、「私」に戦前と変わらぬ共感を抱かせるが、「紀元節」の「高千穂ノ峯」は神々しさを失い、平凡さが際立たされる。ここに戦後における風景との出会い直しが見て取れよう。

三　追憶の「古里」

阿房列車は一九〇〇年前後の風景をめぐる旅でもあった。それが現在の車窓風景と異なっているからこそ、追憶の風景に耽溺していく。こうした傾向は「故郷」に対する時により顕著となる。

歴史学者の成田龍一氏は一八八〇年代後半から一八九〇年代にかけて、地域から都市に出てくる同郷会に集う青年たちによって「都市的なるもの」との遭遇を契機として「故郷」が発見され、自己のアイデンティティが再構成されていく様相を分析した。しかし、彼らより一世代下の「離散者《デイアスポラ》」石川啄木の歌集『一握の砂』（一九一〇年）においては同郷会の青年たちとは異なる側面があるという。「離散者《デイアスポラ》にとって「故郷」は、固有名をもちつつ抽象化された空間であるが、そこに根拠をおき現時の場所を相対化し、しかし、「故郷」との一体化も忌避する概念」（『「故郷」という物語　都市空間の歴史学』一九九八・七・二〇、吉川弘文館、二二二頁）が見て取れるというのである。

『阿房列車』④では、石川啄木の歌二首が話題となる。何れも『一握の砂』に収められる望郷の歌である。しかし、名所嫌いを標榜する主人公は、「かにかくに渋民村は恋しかり」の歌碑への案内を「人を連れて行きたがつてゐるに違ひないから」（④一一三頁）と断る。しかし、渋民駅に到着すると、「四辺の風物が何となく啄木が見た通りに見える様な気」（④一一五頁）がし始め、走り出す列車の窓から「やはらかに柳青める北上の／岸《ママ》べ目に見ゆ泣けと如くに」（④一一五頁）が彫られているという碑を眺めて感慨に耽る。歌の情景は〝パノラマ〟風景としてはじめて実感されるのである。変わりゆく車窓風景を眺め、追憶に浸る「私」自身も故郷を喪失した人物として表象されている。東海道を通る時に感じた思いは、出生地の岡山を通過する際にますます深められていく。

空襲の劫火《ごふくわ》も私の記憶を焼く事は出来なかつた。その私が今の変つた岡山を見れば、或は記憶に矛盾や混乱が起こるかも知れない。私に取つては、今の現実の岡山よりも、記憶に残る古里の方が大事である。見ない方がいいかも知れない。帰つて行かない方が、見残した遠い夢の尾を断ち切らずに済むだらう、と岡山を通る度にそんな事を考へては、遠ざかつて行く汽車に揺られて、江山洵美是吾郷の美しい空の下を離れてしまふ。(⑮三四二頁)

「江山洵美是吾郷」の一句は、志賀重昂『日本風景論』(一八九四年)の書き出しである。志賀はこれを大槻盤渓の作として引いているのだが、大槻が一九六二(文久二)年に六二歳で仙台に帰郷したときに賦した七絶のなかにあるのは「江山信美是吾州」で、志賀の引用とは二字異なる。前田愛氏は大槻における「民衆の生活感覚や郷土感情としてのパトリオティズムと結びついていた風景美」が志賀においては「日本全土を包含する広大な空間のもとに統一的に把握しようとする志向」(二四四頁)に置き換えられているとし、「〈辺境〉の空間を強引にくりこむことで、ナショナリティに根ざした風景論を建立する試み」(二四五頁)であったことを指摘する(「江山洵美是吾郷」『前田愛著作集第六巻 テクストのユートピア』一九九〇・四・二五、筑摩書房)。

百閒による引用は『日本風景論』と一致する。だが、『日本風景論』ではこの句の後に帰るべき場所として故郷が定義されていた。素通りされる岡山は、追憶の中でのみ美しい「古里」(「吾郷」)として車窓に投影される。そこでは、明治期に志賀がイメージしたような「ナショナリティに根ざした」近代日本の風景は解体されているのである。『阿房列車』における唱歌もまた、そのようなことを読者に実感させる装置として働いているのである。

阿房列車の車窓からは、『鉄道唱歌』に歌われ、繰り返し自身も通った駅や風景、鉄路が失われていることが確認される。一方で、地方路線の多くは未知の光景であったが、記憶の中の「古里」や、唱歌に描かれた歴史的、伝説的、神話的風景との出会い直しがなされる。それらは、〝パノラマ〟としての車窓風景と自在に切り結ばれ、存在感を示す。

阿房列車は果たして「戦後日本の立ち直りの徴表」であったか。シリーズの序盤においては、戦後復興に伴う交通の拡充を背景とする娯楽的な面が確かに強い[4]。だが、終盤では夢魔に襲われ、現実との境界が曖昧なまま進められていく。⑮では「廃止前の一等車は、ぼろ屋敷のぼろ車であるばかりでなく、ボイの接客態度も廃止前になつてゐるのだらう。」（三七八頁）という落胆が述べられ、一等車の夢から覚まされることも暗示されている。『阿房列車』は、単なる「懐古」によるものではない。復興を尻目に変転極まりない「現在」が捉えかえされ、「近代国家日本」の風景の解体が見届けられる。また〝パノラマ〟として車窓に映る歌の風景との新たな出会いもあった。それは、「唱歌」が戦後の教育改革の中で「音楽」と名を変えたのを契機に、「近代国家日本」をイメージさせる教育的装置としての役割が完全に終えられ、芸術的側面が重視されていくこととも軌を一にしている。阿房列車は既存の想像力を解体／補完しながら、現在と過去、現実と歌の世界をつなぐ通路を創り上げていったのである。

本文の引用は『内田百閒全集　第六巻』（一九七二・八・二〇、講談社）、『内田百閒全集　第七巻』（一九七二・一〇・二〇、講談社）、『内田百閒全集　第十巻』（一九七三・四・二〇、講談社）に拠る。旧字は適宜新字にした。

注

（1）各初出は次の通りである。通し番号は論者による。①「特別阿房列車」（『小説新潮』一九五一・一）、②「区間阿房列車」（『小説新潮』一九五一・六）、③「鹿児島阿房列車　前章」（『小説新潮』一九五一・一一、初出題「鹿児島阿房列車　後章」（『小説新潮』一九五一・一二、初出題「戻り道——鹿児島阿房列車ノ後章」）、④「東北本線阿房列車」（『小説新潮』一九五二・二）、⑤「奥羽本線阿房列車　前章」（『小説新潮』一九五二・三、初出題「奥羽本線阿房列車　後章」（『小説新潮』一九五二・六、初出題「山形阿房列車」）、⑥「雪中新潟阿房列車」（『別冊小説新潮』一九五三・五）、⑦「雪解横手阿房列車」（『小説新潮』一九五三・六）、⑧「春光山陽特別阿房列車」（『小説新潮』一九五三・八）、⑨「雷九州阿房列車　前章」（『小説新潮』一九五三・一〇、初出題「雷九州阿房列車」）、⑨「雷九州阿房列車　後章」（『小説新潮』一九五三・一一、初出題「稲妻の別府湾——雷九州阿房列車ノ後章——」）、⑩「長崎の鴉」（『文藝春秋』一九五四・一、初出題「新阿房列車——長崎の鴉——」）、⑪「房総鼻眼鏡」（『文藝春秋』一九五四・四、初出題「新阿房列車」）、⑫「隧道の白百合」（『知性』一九五四・九、初出題「高知鳴門阿房列車」）、⑬「時雨の清見潟」（『国鉄』一九五五・八）、⑭「菅田庵の狐」（『週刊読売』一九五五・一・一～二・一三、初出題「山陰本線阿房列車」）、⑮「列車寝台の猿」（『週刊読売』一九五五・一〇・二三～一二・一一、初出題「不知火阿房列車」）

①～⑤は『阿房列車』（一九五二・六、三笠書房）、⑥～⑨は『第二阿房列車』（一九五三・一二、三笠書房）、⑩～⑮は『第三阿房列車』（一九五六・三、講談社）に収録された。

（2）研究史については、拙稿「研究動向　内田百閒」（『昭和文学研究』二〇一四・九）参照。

（3）金田一春彦氏は「代表的なものは、『尋常小学唱歌』、つまり、明治から大正の初めにかけて文部省で編集した国定の教科書に載っていた一群の歌である。あれで代表されているように、唱歌とは学校で教わる歌である。」（『童謡・唱歌の世界』一九七八・一一・三〇、主婦の友社、四〇頁）と唱歌を定義する。また、山東功氏は、国民国家の言語としての「国語」の成立

（一九〇〇年に「国語」科成立）は、「体操」と共に「唱歌によって得られたリズム感を遺憾なく発揮できる場」（前掲、二〇一頁）であり、「文法と唱歌は、学校教育における「規律」という一点で一層親和性を帯びる」（同、一九九頁）ことを指摘している。

（4）『小説新潮』（一九四七年九月）の「創刊の言葉」には「通俗に堕せず高踏に流れず、娯楽としての小説に新生面を開くと共に、近代小説の使命たる人生の教師としての役割をもまた十分に果たさんとする」ことが述べられている。同誌は「阿房列車」シリーズ連載中の「昭和二十五年ごろに十万部を超え、創刊百号記念を出す二十九年十月には三十九万台になった。」（尾崎秀樹、宗武朝子『雑誌の時代　その興亡のドラマ』一九七九・一〇・一、主婦の友社、七七頁）。

中世日本の辺境認識

――東方の境界領域「外の浜」をめぐって――

杉山和也

はじめに

大石直正は、中世に於いて、日本の東西の最果てとして広く認識されていたのは、東の「外が浜・夷島」、西の「鬼界島・硫黄島」であったとしている(1)。

【1】『八幡愚童訓』甲、下巻〈日本思想大系〉(2)

然ニ当世ハ、素都《ソト》ノ浜ヨリ初テ鬼界嶋ニ至マデ、武威ニ靡ケル事ハ、只風ノ草ノ靡如シ

【2】妙本寺本『曽我物語』巻第三(3)

左の御足にては践二奥州の外の濱一を、右の御足にては践二西國鬼界か嶋一を、左右の御袂には宿二シ月日一を、小松三本を爲《シ》二ツ、御粧一と、向レて南に歩マセ下候と申二ケレは見進て候一つると

【3】妙本寺本『曽我物語』巻第九

遁ルレはとて何マて可レ延、南は限二ル熊野の御山一を、北は限二ル佐渡の嶋一を、東は限二兎褐《アクル》・津輕・蠻䍤《ヘソ》か嶋一を、西は限二ル鬼界・

高麗・硫黄か嶋、

【4】『義経記』巻第五、忠信吉野山の合戰の事〈旧大系〉

君の御供とだに思ひ參らせ候はば、西は西海の博多の津、北は北山、佐渡の島、東は蝦夷の千島までも御伴申さんずるぞ

これらの多くはまた流刑地であり、悪鬼追放の場の総称であったともする。そして、こうした境界領域の住人の描写に関しては非農耕、多毛、異風俗、異言語といった要素が東西で共通していることも指摘した。村井章介は、大石の論をさらに一般化。中世の国家観念は「中心—周縁」的な基本構造を持ち、そこに「浄土—穢」という要素が組み込まれ、中心は清浄な空間で、周縁たる境界領域は汚穢に満ちているとした[4]。

稿者はこれまでに西の最果てたる「鬼界島・硫黄島」について検討を行ってきた[5]。本稿では東の最果てたる「外の浜」の問題を取り上げてみたい[6]。中世から近世初期に掛けて「外の浜」がどのような認識で捉えられ、また文学作品に如何に表現されてきたかを通史的に概観し、再検討を試みたい。

一、先行研究と、その問題点

「はじめに」で述べたように、中世の東方の境界領域について特に「外の浜」という言葉に着目し、その基礎的な研究を行ったものとして、大石直正の論がある[7]。大石は、民俗行事「田遊び」の詞章の分析を中世農業史、中世民衆意識の解明に活かした黒田日出男の研究を踏まえ、特に「田遊び」の一部をなす鳥追い歌に注目して、次の愛知県に伝わる鳳来寺田楽の詞章を紹介する[8]。

【5】高野辰之・編『日本歌謡集成』巻五、東京堂、一九四二年、「第五、田樂歌謡、10鳥追」

是等《こりうら》を集めて當山へ差し入れ、奥山へ差し入れ、柾の木の葛《かづら》を、本うちかいやすめ、末《うら》うちかいはやし、かいまり〳〵と、かいまいて、東へさして追はんば、津輕や合浦《がっぷ》、外の濱へ追ふべし、南へさして追はんば、南海や普陀洛、外の濱へ追ふべし、西へさして追はんば、筑紫や鎮西、外の濱へ追ふべし、北へさして追はんば、越後や越中、外が濱へ追ふべし、けがちれきれいにが、水にが風害病はなふし、おつとり集めて、かいまり〳〵とかいまいて、天へさして追はんば、天竺天の雲の果へ追ふべし、下へさして追はんば、泥犂《ないり》の底へとんと追ふべし、

大石は、この詞章で「外の濱」という言葉が、東の最果てとしてだけではなく、東西南北の最果てとして用いられている点に注目。「外の濱」はこの資料では、地の果てを意味する抽象的な概念となっていると捉える。そしてここから、「外の浜」は本来、この資料に見るように悪しきものの追放の場としての境界を一般的に意味する言葉で、追放する主体によって大きくも小さくもなるものであったのではないかと推測する。

推測の傍証として、対馬の厳原町にある「卒土《そと》の浜」と呼ばれる海浜の存在を指摘する。当該地の民俗を踏まえ、「卒土《そと》の浜」は、その集落の死穢を外部に追却する境界の地であったと大石は見る。そして、次掲の『吾妻鏡』に見られるような悪鬼や怪異の追却の地としての「外の浜」については、対馬の「卒土《そと》の浜」のような小範囲の「外の浜」がいくつも集まって、その果てに中世国家の「外の浜」が創り出されるという構造を想定する。

【6】『吾妻鏡』建久四年（一一九三）七月二十四日(9)

横山權守時廣引二一疋異馬一參二営中一。将軍覧レ之。有二其足九一。〈前足五。後足四。〉是出二来所領淡路國々分寺邊一之由。去五月之比依レ有レ告。乍レ怪召寄之旨言上。仰二左近将監家景一。可レ被レ放二遣陸奥國外濱一云々。周室三十二蹄者。八疋之所レ合也。本朝一疋之九足。誠可レ称レ珎歟。然而房星之精不レ足レ愛之。今被レ却レ之出二千里瀧排一。寂

可レ為レ栄者哉。

なお、このような「外の浜」という呼称の特殊な境界概念の成立時期について大石は、「田遊び」の基本的骨格が成立する十二世紀の荘園体制確立期に求めている。

大石の「外の浜」に関する見解は以上のような内容のものである。しかし、稿者は、この「外の浜」論には根本的に問題があると考えている。先ず問題となるのは、大石が論拠とする資料の扱いである。【5】は、次のような性質の本文であった。

【7】高野辰之・編『日本歌謡集成』巻五、東京堂、一九四二年、「解説：第五、田樂歌謡」

田樂能の脚本、能樂でいへば謠曲に當る詞章は幸にして春日神社に奉仕する田樂連中の間に遺存し、短篇の歌謠は三河の鳳來寺、古く峯の藥師と呼ばれた寺の田樂連中の間に保存せられて、これは今なほ年々謠はれてゐるのである。よつて右の兩者を謄寫してこれに収めることとしたが、鳳來寺のには（中略）止むを得ず、其の全部を採録したが、訛誤脱漏が多くて、歌や言ひ立てに意を汲み取り難い箇處が少くない。ともかくも元祿十五年の奥書あるもの、明和八年又は萬延二年の奥書あるもの等に就いて校合を試み、辛うじて定本やうのものを作つて、これに収めた。

鳳来寺の田楽の起源は鎌倉末期に遡るとされるが、その詞章を書き留めた資料はいずれも近世以降のものであり、大石の依拠した【5】も元禄十五年（一七〇二）、明和八年（一七七一）、万延二年（一八六一）等の奥書のある諸伝本に基づいて高野辰之が作成したものなのである。[10]【5】は鳳来町の西郷と呼ばれる田楽の集落に伝わる系統の本文と見なせるが、東郷と呼ばれる集落に伝わる鳥追い歌の詞章は次の通りである。

【8】小野田孝蔵・清八郎本『田楽覚』（宝永六年（一七〇九）成立・宝暦十一年（一七六一）写）、「第十八ニ鳥おいハ[11]」

わうあんバ〳〵バ　東へ三ば大あんバ
つかるや　はつぶなをも外へおんべし
南へ三ば　おふあんバ
なんかい　くたらく　なおも外へおんべし
西へ三バ　おふあんバ　つくしやきんぜなをも外へ
おんべし　北へ三バ　おふあんバ　ゑつ中やゑちご
右通り　上へ三バ大あんバ
くものはてまでおんべし　下へ三バ　大あんバ
な入のそこへおんべし

【9】寺林総代保管・寺林本『田楽帳』（明和三年（一七六六）成立・文化元年（一八〇四）写）、「鳥おいの事」(12)
おうあんば〳〵　東へ三度おうあんば
つがるや八ふなをもそとゑ　おんへし
南へ三度おうあんば
なん海に　くたらくなをもそとゑおへし
西三度　同断　つくしやきんせいなをもそとおんへんし
越中や越後　なおもそとへおんへし
天《そら》ゑ三度　同断
くもの果へ　おんべしし　そこえ三度　同断

ないりのそこゑおんべし

【8】は鳳来寺の田楽を書き留めたものとして書写時期の最も古い写本であるが、【5】のように地の果てを意味する抽象的な概念としての「外の浜」は登場して来ない。この点、【9】も同様で、単に東西南北の「外へ」とされるのみなのである。

なお、後藤淑に拠れば、西郷の系統の伝本の祖本は天正十年（一五八二）頃に作成されたものと見なせるという(13)。しかし、仮に【5】の詞章が天正十年（一五八二）頃の内容を正確に留めていたとしても、この資料に基づいて地の果てを意味する抽象的な概念としての「外の浜」が、十二世紀に成立していたと想定するのは矢張り困難であろうし、この一系統の鳥追い歌にのみ見受けられる概念を一般化させてしまうのも矢張り無理があると言わざるを得まい。

また、「外の浜」に類した呼称の地名は、愛知県豊橋市の「外浜」、石川県金沢市河北の「外浜通《そとはまどおり》」、岐阜県海津郡海津町の「外浜《そとはま》」、和歌山県和歌山市湊の「外浜」、鳥取県米子市・境港市の「外浜街道」、島根県隠岐西ノ島町の「外浜」、山口県下関市中之町の「外浜町《とばままち》」にも見受けられるが(14)、対馬の「卒土《そと》の浜」のような民俗の報告は管見に入らず、これらの土地に汚穢を追却する境界の地としての性質を認めて良いかどうかは、ひとまず疑問とせざるを得ない。よって、対馬の「卒土《そと》の浜」の一例を以て、「外の浜」を汚穢を追却する境界概念として一般化して良いとも思われない。

以上から稿者は、大石の論は論拠が不充分であると考える。したがって、東方の境界領域としての「外の浜」の問題は改めて捉え直す必要があると考える。

二、平安末期・鎌倉期に於ける外の浜

（一）外の浜の地理認識

「外の浜」という言葉の初出は、次に挙げた西行（一一一八―一一九〇）の和歌であるとされる。(15)

【10】『山家集』中、雑、一〇一一番歌〈新潮集成〉

陸奥のおくゆかしくぞおもほゆる壺のいしぶみ外の浜風

陸奥の奥にある土地として、憧憬を以て詠まれている。続いて『吾妻鏡』には、「外の浜」について次のような記事が認められる。

【11】『吾妻鏡』文治五年（一一八九）九月十七日「一　関山中尊寺事」

寺塔四十餘宇。禅坊三百余宇也。清衡管二領六郡一之最初草二創之一。先自二白河関一。至二于外濵一。廿餘箇日行程也。其路一町別立二笠纅都婆一。其面圖二繪金色阿弥陀像一。計二兩國中心一。

【12】『吾妻鏡』文治五年（一一八九）九月二十七日

【13】『吾妻鏡』文治五年（一一八九）九月二十八日

西界於二白河関一。為二十餘日行程一。東拠二於外濵一乎。又十餘日。當二其中央一。遥開二関門一。名曰二衣関一。

御路次之間。令レ臨二一青山一給。被レ尋二其号一之處。田谷窟也云々。是田村麿利仁将軍。奉二論《綸》命一征レ夷之時。賊主悪路王并赤頭等搆レ塞之岩屋也。其巌洞前途。至二于北一十餘日。隣二外濵一也

【14】『吾妻鏡』文治六年（一一九〇）二月十二日

追奔之處。兼任猶䜌二五百余騎一。當二平泉衣河於前一張レ陣。差二向峯原一。越二衣河一合戰。凶賊渡二北上河一逃亡訖。於二返合之輩一者。悉討二取之一。次第追レ跡。而於下外濵与二糠部一間上。有二多宇末井之梯一。以二件山一爲二城墎一。兼任引籠之由風聞。

【11】は、平泉の藤原清衡が白河から「外濵」に至る二十日余りの行程に、一町ごとに笠卒都婆を立てて里程標としたという記事。【12】では衣川関について、西の白河関と東の「外濵」から、それぞれ十余日の行程の位置に設けられているとする。【13】は、源頼朝が厨川（現・岩手県盛岡市）から衣川（現・岩手県西磐井郡平泉）を経て鎌倉への帰路、「田谷窟」に立寄ったという記事で、「外濵」はここから十余日の行程に位置するという。なお、「田谷窟」は「達谷窟」（現・平泉町平泉北沢）を指すと考えられる。【14】は、反乱を起こした藤原泰衡の郎従大河兼任が「外濵」と糠部《ぬかのぶ》の間で撃滅されたという記事である。『吾妻鏡』では、いずれも「外濵」を陸奥の最奥地の土地として認識されており、しかもそれは詳細な地理的情報と共に記されている。その情報は整合性も取れており、かなり現実的な土地として把握されていることが窺える。現代の地理認識から言えば、これらの資料に言うところの「外濵」の位置は本州の東北端の地域を指しているものと見るべきであろう。

また他方で、【1】～【4】にも見たように、「外の浜」は文学作品の中で日本の東の最果ての土地としても、しばしば語られている。その例として次の資料も挙げられる。

【15】妙本寺本『曽我物語』巻第五

當時の世には東安久留・津輕・外との濱、西は壹岐・對馬、南は土佐の波太、北は佐渡の北山、此等の間は逃二越たりとも何の處何嶋一へ、終には被二て尋出一、隨二ッ、罪の輕重一に皆有二御誡共一、

【16】延慶本『平家物語』第二中、「兵衛佐伊豆山ニ籠ル事」〈北原・小川版〉

或夜ノ夢ニ、藤九郎盛長ミケルハ、「兵衛佐、足柄ノ矢倉ノ館ニ尻ヲ懸テ、左ノ足ニテハ外《ソト》ノ浜ヲフミ、右足ニテ鬼海ガ嶋ヲフミ、左右ノ脇ヨリ日月出テ、光ヲ並ブ。

このように度々口頭で語られることを通して、「外の浜」は東の最果てとして観念的な空間としての認識も深めて行ったものと推察される。ただし、【3】や【15】の例にも見える通り、この時期に東の最果てとして認識されていた地名には、「安久留」や「津軽」などもあり、大石が特に取り上げる「外の浜」と「夷島」に限られていたわけではないという点には注意をしておきたい。

（二）悪しきものの追却の地としての外の浜

「外の浜」の観念的な空間としての側面については、以上と併せて、大石の指摘する悪しきものの追却の地としての機能について検討しておきたい。

【17】『吾妻鏡』宝治元年（一二四七）五月二十九日

三浦五郎左衛門尉参二左親衛御方一。申云。去十一日。陸奥國津輕海邊。大魚流。其状偏如二死人一。先日由比海水赤色支。若此魚死故歟。随而同比。奥州海浦波濤。赤而如レ紅云々。此支則被レ尋二古老一之處。先規不レ怪之由申レ之。所謂文治五年夏有二此魚一。同泰衡誅戮。建仁三年夏又流来。同秋左金吾有二御事一。建保元年四月出現。同五月義盛大軍。殆爲二世御大支一云々。

先に触れた【6】は、足の九本ある異馬を頼朝が「陸奥國外濱」に放遣するよう命じたという記事であった。これに対して【17】は、陸奥国津軽の海辺に死人のような形の大魚が流れ着き、海水が赤く染まったという怪異現象について、政治的な大事件の予兆である可能性を述べた記事である。両記事を以て大石は「方向はまったく逆であるが、二つとも津軽外が浜という特殊な境域の同じ性質を述べたものと考えられる」としている。【6】については、確かに「外の浜」が、悪しきものを追却する境界としての機能を果たしていると見て良いであろう。ただし、【17】には「外の浜」という記述は認められない。

この他、悪しきものを「外の浜」に追却した例としては、次の資料も挙げられる。

【18】妙本寺本『曽我物語』巻第一

其後神代絶二て七千年の間一、云二安日一と鬼王出レて世に、治二こと本朝一を七千年なり、其後鵜羽葺不レすの合尊一との第四代の御孫子神武天王出レセ下世に、安日カ諍レシ代を時、自レ天靈劔三腰雨下て鎮二下シかば安日か悪逆一を、天王成二ッ、勲一ミを、安日か部類をは被三追二下東國外の濱一へ、今の申二すは醜蠻一と是なり、

ここでは「云二安日一と鬼王」の「部類」が「外の濱」へ追却されている。ただし、この「安日」の話の場合は、蝦夷の始祖伝説でもあるという点にも注意しておきたい。

【19】『久安百首』（六三四番歌・親隆(16)）〈新編国歌大観〉

えぞがすむつかほ《ろ》の野べの萩さかりこやにしき木のたてるなるらん

【20】坂倉源次郎『北海随筆』坤巻（元文四年（一七三九）成立）〈北門叢書・二〉

一、津軽、南部にも蝦夷あり。言語通ぜずといへども、頭は月代少し剃り、此方はんかはり（マヽ）して髭あり。此蝦夷は本邦往古よりの蝦夷とて、松前蝦夷と出會する事を望まず。系圖を正して甚差別する事也。外ヶ濱ウテツと云所に、四郎三郎と云蝦夷、夷の中の臣臂（巨擘）にて、外ヶ濱の首長なる故、太守へも目見へする也。予一日よぎりしに、娘二人あり。琴をひき哥曲してもてなしける。

【19】に見るように、平安末期頃の「つがろ」と呼ばれる地域には、「えぞ」が住んでいると認識されている。また、

【20】は時代が下って近世の資料だが、この頃に至っても「津軽」、「南部」、「外ヶ濱」と呼ばれる本州の東北地域には蝦夷と呼ばれる人々が住んでいた。【18】で蝦夷の始祖たる安日の部類が「外の浜」という土地に追却されるのは、この地域に蝦夷と呼ばれる人々が住んでいたことが意識されてのことと考えることもできるのではないか。

ともあれ、このように悪しきものを国家の境界の地へ追却するという発想は、周知の通り早く『延喜式』の儺祭の詞に見受けられるところであり、恐らくはそれが大石論の前提となっているのだろう。

【21】『延喜式』巻十六、陰陽寮、儺祭料〈新訂増補・國史大系〉

千里之外。四方之堺。東方陸奥。西方遠値嘉。南方土佐。北方佐渡〈與里〉乎知能所乎。

そして、この資料の段階では東方の境界領域が、漠然と「陸奥」とされていたが、これが十二世紀末頃から、より具体的な「外の浜」などの地名に置き換わるようになって行ったということであろう。ただし、前述の通り大石は「外の浜」という言葉が、悪しきものの追放の場としての境界を一般に意味する概念として十二世紀に成立したと考えている。また、それは追放する主体によって大きくも小さくもなるものであったのではないかと推測し、中世国家を主体とした時に、その果てに創り出された境界領域「外の浜」こそが、奥州のそれであったと捉えている。そして、「陸奥湾沿岸の地が外が浜と呼ばれるようになった時期は、すなわち日本国の東の境界がその地に定められたとき」という見解も示している。

しかし、前述の通り稿者は、十二世紀にこうした特殊な境界概念としての「外の浜」が成立したという想定は、根拠が不充分であり無理があると考える。特殊な境界概念としての「外の浜」が成立していない以上、中世国家によって奥州にこのような「外の浜」という土地、ないし地名が創り出された、或いは定められたと捉えることも、適切ではないと考える。例えば、次の資料では、

【22】『日本歴史地名大系・青森県の地名』平凡社、一九八二年、「外ヶ浜」条
津軽地域のうち、現在の東津軽郡と青森市を含む地域を外ヶ浜とよぶ。古代から使用されており、このほか現在も使用されている呼称に上磯《かみいそ》・合浦《がっぽ》がある。これらは一連の用語で、内浜である西海岸（西浜）からみて外になる地域で、陸奥湾岸一帯をさすといってよい。古代・中世、日本海航路で上方から来る船舶にとって、陸奥湾が外になった。

とされている。つまり、「外ヶ浜」という呼称が、現地の地勢や交通事情が要因となって生じた可能性が示されているのである。地名の発生する経緯としてはこうした把握の方がむしろ自然ではなかろうか。こうした見解を踏まえるならば、中世国家によって特殊な境界領域として「外の浜」が設定されたのではなく、むしろ先ず津軽地域での地勢的な事情から「外の浜」という土地の呼称が生じた。そしてこの土地が十二世紀末に東の最果ての土地の一つとして捉えられるようになることによって、この土地が悪しきものを国家の境界の地としての役割も負うようになった。このような経緯を考えることも充分に可能であろう。いずれにせよ、従来の研究では中世国家によって「外の浜」という地域が設けられたという理解ばかりがなされてきたが、津軽地域に於ける地勢や交通の事情が要因となって、「外の浜」という地名が発生していたという可能性も考える必要があるだろう。

（三）外の浜と、流刑地夷島

ところで、大石論は「外の浜」を流刑地とは述べていない(17)。しかし、大石論以降、「外の浜」が流刑地であったと誤解される傾向が強くある。次に挙げる一連の資料は、夷島流刑と関わるとされているものである。そのいずれにも「外の浜」という記述を認めることはできない。

【23】『都玉記』建久二年（一一九一）十一月二十二日条〈歴代残闕日記・巻三十〉[18]

今日京中強盗等所レ被レ遣二前大将許一也、於六條河原、官人渡二武士一云々、見レ在二十人一也、於死罪者停止、年來官人下部等、有二客（ママ）隠一之時、雖二強盗一、頗加二寛宥一、赦令時原免、如レ本又犯レ之、仍遣二関東一可レ遣二夷島一云々、永不レ可レ帰レ京、是又非二死罪一、将軍奏請云云、

【24】『吾妻鏡』建久五年（一一九四）六月二十五日条

獄囚数輩自二京都一被レ召二下其身一可レ流二遣奥州一之由。被レ仰二左近将監家景眼代一之。是強盗之類云々。

【25】『吾妻鏡』建保四年（一二一六）六月十四日条

其比。佐々木左衛門尉廣綱使者相具所二參上一之東寺凶賊已下強盗海賊之類五十餘人事。今日有二沙汰一。可レ被レ遣二奥州一之由。被二仰下一云々。是為レ放二夷嶋一。去四月廿八日給二廣綱一。々々於二一条河原一。自二廷尉之手一請二取之一云々。此東寺賊徒者。同月十八日秀能〈家子四人。郎等二人。〉相二具之一。自二三条坊門東洞院家一。向二大理之正親町西洞院門前一〈路次自二東洞院一北行。至二一条一西折。至二西洞院一南折〉次禁二獄舎一。見物者如レ堵。上皇被レ立二御車於大炊御門東洞院一覧レ之云々。

【26】『吾妻鏡』文暦二年（一二三五）七月二十三日条

先京都刃傷殺害人事。爲二武士輩一於二相交一者。可レ爲二使廳沙汰一。犯過断罪事。爲二夜討強盗張本一所犯無二相遁一者。可レ被二断罪一。枝葉輩者。召二進関東一。可レ被レ遣二夷嶋一也。

【27】『吾妻鏡』建長三年（一二五一）九月二十日条

評定。奥州申被二沙汰一。讃岐國海賊張本等。于二關東一召下。可レ被レ遣二夷嶋一之由云云。

【28】『建治三年記』建治三年（一二七七）十二月二十五日条〈群書類従・第二十三輯〉

遠江十郎左衛門尉殺害。杉本六郎左衛門尉郎従事。爲二武州御領一可レ被レ流二津輕一之由評了。

配流先としては「夷島」、「奥州」、「津軽」という地名が見えているが、このうち特に「夷島」という地名が目立つ。次の資料は、相模国を本貫とし薩摩・美作などに所領を有していた御家人、渋谷定仏の言葉であるが、

【29】入来院文書「渋谷定仏後家尼妙蓮等重訴状」〈弘安（一二七八～一二八七年）頃〉〈鎌倉遺文・一三〇七六〉

如自筆状者、不許ヲ許利多利土申佐波、上江申天、湯黄嶋・夷嶋江可流云々、

として、「夷島」が「湯黄島」と並んで代表的な流刑地として挙げられている。しかし、「夷島」という言葉は、大石が既に指摘するように、陸奥とばかり結び付けて用いられる言葉ではなかった。次に挙げるのは日蓮の遺文である。

【30】日蓮「下山御消息」〈建治三（一二七七）年六月〉〈昭和定本・日蓮聖人遺文・第二巻〉

災難次第に増長して人王八十二代隠岐の法皇の御宇に至ッて（中略）然レば相傳の所従に責隨へられて主上・上皇共に夷島に放れ給ヒ、御返リなくしてむなしき島の塵となり給フ。

【31】日蓮「瀧泉寺申状」〈弘安二年（一二七九）十月〉〈昭和定本・日蓮聖人遺文・第二巻〉

然レハ則安徳天皇ハ沈二没シ西海一叡山ノ明雲ハ當リ二死流ノ災一後鳥羽法皇ハ放チ二捨テラレ夷島一

【30】の上皇とは隠岐島に流された後鳥羽院、主上とは佐渡に流された順徳天皇を指していると考えられるが、両島は「夷島」と表現されており、隠岐島を「夷島」と表現することは【31】にも確認される。佐渡島を「夷島」と表現することについては、日蓮が実際に一二七一年から一二七四年に掛けて佐渡に配流された時のことを述べた文も併せて注目される。

【32】日蓮「一谷入道御書」〈建治元年（一二七五）五月八日〉〈昭和定本・日蓮聖人遺文・第二巻〉

北國佐渡の嶋を知行する武藏ノ前司預リて、其内の者どもの沙汰として彼嶋に行キ付てありしが、彼島の者ども因

果の理をも辨へぬあらゑびすなれば、あらくあたりし事は申ス計なし。然レども一分も恨ムる心なし。

【33】日蓮「千日尼御返事」〔弘安三年（一二八〇）七月二日〕〈昭和定本・日蓮聖人遺文・第二巻〉

而ルに故阿佛聖靈は日本國北海の島のえびすのみなりしかども、後生ををそれて出家して後生を願ヒしが、流人日蓮に値ヒて法華經を持チ、去年の春 佛になりぬ。

すなわち、日蓮は佐渡島を「えびす」の住む島という認識で捉えているのである。したがって、「夷島」という言葉は、陸奥国とのみ結びついていたわけではないことになる。そして或種、日本の東方と北方の流刑地を指す汎称としての用法もあったことになろう。

従来の研究では「夷島」を、北海道本島という具体的な地域にばかり比定して議論される場面が多い(19)。そして、このことにより「外の浜」も、「夷島」に向かう際の中継地点として理解される場面が多い。しかし、それは必ずしも適切ではないだろう。日本の国土を描いた中世に成立の行基式日本図を概観しても、陸奥国津軽の先端に寄り添って「夷島」が大きく描かれた初例は、一四七一（成宗二・文明三）年に成立の申叔舟『海東諸国紀』である。また、永山修一は流人・流刑地の安定した管理の必要性から、絶海の孤島のような土地は流刑地たり得ないと指摘しているが(20)、この時代に北海道道南にあたる地域で流人・流刑地の安定した管理ができるのか、という点も疑問とせざるを得ない。したがって、「夷島」という言葉には、時代を追うごとに北海道本島の存在に対する意識が強く反映されて行くという経緯は確かに想定されるところであるが、逆に時代を遡れば遡るほど「夷島」という言葉の指す対象をより多様な形で想定して然るべきであろう。

二、南北朝期・室町期に於ける外の浜

（一）外の浜の地理認識

次の資料は「外の浜」という地名が、実在する具体的な地域と結び付けて捉えられている用例である。

【34】権祝本『諏方大明神畫詞』下（延文元年（一三五六）成立）〈諏訪史料叢書・第六巻〉

武家其ノ濫吹ヲ鎭護センタメニ安藤太ト云物ヲ蝦夷ノ管領トス。此ハ上古ニ安部氏悪事ノ高丸ト云ケル勇士ノ後胤ナリ、其子孫ニ五郎三郎季久又太郎季長ト云ハ従父兄弟也、嫡庶相論ノ事アリテ合戰數年ニ及フ間、両人ヲ闕東ニ召テ理非ヲ裁決之處、彼等カ留主ノ士卒數千夷賊ヲ催集之、外ノ濱内末部西濱折曾關ノ城墎ヲ構テ相争フ、両ノ城嶮岨ニヨリテ洪河ヲ隔テ雌雄速ニ決シカタシ。

【35】米良文書「安東師季願書」（応仁二（一四六八）年）〈熊野那智大社文書・三〉

奉籠

熊野那智山願書之事

右意趣者、奥州下國弓矢仁達二本意一、如レ本津輕外濱・宇楚里・鶴子遍地悉安堵仕候者、重而寄進可レ申處實也、怨敵退散、武運長久、息災延命、子孫繁昌、殿中安穏、心中所レ願皆令二満足一、奉二祈申一所之願書之狀如レ件、

應仁貳年《つちのへね》二月廿八日

安東下野守師季（花押）

【34】は、十四世紀中頃の成立である。題には「畫詞」とあるが、今に絵は伝わらず詞書だけが現存している。十三世紀末から十四世紀初めに掛けて度々起きた「蝦夷蜂起」の際に得た、蝦夷に関する情報が反映されているものと考

えられ、[21] 当時の蝦夷について具体的に記した資料として早くから注目されてきたものである。[22] 記述はかなり具体的で、「外ノ濱」については、城が構えられているとされており、軍事的な要衝でもあったことが窺われる。また、【35】は安東師季の願書である。津軽の豪族であった師季にとって「外濱」は、現地に於いて重要な地域の一つとして認識されていたことが窺われる。以上の両記事は、情報源に近いところで蝦夷に関する情報を摂取し得ている。文献資料としては、こうした例はむしろ稀な例と言えるであろう。それに対して、次の資料では、

【36】『神明鏡』上〈続群書類従・第二十九輯上〉

延喜御宇歟。其上奥州外濱ノ達谷窟ノ悪事ノ高丸爲責。勅定ニテ利仁将軍下シ時。鞍馬寺ニ納ル神通ノ弓方便ノ矢ヲ申出持下ケ。利仁諏方稲荷兩神ニ深祈請ヲ係奉リ。毘沙門天ヲ念シ奉。達谷カ窟ニ發向セシカ共。高丸岩戸ヲ開カサル間戰ニ及ハス。

「達谷窟」が「奥州外濱」に位置するものと認識されている。「田谷窟」から「外濱」までの距離を「十餘日」の行程として捉えていた【13】と比べると、地理認識が非常に曖昧であると言える。情報源である奥州・蝦夷との接点、或いは奥州・蝦夷に対する執筆者の意識が希薄である場合には、こうした地域が、かなり漠然とした地理認識で把握されることがあったということが確認できる。無論、資料によってその程度の差はあるが、地理認識の正確さについての振れ幅がこれ程までに大きいという点には注意をしておきたい。

(二) 交易地としての外の浜と、その後先

ところで、次の資料には蝦夷地の物品が名物として列挙されている。

【37】『庭訓往來』応永年間(一三九四～一四二八)頃の成立か〈続群書類従・第十三輯下〉

雲轡。甲斐駒。長門牛。奥州金。備中鐵。越後鹽引。隠岐鮑。周防鯖。近江鮒。淀鯉。土佐材木。安藝榑。能登釜。河内鍋。備後酒。和泉酢。若狭椎。宰府栗。宇賀昆布。松浦鰯。夷鮭。奥漆。筑紫穀。

また次の資料は足利義量の将軍職就任の祝賀として、「安藤陸奥守」を名乗る人物から蝦夷の産物が送られていることが確認できる。

【38】『後鑑』巻之一三六　応永三十年（一四二三）〈新訂増補・國史大系〉

四月大。

七日。〈丁巳〉賜二御内書於安藤陸奥守某一。

御内書案載

馬二十匹。鳥五千羽。鵞眼二万匹。海虎皮三十枚。昆布五百把到來了。神妙候。太刀一腰。鎧五領。香合。盆。金襴一端遣レ之候也。

卯月七日

安藤陸奥守殿

そして、次の資料からは、蝦夷との交易が、十四世紀中頃の段階では、「外ノ濱」という土地で活発に行われていたことが確認できる。

【39】権祝本『諏方大明神畫詞』下（延文元年（一三五六）成立）〈諏訪史料叢書・第六巻〉

元亨正中ノ比ヨリ嘉暦年中ニ至ルマテ東夷蜂起シテ奥州騒乱スル事アリキ。蝦夷カ千嶋ト云ヘルハ我國ノ東北ニ當テ大海ノ中央ニアリ、日ノモト唐子渡黨此三類各三百三十三ノ嶋ニ群居セリト、一嶋ハ渡黨ニ混ス、其内ニ宇

曾利鶴子　堂宇滿伊犬ト云小嶋トモアリ、此種類ハ多ク奥州津輕外ノ濱ニ徃來交易ス、夷一把云ハ六千人也、相聚ル時ハ百千把ニ及ヘリ、日ノ本唐子ノ二類ハ其地外國ニ連テ、形體夜叉ノ如ク變化無窮ナリ、

しかし、この資料以後、文献上に「外の浜」が交易の場として記された例は管見に入らない。これにはこの時期に、津軽の交易の場として「十三湊」が台頭したことが関わっていると稿者は考える。

【40】『羽賀寺縁起』（室町後期成立）〈日本思想大系〉

後花園院深軫㆓痛之㆒、勅左右、商興（輿）奏曰、奥州十三湊日之本将軍安倍康季、文武該達、仏乗厚帰、祖来献㆑忠、惜㆑名者也、

【41】『十三往来』（『津軽一統志』付巻所収）〈新編青森県叢書一〉

西滄海漫々而夷船京船群集並㆓艫先㆒調㆑舳湊成㆑市

【42】『御曹司島渡』（渋川版）〈旧大系〉

秀衡に暇乞ひ、旅の装束し給ひて、音に聞きしわが朝、四國とさのみなとへ著き給ふ

【42】では、蝦夷が千島へ島渡りする際に、「四國とさみなと」へ渡ったとされているが、これは旧・日本古典文学大系の頭注にも指摘があるように、十三湊を誤解した記述と考えるのが妥当であろう。

十三湊については、一九九一年から一九九三年に掛けて、国立歴史民俗博物館により本格的な遺跡の調査が行われた(23)。その成果に拠れば、この十三湊が日本列島の政治的・経済的中心として浮上するのが、十三世紀後半以降、特に十四世紀初め。十五世紀半ばに一端廃絶するが、十六世紀末に再建されたという。十三湊は、〈蒼海（日本海）東海〉の海運や北海道本島との連絡に好適な位置にあり、かつ岩木川水運を通じて津軽平野内陸部との結節点にあった。地勢的にも外の浜よりも優位な位置にあったこともあり、飛躍的に発展を遂げ、「外浜から十三湊へ」という変動が起きた

という。[24]すなわち、この変動により「外の浜」は、現実世界での交通の要衝としては、影を潜めるように成って行ったと考えられる。

（三）和歌・連歌・謡曲の世界に表れた外の浜

【43】『閑吟集』（第五十八）〈新大系〉

夏の夜を　寝ぬに明けぬと言ひ置きし　人は物をや思はざりけん　麦搗く里の名には　都しのぶの里の名　あらよしなの涙やなう　逢はで浮き名の名取川　川音も杵の音も　いづれともおぼえず　在明の里の子規　郭公聞かんとて杵をやすめたり　陸奥には　武隈の松の葉や　末の松山　千賀の塩釜　〱　衣の里や壺の石碑　外の浜風　〱　更行月に嘯く　いとゞ短き夏の夜の　月入る山も恨めしや　いざさし置きて眺めんや　〱

右は、曲名未詳の近江猿楽の一節であるが、「武隈の松」、「千賀の塩釜」、「衣の里」、「壺の石碑」といった陸奥の歌枕の散りばめられており、その中で「外の浜風」という言葉が現れる。【10】の西行の歌と同様に、陸奥の奥にある土地として、憧憬を以て捉えられていると見るべきであろう。

他方で、この頃から歌学書に於いて、「外の浜」に関する新たな理解が認められるようになってくる。すなわち、母鳥が「ウトウ」と鳴くと子鳥が「ヤスカタ」と応える習性を利用して猟師が子鳥を捕え、母鳥は血の涙を流すという、所謂、「善知鳥」説話が【10】の西行の歌の注記に認められるようになるのである。

【44】『新撰歌枕名寄抜書』「壺石文　卒都浜」（室町初期）[25]

陸奥のおくゆかしくそおもほゆる壺の石文そとの浜風

右、此そとの浜と云所に、うとふやすかたと云鳥侍か、此浜のすなこの中にかくして子をうみをけるを、母のうとふかまねを、人なとかうとふ〲とよへは、やすかたと云てはゐ出るを取とそ。其時母の鳥来たりて、あなた此方付あか《(ママ)》り鳴也。其涙の血のこき紅なるか雨のことく降也。ある哥に

子を思涙の雨の蓑の上にかゝるもかなしやす方の鳥

ただし、この説話は当初は「外の浜」とのみ結び付けて捉えられていたわけでは無さそうである。次の資料では、説話の舞台は「外の浜」という具体的な地名で設定されておらず、単に「海の澳の洲」とされるのみなのである。

【45】『古今打聞』下「八　業平」（室町期成立）〈続群書類従・第十六輯下〉

ますらをのえんひな鳥をうらふれて涙をあかくおとすよな鳥

ますらをとは下衆男を云也。よな鳥とはうとうと云鳥をいふなり。えむひな鳥とはその鳥の子を云也。此うとうといふ鳥は。海の澳の洲なんとに。穴をほりて子をうむ也。其子を人の取に行は。わひうらふれてなくなみた紅也。うらふれてはうらむる也。されは世に子を思ふ鳥也。

したがって、この説話が「外の浜」と呼ばれる地域からもたらされたと考えるべきではない。来歴は不明ながら、後に徐々に「外の浜」という具体的な地名と結び付けて捉えられるに至ったという経緯を想定するべきであろう。続いて、連歌寄合書である『連珠合璧集』にも、この説話を踏まえた次の記事が認められる。

【46】一条兼良『連珠合璧集』〔四一二〕（文明八年（一四七六）以前）〈中世の文学〉

うとふやすかたトアラバ、

そとの濱　みのかさ　涙の雨

この時期にはかなり「善知鳥」説話は広く知られるようになっていたと見るべきであろう。そして、「うとうやすかた」は「そとの浜」と密接に結び付けて捉えられるものとなっていた。また、同時期に成る『鴉鷺物語』に於いても、

この説話を引いている。

【47】『鴉鷺物語』中（文明年間（一四六九～一四八七）成立か）〈新大系〉

　金玉の財宝も後世を助くる事なければ、子に過ぎたる宝さらになし。「子をおもふ涙の雨の蓑のうへにうとふと鳴くはやすかたの鳥」こそあらめ、我も又、紅の袖の露、草の陰成身となれば、我が姿をこそあらはさねども、いつも供魔主の足手影をば見る物を。

　他方で、和歌の実作に於いては、【10】の西行の歌以来、「外の浜」が詠まれた歌例は見受けられなかったが、この時期に至ってようやく次の歌が詠まれている。

【48】正徹『草根集』（書陵部本）「寄鳥恋」八七六八番歌　康正元年（一四五五）正月二十八日詠（文明五年（一四七三）、一条兼良執筆の序がある）〈私家集大成・巻五〉

　へたて行うき身をそとの浜風にくたくなみたそやすかたの鳥

これも矢張り「善知鳥」説話を踏まえたものであった[26]。また、この時期には謡曲『善知鳥』も成立している[27]。

【49】謡曲『善知鳥』〈新編全集〉

地謡〽〈上歌〉所は陸奥の、所は陸奥の、奥に海ある松原の、下枝に交る汐蘆の、末引き萎る浦里の、籬が島の
　苫屋形、囲ふとすれどまばらにて、月のためには外の浜、心ありける住まひかな、心ありける住まひかな。

この作品はその後、広く知られることとなるわけだが、この作品もまた「外の浜」を舞台とする「善知鳥」説話が核となっている。「外の浜」は傍線部のように描出されているが、「外の浜」の景観の描写としては、これが初めてのものとなるであろう。すなわち、「十三湊」の台頭により、現実の「外の浜」が交易の上で影を潜めて行く一方で、それとは対照的に文芸の世界では、「外の浜」が「善知鳥」説話の舞台として知られるようになったことにより、むし

ろ関心の対象となり、地名に付随する認識も豊かに成って行った面があると言える。

三、近世に於ける外の浜認識

（一）松前の台頭とその認識

十六世紀以降、北海道本島に於いて、同島の統治者的存在としての性格を強めて行った松前氏（蠣崎氏から改姓）に対して、徳川家康は慶長九年（一六〇四）、藩政を規定する次のような黒印状を発給している。

【50】北海道博物館蔵「徳川家康黒印状」（慶長九年（一六〇四）一月二十七日、松前慶広宛）〈日本史史料・3〉

定

一　自㆓諸国㆒松前へ出入之者共　志摩守
不㆓相断㆒而　夷仁与直ニ商買仕候儀
可㆑為㆓曲事㆒事

一　志摩守ニ無㆑断而令㆓渡海㆒　売買仕候者
急度可㆑致㆓言上㆒事
付　夷之儀者　何方へ往行候共　可㆑致㆓夷次第㆒事

一　対㆓夷仁㆒非分申懸者堅停止事
右条々若於㆓違背之輩㆒者　可㆑処㆓
厳科㆒者也　仍如㆑件

慶長九年正月廿七日（家康黒印）
松前志摩とのへ

すなわち、松前氏に対して独占的交易権を与え、蝦夷の人々に対しては自由往行を認めている。以後の歴代将軍が松前藩主に出した朱印状も、この黒印状の文面とほぼ同一である。したがって、近世には名実ともに北海道本島が蝦夷の人々との交易の中心地となっている。こうしたことも関わってか、十七世紀には松前周辺海域の知識の増幅が認められる。具体例として井原西鶴『一目玉鉾』を見ておきたい。

【51】井原西鶴『一目玉鉾』巻一（元禄二年（一六八九）刊）〈西鶴全集〉

○松前　松前志摩守殿城下
上の國餌指といへる大所有、此島より出る名物、
蠟孤の皮、熊の皮、豹鹿膚、あざらし、鷹、おつとせい、鹿、三好こがね、とゞ、鯡、干鮭、昆布、鶴、白鳥、鴈、
諸国の商賣人爰に渡り、萬上方のごとく繁昌の大湊也、浦々の末々は昆布にて葺し軒端の人家も見えわたりぬ、是より島國へは番所ありて人の通ひ絶たり。

すなわち、『庭訓往来』（【37】）、『後鑑』（【38】）に見られた交易品が、松前の名物として列挙され、その活発な交易の状況が当世的な情報として記されているのである。

（二）中世的な外の浜認識の継承

しかし、他方で同書の「外の浜」に関する記述では、次のように見える。

【52】井原西鶴『一目玉鉾』巻一（元禄二年（一六八九）刊）〈西鶴全集〉

○外の濱

此所今に殺生人獵師の世をわたる業とて幽に住あれて物淋しき浦也。

紅の泪の雨にぬれし迚蓑を着て取うたふやすかた

陸奥の外の濱なるうとふ鳥子はやすかたの音をのみぞ鳴

子を思ふ泪の雨のみの丶上にかゝるもつらしやすかたの鳥

大屋多詠子が既に指摘するように、松前の情報の増幅とは対照的に、当世的な情報はさほど認められないのである[28]。獵師が殺生をして暮らすという点や、物淋しき浦とする点は、謡曲『善知鳥』の影響とも考えられよう。同様のことは、他の資料についても指摘できる。

【53】寺島良安『和漢三才図会』巻六十五（正徳二年（一七一二）自序）〈東京美術版・影印〉

索規濵《ソトノハマ》　津輕海邊総名也　青森近處濵有㆑村名㆓安潟㆒

善知鳥《ウトウノトリ》多〈鷗之属詳㆓於水禽部㆒〉然以㆓安潟㆒爲㆓其聲㆒者未審

陸奥のそとの浜なる呼子鳥鳴なる声はうとふやすかた

『和漢三才図会』の情報も基本的に謡曲『善知鳥』と同様の理解が示されるのみで、当世的な情報は認められない。

また、山東京伝の読本『善知鳥安方忠義伝』に於いても、

【54】山東京伝『善知安方忠義伝』前編、巻之二、十符里、第七条（文化三（一八〇六）年刊[29]）

此辺は總て、茫々蕩々として限もしれぬ沙原なり。一根の草木だに生いでず。素人家は一軒もなし。道ゆく人もまれなれば、道の案内もとふこともあたはず。殊更極陰の地なるゆゑにや、海気朦朧として霧のこめたるが如く、

東西を辨ぜざれば、大にゆきわづらひぬ。（中略）一つの苫屋あり。此時やうやく月の出たるに乗じて此あたりをながむれば、蒼々たる松原の下枝にまじる塩蘆の、波打よする渚にて籬が島とはこゝやらん、崩かゝりし苫ぶきの、壁のかこひもまばらにて、月の為には外かはま見るも哀の住居なり。

傍線部で、謡曲『善知鳥』の表現が踏襲されていることが確認できる。波線部については『東遊記』の次の記述に依拠していると見られるが、松前についての当世的な情報の増幅に比すると、「外の浜」のそれは矢張り限定的と言える。(30)

【55】橘南谿『東遊記』巻之四「胡沙吹」（寛政九年（一七九七））〈東洋文庫〉

又、外が浜辺は極陰の地なるゆえにや、海気常に空濛として霧の籠るがごとく、松前辺の海中も平常海霧甚だ多くして、船の往来するにも毎度難儀に及ぶ事あり。

また、以下の資料に見る通り、「外の浜」を東の最果てと捉える認識についても、近世に認めることができる。

【56】浄心『慶長見聞集』巻六、「大島一兵衛組の事」〈史籍集覧〉

扨同類有へしとて　大名小名の家々町中までもさかし出し　首を切てさらす事限りもなし　大名衆の子共たちをハ　命をたすけ　奥州つかる　はつふ　そとの濵　西ハちんぜい鬼海島、北ハ越後のあら海佐渡島　南ハ大島戸島　八丈へなかし給ふ

【57】歌舞伎『鳴神』（貞享元（一六八四）年初演）〈旧大系〉

東は奥州外が濵。西は鎭西鬼界がしま　南は紀の路那智の瀧。北は越後のあらうみまで、人間の通はぬところ、千里もゆけ、萬里もとべ、女をここへ引よせん。

【58】歌舞伎『矢の根』（享保十四年（一七二九）初演）〈旧大系〉

日本六十餘州は目の邊り、東は奥州外ヶ濱　西は鎮西鬼界ヶ島　南は紀の路熊野浦　北は越後の荒海まで　人間の通はぬ所　千里も行ケ　万里も飛べ　イデ追駈けんと時致が、勢ひ進む有様は、恐ろしかりける次第なり。

【59】浄瑠璃『奥州安達原』（宝暦十二（一七六二）年初演）〈日本名著全集〉

陸奥外が濱なる善知鳥の宮　安方町と名も高き古跡は　今に残りける（中略）西は九州薩摩潟鬼界が島の果までも　わしや行く氣ぢやにさりとては。

【60】『東遊記』後編巻之一、「蛮語」（寛政九（一七九七）年）〈東洋文庫〉

天地開けしよりこのかた、今の時ほど太平なる事はあらじ。西は鬼界、屋玖の島より、東は奥州の外が浜まで、号令の行届かざる所もなし。

東の最果てを「外の浜」とするのが常套句となっているように見受けられ、東の最果てを「外の浜」という特定の地名で捉える傾向が中世の段階よりも強まっているようにも窺われる。すなわち、東の最果ての地名としての観念的な性質が強まっていると考えられる。

（三）雁の渡る土地としての外の浜の認識

他方で、「外の浜」をめぐって、近世に入ってから新たに見受けられるようになる認識も存在する。

【61】椋梨一雪『古今犬著聞集』巻一、鴈風呂の事（天和四（一六八四）年序）〈仮名草子集成〉

秋、鴈渡る時に、くハへて来木を、奥州外濱に落置、又春、其木をくハへて帰、其木の残たるを集め、法楽に風呂を焼、是ハ、人の為に捕られし鴈の弔也とそ

津軽境にての事也とそ

これは「雁風呂」とされる説話であるが、(31)秋に雁が木を咥えて「奥州外濱」に訪れ、そこに木を落とし、春には人に殺された雁の弔いとしてその木で風呂を焚くという。雁の帰る方角に外の浜は位置しているという認識が確認できる。ただし、ここで注意しておきたいのは、雁は各時代の古典作品に於いて北方に帰る存在として認識されていること。

【62】『古今和歌集』（羇旅歌・四一二番歌・詠み人知らず）〈角川文庫・高田祐彦校注版〉

北へ行く雁ぞ鳴くなる連れて来し数は足らでぞ帰るべらなる

そして、中世以前の段階では雁は、「東方」として認識されていた陸奥ではなく、「北方」として認識されていた北陸地域、すなわち越路と密接に捉えられる存在であった。『鴉鷺物語』に於いても、「越路兵衛佐秋春雁」という名の存在も登場している。また、和歌の世界でも「雁」は「越路」と密接に捉えられていた。

【63】『古今和歌集』（春上・三〇番歌・躬恒）〈角川文庫・高田祐彦校注版〉

雁の声を聞きて、越へまかりける人を思ひてよ

春くれば雁かへるなり白雲の道ゆきぶりにことやつてまし

【64】『拾遺愚草』（四一三番歌）〈新編国歌大観〉

春ふかみこしぢに雁の帰る山名こそ霞にかくれざりけれ

他方で、雁は古典に於いては異界へ渡って行く存在としても認識される。

【65】『源氏物語』須磨（二〇三番歌、右近将監）〈新編全集〉

常世いでて旅の空なるかりがねも列におくれぬほどぞなぐさむ

このような認識で捉えられてきた雁、そして「雁風呂」の説話が、この時期に「外の浜」周辺地域と結び付けて捉えられるようになって行った要因としては、西洋人の日本地図の影響もあって、中世以前には「東方」と捉えられてい

た陸奥などの地域が、「北方」と捉えられるようになっていたこと。[32] そして、併せてこの地域が、情報不充分で未解明な部分の多い土地であり、裏を返せばそれは空想の許される土地でもあったということが考えられるのではないだろうか。

おわりに

津軽の一地名であった「外の浜」は、十二世紀には東の最果てと認識される傾向を強めて行った。これにより、「夷島」や「津軽」などと並んで、災厄を追却する境域としての観念的役割を負う地名の一つとなる。「外の浜」は十四世紀までは現実世界で交易の場としての要衝であったが、この時期から「十三湊」が台頭した。これにより、その役割を失ってゆく。しかし、文芸の世界では善知鳥説話の流行により「外の浜」はむしろ関心を集め、様々に表現され、観念的色彩も深まる。近世に入ると、名実ともに松前藩、北海道本島が蝦夷との交易の中心地となる。しかし、松前藩は近世初頭、「蝦夷島主」として「賓客」の待遇を受けるなど、蝦夷地は飽くまでも異域であった。異域としての松前の情報が増幅し、他者たる松前が強く意識されることを通して、日本の内側の境界地点としての「外の浜」への意識も強くなった。これに伴い、中世以前には「夷島」や「津軽」などの諸種の土地も東端の境界領域として認識されていたのに対して、十七世紀頃からはこれが「外の浜」に固定化して捉えられる傾向が強くなった。このような経緯を稿者は考える。

したがって、稿者は、大石が論拠とした鳥追い歌に所見の、地の果てとしての抽象的な「外の浜」概念には、十三湊台頭以降、さらに言えば恐らく近世以降の、観念的性質の強い「外の浜」認識が反映しているものと考える。

注

（1）大石直正「外が浜・夷千島考」関晃教授還暦記念会・編『関晃先生還暦記念　日本古代史研究』吉川弘文館、一九八〇年。なお、大石が「外の浜」を取り上げた論文としては、この他にも「奥羽の荘園公領についての一考察―遠島・小鹿島・外が浜―」『東北古代史の研究』吉川弘文館、一九八六年などがある。

（2）以下、引用する資料に通し番号を付す。

（3）本稿では妙本寺本『曽我物語』の本文は、角川源義・編『妙本寺本・曽我物語（貴重古典籍叢刊）』角川書店、一九六九年に拠った。なお、引用本文注の平仮名は、底本ではヲコト点。

（4）村井章介『アジアのなかの中世日本』校倉書房、一九八八年。

（5）拙稿「イオウガシマとキカイガシマの認識の変遷―島名の語誌を手掛かりとして―」軍記・語り物研究会『軍記と語り物』第四十九号、二〇一三年五月。

（6）「外の浜」と同じ意味で用いられている語として、「外浜」「外ヶ浜」「外が浜」などがある。これらは下の実質名詞「浜」の所属を限定、修飾する連体格の助詞として「の」を用いるか、「が」を用いるか、もしくは助詞を明記しない、ないし助詞を用いないという差異があるのみで、語の構成と語義は同様と考えられる。また、本稿で取り上げる引用文それぞれ文脈からも、これらは同じ土地を指しているものと判断できる。中世の資料を見る限り「外の浜」という表現がなされていることが多いので、本稿では基本的に「外の浜」という表現を用いることとする。

（7）黒田日出男「田遊びノート」『民衆史研究』八号、一九七五年。

（8）大石論（注1、参照）では、【5】を新井恒易『中世芸能の研究』一九七〇年から孫引きしている。

（9）『吾妻鏡』の本文は、【27】のみ新訂・増補國史大系本に拠り、【6】のみ東京大学史料編纂所蔵の吉川本の写真帳（請求記号：6140.4-5）に拠る。そして、他の引用については東京大学史料編纂所蔵の吉川本影写本（請求記号：3040.4-1）に拠った。

なお、句読点と返り点は私に補った。

(10) 高野が本文作成にあたって依拠した伝本は現代に伝わらないが、その内容から西郷と呼ばれる田楽の集落に伝わる系統の本文であることが窺われる。

(11) 『鳳来寺山文献の研究』愛知県郷土資料刊行会、一九七九年。

(12) 『鳳来寺山文献の研究』愛知県郷土資料刊行会、一九七九年。

(13) 後藤淑「鳳来寺田楽覚書」まつり同好会『まつり』第六号、一九六三年十月。

(14) 平凡社・日本歴史地名大系の諸本を検索した。また併せて、黒田智『なぜ対馬は円く描かれたのか　国境と聖域の日本史』朝日新聞出版、二〇〇九年を参照した。

(15) 大石論（注1、参照）。なお、中古・中世に於いて歌に詠まれるようになった、「外の浜」や「壺の碑」などの陸奥・蝦夷関係の語彙と、その時代背景については、小島孝之「中古から中世へ―陸奥・蝦夷地への関心」鈴木日出男・編『ことばが拓く古代文学史』笠間書院、一九九九年を参照。

(16) 歌番号は、新編国歌大観に拠る。

(17) 大石は、境界領域に追却するという構造が、「外の浜」への悪しきものの追放と、「夷島」への流刑とで重なっているとはしているが、「外の浜」について流刑地という表現は用いていない。

(18) 句読点と返り点は私に補った。

(19) 綿貫友子「中世陸奥国の海上交通と陸上交通」『鎌倉・室町時代の奥州』高志書院、二〇〇二年など。

(20) 永山修一「キカイガシマ・イオウガシマ考」笹山晴生先生還暦記念会・編『日本律令制論集・下』吉川弘文館、一九九三年。

(21) この時期、蝦夷の蜂起が度々起こっていたようで、日蓮遺文にも「而ルに去ル文永五年の比、東には俘囚をこり、西には蒙古よりせめつかひつきぬ」（「三三藏祈雨事」『昭和定本・日蓮聖人遺文』巻二巻、一九五三年）といった記事が見える。これに拠れば、文永五年（一二六八）頃、蝦夷の蜂起が起こったようである。以降の時期についても、例えば『鎌倉年代記』を披見すると、元亨二年（一三二二）、正中元年（一三二四）、嘉暦元年（一三二六）、嘉暦二年（一三二七）、嘉暦三年（一三二八）の各条に「蝦夷蜂起」ないし、「蝦夷追討」といった記事が認められる。詳しくは、海保嶺夫『エゾの歴史』講談社、一九九六年などを参照。

（22）金田一京助「日の本考」『國學院雑誌』第二十巻・第九号／第十号、一九一四年九月／十月など。
（23）国立歴史民俗博物館・編『中世都市十三湊と安藤氏』新人物往来社、一九九四年。
（24）斎藤利夫「北の中世・書きかえられる十三湊と安藤氏」『東北学』七号、二〇〇二年。
（25）磯馴帖刊行会・編『磯馴帖　松風篇』和泉書院、二〇〇二年、所収。
（26）正徹『草根集』（書陵部本）には、「善知鳥」説話を踏まえた歌例としてこの他、「われそ今身をうとふ鳥紅のなみたの蓑を君きたれとて」（寄蓑恋・四八〇八番歌）〈私家集大成・巻五〉）がある。
（27）蜷川親元『親元日記』寛正六年（一四六五）二月二十八日条に「御院参〈御供一番〉能〈観世〉已前目録十番　内〈志ねん居士なし　仍あたちかハら有〉／其外うとふ　かつらき　名取老女　野々宮／養老／以上十五番」〈増補・続史料大成〉）として「うとう」の演能記録があるので、謡曲『善知鳥』成立の下限はこの時。
（28）大屋多詠子「京伝・馬琴作品における辺境――外が浜と鬼界島」『環境という視座・日本文学とエコクリティシズム（アジア遊学・一四三）』勉誠出版、二〇一一年七月。
（29）本文は、早稲田大学蔵本（請求記号：ヘ13 01305）に拠った。
（30）本多朱里「『善知安方忠義伝』攷――京伝読本の方法」『読本研究新集』第二集、翰林書房、二〇〇〇年六月。
（31）雁風呂の説話については、佐々木清光「「雁風呂」考」『月刊百科』通巻二三八号、平凡社、一九八二年八月、参照。
（32）青山宏夫『前近代地図の空間と知』校倉書房、二〇〇七年。

【付記】本稿は、異域の会主催・国際シンポジウム「異域をめぐる文学」（二〇一五年十一月七日・於青山学院大学）でのパネル報告、ならびに全国大学国語国文学界六〇周年記念大会〈第一一三回・大会〉、研究発表会〈二〇一六年六月五日・於青山学院大学〉に於ける発表をもとに成稿した。席上、御意見を賜った方々に感謝申し上げる。また、資料の閲覧を許可して下さった吉川史料館、ならびに東京大学史料編纂所にも、御礼を申し上げる。

『平家物語』における和歌一覧（巻一～巻六）

園部真奈美・高橋亜紀子・高村圭子・田村睦美

本稿は、二〇一二年度の青山学院大学大学院における櫻井陽子先生（駒澤大学教授）のゼミ「中世文学演習（1）」の研究成果をもとにしたものである。ゼミ参加者は寺尾麻里（博士前期課程）、高橋亜紀子・高村圭子・田村睦美（博士後期課程、以上ゼミ参加時点）で、後に園部真奈美（前期課程修了）の協力を仰いだ。

『平家物語』作中和歌を網羅した研究としては、弓削繁氏による「平家物語の和歌—索引編—」（一九七三・一、名古屋大学軍記物語研究会）がすでにある。作中の全和歌を五十音順に配列し、読み本系（源平闘諍録・四部合戦状本・南都本・延慶本・長門本・源平盛衰記）、語り本系（屋代本・平松家本・鎌倉本・百二十句本・覚一本・中院本・国民文庫本・葉子十行本）の所在を付した力作だが、一般に流布しておらず、また巻毎の調査に適していないきらいがあった。

本稿では『新編国歌大観　第五巻　歌合編、歌学書・物語・日記等収録歌編　歌集』（一九八七）に所載された『平家物語』（覚一本・八坂系本・延慶本・長門本・源平盛衰記）の和歌を中心に、屋代本・四部合戦状本・源平闘諍録・南都本・南都異本も付して巻別にまとめた。新編国歌大観は漢詩や今様の収録が完全でないため、今回は取り上げていない。出典や異同に関しても、紙幅の許す限り掲載することを目指した。

また、ゼミでは、『平家物語』全巻を調査対象としたが、紙幅の都合により、本稿では前半（巻一～巻六）しか収録できなかった。後半についても、いずれ発表の機会を得たいと考えている。その他不足・不備も多いことと思うが、後学の一助になれば幸いである。

●底本

通し番号は新編国歌大観による。表を作成する上で参照した『平家物語』底本は下記の通り。

覚一本…『日本古典文学大系　平家物語』（岩波書店）

中院本（八坂系）…『中世の文学　中院本平家物語』（三弥井書店）

国民文庫本（八坂系）…日本文学電子図書館　J―TEXTS

延慶本…『延慶本平家物語全注釈』（勉誠出版）

長門本…『長門本平家物語』全四冊・麻原他（勉誠社）

源平盛衰記…『源平盛衰記慶長古活字版』影印版（勉誠社）

　『中世の文学　源平盛衰記』（三弥井書店）

屋代本…『屋代本高野本対照平家物語』（新典社）

南都本・南都異本…『南都本・南都異本平家物語』影印版（汲古書院）

※南都本は高橋伸幸による翻刻（札幌大学短大部紀要）も適宜参照した。

四部合戦状本…『四部合戦状本平家物語』（斯道文庫）

※高山利弘による『訓読四部合戦状本平家物語』（有精堂出版）も適宜参照した。

源平闘諍録…『源平闘諍録と研究』（未刊国文資料刊行会）

※福田豊彦・服部幸造による『源平闘諍録――坂東で生まれた平家物語』（講談社学術文庫）も適宜参照した。

●凡例

・新編国歌大観に所収される『平家物語』の和歌は、語り本系では覚一本（一～一〇七）と八坂系独自歌（一〇八～一一七）、読み本系では延慶本（一～二四七）と長門本独自歌（二四八～二九六）に載るもので、他に『源平盛衰記』（一～二七二）が採録されている。本稿は覚一本（巻一～巻六部分）の和歌を軸にして、右の諸本の他、屋代本・四部合戦状本・源平闘諍録・南都本・南都異本を加え、これらの諸本に見える和歌のそれぞれの掲載箇所や異同・出典等を一覧としたものである。ただし、今様、漢詩は除いた。表は見開き一ページで作成している。

・表中の諸本は以下の略号（〈覚〉…覚一本、〈屋〉…屋代本、〈八〉…中院本、国民文庫本、〈延〉…延慶本、〈長〉…長門本、〈盛〉…源平盛衰記、〈四〉…四部合戦状本、〈闘〉…源平闘諍録、〈南〉…南都本、〈南異〉…南都異本）を用いた。八坂系においては、八坂系一類本中院本を底本とし、八坂系二類本国民文庫本も適宜参照した。

・表の第一列目に記した「覚」に続く漢数字は巻数を、算用数字は新編国歌大観の番号を示した（「（例）覚一1」）。また、「（例）延一1」のように、覚一本以外の諸本の算用数字はすべて通し番号、「（例）盛二四*128*」のように、記事の位置が覚一本と大きく異なり、歌の配列も異なる場合、参考として新編国歌大観番号を斜字体で示した。表に掲載された和歌については、巻末に〈平家物語の和歌一覧〉として示した。

・表の「初句〈覚〉」は覚一本、「初句〈延〉」は延慶本、「初句〈他〉」は覚一・延慶本にない和歌の初句を載せた。

・出典の表記は『千載和歌集』→「千載」などと略し、出典名・番号・作者名の順に記した。

（例）千載和歌集・百番・俊成→「千載・100・藤原俊成」と表記。

・異同については備考で触れ、異同箇所は初句を⑴、第二句を⑵と表記した。引用はすべて新編国歌大観に拠った。

・四部合戦状本において、本来、歌がある部分が空白であった場合は「欠」とした。
・和歌の表記は新編国歌大観に従うことを原則としたが、新編国歌大観にない場合、適宜仮名遣いを改め、濁点を付した。
・なお、全体の統一は、田村睦美が行い、序文・凡例は高村圭子が作成した。

初句〈他〉	詠者	出典	備考
	在中将	伊勢物語140、続後撰集・1261・在原業平ほか	〈四〉(5)「夜と見えしかも」
	行基菩薩	拾遺・1348・行基、三宝絵、往生極楽記ほか	〈長〉(4)(5)「普賢の光ここにかかやく」
	婆羅門尊者		〈長〉(5)「いま見つるかな」、〈盛〉「迦毘羅ゑの共に契りしかひありて文殊のみ顔相みつる哉」
	忠盛	金葉・216（三212・初314）、忠盛集・115（Ⅰ30）	〈長〉(1)「播磨路や」
	女房		
	忠盛娘	続古今・1399・藤原実頼、新千載・2181の改作か	
をとめごが	神女		延五72を見よ。
つとめんと	道場の声		
	落書		
たぐふべき	花山院左大臣兼雅		
	落書		〈長〉〈南〉(4)「あまの子なれや」、〈盛〉〈中〉「蟹の子かとよ」〈四〉(5)「ふるめひろふか」
我が門に	兼雅北方の祖父		〈長〉(1)「我が宿に」
千早振	桜町中納言成範		
春日山	基通の北政所		
わしの山	基通の北政所		
まどひつつ	基通の北政所	続古今・754・源信	続古今(1)「よもすがら」、〈長〉(1)「まどひつつ」
草村に	基通の北政所		〈長〉(1)「草枕」
あるじなき	基通の北政所	続古今・1410・津守国基の改作か	
	祇王		〈盛〉(5)「あはであるべき」
〈中〉いづちとも〈国〉今更に	祇王	後拾遺・492の改作か	後拾遺「いづちともしらぬ別のたびなれどいかで涙のさきにたつらん」
	多子		〈長〉〈南〉〈屋〉〈覚〉(2)「しづみもやらで」盛「沈みもはてで」ほか小異
	多子	今鏡「宮城野」、玉葉集・2000・多子	〈屋〉〈南〉(1)(2)「知らざりきうき身ながらに」
道のべの	多子	月詣集・876・多子の改作か	

巻一

覚一本	初句〈覚〉	屋代本	八坂系	延慶本	初句〈延〉	長門本	盛衰記	南都	四部	闘
				延一1	山のみな	長一				
				延一2	霊山の	長一	盛二四 *128*			
				延一3	迦毘羅ゑの	長一	盛二四 *129*			
覚一1	あり明の	屋一	八一	延六*125*		長一	盛二六 *140*		四一	闘一上
覚一2	雲井より	屋一	八一	延六*124*		長一・一三	盛二六 *137*・*141*			闘一上
				延一4	みるからに					
						長一	盛一			
							盛一1			
				延一5	伊与さぬき	長一	盛一			
							盛二2			
			八一	延一6	花の山	長一	盛二	南一	四一	闘一上
						長一1	盛二			
						長一2	盛二			
						長一3	盛二			
						長一4	盛二			
						長一5	盛二			
						長一6	盛二			
						長一7	盛二			
覚一4	もえ出づるも		八一	延一			盛一七 *98*	南一		
			八一1							
覚一6	うきふしに	屋一	八一	延一		長一	盛二	南一	四一	闘一上
覚一7	おもひきや	屋一	八一	延一		長一	盛二	南一	四一	闘一上
								南一1		

初句〈他〉	詠者	出典	備考
たけのこは	頼朝		
末の世までに	時政		
	賀茂明神	新古今・108・紀貫之、貫之集・49の改作か	新古今「我が宿の物なりながら桜花ちるをばえこそとどめざりけれ」〈盛〉(4)(5)「散をばわれもえこそとどめね」
夜半に吹く	実定		
世の中に	顕長		
旅人の	行平		
琴の音に	五節君		
心有りて	光源氏		
山の端に	実定		〈南〉(5)「時はしらねど」
はかなしや	有子の内侍		
雲の上に	俊恵法師		
天照らす	澄憲		
住儘に	比叡山の児		
	頼政	詞花・17・源頼政、頼政集・46ほか	〈延〉〈闘〉(2)(3)「そのこずゑともわかざりし」
とほ山を	頼政		
水ひたり	頼政		
	古歌	新古今・707・仁徳天皇ほか	〈四〉(4)「民の烟も」

初句〈他〉	詠者	出典	備考
	寺法師？		〈南〉〈長〉〈盛〉(1)「松枝だは」〈長〉(3)「成り果てて」ほか諸本で小異
おほかたは	遊君		
秋の夜の	光源氏	源氏物語・明石	
	成親		〈長〉(2)「都を」(4)「底に」
玉すがた	少将		
津の国や	成親		
大海に	成親		
	薬師如来？		〈四〉(2)「岩間を落し」
	成親		〈長〉(1)「行あはむ」(4)「かたみとて」
	成親の北方		〈長〉〈盛〉〈屋〉〈覚〉〈中〉は引歌扱い
	重盛		
	老翁	夫木抄・松	
	離山しける僧		国民文庫(5)「あれやはてなん」
津の国や	康頼		

覚一本	初句〈覚〉	屋代本	八坂系	延慶本	初句〈延〉	長門本	盛衰記	南都	四部	闘
										一上1
										一上2
覚一8	さくら花	屋一	八一	延一	さくら花	長一	盛三	南一		闘一上
							盛三3			
							盛三4			
							盛三5			
							盛三6			
							盛三7			
							盛三8	南一		
							盛三9			
							盛三10			
							盛三11			
							盛三12			
覚一9	深山木の	屋一	八一	延一	み山木の	長二	盛四	南一	四一	闘一上
						長二8				
						長二9				
				延一7	たかき屋に	長二	盛四		四一	

＊〈八〉一1「今更に行くべき方も覚えぬに何と涙の先に立つらん」（〈中〉は、初句「いづちとも」

＊〈南〉一1「道のべの草の露とは消えぬとも浅芽が原をたれか問ふべき」

＊〈闘〉1、2「竹の子はもるやまにこそそだちけれ末の世までに千代を経よとて」

＊〈盛〉12「住儘になつかしからぬ宿なれど出ぞやられぬ晨明の月」

巻二

覚一本	初句〈覚〉	屋代本	八坂系	延慶本	初句〈延〉	長門本	盛衰記	南都	四部	闘
				延二8	松が枝は	長二	盛五	南一		
						長三10				
							盛七13			
				延二9	極楽と	長三				
						長三11				
						長三12				
						長三13				
				延二10	昨日まで	長四			四三	
				延二11	行きやらむ	長四				
				延二12	信物こそ					
				延二13	墨ぞめの					
覚二10	みちのくの	屋二	八二				盛七			
覚二11	いのりこし		八三	延三*52*		長五	盛九*49*		四三	
							盛七14			

初句〈他〉	詠者	出典	備考
いにしへの	康頼		
	康頼	宝物集	〈延〉(2)「ぬる」〈盛〉〈屋〉〈覚〉「ける」〈闘〉「けん」
	康頼の母		
	康頼		〈盛〉(2)「心の」(4)「思ひの」
	成経		〈盛〉(2)「硫黄が」(5)「廻出づべき」
	康頼		
秋ちかき	成経		
	熊野権現		〈屋〉(4)「都に」〈長〉(3)(4)「神のいかきをたのむ人」
	康頼	千載・542・平康頼、宝物集中	
	康頼	玉葉・1140	
		後拾遺・1018・懐円法師	
		蒙求和歌	
	源光行	蒙求和歌	
	西行	山家集・1228	
	西行	山家集・1229	
	花山院法印	今鏡・宝物集	
浜千鳥	崇徳院	保元物語？	〈長〉〈闘〉(2)「都に」〈盛〉「都へ」
朝倉や	蓮如		〈長〉(1)「みをすてて」
朝倉や	崇徳院		
	西行		
	西行	山家集・1353	〈闘〉(1)「松山に」〈長〉(1)「なほしまの」
	西行	山家集・1355	
	醍醐天皇	宝物集・沙石集・十訓抄/袋草紙	
	西行	山家集・1358	〈闘〉(1)「引き替へて」〈盛〉〈闘〉(5)「人もなき身ぞ」〈長〉(5)「人もなき身を」
ここを又	西行	山家集・1359	
伊勢の海	上臈女房	古今和歌六帖（類歌）	
思ひきや	西行		

初句〈他〉	詠者	出典	備考
	後白河法皇		
限りあれば	伯耆局		
君ばかり	成経		
	落首		〈長〉(4)「山」、〈長〉〈四〉(5)「あれやはてなん」覚二11を見よ

覚一本	初句〈覚〉	屋代本	八坂系	延慶本	初句〈延〉	長門本	盛衰記	南都	四部	闘
						長四14				
覚二12	つひにかく	屋二	八二	延二		長四	盛七			闘一下
				延二14	むらさきの					
				延二15	六の根に					
				延二16	神風や		盛九*55*			
				延二17	ながれよる		盛九*56*			
				延二18	白波や					
						長四15				
覚二14	千はやぶる	屋二	八三	延二		長四	盛九*57*			
覚二15	さつまがた	屋二	八三	延二		長四	盛七*33*・一〇*68*			闘一下
覚二16	おもひやれ	屋二	八三	延二		長四	盛七			闘一下
				延二19	見る度に					
				延二20	帰る雁					
				延二21	同じ江に					
				延二22	へだてこし					
				延二23	ことのはの					
				延二24	しき島や					
				延二25	憂きながら					
						長四16	盛八			闘一下
						長四17	盛八			
						長四18	盛八			
				延二26	吉さらば	長四				
				延二27	松山の	長四	盛八			闘一下
				延二28	よしやきみ	長四	盛八			闘一下
				延一二*228*	いふならく		盛八			
				延二29	ひさにへて		盛八			闘一下
							盛八15			闘一下
							盛八16			
							盛八17			

巻三

覚一本	初句〈覚〉	屋代本	八坂系	延慶本	初句〈延〉	長門本	盛衰記	南都	四部	闘
				延三30	すみよしの		盛八			
						長五19				
						長五20				
		屋三	八三	延三31	祈りこし	長五	盛九		四三	

初句〈他〉	詠者	出典	備考
	最澄	新古今・1920、和漢朗詠下・仏事	〈延〉〈長〉〈屋〉〈覚〉〈八〉は引歌扱い
	慈円	千載・1225・法印慈円、慈鎮和尚自歌合・159	〈盛〉(4)(5)「今朝降る雪ぞ悲しかりける」
	尊円	千載・1226・尊円法師	千載集と小異
崩れつる	俊寛		
神風は	康頼		延二29を見よ
流れよる	成経		延二30を見よ
	熊野神詠		〈長〉(2)(3)「かみにいかきをたのむひと」覚二14を見よ
道遠し	熊野神詠		
はなうるし	遊君		
入道は	落首		
昨日まで	観音の示現(下注参照＊)	〈四〉章経の話として掲出。巻一では章綱とするので誤写。延二10を見よ	
	備考参照	詠者〈延〉成親〈長〉成経。かなり異なる。	〈長〉「はかなしや主はきえぬる」
	成経	新古今・796・藤原俊成	新古今「まれにくる夜はもかなしき松風をたえずや苔の下に聞くらむ」
	康頼		〈長〉は長六278の成経の歌と共に記す
	紀貫之		
	光源氏	古今・42・紀貫之	〈延〉〈長〉(5)(6)「花ぞ昔にかはらざりける」
あるじをば	康頼	源氏物語・蓬生	〈八〉は中院本のみ
	康頼		
	俊寛		〈長〉(5)「いはのこけやを」
	八幡宮託宣	和漢朗詠・故宮付破宅	和漢朗詠「君なくて荒れたるやどの板間より月のもるにも袖はぬれけり」
大え山	小式部内侍		
さつまがた	康頼		覚二15を見よ
かしこまる	西行		
	寂念		
	行隆	和漢朗詠・月	
	宗行		

覚一本	初句〈覚〉	屋代本	八坂系	延慶本	初句〈延〉	長門本	盛衰記	南都	四部	闘
					阿耨多羅		盛九18			
				延三32	いとどしく	長五	盛九			
				延三33	君が名ぞ	長五	盛九			
							盛九19			
							盛九20			
							盛九21			
		屋二	八三	延二*32*	ちはやぶる	長四	盛九		欠	
							盛九22			
						長五21				
						長五22				
				延二10 *17*		長四			四三	
				延三34	かたみとは	長六23				
				延三35	まれに来て					
				延三36	朽ちはてぬ	長六	盛一〇			
覚三18	ふる里の花の	屋三	八三	延三	人はいさ	長六	盛一〇			
				延三37	たづねても				欠	
			（八三 2）							
覚三19	ふる里の軒の	屋三	八三	延三		長六	盛一〇		四三	
				延三38	見せばやな	長六	盛九			
				延三39	春風に		盛一一			
						長七24				
		屋二	八三	延二*34*		長四	盛一〇		欠	一下
							盛一一23			
				延三40	春きても					
				延三41	遂にかく					
				延三42	今日すぐる					

＊詠者…〈四〉播磨国上津賀茂の観音の示現〈延〉〈長〉増位寺の示現
＊〈延〉35「まれに来てみるも悲き松風を苔の下にやたへず聞らむ」
＊〈中〉２「あるじをば花のかすみにたぐへつつこころのままににほふむめがえ」

初句〈他〉	詠者	出典	備考
	公顕僧正	高倉院厳島御幸記	
	隆房（御幸記は通親）	高倉院厳島御幸記	御幸記(4)「神もあはれを」
	隆季（御幸記は通親）	高倉院厳島御幸記	御幸記小異あり
	厳島内侍		
	邦綱		
	以仁王		〈長〉(3)「迷ふとは」(5)「けり」
	仲綱	伊勢物語・135	〈長〉(3)「さかしほか」(5)「つきてめぐれば」
	落首		〈延〉(2)「織延絹の」〈四〉(4)(5)「はちをはけふはかくさゝりけり」
	落首		
	頼政		〈盛〉(5)「末のあはねば」〈四〉は全体に小異
	落首		〈延〉(3)「我さへに」〈盛〉(5)「事ぞ悲しき」
	頼政		
	一来法師〈盛〉筒井浄妙		
	（右欄参照）	〈覚〉仲綱〈延〉〈長〉頼政〈盛〉源氏〈中〉落首	〈盛〉(1)「しろこたう」
君がため	省		〈盛〉(1)「君故に」小異あり
	頼政		〈盛〉(1)「埋木は」〈長〉(4)「身のなりはてぞ」〈四〉「みのなりはつる」ほか諸本で小異
	以仁王		〈長〉(2)「たかのわたりに」
	義家	古今著聞集・336	
	貞任	古今著聞集・336	
	落首		
	頼政	頼政集・575、続詞花・863ほか	〈長〉(1)「いつとなく」〈四〉〈中〉〈盛〉「人しれぬ」
つきづきしくも	頼政		〈闘〉「つきづきしくも出てて行くかは」
いつしかに	ある女房		〈闘〉「何となく雲井の上を踏みそめり」
	頼政		〈中〉(2)(3)「なよりなければ木の下に」
宇治川の	頼政	今物語	〈長〉(1)「水ひたり」
五月雨に	頼政		
	（右欄参照）	頼長〈闘〉経宗〈四〉公能〈盛〉基実、十訓抄は実定	

巻四

覚一本	初句〈覚〉	屋代本	八坂系	延慶本	初句〈延〉	長門本	盛衰記	南都	四部	闘
覚四20	雲井より		八四							
覚四21	たちかへる		八四							
覚四22	千とせへん		八四							
覚四23	しらなみの									
覚四24	おもひやれ									
				延四43	ほととぎす	長八				
覚四25	恋しくは		八四	延四85	ゆかしくは		盛一四		四四	
覚四26	山法師		八四	延四		長八	盛一四		四四	
				延四44	山法師	長八				
				延四45	薪こる	長八	盛一四		四四	
覚四27	おりのべを		八四	延四		長八	盛一四			
				延四46	思ひやれ		盛一五			
				延四47	宇治川に		盛一五			
覚四28	伊勢武者は		八四	延四		長八	盛一五			
						長八25	盛一五			
覚四29	埋木の		八四	延四		長八	盛一五		四四	
				延四48	山城の	長八	盛一五			
				延四49	衣のたちは					
				延四50	年をへし					
		剣		延四51	なら法師					
覚四30	人しれず		八四	延四		長二	盛一六		四四	闘一上
							盛一六24			闘一上
							盛一六25			闘一上
覚四31	のぼるべき		八四	延四			盛一六			闘一上
						長二9	盛一六			
							盛一六26			
覚四32	ほととぎす		八四	延四			盛一六		四四	闘一上

初句〈他〉	詠者	出典	備考
	頼政		
	公能		
	頼政		

初句〈他〉	詠者	出典	備考
	落首		〈屋〉(3)「過にしを」〈四〉「経て来にし」〈盛〉(4)「愛宕の里は」
	落首		
	落首		〈四〉(3)「立ち出でゝ」(5)
	行盛		
	待宵小侍従		
よしさらば	仏の前	元禄本宝物集・二	
萌出づるも	祇王		〈延〉〈覚〉(5)「あはではつべき」〈盛〉「あはれ有べき」覚一4を見よ
南無薬師	〈長〉小大進の局〈盛〉待宵小侍従		〈長〉(4)(5)「住わひたるもおなし病そ」〈盛〉「有りわづらふも病ならずや」
	待宵小侍従	小侍従集・65・小侍従	
	待宵小侍従	新古今・1191・小侍従	〈延〉〈長〉〈盛〉〈四〉〈中〉(4)「あかぬ別の」〈覚〉「かへるあしたの」
	蔵人	新拾遺・754・藤原経尹	〈屋〉〈延〉〈長〉(4)「今朝しもいかに」、〈覚〉〈中〉「けさしもなどか」〈四〉「何度しも今朝は」ほか小異
	待宵小侍従		〈覚〉(3)「物ならめ」、〈盛〉(4)「別を告ぐる」
	清盛		
	登蓮		
	清盛		
	登蓮	続詞花・忠盛、夫木抄・読み人しらず	
	社司		
	登蓮		
	光行	朗詠百首・82・藤原隆房	
	伊勢のいつきの宮	古今・645・読み人知らず	
	二条の后	古今・17・読み人知らず	
	故三条のさへきの頭の娘〈盛〉袈裟	前摂政家歌合・198	

覚一本	初句〈覚〉	屋代本	八坂系	延慶本	初句〈延〉	長門本	盛衰記	南都	四部	闘
覚四32	弓はり月の		八四	延四			盛一六		四四	闘一上
覚四33	五月やみ	屋一		延四		長二	盛一六	南一	四一	
覚四33	たそかれ時も	屋一		延四		長二	盛一六	南一	四一	

巻五

覚一本	初句〈覚〉	屋代本	八坂系	延慶本	初句〈延〉	長門本	盛衰記	南都	四部	闘
巻五34	ももとせを	屋五	八五	延四		長九	盛一七		四五	
				延四52	盛が党					
巻五35	さきいづる	屋五	八五	延四		長九	盛一七		四五	
				延四53	なにはがた					
				延四54	つらきをも					
							盛一七27			
		屋抜書	八一	延一7			盛一七	南一		
						長九26	盛一七			
				延四55	君が代は	長九	盛一七			
巻五36	待つよひの		八五	延四		長九	盛一七		四五	
巻五38	物かはと	屋五	八五	延四		長九	盛一七		四五	
巻五39	またはこそ	屋五	八五	延四		長九	盛一七			
				延四56	月の脚をも					
				延四57	大空は					
				延四58	秋津の里に					
				延四59	見わたせば					
				延四60	この神の					
				延四61	つくしなる					
				延五62	独りぬる					
				延五63	きみやこし					
				延五64	むさしのは					
				延五65	露ふかき	長一〇	盛一九			

初句〈他〉	詠者	出典	備考
かきりとて	故三条のさへきの頭の娘		
	衣河の母		〈延〉〈盛〉(5)「いかにせん」〈長〉「いかゝせん」
君ゆゑに	盛阿弥陀仏(盛遠)		
都をば霞	能因	後拾遺・518・能因	
	〈延〉景廉 〈盛〉時政		〈盛〉法華経の序品をだにもしらぬみに八牧が末を見るぞ嬉しき
法の花終に	五歳の小児		
	頼朝〈四〉洲崎明神の神詠		〈四〉(5)「雲の終まで」
	安戸大明神の神詠		〈四〉「六原はみもすそ河の流れぞや只関下ろせ波の下まで」
	宮腹女房	拾遺集・323・女蔵人参河	〈延〉(5)「露けかりける」〈長〉「露はこほるゝ」〈四〉〈八〉「猶そ露けき」〈覚〉〈闘〉「露ぞこぼるる」
	忠度		〈八〉(1)「あつまちを」
	落首		〈闘〉(5)「亮敷於士志天(亮かおとして)」
	落首		〈延〉(3)「波よりも」
	落首		
	落首		〈屋〉(4)(5)「かずさしりがひ懸てよしなし」〈覚〉「上総しりがいかけてかひなし」
	落首		国歌大観「思ひあきや」
	神女		〈中〉(4)(5)「そのからたまやからたまや」〈長〉〈盛〉巻一にも重出。
鹿を指して	宗房	拾遺・仲文	
人くらふ	落首	後拾遺・291・伊勢大輔	
補陀落の	春日の神詠	新古今・1854・春日の榎本の明神	
霊山の	行基	拾遺・1348	延一2を見よ
迦毘羅衛に	波羅門尊者・梵僧	拾遺・1349	〈延〉〈盛〉異同あり 延一3を見よ

覚一本	初句〈覚〉	屋代本	八坂系	延慶本	初句〈延〉	長門本	盛衰記	南都	四部	闘
						長一〇27				
				延五66	やみぢにも	長一〇28	盛一九			
						長一〇29				
				延五67	草枕					
							盛二〇28			
				延五68	法花経を		盛二〇			
							盛二〇29			
				延五69	源は	長一〇	盛二〇		四五	
				延五70	千尋まで	長一〇	盛二〇			
巻五40	あづま路の	屋五	八五	延五		長一八	盛二〇	南六	四五	闘八
巻五41	わかれ路を	屋五	八五	延五		長一一	盛二三	南六	四五	闘五
巻五42	ひらやなる	屋五	八五	延五		長一一	盛二三	南六	欠	闘五
巻五43	富士河の		八五	延五		長一一	盛二三		欠	闘五
巻五44	富士河に	屋五	八五	延五		長一一	盛二三	南六	欠	闘五
巻五45	ただきよは	屋五	八五	延五		長一一	盛二三	南六	欠	
				延五71	思ひきや					
			八五	延五72	をとめごが	長一・一一	盛一*1*·二四*124*	南六		
							盛二四30			
							盛二四31			
							盛二四32			
				延一*2*		長一	盛二四			
				延一*3*		長一	盛二四			

初句〈他〉	詠者	出典	備考
	永縁	金葉集二度本・113、袋草紙・雑談など	
	澄憲〈南〉〈延〉〈長〉長方〈闘〉本蔵ノ聖人	千載・589	〈中〉(1)「きのふみし」〈闘〉「いつもある」、
	ある女房	建礼門院右京大夫集	
	古歌	拾遺・622・平兼盛など	〈四〉(1)「忍べとも」
人しれず	古歌		
	隆房	隆房集・11	〈盛〉(2)「心のおくは」
	隆房	隆房集・40	
	隆房	隆房集・98、千載・923	
	小督	行尊大僧正集・7	
	兵部命婦	栄花物語・八	
せみのはの	高倉天皇		
	忠盛〈長〉弘清		〈盛〉(1)「はふほどに」
	白河院〈長〉小大進の局		〈長〉「いまはもりもやとるべかるらん」
	祇園女御	古今・1101・紀貫之の改作か	古今「そま人は宮木ひくらし足曳の山のやまびこよびとよむなり」
	忠盛愛人	＊下注参照	覚一2を見よ
	忠盛	金葉・216（三212初314)、忠盛集・115	〈四〉(1)(2)(3)「ほのぼのと月を明石の浦路には」覚一1を見よ
	(右欄参照)	白河院〈延〉〈長〉祇園女御の夢〈盛〉熊野證誠殿託宣	〈長〉(3)「此子をば」〈盛〉「みどり子は」〈覚〉「末の代に」〈八〉は中院本なし、国民文庫本にはあり。

巻六

覚一本	初句〈覚〉	屋代本	八坂系	延慶本	初句〈延〉	長門本	盛衰記	南都	四部	闘
覚六46	きくたびに	屋六	八六	延六						
覚六47	つねに見し	屋一	八一	延一*10*		長一	盛二五	南一	四六	闘一上
覚六48	雲の上に									
覚六49	しのぶれど	屋六	八六	延六		長一二	盛二五	南七	四六	
								南七2		
覚六50	おもひかね	屋三	八六	延六			盛二五	南七		
覚六51	たまづさを	屋三	八六	延六			盛二五	南七		
				延六73	恋しなば					
				延六74	君ゆゑに					
				延六75	こぞのはる					
						長一二288				
覚六54	いもが子は	屋六	八六			長九	盛二六*139*			
覚六54	ただもりとりて	屋六	八六			長九	盛二六*139*			
				延六76	おぼつかな	長一二	盛二六*136*			
覚一*2*		屋一	八一	延六	雲間より	長一・長一二	盛二六*137*・*141*			闘一上
覚一*1*		屋一	八一	延六	有明の	長一	盛二六*140*		四一	闘一上
覚六55	よなきすと		(八六)	延六		長一二	盛二六*138*			

＊延六124「雲間より」の歌について

〈長〉「雲間よりたゝもりきつる月なればおぼろけにてはあかすべきかは」、〈盛〉「雲間より忠盛きぬる月なればおぼろけにてはいわじとぞ思」。〈闘〉は下句「うはの空にはいはじとぞ思ふ」。〈屋〉は「雲間」に「イ」と傍記有。

一方、〈長〉巻一と〈覚・中〉は「雲ゐよりたゝもりきたる月なればおぼろけにてはいはじとぞ思ふ」と「雲井」。また〈四〉はこの部分には二行分の空白。但し、これ以後の別記事に女房「朧気成らで人に知らゆな」・忠盛「雲井より忠盛きたる月影に」の短連歌を記す。

＊〈南〉2「人知れず吾手習はなどや覧恋すとやのみ筆のやられて」

＊〈延〉75「こぞのはるさくらいろにていそぎしをことしはふぢのころもをぞきる」

〈平家物語の和歌一覧〉

・基準となる〈覚〉は、今様・漢詩句でも、番号のみ残した。
・〈長・盛〉などの（ ）内の数字は、覚一本に相当する巻数である。
・〈延・長・盛〉の番号は、表の通し番号と一致するが、参考として新編国歌大観に歌が掲載されているものに関しては、その番号を斜字体で、併記した。
（例）延一7 *13* …延慶本巻第一通し番号7・新編国歌大観番号13

覚一1 あり明の月も明石の浦風に浪ばかりこそよるとみえしか
覚一2 雲井よりただもりきたる月なればおぼろけにてはいはじとぞおもふ
覚一3 今様のため削除
覚一4 もえ出づるもかるるもおなじ野辺の草いづれか秋にあはではつべき
覚一5 今様のため削除
覚一6 うきふしにしづみもやらでかは竹の世にためしなき名をやながさむ
覚一7 おもひきやうき身ながらにめぐりきておなじ雲井の月をみむとは
覚一8 さくら花かもの河風うらむなよちるをばえこそとどめざりけれ
覚一9 深山木のそのこずゑともみえざりしさくらは花にあらはれにけり
覚二10 みちのくのあこ屋の松に木がくれていづべき月のいでもやらぬか
覚二11 いのりこし我がたつ杣の引きかへて人なきみねとなりやはてなむ
覚二12 つひにかくそむきはてける世間をとく捨てざりしことぞくやしき
覚二13 今様のため削除
覚二14 千はやぶる神にいのりのしげければなどか都へ帰らざるべき
覚二15 さつまがたおきのこじまに我ありとおやにはつげよやへのしほかぜ
覚二16 おもひやれしばしとおもふ旅だにもなほふるさとはこひしきものを
覚二17 漢詩句のため削除
覚三18 ふる里の花の物いふ世なりせばいかにむかしのことをとはまし
覚三19 ふる里の軒のいたまに苔むしておもひしほどはもらぬ月かな
覚四20 雲井よりおちくる滝のしらいとにちぎりをむすぶことぞうれしき
覚四21 たちかへるなごりもありの浦なれば神もめぐみをかくるしら浪
覚四22 千とせへん君がよはひに藤浪の松の枝にもかかりぬるかな
覚四23 しらなみの衣の袖をしぼりつつ君ゆゑにこそ立ちもまはれね
覚四24 おもひやれ君が面かげたつ浪のよせくるたびにぬるるたもとを
覚四25 恋しくはきてもみよかし身にそへるかげをばいかがはなちやるべき
覚四26 山法師おりのべ衣うすくして恥をばえこそかくさざりけれ
覚四27 おりのべを一きれもえぬわれらさへうすはぢをかくかずに入るかな
覚四28 伊勢武者はみなひをどしのよろひきて宇治の網代にかかりぬるかな
覚四29 埋木の花さく事もなかりしに身のなるはてぞかなしかりける
覚四30 人しれず大内山のやまもりは木がくれてのみ月をみるかな
覚四31 のぼるべきたよりなき身は木のもとにしゐをひろひて世をわたるかな
覚四32 ほととぎす名をも雲井にあぐるかな
覚四32 弓はり月のいるにまかせて
覚四33 五月やみ名をあらはせるこよひかな
覚四33 たそかれ時もすぎぬとおもふに
覚五34 ももとせを四かへりまでにすぎきにし乙城の里のあれやはてなむ

覚五35 さきいづる花の都をふりすててかぜふく原のすゑぞあやふき
覚五36 待つよひのふけゆく鐘の声きけばかへるあしたの鳥はものかは
覚五37 今様のため削除
覚五38 物かはと君がいひけん鳥のねのけさしもなどかかなしかるらむ
覚五39 またばこそふけゆくかねも物ならめあかぬわかれの鳥の音ぞうき
覚五40 あづま路の草葉をわけん袖よりもたえぬたもとの露ぞこぼるる
覚五41 わかれ路をなにかなげかんこえて行く関もむかしの跡とおもへば
覚五42 ひらやなるむねもりいかにさわぐらむはしらとたのむすけをおとして
覚五43 富士河のせぜの岩こす水よりもはやくもおつる伊勢平氏かな
覚五44 富士河によろひはすてつ墨染のころもただきよ後の世のため
覚五45 ただきよはにげの馬にぞのりにける上総しりがいかけてかひなし
覚六46 きくたびにめづらしければほととぎすいつもはつ音の心ちこそすれ
覚六47 つねに見し君が御幸を今日とへばかへらぬ旅ときくぞかなしき
覚六48 雲の上に行末とほくみし月の光きえぬときくぞかなしき
覚六49 しのぶれどいろに出でにけりわが恋はものやおもふと人のとふまで
覚六50 おもひかねこころは空にみちのくのちかのしほがまちかきかひなし
覚六51 たまづさを今は手にだにとらじとやさこそ心におもひすつとも
覚六52・53 漢詩句のため削除
覚六54 いもが子ははふ程にこそなりにけれ
覚六54 ただもりとりてやしなひにせよ
覚六55 よなきすとただもりたてよ末の代にきよくさかふることもこそあれ

八坂系
八一1 今更に行くべき方も覚えぬに何と涙の先にたつらん
（〈中〉は、初句「いづちとも」。巻末参照）

延慶本
延一1 山のみなうつりて今日にあふ事は春の別をとふとなるべし
延一2 霊山の釈迦のみまへに契りてし真如くちせずあひみつるかな
延一3 迦毘羅ゑの苔の莚に行遇し文殊の御かほ又ぞ拝する
延一4 みるからに袂ぞぬるるさくらばなひとりさきだつちちや恋しき
延一5 伊与さぬき左右の大将とりこめてよくの方には一の人かな
延一6 花の山たかき梢とききしかどあまの子共かふるめひろふは
延一7 *13* たかき屋にのぼりてみればけぶりたつたみのかまどはにぎはひにけり
延二8 *14* 松が枝はみなさかもぎに切りはてて山にはさすにすべきものなし
延二9 *15* 極楽と思ふ雲井を振りすててならくの底へいらん悲しさ
延二10 *17* 昨日まで岩間を閉ぢし山川のいつしかたたく谷のしたみづ
延二11 *18* 行きやらむ事のなければ黒かみを信物にぞやるみてもなぐさめ
延二12 *19* 信物こそ今はあたなれ是なくはかばかり物はおもはざらまし
延二13 *20* 墨ぞめの衣の色ときくからによそのたもともしぼりかねつつ
延二14 *22* むらさきの草のいほりにむすぶ露のかわくまもなき袖の上かな
延二15 *25* 六の根に六の花さくおほぞらをはるばるみれば我が身なりけり
延二16 *29* 神風や祈る誠のきよければ心の雲をふきやはらはむ
延二17 *30* ながれよるいわうの島のもしほ草いつかくまのにめぐみ出づべき

延二18 *31* 白波やたつの山をけふこえて花の都にかへるかりがね
延二19 *35* 見る度に鏡のかげのつらきかなかからざりせばかからましやは
延二20 *36* 帰る雁隔つる雲の余波まで同じ跡をぞ思ひつらねし
延二21 *40* 同じ江にむれゐる鳧の哀にも返る波路を飛びおくれぬる
延二22 *41* へだてこし昔の秋にあはましやこしぢの雁のしるべならずは
延二23 *42* ことのはの情絶えぬる折節に有合ふ身こそ悲しかりけれ
延二24 *43* しき島や絶えぬる道になくなくも君とのみこそ跡をしのばめ
延二25 *44* 憂きながら其松山の信物には今夜ぞ藤の衣をばきる
延二26 *45* 吉さらば道をば埋め積もる雪さなくは人の通ふべきかは
延二27 *46* 松山の波に流れてこし船のやがて空しくなりにけるかな
延二28 *47* よしやきみ昔の玉の床とてもかからむ後はなにかはせむ
延二29 *48* ひさにへて我が後の世を問へよ松跡忍ぶべき人しなければ
延三30 *51* すみよしの松吹く風に雲はれてかめ井の水にやどる月かげ
延三31 *52* 祈りこし我が立つそまの引きかへて人なき峰となりやはてなむ
延三32 *53* いとどしく昔の跡や絶えなむと思ふも悲しけさの白雪
延三33 *54* 君が名ぞなほあらはれむふる雪の昔の跡は絶えはてぬとも
延三34 *55* かたみとはなに思ひけむ中中にそでこそぬるれ水ぐきのあと
延三35 まれに来てみるも悲き松風を苔の下にやたへず聞らむ
延三36 *56* 朽ちはてぬ其名ばかりは有木にて昔がたりに成近のさと
延三37 *59* たづねても我こそとはめみちもなく深きよもぎのもとの心を
延三38 *61* みせばやなあはれとおもふ人やあると只ひとりすむあしのとまやを
延三39 *62* 春風に花の都はちりぬべしさかきのえだのかざしなくては
延三40 *65* 春きてもとはれざりけり山里を花さきなばとなに思ひけむ
延三41 *66* 遂にかく花さく秋になりにけり世世にしほれし庭のあさがほ
延三42 *67* 今日すぐる身をうきしまが原にてぞ遂の道をば聞定めつる
延四43 *68* ほととぎすしらぬ山路に迷ふにはなくぞ我が身のしるべなりける
延四44 *70* 山法師味噌かひしほか唐醤かへいじの尻に付きてまはるは
延四45 *71* 薪こるしづがねりそのみじかきかいふ言の葉の末のあはぬは
延四46 *73* 思ひやれくらきやみ路の三瀬河瀬瀬の白浪はらひあへじを
延四47 *74* 宇治河にしづむをみれば弥陀仏ちかひの船ぞいと恋しき
延四48 *77* 山城の井でのわたりに時雨して水無河に波や立つらん
延四49 *78* 衣のたちはほころびにけり
延四50 *78* 年をへしいとの乱れのくるしさに
延四51 *79* なら法師くりこ山とてしぶり来ていか物の具をむきとられけり
延四52 *87* 盛が党平の京を迷出でぬ氏絶えはつるこれは初めか
延四53 *89* なにはがた蘆ふく風に月すめば心をくだくおきつしらなみ
延四54 *90* つらきをもうらみぬ我に習ふなようき身をしらぬ人もこそあれ
延四55 *91* 君が代は二万の里人数そひて今もそなふるみつぎものかな
延四56 *96* 月の脚をもふみみつるかな
延四57 *96* 大空は手かくばかりは無けれども
延四58 *97* 秋津の里に春ぞ来にける
延四59 *97* 見わたせば切目の山に霞して
延四60 *98* この神の名かあにの宮とは
延四61 *98* つくしなるうみの社にとはばやな

延五62 *99* 独りぬるやもめがらすはあなにくやまだ夜ぶかきにめをさましつる
延五63 *100* きみやこしわれや行きけむおぼつかなしのぶのみだれかぎりしられず
延五64 *101* むさしのはけふはなやきそ若草のつまもこもれり我もこもれり
延五65 *102* 露ふかきあさぢがはらにまよふ身のいとどやみぢに入るぞかなしき
延五66 *103* やみぢにもともにまよはでよもぎふにひとり露けき身をいかにせん
延五67 *104* 草枕いかに結びし契にて露の命におきかわるらむ
延五68 *105* 法花経を一字もよまぬ加藤次が八巻のはてを今みつるかな
延五69 *106* 源は同じ流れぞ石清水せきあげ給へ雲の上まで
延五70 *107* 千尋まで深くたのみて石清水只せき上げよ雲の上まで
延五71 *114* 思ひきや花の都を散りしより風ふくはわもあやふかりけり
延五72 *115* をとめごがをとめさびすも唐玉ををとめさびすも其の唐玉を
延六73 *120* 恋しなばうかれむ玉よしばしだにわが思ふ人のつまにとどまれ
延六74 *121* 君ゆゑにしらぬ山路にまよひつつうきねのとこに旅ねをぞする
延六75 こぞのはるさくらいろにていそぎしをことしはふぢのころもをぞきる
延六76 *123* おぼつかなたがそま山の人ぞとよこのくれにひくぬしをしらばや

長門本

長一（一）1 *250* 我が宿に千ひろの竹を植ゑつれば夏冬たれか隠さざるべき
長一（一）2 *249* ちはやぶるあら人神の神なれば花もよはひをのびにけるかな
長一（一）3 *252* 春日山まかする空に千早振神の光はのどけかりけり
長一（一）4 *253* わしの山おろす嵐のいかなれば雲間のこらずてらす月かげ
長一（一）5 *254* まどひつつ仏の道を求むれば我が心にぞ尋入りぬる
長一（一）6 *255* 草枕おく白露も身を寄せて吹く秋風を聞くぞかなしき
長一（一）7 *256* あるじなき宿の軒端に匂ふ梅いとどむかしの春ぞ恋しき
長二（一）8 *257* とほ山をまぼりにきたる今夜しもそよそよめくは人のかるかや
長二（一）9 *258* 水ひたりまきのふちふちおちたぎりひをけさいかによりまさるらん
長三（一）10 *259* おほかたは誰があさがほをよそに見む日影をまたぬ世とはしらずや
長三（一）11 *260* 玉すがたしのばば我に見せ給へ昔がたりの心ならひに
長三（一）12 *261* 津の国やその名ながらのくちもせで昔のはしを聞きわたるかな
長三（一）13 *263* 大海にうつらば影のきゆべきに底さへもゆるあまのいさり火
長四（一）14 *264* いにしへの花の衣をぬぎかへていまぞきそむる墨染の袖
長四（一）15 *265* 秋ちかきけしきのもりになく蝉の涙の露や下葉そむらん
長四（一）16 *268* はまちどり跡は都にかよへども身は松山にねをのみぞなく
長四（一）17 *266* 身をすててきの丸殿に入りながら君にしられで帰るかなしさ
長四（一）18 *267* あさくらやただいたづらに返すにもつりするあまの音をのみぞなく
長五（三）19 *272* かぎりあればさはにおりぬるあしたづのもとの雲井に帰るうれしさ
長五（三）20 *273* 君ばかりおぼゆる人かあらばこそ思ひもいでめ山の端の月
長五（三）21 *275* はなうるしぬる人もなき我が身かなむろありとてもなににかはせん
長五（三）22 *276* 入道はかずのえいぐわをもちかねてあらぬさまなるまどひを

ぞする

長六(三)23 *278* はかなしや主はきえぬる水ぐきのあとをみるこそかたみなりけれ

長七(三)24 *279* 大え山いくのの道のとほければまだふみも見ずあまのはし立

長八(四)25 *281* 君がため身をばはぶくとせし程に世をうぢ河に名をばながしつ

長九(五)26 *282* 南無薬師あはれみ給へ世の中にすみわびたるもおなじ病ぞ

長一〇(五)27 *285* かぎりとてかく水ぐきの跡よりもぬるる袂ぞまづきえぬべき

長一〇(五)28 *286* やみぢにもともにまよはでよもぎふにひとり露けき身をいかにせん

長一〇(五)29 *287* 君ゆゑにうき世をそむくすがたをば苔の下にもさこそみるらん

長一二(六)30 *288* せみのはのうすき契のかひなくてむすびもはてぬ夢ぞかなしき

源平盛衰記

盛(一)1 *2* つとめんと思ふ心のきよもりは花は咲きつつ枝もさかへん

盛(一)2 *4* たぐふべき方も渚のうつせ貝くだけて君を思ふとをしれ

盛(一)3 *17* 夜半に吹く嵐につけて思ふかな都もかくや秋はさびしき

盛(一)4 *18* 世の中にあきはてぬれば都にも今はあらしの音のみぞする

盛(一)5 *19* 旅人の袂涼しく成りぬらん関吹きこゆる須磨の浦波

盛(一)6 *20* 琴の音に引きとめらるる綱手なはたゆたふ心君しるらめや

盛(一)7 *21* 心有りてひくての綱のたゆたはば打ちすてましやすまの浦風

盛(一)8 *22* 山の端に契りて出でん夜半の月廻逢ふべき折りを知らねど

盛(一)9 *23* はかなしや浪の下にも入りぬべし月の都の人やみるとて

盛(一)10 *24* 雲の上に響くを聞けば君が名の雨と降りぬる音にぞ有りける

盛(一)11 *25* 天照らす光の下にうれしくも雨と我が名のふりにけるかな

盛(一)12 住儘になつかしからぬ宿なれど出ぞやらぬ晨明の月

盛(二)13 *29* 秋の夜の月げのこまよわがこふる雲井にかけれときのまもみん

盛(二)14 *31* 津の国やこまの林をきてみれば古はいまだかはらざりけり

盛(二)15 *44* ここを又我住みうくてうかれなば松は独りにならんとやする

盛(二)16 *45* 伊勢の海あこぎが浦に引く網も度重なれば人もこそしれ

盛(二)17 *46* 思ひきや富士の高ねに一夜ねて雲の上なる月をみんとは

盛(三)18 *50* 阿耨多羅三藐三菩提の仏達我が立つ杣に冥加あらせ給へ

盛(三)19 *53* 崩れつる岸も我が身もなき物ぞ有りと思ふは夢に夢みる

盛(三)20 *55* 神風や祈る心の清ければ思ひの雲を吹きやはらはん

盛(三)21 *56* 流れよる硫黄が島のもしほ草いつか熊野に廻出づべき

盛(三)22 *61* 道遠し程も遥かにへだたれり思ひおこせよ我も忘れじ

盛(三)23 *70* かしこまる四手に涙ぞ係りける又いつかもと思ふみなれば

盛(四)24 *87* つきづきしくもあゆぶものかな

盛(四)25 *87* いつしかに雲の上をば踏みなれて

盛(四)26 *90* 五月雨に沼の石垣水こえて何れかあやめ引きぞわづらふ

盛(五)27 *97* よしさらば心の儘につらかれよさなきは人の忘れがたきに

盛(五)28 *112* 都をば霞とともに出でしかど秋風ぞ吹く白川のせき

盛(五)29 *114* 法の花終にひらくる八牧には心仏の身とぞ成りぬる

盛(五)30 *125* 鹿を指して馬と云ふ人も有りければ鴨をもをしと思ふなるべし

盛(五)31 *126* 人くらふ鬼とてよそになき物を生きなぶりする醜女入道

盛(五)32 *127* 補陀落の南の岸に堂たてて北の藤なみ今ぞ栄ゆる

○新編国歌大観に掲載のない〈闘・南・中〉独自歌一覧。なお、（　）内に覚一本相当の巻数を併記した。

〈闘〉（一）1　竹の子はもるやまにこそだちけれ
（一）2　末の世までに千代を経よとて

〈南〉（一）1　道のべの草の露とは消えぬとも浅芽が原をたれか問ふべき
（六）2　人知れず吾手習はなどや覧恋すとやのみ筆のやられて

〈中〉（一）1　いづちともしらぬ別のたびなれどいかで涙のさきにたつらん（国民文庫は初句「今更に」）
（三）2　あるじをば花のかすみにたぐへつつこころのままににほふむめがえ

柿衛文庫蔵『歴翁廿四歌仙』翻刻と解題

稲葉有祐

本稿では公益財団法人柿衛文庫に所蔵される『歴翁廿四歌仙』（安永六年序）を翻刻・紹介する。

本書は久保田藩に仕え、角館所預《ところあずかり》として藩政に携わった歴翁こと佐竹北家第五代当主、義邦（享保三年～天明七年）の歌仙全二十四と諸家の四季発句六十四を収める。歴翁は明和六年に致仕、百童・坤麓・午時庵・遷喬・里鹿等とも号し、江戸座談林派の谷素外に師事した。江戸の素外からの指導は書簡による批点・添削が主であったが、安永四年四月二十四日には西鶴の大矢数に倣って辰の中刻から酉の刻までに七百韻の独吟を催す（『七百韻』同年成）等、角館にあって、歴翁は旺盛な活動を見せる。著作には『つくし琴』（安永二年跋、同五年序）、『そのふり』（天明四年序）、『老曽の森』（同六年序）、明和五年から天明七年までの句集『不死の裾』（欠本二冊、秋冬二冊）・『富士の裾　後編』（寛政元年跋）等の稿本がある。[1] 息の素盈（北家第六代当主、義躬）、公佐（二世。次男、千種長貞）も俳諧に興じ、[2] 久保田藩士の駒木根投李、同藩江戸留守居役で狂歌作者手柄岡持、戯作者朋誠堂喜三二としても知られる月成こと平沢常富らとともに本書に入集している。

本書の書誌を以下に挙げる。

装幀　写本。一巻一冊。袋綴じ。

表紙　縦二十三・五糎×横十六・五糎。淡黄色無地表紙。
題簽　「歴翁廿四歌仙」（書・中央）。
内題　なし。
字高　十五・五糎〜十七・二糎。
丁数　全七十一丁。後遊紙一丁。
行数　本文八行。序七行。跋七行。
序文　「安永六年丁酉仲秋　東都解庵平砂叙」。
跋文　「午時庵隠士　漫書」。
印記　「伊丹崗田文庫」。他一。
備考　柿衞文庫整理番号は「書一七四五・は一六五」。表紙には「歴翁廿四歌仙」と記した紙が添付される。序文には印を模写した朱書が三箇所ある。序文に付された○点は朱書。貼紙訂正が七箇所（三十三オ・三十三ウ・三十八ウ・四十オ・四十四ウ・五十二ウ・五十三ウ）ある。なお、鈴木實氏[3]によると、角館常光院所蔵の一本がある。

本書の特色について、平砂は序文に次のように述べている。以下、引用に際し、適宜句読点・濁点・傍線等を付した。

むかし、子晋子（ママ）、反転の一体を立れば、吾佐翁、師弟として続ィで吟じて、兄弟の序ィでをなせり。こゝに羽の歴翁君、古を慕ひ、今に移さむとてや、前格に倣ひて廿四句を作さる。

実線部にある「反転の一体」とは、『句兄弟』（元禄七年序）上巻「句兄弟」句合において其角（晋子）が提唱した句作法で、和歌の本歌取り・贈答や漢詩の和韻・追和、点化句法（先人の詩を改め、新意を出す方法）を俳諧に応用し、「兄」とした古今諸家の句に唱和・追和することで「弟」句を詠む方法を言う。(4) 例えば、

兄　これは〳〵とばかり花のよし野山　貞室
弟　これは〳〵とばかりちるも桜かな　晋子
（「句兄弟」句合第一番）

のように、満開の吉野山を詠んだ貞室句を「兄」としてその作品世界に思いを馳せ、兄句の「これは〳〵とばかり」の言辞を用いて「反転」し、言葉にならない程見事に散っていく桜の様を「弟」として詠む如くである。この「反転」・「句兄弟」は俳壇に反響を呼び、江戸座をはじめとする都会派の俳人達に継承されていった。(5)

点線部「吾佐翁、師弟として続ィで吟じて、兄弟の序ィでをなせり」は、其角門の貞佐が師の二十五回忌に際し、『梨園』（享保十六年成、同二十年刊）で「句兄弟」を用いて追善をしたことを指している。『梨園』は別名「続句兄弟」と言う（同書貞佐跋文）。『梨園』では、発句と発句による「句兄弟」に止まらず、

梅が香や乞食の家も覗かるゝ　晋子
むめ咲や乞食の窓も南むき　貞佐

隔ぬ水のさそふ沢菅　　舞蛟
竿馴るゝ魚も地虫も上手にて　　大蛟
豆腐きれたら疾戻おれ　　貞佐
作樹の肘より膝へ暮の月　　舞蛟
鵈五間雲ちらと見へ　　大蛟（以下歌仙）

と、梅の香りに誘われ、その樹下にある乞食の粗末な家も、ふと覗かれたという其角の兄句を掲げ、それに追和して乞食の家の間取りを具体化し、南向きの窓のうららかさを詠んだ貞佐の弟句を立句として、さらに追善の歌仙を巻くという形式となっている。貞佐が「師、世にありし時、人口に唱られし句々廿五をとり出て、試に是にまたちなみよれるは物めかしや」（同書序文）と述べるように、『梨園』は二十五回忌に合わせ、全二十五の其角句を追和する企画であった。ただし、厳密には「句兄弟」に基づく歌仙は二十四で、残りの一は、恐らく其角の「角文字やいせの野飼の花薄」(6)（『其袋』元禄三年序、所収）を立句とした百韻を指すのであろう。同百韻の前書には、「角文字や」句を「句の主に成て、一功規模の発句なり」と評し、俳諧における制詞に相当すると説く『滑稽弁惑原俳論』（宝永四年奥）の言を引用しているので、この百韻のみ師の句を特に尊重して、敢えて弟句を詠むことを控えたと考えられる。

さて、先の平砂序文（波線部）によると、『歴翁廿四歌仙』は、この『梨園』の方法に倣い、詠じられた。即ち、其角・貞佐の句兄弟を掲げ、それらに対して歴翁が第三の弟句を詠み継いで追和し、さらに独吟歌仙を巻くのである。第一歌仙では、前出其角の「梅が香や」句、貞佐の「むめ咲や」句を一字分上げて敬意を払いつつ掲出し、自らは

膝抱て乞食も見なむ梅の花　　歴翁

と、両句の「家」・「窓」に対して乞食本人を登場させて、その乞食も眺めて楽しむであろうと梅の花を賞翫する。句の「見なむ」は其角句の「覗かる丶」、貞佐句の「窓」といった語からの連想だろう。理知的で遊戯性の強い、都会的な発想の作と言える。本書の総歌仙数が二十四なのは『梨園』での句兄弟を全て網羅するからで、歴翁の詠んだ弟句の傾向について、平砂は

よりてみるに、その梅・花・蝶・桜・郭公・七夕・摘綿等ハ前二句の品物に拠リ、紙雛一題ばかりハ前二句の時儀を反せり。偏に晋によれるものは鶯・涼・扇・鳴にして、佐にしたがへるものは柳・藻・鰹とみえたり。晋・佐あはせてとれるものは蝉・月・十六夜・雪・蒲団・としのくれ。二子を離れて合せたるは唯端午なるべく、異姓の弟ともいひつべしや。二本目の扇ハ晋子に返答ときこえ、蕎麦の花のミぞ、転換度《ド》を得。このかミをこのかみとして、独リ発明なるに準ラふべけむ。

（本書序文）

と分析する。歴翁はこの後も句兄弟五十句二十五組（『冨士の裾　後編』天明五年の条）を試みる等、「句兄弟」に並々ならぬ興味を示している。(7)

ところで、本書の成った経緯について、歴翁の跋文に次のように述べられている。

梨の園一帖の眼たるは、晋子を左にし、桑々畔を右にして、其名千さとに輝けり。予いたづらにそのふたつを慶

て、独吟廿四歌仙をなし、反古に打捨置しに、俳友無二の永好堂、是を捜し出して、捨つべきにあらず。解庵老人は桑々の門を極め、侘にかたよらず、晋と桑との道を守り、今迄に耆を踰たり。大叟命の内に、是に序を需めたらむ。解庵も道同じけれバ、共にかたらむと頻りのすゝめにいなしがたく、頓に永好にふんでをとらせ、認め畢ぬ。又、東都の知音なる月成に媒させしに、解庵主、老の厭ひもなく、濃に序をし饋《おく》られたるを、小冊して庫に蔵す。予が狂吟せしは、安永丙申の夏、解庵の序せしは是此今年丁酉の夏。

右によると、其角・貞佐を慕って安永五年夏に巻いた後、反故にしていた独吟歌仙を永好堂（投李）が見つけ出し、解庵老人（平砂）に序文を求めるよう強く勧めたと言う。そこで歴翁は投李に清書をさせ、江戸の月成を仲介として平砂に願い、翌六年夏、序文が贈られたとある。ここで、投李が師の素外ではなく、何としても平砂の序文を得ようと進言したのは、平砂が貞佐の高弟だったからである。(8) 貞佐門は、

超波・有佐・平砂子の栄え見れば、貞翁が世に鳴し光ならずや。
鳩ふくや敬ふ三つの枝小枝　局庵
（『三盃酢』元文元年刊）

と、超波・有佐・平砂三人の実力者によって支えられ、繁栄を誇っていた。だが、超波は元文五年に急逝、有佐は宝暦八年に没しており、平砂は存命ながら、安永五年当時七十の高齢であった。『俳諧觿』後編（明和七年序）に「砂叟ハ貞佐門ニテ其角正統」と記されるよう、平砂は唯一の其角・貞佐の直系である。平砂の序文を得ることで、『歴翁廿四歌仙』が公的に貞佐、そして其角に連なることが出来る。跋文中に「大叟命の内に」とあるのは、投李のこの思

いと焦燥感を示したものと考えられる―或いは、歴翁が二十四歌仙を催したのは、安永五年が其角の七十回忌にあたっていたことに起因するのかもしれない―。

平砂の序文は、江戸詰の月成の助力もあり、翌六年、無事に歴翁の手元に届く。また、歴翁と平砂との繋がりは『富士の裾　後編』安永六年の条、国府の素琴主催、解庵（平砂）点の四季十題発句合にも見られるようになる。このような歴翁周辺の活動と『歴翁廿四歌仙』は、江戸座と繋がる地方文化圏のあり方を示すユニークかつ貴重な例と言えよう。

注

（1）『七百韻』・『つくし琴』は共に秋田県立図書館時雨庵文庫蔵で、藤原弘氏『秋田俳書大系　近世中期編』（秋田俳文学の会、一九八二年）に翻刻が収載される。『そのふり』・『老曽の森』は仙北市学習資料館寄託資料（鈴木實氏蔵）。『不死の裾』・『富士の裾　後編』は加藤定彦氏蔵。

（2）佐竹北家の文事については、鈴木實氏『佐竹北家三代の俳諧　佐竹義躬の時代前後』（秋田文化出版、二〇〇三年）及び、稲葉有祐・鈴木實「角館佐竹北家（五代～七代）の俳諧―付・翻刻　仙北市学習資料館寄託俳諧資料―」（平成二十五～二十七年度科学研究費助成事業（基盤研究（C））研究成果報告書『松代・一関・南部・秋田各藩の和歌活動・俳諧活動による大名文化圏形成の新研究』課題番号：25370223　研究代表：平林香織、二〇一六年三月）参照。

（3）（2）中、鈴木氏『佐竹北家三代の俳諧　佐竹義躬の時代前後』。

（4）拙稿「『句兄弟』再考―その方法と戦略―」（『立教大学日本文学』第九十六号、二〇〇六年七月）

（5）拙稿「都会派俳諧と唱和の方法―『句兄弟』の史的展開―」（『立教大学日本文学』第百三号、二〇〇九年十二月）

（6）句の「角文字」は、牛の角に似る「い」の字（『徒然草』第六十二段）を引き出してくる枕詞的な役目を担っており、『葛の松原』（元禄五年刊）が「晋子はじめていの字の風流を尽す。古今俳諧のまくらならむとよき人の申され侍しよし」と絶賛するように、画期的な作として知られていた。句は表面上「牛」の語を出さずに、「角文字」と「い」の字によって野飼される牛の姿を想起させている。

（7）『冨士の裾　後編』安永六年の条には、『歴翁廿四歌仙』での歴翁の弟句が収められている。その内、第十五歌仙の「与市召せ扇に賛にこまらせむ」、第十九歌仙の「十六夜や又待宵に気ハ戻り」は、『冨士の裾　後編』では「与市め《召》せ扇の賛にこまらせむ」、「十六夜や又待宵に気か戻り」となっており、句形の異同が認められる。

（8）「平砂」はもと貞佐の号。解庵は師の号を継承した二世である。

【凡例】

一、旧字及び異体字・俗字等は適宜通行の字体に改めた。

一、文字の清濁は原文通りとした。

一、底本に句読点等はないが、これを私に補った。

一、底本はそれぞれ丁付が付されていないが、実丁数によって漢数字で丁付を付した。丁移りは、その丁の表及び裏の末尾において、丁数とオ・ウとを括弧内に示すことによってあらわした。

一、貼紙訂正箇所には＊を付した。

【翻刻】

（朱書）（印）

むかし、子晋子、反転の一体を立れは、吾佐翁、師弟として続ィて吟して、兄弟の序ィてをなせり。こゝに羽の歴翁君、古を慕ひ、今に移さむとてや、前格に倣ひて廿四句を作さる。小子をして閲せしむ。よりてみるに、」（一オ）その梅・花・蝶・桜・郭公・七夕・摘綿等ハ前二句の品物に拠リ、紙雛一題はかりハ前二句の時儀を反せり。偏に晋によれるものは鶯・涼・扇・鳴にして、佐にしたかへるものは柳・藻・鰹とみえたり。晋・佐あはせてとれるものは蝉・月・十六夜・雪・蒲団・」（一ウ）としのくれ。二子を離れて合せたるは唯端午なるへく、異姓の弟ともいひつへしや。二本目の扇ハ晋子に返答ときこえ、蕎麦の花のミそ、転換度《ド》を得。このかミをこのかみとして、独リ発明なるに準ラふへけむ。しかのミならす、をの〳〵韻を次キて、二十四歌仙となれる」（二オ）に、新古の風姿こも〳〵出テ、親疎つらなり、つきて家族栄をなせるか如し。されは、かの序に、いはゆる諸句兄弟也と申に、此乙子を得たり。生れつきうるはしく、心ばへほのかに似たり。めてつへし、もてはやすへし。」（二ウ）

安永六年丁酉仲秋

東都解庵平砂叙（朱書）（印）（朱書）（印）」（三オ）

梅か香や乞食の家も覗かるゝ　晋子

むめ咲や乞食の窓も南むき　貞佐

膝抱て乞食も見なむ梅の花　歴翁

塵草履売る蝶のいとなミ

雛の菓子汐干の浦にいたゝきて

矢立もさては沖の石かな

月に出月に戻るも君か代の」（四オ）

今としハ毛見もなく鶴か下ﾘ
ゥ露しくれにんしん汁も此ほとは
和尚地獄へおとす盤石
妖怪は十人並に皆すくれ
能の楽屋に下女か立舞ふ
浅からぬ井のもてなしに芳野葛
蚊やりふす／＼夕月のまへ
鞠やんて公家かと見しか何右衛門」（四ウ）
小さかつきとハ医者のおいさめ
一双の屏風へうつす千賀の浦
何処へこけてもこゝろよい空
着た侭の文覚となる花の瀧
突もかまとも仮りの長閑さ
ナきくならく去るお屋敷に落し角
自前女郎を奉公の沙汰
鉄漿の親とてもの事に金まても」（五オ）
先ッ霜月に雪を一掃き
中押之法問僧の反ﾘ加減
牽出すたひに黒は誉られ
河骨の末は田となり川となり

水に親しミふかき三伏
御徒衆のやさにも油断すへからす
抜刃の中へ恋おしえ鳥
されハ爰に月に苦になる大榎」（五ウ）
天狗茸かもはや嗅て見る
ゥ剃たてに小径教へる庫裏の婆
左ﾘか竜の口に家鳩
馬鹿／＼と櫓地突の音頭とり
頤長きはなの人／＼
鼻糞は下司の智恵也地虫釣
飛ふつはくらにとまる燕」（六オ）

鶯に薬おしえむ声の文　晋子
うくいすや名もなき医者の竹格子　貞佐
鶯やくすりワするゝ人こゝろ　歴翁
蕗の薹たつ酢味噌の中
おほろ月降なら明日欤明後日に
兄よ弟と旅は道つれ
霜天に酒匂川の橋のわたり初
吸物椀にくゝる青首」（六ウ）

ウその起りはつと見せたる隠し町
按摩坐頭もこそくりの友
雨の音ありやなしやの間に寝る
螢は末に又ひかる鯵
鍛冶の銭水もたまらす酒と成
此貧郷のお地頭は公家
腰ぬけも爰は木ワたの車引
月くまなくも油灯を消す」（七オ）
絹褌ありや夜角力の手取也
蟻塚もある寺の中庭
猫の目を日時計にする花曇
ぬくゝ着ぬのかぬくい手枕
ナ百河岸のちろりをこほす春の風
鉄漿つけて年明キの礼
縄解くと折敷のうへに菜のそよき
一宇を建て母を囲構ウ」（七ウ）
こんと撞けははつと散たる雪の花
鶏と家鴨とワかる夕栄
銭湯につかれを湊く木賃喰ひ
髪結ひ所に結綿の紋

ほれにけり憎くなるほと惚に皃
借り人は七歩ぬるゝ相傘
雪の月すさましなんとその光リ
時付て飛ふ鉄炮の雁」（八オ）
ウ廿日路は奥羽たしかに稲葉風
くらつく舟を好な沢庵
老来や漬物喰といはれしを
御題の案に花の下臥
筥入の百千鳥又呼子鳥
うたひ耕す天地の恩」（八ウ）
紙ひなや碁盤にたてゝまろかたけ　晋子
紙雛は伊勢物語絵入かな　貞佐
かミひなや神代の人はかくあらむ　歴翁
逆鉾おろす艸餅の臼
雀子ハ鬢水入に水浴て
けやき《槻》のもくも実おしまさき
七夕の供物に月のそと覗き
篠をはたけは雨ほとの露」（九オ）
ウ手一合鶉の丈にほとこして

朝の送り人を仕ひ人ハなし
芍薬も牡丹もならふ姉妹
竹の梯子もうち水を吸ふ
放れ馬追かける物逃るもの
磯きわ近く須磨の十念
藻の中に赤子を愛す小夜時雨
こつ〳〵と吹く間に寒月」（九ウ）
大鳥の巣も見るほとに城旧りて
からひた鮫を元禄の華
はつ午や羽織て通る人多し
小豆笛まてうくゐすそ啼く
ナ 翦率風の扇を拾ひ祝ひ事
母も其名は知つた小うたひ
落葉かくなる迄菊に破れ傘
呵るのもあろ芭蕉忌の連」（十オ）
田楽と菜飯の妹背浅からす
をんな心の強ひ楊弓
大火とり煙筒て崩す案し事
たらり〳〵と憎い雨の日
哥袋神鳴除も旅のもの

何進せても能くまへる僧
高灯篭大方消えて後夜の月
沙魚釣竿も売れぬ三日四日」（十ウ）
ウ 屋根舟に小鍋しかける漸寒ミ
あの念仏につけて銭とり
唄声は十にすくれし物狂ひ
油入れすの髪に春雨
神の場乞食も花の朝清
柳鮠迄池のしめ縄」（十一オ）

柳には鞁も打たす唄もなし　晋子
琴となる柳の糸に組もなし　貞佐
琴の音のあらまほしさよいと柳　歴翁
朱塗にぬるむ池の御座船
鱒膾春のにしきにたゝむらむ
口上上手浮つ沈ミつ
山の腰月の緒留のてら〳〵と
揃えの角力銭湯を出る」（十一ウ）
ウ 旅篭屋の蝿なまたらに更る秋
争論声て馬方の千話

侘ぬれは腕と腕長まくら
本船借りて霽らす夕立
垢離かきの着冠るものも不二の雪
機嫌烏に扶持をする母
膝かしら爰に燧火の出ところ
百会たしかに達磨宗なり」（十二オ）
鴫ひとつ芦のかれ葉に月を見て
二番花咲く蓬生か床
ふり袖に肩をなやめる馬若衆
心中を弾く組に爪ぬけ
ナ 炷物を何そと問へハしら玉の
親子あらたに祝ふ暦年
万歳か立つと去年の眠リ覚
霞の海へくゝる鱅」（十二ウ）
狂人に棒とハむこきさはきなり
黒帯解けて一匹の錬
雨やとり白い臑見る濡のはし
金銀泛か石台の淵
小さかつき二つ三つとハ暑気凌
俄針医の細きいとなみ

秋の夜の月を恨むる番太郎
擣や衣に着る物はなし」（十三オ）
松の葉にむし松茸の抱れあい
さては乞食か神垣に産む
鋸に妬ミの釘の噛ミあたり
船引おろす人のをさ虫
打寄する貝も渚の花なれや
鶴腰たけに燃ゆるかけろふ」（十三ウ）

猫の子のくんつほくれつ胡蝶哉　晋子
蛤を猫にあつけてこてふ哉　貞佐
野良猫も胡蝶に爪を磨く日かな　歴翁
酔をすゝむるうめの顔色
東北の霊地と諷ふのとかさに
藜の杖のゆつたりとして
語らへハ月やむかしのその光リ
むしとり芽とりやえ菊の花」（十四オ）
ウ 茸狩りの竈の跡見る紅葉かり
奥御家老の臑もゆかしき
むすひ玉解るも二十そこらなり

水のいのちをいそかしく呑ム
朔日の下馬か崩れて閑こ鳥
軽業尽きてあししろに寝る
往来する土とり船を知死期もの
子をやす〳〵と婆の横平」（十四ウ）
月明りすかして見ても花は花
ふさいた日から炉の上に坐す
此伽藍雲もかすミも椽の下
沖行船の山〳〵峯〳〵
ナ金屛の真砂に紙魚の道つけて
お土用干しも田を植へる尻
つの髪におんな仲間の角か生へ
やり人かつゝき起す狸寝」（十五オ）
置炬燵ます〳〵酔ハかさなりて
小便あとも五寸ほと雪
年寄の朝日ともとる寺参
突に団子の機嫌うきたつ
人宿と書いても表弐間口
蛤となる損も世の中
天の戸のやりはなしなる海の月

兎にもあらしのやかましい秋」（十五ウ）
ウはる〳〵と江戸て金喰ふ陸奥の駒
公界三年生きたともなく
もの病ミの横の袖から灯の明り
裏屋の通り片身すほまる
花咲かハかならす来よとうと蕨
蜂ものとけきものに菜畑」（十六オ）
華に来て都は幕のさかり哉　晋子
花に来て武家の幕なき都かな　貞佐
はなの幕都の人の楽屋かな　歴翁
なを陽炎や竹筒提重
家鳩も雉も囀る其中に
裏屋なからも子曰
廿日月枝折たとるも涼しさに
真桑の皮に辷る物はし」（十六ウ）
ウ能く結た髪の淋しき寺若衆
女の積の起る十六
死んたのか袴着て来る上桟敷
三ッの津寄つて骨牌はしまる

酒飲と雪やあられやへちまとも
鎧に烏帽子さては宮方
渋鮎や矢を射る川に流れ臭
あらしの音に薄寒い月」（十七オ）
秋そ秋五條ワたりの実夕顔
保養と見ゆる駕を釣らせて
甲斐なくも売屋の奥に梅の花
小便壷に去年の水瓶
ナ鍬の柄にちやんと長閑き置頭巾
禿倉を絵馬て包む時行花
疱瘡やまれ身請の金の筥に寝
呉服か来ると恋の目うつり」（十七ウ）
何かしと大風呂敷の隅屋しき
北もいやとハいはぬ涼風
索麪に坐頭の心宙に置キ
夜伽の眠リさます屁ひとつ
霜よりハ少し池めく雪曇
筏のうへも民の竈は
月見れハ鯄も鳴くや生あれハ
霧といふ字も雨のうつはり」（十八オ）

ゥ賭の碁の秤へかける露の玉
羽織を借りて所化の土佐坊
遅く来て夜討の跡を犬か嗅キ
飲ぬは罪に成りさうな花
清水も祇園も春は売られ物
宜禰か鼓を鳴らさせる蝶」（十八ウ）

二筋の道は角豆かやまさくら　晋子
二すちのとちらか辷る山さくら　貞佐
二筋の銭も命そやまさくら　歴翁
名所と古き間に鶺鴒の巣
独活わらひ次第に市の叓に
胸算すれは能い分限也
月影に雪喰ふて居る酔た人
流しの末にうき寝する鳥」（十九オ）
ゥ請状の文句の通り呵られて
洗ふた髪へかへり付く櫛
犬医者の駕に乗つたも大むかし
鎌倉河岸はなまくさく富む
夕立にもミ縄かける汚れ板

こふら返りの泣笑する
聟入に家老の踊る山かつら
子猫つり出す長かけの波」（十九ウ）
烏帽子着て厠へ参る御垣守
箒にするとなを竹の秋
月花も丁度隅田の渡しそめ
兀と吹かれて行みたす雁
ナ 餌啄叺人喰馬と見違へり
百ない縉て唐へむく僧
蕎麦笊に敵も味方も取巻て
憎まれに出る縞の前たれ」（二十オ）
荒神も美しくする御縁日
売て見てさへ怖いうハはミ
椎の闇ほと丶きすなをかんこ鳥
隠居に借りる分別の果
女房か箪笥か明くと白眼勝
うつかりと噛む旨くない文
月ほとに切篭の光る宵の空
葱の玉に盆過の疵」（二十ウ）
ウ 二百十日在郷の外はわすれても

和尚の臑をかちる俗縁
石工の目をこちらからあふなかり
両陣さつと乳を呑んて居る
絹傘の油へたつく花のそら
薊の尖も鬼なれはこそ」（二十一オ）

丈山尺樹寸馬豆人とあるを

此雨に花見ぬ人や家の豆　晋子
尺藤の人に豆なる雫かな　貞佐
長光も小脇さしなりふしの尺　歴翁
遊ふ蛙に波たえぬ池
舞雲雀畳のうへも空にして
ものに倶きぬはお大名様
月ミると我塩竈と諷ひ出し」（二十一ウ）
酒も新古と席ワかる宴
ウ 鑓先の土地に弓引く鳥驚し
公事かほこれて餓の約束
願ひとつ叶ふてふたつ願ひ事
鐘のひ丶きにワくら葉か落
摺子木な住寺の得手に茄子焼

続く碁会に雨もそれほと
袂から仮りの舎りの小提灯」（二十二オ）
月に磨かれて薄氷の照ﾘ
家鴨まて似せて鴛にハならぬ下女
恨の文は皆ゆかミ文字
花さかり下戸て此世の恥多し
おもひもよらぬ神拝む春
ナみちのくハ霞とともに出しかと
執柄疵を曠にする僧
てら／＼と五百目掛の別世界」（二十二ウ）
姉姑はけちな相傘
只ひとつ吉原に似た足袋はかす
元気もの也梅や節季候
子宝も十人有れは何となく
百性矢場に武士の行すゑ
猿智恵も真正直な昼の月
杣かすびつの跡にくさひら
酴醾漉につつとさし出る椀の親」（二十三オ）
軍に勝つて其夜寐うなり
ウにしきより縫人床しきかけ守ﾘ

記念配りて島の巡見
大鯨すたく鵐につゝかれて
伊勢も熊野も冨貴自在也
華盛ﾘ罪もむくひも今日も
杓杞や五架木も芳しの春」（二十三ウ）

春之部

梅咲て日／＼早き夜明哉　素盈
心あてに山あり木あり朧月　公佐
東叡中堂の天井に墨絵の一大龍あり。精霊見る毎にすさまし。
さくらより上に雲なし裸龍　投李
銅仏の膝ぬるミけり紅潦　渭舟
引返す心の華や狐川　瓜六」（二十四オ）
連翹や藤の隣の九尺店　月成
さくら狩ワすれ果たり今朝の事　柿八
暖の配分得たり馬刀の泡　水光
その人に依怙なき梅の匂ひかな　素人
散るはつの鐘にひゝくや寺桜　玉斗
雲間から人声洩つ山さくら　楚北

かけろふや数それ〳〵の絵具皿　平楚
日のもとに鳴かぬ鳥なし初桜　化猫」（二十四ウ）
しら梅はおほろ〳〵の初かな　双鶴
三熊野や独活の香のする垢離柄杓　乙照
三升屋か白酒を売りしも、はや六十年さきのからひたることは也。今は誰知る人もまれなるへきに、雪解の窓の睡中におもひ出し、一しほおかしけれは、
白酒を冨士にしゝむや雪解川　歴翁」（二十五オ）

楊貴妃も夜は活たるかつほ哉　晋子
居続けも暮から活てかつほ哉　貞佐
惣揚や鰹も活きて働きぬ　歴翁
牡丹の蟻をふり袖て掃く
行灯を釣るすと下駄の間違て
ふらりと爰に月出にけり
桐の実ハ凩に振られて鈴の段
霧の間を雁のしら針」（二十五ウ）
ゥ褌の織も名乗も蝦夷か島
おんなの捕ふ京の酒酔
角ミ入れてあつたら若衆憎う成リ

浴衣の紋は大路せましと
祭りとて張ぬかれたる冨士の山
居喰に太る佐殿の馬
臼持て寺より白き尼かめし
雪かハ知れぬ夜ハ森として」（二十六オ）
来る毎に取揚婆の取巻れ
酢樽の口のいつ抜けたやら
花の山今しはしとて暮の月
医者も艸鞋よ実春の空
ナ佐保姫も鷹も和らく国の哥
御所から下りて自身錦木
埒明ぬ時は貴船も比丘尼船
さて三味線にあハぬ唄かな」（二十六ウ）
加賀笠の四季絶の揃ふ大田植
火伏の出来をほとゝきす啼く
今頃ハ廬山の雨に棋をかこみ
羅綾の袖もいつかかね入れ
記念こそ仇といはれぬ子も二人
曽我物かたり油灯のもと
渡りけむ屋根に鶏の三夜待

秋海棠は眠られぬ華」（二十七オ）
ゥ酔ふものと見えぬ新酒の杉の門
旅は憂きとて丁児一人
蝿か来て鞍返されし大男
御堂へ入ると目ハ上へ釣る
寐心のこれこそ花の別世界
胡蝶のなめるいき石の塩」（二十七ウ）

起て聞け此ほとゝきす市兵衛記　晋子
とくと聞け亦ほとゝきす利兵衛伝　貞佐
ほとゝきす鳴くや朝茶の利休伝　歴翁
茄子と松魚時の兄弟
虹のはし雨の足音近ふして
つれ小便も旅の中よし
本陣の中門しめる暮の月
大猥犬の秋さむけなり」（二十八オ）
ゥ野分荒西瓜も畑に寝せ付けす
化ける地蔵を尊かる村
その当坐与作も銭ハ突かねて
木綿に雪の肌をかくれ家

ひた〳〵と新地の横の油垢
鶴もおよハぬ猫の一声
千はやふる骨牌遊ひの松の内
五位の着物もはやおほろ影」（二十八ウ）
跡先の六十日も華こゝろ
馬糞こやしハお庭へも入れ
表中保養ありきの烟草盆
筇隠されて盲やミの夜
ナ盗人のふり違へたる酢徳利
女の子しやと聟はむし〳〵
明ぬれは四隅に蜊の伊達を見せ
守り袋にふミの会宿」（二十九オ）
岡崎と吉田の間に膝脚気
三ッ井か荷物雨にも風にも
河豚の腹鍼も按リも入らハこそ
うなる聞たや極月の釜
台所に寝て居る狆の倦られて
侘て女房の帯のうす綿
くれて遣る娘の年もけふの月
障子へうつる荻の朝かけ」（二十九ウ）

ウ 雁瘡は詩も哥もなき姿なり
味噌から摺てまハる檀林
あわれさを少し紛らす水浅黄
有るに限なし何なしと京
花に漸いさ宮めくりはしめんと
種まきにまた正月の注連」（三十オ）
五月雨や傘に釣る小人形　晋子
売りたさに三升を付る甲哉　貞佐
餝とて甲にかさす長柄かな　歴翁
水浅からぬ染のかたひら
鵞の卵十ヲに七ツハひろわれて
賑かものに大工三人
薄暮に薄さかつきの影か飛ひ
萩の下つゆ荻のうハ露」（三十ウ）
ウ 野寺の秋賎女笠もいくつかも
駕を不得手な郡代の妻
棲取れは中から折れる瀬田の橋
あの雲立は明後日は雨
心太真桑の皿に仮リの宿

こゝろとむなと病人に旅
いつとなく石のなくなる下手棋とも
化物あるに大寐入婆」（三十一オ）
百姓の下坂にする油艸
信濃黒蕎麦甲斐の黒駒
月花を詠させるも酒屋なり
霜の余波を切炭に見る
ナ 石の上古田か露次も雉の声
朝鮮責に生マな帆はしら
すさましや鯉（鰓カ）も斧の片手打
東海道も横に時雨るゝ」（三十一ウ）
をん出され今は牛追ひ重荷負
男のこゝろ白い歯て噛む
長住寺仲人口も少しやり
おの／＼涼ミ濁す井の水
山公事を御領平たき御捌き
鑓と竿との対に振る毛見
盗まれた畑にさやけき芋の月
按摩めくらも衣うつらむ」（三十二オ）
ウ おさらはも高くいはれぬ隠し町

寵おとろへて裏紅に星
堅い儒者青楼の詩を出しかねて
花にむしろの直もあかるもの
うくゐすの宿荒かへる竹の秋
霞の瀧に風声水音」（三十二ウ）

水うてや蝉も雀もぬる丶ほと　晋子
濡せミや命ハ声の暮るまて　貞佐
蝉の音を打潰したり井戸の水　歴翁
心太*突く皿のしら雲
礼扇また舞扇とり〳〵に
寐すに醒まい兵そかし
けふの月あしたの月と有明て
秋海棠の露は昼まて」（三十三オ）
討死の憤のあたりをきのこ狩
わらわ病ミかや髪ハ狂人
所とて自前若衆も都鳥
瓦のけふり真直に雨
竹垂木菖蒲蓬も葺おろし
安達郡に今の家土蔵

褌と帯の間に馬喰金
雪解に誘ふ深**山への薪」（三十三ウ）
昼の月笠に着る気の舞雲雀
黄粉小豆も華の下ふし
銭塔にしても耳白見事也
両部たしかに如在ない母
ナ 三代の主に仕へし燧打箱
はや爪さきにはつ霜の頃
二朱河岸の二階へも飛ッ寺紅葉
下戸ならぬこそ能い草履取」（三十四オ）
息杖の消えた所ハ路造り
たれた跡から瓜の又生ひ
屋鋪方赤坂祭り森〻として
青貝なくてならぬ遂篭
そき尼も茶と香煎ハふり心
真名書ましる文の老来
廿日影兎の臼も片割れて
不破の関屋に椎のむら雨」（三十四ウ）
ウ よろ〳〵と更行秋のいと車
米といふ字をはつに書く婆

芸のない人とハなりぬ明の春
御慶申の納豆を華
塀越しに高麗雛のうけ答え
宝七つの中にも金銀」(三十五オ)

千人の手を欄干や橋すゝみ　晋子
もたれ寄る片輪車や橋納涼　貞佐
今までの星に紋ありはしすゝミ　歴翁
船頭ふたり屋根に蚊柱
地謡にむこくも扇握られて
屏風の景を庭に欲しかる
朝夕の月を目下の菊造リ
むへもとみけり八重穂刈る頃」(三十五ウ)
ウ御秘蔵の嘶く口へ柳ちる
騒しき世におんな太刀持
弁慶も男ふりにハ不足なし
戻り大工の腰にさしかね
若葉まて先ッ茸かけて御堂入
品玉失せてほとゝきす啼く
首枷の子かあれはこそ喧嘩止メ

銅土蔵に咳のやまひこ」(三十六オ)
神かせに鳴門をワたる九郎兵衛
生きた鯛喰ふ泉郎の手料理
月花は兄よ弟よ歌まくら
霞も雲も同根の谷
ナ蝶の夢さめても済まぬ棋一盤
唐犬までも所謂ある寺
前髪をおろす若衆に結ふ娘
ひな形の批も云ひかねぬ尼」(三十六ウ)
火の入た酒とて胸を焦すらむ
世にかくれなきからうすに足
悟つても師走となれハむつかしき
掛とる宿も鬼の豆とハ
能き鳥かあるかと見せる皮財布
北陸道に恋の橋立テ
おしけなく淵へ投込む雲の月
西瓜の皮も瀬たのしからミ」(三十七オ)
ウいとなミや耳なし山の角力取
竹埒を売る埒もなの寮
てら〳〵と日に滑さるゝ牛の首

蝶ひとつ宛着物脱く空
叡山も吾妻ハ樽の花ところ
金覆輪の鞍にかけろふ」（三十七ウ）

朝顔を絵かきたる扇の讃に
朝貌は扇の骨を垣根かな　晋子
あさかほハ耳からもめる扇哉　貞佐
これも又夕に涹むあふきかな　歴翁
茅の輪索ふ手にはや虫か啼く
使者奏者鸚鵡返しに名を聞て
御門柱は御国の産
枝伐て我物にする月の影」（三十八オ）
冷麦ぬる麦おの〱とり〱
ウ霊祭敷居の外トは生身たま
離別て従弟となるそ悲しき
芍薬の美人と現し隠し町
露と雨との間をうち水
夕凄*し勤はしまる閑居寺
烏を似せて鵜のやとる山
金屛にへたと墨絵の其奇麗」（三十八ウ）

月真丸に十夜調ふ
余所行も綿子紙子の諸白髪
年ハいくつと聞く縁の端
待遠ひ物の数なる花の頃
治聾酒利いて小鳥再興
ナ片仮名を紅毛人のおかしかり
眼鏡となれハ硝も玉
たま〱に乗るとやふゐの駕にふれ」（三十九オ）
むすふ清水もないほとに照リ
袈裟袋艸鞋銭のありやなし
此あつ風呂ハおんななるへし
俤を障子になくす月に雲
打や衣に逃る小男鹿
その光リむかしの京の神仏
踏れた足て諸国一見
摺火打上手に寒き姿也」（三十九ウ）
おもへハ低き雪の山〱
ウ木曽通り鼻て人呼ふ留女
来ぬ夜うらみの行灯に針
落所螢も見えぬ金の親

神酒のお下に馴れて冷酒
梅咲て散*はしめけり花むしろ
篭の穂になるうくゐすの藪」（四十オ）

二本めは与市もこまる扇かな　晋子
二本めも其角こまらぬ扇哉　貞佐
与市召せ扇に賛にこまらせむ　歴翁
日は西海に屋かた船浮く
芝海老の椀の中まて戦かせて
何そ思案か額から寐る
二挺目の蝋燭闇し亥待月
音を鳴くむしの召捕れけり」（四十ウ）
ウ百貫か梨に烏の疵つけて
勾引れといふ恋も世の中
縄すたれ底おもしろき隠しもの
雪の枝折に犬のあし跡
朝起に住寺ハ直くに鐘の声
篆字て書けは山聳へたり
箔細工問へと答へす口なしの
医者ハ出て行三日月ハ入る」（四十一オ）

いつとなく小積の辷る花の頃
遊ハむ春にふるさる丶機
うき事をつかむ蛙の笑ハせて
冠かなくり塵紙に哥
ナ物換に流罪の国も博多織
算木を持たぬまての船頭
燕のもの覚へよき二八月
寺森〳〵と過去帳に紙魚」（四十一ウ）
腰ぬけの守りつめたる水車
暑さの数を日々に啼く蝉
塀を越す樹ハ御朱殿の稀にして
師走の雛を見せる疱瘡神
紅裏の似合ふ天窓の兀てこそ
代々家を枝も葉もなし
月中のおとけもの也臼と杵
賤も拍子に衣うつらむ」（四十二オ）
ウ小鰯の浜ハ臭さに木曽通リ
悟れは蕎麦に無二無三なる
骨のないものに倒る丶紙障子
率風に釣られしいとおしミ比

七重八重人ハ廿重に花の宴
申分ンなき雲雀舞ふ空」（四十二ウ）

夏之部

はつもの丶二口となし郭公　素盈
雨の暮追ひ〳〵に螢見えに鳧　公佐
人去れは柱又ある暑かな　投李
真中を行く大名の暑哉　渭舟
けふからは富士にハ遠し皐雨　瓜六
古錦の朧やいつこ更衣　月成
分限を葉にも知らる丶牡丹哉　柿八」（四十三オ）
日もすから降らぬ雲見る暑哉　水光
居所も定りのなき暑かな　素人
生壁に皆戻りけり五月雨　玉斗
入梅晴れや一夜に出来し山一ッ　楚北
木立皆うこく物なき暑哉　平楚
卯の花や夫より奥の真の闇　化猫
唐銅の獅子も狂ハむ花ほたん　双鶴
灯に迷ふ連は残して螢哉　乙照
艸も輪に流れて加茂の御末川　歴翁」（四十三ウ）

鬢を焼くまくらつれなし星の露　晋子
枕うし星の初露火縄箱　貞佐
二星のまくらに借さむ高灯籠　歴翁
月になを照る金縫の露
釣あけて鱸ハ糸に作られて
ちよつと手紙のよい手跡也
沢瀉と葵に古き池と成リ
黒さかつきに光リある酒」（四十四オ）
ウ
おもしろい異見の出来る恋すてふ
名も立所たしか千両
丸綿て世に怖き掛はたり
柊もさては鬼を噛む牙
置巨燵まて炭団とハ京育
憎い手代は土蔵の毘沙門
大切な文を鼠の巣に引かれ
う*らみかつ〳〵月に蚊を焼く」（四十四ウ）
竹斎か迎ひの鞍に皮布団
曇るとなれは華も気支
鶯の子もいそのかミ古屋しき

朝の蛙の水底に寐る
ナ 堀ぬきの末に神の田仏の田
敵も中よき撰集の列ッ
錦木に聟かね二人もてあまし
押絵の姿真似たかる下女」（四十五オ）
杜若これはあふなき丸木橋
素人も撞く縁日の鐘
老ぬれハ珠数かけ鳩も尊かり
麦蒔く日取春のこゝろに
木綿買色も香もなき龍田越
夫の留主にふくす胸算
大方ハ廿日の月に止むきぬた
むしとり〳〵に秋の減少」（四十五ウ）
ウ 仏手柑は砂糖の中におハします
五十年忌を昆布熨斗て問ふ
日々に戸の立附違ふ土用干
目なし取りにハ一の坐頭の坊
植越せし地主の孫彦花さかり
雲に入る鳥引残る鶴」（四十六オ）

横雲や所〳〵のそは畑　晋子
よこ雲や海を顕ハす蕎麦の花　貞佐
星月夜たまされまいそそはの華　歴翁
雁かね寒ミ能ひほとの旅
玉兎昼は立居の影もなし
眠い道具に肬の仮りもの
緑樹陰面ヲおし拭ふ虫の糸
ぬれ釜しんとよしありけ也」（四十六ウ）
ウ 西方へ一分て通ふる御剃刀
若い女房しやさてハ二度めか
我勝に芍薬までハ惚もせよ
町家作リにたへぬ村公事
鎌の砥に能いほとに置く朝の露
けふ朔日そ有や無やの月
奥州と聞けは下手ても相撲取
お妾腹の急にお育」（四十七オ）
塵ほとの事にも下女か畳算
昼中ふれは物凄ひ樽
花なれはこそうとまれぬ野から山
舞悪の面ゝにつはくらの糞

ナ春なれや三十三所いつとなく
うしろ美人も多い洛陽
妖怪もその折からや裏坐敷
葬礼と気のつかぬ雪の日」(四十七ウ)
かなしさハ系図たしかに穢多乞食
世は品玉よ馬牛も呑ム
神祭かゝる神慮に酒なくハ
団扇を腰にさしも僻もの
勾引れた子に一生のかゝり親
宝つくしに丁子なまめく
あくかれて月に吸ハるゝ油皿
網戸に秋のちからない風」(四十八オ)
ウあたし野の命なるもの艸に露
氏借り出して輿に乗る僧
朝夕の飯をほとこす鐘の声
爰は荅の華しかるへし
雛買は鶏買に笑はれて
ひかしとなれは風ものとけき」(四十八ウ)

名月や畳の上に松の影　　晋子

月影や梢の上の給仕達　　貞佐

月影や畳へ植へるまつ一木　　歴翁
庚公か宴に新酒到来
霧の海下界に鮭を触るらむ
釣瓶の機嫌はねかけにけり
梅干の四季絶に紫蘇をこき交て
舟まてかねてむまのはなむけ」(四十九オ)
ウほつれ髪御きせなかの袖まくら
二人静を親子仕手脇
金もあろ谷七郷の屋しき跡
枯れてハ只の名の木名の艸
あの白い尾先は夜ハ燃るのか
利生はなしに医者ハたいなし
屁の音も香もなりけりな米の人
寐ものかたりの遠ひ高砂」(四十九ウ)
おさかへのむかしに下女か貰ひ泣
おほろ影なる暮の行灯
翌の花照る〳〵坊の握りめし
蕨のかきを陽炎に熨す
ナ鳥屋帰る役者も春の野に遊ひ

かつかれ始酢を好いて呑む
辻切りに一度て懲りる武蔵坊
踏つけられて名の高ひ橋」（五十オ）
髭はかり舟岡山を贋せ乞食
蚤の利口は無言にて来る
寐かねた夜百済国の王となり
大工を乗せて祝ふ新艘
夕月や鱸も鰡もおとりはね
もやつく霧をすゝる幽谷
杣入に天狗の惜しミ皆切られ
鐘は割れても田村将軍」（五十ウ）
ウ疱瘡顔へ神鬮か落て三度まて
申かねたる夢をうハこと
小便に年寄起す雪や霜
あのしはんほを長者号とハ
屠蘇酒に天か下酔ふ花の春
のとかなるかなうらゝなる哉」（五十一オ）

十六夜や竜眼肉のからころも　晋子
いさよひや既に峠を下リかゝり　貞佐

十六夜や又待宵に気ハ戻り　歴翁
八束穂に置く白かねの露
楫も取艪も押し雁の渡るらん
和漢のやとる出床入床
口切りにうすら氷砕く手洗石
掃くとなくなる雪の景題」（五十一ウ）
ウ都なり山また山に包まれて
願かほとけて鰐口の緒と成ル
しのふ恋とハ透通ふる練帔
焼めしも出る惟光か袖
さかさまに貰れて行杜若
お寺のほまち弁天丁取
粕一も売れや余らし四方長閑
今夜は花の下に月待」（五十二オ）
うて《茹》玉子離れぬ中の黒烏芋
うけ出されて先ッ鉄漿の親
鬼てあろ蛇てあろまつかせ人廿チ
口入もおりに大学の端
ナ袴着て艸鞋*履く世に生れ合
のへのはつれに饂飩しかける

冬枯の樹にとまるのハ画の烏
炭団乾かす一日の春」（五十二ウ）
浅艸ハ爪て髭抜く番所
松魚も二百すれハ長入梅
大名も留めかねましき面魂
おとこ自慢にさためなき縁
盗人も龍田と聞けハしほらしき
秋の野のもの目くすりそかし
鳴鹿の星まて見ゆる月明り
相撲流れて珠数繰リとなる」（五十三オ）
ウ紀行を哥てふさけるミちのおく
三界無安喰*ハぬ日もあり
追出されある夜野に臥スはぬけかも
恋そつもりて瀬となりし土蔵
よし原ハ昼といふより暮の花
猫は百目に足らて行春」（五十三ウ）

鴫立てさひしきものを鴫居らハ　晋子
友鴫のなき沢ならハ実道理　貞佐
これに増す淋しミハなし百羽掻　歴翁

野なら原なら月にさまよひ
その育おにのしこ艸垣越えて
爰らの茶屋もねはる盃
汗拭ひうかひの時ハ手拭に
貴嶺扇とてけに奇麗也」（五十四オ）
ウ画て見ては貴妃王昭もちゝれ髪
しつまりかえる儒者の婚礼
むかふ歯にはやく知らせる鯉の汁
かつらき諷ふ雪の夜戻り
極月は子にもなりたき親心
坐頭の胸に負ける算用
艸本の蓋に寂しきあふら垢
降や春雨ふりて見る樽」（五十四ウ）
月よりハいつれに花ハ俗ちかし
紙漉く池に井手の眷属
身投した場に子卸も呼られて
雷に出臍を猶隠すらむ
ナ青丹よし奈良漬瓜の日の匂ひ
お姥所帯の瀬戸幾つかも
故もなき和尚の袖に狂ひ猫

沈《ヂン》香のこほれを中踏て掃く」（五十五オ）
駕舁の肩煩らハし時行医者
在郷なからも千住品川
賃文の命ところをかしくにて
おとこの能さに角力業平
月やあらぬ〱と見れハ稲の妻
車戸に腕立てのかまきり
秋田僧何喰ハせても二人前
松脂臭い下野の突」（五十五ウ）
ウ麦まきやいつか鯲は土の底
金のはゝきの鶴の横平
頼朝ハ哥人居から勝軍
よつひきひよつと咄すさし合
花の山見る事聞く事ミんな酒
似我蜂の巣も能い細工也」（五十六オ）

秋之部

初夜後夜ハ少し急けよ星の恋　素盈
立秋をしさりて見るや水車　公佐
名月や熊も夜すから棚さかし　投李

雁かねのうかれあるくやけふの月　渭舟
桜咲くよりからふしてけふの菊　瓜六
稲妻もその横雲をワかれ哉　月成
あさかほや袴着て見る花ならす　柿八
秋かせも掃残してや赤とんほ　水光」（五十六ウ）
灯篭や二階の中も人通り　素人
いな妻の掬せし露か一雫　玉斗
夜をこめて起る門あり奈良の秋　楚北
雁金や先つ捨鐘を撞放し　平楚
雁かねや我手戴く夕日影　化猫
菊咲くや垣根〱の星明り　双鶴
名月や三国一の男ふり　乙照

鳴は淋し鳩ハ凄しと」（五十七オ）彼法師も詠せられ、此
鳥も只ならねは、

山鳩はけふ立秋の声音かな　歴翁」（五十七ウ）
綿摘よ兎の耳を引延ハす　晋子
つミつもる綿の寒さやたま兎　貞佐
綿つミやうさきも扨は白うなり　歴翁
木〱枯〱と引寄する山

詩のかたき都も少し角ト有りて
畳のへりに助たのむ酒
蠣売も三五にミのる屋根の影
いつしか楼船に新俵積む」（五十八オ）
ウ
銭湯の度かさなれる露の霜
名代の後家に朝はらに逢ふ
恋よ恋逆修に逆修流布しけり
木の下闇に水になる汗
回国の自剃に覗く神の池
餌を譲り合ふ鳩と鶏
疱瘡病の坐敷せましと後の雛
月も十三云なつけころ」（五十八ウ）
うき秋を一日になくす中の町
筑波か晴れて傘の恥
買うも買う揚木百両世ハ花よ
家鴨の機嫌ぬる水に浮く
ナ
蜆汁これも生姜の匕加減
横に身の利く只ならぬ妻
畳む時取逃したり蟵の夢
いつぬけからに売土蔵の蛇」（五十九オ）

酒断の破りはしめに神酒陶
母といふ字も目ハふたりまへ
爰も留主かしこも他出梅柳
彼岸七日も釣もの丶鐘
女中衆に地虫ハ少し垣間ミれ
山荘出来てお抱ひの祢宜
取り残す芋の葉すゑに月の露
秋風楽にはたおりの律」（五十九ウ）
ウ
鳥鷺し迄ハ僧都の総手縄
撰集に入る公家のしるよし
眼鏡にて未ゞ眼の闇らむ頼もしさ
梨も李もはなの列席
むかし／＼に替らぬ宇治の春
一筆ものに波のつはくら」（六十オ）

笠重呉天雪

我雪とおもへハ軽し笠の上　晋子
借りものとおもへハ重し傘の雪　貞佐
降やふる傘を畳んて笠の雪　歴翁
榾火ふす／＼諷ふ鉢木

朝飯の椀に山ほと旅馴て
浴衣につきる我ならぬ紋
蚊は内へ人諸ともに出し月」（六十ウ）
此お屋しきハ不断酒買
ウ 細見に批をいふ妻の美しさ
悋気も年に一度はかりは
割れるかと釜の呻唫をあふなかり
師走の土蔵に人たまか飛ふ
売つけて下タまへ捜す呉服棚
逃る鼠に灰吹かこけ
お艸履にお手のかゝりし震返し」（六十一オ）
陣屋にこらす未進百姓
米春の陰嚢のゆるむ永日に
朧かけとも華くもりとも
忍れは汐干の浦も翠簾たれて
瞽女小坐頭も恋の一連
ナ 清水の舞台に笑ふ目くるめき
絵も瀬戸焼の宿のいとなミ
長湿り蚯蚓のむすふ破れ壁」（六十一ウ）
木伐リ水汲ミ野寺の夏籠

命なり麦香煎に朝仕業
雪かと見れは桜咲く佐野
駒とめて茶碗酒飲む日の長閑
螈と倭鶏と合戦はしまる
湯殿子の磨き切たる其利口
お陰に立つと孕む長掛
月の膳二間梯子の上を行ク」（六十二オ）
新米になる稲妻の恩
ウ 殺生を鶉の衣にものかハり
懺悔も爰そよし原の朝
侘ぬれは奈良漬に酔ふ恋もせり
絵馬の小町降さうハなし
着たまゝてつつふり這入花の滝
霞たな引く去年の炭竈」（六十二ウ）

愛子に後れし時

夜の鶴土に蒲団ハかけられす　晋子
厚〱とふとんの肌や母の恩　貞佐
手になつく虎にも恩のふとん哉　歴翁
一陽已に室にミる梅

茶の師匠書画も心得まし〳〵て
氷り砂糖に歯のいさきよき
月見むと態と建たる萱か軒」（六十三オ）
薄の糸に織かけるむし
ウ拝領の褌の揃ふ三むすひ
間風呂の前に隠れない美女
恋の世や神も仏も着る物よ
納涼の橋の昼はなくなる
ほたる〳〵に一夜化されて
馬の糞やら馬の骨やら
しくれふかまゝよ木艸も枯〳〵に」（六十三ウ）
五十旅籠に衾引合ふ
寺落のそのはしめにハ衆方規矩
涙の瀧にゑくほあふるゝ
月と花花にハ銭は取られ勝チ
白魚に玉子手か揃ふたり
ナ長閑さや鎧の渡し袴にて
屋根にうつとし満汐の鷺
横に行く煙あれかし入梅の中」（六十四オ）
金貝揃ふ宿坊の椽

何角なく蕎麦の給仕ハ片手折
角ミを入れると小気つひな面
勢ひは女嫌ひな大鞁
鱸の口の篠にあきかせ
飲喰よ亥待立待三夜待
雁かね寒ミお国お使
杉原の粉にこそ痒き指の先」（六十四ウ）
前句ひらきに庵主出て行
ウ雪霜もなんともなしの枯かしハ
尾を引はさむ只ならぬ犬
煙艸の火出し申さすと家ことに
荷のかしら振る会津仙台
世は花よおし合へし合百千鳥
春のワかれに飽きた年なし」（六十五オ）

山雀の一分を廻ハす師走かな　晋子
尻居へぬ師走一分や鶺鴒　貞佐
大年や一分投け込む鯉の口　歴翁
春待貌の恵比寿大黒
紺暖簾明朝流を染ぬきて

利発な丁児呵られもする
伐リ透しなを木ふりよし月もよし
草の葉すゑに重〳〵と虫」（六十五ウ）
ウ蓮台も鳥部も露の置所
老てふたゝひ振袖を筇
憂き事によつほとゆかむ直なもし
紙帳の窓に目ハ有りやなし
熊坂もある夜寐酒を盗まれて
鵯のほとほりに枯葉さす松
磯馴屋の曲ッた形に小百年
京の吝ミも書生このかた」（六十六オ）
月といふ提灯たのむ花の人
酔ふた〳〵とぬる水を漕く
蜆汁売も三つ四つミせつへし
亀戸の神子の子かあらハ鶴
ナ還御そと戸前ひらけハ犬の糞
しくれといへる中に春とは
山茶花の葉も煎しなむ其けしき
世継を産んて一村の長」（六十六ウ）
ふたり寝のまくらの綿ハ雲の峯

神かけてとはおさたまり事
あきれたり紺屋の使七度半
ふりミふらすミ合歓の花咲
所化寮の碁盤に載せる奉加帳
下戸は世になきさかつきの影
盆踊目出たや母のきぬ配リ
刺鯖もあり鮮鯖もあり」（六十七オ）
ウ馬牛の産するほとに市ハ富ミ
反るたけ反つて僧の小便
つら憎いとハこそ笑ふ連帔
未タゆるされぬ恋こそは恋
花盛四斗樽這入る幕の内
夏待かほの団扇末広」（六十七ウ）

冬之部

初冬や庭のしまりの花八手　素盈
狩暮し師走も知らす山も見す　公佐
物くれる友そ落葉のあらし山　投李
江都より三芝居の番附到来しけるを
番附に遠き酢の香や寒の梅　涓舟

一さゝら松の上葉をしくれ哉　瓜六
高楊枝年の奥歯に物もなし　月成」（六十八オ）
枯れてさえ柳は柳柳かな　柿八
ミとり子の燃へぬ炉に泣く時雨哉　水光
凩と水との間から出たる寒かな　素人
鐘もまたおなし寝声や夜の雪　玉斗
一日の春ハ来にけり帰り華　楚北
木からしや物の具着たる身の廻し　平楚
やかましい物の寝よさよ雪の鐘　化猫
絵に書た物とハなりつ今朝の雪　双鶴」（六十八ウ）
落葉して波に箒や象の森　乙照

　家の塵は煤にはらひ、浮世の塵は大晦日にあつまる。さて、小庵ひとりふたりの女の童さへ地に尻のつかぬに、

我ひとり眠る兵大晦日　歴翁」（六十九オ）

（印）

梨の園一帖の眼たるは、晋子を左にし、桑々畔を右にして、其名千さとに輝けり。予いたつらにそのふたつを慶て、独吟廿四歌仙をなし、反古に打捨置しに、俳友無二の永好堂、是を捜し出して、」（七十オ）捨つへきにあらす。解庵老人は桑々の門を極め、侘にかたよらす、晋と桑との道を守り、今迄に耆を踰たり。大叟命の内に、是に序を需めたらむ。解庵も道同しけれハ、共にかたらむと頻りのすゝめにいな」（七十ウ）しかたく、頓に永好にふんてをとらせ、認め畢ぬ。又、東都の知音なる月成に媒させしに、解庵主、老の厭ひもなく、濃に序をし饋られたるを、小冊して庫に蔵す。予か狂吟せしは、安永丙申」（七十一オ）の夏、解庵の序せしは是此今年丁酉の夏。

　午時庵隠士　漫書　（印）（印）」（七十一ウ）

【付記】

※本稿をなすにあたり、公益財団法人柿衞文庫には貴重な資料の閲覧・翻刻のご許可（柿衞文庫　翻刻百十二号）をいただいた。記して深謝申し上げる。

※本稿は二〇一六年度科学研究費補助金（基盤研究（C））による研究「「人を結びつける文化」としての俳諧研究」（課題番号：26370259　研究代表者：伊藤善隆）の研究成果の一部である。

業績一覧

廣木一人（ひろき　かずひと）

略歴

一九四八年（昭和二三）一二月一五日　神奈川県横浜市保土ヶ谷区に生まれる。
一九七二年三月　青山学院大学文学部フランス文学科卒業
一九七二年四月　青山学院大学文学研究科日本文学日本語専攻修士課程入学
一九七七年四月　日本女子大学附属高等学校教諭
一九七八年三月　青山学院大学文学研究科日本文学日本語専攻博士課程退学
一九九〇年四月　青山学院大学文学部日本文学科講師
一九九三年四月　同助教授
二〇〇二年四月　同教授
二〇〇二年五月　中世文学会代表委員（～二〇〇五年五月）
二〇〇六年四月　青山学院大学文学部日本文学科主任（～二〇〇八年三月）
二〇一七年三月　定年により青山学院大学を退職
二〇一七年四月　青山学院大学名誉教授

著書・編著

『影印本連歌作品集』新典社・一九九三年四月
『新撰菟玖波集全釈　第一巻』（共同）三弥井書店・一九九九年五月
『新撰菟玖波集全釈　第二巻』（共同）三弥井書店・二〇〇〇年三月
『新撰菟玖波集全釈　第三巻』（共同）三弥井書店・二〇〇一年三月
『中世歌論撰』（共同）三弥井書店・二〇〇一年三月
『歌論歌学集成　第十一巻』（共同）三弥井書店・二〇〇一年七月
『新撰菟玖波集全釈　第四巻』（共同）三弥井書店・二〇〇二年九月
『新撰菟玖波集全釈　第五巻』（共同）三弥井書店・二〇〇三年一一月
『連歌史試論』新典社・二〇〇四年一〇月
『新撰菟玖波集全釈　第六巻』（共同）三弥井書店・二〇〇五年一月
『連歌の魅力―その文芸と文化の諸相―』東京私学教育研究所・二〇〇五年一一月
『新撰菟玖波集全釈　第七巻』（共同）三弥井書店・二〇〇六年二月
『連歌の心と会席』風間書房・二〇〇六年九月
『新撰菟玖波集全釈　第八巻』（共同）三弥井書店・二〇〇七年二月
『室町和歌への招待』（共同）笠間書院・二〇〇七年六月
『文芸会席作法書集』（共同）風間書房・二〇〇八年一〇月
『ギリシア劇と能の再生』（共同）水声社・二〇〇九年三月

『新撰菟玖波集　別巻』（共同）三弥井書店・二〇〇九年三月
『連歌辞典』（編者・共同）東京堂出版・二〇一〇年一一月
『連歌入門　ことばと心を紡ぐ文芸』三弥井書店・二〇一〇年一一月
『福井久蔵和歌連歌著作選1～6』（編者）クレス出版・二〇一一年一月
『連歌師という旅人　宗祇越後府中への旅』（単独）三弥井書店・二〇一二年一一月
『歌枕辞典』（編者・共同）東京堂出版・二〇一三年二月
『浄晃院様御詠草』（編者）私家版・二〇一五年三月
『室町の権力と連歌師宗祇　出生から種玉庵結庵まで』三弥井書店・二〇一五年五月
『榊原三代私家集』（編者）私家版・二〇一六年三月
『連歌大観　第1巻』（編者）古典ライブラリー・二〇一六年七月
『連歌大観　第2巻』（編者）古典ライブラリー・二〇一七年二月
『榊原家の文芸　忠次・政房・政邦』（編者）私家版・二〇一七年三月

論文・その他

「連歌一巻の構成―良基の連歌論を中心に―」（「緑岡詞林」1・一九七四年一一月）
「「石山百韻」の式目遵守に関する表」（「緑岡詞林」2・一九七五年一二月）
「良基の連歌論における「ことば」観」（「青山語文」6・一九七六年三月）
「「ようをん」考―『さゝめごと』に関して―」（「青山語文」9・一九七九年三月）

「『菟玖波集』中の時衆作家の作品」(「日本女子大学附属高等学校研究紀要」5・一九七九年三月)
「『さゝめごと』にあらわれた連歌史に関する時代区分」(「日本女子大学附属高等学校研究紀要」6・一九八一年三月)
「『さゝめごと』注釈ノートI」(「青山語文」11・一九八一年三月)
「世阿弥能楽論に援用された連歌論用語」(「緑岡詞林」6・一九八二年三月)
「やさしきことば・こはきことば―良基連歌論の特質―」(「日本女子大学附属高等学校研究紀要」7・一九八三年三月)
「ことば幽玄―良基連歌論の特質―」(「日本女子大学附属高等学校研究紀要」8・一九八五年三月)
「『筑紫道記』また『白河記行』と『奥の細道』」(「日本女子大学附属高等学校研究紀要」9・一九八七年三月)
「成瀬仁蔵著「婦女子の職務」自立語索引(パーソナルコンピューターによる)」(「日本女子大学附属高等学校研究紀要」11・一九八九年三月)
「「本意付」―良基連歌論の特質」(「日本女子大学附属高等学校研究紀要」12・一九九〇年三月)
「連歌史上の疑点―「佐保河」「筑波」の歌をめぐって―」(「青山学院大学文学部紀要」32・一九九一年一月)
「周阿、十仏のことなど」(「青山学報」155・一九九一年一〇月)
「出雲路昆沙門堂の花の下連歌」(「青山学院大学文学部紀要」33・一九九二年一月)
「花の下連歌衰退と時衆(1)―善阿のことなど―」(「青山語文」22・一九九二年三月)
「花の下連歌の宗教性と笠着連歌」(「青山語文」23・一九九三年三月)
「正徹本『徒然草』第一六段「ひさ王宮一」―猿楽者と琵琶法師―」(「青山学院大学文学部紀要」35・一九九四年一月)

「花の下連歌師から時衆連歌師へ――「花の下連歌の興行は禁止された」を手がかりにして――」(『時宗教学年報』22・一九九四年三月)

「花の下連歌衰退と時衆(2)―鷲尾の意味するもの―」(「青山語文」24・一九九四年三月)

「南北朝期前後の連歌史における時衆」(「中世文学」39・一九九四年六月)

「二条殿「蔵春閣」と良基の連歌」(「青山学院大学文学部紀要」36・一九九五年一月)

「良基における発句の当座性―眺望又花亭を尋ぬべし―」(「青山語文」25・一九九五年三月)

「例会発表要旨「続歌と連歌を隔てたもの―当座性をめぐって―」」(「和歌文学研究」70・一九九五年六月)

「連歌の興行―花の下から会所へ―」(『韻文文学〈歌〉の世界』三弥井書店・一九九五年六月)

「国語国文学界の展望「中世・連歌」」(「文学・語学」148・一九九五年一〇月)

「「石山百韻」考―その張行の意味、及び二、三の作者について―」(「青山学院大学文学部紀要」37・一九九六年一月)

「続歌考―連歌との類似性、及びその場―」(「青山語文」26・一九九六年三月)

「「永享五年北野社一日一万句連歌」考」(「連歌俳諧研究」92・一九九七年三月)

「月次連歌会考―『看聞日記』の記事から―」(「青山語文」27・一九九七年三月)

「菟玖波集」「梵灯庵」「連歌式目」(『日本古典文学研究史大事典』勉誠社・一九九七年一一月)

「「永享五年北野神社一日一万句連歌」の座衆―公家の座について―」(「青山語文」28・一九九八年三月)

「世阿弥の夢幻能―「幽霊」能・「現在」能及び曲舞の考察を通して―」(『ドラマツルギーの研究　演劇とその成立要素』青山学院大学総合研究所人文学系研究センター研究叢書・一九九八年七月)

「レファランス/連歌の集団的演劇性」(「国文学　解釈と教材の研究」43―14・一九九八年一二月)

「「永享五年北野社一日一万句連歌」の座衆―門跡の座について―」（「青山語文」29・一九九九年三月）
「讃州安富氏の文芸―「熊野法楽千句」のことなど―」（「文化財協会報（香川県文化財保護協会）」特別号・一九九九年三月）
「『ささめごと』上巻における仏教性の有無―歌道仏道一如観説への疑問―」（「青山語文」30・二〇〇〇年三月）
「『ことにことに平家の物語のまゝに』ということ―歌論から見た世阿弥の『本説』論―」（『演劇とその成立要素』青山学院大学総合研究所人文学系研究センター研究叢書・二〇〇〇年七月）
「七夕の能―『関寺小町』」（「橘香」45―8・二〇〇〇年八月）
「後土御門天皇家の月次連歌会」（「青山語文」31・二〇〇一年三月）
「散る桜―「桜川」」（「橘香」46―4・二〇〇一年四月）
「茨」「粟」「稗」「楠」（「国文学　解釈と教材の研究」47―3『古典文学植物誌』・二〇〇二年二月）
「地下の連歌師登場」（「国文学　解釈と鑑賞」66―11・二〇〇一年一一月）
「〝花の下連歌〟の時代」（「国文学　解釈と鑑賞」66―11・二〇〇一年一一月）
「花の下連歌再考」（「青山語文」32・二〇〇二年三月）
「（書評）伊藤伸江著『中世和歌連歌の研究』」（「日本文学」51―8・二〇〇二年八月）
「文学論としての俳論―歌論・連歌論を通して」（「江戸文学」26・二〇〇二年九月）
「『新撰菟玖波集全釈　第四巻』附録第一号」（三弥井書店・二〇〇二年九月）
「連歌張行の建物・部屋」（「文学」3―7・二〇〇二年九月）
「近世和歌にとっての連歌」（「江戸文学」27・二〇〇二年一一月）

「『猿の草子』私見―「連歌会席図」のことなど」(「青山語文」33・二〇〇三年三月)
「梅、和泉式部の花心―「東北」」(「橘香」48―3・二〇〇三年三月)
「『九州問答』注釈Ⅰ」(共同)(「緑岡詞林」27・二〇〇三年四月)
「蒲鉾」「煮物」「豆腐」(「国文学　解釈と教材の研究」48―9『古典文学から現代文学まで食の文化誌』二〇〇三年七月)
「松虫を恋うる男―「松虫」」(「橘香」48―10・二〇〇三年一〇月)
「『新撰菟玖波集全釈　第六巻』附録第二号」(三弥井書店・二〇〇三年一一月)
「『九州問答』注釈Ⅱ」(共同(「緑岡詞林」28・二〇〇四年三月)
「『新撰菟玖波集』「覊旅連歌」に見られる旅の語句―「旅立つ」「野を分く」「旅の友」など―」(「青山語文」34・二〇〇四年三月)
「連歌師と『新古今集』―連歌師による重視ということ―」(「国文学　解釈と教材の研究」49―12・二〇〇四年一一月)
「例会発表要旨「連歌執筆作法書をめぐって―会席としての連歌―」」(「和歌文学研究」89・二〇〇四年一二月)
「『新撰菟玖波集全釈　第六巻』附録第三号」(三弥井書店・二〇〇五年一月)
「会席の文芸としての連歌―連歌執筆・執筆作法書の発生に言及して―」(「青山語文」35・二〇〇五年三月)
「『連歌十様』注釈」(共同)(「緑岡詞林」29・二〇〇五年三月)
「「心の花」をめぐって―心敬の詞、連歌の方法」(『和歌文学人系』第66巻月報・明治書院・二〇〇五年四月)
「俳諧会席作法に思うこと」(「獅子吼」89―12・二〇〇五年一二月)

「『新撰菟玖波集全釈　第七巻』附録第四号」（三弥井書店・二〇〇六年二月）
「連衆は筆記用具を持っていたか—連歌会席及び俳席の実際—」（「青山語文」36・二〇〇六年三月）
「『撃蒙抄』注釈Ⅰ」（共同）（「緑岡詞林」30・二〇〇六年三月）
「連歌」（『日本古典への誘い』東京書籍・二〇〇六年九月）
「連歌会席・俳席における行儀」（「連句年鑑」平成十八年度版・二〇〇六年一〇月）
「里村紹巴の連歌」（「国文学　解釈と教材の研究」51—11・二〇〇六年一〇月）
「島津忠夫—連歌から和歌、そして文学の大海原へ」（『戦後和歌研究者列伝—うたに魅せられた人びと』笠間書院・二〇〇六年一一月）
「連歌・俳諧において句を用意するということ」（「青山学院大学文学部紀要」48・二〇〇七年一月）
「『新撰菟玖波集全釈　第八巻』附録第五号」（三弥井書店・二〇〇七年二月）
「（書評）戸田勝久『武野紹鴎　茶と文芸』」（「茶道文化」697・二〇〇七年三月）
「『撃蒙抄』注釈Ⅱ」（「緑岡詞林」31・二〇〇七年三月）
「連歌懐紙をめぐって—宮内庁書陵部蔵後土御門内裏連歌懐紙を軸に—」（「青山語文」38・二〇〇八年三月）
「『撃蒙抄』注釈Ⅲ」（「緑岡詞林」32・二〇〇八年三月）
「〔座談会〕徒然草とその時代」（共同）（「レポート笠間」49・二〇〇八年一一月）
「徳川家と連歌—本能寺の変を視野に入れて—」（「江古田文学」70・二〇〇九年三月）
「『新撰菟玖波集全釈　第九巻』附録第六号」（三弥井書店・二〇〇九年三月）
「『知連抄』注釈Ⅰ」（「緑岡詞林」33・二〇〇九年三月）

「連歌発句で当季を詠むということ―一二月題という当座性」(「青山語文」39・二〇〇九年三月)
「連歌という文芸の形―分句のことなど―」(「国語と国文学」87―2・二〇一〇年二月)
「(新著紹介)「佐伯真一著『建礼門院という悲劇』」(「青山学報」231・二〇一〇年三月)
「『知連抄』注釈Ⅱ」(「緑岡詞林」34・二〇一〇年三月)
「中世連歌の近世」(「日本文学」59―7・二〇一〇年七月)
「《座談会》十七世紀の文学」(共同)(「文学」11―3・二〇一〇年五月)
「『知連抄』注釈Ⅲ」(共同)(「緑岡詞林」35・二〇一一年三月)
「「高田藩榊原家史料」中の宗因関係資料」(「緑岡詞林」35・二〇一一年三月)
「連歌師の一面―苧公事と宗碩・宗坡・周桂・宗仲など―」(「文学」7・8合併号・二〇一一年七月)
「《連歌輪講》「寛正六年正月十六日　何人百韻」を読む」(共同)(「文学」7・8合併号・二〇〇一一年七月)
「《座談会》連歌を担った人びと」(共同)(「文学」7・8合併号・二〇〇一一年七月)
「玄清―宗祇を継承した連歌師―」(「青山語文」42・二〇一二年三月)
「『知連抄』注釈Ⅳ」(共同)(「緑岡詞林」36・二〇一二年三月)
「例会発表要旨「韻字和歌ということ―「榊原家史料」の紹介をかねて―」」(「和歌文学研究」105・二〇一二年一二月)
「「韻字和歌」の諸相」(「青山語文」43・二〇一三年三月)
「『梵灯庵主返答書』注釈Ⅰ」(共同)(「緑岡詞林」37・二〇一三年三月)
「再現!歴史の現場　連歌会」「和歌も政治も…連歌師こそ室町文化の立役者!」(「週刊　日本の歴史」25・二〇一三年一二月)

「種玉庵の所在地」（「青山語文」44・二〇一四年三月）
「音曲道歌」「柿本」「くさり連歌」「栗本」「ささめごと」「さび」「式目和歌」「十仏」「白河紀行」「新撰菟玖波集」「宗祇」「宗訊」「宗碩」「宗仲」「宗長」「宗牧」「短連歌」「筑紫道記」「花の下連歌」「ひえ」「皮肉骨」「文台」「幽遠」「義教」「了俊」「連歌」「連歌歌」「和歌集心躰抄抽肝要」「和歌仏道一如観」「わび」（『和歌文学辞典』古典ライブラリー・二〇一四年一二月）
「『梵灯庵主返答書』注釈Ⅱ」（共同）（「緑岡詞林」38・二〇一四年三月）
「〈大会要旨〉宗祇「種玉庵」所在地再確認とその所在地の持つ意味」（「和歌文学研究」108・二〇一四年六月）
「題詠―題詠は、変わらない真実を表そうとする試み」（『和歌のルール』笠間書院・二〇一四年一一月）
「「浄晃院様御詠草」について」（『浄晃院様御詠草』私家版・二〇一五年三月）
「『梵灯庵主返答書』注釈Ⅲ」（共同）（「緑岡詞林」39・二〇一五年三月）
「連歌師という「道の者」」（「中世文学」60・二〇一五年六月）
「榊原三代私家集について」（『榊原三代私家集』私家版・二〇一六年三月）
「宗砌の東国下向―梵灯庵・真下満広・木戸孝範に言及しつつ―」（「青山語文」46・二〇一六年三月）
「『長短抄』注釈Ⅰ」（共同）（「緑岡詞林」40・二〇一六年三月）
「〈書評〉岸田依子著『連歌文芸論』」（「国文学研究」179・二〇一六年六月）
「日本文学の種類Ⅰ（和歌・連歌・俳句）」「日本の伝統的建造物」「コラム・歳時記」「日本の庭」「日本の音楽」「「百人一首」を楽しもう」（『留学生のための日本文学入門』青山学院大学教育改善支援プロジェクト・二〇一七年二月）

「榊原家史料について」「忠次・政房・正邦の文芸に関する先行研究」「榊原忠次・政房の池之端屋敷とその文芸圏」

（『榊原家の文芸　忠次・政房・正邦』私家版・二〇一七年三月）

「梵灯庵の東国下向―「梵灯庵道の記」をめぐって」（「青山語文」47・二〇一七年三月）

「『長短抄』注釈Ⅱ」（共同）（「緑岡詞林」41・二〇一七年三月）

あとがき　廣木一人先生から学んだこと

ここに廣木一人先生の退職記念論集を刊行する。この論集が一般的な退職記念論集と少し様相が違うのは、執筆者が狭義の教え子だけではないという点にある。出身大学もまちまちで、また先生のご専門である日本中世文学と関わらない者も多い。しかし我々は間違いなく先生の教え子であり、多くのことを先生から学んだ。年齢も立場も様々だが、現在自身が「詩歌」について考え得ることを論にした。未熟な考えもあろうかと思う。ぜひご一読頂き、ご批正を賜りたい。

なぜ専攻も出身も違う者が廣木先生の教え子となったのか。それは先生が常に教育者であったことによる。勉強する者を好む先生は、懇親会の席で和歌や連歌・俳諧を研究したいという学生がいれば、自分のゼミ・研究会に招き、分野の違う院生であっても研究方法・今後のあり方に悩んでいれば相談に乗った。駆け込み寺のような一面もあった廣木ゼミ、連歌研究会は、いつも多種多様な人材が集まっていた。研究室には、専攻の違う学生が頻繁に出入りしていた。廣木ゼミに在籍する学生もそれが当たり前だと思っていた。

先生はいついかなる時も研究室を訪ねることを拒否せず、研究・人生の相談に乗ってくれた。むしろ私たちはどんな時も最優先されていたことを思い出す。私も学生を指導する立場となり、これは中々実践できないことであると痛感している。論文に行き詰まれば「ともかく書いた物を見せなさい」というのが常であったから、大学院生の時は山本啓介さんと幾度となく論文を添付ファィルで送りつけた。まだインターネットはダイヤルアップ接続であった時代だったので、「君たち、気軽に重たいファイルをどんどん送ってくるな」と、小言を言われたことが思い出される。それでも送った論文は、どんな時も真っ赤に添削されてすぐに返却された。

気が付けば、私もゼミの学生に「ともかく書いた物を見せなさい」と言い、卒業論文を真っ赤にし、学生が訪ねて来れば彼らの相手をすることを最優先にしている。たぶん現在教育関係の仕事に就いている論集の執筆者たちも同じことをしているのだろう。今後、教育に携わるはずの若い院生たちも、将来そうするに違いない。この点において、我々は間違いなく廣木先生の教え子である。

先生は一二〇歳までの長寿を宣言されているので、「記念」の論集刊行は今回が最初となる。私は最後までお付き合いできる自信もないが、白寿の記念論集あたりでは、我々の教え子、つまり先生の孫弟子・曾孫弟子がきっと執筆者として加わっているに違いない。まだ見ぬ彼らも先生の教え子の一人として同じ口癖を言い、文学を学び、文学を愛し続けることだろう。先生、先は長いのでまだ老けこまれては困ります。これからも我々をご指導下さい。

最後にこの型破りな論集が刊行できたのも、ひとえに風間書房社長、風間敬子氏のご尽力による。日本女子大学附属高等学校時代の先生の教え子でもある風間氏の導きで何とか刊行することができた。心より感謝申し上げます。

二〇一七年　花のもとにて

廣木一人教授退職記念論集刊行委員会

代表　松本　麻子

執筆者紹介（五十音順）

浅井　美峰（あさい　みほ）
一九八八年、東京都生。
お茶の水女子大学大学院人間文化創成科学研究科比較社会文化学専攻博士後期課程。
主要著書・論文　『連歌大観第一巻』（古典ライブラリー、項目執筆）、「千句連歌における出句について」（国文123号）。

生田　慶穂（いくた　よしほ）
一九八六年、神奈川県生。
お茶の水女子大学大学院人間文化創成科学研究科比較社会文化学専攻博士後期課程。十文字学園女子大学非常勤講師。
主要著書・論文　『連歌大観第一巻』（古典ライブラリー、項目執筆）、「日発句という様式について」（連歌俳諧研究128）、「看聞日記紙背連歌懐紙の訂正について―本文異同と式目をめぐる問題―」（文学・語学214）他。

稲葉　有祐（いなば　ゆうすけ）
一九七七年、東京都生。
立教大学大学院文学研究科日本文学専攻博士課程後期課程修了。博士（文学）。立教大学兼任講師。
主要著書・論文　『江戸吉原叢刊第一巻、第四巻～第七巻』（八木書店、共著）、『連歌大観第一巻』（古典ライブラリー、項目執筆）「湖十点印付嘱の諸問題―〈其角正統〉という演出―」（立教大学日本文学109）、「闘鶏句合の構想」（連歌俳諧研究129）他。

梅田　径（うめだ　けい）
一九八四年、神奈川県生。
早稲田大学招聘研究員。
主要論文　「宮内庁書陵部蔵『類標』をめぐって――近世後期における索引の登場とその思想――」（総合人文科学研究センター研究誌4）、「『和歌初学抄』の構想―修辞項目を中心に―」（国語と国文学93―7）他。

大谷　大（おおたに　だい）
一九七七年、奈良県生。
青山学院大学文学部日本文学科卒業。
主要論文　「新出異本『舟の威徳』解題と翻刻」（緑岡詞林33）、「大岡春卜筆『狂歌六歌仙』（仮）考察」（青山語文44）他。

岡﨑　真紀子（おかざき　まきこ）
一九七一年、東京都生。
成城大学大学院文学研究科博士課程後期単位取得退学。博士（文学）。奈良女子大学准教授。
主要著書・論文　『やまとことば表現論―源俊頼へ』（笠間書院）、『高校生からの古典読本』（平凡社、共著）、「極楽願往生歌と院政期の六波羅」（中世文学61号）、「院政期における歌学と悉曇学」（和歌文学研究107号）他。

嘉村　雅江（かむら　まさえ）
一九八五年、新潟県生。
青山学院大学大学院文学研究科日本文学日本語専攻博士後期課程。修士（文学）。聖徳大学ＳＯＡ講師。
主要著書・論文　『歌枕辞典』（東京堂出版、共著）、「『勅撰名所和歌抄出』の配列から見る成立事情―『十四代集歌枕』との共通性について―」（日本文学64）、「歌枕書における歌枕形成―『五代集歌枕』と同名名所―」（青山語文42）

木下　優（きのした　ゆう）
一九八六年、東京都生。
早稲田大学教育学研究科修士課程修了。光塩女子学院中・高等科講師。
主要論文　「『俳諧女歌仙』の成立―句合的性格の検討―」（近世文芸　研究と評論88）

雲岡　梓（くもおか　あずさ）
一九八六年、京都府生。
関西学院大学大学院文学研究科文学言語学専攻博士課程単位取得満期退学。博士（文学）。北海道教育大学講師。
主要著書・論文　『荒木田麗女の研究』（和泉書院）、「『麗女独吟千句』研究叙説―荒木田麗女の連歌―」（連歌俳諧研究123）、「荒木田麗女と本居宣長―『野中の清水』論争をめぐって―」（近世文芸99）、「『麗女連歌発句評・麗女独吟百韻』について」（連歌俳諧研究127）他。

佐藤　智広（さとう　ともひろ）
一九六七年、東京都生。
筑波大学大学院博士課程文芸言語研究科退学。修士（文学）。昭和学院短期大学教授。
主要著書・論文　『古典と歩く古都鎌倉』（新典社）、『和歌文学大系64　為家卿集／瓊玉和歌集／伏見院御集』（明治書院、共著）、『平家物語長門本延慶本対照本文』（勉誠出版、共編）、「『新続歌仙』撰者考」（『古代中世文学論考』26、新典社）他。

杉山　和也（すぎやま　かずや）
一九八三年、千葉県生。
青山学院大学大学院文学研究科日本文学日本語専攻博士後期課程。
主要論文　「イオウガシマとキカイガシマの認識の変遷―島名の語誌を手掛かりとして―」（軍記と語り物49）、「日本に於けるサメの認識―朝比奈義秀のサメ捕獲譚のことなど―」（軍記と語り物51）、「国文学研究史の再検討―『今昔物語集』〈再発見〉の問題を中心に」（説話文学研究51）、「南方熊楠と高木敏雄の説話学―その特徴と可能性―」（熊楠研究11）他。

園部　真奈美（そのべ　まなみ）
一九八五年、東京都生。
青山学院大学大学院文学研究科日本文学日本語専攻博士前期課程修了。修士（文学）。
主要論文　「鬼の形象の成立」（青山語文41）

高橋　亜紀子（たかはし　あきこ）
一九七四年、千葉県生。
青山学院大学大学院文学研究科日本文学日本語専攻博士後期課程満期退学。
主要論文　「延慶本『平家物語』における高野山関連記事の考察―「観賢僧正説話」をめぐって―」（『続々・『平家物語』の成立』千葉大学大学院社会文化科学研究科）、「延慶本『平家物語』における「大塔建立」説話と「青侍の夢」の背景」（軍記と語り物45）他。

高村　圭子（たかむら　けいこ）
一九七二年、埼玉県生。
青山学院大学大学院文学研究科日本文学日本語専攻博士後期課程。
主要論文　「『盛』の必衰―重盛教訓状を中心に―」（日本文学52―2）、「『罪』と『悪』―思想の交錯地点としての軍記物語―」（日本文学53―5）、「建礼門院譚の懺悔的性格について―延慶本を中心に―」（日本文学54―6）、「『平家物語』における「天」の思想―延慶本を中心に―」（日本文学63―6）

田代　一葉（たしろ　かづは）
一九七八年、栃木県生。
日本女子大学大学院文学研究科日本文学専攻博士課程後期満期退学。博士（文学）。静岡県文化・観光部文化局主任研究員。
主要著書・論文　『近世和歌画賛の研究』（汲古書院）、『形成される教養　十七世紀日本の〈知〉』（勉誠出版、共著）、『連歌辞典』（東京堂出版、共著）、「日野資枝の画賛」（近世文藝101）他。

田村　睦美（たむら　むつみ）
一九七五年、神奈川県生。
青山学院大学大学院文学研究科日本文学日本語専攻博士後期課程。
主要論文　「〈自焼（じやき）〉考―武士が自邸を焼いた心理―」（軍記と語り物45）、「『平家物語』知盛舟掃除考」（青山語文42）

寺尾　麻里（てらお　まり）
青山学院大学大学院文学研究科日本文学日本語専攻博士後期課程。
主要論文　「良基連歌論の受容と展開」（中世文学61）、「連想文学の生態―カンブリアンゲームにおける作品創出の構造」（JunCture7）、「『連歌八十体之書』考―二条良基と宗祇仮託書を繋ぐもの」（連歌俳諧研究128）、「連歌付合論の修辞法」（青山語文45）。

永田　英理（ながた　えり）
一九七七年、東京都生。
早稲田大学大学院教育学研究科教科教育学専攻修了。博士（学術）。白百合女子大学非常勤講師。
主要著書　『蕉風俳論の付合文芸史的研究』（ぺりかん社）、『『おくのほそ道』解釈事典―諸説一覧―』（東京堂出版、共著）、『連歌辞典』（東京堂出版、共著）、「『西鶴大矢数』の恋句　矢数俳諧と恋の詞」『ことばの魔術師西鶴　矢数俳諧再考』ひつじ書房）他。

西井　弥生子（にしい　やえこ）
一九八一年、東京都生。
青山学院大学大学院文学研究科日本文学日本語専攻博士後期課程満期退学。青山学院高等部非常勤講師。
主要論文　『ナイトメア叢書2　幻想文学、近代の魔界へ』（青弓社、共著）、「『旅順入城式』論―内田百閒の虚構意識」（青山語文38）、「菊池寛　交錯する「東京行進曲」―映画小唄の牽引力―」（日本近代文学89）、（「「石本検校」の世界―菊池寛の将棋―」（青山語文47）他

福井　咲久良（ふくい　さくら）
一九八四年、東京都生。
慶應義塾大学大学院文学研究科国文学専攻後期博士課程単位取得満期退学。
主要論文　「明治期の発句における新事物と題・季のかかわり―『俳諧開化集』を例に―」（連歌俳諧研究123）、「高浜虚子編『新歳時記』の三版種」（三田國文50）、「高浜虚子編『季寄せ』考―『季寄せ』改版と虚子編『新歳時記』修改訂の関係性―」（三田國文51）、「子規の俳句革新における新季語―「新行事」題を例に―」（三田國文59）他。

藤井　史果（ふじい　ふみか）
一九七七年、富山県生。
青山学院大学大学院文学研究科日本文学日本語専攻博士後期課程修了。博士（文学）。青山学院大学非常勤講師。
主要著書・論文　『噺本と近世文芸　表記・表現から作り手に迫る』（笠間書院）、「栄松斎長喜　―その画業と実像に迫る―」（太田記念美術館紀要　浮世絵研究7）、「瓢亭百成とその文芸―近世後期噺本作者の足跡と交流―」（近世文藝92）、「大田南畝・山手馬鹿人同一人説の再検討―『蝶夫婦』と南畝の洒落本を中心に―」（近世文藝87）ほか。

藤川　雅恵（ふじかわ　まさえ）
一九七二年、北海道生。
青山学院大学大学院文学研究科日本文学日本語専攻博士後期課程満期退学。学習院大学非常勤講師。
主要著書・論文　『御伽百物語』（三弥井書店、編著）、「妙見信仰と北極星」（『天空の文学史　太陽・月・星』、三弥井書店）、「『日本永代蔵』「天狗は家名風車」の鯨」（『鳥獣虫魚の文学史―日本古典の自然観4』、三弥井書店）他。

松本　麻子（まつもと　あさこ）
一九六九年、東京都生。
青山学院大学大学院文学研究科日本文学日本語専攻博士後期課程満期退学。博士（文学）。いわき明星大学准教授。
主要著書・論文　『連歌文芸の展開』（風間書房）、『連歌大観第一巻』（古典ライブラリー、共編）、『連歌辞典』（東京堂出版、共著）、「磐城平城主内藤義概の文芸について―「名所」の和歌・俳諧を中心に」（いわき明星大学大学院人文学研究科紀要12）他。

山本　啓介（やまもと　けいすけ）
一九七四年、神奈川県生。
青山学院大学大学院文学研究科日本文学日本語専攻博士後期課程修了。博士（文学）。新潟大学准教授。
主要著書　『詠歌としての和歌　和歌会作法・字余り歌—付〈翻刻〉和歌会作法書—』（新典社）『文芸会席作法書集—和歌・連歌・俳諧—』（風間書房、共著）、『歌枕辞典』（東京堂出版、共著）、『和歌文学大系64　為家卿集／瓊玉和歌集／伏見院御集』（明治書院、共著）他。

若松　伸哉（わかまつ　しんや）
一九七六年、静岡県生。
青山学院大学大学院文学研究科日本文学日本語専攻博士後期課程修了。博士（文学）。愛知県立大学准教授。
主要著書・論文　「〈歴史と文学〉のなかで—石川淳『森鷗外』における史伝評価」（日本近代文学76）、「再生の季節—太宰治「富嶽百景」と表現主体の再生」（日本近代文学84）、「芥川龍之介の影—石川淳「普賢」と安吾・太宰」（愛知県立大学説林64）他。

Bonnie McClure（ボニー・マックルーア）
一九八四年、アメリカ生。
青山学院大学大学院文学研究科日本文学日本語専攻博士後期課程在学。ワシントン大学シアトル校アジア言語文学科日本語日本文学専攻修士課程修了。
主要論文　“Buddhist Verses in Classical *Renga* and the Performance of Impermanence”（*Religion and Spirituality in Japanese Literature*, Proceedings of the Association for Japanese Literary Studies v. 16）

日本詩歌への新視点
―廣木一人教授退職記念論集―

二〇一七年三月二六日　初版第一刷発行

編　者　廣木一人教授退職記念論集刊行委員会

発行者　風　間　敬　子

発行所　株式会社　風　間　書　房
101-0051　東京都千代田区神田神保町一―三四
電　話　〇三―三二九一―五七二九
ＦＡＸ　〇三―三二九一―五七五七
振　替　〇〇一一〇―五―一八五三

印刷　富士リプロ
製本　井上製本所

©2017　　NDC 分類：911
ISBN978-4-7599-2178-6　Printed in Japan